KB089426

신비의 꿈해몽

꿈풀이삶풀이 대백과

정현우 박사 지음

관음출판사

신비의 꿈해몽
그 베일을 벗긴다!

우리는 흔히 '꿈자리가 뒤숭숭하다', '꿈자리가 사납다'라고 하여 좋지 않은 내용의 꿈을 꾸었을 때 〈꿈자리〉라는 말을 쓰고 있다. 또한 〈꿈땜〉이라는 말은 현실에서 일어날 일을 꿈으로 대신한다는 말로서, 궂은 일이나 좋은 일이나 기대가 실현되지 않았을 때 곧잘 쓰게 된다.

그 밖에 꿈을 해석하는 말로서 '용꿈'과 '개꿈'이라는 말이 있다. 용꿈은 좋은 꿈으로서, 기대 이상의 행운이 닥쳤을 때 흔히 '용꿈을 꾸었다'라고 하며, 개꿈은 아무런 현실성도 바랄 수 없는 헛된 내용의 꿈을 가리킨다.

꿈은 사람이 잠자는 동안에 생시와 마찬가지로 보고 듣는 여러 가지 체험을 하는 것을 말한다. 대체적으로 꿈 내용은 뇌파적인 수면이 깊지 않을 때 꾸는 것으로 알려져 있다.

즉 우주에는 음기(陰氣 : 물)가 70%이다. 인간에게도 음기가 70%이다. 이 음기를 신비스러운 초능력의 기운이라고 한다. 그리고 인간의 잠재적인 능력도 음기에서 비롯되는 것이다.

이러한 음기가 꿈을 통해 영감과 육감, 그리고 직관으로 나타난다. 인간은 잠을 통해 수면을 취하면서 70%의 꿈을 꾸게 된다. 그 꿈에는 하루의 일과를 꿈속에서 반복하며 잠재의식을 심어주기도 하지만 미래에 일어날 일을 예지시켜 주는 역할을 한다.

예를 들면 꿈속에서 기쁘고 즐겁다거나, 마음이 상쾌하고 승리감에 도취되었다든가, 황홀하거나 통쾌한 꿈을 꾸게 되면, 현실에서도 근심 걱정이 사라지고 소원 성취와 욕구 충족되어 명예롭고 만족할 일을 체험하게 되는 경우이다. 그리고 꿈에서는 현실에서보다 더욱 냉혹하고 과감해야 하며 상대방을 무자비하게 이겨야만 하고 두렵거나 무서움에 떨지 말아야 길몽이 된다. 만약 상대방에게 굴복하거나 지게 되면 패배, 불쾌, 좌절을 맛보게 된다.

가령 산을 정복하여 승리감에 도취되었다면 현실에서도 통쾌하고 만족할 만한 일을 마무리하여 소원 성취한다. 하도 기쁜 나머지 소리 높여 만세까지 불렀다면 세상사람들에게 크게 명성을 떨치고 승리, 당선, 합격, 명예로운 소문을 낼 일이 있게 된다.

그러나 산을 오르는데 길이 험난하다거나 공기마져 탁하고 시야가 가려져 있어, 낭떠러지에 굴러 떨어지거나 중도에 포기한 꿈은 현실에서도 계획 추진하던 일이 사고, 사업자금난 등 어려운 난관에 부딪치고 결국은 실패, 불쾌, 곤란, 좌절, 파산하게 되는 경우이다.

이와 같이 우리의 일상생활에는 신비스러운 꿈과 인생이 연결지어
져 있다.

이 책은 선조들로부터 내려오는 꿈해몽 비법과 21세기 최첨단을
달리는 현대 과학에 이르기까지 꿈에 관한한 모든 내용을 총망라하
여 누구나 다 알기 쉽게 이해되고 찾아볼 수 있도록 꾸몄다.

전체를, 〈꿈이란 무엇인가(길몽·흉몽) / 태몽, 그 출생의 비밀 /
꿈풀이 삶풀이〉 등 세 편으로 나누었으며 〈결혼·부부궁합〉편을
부록으로 삽입하였다.

필자는 역리학자로서 음기의 예지를 꿈을 통해 통계적으로 꿈의
내용을 해석하여 많은 독자들에게 궁금, 답답증을 속 시원히 풀어주
고 인생의 길잡이가 되도록 「꿈풀이 삶풀이 대백과」를 출간하게 되
었습니다.

많은 도움이 되시길 기원합니다.

2001년 辛巳年 新春
수리산 기슭에서
靖巖 鄭鉉祐 씀

차 례

제1편 꿈이란 무엇인가?

제2편 태몽(胎夢), 그 출생의 비밀

제3편 꿈풀이 삶풀이

꿈이란 무엇인가?

제 1 편

❋ 꿈이란 무엇인가 ? ❋

사람이 잠자는 동안에 생시와 마찬가지로 보고 듣는 여러 가지 체험을 하는 것, 보통 꿈이라고 할 때에는 꿈속의 체험이 잠을 깬 뒤에도 회상되는 회상몽(回想夢)을 말한다. 수면 상태에 들어가면 뇌수의 활동상태가 각성시의 것과 달라지는데, 이 때 일어나는 표상(表象)의 과정을 '꿈 의식'이라고 하며, 깨어난 뒤에 회상되는 것을 '꿈 내용'이라고 한다. 그런데 꿈 의식과 꿈 내용은 일치하지 않을 때도 있다. 대체로 꿈 내용은 뇌파적인 수면이 깊지 않을 때 꾸는 꿈으로 알려져 있다.

한편, 생리학적인 면에서는 잠이 들면 중추신경 내부의 흥분성이 저하되기 때문에 뇌 속의 여러 영역에서 생기는 흥분이 넓게 전달되지 않고, 따라서 전면적으로 통일된 뇌의 활동이 해리(解離)되는 상태가 나타나는데, 이 상태에서 일어나는 표상작용을 꿈이라고 설명한다.

꿈속에 나타나는 표상은 현실 체험과 관련을 가지는데 융합·치환(置換)·상징·형상화 등의 방법으로 이루어진다. 즉, 두 가지 이상의 부분들이 조합하여 만들어지기도 하고, 서로 바뀌어 다른 것에 결부되기도 하며 연상되는 것이 나타나기도 한다. 그렇기 때문에 꿈의 특징은 현실계와 관련을 가지기는 하지만, 현실적인 사고로는 이해할 수 없는 비논리적이고 비합리적인 표상이 나타난다는 것이다.

이와 같은 꿈의 비논리성은 현실과 단절된 별세계로 꿈의 세계를 인식하게 하였고, 그 결과 현실에서 합리적으로 해결할 수 없는 많은 문제를 꿈의 세계에서 해결하려는 시도가 문학작품의 창작을 통해 나타나게 되었다. 몽유소설(夢遊小說) · 몽유설화(夢遊說話) 등이 그러한 예이다. 또한, 꿈속의 일을 해석하여 현실의 일을 알아보기 위하여 해몽이나 몽점의 방법이 생기기도 하였다. 그밖에 꿈속에서 겪은 일을 그림으로 그려 제시하기도 하였고, 글로 적어서 후세에 남기기도 하였다.

이처럼 꿈은 인류의 보편적인 생리 현상이면서도 민족에 따라 다양한 해석이 나왔고, 꿈을 소재로 한 문화예술의 성격도 각기 다른 양상으로 전개되었다.

1. 꿈에 관한 말들

꿈은 단독으로 쓰이는 명사이지만 다른 말들과 복합되어 다양한 의미를 나타내기도 한다.

'꿈자리'란 꿈에 나타난 사실과 그 사실로 미루어 짐작할 수 있는 징조까지를 포함하는 의미가 있다.

흔히, '꿈자리가 뒤숭숭하다' '꿈자리가 사납다'라고 하여 좋지 않은 내용의 꿈을 꾸었을 때, 꿈자리라는 말을 쓰고 있다. 또한, '꿈땜'이라는 말을 현실에서 일어날 일을 꿈으로 대신한다는 말로서, 궂은 일이나 좋은 일이나 기대가 실현되지 않았을 때 쓴다.

그밖에 꿈을 해석하는 말로서 '용꿈'과 '개꿈'이라는 말이 있다. 용꿈은 좋은 꿈으로서, 기대 이상의 행운이 닥쳤을 때 흔히 '용꿈을 꾸었다'라고 하며, 개꿈은 아무런 현실성도 바랄 수 없는 헛된 내용의 꿈을 가리킨다.

꿈을 뜻하는 한자 '몽(夢)'과 관련된 말은 더욱 그러하다. 꿈속을 몽중(夢中), 꿈의 징조를 몽조(夢兆), 꿈과 같은 비현실적인 환상을 몽환(夢幻)이라고 한다. 자나깨나 잊지 못하는 일이 있을 때 '몽매(夢寐)에도 못 잊는다'라고 한다. 잠을 자는 동안 돌아다니는 병을 '몽유병(夢遊病)'이라고 하고, 잠자는 동안 사정(射精)하는 일을 가리켜 '몽정(夢精)·몽설(夢泄)·몽색(夢色)'이라고 한다.

그밖에 고사(古事)에서 유래된 한자숙어로서 덧없는 한때의 부귀영화를 '일장춘몽(一場春夢)·남가일몽(南柯一夢)·한단지몽(邯鄲之夢)'이라고 한다. 또한, 실현성 없는 공상을 '백일몽(白日夢)'이라고 하고, 좋은 꿈을 '화서지몽(華胥之夢)'이라고 한다.

꿈과 관련된 속담도 매우 많다.

손해를 본 사람이나 기대가 허물어진 사람을 위로할 때 '꿈꾼 셈

만 치라'고 하며, 어떤 일을 좋은 방향으로 해석할 때, '꿈보다 해몽
이 좋다'고 한다. 또한, 지나친 기대를 하는 사람에게 '떡 줄 사람은
꿈도 안 꾸는데 김칫국부터 마신다'는 말을 쓴다.

그밖에 '꿈에 떡맛 보듯', '꿈에 본 돈이다', '꿈에 서방맞은 격'
등의 속담은 모두 일시적인 기쁨이 덧없이 사라졌을 때 쓰는 말로서,
결핍된 상황을 충분히 해결하지 못했을 때 아쉬움의 표현으로 만들
어진 속담들이다.

이처럼 꿈과 관련된 말들 속에서 찾아지는 꿈의 의미는 비현실적
이고 일시적이며 허무하다는 것이다.

2. 몽점(蒙點)과 해몽(解夢)

꿈을 인간의 영적(靈的)인 활동의 산물이라고 믿었던 고대인들은
꿈이 미래에 전개될 어떤 사건의 전조라고 믿고, 그 꿈을 해석하여
미래의 일을 알아내고 길흉을 점치는 방법을 만들어 내었다.

꿈을 해석하는 것을 '해몽'이라고 하고, 꿈을 근거로 미래사를 점
치는 것을 '몽점'이라고 한다.

해몽에 관한 이야기는 『삼국유사』 권2 원성대왕조에서 찾아볼 수
있다.

원성왕이 아직 각간으로 차재(次宰)에 있을 때였다. 어느날 복두
(幞頭)를 벗고 흰 갓을 쓰고는 12현금을 들고 천관사(千官寺) 우물
속으로 들어가는 꿈을 꾸었다. 꿈에서 깨어나 사람을 시켜 점을 치
니, 복두를 벗은 것은 실직할 징조요, 현금을 든 것은 형벌을 받을
조짐이요, 우물 속으로 들어간 것은 옥에 갇힐 징조라 하였다.

원성왕이 듣고 매우 근심하여 두문분출하였는데, 그때 아찬(阿湌) 여삼(餘三)이 와서 면회를 청하였으나 왕이 병을 핑계하고 만나주지 아니하였다.

아찬이 "공이 근심하는 일이 무엇입니까?"하고 묻자, 왕은 꿈을 점 쳤던 일을 자세히 말하였다. 아찬은 일어나서 절하고 말하되 "이것은 좋은 꿈입니다. 공이 만일 대위(大位)에 올라서 저를 저버리지 않으 신다면 공을 위하여 해몽해드리겠습니다"라고 하였다.

왕이 좌우의 모든 사람들을 물리치고 해몽을 청하자, 말하기를 "복두를 벗은 것은 위에 앉을 사람이 없음이요, 흰 갓을 쓴 것은 왕 관을 쓸 징조이며 가야금을 든 것은 12대 자손이 대를 이을 징조이 고, 천관정(天官井)에 들어간 것은 대궐로 들어갈 길조입니다"라고 하였다.

여기에서 삼국 시대에 이미 해몽을 통하여 앞일을 점치는 사례가 있었음을 볼 수 있다. 또한, 해몽자에 따라 같은 꿈이 흉몽으로도 풀 이되고 길몽으로도 해석될 수 있음을 알 수 있다.

이와 유사한 이야기가 『용재총화』권6에도 실려 있다.

옛날에 유생 세 사람이 과거를 보러 가다가 각기 꿈을 꾸었다. 한 사람은 거울을 땅에 떨어뜨렸고, 한 사람은 액을 막으려고 문 위에 걸어두는 쑥을 보았으며, 다른 한 사람은 바람이 불어 꽃이 떨어지는 꿈을 꾸었다.

세 사람이 점몽자(占夢者)에게 갔으나 점몽자는 집에 없고 그 아들이 홀로 있었다. 세 사람이 그 아들에게 물으니, 그 아들이 세 가지 모두 상서롭지 못한 물건이므로 소원을 이루지 못하리라고 하였다.

얼마 뒤에 점몽자가 돌아와 그 아들을 꾸짖고 시를 지어 꿈을 풀이해 주었다. "쑥이라는 것은 사람이 쳐다보는 것이요, 거울이 떨어지니 어찌 소리가 없을손가, 꽃이 떨어지면 응당 열매가 있으리니 삼인은 모두 다름을 이루리라(芮夫人所望, 鏡落豈無聲, 花落應有實 三好共成名)"고 하였는데, 세 사람은 과연 과거에 올랐다.

이 이야기에서도 해몽자에 따라 풀이하는 방향이 다름을 보여 주고 있는데, 여기에서 우리는 조선 초기에 꿈을 풀이하는 직업인으로서 점몽자가 있었음을 알 수 있다.

무속신화인 〈성조신가(成造神歌)〉에도 해몽에 관한 이야기가 있다.

성조 부친인 천궁대왕과 성조 모친인 옥진부인은 아들이 없어 정성껏 기자치성(祈子致誠)을 드린 끝에, 금쟁반에 붉은 구슬 셋이 구르고, 선관이 하강하여 자식을 점지해 준다는 꿈을 꾸고 해몽자를 불러 몽사를 이야기하니, 해몽하기를 득남하여 소년 공명을 이루겠다고 하였다는 내용이다.

무속신화인 〈제석본풀이〉나 〈바리공주〉에서도 이와 같은 태몽과 그 해몽에 관한 내용이 나타나고 있다. 또한, 고전소설의 주인공들은 대부분 태몽을 통하여 잉태 사실을 알리고 전생의 신분을 드러낸다.

이처럼 꿈이 앞일을 예시해 준다는 고사는 우리 민족에게 널리 인식되었고, 꿈을 풀이하여 미래의 길흉을 점치는 해몽 방법 또한 삼국

시대 이래로 보편화되어왔음을 알 수 있다.

현재 민속신앙에서 꿈을 풀이하는 해몽 비법을 꿈속에서 겪은 내용을 중심으로, 인체(人體)·인사(人事)·자연물·가옥·기물(器物)·동물·식물·기타 등으로 나누어 몇 가지씩 예를 들면 다음과 같다.

① 인체에 관한 해몽
- ▶ 병이 들어 누워 있으면 높은 벼슬에 오른다.
- ▶ 발가벗은 채 있으면 좋은 일이 생긴다.
- ▶ 몸에 날개가 생기면 대길하다.
- ▶ 목욕을 하면 직장을 옮기게 되며 질병이 없어진다.
- ▶ 이가 빠지면 집안 어른에게 흉한 일이 있다.
- ▶ 땀이 솟으면 길하지 못하다.
- ▶ 똥이나 오줌을 뒤집어쓰면 큰 행운이 온다.
- ▶ 상여를 보면 재물을 얻는다.

② 인사에 관한 해몽
- ▶ 조상이 나타나서 음식을 권하거나 말을 하면 좋은 일이 있다.
- ▶ 시집가는 것을 보면 나쁘고 장가가는 것을 보면 좋다.
- ▶ 모르는 사람과 술을 마시면 구설(口舌)이 생긴다.
- ▶ 잔치 자리에 부부가 함께 모여앉아 있으면 이혼한다.
- ▶ 부인이 비단 옷을 입으면 귀한 아들을 낳는다.
- ▶ 관리와 대면하면 크게 길하다.
- ▶ 손님을 청하여 같이 술을 마시면 오래 산다.
- ▶ 큰 재난을 만나면 좋은 일이 있다.
- ▶ 바둑을 두면 집안식구 중에서 취직을 하거나 영전한다.

③ 자연물에 관한 해몽

▶ 풀이 밭 가운데에 나면 공돈이 생긴다.

▶ 벼를 밤에 거두어들이면 집안이 화목하고 편안하다.

▶ 해와 달이 몸에 비취면 높은 관직을 얻는다.

▶ 하늘로 오르면 고관이 된다.

▶ 산에 올라 산이 무너지면 흉한 일이 생긴다.

▶ 흙을 파서 집으로 가지고 오면 재물을 얻는다.

④ 가옥에 관한 해몽

▶ 높은 누각에서 술을 마시면 부귀 영화가 온다.

▶ 대들보가 부러지면 불길하다.

▶ 집을 수리하면 좋은 일이 생긴다.

▶ 집안 청소를 하면 귀한 손님이 찾아온다.

▶ 집에 불이 나면 집안이 번창한다.

▶ 샘이 마르면 재산이 줄어든다.

▶ 부엌에서 불이 나면 급한 일이 생긴다.

▶ 기와집을 지으면 하는 일이 잘 된다.

⑤ 기물에 관한 내용

▶ 칼에 맞아 죽으면 대길하다.

▶ 거울이 깨지면 부부가 이별하게 된다.

▶ 붓과 벼루를 손에 들고 있으면 좋은 소식을 듣는다.

▶ 여자가 칼을 차면 경사가 있다.

▶ 가위를 보면 재물이 생긴다.

▶ 금비녀가 빛을 내면 자식을 잃는다.

▶ 수건을 보면 구설수가 있다.

⑥ 동물에 관한 해몽

▶ 용이 하늘로 오르면 귀인이 된다.
▶ 뱀이 다른 사람을 따라가면 아내가 악심을 품는다.
▶ 학이 청아하게 울면 명성을 떨치게 된다.
▶ 앵무새가 울면 부인에게 구설수가 생긴다.

▶ 호랑이가 입을 크게 벌리고 울면 관직에 오른다.
▶ 품속으로 제비가 날아들면 아들을 낳는다.
▶ 쥐가 고양이에게 잡아먹히면 돈을 번다.
▶ 돼지를 보면 먹을 것이 생긴다.

⑦ 식물에 관한 해몽
▶ 녹음이 짙은 수풀 속에 앉아 있거나 누워 있으면 병이 없어진다.
▶ 나무에 올라가서 가지가 부러지면 죽을 수가 있다.
▶ 아름드리 나무를 베어오면 큰 재물들이 생긴다.
▶ 큰 나무에 오르면 명성을 날린다.
▶ 우물 위에 뽕나무가 나면 근심이 생긴다.

▶ 과일나무 많은 곳을 지나가면 횡재를 한다.

⑧ 그 밖의 해몽
  ▶ 집안으로 관이 들어오면 모든 일이 잘 된다.
  ▶ 병자가 노래를 하면 좋지 않다.
  ▶ 상가에 문상을 가면 아들을 얻는다.
  ▶ 물이 흘러 넘치면 장가를 가거나 시집을 간다.
  ▶ 별이 떨어지면 송사가 생긴다.
  ▶ 벼락을 맞으면 공돈이 생긴다.
  ▶ 다른 사람의 옷을 입으면 근심이 생긴다.
  ▶ 옷이 해지면 아내에게 박대를 받는다.

3. 선조들이 전하는 길몽(좋은 꿈)

▶ 나무에 꽃이 피면 부귀영화를 누린다.
▶ 나무를 심거나 베어내어 내것으로 하면 복락이 온다.
▶ 남에게 욕이나 꾸지람을 듣거나 차이거나 천역을 당하면 신분이 새로워진다.
▶ 칼을 얻으면 신분이 고귀해진다.
▶ 변소나 똥통에 빠지면 재물이 생긴다.
▶ 높은 산, 높은 나무에 오르면 입신 출세한다.
▶ 지붕 위에 오르면 부자가 된다.
▶ 깨를 보면 벼락부자가 된다.
▶ 창고 속에 들어가면 부자가 된다.

▶ 산 속에 초목이 무성하면 부자가 된다.
▶ 사람의 옷을 지으면 부자가 된다.
▶ 수놓은 옷을 입으면 대길하다.
▶ 뜰 앞에 나무가 나면 기쁜 일이 있다.
▶ 뜰에 대나무가 나면 기쁜 일이 생긴다.
▶ 천신과 서로 말을 해 보면 부귀하게 된다.
▶ 천인(天人)이 불러 말하면 부귀를 얻는다.
▶ 천자가 앉으라고 하면 재물을 얻는다.
▶ 문이 크고 높으면 부귀롭다.
▶ 벼락을 맞으면 크게 부귀해질 징조다.
▶ 돌을 움직여서 집안에 옮겨 놓으면 부귀로워진다.
▶ 땅이 움직이면 벼슬에 오른다.
▶ 지붕에서 비가 새면 벼슬이 생긴다.
▶ 왕관을 쓰면 벼슬에 오른다.
▶ 수놓은 방석을 깔고 앉으면 벼슬한다.
▶ 사람이 관복을 주면 벼슬을 한다.
▶ 띠를 얻으면 벼슬을 한다.
▶ 창(槍)을 얻으면 벼슬한다.
▶ 서로 벼슬을 주면 귀공자를 얻는다.
▶ 술취하고 우물에 떨어지면 벼슬을 한다.
▶ 아버지를 도와 배를 타면 벼슬을 한다.
▶ 옥사발을 얻으면 재수가 좋다.
▶ 다리 위에 앉으면 벼슬복이 있다.
▶ 문서에 도장을 찍으면 명예를 얻는다.
▶ 떡갈나무가 울창하면 가도(家道)가 흥왕하고 대길하다.
▶ 차를 타고 목적지까지 도착하면 좋다.
▶ 컴컴한 데서 촛불을 켜면 좋다.

- 크게 통곡을 하면 기쁜 일이 있다.
- 큰 강물을 건너가면 큰 돈이 생긴다.
- 큰 고기가 뛰면 이름이 난다.
- 띠가 스스로 풀리면 대길하다.
- 띠를 띠고 다니면 대길하다.
- 신에게 제사드리면 대길하다.
- 산 위에 사람이 있어 부르면 길하다.
- 들판에 누우면 대길하다.
- 사람이 "내가 너를 쓰지 않는다"고 하면 대길하다.
- 사람이 피를 주면 이름이 난다.
- 사람이 흙덩이를 주우면 대길하다.
- 사람이 "네 것을 갚는다"고 하면 좋다.
- 사람이 "우물로 나오라"고 하면 재수 있다.
- 문이 저절로 (활짝) 열리면 재수 있다.
- 성인과 말하면 재수가 있다.
- 돌아가신 선대가 나타나면 좋은 일이 있다.
- 돌아가신 아버지를 만나면 좋은 일이 있다.
- 신이 부르면 복록이 있다.
- 사모를 쓰면 좋다.
- 투구를 쓰면 재수가 있다.
- 왕의 부름을 받으면 경사가 생긴다. (상황에 따라 죽은 왕이 부르게 되는 경우 죽게 된다.)
- 울면 생시에 웃는 일이 생긴다.
- 채소씨를 심으면 오래도록 대길하다.
- 창고를 지으면 복이 온다.
- 장롱을 크게 만들면 크게 좋고 집안이 일어난다.
- 짚신을 신으면 모든 일이 뜻대로 된다.

▶ 사진을 찍으면 세상에 남는 큰 일을 한다.

▶ 단풍나무를 구경하면 가정이 화목해진다.
▶ 달걀 깨진 것을 보면 속시원한 일이나 돈이 생긴다.
▶ 달걀이 크게 보이면 명이 길다.
▶ 단풍이 집 위에 나면 모든 일이 잘 된다.
▶ 무 파면 삼(山蔘) 판다.
▶ 길 가다가 언덕에 오르면 병과 근심이 없어진다.
▶ 옥수숫대를 아궁이에 때면 좋다.
▶ 길을 가다가 사람을 만나면 좋다.
▶ 길이 사면으로 통하면 이름을 떨친다.
▶ 나막신을 벗으면 액을 면한다.
▶ 삼(蔘)이 나서 소출을 얻으면 크게 좋다.
▶ 산중에서 농사를 지어 보면 의식이 풍족해질 징조이다.
▶ 산이 무너지거나 맑은 물이 보이면 고민이 해결된다.
▶ 멀리서 높은 산을 보면 좋은 일이 있다.
▶ 멀리 여행하면 길하다.

- ▶ 목화를 따면 좋은 일(옷복)이 생긴다.
- ▶ 무지개를 보면 집안에 경사가 생긴다.
- ▶ 무지개를 선녀가 내려와 보이면 길하다
- ▶ 새가 날아가다 앉는 것을 보면 부자가 된다.
- ▶ 징소리를 들으면 먼 데서 반가운 손님이 온다.
- ▶ 사람이 젖을 먹으라고 주면 귀한 친구가 온다.
- ▶ 석류나무가 앞마당에 있으면 좋다.
- ▶ 손에 곡식을 잡으면 복록이 생긴다.
- ▶ 손으로 해를 잡으면 크게 귀하여진다.
- ▶ 손님과 사람을 모아 잔치를 하면 집안이 이롭다.
- ▶ 농막에 들면 재물이 생긴다.
- ▶ 숲 속에서 고기를 잡으면 모든 일이 잘 된다.
- ▶ 쉰 음식을 먹으면 좋다.
- ▶ 스스로 재계(齋戒)하면 대길하다.
- ▶ 시장 가운데 앉아 술 마시면 길하다.
- ▶ 실과가 많이 열린 동산에 들어가면 큰 재물을 얻는다.
- ▶ 시장에 들어가면 길하다.
- ▶ 싸우면 낮에 친해진다.
- ▶ 여러 가지 요를 덮으면 모든 일에 좋다.
- ▶ 여러 사람이 화롯가에 둘러앉으면 아주 좋다.
- ▶ 늙은이와 결혼하면 과거에 급제한다.
- ▶ 다리를 건너면 관청의 일이 생긴다.
- ▶ 남의 칼을 얻으면 손님이 오고, 남에게 칼을 주면 흉한 일이 생긴다.
- ▶ 남의 활을 얻으면 남의 힘을 입는다.
- ▶ 누런 옷을 입으면 대길하다.
- ▶ 새가 집안으로 날아들면 기쁜 일이 생긴다.

▶ 솥을 사면 재수 좋다.

▶ 스스로 병이 있으면 크게 좋다.

▶ 남자가 하늘에 올라가서 아내를 얻으면 자기 아내가 귀한 벼슬을 한다.

▶ 냇물이 흐르면 모든 일이 순조롭게 풀린다.

▶ 너른 들에 사람이 없으면 먼 길 간다.

▶ 떨어지는 꿈을 꾸어 놀라면 키가 큰다.

▶ 흙을 가지고 들어오면 재물을 얻는다.

▶ 함께 식사하면 그 사람이 온다.

▶ 합(밥그릇)을 꼭꼭 닫으면 잘 산다.

▶ 합을 얻으면 재물을 구한다.

▶ 합이 스스로 열리면 좋다.

▶ 헤엄치면 술을 먹게 된다.

▶ 형제가 서로 때리고 싸우면 크게 길하다.

▶ 호두껍질을 깨면 사랑이 이루어진다.

▶ 편지를 봉하면 통달한다.

▶ 포도를 먹어보면 이별했다가 다시 만난다.

▶ 푸른 옷을 입으면 성인의 도움을 받는다.

▶ 풀이 밭 가운데서 나오면 공돈이 생긴다.

▶ 자기의 몸이 하늘로 올라가면 좋다.

▶ 잔디밭에 앉으면 기쁜 일이 생긴다.

▶ 정원에 나무를 심으면 사랑의 열매를 맺는다.

▶ 초록이 무성하면 길하다.

▶ 원림(園林)이 무성하면 대길하다.

▶ 월궁(月宮)에 올라 놀면 대길하다.

▶ 윗관원이 벼슬을 주면 재물을 얻는다.

▶ 재상과 말하면 음식이 생긴다.

▶ 전답을 팔면 크게 좋다.

▶ 제비가 집을 지으면 벼슬을 한다.

▶ 중이 불경을 가르치면 대길하다.

▶ 조정에서 절하면 재수가 있다.

▶ 좋은 이불 덮으면 부귀해진다.

▶ 죄지은 사람이 말을 달리면 관록이 온다.

▶ 주옥(珠玉)을 보면 대길하다.

▶ 줄로 몸을 베면 크게 길하다.

▶ 피리를 불고 북을 치면 기쁜 일이 있다.

▶ 큰 재난을 만나면 길사(吉事)가 있다.

▶ 큰 통을 보내면 재물이 온다.

▶ 태상노군(太上老君)과 이인(異人)을 보면 대길하다.

▶ 태자 앞에 나서면 좋다.

▶ 통에 물을 담으면 좋다.

▶ 통을 만들면 재수 있다.

▶ 홀연히 태풍이 일어나면 나라에서 벼슬을 준다.

▶ 홀(笏)을 씻고 물들이면 벼슬을 한다.

▶ 홀로 잡고 관원을 보면 대길하다.

▶ 발가벗은 채 있으면 그날은 좋은 일이 생긴다.

▶ 불을 보았는데 꺼지지 않으면 좋은 소식이 온다.

▶ 불이 나면 새 집이 생긴다.

▶ 화재가 나면 다음 날 재수가 있다.

▶ 불이나 피를 보면 좋다.

▶ 피를 보면 고기 먹는다.

▶ 갑옷을 입고 칼을 가지면 좋은 벼슬을 한다.

▶ 시체를 묻거나 잘 보살펴주면 재물이 생긴다.

▶ 관가 부엌에 있으면 재물을 얻는다.

▶ 큰 강물을 건너가면 큰 돈이 생긴다.

▶ 곡식을 얻으면 부자가 된다.

▶ 곡식이 누렇게 익어 보이면 먹을 복이 생긴다.

▶ 곤충을 죽이면 사업이 잘 풀린다.

▶ 강과 바다에 물이 가득차면 크게 좋다.

▶ 감옥에 들어가면 길하다.

▶ 객지에 간 사람이 보이면 반드시 소식이 온다.

▶ 가마에 무엇(똥)이 넘치면 크게 부귀를 누린다.

▶ 고기를 잡아 음식을 하면 아주 좋다.

▶ 그물을 치고 고기를 잡으면 크게 좋다.

▶ 고기가 새끼를 치면 좋다.

▶ 고기를 보면 집안에 기쁜 일이 생기지만 죽은 고기나 절인 고기를 보면 불행한 일이 생긴다.

▶ 공중을 날면 대길하다.

▶ 구름을 타면 귀하게 된다.

▶ 구름이 붉게 보이면 좋다.

- ▶ 과수원 안을 걸어다니면 돈이 생긴다.
- ▶ 관가에 들어가 송사하면 대길하다.
- ▶ 관가에 들어가 앉으면 재수있다.
- ▶ 관원과 친하면 좋다.
- ▶ 관을 갖고 집에 들어오면 관록이 있다.
- ▶ 관을 쓰고 높은 산에 올라가면 높은 벼슬을 한다.
- ▶ 관을 얻으면 벼슬한다.
- ▶ 돼지를 보면 좋다.
- ▶ 구렁이를 보면 큰 재물이 생긴다.
- ▶ 거북을 보면 만사가 순조롭고 행복하다.
- ▶ 거북이가 우물과 집에 들어오면 아주 좋다.
- ▶ 공작을 보면 크게 좋다.
- ▶ 공작이 날아 춤추면 문장이 이름난다.
- ▶ 군사와 말이 성에 들어오면 복과 녹이 생긴다.
- ▶ 군사가 지나가면 기쁜 일이 있다(재물이 생긴다).
- ▶ 군사가 진(陣)에 있으면 크게 길하다.
- ▶ 군신이 하늘을 보고 좋아하면 부귀로워진다.
- ▶ 궂은 일을 보면 다음 날 재수가 좋은 일이 생긴다.
- ▶ 궤 위에 글이 있으면 벼슬과 녹이 생긴다.
- ▶ 귀가 크고 아름다워 보이면 벼슬이 올라가고 부귀한다.
- ▶ 귀신이 병마를 희롱하면 대길하고 장원급제한다.
- ▶ 귀신이 사당에 들어가서 움직이면 대길하다.
- ▶ 귀신에게서 관을 받으면 길하다.
- ▶ 귀인에게서 칼을 받으면 벼슬한다.
- ▶ 귀인에게 절하면 대길하다.
- ▶ 귀인을 대하여 술을 마시면 크게 길하다.
- ▶ 귀인을 만나면 재수있다.

▶ 글을 배우면 좋다.
▶ 글 읽는 걸 보면 총명해진다.
▶ 금잔디밭에 앉으면 기쁜 일이 생긴다.
▶ 기(旗)로 영접하면 크게 부귀로워진다.
▶ 기를 달면 큰일을 한다.
▶ 기를 받으면 대길하다.
▶ 깃발을 보면 좋은 조짐이 온다.
▶ 금비녀를 주우면 횡재한다.
▶ 금·은·보배를 보면 부귀롭게 된다.
▶ 금·은·보석을 얻으면 좋다.
▶ 금이나 은을 주우면 재수가 있다.
▶ 구리 그릇을 보면 좋다.
▶ 구슬과 옥을 주우면 재수가 있다.
▶ 기린을 보면 이름을 떨친다.
▶ 나귀와 노새가 사람을 물면 재물을 얻는다.
▶ 동무와 같이 양산을 받고 가면 부귀롭게 된다.
▶ 머리가 아프면 공부를 잘 하게 된다.
▶ 구름이 사방으로 일어나면 좋다.
▶ 안개가 하늘에 가득하면 모든 일이 좋다.
▶ 고기나 조개를 잡아 쌓아올리는 꿈을 꾸면 재물이 생긴다.
▶ 소나 돼지가 들어오는 꿈을 꾸면 재물이 생긴다.
▶ 돼지가 들어오거나 새끼낳는 꿈, 돼지가 길을 막는 꿈은 좋다.
▶ 구름을 타고 나는 꿈을 꾸면 귀하게 된다.
▶ 공중을 나는 꿈은 크게 길하다.
▶ 구렁이나 거북을 보는 꿈은 길하다.
▶ 열쇠를 얻는 꿈은 어떤 권리의 획득을 가져온다.
▶ 뱀이 몸과 손발에 감겨들면 재수가 있으며 대길하다.

▶ 말을 타고 달리는 꿈은 좋다.

▶ 사람이 붓을 주면 재물이 들어온다.

▶ 새로 다리를 놓으면 집안이 평하고 길(吉)하다.

▶ 새로 문호를 열면 부귀로워진다.

▶ 남의 더러운 애를 스스로 쓰다듬으면 크게 좋다.

▶ 저울질을 하게 되면 재수있다.

▶ 남을 감옥에 들게 하면 재물을 얻는다.

▶ 강물을 건너가는 꿈은 돈이 생긴다.

▶ 꿈에 돛을 달고 가면 만사가 순조롭다.

▶ 돛이 헐면 벼슬을 새로 한다.

▶ 달 아래서 흙을 파면 이사한다.

▶ 대문을 부숴 열면 재수있다.

▶ 대궐에 들어가면 재수있다.

▶ 대사(大師)가 자리에 오르면 대길하다.

▶ 도둑과 동행하면 길하다.

▶ 도롱이를 입고 춤추면 기쁜 일이 생긴다.

▶ 도롱이를 입으면 대길하다.

▶ 도사와 대관이 말하면 길하다.

▶ 독의 물이 넘치면 재물이 들어온다.

▶ 돈을 잃어버리면 근심이 없어진다.

▶ 땅에 떨어진 금전을 주우면 금전상의 이익이 있다.

▶ 땅을 갈면 대길하고 창성한다.

▶ 자라를 보면 재물을 얻는다(횡재한다).

▶ 입 안에 털이 나 보이면 재물과 인연이 생긴다.

▶ 온몸에서 피고름이 나면 재수있을 꿈이다.

▶ 코피가 나는 꿈은 인덕이 있고 재수가 있다.

▶ 꿈에 부자(父子)가 만나는 것은 뜻하지 않은 좋은 일이 있음을

암시한다.

▶ 부모상을 당하는 꿈은 부모가 오래 살고 화목함을 뜻한다.

▶ 임신한 부인을 보면 좋다.

▶ 날씨가 화창한 것을 보면, 임신부는 귀한 자식을 얻는다.

▶ 집을 수리하는 꿈은 가업이 번창할 전조이다.

▶ 집을 새로 짓는 꿈은 앞으로 매사가 잘 될 것을 뜻한다.

▶ 문을 새로 만드는 꿈은 귀한 자식을 둘 태몽이다.

▶ 촛불을 보는 꿈은 운이 크게 열림을 뜻한다.

● 장수(長壽)와 관련된 꿈

▶ 수염, 머리털, 치아 등이 다시 돋으면 장수한다.

▶ 그물을 보거나 새끼를 꼬면 명이 길다.

▶ 죽으면 장수한다.

▶ 새끼 또는 짚으로 만든 것을 보면 목숨이 길다.

▸ 상여를 보면 명이 길다.
▸ 사람이 청하여 술을 마시면 명이 길다.
▸ 사람을 죽이면 그 사람은 오래 산다.
▸ 자기가 죽으면 명이 길다(운수 대통한다).
▸ 죽은 사람을 보면 그 사람은 장수한다.
▸ 머리가 희게 되면 장수하고 대길한다.
▸ 달력을 얻으면 장수한다.
▸ 돌문을 세우면 장수한다.
▸ 길 가운데 흙을 얻으면 명이 통달한다.
▸ 길쌈하는 것을 보면 장수한다.
▸ 남자가 몸(옷)을 벗으면 명이 통달한다.
▸ 귀신과 함께 싸우면 장수한다.
▸ 고무줄을 보면 명이 길다.
▸ 노끈으로 몸을 묶으면 장수하여 길한 일이 생긴다.
▸ 마른 고기가 물에 다시 내리면 명수가 다시 통한다.
▸ 실을 감으면 명이 길다.

4. 선조들이 전하는 흉몽(나쁜 꿈)

▸ 고운 옷을 입으면 안 좋다.
▸ 곱게 차리고 나가면 신변에 해롭다.
▸ 가마 타면 죽을 일이 생긴다.
▸ 꽃가마 보면 재수가 없다.
▸ 꽃가마 타고 가면 가난해진다.

- 꽃신이나 꽃가마를 타면 불길한 일이 생긴다.
- 꽃으로 장식된 것에 둘러싸이면 죽을 것을 알리는 꿈이다.
- 폭풍이 불고 큰비가 오면 사망지환(死亡之患)이 일어날 징조이다.
- 앞니가 빠지면 부모님(아버지)과 사별한다.
- 어금니가 빠지면 윗사람(주위 사람)이 죽는다.
- 수레바퀴가 깨어지면 부부가 이별하거나 재물이 없어진다.
- 손에서 시위(활줄)를 버리기 어려우면 형제에게 나쁘다.
- 방 안에서 용이 크게 활동하면 말썽 많은 자식이 태어난다.
- 눈썹이 빠지면 병을 얻을 징조이다.
- 땅이 갈라지면 병이 생긴다.
- 손톱을 깎거나 머리를 자르면 병을 얻는다.
- 흙탕물을 보면 재수가 없고 병에 걸린다.
- 싸우면 어머니가 죽는다.
- 가위가 부러지면 아내에게 해롭다.
- 장롱을 지다가 깨뜨리면 아내에게 흉하다.
- 문이 저절로 열리면 아내에게 사사(私事)의 정이 있다.
- 다른 사람이 내 거울을 희롱하면 아내에게 흉사가 생긴다.
- 스스로 밥을 지으면 처첩에게 해로운 일이 생긴다.
- 참새를 죽이면 처첩에게 재난이 있다.
- 갈대가 얽혀 있으면 액운이 온다.
- 거울을 보면 자기 죄를 씻는다.
- 거울이 어두우면 흉하다.
- 깨진 거울이나 흐린 거울을 보면 좋지 않다.
- 고기가 썩어서 냄새가 나면 흉하다.
- 고기를 많이 잡으면 다툴 일이 생긴다.
- 고기를 잡으면 바람이 분다.

▶ 고무신을 보면 나쁘다.

▶ 고양이를 보면 재수가 없다.

▶ 관과 사모를 잃으면 벼슬을 잃는다(좌천된다).

▶ 관을 열고 죽은 사람과 말을 하면 좋지 못하다.

▶ 구름을 보면 뜻을 이루지 못한다.

▶ 구름이 어두우면 해롭다.

▶ 구름이 뜬 것을 보면 일이 이루어지지 않는다.

▶ 구름이 앞을 가리면 모든 일이 뜻대로 안된다.

▶ 구름이 푸르게 뵈면 흉하다.

▶ 구름이 해를 가리면 괴이한 일이 있다.

▶ 구름이 해를 가리면 남 모르게 하는 일이 있다.

▶ 군사가 패하는 것을 보면 나쁘다.

▶ 귀신에게 몹시 쫓기거나 맞으면 좋지 않은 일이 생긴다.

▶ 귀인이 비단을 주면 흉한 일이 생긴다.

▶ 귀한 사람이 산에 올라 노래하면 크게 나쁘다.

▶ 기를 보거나 기를 들고 산으로 올라가면 흉한 일이 생긴다.

▶ 기름 묻은 더러운 옷을 입으면 흉하다.

▶ 길에서 울면 나쁘다.

▶ 나무가 떨어지는 것을 보면 크게 흉하다.

▶ 나무가 말라 죽으면 집에 불안한 일이 생긴다.

▶ 나무가 집 위에 나면 부모에게 걱정이 있다.

▶ 나무를 우러러보면 크게 흉하다.

▶ 나뭇가리(나무를 쌓은 것)를 잃어버리면 가난해진다.

▶ 남녀가 목욕하고 산에 올라가면 나쁘다.

▶ 남자가 중이 되면 불길하다.

▶ 남자와 여자가 나체가 되면 상서롭지 못하다.

▶ 노끈과 새끼가 끊어지면 해롭다.

- 놋그릇을 보면 재수없다.
- 뇌성이 산 중에 떨어지면 만사가 이루어지지 않는다.
- 눈(雪)을 밟으면 상사가 있다.
- 눈 덮힌 산야를 보면 주위에 초상이 난다.
- 눈이 녹아 흘러내리면 모든 일에 해롭다.
- 다른 사람에게 칼을 주면 해롭다.
- 다리 위에 풀이 나면 대흉하다.
- 달이 떨어져 흩어지면 이산(離散)한다.
- 닭을 보면 해롭다.
- 담을 넘어 집을 나가면 험한 일이 생긴다.
- 도적이 스스로 옥에 들면 대흉하다.
- 돈을 벌면 재수가 없다.
- 돈을 보면 다음 날 돈을 쓴다.
- 돈을 보면 싸운다.
- 돈을 얻든지 주우면 재수가 없다.
- 돈을 주우면 돈을 잃는다.
- 두 손이 부러지면 형제가 흉하다.
- 대청이 무너지면 재수없다.
- 대들보가 내려앉으면 집안이 망한다.
- 들과 산이 마구 무너지면 집안에 흉한 일이 생긴다.
- 뒷간에 떨어져서 나오지 못하면 나쁘다.
- 뒷방에 수레가 있으면 일이 이루어지지 않는다.
- 땅 한가운데서 검은 기운이 오르면 흉하다.
- 마른나무의 불꽃을 보면 자손에게 흉하다.
- 머리가 빠지거나 머리를 깎으면 흉한 일이 생긴다.
- 먼 곳에 있는 사람이 와서 울면 크게 흉하다.
- 목을 졸리우면 장차 재화가 올 징조이다.

▶ 붉은 도장이 찍힌 봉투를 받으면 나쁜 소식이 있다.
▶ 술을 먹으면 슬픈 일이 생겨난다.
▶ 무덤 위에 구멍이 나면 관청 일이 좋지 못하다.
▶ 무슨 그릇이 우물에 빠지면 급한 일이 있다.
▶ 무엇을 훔치면 근심거리가 생긴다.
▶ 무지개가 검으면 흉한 일이 생긴다.
▶ 문살이 무너지면 종이 도망간다.

▶ 문 앞에 구덩이가 생기면 매사가 안된다.
▶ 문 앞에 사람이 없으면 흉하다.
▶ 문을 막으면 일이 잘 되지 않는다.
▶ 문이 무너지면 흉하다.
▶ 방망이와 끌을 보면 남을 해롭게 한다.
▶ 배 가운데 스스로 누우면 죽는다.
▶ 물 위에 섰으면 불길하다.
▶ 버선이 헐어 버리면 자손이 흩어진다.
▶ 베옷을 입으면 크게 흉한 일이 생긴다.

- 부엌에서 가마가 깨어지면 흉하다.
- 비녀를 보면 재물이 흩어진다.
- 뽕나무가 지붕에 나면 근심이 있을것이다.
- 사람과 같이 일하면 흉하다.
- 사람과 대면하여 머리를 조아리면 슬픔이 있다.
- 사람과 더불어 양산을 같이 쓰고 가면 이별한다.
- 사람과 집을 다투면 흉하다.
- 사람에게 실과 비단을 주면 흉하다.
- 사람을 칼로 찌르면 매우 불길하다.
- 사람의 머리를 벤 것을 보면 슬픈 일이 있다.
- 사람의 베옷을 얻으면 크게 흉하다.
- 사람이 불렀을 때 크게 좋다고 하면 매우 흉하다.
- 산골짝이 무너져 보이면 상사가 있을 징조이다.
- 산에서 굴러 떨어지면 벼슬이 떨어진다.
- 산에 올라가서 땅에 떨어지면 벼슬을 잃는다.
- 산에 올라가서 산과 들이 무너지는 듯하게 보이면 흉하다.
- 손뼉치고 노래하면(춤추며 놀면) 불길하다.
- 솥을 도둑이 깨뜨리면 나쁘다.
- 쇠북을 쳐도 소리가 나지 않으면 재수가 없다.
- 입에서 피를 토하면 뜻하지 않게 재물을 잃는다.
- 수레가 문으로 들어오면 흉한 일이 있다.
- 수레와 배가 깨어지면 흉하다.
- 수영을 하면 이튿날에는 술에 만취가 된다.
- 술을 많이 먹으면 사기를 당한다.
- 스스로 거상을 입으면 벼슬을 잃는다.
- 스스로 장형(杖刑)을 집행하면 도리어 욕을 본다.
- 스스로 부자라고 하면 오래지 않아서 가난해진다.

▶ 시장 가운데 사람이 없으면 흉하다.

▶ 시장으로 뛰어나가면 재물이 흩어진다.

▶ 시집가거나 장가가면 불길하다.

▶ 신발을 잃어버리는 것은 좋지 않다.

▶ 신 벗고 허리띠를 매면 흉한 일이 생긴다.

▶ 신을 한 짝만 잃어버리면 불길하다.

▶ 실과 옷감을 남에게서 받으면 크게 흉하다.

▶ 쌀을 보면 근심이 생기거나 손해날 일이 생긴다.

▶ 써레질이나 쟁기질하면 해로운 일이 생긴다.

▶ 썩은 고기나 검은 구름 등을 보면 나쁘다.

▶ 아내가 임신하면 사사로운 정이 생긴다.

▶ 아전이 무슨 문서를 쓰면 급한 일이 생긴다.

▶ 안개가 길을 가리면 만사가 진행되기 어렵다.

▶ 어린애를 안으면 근심이 생긴다.

▶ 여우와 싸우면 간사하고 교활한 사나이와 싸울 징조다.

▶ 여행을 하면 재수없다.

▶ 오곡이 흩어지면 나쁘다.

▶ 옷을 많이 입으면 재수없다.

▶ 용이 죽으면 다 된 일이 흩어진다.

▶ 웃으면 우는 일이 생긴다.

▶ 장님을 만나면 할 일이 막힌다.

▶ 접시가 깨지면(거울이 깨지면) 안 좋다.

▶ 제복을 입은 사람을 보면 나쁘다.

▶ 중이 경 읽으면 근심이 있다.

▶ 지렁이를 보면 남에게 속임을 당한다.

▶ 지붕에 올라가면 불길하다.

▶ 지붕에 올라가 무너지면 대흉하다.

▶ 진육(병이 들어 죽은 짐승의 고기)을 먹으면 이별을 한다.

▶ 진흙 가운데 있으면 불길하다.

▶ 짐승들이 서서 다니거나 말을 하면 남한테 사기를 당한다.

▶ 집 가운데서 재물을 나누면 흉하다.

▶ 집 가운데 풀이 나면 불길하다.

▶ 집안 사람이 서로 싸우면 흩어진다.

▶ 집안 식구가 모여 있으면 고향에 걱정이 있다.

▶ 집에 불이 나서 모두 타면 좋고, 중간에 꺼지면 좋지 않다.

▶ 집에 사람이 없으면 흉하다.

▶ 친척이 와서 울면 크게 나쁘다.

▶ 칼이 집에 들어오면 대흉하다.

▶ 콩을 쌓으면 집안이 해롭다.

▶ 큰 길이 무너지면 재물을 잃는다.

▶ 타인에게서 마포로 만든 옷을 얻으면 흉하다.

▶ 톱을 보면 무슨 일을 나쁘게 한다.

▶ 품속에 거문고를 품으면 서로 불화한다.

▶ 하늘에서 귀신이 내려오면 대흉하다.

▶ 홀이 깨어지면 크게 흉하다.

▶ 활이 시위가 없으면 뜻을 이루지 못한다.

▶ 달걀 꿈을 꾸면 싸우게 된다.

▶ 도둑이 담을 넘으면 실제로 도둑을 맞는다.

▶ 자신의 속옷이 널려 있으면 구설수에 오른다.

▶ 사람과 더불어 장단을 치며 놀면 구설이 있다.

▶ 다리가 끊어지면 구설이 있다.

▶ 악한 사람과 같이 말하면 구설수가 있다.

▶ 먹구렁이를 보면 구설수가 있다.

▶ 금비녀 한쌍을 얻으면 구설이 생긴다.

▶ 흙으로 만든 신인(神人)이 움직이면 구설이 있다.

▶ 개구리가 울고 달아나면 구설이 있다.
▶ 우물 속에서 소리가 나면 구설이 있다.
▶ 구리 쇠솥을 보면 구설이 있다.
▶ 놋그릇을 보면 구설수가 있다.
▶ 흙탕물에 빠지면 구설수가 있다.
▶ 자라가 사람의 옷에 떨어지면 구설이 있다.
▶ 성문이 크게 열리면 구설이 있다.
▶ 상자 그릇을 얻으면 구설이 있다.
▶ 수건을 걷으면 구설이 생긴다.
▶ 수건을 보면 구설수가 있다.
▶ 우물 속에서 소리가 나면 구설이 있다.
▶ 제자 아이를 안거나 죽이거나 하면 구설이 있다.
▶ 학이 하늘에 오르면 구설이 있다.
▶ 죽은 사람이 울면 구설이 있다.
▶ 앵무새를 보면 구설이 있다.

▸ 여자와 자면 구설을 듣는다.
▸ 춤추고 노래함을 보면 구설이 있다.

이와 같은 해몽에 대한 속신은 오랜 기간에 여러 사람의 체험에서 자연스럽게 형성된 것으로서, 일정한 이론적 근거를 가지고 있지는 않다. 그러나 대체로 꿈의 내용을 상징적 의미로 해독하여 판단하는 경우와 꿈을 현실과 반대로 풀이하여 흉한 내용이 길하다고 하는 두 가지 해석 태도를 찾을 수 있다.

꿈의 상징적 의미를 알아내는 방법은 개인에 따라 차이가 있겠으나, 같은 문화권에서 생활 양식이 같은 사회의 구성원이라면 자연히 연상하는 바가 같아지겠기에 상징적 의미 또한 공통되리라고 본다.

즉, 용·학·호랑이 등이 상징하는 의미는 우리 나라 사회에서 모두 신령스러운 동물로 인식하고 있기 때문에, 이와 같은 고통된 인식을 근거로 꿈에 대한 풀이가 이루어졌다고 본다.

한편, 흉한 꿈이 길조라는 해석은 꿈과 현실이 반대된다는 이론에 근거한 것으로서, 꿈이 심리적 보상작용의 산물이라는 심리학자들의 견해와도 상통되는 것이다.

5. 학문적인 연구 — 프로이트와 융

꿈에 대한 학문적인 연구는 프로이트(Freud, S.)와 융(Jung, C. G.)에 의하여 본격적으로 시도되었다.

프로이트는 현실에서의 체험이 꿈속에서 왜곡되고 변장되어 나타나는 것으로서, 욕망 충족이 꿈의 내용이라고 보았다. 따라서, 꿈을

해석하기 위해서는 꿈꾼 사람의 현실 체험과 자유연상을 조사하여야
하며, 꿈의 분석을 통해 꿈꾼 사람의 의식을 파악할 수 있다고 보았다.

반면, 융을 현실의 체험과 관계가 없는 무의식의 원형들도 꿈으로
나타난다고 했고, 꿈의 상징적 의미를 이해하기 위해서는 꿈꾼 사람
의 연상과 인류의 보편적 연상을 수집하고, 그 상(像) 자체의 의미를
이해하는 확충(amplification)의 방법이 요구된다고 하였다. 또한 융은
심리적 보상이 꿈으로 나타나며, 꿈에 나오는 여러 상들은 모두 무의
식의 콤플렉스들이라고 하였다.

이러한 꿈의 의미를 풀어내기 위하여는 꿈과 현실을 관련지어 보
는 객관적 단계와 꿈꾼 사람의 심리적 요소와 관련시켜 보는 주관적
단계의 해석이 모두 요청된다고 하였다. 또한, 꿈에는 집단 무의식이
투사되어 나타나는 경우도 있는데, 이를 풀이하기 위해서는 각 민족
의 신화 · 민담 등에서 추출되는 원형상의 이해가 필요하다고 하였다.

조선 시대의 실학자 이익(李瀷)은 「몽감론(夢感論)」에서 꿈이란
꿈꾼 사람의 정신이 감촉(感觸)되어 생각이 지어짐에 따라 나타나는
현상이라고 하였다.

즉, 북치는 소리를 듣고 잠을 자면 꿈에 군공(軍功)에 관한 일이
나타나고, 글읽는 소리를 들으면 꿈에 예림(藝林)의 일이 나타난다는
것이다. 또한, 거북 · 자라 등이 꿈에 나타나 억울함을 호소하는 것은
원억한 기운이 극에 달하여 잠자는 사람의 정신에 감촉되는 까닭이
라고 하였다.

꿈에 대한 이와 같은 이익의 해석은 동양의 이기철학(二氣哲學)에
근거한 것으로서, 프로이트나 융과는 다른 이론이다.

이익은 또한 「몽조론(夢兆論)」에서, 몽조는 대개 사상을 인연하여
일어나는 바, 귀매(鬼魅)가 이를 만든다고 하는 것도 이따금 이치에
맞는 말이라고 하였다. 즉, 귀신이라는 것은 기(氣)의 작용인데, 상대
방의 기가 꿈꾸는 사람의 마음과 접촉하여 허다한 환상을 만들 수

있다는 것이다. 이를 뒷받침하는 사례가 바로 두 사람이 같은 꿈을 꾸는 경우라고 하였다.

이와 같이 꿈을 해석하는 방법은 여러 가지로 이론화되었다. 그러나 수많은 사람이 꾸는 각양각색의 꿈들을 일률적으로 풀이하는 것은 무리이고, 꿈꾼 사람의 체험과 의식, 그리고 그가 속한 사회의 가치관과 문화의 성격을 모두 참고하여 해석하여야 한다는 것이 분석 심리학자들의 공통된 견해이다.

6. 몽기류(夢記類)에 나타난 꿈

우리 나라에서 꿈을 기록한 사람들은 대체로 한문에 능숙하였던 사대부들이었다. 일찍이 고려 시대의 이규보(李奎報)는 「몽설(夢說)」·「몽험기(夢驗記)」·「몽유심산(夢遊深山)」 등의 기록을 남겼다.

「몽설」은 이규보가 4품 또는 3품의 벼슬에 있을 때 꾼 꿈 이야기이다. 그는 꿈을 꾸면 늘 한 커다란 누각 위에 앉아 있었는데, 그 누각 아래는 큰 바다로 둘러 있었고, 누각 위로 물이 들어와 그가 누워 있는 잠자리를 적시고는 했다는 것이다.

이러한 꿈을 6, 7년간 계속 꾸었는데, 경인년에 죄를 얻어 위도(蝟島)에 유배되어 한 노인의 집에 기탁하게 되었다. 그 집에는 높은 누각이 큰 바다를 임하여 있어 자기가 꿈에 본 것과 똑같았다는 것이다. 「몽험기」 또한 꿈의 영험을 기록한 글인데, 그가 완산(完山) 성황사에 가서 왕과 수작하는 꿈을 꾸었는데, 꿈속에서 말한 내용이 현실에 그대로 나타났다는 것이다. 이러한 꿈의 기록은 꿈이 미래에 닥쳐올 일을 예시하는 기능이 있음을 보여 주는 자료들이다.

이와는 달리 「몽유심산」은 『백운소설(白雲小說)』에 실려 있는데, 꿈에 어느 깊은 산 누대에서 미녀 6, 7명을 만나 시를 지어 주고받았다는 이야기이다. 이규보는 꿈의 영험을 믿고 신기하게 여긴 것같다. 그래서 그는 「몽험기」 끝에다가 "신도(神道)가 명감(冥感)하여 또한 때로 믿음이 있으니 어찌 모두 허탄하기만 하랴"라고 쓰고 있다.

조선 시대에 이르러서는 꿈을 가탁한 허구적인 꿈 이야기가 많이 창작되었는데, 꿈의 체험을 기록한 글도 허구성이 전혀 개입되지 않았다고 보기 어렵다.

중종 때의 심의(沈義)가 기록한 「몽사자연지(夢謝自然志)」는 몽기류이면서 서술 구조면에서는 몽유록에 접근되어 있다.

「몽사자연지」의 내용은 꿈에 사자연이라는 선녀가 찾아와 당대 인물인 이하(李賀)·한유(韓愈) 등의 인물과 시를 품평하고 신선주를 마시고 노래를 부르다가 깨었다는 것이다. 이러한 몽기는 꿈자리에서 일어난 일들이 비교적 상세히 묘사되고 흥미롭게 전개된다는 점에서 꿈의 체험을 그대로 기록한 것으로 보기 어렵다.

광해군 때의 허균(許筠)도 「주흘옹몽기(酒吃翁夢記)」와 「몽기」를 남겼다.

「주흘옹몽기」는 허균 자신의 꿈 이야기인데, 평소에 불교를 음탕하다고 비방했던 허균의 친구 주흘옹이 꿈에 어떤 큰 전각 아래 꿇어앉아 전상의 관 쓴 사람으로부터 심문을 받는 것을 목도한 내용을 기술한 것이다.

허균은 꿈에 주흘옹이 불교를 비방하지 않았다고 두둔해 주었고, 그 결과 주흘옹은 풀려났으며 이와 동시에 허균의 꿈도 깨었다는 것이다. 꿈을 깬 뒤에 꿈 이야기를 주흘옹에게 해주었다는 내용도 첨가되어 있다.

「주흘옹몽기」는 꿈의 예언적 영험을 중시한 이규보의 몽기와는 달리 현실에서 겪은 바가 꿈으로 나타났다고 한 점이 특이하다.

허균의 「몽기」는 1609년에 쓰여진 것인데, 꿈에 영소보전에 올라가 도가서 세 권을 받고, 자기가 인간세상에 적강하기 전에 자부(紫府)의 선관이었음을 확인하고 상계로 복귀시켜 준다는 약속을 들었다는 내용이다.

허균의 「몽기」는 사건의 전개가 조리있고, 몽중인물이 모두 도교의 신적 존재로서 비현실적 존재이며, 대화장면 등 상황의 묘사가 치밀하다는 점에서 꿈 꾼 체험을 그대로 기록한 것이라기보다 허구적 창작으로 보아야 할 작품이다.

이와 같이 꿈은 몽유소설이나 몽유설화의 형성과 관련을 가진다는 점에서 허구화된 꿈이라고 할 수 있다. 몽유시화(夢遊詩話)는 시를 짓게 된 동기로서 꿈 이야기를 기술한 것인데, 꿈의 내용을 기록했다는 점에서 몽기류에 해당한다.

유몽인(柳夢寅)의 『어우집(於于集)』에 수록된 <행산기몽서(杏山記夢書)>나 허난설헌(許蘭雪軒)의 「난설헌집」에 기재된 「몽유광상산시서(夢遊鑛桑山詩序)」 등이 있다.

「몽유광상산시서」의 내용은 다음과 같다.

"을유년(1585)년 봄에 복을 입어 시댁에 기거하고 있었는데, 꿈에 해상의 한 산에 올라보니 산은 모두 구슬로 되어 있고 구슬샘물이 흘러내렸다. 스무 살쯤 된 두 여자가 오더니 나를 이끌고 산 정상에 올랐다. 바다가 훤히 트여 있었고 해가 막 솟아올랐다. 두 여자의 부탁으로 시 한수를 지었더니 그들은 내 시를 보고 선어(仙語)라고 칭찬하였다. 이윽고 붉은 구름이 봉우리에 떨어지는 소리에 잠에서 깨어났다."

이와 같은 꿈은 꿈속에서 시를 지었고, 그 시의 내용이 기록으로 남겨졌기에 시화라고 할 뿐, 꿈의 기록이라는 점에서는 몽기와 다를 바 없다.

그러나 체험과 허구가 어느 정도인지는 분별하기 어렵다. 대체로 몽기류에 나타난 꿈은 꿈의 효험을 중시한 체험의 기록으로부터 꿈이라는 비현실적 세계를 현실의 세계와 조응시켜본 체험의 소산으로서의 꿈과 나아가서 허구성을 곁들인 창작으로서의 꿈에 이르기까지 여러 가지 모습을 보여 주고 있다. 몽기류를 남긴 사람들은 대체로 문인들이었다.

따라서 몽기류에서 알 수 있는 꿈의 내용도 고려 시대나 조선 시대의 문인층의 꿈에 불과하다. 민간에서 수많은 사람들이 꾸었던 꿈은 설화를 통해 그 모습이 전승되었을 것이다.

7. 설화에 나타난 꿈

꿈에 관한 설화는 매우 다양하고 풍부하다. 그런데 이러한 꿈설화는 꿈에 관한 이야기와 꿈속 이야기로 나눌 수 있다. 꿈에 관한 이야기는 꿈이 이야기 전개에 중심이 되는 계기를 마련하는데, 여러 가지 몽조와 그 응험에 관한 이야기가 포함된다.

한편, 꿈속 이야기는 조신설화(調信說話)와 같이 꿈속에서 겪었던 일들이 설화의 내용을 이루고 있는 것이다. 몽조설화(夢兆說話)로서 문헌에 일찍이 정착된 자료로는 『삼국유사』의 <문희매몽설화(文姬買夢說)>를 들 수 있다.

이 설화는 <선류몽설화(旋流夢說話)>라고도 하는데 『고려사』 세계(世系)에는 <보육(寶育)의 설화>로 되어 있다.

선류몽이라는 한 여자가 꿈에 높은 곳에 올라가 소변을 보았더니, 그 물이 온 나라, 혹은 천하에 가득히 차보였다는 것이다.

『삼국유사』 권2 태종춘추공조(太宗春秋公條)에는 김유신(金庾信) 의 누이 보희(寶姬)가 이러한 꿈을 꾸었는데, 아우인 문희(文姬)가 그 꿈을 사서 김춘추와 혼인하고 국모가 된 것으로 나타난다.

『고려사』에서는 보육과 그의 장녀가 이같은 꿈을 꾸었는데, 보육 의 계녀(季女) 진의(辰義)가 언니로부터 그 꿈을 산 뒤 당나라 귀인 과 혼인하여 작제건(作帝建)을 낳은 것으로 되어 있다.

이 꿈이 국모가 되는 징조로 알려진 것은 뱃속에서 나온 물이 천하를 덮었기에 자손의 위망이 온 나라에 떨치는 것과 연결시킬 수 있었기 때문이다.

큰 꿈을 꾸어 꿈의 징험이 현실로 나타났다는 이야기는 구전설화인 <큰 꿈 설화>를 들 수 있다.

미천한 한 총각이 큰 꿈을 꾸었는데 꿈 자랑만 하고 누구에게도 꿈 내용을 말하지 않았다. 그것이 화가 되어 옥에 갇히게 되었고, 옥 안에서 죽은 사람을 살려내는 신기한 재[尺]를 얻어 원님의 딸을 살리고, 공주의 병을 고쳐 부마가 되고 이어서 중국의 공주를 살려내어 중국의 부마까지 되었다는 것이다.

두 나라의 부마가 되자 양국의 공주는 각기 금대야와 은대야를 가지고 부마의 양발을 하나씩 씻어주었는데, 이때 비로소 자기가 꿈속에서 해와 달을 두 발로 딛고 천하를 굽어보았던 일이 현실의 일로 나타났음을 깨달았다는 것이다.

이러한 꿈들은 모두 앞일을 예시하는 좋은 조짐의 꿈이었다.

꿈에 관한 설화는 해몽설화가 많은 비중을 차지하는데, 구전설화인 <돼지꿈 해몽>과 <허수아비꿈 해몽>은 소화적(笑話的) 흥미 때문에 세간에 널리 알려진 이야기이다.

어떤 사람이 돼지꿈을 꾸었다고 세 번을 반복하여 해몽자를 찾아가 해몽을 부탁했는데, 처음에는 먹을 것이 생긴다고 하였고, 두번째는 입을 것이 생긴다고 하였으며, 세번째는 매맞을 것이라고 해몽하였다.

이와 같은 해몽이 모두 현실에서 적중하자 꿈꾼 사람은 해몽의 근거를 물었다. 해몽자는 돼지가 꿀꿀거리며 먼저 먹을 것을 주고, 다음에는 깃을 넣어주고, 그 다음에는 몽둥이로 때리는 것과 같은 이치라고 풀이하였다는 것이다.

<허수아비꿈 해몽>도 <돼지꿈 해몽>과 같은 이치로 꿈을 풀이

한 것이다. 어떤 사람이 두 번 반복해서 허수아비가 되어 있는 꿈을 꾸었는데, 해몽자는 첫번째는 길몽으로서 먹을 것이 생긴다고 하였고, 두번째는 흉몽으로 쓰러져 죽을 것이라고 풀이하였다.

그 이유는 허수아비가 처음에는 오곡이 풍성한 들판을 지키기 위해 세워지는 것이고, 추수가 끝나고 난 뒤에는 쓰러뜨리고 없애기 때문이라는 것이다.

이처럼 꿈 이야기는 꿈의 내용과 현실에서의 경험을 다룬 것이 대부분이다. 그런데 이와는 달리 남의 꿈을 알아맞히는 지몽설화(知夢說話)가 있다.

『삼국유사』 권3 삼소관음중생사조(三所觀音衆生寺條)에는 중국의 화공이 천자가 총애하는 여인을 그리다가 잘못하여 배꼽 밑에 붉은 점을 찍었는데, 천자가 의심하여 자기의 꿈을 그려보라고 하자 십일면관음상을 그려 바쳤는데, 이것이 천자의 꿈과 부합하였다는 것이다.

이러한 예는 꿈이란 꿈꾼 사람 이외의 다른 사람을 알 수 없을 것이고, 이를 안다는 것은 신의 계시를 통해서만 가능하다는 인식에서 형성된 설화라고 본다.

대체로 꿈은 혼자서 꾸기 마련이다. 그러나 두 사람이 만나는 꿈을 동시 꿀 수도 있다.

조선 중기의 명신인 이산해(李山海)의 탄생담은 이와 같은 양인동몽(兩人同夢)의 이야기이다.

이산해의 아버지가 중국에 사신으로 가다가 산해관에서 유숙할 때 꿈에 부인과 만나는 꿈을 꾸었다. 그런데 부인 또한 같은 꿈을 꾸고 잉태하여 이산해를 낳았다는 것이다. 이는 꿈속에서 행한 일이 현실로 나타난 예가 된다.

꿈속 이야기로는 『삼국유사』 권3 낙산이대성관음정취조신조(落山二大聖觀音正趣調信條)의 <조신설화>를 들 수 있다.

조신의 꿈은 현실에서 염원하던 김흔공의 딸과 혼사가 이루어져 세파에 시달리면서 자손을 낳아 기르는 인생 역정의 50년이 압축된 것으로서, 일시적 상황을 다룬 꿈들과는 구분된다.

조신은 아이를 굶어죽게 하는 등 고통스런 삶의 꿈을 깬 뒤, 세상을 등지고 정토사(淨土寺)를 창건하여 백업(白業)을 닦았다고 한다.

조신이 낙산 대비상 앞에서 잠이 들었고 꿈에서 깬 뒤 아이를 묻은 곳에서 돌미륵을 파냈다는 점에서, 불교의 진리를 깨우쳐주기 위하여 조신으로 하여금 이러한 꿈을 꾸도록 했다는 암시가 있다.

이처럼 세상의 부귀영화를 동경하는 사람에게 꿈으 꾸도록 하여, 부귀에 대한 집착을 떨어버리고 인생이 덧없다는 진리를 깨우쳐준다는 이야기는 불교의 포교를 위하여 지어진 것으로서, 체험 그대로의 기록과는 다른 것이다.

중국의 <침중기(枕中記)>나 <남가태수전(南柯太守傳)>의 꿈들도 모두 조신의 꿈과 같은 내용을 다루고 있다. 그러나 조신의 꿈속에서의 생활이 실제 못지않게 현실감을 가지고 있기 때문에, 꿈과 현실의 진위 문제를 제기하고 있고, 꿈속의 50년이 각성시의 하룻밤에 불과했다는 점에서 현실의 시간과 꿈속의 시간이 전혀 다름을 말해주고 있다.

꿈속 이야기로서 현세와 꿈의 세계가 별도로 설정된 자료는『동야휘집(東野彙輯)』에 수록된 <백년광음혜고랑(百年光陰蟪蛄郎)>을 들 수 있다.

황일덕(黃一悳)이라는 사람이 꿈에 군군(郡君)의 부름을 받고 사자(使者)들에게 인도되어 혜고군(蟪蛄郡)에 이르렀는데, 그곳의 하루는 인간세상의 일년에 해당한다는 것이다. 그래서 하룻동안에 꽃이 피고 낙엽이 지는 변화를 볼 수 있었고, 군군의 딸과 혼인하였는데 하루가 지나자 아영(阿英)이라는 아이를 낳았으며, 반달 뒤에 이 아이는 관례를 행했다는 것이다.

며칠 뒤 군군이 죽자 황일덕은 그 나라를 섭정하였고, 60여 년이 지난 뒤 고향이 그리워 돌아오다가 꿈을 깨었는데 두 달 동안을 취하여 죽어 있었다는 것이다. 석달이 지난 뒤 다시 꿈을 꾸어 그곳에 이르러보니, 공주는 죽은 지 80여 년이 지났고 아는 사람이 별로 없었다는 것이다. 일년을 하루로 설정하고 있어, 꿈과 현실의 시간대응이 1 : 365로 되어 있다.

이처럼 꿈의 세계가 현실세계와 다른 시간 질서를 가진 공간으로 설정된 것은 인식하는 주체에 따라 시간이 다르게 인식될 수 있다는 주관적 시간과의 반영이라고 본다.

8. 몽유록에 나타난 꿈의 세계

꿈은 현실과 관련을 가지면서도 비현실적이라는 양면성이 있기 때문에, 허구의 세계를 통해 현실의 문제를 다루는 문학 창작과 여러 측면에서 관련을 맺어왔다. 특히, 꿈이라는 비현실적 세계를 작품 전개에 주요 형식으로 도입하여 현세에 대한 비판을 자유롭게 토로했던 문학 양식이 성립되었는데, 이것이 몽유록이다.

몽류록에 등장하는 꿈의 세계는 대체로 이상사회를 건설하여 몽류자의 포부를 펼친 비현실적 공간과 현실에 있었던 일을 비판하고 반성하는 현실적 공간으로 나눌 수 있다.

조선 시대 중종 때 심의가 쓴 <대관재몽유록(大觀齋夢遊錄)>은 몽중 세계에서 문장왕국을 건설하고 있다.

즉 최치원(崔致遠)을 천자로 하고 을지문덕(乙支文德)을 수상으로, 이제현(李齊賢)을 좌상, 이규보를 우상으로 하는 등, 고려조와 조선조에서 문명을 날렸던 많은 사람들을 각료로 설정하고 있다. 이 나라에서는 인물의 귀천을 가리지 않고, 오직 문장의 높고 낮음으로 관직에 등용한다는 것이다.

이러한 몽중 세계는 작자인 심의 자신의 문학관이 투사된 것이며, 조선 시대 사화기(士禍期)에 혼란한 정쟁(政爭)의 와중에서 운둔생활을 하던 한 문사의 이상이 꿈을 통하여 표현된 것이다.

작자가 밝혀지지 않은 <사수몽유록(泗水夢遊錄)>에서는 공자를 왕으로, 맹자와 주자를 총재로 하는 등, 역대 중국과 우리 나라의 유학자들로 왕국을 건설한 꿈의 세계를 설정하고 있다. 여기에는 양주(楊朱)와 묵적(墨翟), 노자와 석가의 침략을 물리치는 전쟁도 삽입되어 있다. <사수몽유록>에 설정된 꿈은 유교 중심의 이상국을 건설하고자 한 유학자의 이상 실현이었다고 할 수 있다.

한편, <금화사몽유록(金華寺夢遊錄)>에서는 한·당·송·명의 창업주와 그들의 건국을 도왔던 명신들이 모여 반열(班列)을 정하고, 역대 군신들을 총망라하여 내각을 구성하는 꿈의 세계를 펼치고 있다.

이러한 꿈은 각기 다른 시간에 출생하여 영명을 역시에 남겼던 인물들을 같은 시간에 하나의 조정에 배열함으로써, 이상적인 조정의 모습을 실현시키려는 포부를 나타낸 것이다. 이처럼 몽유록의 꿈의 세계는 각기 작자의 이상을 실현하는 방향으로 설정되고 있다.

이와는 달리, 현실에서 일어난 사건을 근거로 이에 대한 비판의식을 꿈의 세계에 담은 몽유록도 많다.

<원생몽유록(元生夢遊錄)>은 단종과 사육신이 회동하여 비분강개한 시들을 읊은 모습을 꿈의 세계에서 묘사하고 있고, <강도몽유록(江都夢遊錄)>에서는 병자호란 때에 강도에서 절사(節死)한 관료의 부인들이 모여 남편들의 무능과 불충 등을 공격하는 꿈의 세계를 설정하고 있다. 또한, <강><달천몽유록(達川夢遊錄)>에서는 임진왜란 때에 활약하다가 장렬하게 전사한 이순신(李舜臣)·신립(申砬)·고경명(高敬命)·조헌(趙憲)·김시민(金時敏) 등 수많은 장군

들이 모여서, 당시의 패배를 한탄하기도 하고 위로의 말을 나누기도 하며 춤도 추고 시도 읊는 모습을 꿈의 세계에서 그리고 있다.

한 번 지나간 과거는 다시 돌이킬 수 없고, 죽은 사람에게는 변백의 기회가 주어지지 않는다. 그러나 꿈속에서는 이처럼 불가능한 일이 가능해진다. 그래서 죽은 사람들의 대화를 들을 수 있고 당시의 심경을 물어볼 수도 있는 것이다.

이들 몽유록에서의 꿈은 이처럼 현실적으로 겪었던 임진왜란과 병자호란을 배경으로, 당시를 회상하고 반성하는 모임의 자리로서 허구화시킨 것이다.

한말에는 한글로 된 몽유록이 나타났다.

신채호(申采浩)의 「꿈하늘」에 나타난 몽중세계는, 옛날 국가를 위해 위대한 일을 행했던 선열들의 모습을 등장시켜 민족혼을 불러일으키고, 민족 항일기에 탄압받는 우리 민족에게 희망과 용기를 주고자 설정된 세계였다.

또한, 유원표(劉元杓)의 「몽견제갈량(夢見諸葛亮)」은 꿈속에서 제갈공명을 만나 중국 삼국시대에 일어났던 여러 가지 일에 관하여 토론을 벌이는 것으로써 작품 세계가 이루어져 있다.

이와 같은 꿈의 세계는 국권 상실에 나라를 지킬 유능한 정치가를 갈망하는 의식과 작자 자신의 높은 식견을 과시하고자 하는 의도에서 창작된 것이다. 이처럼 몽유록의 꿈은 작자의 이상과 포부를 드러내고자 설정된 허구의 세계였다.

9. 고대소설에 나타난 꿈

　소설에는 많은 꿈이 등장한다. 이러한 꿈은 대체로 작품 전개 과정에서 문제해결의 계기로 삽입된 꿈과 작품세계 전체가 몽중세계로 되어 있는 꿈으로 대변할 수 있다.

　소설에 삽입된 꿈은 주인공의 탄생을 예시하는 태몽과, 주인공이 위기에 처했을 때 이를 알려주고 위기를 모면할 방법을 지시하는 현시몽(顯示夢)이 대부분이다. 현시몽 가운데에는 주인공에게 배필감을 가르쳐주거나, 어려서 헤어진 부모를 만나도록 인도하는 꿈도 많다.
　태몽은 주로 고전소설에 많이 등장한다. 주인공의 대부분은 천상의 선관·선녀이거나 용자(龍子)·용녀(龍女)로서 인간세계에 적강하여 환생하는 존재인데, 이러한 내용은 태몽을 통해서 제시된다.
　「유충렬전」·「장풍운전」·「황운전」 등의 주인공은 천상의 선관으로서 옥황상제에게 죄를 짓고 인간세계에 적강하는 것으로 되어 있고, 「소대성전」·「금방울전」·「현수문전」 등의 주인공은 용자가 적강한 인물로 나타난다.

이같은 태몽은 민간에서 흔히 이야기되는 태몽과는 다르다. 평범한 사람을 잉태할 때는 고추·딸기·호박 등 식품이나 양푼·화병 등 생활도구 등이 태몽에 많이 등장한다. 그런데 소설의 주인공은 영웅이기에 범인과는 다른 천신적 존재나 수신적 존재(水神的 存在)가 등장하고 있다. 이는 우리 민족이 본래부터 가지고 있던 천신 숭배와 수신 숭배사상에 기인한 것으로 본다.

고전소설의 주인공은 위기에 처했을 때 항상 꿈을 통하여 신의 음조를 받는다.

「조웅전」에서 조웅이 이두병을 욕하는 글을 경화문에 써붙이고 이두병의 추격을 받아 위급하게 되었을 때, 조웅의 모친인 왕부인의 꿈에 조웅의 선친 조승상이 나타나서 대환이 닥칠 것을 알려주고 급히 도망하라고 지시한다.

「유충렬전」에서 유충렬 정한담 일당의 습격을 받아 집이 불탈 때, 그의 모친 장부인의 꿈에 한 노인이 나타나서 대변을 예고하고 남으로 도망할 것을 지시해 준다.

이와같이, 주인공을 위기에서 구출해주는 방법은 초월적 존재가 항상 꿈에 등장하여 앞일을 지시하는 것으로 되어 있다.

한편, 주인공이 인연을 찾는 계기로 등장하는 꿈도 많다. 「소대성전」에서는 이진이 영산 조대에서 청룡이 솟아오르는 꿈을 꾸고 그곳을 찾아가 소대성을 만나 사위로 삼았으며. 「조웅전」에서는 장소저가 부친이 나타나 평생 호구(好逑)를 데려왔으니 좋은 인연을 잃지 말라는 꿈을 꾸고 조웅과 결연한다.

이처럼 고전소설에 삽입된 꿈은 주로 예언을 통하여 문제를 해결하는 기능을 가지며, 신적 존재가 등장하는 일방적 교시를 하는 내용으로 되어 있다.

그런데 현대소설에 삽입된 꿈은 이와는 달리 현실에서의 체험이나 현실적 상황이 상징적으로 나타나고 있다.

함효영(咸孝英)의 콩트 <불 끄는 꿈>(1935)에는 집에 불이 났는데, 형님은 자기가 불을 끌 생각은 하지 않고 지나가는 사람에게 불을 꺼달라고 부탁하는 꿈 이야기가 나온다. 이 꿈은 형님이 가사는 돌보지 않고 소실을 얻어 돈만 허비하여 집안이 망해가는 현실을 꿈으로 표현한 것으로서, 현실의 의식이 꿈에 투영된 것이다.

또한, 김탄실(金彈實)의 <꿈 묻는 날 밤>(1925)은 주인공 남숙이 와이씨와 함께 절을 하고 기도를 하는데, 많은 사람이 자기를 악인으로 매도하는 속에서 와이씨가 극구 변명하는 꿈을 꾸고 이를 해몽하려고 이정씨의 집을 방문한다. 그러나 남숙은 와이씨가 사람을 망쳐 놓고 미국으로 가서 리은영과 동거한다는 이정씨 부인의 말을 듣고 도망쳐나온다는 이야기이다.

여기에 등장하는 꿈은 여주인공의 기대감을 표현한 것이고, 꿈과 현실이 반대되면서 좌절감을 맛본다는 점에서 고전소설의 삽입몽과는 다른 면을 보여준다.

나도향(羅稻香)의 <꿈>(1925)에서는 환상적인 꿈이 자주 등장한다.

주인공 나를 사모하다가 죽어간 소작인의 딸 님실이 죽을 때 주인공의 꿈속에 나타나서 이별을 고하였고, 죽은 뒤에도 선녀처럼 예뻐져서 자주 꿈속에 나타나, 주인공은 결국 님실을 그리워하게 되었다는 것이다. 이러한 꿈은 주인공이 신분 차이에도 불구하고 님실에 대한 인간적 정감이 꿈에 투영된 것으로서, 개인적 무의식의 발현이라고 할 수 있다.

몽중세계를 작품세계로 구축한 소설은 고전소설에서 많이 찾아볼 수 있다.

우리 나라 소설의 효시라고 일컬어지는 김시습(金時習)의 『금오신화(金鰲神話)』는 다섯 편 가운데 두 편이 몽중세계를 그린 것이다.

<남염부주지(南炎浮洲志)>는 주인공 박생이 저승세계에 가서 염부주의 왕과 세상의 부조리에 관해 토론을 벌이는 꿈을 다룬 작품이며, <용궁부연록(龍宮赴宴錄)>은 한생이 용궁에 들어가 상량문은 짓고 환대를 받고 돌아왔다는 이야기이다.

두 작품 모두 인간계가 아닌 이계(異界)를 여행하는 꿈을 다루고 있는데, 유자(儒者)로서의 강직함과 문사로서의 재능을 꿈의 세계를 통하여 드러내보이고 있다.

숙종 때의 김만중(金萬重)이 지은 『구운몽』은 불교적인 인생무상의 사상을 꿈을 통해 표현한 소설이다.

육관대사의 제자 성진(性眞)은 세속의 부귀를 동경하다가 꿈을 꾸어 양소유(楊少遊)로 환생하였고, 여덟 선녀의 환생인 미인과 결연하여 부귀영화를 누리다가 꿈을 깬 뒤, 세상의 영욕이 모두 꿈과 같이 허무함을 깨닫고 불도에 귀의하게 된다는 이야기이다.

「구운몽」의 꿈의 세계는 꿈이라는 점에서 비현실성이 있지만, 세속의 삶을 다루었다는 점에서 오히려 현실적 생활을 반영한 것이다.

따라서, 조선시대 사대부의 욕망과 이상을 꿈속에서 실현시켰다고 할 수 있다. 또한, 성진의 세계와 양소유의 세계는 현실과 꿈으로 나뉘어 있으면서도, 꿈속의 꿈의 형태로 교섭관계를 가지고 있다. 즉, 성진의 꿈에서는 양소유의 삶이 제시되고, 양소유의 꿈에서는 육관대사나 성진의 모습이 나타난다.

이러한 꿈의 세계는 현실과 꿈을 구분하려는 의식 자체가 헛된 망상에 불과하다는 불교의 공사상(空思想)에 근거하여 설정된 것이다.

조선 말기에 남영로(南永魯)가 지은 「옥루몽(玉樓夢)」은 「구운몽」과는 달리, 선관선녀의 꿈의 세계를 설정하여 인간계의 삶의 모습을 그린 작품이다.

주인공 양창곡은 천상계의 문창성군이 꿈속에서 인간계로 환생한 인물이다. 그러나 꿈을 꾼 주체인 문창성은 인간이 아닌 초월적 존재이고, 그가 잠든 백옥루도 인간계가 아닌 천상의 한 누각이므로, 꿈속의 인물인 양창곡이 오히려 현실적 존재로 인식된다.

「옥루몽」은 양창곡의 파란 많은 현실의 삶을 묘사한 것이지, 문창성이 잠자는 모습을 그린 것은 아니다. 이처럼 꿈속의 세계가 그대로 현실세계로 설정된 것은 「옥루몽」에 이르러 신의 세계가 주변으로 밀려나고, 인간 중심의 세계로 작품세계가 변모되었음을 말해 주는 것이다.

현대소설인 이광수(李光洙)의 <꿈>(1925)은 『삼국유사』의 <조신설화>를 소설화한 것으로서, 조신과 김흔공의 딸과의 몽중생활에 현실성을 부여한 작품이다.

현대소설에서 소재로 다루어진 꿈들은 대체로 꿈의 내용이 꿈꾼 사람의 의식세계를 상징이나 은유의 형태로써 제시하고 있는 것들이 많다. 그러나 꿈속의 세계를 작품세계로 설정한 소설은 이광수의 <꿈>이후 그다지 많이 쓰여지지 않았다.

10. 그 밖의 예술작품에 나타난 꿈

꿈을 소재로 한 시가나 회화도 많이 나타났다. 장자(莊子)의 <호접몽설화(蝴蝶夢說話)>를 읊은 이정보(李鼎輔)의 시조나 송순(宋純)의 <몽견주상가(夢見主上歌)> 등은 대체로 꿈의 허무함을 노래한 것들이다.

또한, 윤선도(尹善道)의 <몽천요(夢天謠)>는 꿈에 백옥경(白玉京)에 올라가서 여러 선관을 만나본 일을 노래한 것이다.

"풋잠의 꿈을 꾸어 십이 루에 들어가니 / 옥황은 우스시되 군선(群

仙)이 꾸짖나다 / 어즈버 백만억창생을 어느결의 무르리."

꿈을 소재로 한 가사작품도 많이 창작되었다.

정철(鄭澈)의 <속미인곡(續美人曲)>에 "정성이 지극하야 꿈의 님을 보니, 옥 같은 얼굴이 반이나마 늘거세라"라고 한 것은 그리운 사람을 꿈에 만났다는 내용으로서, 시가류에 등장하는 꿈의 전형이라고 할 수 있다.

동학가사인 <몽중노소문답가(夢中老少問答歌)>에는, 금강산 상봉에서 꿈을 꾸었는데 꿈속에 천일도사가 등장하여 다시 개벽이 되어 국태민안할 것이니 근심말라는 깨우침의 소리를 듣는 것이 나타난다.

역시 동학가사인 <몽중가(夢中歌)>에는 꿈에 호접을 따라 수중세계로 인도되어, 한 소년을 만나 천지순환과 만물생성의 이치를 듣고 깨닫는다는 내용이 들어 있다. 이처럼 동학가사에 등장하는 꿈은 이인(異人)을 만나 진리를 깨우치는 계기로 설정되어 있으며, 신비한 공간에서 펼쳐지고 있다.

판소리 사설 <춘향가> 중에 '몽중가'가 들어 있는데, 이 노래는 춘향이 꿈에 황릉묘에 가서 아황(娥皇)·여영(女英) 및 녹주(綠珠)·왕소군(王昭君)·척부인(戚夫人) 등의 혼령을 만나 그들의 억울한 사연을 듣는다는 것이다.

춘향의 꿈은 위기와 고통에 처한 인물이 자기와 유사한 처지를 겪은 역사상의 인물을 만났다는 점에서, 동학가사에 등장하는 꿈과는 다른 의미를 가진다.

꿈을 소재로 한 미술작품으로는 조선 세종 때 안견(安堅)이 그린 <몽유도원도(夢遊桃源圖)>가 있다. 이 그림은 안평대군(安平大君)의 꿈 이야기를 그림으로 표현한 것인데, 꿈에 본 풍경을 안평대군의 기록을 통해 요약하면 다음과 같다.

"정묘년(1447) 4월 20일 밤 나는 잠자리에 들었는데, 거허(遽栩 :

정신이 아주 기쁜 상태)하여 잠이 깊이 들었다. 꿈에 인수(仁叟)와 함께 홀연 어느 산밑에 이르렀는데, 층만(層巒)이 깊었고 산봉이 험하고 그윽하였다. 도화(桃花) 수십 주가 숲으로 이르는 작은 길을 표시하고 있었는데, 그 길이 여러 갈래였다. 어찌할 바를 몰라 우뚝 서 있으려니, 한 사람이 산관야복(山冠野服)으로 이르러 읍하고 말하기를, 이 길을 따라 북쪽으로 가서 골짜기로 들어가면 바로 도원(桃源)이라고 하였다. 나는 인수와 같이 말을 몰아 찾아가니, 비탈진 돌길은 높고 험했으며 수풀은 무성히 우거졌는데, 시내는 돌아 흐르고 길은 굽어져 100번이나 꺾어졌다. 그 골짜기에 겨우 들어서니 동중이 넓게 트여 2, 3리는 됨직하고, 사방 산벽이 운무를 가리고 서 있는데 원근에 복숭아숲이 노을과 서로 비치었다. 죽림 속에 모우(茅宇)가 사립문이 반쯤 열린 채 있었고, 흙 계단이 거칠었는데, 닭·개·소·말의 자취는 없었다. 앞 내에는 오직 조각배가 있어 물결을 따라 떠돌았다. 정경(情景)이 쓸쓸하기가 선부(仙府)와 같았다."

이러한 광경이 그대로 그림으로 묘사되어 있다. 도원은 세속과는 단절된 별세계를 가리킨다. 안평대군은 궁궐 속에서 생활하였으므로, 그의 꿈은 현실의 체험과는 무관한 것이었다. 그가 독서를 통해 도원을 동경하였고, 이와 같은 잠재의식이 꿈으로 형상화되었으리라 본다.

11. 한국인의 꿈

꿈은 현실과 분리된 별도의 정신세계이다. 그러나 한국인의 꿈은 한국의 문화나 한국인의 사상과 무관하지 않다. 한국인의 꿈에는 대체로 신선이 많이 등장한다. 신선에 관해서 모르는 사람이 꿈을 꾸었을 때에도 백발노인이 등장함을 본다.

이와 같은 신선의 상이나 노인의 모습은 완숙된 자아의 다른 형상이라고 볼 수 있다. 결핍된 상황에서 자신을 도와주는 노인상은 우리 민족의 무의식속에 잠재한 이상적 인간상이다.

서민의 꿈에는 먹고 입는 생활과 관련된 내용이 많다. 돼지꿈을 꾸면 먹을 것이 생기고, 청소하는 꿈을 꾸면 손님이 온다는 것 등이 그것이다. 이처럼 꿈은 생활과 관련을 가지면서 예시 기능이 두드러지게 되었고, 그 결과 다양한 해몽 비법이 등장하게 되었다.

꿈은 문학의 소재로도 많이 다루어졌으며, 우리 문학에 매우 큰 비중을 차지한다. 여기에 형상화된 꿈은 대체로 작자의 이상을 실현하는 낭만적 세계였다. 꿈의 세계에서는 현실계에서 불가능한 시간의

축소와 연장이 가능했고, 천상계·용궁계 등의 이계(異界)의 내왕이
실현되었다.

한편, 몽유록 작품들 가운데는 현실에 대한 비판과 반성의 내용을
담은 것도 적지 않다.

이처럼 꿈은 우리 민족의 이상 실현의 세계였고, 자기반성의 거울
이 되기도 하였다. 현대에 와서 꿈을 형상화한 예술은 별로 발전되지
않았다. 억압된 심리의 표출로서 상징적 의미를 드러내는 삽화적 기
능에 머무른 셈이다.

그러나 꿈은 우리의 이상과 낭만을 실현하는 터전으로서, 현실을
비판하는 제약 없는 세계로서 가꾸어야 할 소중한 세계라고 본다.

태몽(胎夢), 그 출생의 비밀

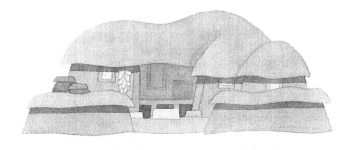

제 2 편

❈ 태몽(胎夢), 그 출생의 비밀 ❈

1. 태몽(胎夢)이란?

태몽(胎夢)은 태아를 잉태할 징조의 꿈을 말한다.

민간생활의 습속에서 출산에 관련된 것으로는 태아를 얻기 위하여 행하여 온 기자(祈子)의 습속, 태중에 행하여진 태교를 비롯한 여러 가지의 습속, 출산시 산모의 건강과 유아의 무병장수를 기원하는 습속 등이 있다.

이러한 습속은 민간신앙으로 내려오는 무속적인 것(치성·굿), 주술적인 것, 점복(占卜) 등의 형태로 구현, 습속화하여 전승되어 왔다. 잉태의 사실을 예측하는 방법으로 꿈을 풀이하는 데, 그 형상에 따라 태아의 잉태 및 태아의 장래 운명을 예측하는 것을 태몽이라 한다. 그리고 그 태몽은 잉태할 태아와 특별한 관계가 있는 것으로 믿어왔다.

이러한 태몽은 주로 태아의 어머니에게 나타나는 것이 대부분이지
만, 때로는 태아의 아버지 또는 가까운 친척(할아버지·할머니·외
할아버지·외할머니)에게도 나타난다고 한다.

태몽에 관한 기록은 많은데, 그에 관한 몇 개의 예를 들어보면 다
음과 같다.

① 『삼국유사』의 기록

권2 「가락국기(駕洛國紀)」 ─ "그해 곰의 꿈을 얻은 몽조(夢兆)가
있더니 태자 거등공(居登公)을 낳았다."

권2 「죽지랑조(竹旨郎條)」 ─ "공(公)이 주리(州里)에 부임한 지
한 달이 지나서 꿈에 거사가 방안으로 들어오는 것을 보았는데, 부부
가 똑같은 꿈을 꾸었다. 더욱 괴상히 여겨 이튿날 사람을 보내어 거
사의 안부를 물으니 그 지방 사람이 말하기를, '거사가 죽은 지 며칠
되었다' 하였다. 사자(使者)가 돌아와 거사의 죽음을 고하매 공이 말
하기를, '아마 거사가 우리집에 태어날 것이라'하고 다시 조사를 보
내어 고개 위 북봉(北峰)에 장사지내고 돌로 미륵을 만들어 무덤 앞

에 세웠다. 아내는 꿈꾼 날로부터 태기가 있더니 아기를 낳으매 이름
을 죽지라 하였다.”

권4 「자장정률조(慈藏定律條)」 ─ “홀연히 그 어머니의 꿈에 별이
떨어져 품안에 들어오더니 이로 인하여 태기가 있었다. 탄생하매 석
가와 같은 날이었으므로 선종랑(善宗郎)이라 이름하였다.”

권4 「원효불기조(元曉不羈條)」 ─ “처음에 그 어머니 꿈에 유성이
품 속에 들어옴을 보고 이로 인하여 태기가 있더니……”

② 『삼국사기』 권41 「열전(列傳)」 제1 김유신조(金庾信條)의 기록
서현(舒玄 : 유신의 아버지)은 경진(庚辰)날 밤에 형혹(熒惑 : 화성) ·
진(鎭 : 토성) 두 별이 자기에게 내려와 떨어지는 꿈을 꾸었는데, 만
명(萬明 : 유신의 어머니)도 또한 신축(辛丑)날 밤에 한 동자가 금빛 갑
옷을 입고 구름을 타고 하늘에서 내려와서 집안으로 들어오는 꿈을
꾸고 곧 임신하였다.

③ 『해동명신록(海東名臣綠)』의 기록
　ⓐ 정몽주편(鄭夢周篇) ─ “어머니 이씨(李氏)가 임신중 꿈에
　　안고 있던 난초화분이 땅에 떨어지므로 놀라 잠을 깼다.
　　그리고 공을 낳으니……”
　ⓑ 이이편(李珥篇) ─ “선생이 태어나던 날 밤, 어머니 신씨(申
　　氏) 꿈에 검은 용이 바다에서 치솟더니 침실로 날아들어와
　　서는 아이를 안아 신씨품에 안겨주었다.”
　ⓒ 서경덕편(徐敬德篇) ─ “어머니 한씨(韓氏)가 꿈에 문묘에
　　들어가 보고 선생을 낳았다.”
　ⓓ 이원편(李黿篇) ─ “아버지가 장가들던 날 밤에 꿈을 꾸었
　　는데, 자라를 잡아 반찬을 만든다 하므로 살려주었다. 그뒤
　　아들을 낳으니……”

ⓐ 신용개편(申用漑篇) — "할아버지 숙주(叔舟)의 꿈에 산이 내려 앉았다고 해서 이름을 백악(白岳)이라 하였다."

ⓑ 장유편(張維篇) — "해가 품에 들어오는 꿈을 꾸고 만력정해년(萬歷丁亥年, 1587)에 공을 낳았다."

ⓢ 이귀편(李貴篇) — "그가 태어날 때 아버지가 흰 용의 꿈을 꾸었다", "어머니 권씨(權氏)가 태기가 있었다는데, 꿈에 이상한 사람이 옥(玉)으로 된 자를 주면서, '기이한 아이를 둘 것이다. 아들은 독 안에 있으니 조심하고 열지 말라'고 하였다. 잠깐 뒤에 보니 물이 독 안에 가득하고 흰 용이 그 속에 서려 있었다"

④ 『연려실기술』의 기록 권5 세조조편 이석형(李石亨)

"공의 아버지 회림(懷林)이 늦도록 아들이 없어서 삼각산 신령에게 빌어서 잉태하였는데, 그 아버지가 마침 금성(禁省)에서 숙직을 하다가 꿈에 커다란 바위 위에 앉았더니 흰 용이 바위를 쪼개고 나왔다. 꿈을 깨니 아들을 낳았다는 기별이 왔으므로 이름을 석형이라 하였다."

현재 각 지방에서 조사된 태몽에 관한 내용을 보면, 대체로 남녀 성별의 구분에 관한 것이고, 태아의 장래 운세에 관한 것은 비교적 적은 편이다.

① 아들과 관련된 꿈의 형상
　ⓐ 천체류 — 해·달·별·뇌성벽력
　ⓑ 동물류 — 호랑이·황룡·돼지·구렁이·잉어·자라·수탉·큰우렁·잉어·자라·수탉·큰우렁·물고기
　ⓒ 식물류 — 붉은고추·호두·밤·대추·인삼·옥수수·무

· 송이버섯 · 가지 · 고구마
ⓔ 기 타 ─ 돌 · 산 · 바위 · 놋자물쇠 · 금장도 · 금비녀 · 낫
· 키

② 딸과 관련된 꿈의 형상
ⓐ 천체류 ─ 반달
ⓑ 동물류 ─ 흑뱀 · 흑룡 · 실뱀 · 작은우렁 · 달걀 · 조개 · 새
ⓒ 식물류 ─ 꽃 · 애호박 · 푸른참외 · 오이 · 사과 · 밤송이 ·
꼭지 떨어진 과일
ⓔ 기 타 ─ 금반지 · 자물통

③ 길몽 · 흉몽의 구분 형상

ⓐ 길 몽 ─ 꿈이 선명하거나, 용꿈 · 돼지꿈 · 잉어꿈 · 자라꿈
ⓑ 흉 몽 ─ 벼락을 맞았다(죽음). 장닭을 가져다 주었기에 뒷
곁에 매어두고 곡식을 주었다(죽음). 구렁이를 보고 목덜미
를 쥐었다(죽음). 울타리 거미줄에 걸린 호두를 주어왔다(죽

음). 모래와 자갈만 있는 옹달샘에서 물고기가 있는 것을 보
았다(죽음).

이능화(李能和)는 「조선여속고(朝鮮女俗考)」에서, "고승(高僧)의
비장(碑狀)을 상고하여보니 태몽 없이 탄생한 아이가 하나도 없더라.
이는 습례(習例)가 그러한 것이다" 라고 하였음을 보아 예로부터 태
몽은 민간생활 깊숙이 침윤되어 있는 보편적인 습속이었다.

지금도 과거와 같지는 않다 하더라도 태몽으로 생각되어지는 꿈에
대하여는 신뢰도가 더욱 높고, 특히 부녀자의 경우에는 보다 현저히
나타나고 도시보다는 시골 지역이 높다. 꿈이 미래의 운명을 예시한
다고 믿는 습속은 우리 나라에만 고유하게 있어온 것은 아니다.

그러나 우리 나라의 경우 습속화되어 있는 꿈점(夢占), 즉 꿈의 형
상을 풀이하여 미래에 도래할 상황에 대한 조짐으로 믿으려 하는 심
리적 태도의 심층에는 민간 신앙의 주류를 이루고 있는 무속(치성・굿
거리)・점복 신앙(占卜信仰)과 맥락을 같이하는 것이어서, 이러한 민
속 신앙에 대한 이해가 꿈에 대한 민속을 이해하는 전제가 된다.

민속적 신앙의 정신적 특징을 요약해보면 다음과 같다.

첫째, 천지・자연의 운행 변화는 물론이고 인간의 운명도 초자연
적인 존재(예 : 신)의 지배를 받는 것으로 믿는다. 초월적 존재의 의지
에 지배되는 자연, 인간의 운세는 우발적인 것이 아니라 인과의 연속
으로 이해하려 한다.

둘째, 자연・인간의 운세를 주관하는 초월적 존재의 의지도 단편
적인 예측은 가능한 것으로 믿는다. 예측의 수단으로는 경험, 탁월한
능력자의 예지, 점, 신과 인간과의 중간적 존재(예 : 巫)에 의하는 경우
등이다.

셋째, 이상의 방법으로 이루어지는 예측력은 인간에게 장래 다가
올 불행을 모면하게 할 수 있다고 믿는다. 여기에서 장래라는 말은

죽은 뒤의 세계를 뜻하는 것이 아니고, 현실세계에 있어서의 미래를 뜻한다.

태아의 잉태를 산신(產神)의 점지에 의한 결과로 이해하려는 태도나, 꿈땜을 하였다고 하는 태도 등은 이상과 같은 정신적 특성에 연유한 결과라 할 수 있다.

민간의 정신생활을 지배하여온 폐쇄적인 관념태도, 즉 태아가 여아보다는 남아이기를 기대하는 부모의 태도, 태아가 남아인가 여아인가를 미리 알고자 하는 생각은 부계사회인 남성 위주의 사회적인 여건, 노후의 생계를 결정적으로 자식에게 의존할 수밖에 없는 경제적인 조건, 사후의 봉제사, 남존여비의 구습의 잔존으로 인한 남아의 선호에 기인한다고 본다. 이상의 태몽이 가지는 특징을 다음과 같이 말할 수 있다.

① 신체적 접촉, 즉 어떠한 경우의 태몽일지라도 꿈을 꾸는 자신의 신체적인 접촉(품 안에 들어온다든지, 가지고 온다든지, 깨문다든지 등)의 특징을 나타내고 있으며, 지역적인 상이점과 경험의 개인차에 따라서 수만 가지의 꿈의 형상이 꿈을 꾸는 당사자와의 신체적인 접촉에 의하여 나타난다.

② 천지·자연의 변화를 음양오행으로 설명하는 관념과 맥락을 같이하는 특징이 있다. 즉, 대·소, 흑·백, 양성과 음성, 완성과 미완성 등 상대적 개념이 남녀 구분의 기준이 되고 있다.

③ 남성 상징물과 여성 상징물을 유사성에 따라 태아의 성별과 관련시켜 예측하는 관념, 즉 남성 상징물인 호랑이·용·뱀·비녀·가지·고구마·고추·옥수수·금장도·호두 등 남성적 특성인 남근 상징(男根象徵)과 연상되는 것은 남아로 믿으며, 여성의 상징물인 반지·조개·꽃·달걀·애호박 등 주로 예쁘고 작은 것으로 여성적 특성인 여성의 생식기와 관련된 꿈의

경우 여아의 잉태로 믿으려 한다.

그러나 남성 상징물과 여성 상징물에 대한 구분도 지역적 특성과 개인의 경험차에 따라 혼동이 되어 있는데, 예를 들면 경기도 지방에서는 대추의 꿈을 남아로 풀이하는데 경상도 지방에서는 여아로 본다. 습속화되어 전승되어 오는 꿈에 대한 속신, 특히 태몽에 대한 습속은 다른 점복 신앙과 마찬가지로, 과학의 발전에 따라 합리적인 사고의 영역이 넓어짐으로써 결과적으로 급속히 자취를 감추어가고 있으며, 또한 비합리적인 것으로 인식하는 경향이 증대되고 있다.

그러나 아직도 태몽에 관하여서는 앞에서 설명한 바와 같이 신뢰도가 상당히 높으며, 주된 관심사는 남아인가 여아인가 하는 성별 구별에 대한 것에 집중되어 있다.

2. 한국 민속의 산육속(産育俗)

아이를 낳는 출산(出産)과 아이를 육아(育兒)하는 과정에서 일어나는 민속을 산육속이라 한다. 아이를 낳는다는 것은 새로운 생명을 창조하는 것으로 낳은 아이가 총명하고 건강하게 대성하기를 간절히 바라기 때문에 사람들은 아이를 잉태하기 전부터 낳고 자라는 과정에서부터 많은 정성과 주술과 행위가 있기 마련이다. 따라서 산육속에서는 인간의 가장 절실한 소원이 나타나 있고 모성애의 눈물겨운 소망이 반영되어 있다.

● 구 재(求子)

사람들은 본능적으로 아이 가지기를 원하고 특히 결혼한 여인들에게 있어서는 더욱 절실한 문제였다. 조선 시대의 칠거지악(七去之惡) 중에 아이를 낳지 못하는 아내는 이혼을 해도 좋다는 규정을 짓고 있다. 그래서 부인들은 아들 낳기를 소원했고 아들을 낳음으로써 아내로서의 지위가 확고하게 굳어지는 것이었다.

아이를 잉태하기 바라는 부인들의 욕망은 소원을 빌고 굿을 하는 행위로 발전했다. 즉 아이를 가지고 싶은 나머지 자기 힘으로써는 미치지 못하기 때문에 신령이나 삼신할머니 혹은 부처님의 힘을 빌어서라도 아이를 가지고자 했다.

공자(孔子)의 어머니는 이구산(尼丘山)에 빌어서 훌륭한 아들을 낳았다고 하며, 「춘향전」에 의하면 춘향의 어머니 월매(月梅)는 명산대찰(名山大刹)에 빌었고, 또 지리산 꼭대기에 가서 재계 목욕하고 기도한 보람이 있어 춘향을 낳았다고 한다. 이처럼 아이를 가지고자 열망한 나머지 산신(山神)을 비롯하여 여러 신에게 빌고 치성을 드리는 민속은 오래 전부터 오늘날까지 전해 오고 있다.

의학의 발달로 인하여 임신에 관한 지식이 보급되어서 옛날처럼 낳은 사람들이 기도하는 민속도 줄어들기는 했으나 아직도 농촌에 가면 아이 낳기를 빌고 치성드리는 민속이 남아 있다.

이렇듯 아이를 가지기 위하여 특히 아들을 낳기 위해 어떠한 일을 하고 있는가 그 실례를 살펴보면 다음과 같다.

▶ 무당을 불러 굿을 한다.
▶ 산신에게 기도를 드린다.
▶ 사해(四海)의 용신(龍神)께 빈다.
▶ 바위에 치성드린다.
▶ 부처께 빈다.
▶ 칠성(七星)께 빈다.
▶ 아들 3형제를 둔 집의 수저를 훔쳐다가 아이를 낳지 못하는 부인의 베개 밑에 감추어 둔다.
▶ 붉은 거미나 검은 거미 세 마리를 잡아 먹으면 잉태한다.
▶ 수탉의 알을 먹으면 좋다.
▶ 은(銀)으로 자물통을 만들어 차면 된다.
▶ 혼례식 때에 신랑이 웃으면 첫딸을 낳는다.

아이 낳기를 소원하는 이러한 민속은 아이가 없는 가정에서는 심각하게 받아들여지고 있는 예가 많다. 서울 인왕산(仁旺山)의 선바위에 빌면 아이를 낳을 수 있다고 해서 부인네들의 기도가 그치지 않고 있다. 이러한 기자암(祈子岩)은 전국 여러 곳에 있어서 신앙의 대상이 되고 있다. 대개의 기자암은 솟아 있어서 남근처럼 생긴 경우가 많아 생식기 숭배의 일종이다.

부처께 빌거나 무당을 불러 굿을 할 때에는 7일 기도, 3·7기도, 백일 기도 등이 있어 살림 형편과 정성 여하에 따라 다르다.

● 임신 중의 금기(禁忌)

부인이 임신하게 되면 하는 일이나 먹은 음식은 태아의 건강이나
장래의 운명과 관계가 있다고 해서 임신 중에 가리고 금기하는 것이
많다.

옛날 사람들도 역시 태교(胎教)라 해서 좋은 아이를 낳기 위해서
지켜야 할 여러 가지 제약이 있었다. 음란하고 부정한 행위는 물론
말을 조심하고 몸가짐과 음식도 가려서 먹어야 했고 태아를 위해서
근신해야만 했다.

▶ 토끼고기를 먹으면 언청이를 낳는다.
▶ 토끼고기를 먹으면 눈이 붉은 아이를 낳게 된다.
▶ 오리고기를 먹으면 손가락 발가락이 붙은 아이를 낳는다.
▶ 돼지고기를 먹으면 아이의 피부가 거칠다.
▶ 계란을 먹으면 아이가 종기를 앓는다.
▶ 꿩고기를 먹으면 아이가 쉬 죽는다.
▶ 비둘기고기를 먹으면 아들 딸 남매밖에 낳지 못한다.
▶ 오징어를 먹으면 뼈 없는 아이를 낳는다.
▶ 가지가 달린 무를 먹으면 쌍둥이를 낳는다.
▶ 두 쪽 과일을 먹으면 불량아를 낳는다.
▶ 제사 음식을 먹으면 좋지 않다.

이러한 음식을 잉태중인 부인이 먹으면 태아에 영향을 준다고 해
서 먹고 싶어도 참는다. 음식물에 대해 가리는 것은 가족들도 될 수
있는 대로 지켜 주고 협력을 한다. 가족들도 다같이 좋은 아이 낳기
를 함께 소원하기 때문이다.

먹는 것 이외에도 행위에 있어서도 지켜야 할 일들이 많았으므로

다음과 같다.

▶ 같은 달에 한 집에서 두 사람이 아이를 낳는 것은 좋지 않다. 그러므로 한 사람이 친정에 가거나 딴 곳에 가서 출산을 한다.
▶ 산월에 아궁이를 고치면 언청이나 벙어리를 낳는다.
▶ 산월에 방을 고치면 언청이를 낳는다.
▶ 산월에 문종이를 바르면 난산을 한다.
▶ 산월에 빨래를 하면 살결이 거친 아이를 낳는다.
▶ 산월에 임부가 붉은 치마를 입거나 띠를 두르면 아이가 범죄인이 된다.
▶ 임부가 밭이나 길가에서 오줌을 누면 아이가 식사 때에 오줌을 싼다.
▶ 임부의 행실이 나쁘면 아이가 커서 불량아가 된다.
▶ 임부가 남을 욕하거나 미워하면 아이가 커서 그런 사람이 된다.
▶ 임부는 벌레도 죽여서는 안된다.

어머니는 아이의 장래에 나쁜 영향을 주는 일은 원치도 않고 하지도 않는다. 그래서 이러한 일은 임부가 엄격히 금기하고 있다. 이러한 일들이 과학적으로 근거가 있는 것은 아니지만 오랫동안 그렇게 믿고 살아왔기 때문에 일단 임신을 하게 되면 어머니로서는 정성껏 지키고 가리게 된다.

● 안산법(安産法)

잉태한 아이가 유산되지 않고, 난산을 피하여 무사히 순산을 해야한다. 여기에 대해서는 의학적인 조처가 필요하지만 민간에서는 민속적인 방법이 강구되어 왔다.

　우선 유산을 방지하기 위해서,

> ▶ 임부가 놀라지 않도록 한다.
> ▶ 감나무 잎의 삶은 물을 먹는다.
> ▶ 은비녀를 끓인 물을 마신다.
> ▶ 동전을 끓인 물을 마신다.

이렇게 하면 유산을 면할 수 있다고 하며, 난산으로 임부가 고생할 때에 순산하는 방법은 다음과 같다.

> ▶ 남편이 옆에서 지켜 본다.
> ▶ 남편의 옷으로 배를 덮는다.
> ▶ 순산 경험이 많은 부인이 손으로 배를 쓰다듬는다.
> ▶ 잉어 비늘을 가져다 발바닥에 붙인다.
> ▶ 비녀를 입에 문다.
> ▶ 빨랫돌이나 다듬잇돌을 젖혀 놓는다.

▷ 쌀과 청수를 떠다 상 위에 놓는다.

▷ 문을 모두 열어 놓는다.

▷ 맺혀 있는 끈을 모두 풀어 놓는다.

▷ 머리를 풀어 놓는다.

▷ 호박꼭지를 삶아서 물을 마신다.

▷ 아주까리 잎을 방의 네 귀퉁이에 붙인다.

▷ 무당을 불러 굿을 한다.

안산법은 문제를 자신이 해결하지 않고 의타적(依他的)인 방법에 의하여 해결짓는다. 난산을 폐쇄된 상태 또는 맺혀 풀어지지 않는 상태로 해석하고 문을 열거나 끈을 풀어 놓는 것이다. 남편이 지켜 본다거나 남편의 옷을 덮는 것은 심리적인 효과를 노린 것이다. 무당이 굿을 할 때에는 <안산 축원가(安産祝願歌)>를 부른다.

● 태몽과 예지법

대개의 임부는 잉태할 무렵이나 잉태한 직후, 또는 산월에 꿈을 꾸는데 이것을 태몽이라 한다. 사람들은 태몽을 통해서 태아가 아들인가 딸인가를 판단하고 있으며 많은 부인들은 태몽이 맞는다고 주장하고 있다.

태몽에 의한 남녀의 구별을 다음과 같이 나타내고 있다.

1) 아들 : 용・호랑이・사슴・돼지・해・뱀・중・고추・과일・대추・사과・콩・도끼・안경・시계・망치・옥수수・은수저・금비녀・밤・여자 세 사람.

2) 딸 : 뱀・학・닭・돼지새끼・계집아이・물고기・꽃・호박・

복숭아 · 목화 · 사과 · 밤송이 · 은술잔 · 은비녀 · 금반지 · 대
야 · 새끼줄 · 달 · 구름 · 개 · 나무

일반적으로 짐승과 과일은 아들이고 꽃과 새는 딸로 되어 있다.
그러나 지방에 따라서는 혼동이 있어서 금비녀 · 은비녀 · 사과 · 뱀
은 아들이라고도 하고 딸이라고도 한다. 같은 밤도 알밤은 아들이지
만 밤송이가 벌어져 속에 밤이 보이는 상태는 딸이라고 하는데 유사
연상(類似聯想) 현상이다.

위인이나 영웅의 탄생에는 많은 태몽이 전해지고 있다. 태몽을 통
해서 그 아이가 자라 장래에 있을 일을 미리 예언한다고 믿었기 때
문에 태몽은 태아를 미리 아는 방법, 즉 예지법이 되는 셈이다.

태몽에 의하지 않고 태아가 아들인가 딸인가를 점치는 방법이 있
다. 잉태한 아이가 아들이냐 딸이냐에 대해서 아들을 소중히 여기던
옛날의 한국 부인들에게 있어서는 매우 궁금한 일이었다. 그래서 태
아를 예지하려는 여러 가지 방법이 시도되었다.

▶ 부부의 나이와 달수를 합해서 홀수이면 아들이고 짝수면 딸이다.

▶ 부부의 나이와 달수를 합해서 둘로 나누어 홀수이면 아들, 짝수이면 딸이다.

▶ 임부가 콩을 한줌 쥐어서 그 수가 홀수이면 아들, 짝수면 딸이다.

▶ 태동(胎動)이 심하면 아들이고 별로 없으면 딸이다.

▶ 임부의 배가 편평하면 아들이고, 배가 약간 솟아 있으면 딸이다.

▶ 뒤에서 사람이 부를 때 오른쪽으로 뒤돌아보면 아들이고, 왼쪽으로 돌아다보면 딸이다.

▶ 신 것을 잘 먹으면 딸이고 싫어하면 아들이다.

임부의 신체·동작·기호나 짝수와 홀수로 남녀를 미리 판단하는 방법으로 삼았다. 음양설(陰陽說)에서 홀수는 양(陽)이고 짝수는 음(陰)이기 때문에 그렇게 판단한 것이다.

● 산신(産神)·산실(産室)의 표식

삼신할머니는 여신(女神)으로서 아이 낳는 일을 맡고 있다.

삼신은 안방에 모시고 있는데 아랫목 위인 천장에 백지를 오려서 달아매거나 짚을 한줌 깨끗하게 다듬어서 높이 매어 놓거나, 때로는 쌀을 작은 항아리에 담아 놓은 다음 봉해 두는 수가 있는데 이것이 신성을 표시한 삼신할머니의 표식이다. 백지·짚·쌀은 삼신을 상징한 것으로 해마다 새로 바꾸는 집도 있고, 또는 백지와 짚을 몇 해 두었다가 갈아 새로 하는 일도 있다.

삼신을 모시는 벽 밑에는 작은 상을 놓고 그 위에 쌀·미역·짚·가위 등을 놓는 수도 있으며, 제주도에서는 무를 높이 매어 놓는 일도 있다.

삼신할머니가 몇 사람이냐는데 대해서는 뚜렷한 확답을 얻기가 어

렵다. 삼신을 1 사람, 2 사람, 또는 3 사람이라고 전한다. 그래서 지방
과 가정에 따라 삼신을 위할 때에 밥과 국을 1 사람이라고 믿는 데
서는 1 그릇이고, 2 사람이라고 믿는 데서는 2 그릇, 3 사람이라고 믿
는 데서는 3 그릇을 차려 놓고 있다.

삼신(産神, 三神)은 음이 같은 데에서 혼동이 생긴 듯하다.

삼신을 소중히 여기고 있어서 평상시에도 부정타거나 불손한 일이
없도록 잘 위하고 있거니와 출산을 앞둔 가정에서는 삼신을 특히 소
중히 위한다. 위하는 기간이 일정한 것이 아니고, 짧은 때에는 3~7
일, 길 때는 3×7일[21일]을 위하게 된다.

삼신할머니를 위하는 일은 산모나 노파가 맡고 있으나 때로는 무
당을 불러 위하게 하는 일도 있다. 위하는 방법은 정한 짚을 추려서
깔고 그 위에 밥과 미역국을 그릇에 담아 놓아 두었다가 식으면 산
모가 먹는다. 날마다 이렇게 3~7일, 또는 21일 동안 아침·점심·
저녁을 계속 반복하는 것이다.

아이를 낳을 산월이 겨울이면 더운 방이라야 하고, 여름이면 시
원한 방이라야 하는데, 대개는 안방으로 정한다. 안방에 시어머니가
거처하는 경우에는 출산을 위해서 시어머니가 임시로 집안의 다른
방으로 옮기고 며느리에게 양보해서 아이를 낳도록 한다. 사정에 따
라 산실이 마땅하지가 않을 때에는 친정에 가서 아이를 낳는 경우
도 있다.

산실은 부정타는 일이 있어서는 안된다. 안팎을 청결하게 하고 상
인이나 살생(殺生)을 한 사람, 시체를 본 사람의 출입을 막고 근신을
해야 한다. 그래서 산실 앞이나 대문에 금줄을 쳐서 출입을 삼가도록
하거나 산에 가서 황토를 파다가 집 주변에 뿌려두는 것은 잡귀의
출입을 막기 위해서이다.

출산이 있는 집에서는 대개 대문에 금줄을 쳐서 아들과 딸을 구

별하여 표시하므로 금줄만 보아도 알 수 있다. 갓난아이는 생명이 어리고 약하기 때문에 보호하기 위해서 관심을 가지고 신경을 쓰게 된다. 잡귀가 드나드는 것을 막고 당분간은 외부와의 왕래를 차단시킨다.

사람들은 출산의 표시가 붙게 되면 출입을 삼가고 급한 용무가 아니면 드나들지를 않는다. 이렇듯 출산한 집으로서는 어린 생명을 보호하기 위해서 금줄을 치는 것이다.

금줄은 일반적으로 아들을 낳으면 고추를 달고 딸일 경우에는 숯을 달아 놓는다. 강원도 태백산맥 줄기의 산촌에서는 청솔가지를 달아매는 경우도 있다.

금줄의 유래는 귀신의 두목을 왼새끼줄로 묶었다는 중국의 고대 신화에서 전파되었다. 고추는 붉은색으로 양색이고, 따라서. 남자의 상징이며, 숯은 검은색인 음색이므로 여자를 상징하는 것이다. 청송 역시 푸른색이므로 양색의 아들을 의미한다. 붉은색과 청색은 우리 나라에서 귀신을 쫓고 신성하게 하는 기능을 가진 색깔로 인정되어 민속적으로 많이 활용되고 있다.

출산이 있은 다음에는 못 박는 일을 하지 않는다. 못을 박으면 아이가 장님이 된다고 해서 터부하고 있다. 금줄을 걸 때에도 새로 못을 박지 않고 헌못에 걸거나 묶어 두어야 한다.

금줄은 21일 또는 49일 동안 두는데 일반적으로 21일 동안이다. 21일이 지나서도 금줄을 아주 떼어 버리는 것이 아니라, 한쪽 기둥에 감아 두고 계속해서 잡귀의 출입에 대비하고 경고하는 기능을 지니게 하였다. 49일 또는 백일이 지나면 떼는 경우가 많다.

출산이 있으면 대문 앞에 황토를 뿌려 놓거나 세 무더기씩 양쪽에 여섯 개를 만들어 놓는데, 이것 역시 악귀의 출입을 막고 부정탄 사람의 출입을 제지하기 위해서였다.

🔵 산후의 금기

　무사히 아이를 낳았다고 해서 방심해서는 안된다. 산후에 있어서
도 산전과 마찬가지로 금기가 계속되는 것이다. 아이를 순산하였으나
순조롭게 성장해야 하고 산모 역시 산후의 건강을 빨리 회복해서 어
린아이에게 젖을 먹여야 했다. 따라서 음식물에 조심할 뿐만 아니라
행동도 가려서 해야 했다.

▶ 매운 것을 먹지 않는다. 아이가 설사를 한다.
▶ 짠 것을 먹지 않는다. 아이가 설사를 한다.
▶ 상추쌈을 먹으면 아이가 감기든다.
▶ 계란을 먹으며 아이에게 종기가 난다.
▶ 떡을 먹으면 젖이 나지 않는다.
▶ 인삼을 먹으면 젖이 나지 않는다.
▶ 딱딱한 것을 먹으면 산모의 이가 상한다.
▶ 찬 것을 먹으면 산모의 이가 상한다.
▶ 죽을 먹으면 산모가 죽는다.

주로 산모의 식사와 관계되는 금기이다. 산모는 산후의 식사 여하에 따라 회복의 속도가 빠르고 더딘 것이 결정되며, 또 유도가 풍부해서 아이에게 젖을 충분히 줄 수가 있다. 따라서 영양식으로 몸을 보하고 딱딱한 것과 지나치게 짠 것, 매운 것을 먹지 않는 것은 경험 의학에서도 근거가 있는 것이나 미신적 요소로 작용했다.

▶ 산실의 문구멍을 바르지 않는다. 문구멍을 바르면 아이가 장님이 된다.

▶ 잿물로 빨래하면 아이의 얼굴빛이 잿빛이 된다.

▶ 산실에는 남자의 출입을 금한다.

▶ 산실 밖에서 아들이냐 딸이냐고 묻지 않는다. 물으면 아이의 복이 달아난다.

▶ 아들을 낳았다고 자랑하지 않는다. 자랑하면 아이가 병든다.

▶ 아들을 낳고 딸을 낳았다고 거짓말한다. 그러면 아이가 장수한다.

▶ 아이가 건강하다고 해서 토실토실하다든가 살쪘다고 말하지 않는다. 말하면 아이가 마르고 병든다.

▶ 깨를 볶으면 아이 얼굴에 깨처럼 종기가 난다.

▶ 기름에 튀기는 음식을 만들면 아이의 피부가 상한다.

▶ 살생을 하면 아이의 장래에 불행이 있다.

▶ 21일 이내에 계란을 깨면 좋지 않다.

▶ 불난 것을 보면 크게 흉한 일이 있다.

▶ 상제의 출입을 막아야 한다.

▶ 아이를 엎고 처음으로 외가집에 나들이 할 때에는 얼굴에 숯가루를 바르고, 저고리 등에 +자수를 놓고, 외가집에 가서 먼저 부엌을 거쳐 들어가야 한다.

▶ 출산 전에 여행갔던 사람은 21일이 지난 후에야 비로소 산실

에 들어갈 수가 있다.

산실의 신성을 유지하고, 어린 생명을 보호하며 아이의 장래에 아무 지장이 없도록 하기 위해 여러 가지 금기가 행해졌다. 이러한 금기는 주로 산모에 부과된 것이지만 가족이나 주변에 있는 사람들도 협력을 해야 한다. 남편이라고 하더라도 부정타는 일이 있으면 산실에 드나들지 않고 금기를 지키게 된다.

● 산파와 태의 처리

오늘날에는 출산할 때에 의사나 면허 있는 산파를 부르지만 농촌에서는 경제적 여유가 없고, 또 관습에 따라 마을에서 출산에 경험이 있고, 아들·딸·손자·손녀가 많은 할머니를 복 있는 할머니라고 해서 초빙하여 아이를 받게 한다. 이 때에 복 없는 할머니는 청하지 않는다. 즉 일찍 과부가 되었거나 자손이 없는 박복한 사람이 새로 탄생하는 아이의 운수에 영향을 줄까봐 청하지 않는 것이다. 어느 마을에 가든지 거의 전문적으로 아이를 받는 복 있는 할머니가 한두 사람씩 있다.

산파에 대한 보수로 대가집에서는 농토를 주어 먹고 살도록 하고, 돈보다는 옷을 새로 한 벌 지어 주는 것이 보통이며 어려운 가정에서는 버선을 지어 주기도 한다. 딸인 경우보다는 아들인 경우에 보수를 많이 주고 있다.

태아의 배꼽은 길게 끈처럼 태반에 연결되어 있다. 이 배꼽줄을 삼줄이라고 하는데 자르는 것을 '삼가르기 또는 태가르기'라고 한다. 삼은 금속성을 사용하지 않고 대칼(竹刀)로 자르거나 이빨로 자른다.

삼을 가르는 일은 산모나 할머니, 또는 산파가 맡는데 역시 박복한 사람에게 시키지 않는다.

자른 태의 처리에는 여러 가지 방법이 있다.

- ▶ 부모가 액이 없는 방향으로 가서 불에 태운다.
- ▶ 가족이 불에 태워 재를 길바닥에 뿌린다.
- ▶ 땅에 묻는다.
- ▶ 산파가 액 없는 방향에서 태운다.

태의 처리도 부정타는 것을 꺼려하여 액이 없는 방향에서 태우거나 매장한다. 탯줄이 아이 낳지 못하는 사람에게 약이 된다고 해서 도적맞는 일이 있으므로 잘 감시하게 된다. 태를 태우는 일이 다음 아이를 빨리 잉태하고 늦게 잉태하는 데에 결정적인 역할이 된다고 믿고 있다. 즉 바로 잉태하고 싶을 때에는 가까운 뜰 밑에서 태우고 오래 있다가 잉태하기를 원하는 사람은 집 밖에서 태우면 효과가 있다고 전한다. 태를 태운 재를 강물에 버리면 유도가 풍부하다고 하며 아무도 모르게 버리면 더욱 좋다고 믿고 있다.

🔵 배냇저고리

아이를 낳아서 맨처음 입히는 옷을 '배냇저고리'라고 하는데 바지는 없고 긴 저고리만 있다. 흰색의 융이나 가제천으로 만드는 일이 많다. 어린아이는 피부가 약하기 때문에 부드러운 천으로 지어 입힌다.

배냇저고리는 아이를 낳기 전에 산모가 미리 만들어 두었다가 입히거나 아니면 할머니 또는 복 많은 노파에게 부탁해서 만들기도 한다. 이 세상에 태어나서 처음 몸에 걸치는 옷이기 때문에 아이의 장래 운명과 관계가 있다고 믿어 복 없는 박덕한 사람에게는 부탁하지 않는다.

배냇저고리는 재봉틀로 만들지 않고 반드시 바늘로만 만든다. 또 단추를 달지 않고 7겹의 흰 실을 길게 끝으로 만들어 가슴을 둘러 매도록 하는데 수명이 길기를 바라는 생각에서이다.

배냇저고리는 낳아서 3일째 되는 날에 입히는 것이 관례이다.

🔵 젖

아이를 보육하는데 있어서 젖이 많고 부족함을 매우 중요한 문제이다. 산모가 건강하고 젖이 풍부하면 걱정이 없으나 젖이 부족하면 아이의 발육에도 많은 지장이 있으므로 젖이 풍부하기를 소원하게 된다.

젖이 많이 나오도록 하는 방법에는 다음과 같은 여러 가지가 있다.

▶ 임신중에 돼지발을 삶아서 먹는다.

▶ 특히 산월에 돼지발을 먹으며 유도가 풍부해진다.

▶ 산후 돼지발을 삶아 먹는다.

▶ 미역국을 많이 마신다.

▶ 배추씨를 차처럼 끓여서 물을 마신다.

▶ 삼신할머니에게 음식을 차려놓고 기도드린다.

▶ 동전을 붉은 끈에 꿰어 목에 걸고 체를 가지고 우물에 가서 샘물을 마신 다음, 물을 길어다가 밥을 짓고 국을 끓여 먹는다. 이 때에 동전을 물값으로 우물 속에 던진다.

▶ 재계 목욕하고 변소에 갔을 때에 옷을 갈아 입고 금줄로 물병을 묶어 우물로 간다. 병에 물을 담은 다음에 솔가지로 병마개를 하고 '우리 아이는 젖이 많다'고 주문을 외치면서 병을 거꾸로 들고 돌아온다. 이렇게 49일 동안 남몰래 되풀이 하면 삼신할머니가 젖이 풍부하도록 만들어 준다.

▶ 세 우물의 물을 두 병에 담아서 솔가지로 마개를 한 후 어린 아이의 베개 위에 놓고 삼신할머니를 위한 다음, 두 손으로 병의 물을 거꾸로 쏟으면서 '우리 아기 젖 많이 나온다'고 되풀이하면 젖이 많이 나온다.

▶ 병 속에 국수를 넣고 우물로 가서 물을 넣은 다음 집으로 돌아와 산모의 목에 걸고 물을 쏟으면 젖이 풍부해진다.

돼지발은 지방질이 많아서 산모에게 영양이 되나 그 밖의 일은 모두 주술적이다. 두 개의 병은 산모의 유방을 상징했고 물을 쏟는 것은 젖이 나오는 것을 상징한 유사 주술(類似呪術)이다.

이와는 반대로 젖이 너무 많이 나와 남을 때에는 젖을 짜서 반드시 장독대에 버려야만 부정타는 일이 없고 아이가 건강하게 자란다고 전한다. 젖은 아무 곳이나 함부로 버리지 않는다.

● 작 명(作名)

이름을 미리 지어 두는 경우가 있으나, 미리 지어 두면 좋지 않다고 해서 21일이나 백일날에 지어 주는 예가 많다. 성씨에 따라 오행(五行)에 의해서 돌림자가 정해져 있어 한 자를 추가해서 짓게 된다. 따라서 정상적인 경우에는 문제가 없으나 딸이 많고 아들이 귀한 집이라든가, 아이를 낳으면 바로 죽어서 수를 못하는 집에서는 항렬을 따르지 않고 어려움을 극복할 수 있는 이름을 짓게 한다.

민간에서는 흔히 돼지·강아지·개똥·소똥·돌이·바위·멍텅구리·바보·딸막이 등의 천한 이름을 지어 부르는 일이 많다. 돼지·강아지·개똥·소똥·돌이 등의 천한 이름으로 짓는 것은 천한 까닭에 염라대왕도 관심이 없어서 무병하고 장수하도록 하기 위하여 지은 것이다. 이름이 멋있고 부르기 좋으면 사람들이 관심을 가지고 살펴보고 시기를 하게 되지만 천하고 나쁘면 아무도 돌보지 않기 때문에 사람도 귀신도 관심이 없어서 버려 두게 된다고 생각했던 것이다.

'딸막이'라고 부른 것은 다음부터 딸은 마감하고 아들을 낳아달라는 뜻이며, '바위'란 변화없이 무궁한 생명력을 지니고 있기 때문에 바위처럼 오래오래 장수해달라는 소원의 표시이다. 아이들이 요절해서 잘 죽을 때에 바위란 이름을 짓게 된다. 인간의 능력으로 죽음을 막을 수 없기 때문에 바위의 영구불변의 생명력에 착안하여 바위처럼 건강하게 살라는 것이다.

아이가 허약하거나 잘 죽는 집에서는 그 아이를 산이나 바위에 양자(養子)로 보내거나 또는 팔아서 인간 관계를 맺게 하는 수가 있다. 즉 바위에 팔거나 양자로 보내면 바위를 아버지로 여기고 명절때면 찾아가서 인사를 드린다. 산이나 큰 나무에 있어서도 마찬가지이다.

즉 이러한 자연물이 지니고 있는 강인하고 무궁한 생명력이 그의 양자인 아들에게도 전해지고 계승되어 장수할 것을 믿었기 때문이다.

또 재액이 들어 있거나 불행한 운명에 놓여 있을 때에도 아이를 자연물에 팔면 액을 면하고 제화 초복(除禍招福)을 기대할 수 있다고 믿어왔다.

● 목욕 · 손톱 · 머리

갓난아이는 하루에도 몇 번씩 자주 목욕을 시킨다. 의학적인 이유도 있겠으나 민속적으로도 상당한 이유가 있었다.

▶ 백일 전까지는 날마다 목욕시킨다.
▶ 삼일 날부터 날마다 목욕시킨다.
▶ 삼일만에 한 번씩 목욕시킨다.
  처음에는 3, 7, 14, 21일에 목욕하고 그 후로는 날마다 한다.

이처럼 목욕하는 회수에 대해서는 일정하지가 않다. 그러나 대개의 가정에서는 낳아서부터 날마다 목욕시키는 것이 보통이다. 목욕시키는 이유로서는 잘 자라라든가, 종기가 없다든가, 기름기를 빼기 위한 것이라고 말하기도 한다.

그리고 갓난아이의 손톱 또한 함부로 자르지 않는다. 칼을 쓰지 않고 이로 깨물어서 자르는 일이 많다. 칼로 자르면 아이가 장성해서 손버릇이 나빠진다고 전한다. 손톱을 자르지 않으면 아이가 자기 얼굴을 할퀴거나 손톱자국을 남기는 수가 있으므로 배냇저고리의 소매를 길게 만들어 소매 속에 손이 들어가게 해서 손톱으로 다치지 않게 한다. 그래도 손톱이 길면 좋지 않으므로 21일과 백일날에 자르는 것으로 되어 있다.

자른 손톱은 함부로 버리지 않고 불에 태우지 않는다. 짐승들이 먹어도 나쁘다. 손톱은 부모에게서 받은 것이므로 소중히 여겨야 하며 불태우는 것은 불효자가 된다. 손톱은 변소에 버리거나 냇물에 흘러 보내야만 좋다고 믿어 행하고 있다.

갓난아이의 배냇머리는 백일날 또는 첫돌에 깎는다. 첫번째 깎을 때에는 다 깎지 않고 머리털을 3~4개 남겨 두는데 그러면 복 있고 장수한다고 믿고 있다. 머리를 깎을 때에는 가위로 깎으며 아궁이에 넣거나 태우는 일이 많다. 손톱과는 정반대이다.

● 행사와 선물

아이를 낳아서 첫돌까지의 행사는 지방에 따라 가정에 따라 여러 가지 있으나 대개 다음과 같다.

1) 낳아서 6일 동안

- ▶ 금줄을 친다.
- ▶ 날마다 목욕시킨다.
- ▶ 날마다 밥, 미역국을 삼신께 올린다.
- ▶ 산모는 일을 하지 않고 쉰다.
- ▶ 날마다 쌀과 미역을 씻은 물을 깨끗한 곳에 버린다.
- ▶ 3일째 되는 날에 배냇저고리를 입힌다.

2) 첫 7일
- ▶ 새 이불로 갈아 준다.
- ▶ 새 옷으로 갈아 입고 한쪽 손을 소매 밖으로 내놓는다.
- ▶ 아침 일찍 밥과 미역국을 삼신할머니께 올렸다가 산모가 먹는다.

3) 둘째 7일
- ▶ 새 옷으로 갈아 입히고 양손을 소매 밖으로 내놓는다.
- ▶ 아침 일찍 밥과 국을 삼신할머니께 올렸다가 산모가 먹는다.

4) 셋째 7일
- ▶ 아침 일찍 밥과 국을 삼신할머니께 올렸다가 산모가 먹는다.
- ▶ 금줄을 내린다.
- ▶ 잡귀를 쫓기 위해서 수수떡을 먹는다.
- ▶ 친척을 불러 아침 식사를 함께 한다.

5) 백일(百日)
- ▶ 아침 일찍 밥과 국을 삼신할머니께 올렸다가 산모가 먹는다.
- ▶ 흰 무리떡을 해서 백 집과 나누어 먹으면 아이가 부귀 장수 한다.

▶ 떡을 해놓고 손님을 청해서 백일 잔치를 한다.

▶ 수수떡을 만들어서 집 4방에 놓아 둔다. 그러면 귀신이 들
  어오지 못한다.

▶ 백일 떡을 일가 친척 및 이웃집에 돌린다. 백일떡 그릇을
  빈 채로 보내지 않고, 돈·쌀·실을 답례로 선물하는데 모
  두 장수를 기원하는 것이다.

6) 돌날(周日)

▶ 돌떡을 해서 이웃집에 돌려 나누어 먹는다. 떡 그릇은 빈 그릇
  으로 보내지 않고 백일 때처럼 돈·쌀·실을 담아서 답례를
  한다.

▶ 아이가 병났을 때에는 잔치를 하지 않는다.

▶ 아이를 새 옷으로 갈아 입힌다.

▶ 돌상에는 많은 떡과 찬과 함께 돈·책·쌀·붓·바늘·활
  등을 놓아둔다. 그리고 아이가 그 중에서 어느 것을 먼저 잡
  느냐에 따라 그 아이의 장래 운명을 점치고 있다. 즉 돈은 재
  복, 실은 수(壽)하고, 활은 영웅이 되고, 문방구는 문장 대가가
  될 징조이다.

● 장수 기원과 치병(治病)

누구든지 무병하고 건강해서 장수하기를 원한다. 특히 갓난아이는
어린 생명이기 때문에 무병해서 장수하도록 바라고 있다.
장수를 비는 방법은 다음과 같다.

▶ 절에 가서 불공드린다.

▶ 중에게 시주를 한다.
▶ 삼신할머니께 빈다.
▶ 무당을 불러 굿하고 빈다.
▶ 배냇머리를 깎을 때에 산모가 알지 못하도록 몰래 깎는다.
▶ 오복(五福)을 갖춘 사람의 옷을 얻어다 배냇저고리를 만든다.

사람이 단명하면 가통(家統)을 이을 수가 없으므로 부모나 가족들은 갓난아이의 장수를 위해 정성을 다한다.

아이가 병이 났을 때에는 여러 가지 치료법이 있다. 아이가 말을 하지 못하므로 부모는 답답하여 민간의치(民間醫治)의 복잡성과 주술을 따르게 된다.

▶ 쌀을 독에서 7번 찧고 7번 닦아서 밥을 지어 밥과 미역국과 함께 아이 머리맡에 놓고 삼신께 빈다.
▶ 젖을 토할 때에는 환약을 바늘 끝에 꽂아 기름을 찍어 불에 구어서 그 가루를 젖과 함께 먹인다.
▶ 학질은 소와 입을 맞추게 하거나 쥐구멍을 들여다보게 하면 낫

는다.

▶ 경풍에는 태를 태운 재를 먹인다.

▶ 전염병이 있을 때에는 은으로 만든 자물통을 달고 다니도록
한다.

▶ 안질에는 젖을 넣는다.

▶ 간질에는 뽕나무 벌레를 기름에 튀겨 먹는다.

▶ 설사에는 메밀을 삶아 가지고 집을 돌면서 울타리 밑에 버린다.

▶ 안질에는 눈 하나에 몸이 셋인 물고기를 동쪽 벽에 그리고 해
가 뜰 때에 바늘이나 송곳으로 눈을 찌르면서 내 눈의 가시를
빼주면 네 눈의 가시도 빼주마고 세 번 외고 바늘을 꽂아 둔다.

▶ 다래끼가 났을 때에는 반대쪽 엄지손가락에 +자를 그리고 가
운데를 꼭 찌른다.

▶ 귀가 아플 때에는 참기름을 솜에 찍어 바른다.

▶ 가래톳이 서면 뱀의 뼈로 +자를 그린다.

▶ 호랑이 고기를 먹으면 만병 통치한다.

▶ 병이 났을 때에는 부적을 붙인다.

▶ 마마손님을 앓을 때에는 장독에 냉수를 떠 놓고 빈다.

이와 같은 민간 의치의 방법은 매우 주술적인 경우가 많았다. 호
랑이 고기를 먹으면 만병 통치가 된다는 것은 호랑이가 짐승 가운데
가장 사납고 무섭기 때문에 그 고기는 잡귀도 무서워 달아난다는 생
각에서 한 것이다.

어린아이가 출생해서 만 1년이 되어 돌을 넘기면 우선 성장에 있
어 어려운 고비는 넘긴 셈이 된다. 따라서 산육속은 잉태에서 돌까지
로 일단 끝나는 셈이다.

3. 하늘·해·달·별에 관한 태몽

☯ 하늘에서 우람한 황소가 내려와 자신에게 안기는 꿈은
  조상의 음덕으로 집안을 이끌 아들이 태어난다. 가문을 빛내고
  집안의 기둥 역할을 하며 특히, 스포츠·기술 분야에서 명성을
  떨친다.

☯ 하늘이 맑고 쾌청한 꿈은
  부귀공명과 명예를 지닌 귀한 아들을 낳게 된다. 만약에 딸이 태
  어나면 사회 활동이 폭넓고 대인관계가 원만한 여걸 또는 위대한
  여성 지도자가 될 것이다.

☯ 하늘에서 청룡이 내려와 방으로 들어오는 꿈은
  확실한 태몽이다. 집안에 재물과 이익되는 일이 생기고 가문을
  빛낼 훌륭한 아들을 낳는다.

☯ 하늘에 올라간 용이 자신에게 애써 말하려는 꿈은

힘들게 임신은 했으나 태아에 문제가 생겨 결국은 실패하게 된다.

◑ 하늘에 오르던 용이 품안에 안겨드는 꿈은

아들이다. 명석한 두뇌와 빼어난 용모, 그리고 낭랑한 음성을 지닌 아들이 태어나 군중을 사로잡는다. 그 아들은 장차 정치가로서 가문을 빛내게 된다.

◑ 문득 용을 타고 하늘을 날다가 바닷속에 들어간 꿈은

활달한 성격과 걸출한 용모의 아이를 낳게 되고 그 아이는 활발한 성격에 많은 사람들의 주인공이 된다.

◑ 하늘의 별들이 쏟아져 품안에 들어오는 꿈은

위대한 정신적인 지도자, 즉 신앙심이 깊은 성직자로서 대성할 인물을 낳게 될 것이다. 어려서부터도 총명하며 귀여움을 독차지하고 한 집안뿐만 아니라 국가의 운명과도 직결될 중요한 지도자적 인물이 될 것이다.

◑ 하늘을 바라보다가 문득 커다란 비행물체를 보게 된 꿈은

무역업으로 해외진출을 꾀하며 금속공예 등 경제계에 두각을 나타낼 아들을 낳을 태몽이다. 건강할 뿐만 아니라 식솔들이 넉넉하고 후한 처복으로 아내의 도움을 받아 대성하게 된다.

◑ 새떼들이 무리지어 하늘을 날으는 꿈은

오랫동안 태기가 없어 고민하던 집안의 부인에게서 임신 소식을 듣게 된다. 그러나 어렵게 그 아이가 태어나게 되면 부부 이별수요, 그 아이 또한 객지를 떠돌며 부모 속을 썩이게 된다.

◑ 하늘에 떠 있는 무지개 구름을 따오거나 함께 노니는 꿈은

TV, 언론 방송매체에서 두각을 나타내는 유명한 스타가 될 아이를 임신하거나 인기작가로서 명성을 함께 얻을 인물을 낳게 된다.

◑ 하늘로부터 갓난아기가 내려와 품속에 안기는 꿈은

대부분 막내아들을 낳게 되거나 자손이 귀하던 집안에 아들을 얻

게되어 가화만사 형통하게 된다.

◑ 하늘에서 밝은 빛이 자기를 비추는 꿈은
귀한 자손을 두게되며 행여 신상에 우환과 질병이 있었다면 씻은
듯이 나아진다. 남자가 꾸었다면 명망과 직위가 올라 승진, 영전
하게 된다.

◑ 동쪽 하늘에서 솟아오르는 보름달을 보는 꿈은
크게 출세하고 부귀하게 될 자식을 잉태한다. 만약 미혼여성이
꾸었다면 맞선을 보게 되거나 사람을 소개받게 되는데 그 사람이
바로 천생연분, 훌륭한 남편감이다.

◑ 둥근 해가 입속으로 들어와 꿀꺽 삼키는 꿈은
미래의 지도자, 큰 인물이 될 자식을 잉태하게 되어 집안을 빛낸
다. 해를 품속에 안거나 삼키는 꿈은 길몽 중의 길몽으로 커다란
행운을 가져다주며 부귀영화와 명성을 얻게 될 뿐만 아니라 모든
일이 순조로워진다.

◑ 둥근 해가 자기가 살고 있는 집 지붕에 떨어지는 꿈은
예술 혹은 기능적인 면에서 크게 두각을 나타내고 명성을 떨칠
아이를 잉태하게 된다.

◑ 밝은 햇볕을 쬐고 있거나 나란히 서 있는 꿈은
귀하게 될 자손을 임신하게 될 징조요, 미혼일 경우에는 천생연분
을 만나 기쁨을 나누고 이성교제 및 혼례 등에 목적을 달성한다.

◑ 하늘에 있는 해·달·별 등을 마구 집어먹는 꿈은
대길몽으로 귀한 자손을 잉태하게 될 뿐만 아니라 천우신조로 하
고자 하는 사업 등 지위가 순조롭게 발전, 성공하며 입신양명하
게 된다. 특히 작은 별이 점차 커지면 작은 사업이 날로 번창하
고 낮은 지위가 욱일승천하게 되어 출세가도를 달리게 된다.

◉ 해와 달을 떠받들고 있거나 꺼안고 있는 꿈은
　큰 인물이 될 자식을 얻게 될 태몽이다. 그리고 사업경영 및 지
　위가 높아져 남의 부러움을 사게 되고 널리 명성을 떨치게 된다.
　(단, 해 혹은 달이 갑자기 사라지는 꿈은 부모님에게 액운이 겹
　쳐들 징조이니 조심해서 살펴야 될 것이다.)

◉ 해를 삼켰는데 목에 걸려 토하려 해도 토해지지 않는 꿈은
　임신한 사실을 숨기고자 하거나 사정이 있어서 임신한 태아를 지
　우려 하는데도 불구하고 사정이 여의치 못해 그러지도 못하고 태
　아는 더 더욱 건강하게 자라 세상에 태어난다.

◉ 붉게 노을진 풍성한 가을 들녘을 바라보는 꿈은
　아들을 낳게 된다. 그 아들은 부유하고 넉넉한 재물운을 지니고
　태어나 부족함 없는 삶을 이룬다.

◉ 둥근 해를 손으로 어루만지는 꿈은
　달도 마찬가지 의미를 지니지만 경제계의 대부나 정치적으로 이
　름을 떨칠 위대한 인물이 태어난다. 그 아들은 집안의 명예를 높
　이고 사회적으로도 존경받아 크나큰 족적을 남기는 귀한 자손이
　된다.

◉ 바다 혹은 강 위를 해가 두둥실 떠오르는 꿈은
　그동안 소식이 없어 애를 태우던 임신 소식을 듣게 되고 필시
　아들을 낳게 된다.

◉ 해를 바라보며 좋아하고 있는데 그만 그 해가 자기 입속으로 들
　어가게 된 꿈은
　가세가 기울어 형편이 어려운데도 불구하고 열심히 공부하고 자
　수성가하여 크게 사업을 일으킬 아이를 얻게 된다.

◉ 아침 해가 산봉우리에 떠오르는 꿈은
　신성한 종교와 국가경영 및 부귀공명을 뜻한다. 해 꿈은 거룩한

태양신으로 인간의 생사화복을 지켜 준다. 거의 다 아들을 잉태
하게 될 꿈으로 만약 딸이면 크나큰 사회의 지도층 인사이거나
여걸·여장부가 된다.

☯ 둥근 해를 보자기나 앞치마로 싸가지고 집안에 드는 꿈은
큰 업적을 성취할 귀한 아들을 잉태한다.

☯ 붉은 해가 점차 사람의 얼굴로 변하여 방싯 웃는 꿈은
큰 인물이 될 자손을 얻게 된다.

☯ 멀리 지평선에서 해·달이 떠오르거나 떠 있는 꿈은
해외에 나가 입신 양명할 아들을 얻게 된다.

☯ 해가 솟아오르는 것을 본 후, 다시 보았을 때 어느새 중천에 떠
있는 해를 본 꿈은
사정이 여의치 못해 태어난 아기와 이별하게 되나 그 아이가 성
장하여 성공한 후에 다시 만나게 된다.

☯ 해가 둘이서 맞붙어 있는 꿈은
쌍둥이를 낳게 되거나 둘 이상의 사업을 동시에 이룩할 인물이
된다.

☯ 두 개의 해·달이 떠 있는 꿈은
장차 태어날 아기가 두 가지의 권리를 소유하게 되거나 동등한
형제의 세력을 얻게 된다.

☯ 해에 관한 모든 태몽은
장차 아기가 성장하면서 성취할 업적과 지위(권세), 사업 등 길몽
을 상징한다.

☯ 달을 꾸게 되는 꿈은
대중문화의 삶과 정서 그리고 행운을 나타낸다. 대부분 딸을 잉
태할 태몽으로 만물의 생성 발전하는 모신(母神)으로 섬겨왔다.

만약 아들일 경우 문화·예술·정신적으로 발달된 두뇌 소유자
이다.

🌓 해를 남편이 자신의 어깨에 짊어지고 있는 꿈은

정계나 관계로 진출하며 나랏일을 맡아볼 아들을 낳게 된다. 그
러나 해가 아닌 달을 짊어지고 있으면 딸이다. 어쨌든 그 아이는
성장하면서 뭇사람을 이끄는 지도자상이다.

🌓 밝은 달밤에 그 빛을 받기 위해 앞치마를 벌리고 있는 꿈은
마음 착한 예쁜 딸을 잉태한다. 그 아이는 자라서 문학 또는 예
능 분야에 실력을 발휘한다.

🌓 달을 향해 기원하는 꿈은
조상의 음덕으로 자신 또는 자식에게서 아들 낳은 소식을 듣는
다. 그 아이는 신앙심이 깊어 종교 지도자로서의 자질을 유감없
이 발휘한다.

🌓 밝은 달이 품속에 들어오거나 혹은 자신에게 떨어지고 또는 삼키
거나 달빛을 보는 꿈은

축복받은 아기가 잉태할 태몽이다. 장차 정치·경제계에 두각을 나타내는 인물이거나 인기인 또는 유명인이 되어 사회를 이끌어 갈 지도자가 될 자손을 보게 된다.

☯ 달이 나뭇가지에 걸린 것을 따가지고 집안에 들어오는 꿈은
심성이 곱고 어여쁜 딸을 잉태하고 횡재수가 있거나 재물이 쌓이게 된다.

☯ 달을 먹어서 배가 점차 불러오는 꿈은
부인이 반드시 임신하게 되고 자신 또한 지위가 향상되며 입신 양명한다.

☯ 우물 또는 물가에서 달을 줍게 되는 꿈은
반드시 임신하여 훌륭한 거장·명인을 낳게 된다. 임신할 수 없는 사람이 그 꿈을 꾸었을 경우엔 운수가 대통하고 큰 대업을 쌓아 만사 형통, 소원을 이룬다.

☯ 달이 유별나게 빛을 발하는 꿈은
결혼과 태몽을 암시하며 재산이 늘어 살림이 윤택해진다. 특히 동쪽 하늘에 걸려 있는 보름달일수록 더욱 좋은 행운이 찾아온다.

☯ 방안으로 달빛이 비쳐드는 꿈은
좋은 배우자를 상대로 결혼하거나 성품이 곧고바른 아이를 잉태한다.

☯ 달빛이 자기 몸을 환하게 비추는 꿈은
자녀를 잉태하고 자녀로부터 많은 도움으로 어려움이 없어지고, 독신녀가 꾸었을 경우엔 남성의 협조로 행운을 되찾고 안정을 누리게 된다.

☯ 밝은 보름달 가운데서 토끼가 떡방아 찧는 것을 보게 되는 꿈은
귀인을 상봉하여 혼사를 이루거나 귀여운 자녀를 잉태할 태몽이

다. 그외 사람일 경우엔 집안이 안정되고 번창한다.

◑ 달빛이 창문을 통해 방안에 비쳐드는 꿈은
좋은 인연을 맺게 되고 혼사가 성사되어 총명한 아들을 낳는다.
그 외의 사람이라면 연인과의 달콤한 시간을 갖게 된다.

4. 동물 · 물고기류 · 식물에 관한 태몽

◑ 큰 구렁이한테 물리게 되는 꿈은
정계 또는 관계에 진출하여 대성하거나 이름을 날릴 아들을 낳는
다. 그러나 구렁이가 자기를 따라다니는 꿈은 딸을 낳게 되는데
문학적으로 명성을 떨치게 된다.

◑ 돼지우리에 여러 새끼돼지들이 가득 모여 있는 꿈은

자손들 가운데 건장한 아들을 낳는 이가 있다. 앞으로 자손이 번

창하게 되고 그 아이는 재물운이 따라 복록이 많으며 사업적으로
성공한다.

○ 송아지 낳은 꿈을 꾸었는데 그 송아지의 색깔이 형형색색으로 빛
나는 꿈은
아들을 낳게 되는데 어릴 때는 부모 속을 썩이지만 점차 자라면
서 지능이 뛰어나고 모범적이며 효도할 아들이다.

○ 독수리한테 날카로운 부리로 자신의 손가락을 물리는 꿈은
조상의 음덕으로 아들을 낳게 되는데, 이 아이로 인하여 우환이
생기고 가정 불화가 따른다.

○ 산 속에서 멧돼지를 만나 다정스레 같이 거니는 꿈은
딸 아이를 낳게 되는데 그 아이는 다소 성격이 급하고 호탕하지
만 미술계통에 뛰어나며 효심 또한 깊어 사랑받는다.

○ 화사한 공작새를 만나 우리에 가두게 되는 꿈은
성품이 어질고 착한 딸아이를 낳게 된다. 그녀는 예술가 타입으
로 언제나 즐거움을 자아내며 인기를 끌게 된다.

○ 모르는 돼지들이 자기를 따르는 꿈은
뜻밖에 아들을 잉태한 소식을 듣게 된다. 특히 그동안 아이가 없
어 고민하던 집안이 화기애애한 분위기를 이룬다. 그외 일반적으
로는 횡재수가 있다.

○ 갑자기 집안으로 돼지가 뛰어들어와 음식물을 먹어치우는 꿈은
재물운이 좋고 많은 사람들이 무리지어 따르는 아이를 낳게 된다.
최소한 대기업의 간부 및 사회 지도층 인사가 될 영특한 아이다.

○ 구렁이가 나무숲 사이를 지나가는 꿈은
종가집 집안 살림을 떠맡을 딸아이를 낳게 되는데 그 아이는 하
고자 하는 일마다 이룰 수 있는 강한 성격의 소유자이다.

◑ 강아지를 품안에 안는 꿈은
자식이 귀해 애태우던 사람에게 귀여운 딸을 낳게 된다. 성격이
발랄하고 건강하게 잘 자라주어 집안이 화목해진다.

◑ 집 추녀 끝이나 빨랫줄에 제비가 날아와 앉는 꿈은
옥동자를 낳게 된다. 그는 건축 분야에 뛰어나거나 하늘을 날으
는 비행 조종사로서 적합한 능력의 소유자이다.

◑ 거북이를 얻거나 거북을 타고 바다를 건너는 꿈은
나랏일에 중차대한 임무를 떠맡게 되고 가문을 빛낼 자손을 낳게
된다.

◑ 백마가 날개를 달고 하늘로 날아오르는 꿈은
학문적으로 이름을 세상에 떨칠 귀한 자손을 낳게 된다. 입신 출
세하고 고귀한 신분으로 상승될 길몽이다.

◑ 토끼가 떡방아를 찧고 있는 꿈은
태기가 없던 이에게 임신할 징조요, 그동안 지루하게 끌던 혼담
이 성사되고 맘에 드는 배우자도 찾게 되어 좋은 세월을 맞이하
게 된다.

◑ 숲속의 백호가 품안으로 뛰어들거나 집안으로 들어오는 꿈은
부귀공명을 떨치고 입신출세할 귀한 자식을 낳는다. 또는 지위가
상승되어 권세를 누릴 수 있는 신분이 될 것을 암시한다.

◑ 호랑이에게 정성껏 절하는 꿈은
공명을 세우고 천신만고 끝에 귀한 자녀를 잉태한다.

◑ 새끼 곰이 다정스레 노니는 꿈은
미혼 여성이라면 결혼에 대한 두려움을 나타내는 것이고, 기혼자
에겐 아이를 잉태하는 태몽이다. 그리고 새끼곰을 불구덩이 속에
서 구했다면 아들을 순산하고 그 아이에겐 재물과 행운을 얻게
된다.

☯ 뿔 달린 용이 집안으로 들어오는 꿈은
  확실한 태몽으로 입신출세할 아들을 낳는다.

☯ 용이 이불 속으로 들어오게 되는 꿈은
  남녀가 합궁을 하거나 임신하게 되어 훌륭한 아들을 낳는다. 그
  리고, 용이 장미꽃 속에서 나와 하늘로 올라가는 꿈은 예쁘고 훌
  륭한 딸을 낳는다. 또한 계란 속에서 용이 나오는 꿈은 똘똘한
  아들을 낳는 태몽이다.

☯ 용 두 마리가 집안으로 들어오는 꿈은
  쌍둥이 태몽으로 일란성 쌍둥이를 낳게 된다.

☯ 자신이 청룡을 낳는 꿈은
  아들을 낳는 태몽으로 창조적이며 기발한 아이디어(계획)으로 행
  운을 얻게 된다.

☯ 곰이 새끼 낳는 꿈은
  신상품 개발 혹은 수출의 길이 열려 사업이 발전된다. 임신부는
  훌륭한 자식을 낳는 태몽이다.

☯ 코끼리가 집안으로 들어오는 꿈은

길몽 중의 길몽으로 부귀공명할 아들을 얻게 될 태몽이다. 집안의 경사로 오복(五福 : 자식·재물·명예·직업·사랑)이 들어온다. 그리고 귀한 손님이 오거나 새로운 식구를 맞이하게 되고 확실한 실력자의 도움으로 만사형통한다.

○ 호랑이가 집안으로 들어오는 꿈은
  잉태하여 귀한 아들을 낳는다. 그리고 호랑이 똥 속에서 영롱한 빛이 나오는 꿈은 재색을 겸비한 딸을 낳게 되는데, 복이 겹쳐 찾아든다.

○ 호랑이 새끼를 낳는 꿈은
  걸출한 아들 태몽으로 그 아이는 용맹스럽고 계략있는 장군감이다. 그리고 호랑이 세 마리가 안방으로 들어오는 꿈은 훌륭한 세 아들을 낳아 당대의 장군이 되고 명인이 되어 세상을 호령한다.

○ 사자 새끼가 집안으로 들어오는 꿈은
  나무랄데 없는 아들 태몽이다. 횡재수가 있을 것이며 돈과 재물, 식복 등이 터져 길운을 맞이한다. 혹은 먼데서 반가운 손님이나 친척이 찾아든다.

○ 불속에서 타죽은 돼지를 안고 나오게 되는 꿈은
  뜻하지 않은 유산으로 심적 고통을 받게 되고 계획에도 없던 돈이 나가게 된다.

○ 파란 돼지를 집사람이 안고 있거나 함께 있는 꿈은
  훌륭한 자식을 키워 학자로 대성한다.

○ 예쁘게 생긴 흰 토끼가 집안으로 들어오는 꿈은
  귀엽고 예쁜 딸 태몽이다. 혹은 먼데서 손님이나 친척이 찾아온다. 또는 집안식구가 토끼새끼를 안고 들어오는 꿈 또한 태몽으로, 집안의 재물이 풍요로워지고 선물 등이 가득 쌓인다.

○ 학이 임신한 자기 배를 부리로 쪼는 꿈은

영리하고 예쁜 딸을 낳게 된다. 그녀는 용모도 빼어나고 두뇌회
전이 빨라 학업성적이 우수하다.

◐ 공작이 화려하게 날개를 펼치고 있는 꿈은
딸 태몽이다. 그녀의 성격은 활발하고 재색을 겸비하였기에 연예
인으로 대성하여 장안의 화제가 된다.

◐ 산 속에서 무서운 호랑이에게 쫓겨왔더니 호랑이가 아니라 고양
이로 변해 있는 꿈은
아들 태몽이다. 귀한 집에서 자라나 응석을 잘 부리며 의지가 약
하지만 성장해서는 큰 사업가로 성공한다.

◐ 개가 새끼를 낳았다하여 자세히 살펴보니 호랑이 새끼여서 놀라
게 되는 꿈은
아들 태몽이다. 어릴 때는 허약한 체질이라 부모에게 걱정을 끼
치지만 성장하면서 건강하고 명석하여 모임에서의 주장 역할을
한다.

◐ 호랑이를 품속에 안았는데 하나도 무섭지가 않은 꿈은
입신 출세를 암시하며 사회 자도자격인 인물이 될 아들을 낳게
된다. 그리고 호랑이가 집안으로 들어왔는데 무서워서 도망다니게
되는 꿈은 두뇌가 명석한 딸 태몽이다. 그녀는 후일 여걸로서 정
치·경제 등 다방면의 주요인사로 자리잡아 명성을 떨치게 된다.

◐ 호랑이를 숲에서 만났는데 호랑이가 비켜서며 지나가게 하는 꿈은
걸출한 아들을 낳게 되나 자존심이 강한 아이로 성장하여 대인관
계에 모난 성격의 소유자일 수 있다.

◐ 뱀의 머리가 둘로 보이는데 자신에게 달려드는 꿈은
딸 태몽이다. 그녀는 효성 지극한 아이로 성장하면서 두뇌 회전
이 빠르다.

◐ 잘생긴 말이 평화로운 초원에서 풀을 뜯고 있는 꿈은

용모가 빼어난 아들 태몽이다. 잘생긴 용모로 인하여 많은 여인들이 꾀어들어 생활이 다소 문란해질 수 있다.

◐ 산사에서 내려온 동승이 학을 타고 날아다니는 꿈은

아들 태몽이다. 그 아들은 뭇사람들로부터 추앙받는 고승 또는 성직자가 될 것이다. 혹은 정절이 곧은 선비적 학자로 후세에 이름을 떨칠 자이다. 학이 만약 자신에게 날아든 꿈도 같은 의미를 지닌다.

◐ 집의 암소가 검은 송아지를 낳는 꿈은

손이 귀한 집안에서 아들을 낳아 잔치를 벌인다. 그 아들은 집안의 귀한 자랑거리로 자라게 되는데 이 모든 것이 조상의 음덕으로 태어난 것이다.

◐ 돌아가신 시부모님이 나타나 소 한 마리를 끌고 와 잘 키우라는 꿈은

자손이 귀한 집안에 대를 이을 아들을 낳게 된다. 그 아이는 성장하여 사업체를 이끌고 재물을 축적한다.

◐ 누런 구렁이가 치마 속으로 들어오는 꿈은

귀한 자손을 낳게 되는 태몽이다. 만약 결혼 전의 미혼녀라면 애인을 만나 잠자리를 같이 하게 된다. 그리고 구렁이가 황금덩어리를 휘어감고 있는 꿈은 귀한 자손의 태몽이다. 평생 부귀공명을 얻어 복락을 누리게 되고 갑작스런 횡재수와 재물을 얻게 된다.

☯ 귀엽고 예쁜 다람쥐를 잡아가지고 집안으로 들어오게 되는 꿈은
딸을 낳는다. 우연히 또는 갑작스런 재물복과 횡재수가 있다.

☯ 캥거루가 집안으로 들어오는 꿈은
딸을 낳는다. 우연찮게 재물과 길운이 열리고 어떤 연회에 참석할 기회가 생긴다. 그리고 어미 캥거루의 아기주머니 속에 캥거루 새끼는 없고 금덩어리가 들어 있는 것을 본 꿈은 부귀공명할 아들을 낳는다. 또한 집안에 엄청난 행운으로 재물이 쌓이고 신규사업에 투자한다면 거금을 거머쥘 수가 있다. 복권을 사면 당첨된다.

☯ 대장군이 철갑에 말타고 집안으로 들어오는 꿈은
길몽의 용꿈 같은 아들 태몽이다. 뜻밖의 행운을 얻어 대중으로부터 환영을 받는다. 혹은 출향한(서울 또는 외국) 자식이 금의환향하여 돌아온다.

☯ 용마(龍馬)에게 먹이를 주는 꿈은
아들을 낳는다. 그 아들은 입신출세하고 명성을 떨치게 되며 훌륭하게 자란다.

☯ 개가 방으로 파란 고추를 물고 들어오는 꿈은
선명도에 따라 아주 똑똑한 아들을 낳는다. 행운을 가져다주는 복꿈이다. 횡재수와 재물복이 있다.

☯ 치타가 거북이를 몰고 집안으로 들어오는 꿈은
훌륭한 아들을 낳는다. 그리고 뜻밖의 재물이 생겨 풍요로워지며 기쁜 일이 있다.

◑ 팬더곰 새끼 한 마리를 안고 집안으로 들어오는 꿈은
확실한 태몽으로 예쁘고 똘똘한 딸을 낳는다.

◑ 새끼돼지를 품에 안고 쓰다듬으며 얼르는 꿈은
몸이 쇠약한 아이를 낳게 되어 걱정이 되나 그 아이는 풍요로운
재물복을 타고 났으니 걱정이 없다.

◑ 갑자기 외할머니가 찾아와 돼지를 붙잡기 위해 쫓아다니는 꿈은
외할머니의 기도 효험으로 아들을 낳는다.

◑ 해외 출장길에 자신의 비행기 좌석에 큰 뱀이 똬리를 틀고 앉아
있는 꿈은
외교적으로 또는 해외 진출 무역업으로 대성할 아들을 낳는다.
활달한 성격으로 사교 분야에서도 두각을 나타내 부를 얻는다.

◑ 여러 모양으로 곱게 치장한 고양이를 품에 안고 있는 꿈은
귀엽고 예쁘장한 아이를 낳는다. 공부 또한 잘하며 재롱을 잘부
려 주위의 사랑을 독차지하나 불의의 사고에 주의해야만 자기 운
을 겨우 채울 수 있다.

◑ 하얀 치마 속으로 개구리가 뛰어든 꿈은
어렵게 임신한 태아가 유산할 조짐이다. 단, 치마의 색깔이 흰색
이 아니라 다른 색이었다면 딸을 낳은 후 아들을 낳을 또 태몽
이다.

◑ 자신의 화장대에 뱀이 똬리를 틀고 앉아 있는데도 전혀 이상스럽
지 않게 느껴질 때의 꿈은
딸을 낳는다. 용모 단정하고 지혜가 많아 인기업종을 선택하면
대성한다.

◑ 용이 다리를 물어뜯어 피가 나는 꿈은
지도자적인 아들을 낳는다. 어릴적엔 장난기가 많아 부모의 걱정
을 끼치나 성장하여 사업체나 무리를 이끄는 대장이 된다.

- 붉은색 나비가 공중을 날으는 꿈은
  정치적으로 성공할 아들을 낳는다.

- 용을 자기가 인형처럼 갖고 다니는 꿈은
  딸을 낳게 되는데 그 딸은 입신 출세하여 부모에게 효도하고 다
  방면에 재능이 많은 사람이라 인기를 한몸에 지닌다.

- 물에 있던 잉어가 용으로 변해 하늘에 오르는 꿈은
  뭇사람들로부터 존경받는 아들을 낳는다. 그 아이는 자라면서 인
  덕을 두루 갖춰 주변 사람들에게 기쁨을 안겨 준다.

- 여러 마리의 뱀이 똬리를 틀고 있던 중 한 마리가 갑자기 건장
  한 남자로 변신하는 꿈은
  아들을 낳는다. 그 아들은 정신적으로 학문을 연구한다기 보다
  예기적 또는 만능 스포츠맨으로서 명성을 떨친다.

- 덩치 큰 동물이 대문을 부수면서 집으로 들어오는 꿈은

아들을 낳는다. 그 아들은 사업적인 수완이 좋아 사회적으로 공
인받는 대기업을 소유한다.

☯ 돌아가신 시어머니께서 호랑이 새끼를 주면서 잘 키우라 하는 꿈은
아들일 줄 알았는데 반대격인 딸을 낳는다. 그 딸은 봉사정신이
투철해 사회로부터 상을 받게 되며 후한 인덕과 성품으로 뭇사람
들로부터 칭송을 받는다.

☯ 거목 아래에 큰 호랑이가 있는 모습을 본 꿈은
국가와 민족을 위해 헌신할 아들을 낳는다. 그 아들은 고매한 인
품과 지도력을 겸비해 따르는 사람이 무리를 이룬다.

☯ 물가 혹은 갯벌에서 게를 잡는 꿈은
어느 한 분야에 몰두하여 학문적으로 업적을 빛낼 총명한 아이를
낳는다. 사업을 하더라도 남들과는 다른 특수분야, 첨단분야만을
고집해 명성을 떨친다.

☯ 물고기가 친구에게 말하듯, 사람처럼 말하는 꿈은
문학적으로 크게 명성을 떨칠 딸을 낳는다. TV나 언론 방송인,
연예인으로 대성한다.

☯ 바닷속 바위에 붙은 전복을 따게 되는 꿈은
전복이 하나였으면 아들을 낳게 되고 전복을 많이 따면 딸을 낳게
된다. 그 아이는 자라서 수산업 계통에 종사하여 많은 재물을 얻
는다.

☯ 냇물 속에서 금붕어가 떼를 지어 노닐며 솟구쳐오르는 꿈은
특수 사업분야에 소질을 보이며 명성을 떨칠 인물이 태어나 많은
재물을 모으게 된다.

☯ 낚시로 큰 붕어를 낚는 꿈은
건강한 아들을 낳는다. 모범적인 아이로 학문에 심취하여 학자로
서의 명성을 떨친다.

☯ 낚시로 잡은 물고기를 다시 놓아준 꿈은
온화한 인품과 감수성이 예민한 아들을 낳는다. 재물을 모아 가

정살림에 밑거름이 되기도 하지만 성직자나 사회사업가로서의 명성을 얻게 된다.

☯ 자신이 물고기가 되어 바닷속의 다른 물고기를 구경하게 되는 꿈은 재치와 아이디어가 풍부한 수재의 딸을 낳는다. 그 아이는 교육 분야 또는 사회사업 분야에 진출하여 대성한다.

☯ 물고기의 비늘이 휘황찬란한 광채로 번뜩이는 꿈은
초능력의 정신적 소유자로 뭇사람들로부터 인정받는 위인이 탄생한다. 또는 특이한 소재, 아이디어로 미술계나 과학분야에 업적을 빛내게 된다.

☯ 집안에 물고기가 노니는 꿈은
아이의 의식주가 풍성하게 되고 창작분야에 두각을 나타낸다.

☯ 거북을 끌어안거나 만지게 되는 꿈은
절대 권력자 또는 기관장 등 권세와 부귀를 누릴 지도자를 낳는다. 그렇지 않으면 권세를 누릴 자리로 전근하게 된다.

☯ 고래를 타고 바다로 나가는 꿈은

훌륭하게 될 인물을 낳는다. 태몽이 아니라면 권세를 잡게 되거나 좋은 배우자를 얻는다.

◉ 인어를 잡게 되는 꿈은
인기작가 또는 이색적인 종교인이 될 아이를 낳는다.

◉ 물고기 종류의 꿈은
금붕어는 예술적인 분야, 유명 인기인 등 그 물고기의 종류와 크기, 상징하는 의미 부여에 따라 다르게 나타나긴 하지만 두뇌가 명석하고 감수성이 예민해 사회로부터 인정받고 자기 분야에 만족하며 살게 된다. 물에서 헤엄치는 물고기의 뼈가 보이는 꿈은 예술적으로 뛰어난 막내아들을 낳게 된다. 그 아들은 성장하여 국내뿐 아니라 해외에서까지 인정받을 정도의 역량을 발휘하게 된다.

◉ 물개가 뭍으로 나왔다가 바닷속으로 들어가는 것을 본 꿈은
아이가 자라면서 한때 사회활동에 지장을 받아 자기의 뜻을 펼치진 못하지만 말년에는 많은 복록을 얻게 된다.

◉ 뭍에서 또는 바닷속으로부터 많은 조개를 건져올리는 꿈은
생산적인 사업이나 창의적인 작업으로 재물을 많이 얻는 자손이 태어난다.

◉ 나비의 꿈은
대체로 딸을 낳게 되나 성공 여부에 있어서는 남녀 구별이 없다. 빨간 나비를 본 꿈은 정치적 또는 관료로서 성공하게 된다. 그러나 대체로 날아다니는 곤충의 꿈은 태어나는 아이가 인기인이 되지 않는한 일찍 죽게 되거나 부모와 생이별하는 태몽이다.

◉ 붉은 고추를 따게 되는 꿈은
집안의 대를 이을 아들을 낳는다. 그리고 시댁 식구 중 어느 누구라도 붉은 고추를 가득 가져오는 꿈이라면 아들을 낳는다. 그렇지만 고추를 딸 때 흥얼거린다거나 노랠 부르면 딸을 낳게 된다.

☯ 누구에겐가 땅콩을 얻어오는 꿈은
딸을 계속해서 낳게 된다. 서운하고 섭섭하긴 하겠지만 그 아이
가 자라나면서 엄마를 돌봐주고 위로해 준다. 그리고 껍질이 있
는 땅콩을 사온 경우엔 형편과 사정이 여의치 않아 유산시켜야
할지 고민하게 되는 경우이다.

☯ 고추밭에서 붉은 고추를 큰 자루에 따 담는 꿈은
아들을 낳게 되는데 그 아이는 자라면서 장난꾸러기로서 성격 또
한 과격하여 화상을 입거나 상처로 인한 흉터가 남게 된다.

☯ 고추밭에서 풋고추를 따게 되는 꿈은
건강하고 건실한 아들을 낳는다. 그 아이는 성품이 밝고 쾌활하
며 씩씩하게 자란다.

☯ 가족 중 아들을 낳았다면서 고추를 금줄에 꿰어 대문에 다는 꿈은
산모의 몸이 정상적이지 못해 유산할 위기에 처했지만 결국은 아
들을 낳게 된다. 이 아이의 성격은 섬세하고 미적 감각이 특출해
작가로서 명성을 떨치게 된다.

☯ 애호박을 따게 되는 꿈은
딸을 낳게 되는데 화가로서 유명세를 떨칠 뿐만 아니라 이 아이
는 재기 발랄한 사교성을 지닌 소유자로서 모든 이의 찬사를 한
몸에 받는다.

☯ 과수원에서 여러 과일이 달려 있는 가운데 배 하나를 따 넣은
꿈은
잘 익은 배는 아들을 낳는다. 그 이외의 사람은 사업장의 대표가
될 조짐이다. 그런데 남편 자신이 잘 익은 배를 따서 부인에게
주었다면 아들을 얻게 되고 그 아들은 팔방미인으로 재능이 뛰어
난 아이로 성장한다. 또한 여러 과일이 담긴 쟁반에서 배를 집어
든 꿈은 인덕이 많고 두뇌 회전이 빠른 아들을 낳는다. 그 아이

는 주위 사람들로부터 귀여움을 독차지하는 가운데 집안이 두루 화목하게 된다.

☯ 사과나무에 사과가 탐스럽게 열린 것을 본 꿈은

주렁주렁 열린 사과가 먹음직스럽게 보였다면 특출한 재능의 소유자로서 사회적으로 명망을 얻을 위인이 태어난다. 그리고 사과를 한아름 따 담게 되는 꿈은 딸을 낳게 되는데 그녀는 피부가 곱고 미인이다.

☯ 자기집 마당에 과일나무를 심은 꿈은
집안의 기둥이 될 아들을 낳는다. 그 아들은 경제계에 두각을 나타내는 유명인사가 된다.

☯ 제사상에 과일만 놓여 있어 당황하게 되는 꿈은
집안의 대를 이를 아들을 원하는 시집 식구들의 뜻과는 달리 딸을 낳는다. 하지만 그 아이는 디자인 계통의 감각이 뛰어나 가문의 명예를 빛낸다.

☯ 밤나무에서 밤을 따거나 씨알이 굵은 밤을 주워 담은 꿈은

딸을 낳는다. 그 아이는 적응력이 빠르고 번뜩이는 아이디어로 사회생활을 즐겁게 하는 가운데 직장에서 귀여움을 독차지한다. 그리고 밤송이 밤 세 개가 탐스럽게 익은 꿈은 공부 잘하는 아들을 낳는다. 그 아이는 공부하는 학자 타입이나 선생님이 되어 다소 소심하다는 평을 받는다.

◉ 처음 보는 어린아이가 어른처럼 쌀밥을 맛나게 퍼 먹는 꿈은
아들을 낳는다. 그러나 산모의 건강이나 환경이 안 좋아 유산할 염려가 있다.

◉ 꽃을 한아름 선물받고 즐거워하는 꿈은
딸을 낳는다. 그 아이는 썩 빼어난 미모로 모든 사람의 부러움을 사게 되고 화려한 스타로 인기 정상에 오른다. 그러나 꽃밭에 가득 핀 장미와 해바라기를 꺾은 꿈은 아들을 낳는다. 그 아들은 여성처럼 섬세하고 미적 감각이 뛰어나 자신이 원하는 분야에서 화려하게 성공한다.

◉ 벗꽃이 만개하여 감탄하게 되는 꿈은
예쁜 딸을 낳게 되는데 그 딸은 부모에게 효도한다. 그리고 들에 핀 노란 국화꽃을 꺾는 꿈은 사교적이고 인내심이 많은 소식이나 아내의 임신을 듣게 된다.

◉ 밭에서 굵은 고구마를 한 소쿠리 캐내는 꿈은
아들을 낳는다. 그 아들은 튼실하면서도 손재주가 많아 칭찬 받는다.

◉ 누군가가 자기집 감나무와 다른 품종을 갖고 오는 꿈은
소원하던 바가 아닌 아들 대신 딸을 낳는다. 그 아이는 학업 성적도 뛰어나고 하는 일마다 부모를 기쁘게 한다.

◉ 감이 주렁주렁 달린 감나무 가지를 꺾어와서 방안에 걸어 두는 꿈은

딸을 낳는다. 그 딸은 부모에게 지극 정성으로 효도하고 생활력
이 강해 부모에게 심성적 또는 금전적으로 많은 도움을 준다.

☯ 포도밭에서 포도송이를 만지는데 포도알이 우루루 땅에 떨어져내
리는 꿈은
성직자나 교육자로 성장하여 이름을 떨칠 귀한 자식을 본다. 그
아이로 인해 가정의 평화와 날로 가문의 번창이 약속된다.

☯ 속이 꽉찬 배추 한 포기를 뽑은 꿈은

딸을 낳는다. 그 아이는 욕심이 많고 수리 능력이 뛰어나 재벌의
맏며느리로 호강하게 사는 한편 능히 여류 실업가로서의 능력을
발휘한다.

☯ 채소와 청과류는
태몽의 표상이며 재물·작업·사업성과 바라는 바 소원의 성향
을 나타낸다.

☯ 꽃을 꺾어 든 태몽을 꾸면
아들이든 딸이든 관계없이 장래 그 아이의 명예와 업적 등을 나
타낸다. 그 중 한두 개의 꽃을 꺾은 태몽을 꾸면 딸이 대부분이

긴 하나, 두 자매를 뜻하기도 한다. 혹간 자매가 아닐 경우에는
한 사람이 두 가지 명예를 얻게 된다.

☯ 깎아지는 듯한 계곡 위나 높은 바위 위에 피어 있는 예쁜꽃을
꺾으려 하나 꺾지 못하는 꿈은
아들을 원하지만 딸을 낳는 경우이다. 그 딸아이는 빼어난 미로
로 많은 이성들로부터 파란을 겪을까 걱정이 된다. 그리고 남편
한테서 꽃다발을 선물받는 꿈 또한 외모가 빼어난 딸을 낳는다.
그 아이는 이성들로부터 인기가 많으며 패션계나 디자인 등에 적
성을 지녔다.

☯ 버드나무 가지가 우물에 둥둥 떠 있는 꿈은
아들을 낳는다. 마찬가지로 나뭇가지가 물 위에 떠 있는 꿈 또한
아들이다. 그 아들은 대개 자손이 귀한 집안의 옥동자로 태어나
집안을 잔치 분위기로 떠들썩하게 한다.

☯ 시아버지가 대추 한 됫박을 사온 꿈은
조상의 은덕으로 가문을 빛낼 귀한 아들을 낳는 기쁨을 누린다.

☯ 산길을 잃고 헤맬 때 신선이 나타나 산 열매를 주면서 길안내해
주는 꿈은
오랫동안 소식이 없던 집안에 예쁜 딸을 낳는다. 그 딸은 부모의
사랑을 독차지하여 자라나 진취적인 언론인 또는 사업적으로 성
공한다.

☯ 작은 못에서 연꽃을 건지는 꿈은
아들을 낳는다. 그 아들은 신불에게서 연꽃을 받는 존재 의미로 인
덕이 많고 심성이 고와 성직자, 사회 사업가와 같은 덕을 베풀며
덕을 받는 큰 인물이 된다. 또한 귀한 집안의 옥동자로 태어났다.

☯ 밭두렁에 빠져나온 줄기를 잡아당기자 씨알이 굵은 감자가 딸려
나오는 꿈은

아들을 낳는다. 그 아들은 사업 수완이 좋아 여러 기업체를 거느리면서 많은 재물을 모은다.

◑ 썩은 과일이든가 벌레 먹은 과일을 먹은 꿈은
출산하거나 산모의 몸이 허약해 유산될 조짐이 있다. 그리고 길거리에 버려진 과일을 주워 먹은 꿈도 같은 의미이다.

◑ 사과를 반으로 쪼갰더니 씨가 없었던 꿈은
귀한 손자를 얻는다. 그 아이는 성품이 온화하고 여성스런 성격이긴 하나 집안을 일으키고 많은 재물을 모아 집안의 기둥이 된다. 그리고 사과나무에 열린 사과를 따서 반을 나누어 옆 사람에게 준 꿈 또한 대를 이을 손자를 얻는다. (결혼을 한다든가 배우자를 만난다는 의미로도 풀이한다)

◑ 친정아버지가 싱싱한 오이를 가지고 온 꿈은
아들을 낳는다. 그 아들은 수리능력이 뛰어나 이공계나 금융계에 두각을 나타낼 정도로 총명하여 크게 성공한다.

◑ 오래된 고목나무에 꽃이 피어 있는 꿈은
결혼 후 오랫동안 아이 소식을 기다리고 있던 중 마침내 아들을 낳는다. 주위의 많은 사람들로부터 기쁜 축하를 받고, 태어날 그 아이는 버스트셀러 작가 또 정신적인 지도자, 고위 성직자가 되어 이 땅의 소금 역할을 하게 될 소중한 아들이다.

5. 신불(神佛) 또는 그외 사물에 관한 태몽

☯ 사찰(기도원 등)에 들어가 어떤 물건을 얻게 되는 꿈은

그 물건의 상징적 의미에 해당하는 학벌과 신분 등의 존귀함을 나타내게 되고, 신령적인 존재가 문서 등을 건네주는 꿈은 학문적으로 크게 가르침을 받아 학문 연구에 명성을 떨치고 그 신령적 존재의 후계자 역할을 한다. 즉, 금불상을 얻게 되는 태몽은 위대한 정신적인 지도자로서 그에 상응하는 종교에 업적을 남기거나 진리를 전도하는 전도사 역할을 한다. 또한, 관음보살상을 얻었으면 그 아이는 훌륭한 작품이나 학위, 명예를 얻어 학자로서 존경을 받게 된다.

☯ 사찰의 불상이 저절로 자신에게 다가오는 꿈은

신앙심이 깊은 아이를 출산하게 된다. 그 아이는 심성이 착하고 종교적으로 빨리 성공하여 정신적인 지주 역할을 한다.

● 문전에서 스님이 찾아와 염불을 하는 꿈은

태어날 아이에게 있어 학문 연구에 정진하게 되고, 염불하던 스님이 꽹과리 등을 두드린다면 그 아이는 무관으로 출세한다. 그리고 별당 안의 사천왕이 눈을 부릅뜬 것을 보게 된 태몽은 그 아이가 장차 법조계·군인·경찰관으로 출세함을 뜻한다. 특히 스님께서 단정한 모습으로 목탁을 치면서 정성으로 염불하는 꿈은 첫째는 딸이고 둘째는 아들이다. 그동안 산모의 몸이 건강치 못한 관계로 임신이 어려웠다가 주위 여러 사람들의 정성된 기도의 효험으로 건강한 아이가 태어난다.

● 예쁘고 잘 닦인 조약돌을 손에 쥐고 즐거워하는 꿈은

자손이 번성할 태몽이다. 남자의 꿈이었다면 많은 자녀를 얻게 된다.

● 황금의 열쇠가 마당의 나뭇가지에 걸려 있거나 집안의 대들보에 걸려 있는 것을 보게 되는 꿈은

아들을 얻는다. 그 아들은 가문을 빛낼 영특하고 효성 또한 깊은 아들이 될 것으로 입신 출세하여 부귀영화를 누린다.

● 금으로 된 촛대를 얻은 꿈은

황금 촛대를 얻거나 어디서 가져오는 꿈은 후사가 없던 집안에 대를 이을 아들을 얻게 된다.

● 도령차림의 아이가 활과 화살을 지니고 노는 꿈은

어렵게 임신을 하였으나 건강상 좋지 못한 징조로 행여 유산의 위험이 따르거나 아이를 낳는다하더래도 산고로 오랜 동안 병치레하게 된다.

● 자신이 지니고 있던 다이아몬드 반지나 고귀한 물건을 언니에게나 타인에게 빌려주는 꿈은

아들을 낳게 된다. 그 아들은 미술·디자인 계통에 뛰어난 능력

의 소유자로 명성을 떨치게 된다.

◑ 친정어머니나 친정 식구들로부터 속옷(내의·팬티·스타킹)을 받게 되는 꿈은

딸을 낳게 된다. 그 딸은 여걸로 사회사업이나 기업가로 성장하여 재물을 쌓고 성공하여 집안의 큰 대들보 역할을 하게 된다.

◑ 심산유천, 높은 산에 올라 촛불을 밝히고 지성으로 기도하는 꿈은

딸을 낳는다. 아들을 간절히 원하던 집안에 서운케도 딸이다. 그 딸은 사려가 깊고 학문에 열중하며 어려서부터 부모에게 효도하고 집안의 큰 기둥이 된다. 인정 또한 많아서 종교인으로 명성을 떨친다.

◑ 강가에서 자신이 흡족할 정도의 좋은 수석을 얻게 된 꿈은

아들을 낳는다. 그 아들은 고고학이나 역학 분야에 조예가 깊어 명성을 떨친다. 혹은 고위급 관료로 성장하는 경우도 있다. 지위의 고하는 얻은 물건(수석)의 형상이나 가격에 따라 다소 차이가 있을 수 있다.

◑ 옷장에 황금색 옷이 걸려 있거나 선물을 받게 되는 꿈은

아들을 낳는다. 손이 귀한 집안에서 기다리던 아들로서 재물운과 사업 번창 등 집안에 경사가 겹치는 형상이다.

◉ 심산계곡에서 황금덩어리를 주은 꿈은
부유한 집안에 손이 없어 걱정하던 차에 아들을 낳게 되어 잔치를 벌이며 즐거워한다. 그 아들은 금속·기계분야에서 명성을 떨친다. 재물 또한 넉넉하여 어려움이 없다.

◉ 비녀를 받거나 줍게 되는 꿈은
쌍둥이를 낳게 된다. 만약 색깔의 선명도가 다소 떨어지는 비녀일 경우엔 쌍둥이 중 한 명에게 좋지 않은 일이 생긴다. 곱고 아름다운 비녀라면 그 아이는 고위 공무원 또는 전통문화 분야에 진출하여 명성을 떨친다.

◉ 남의 집 밥상에서 놋수저를 훔치게 되는 꿈은
딸을 낳는다. 그 딸은 아들 노릇을 겸할 뿐만 아니라 경제계통의 경영 능력이 뛰어나 부귀영화를 누리며 나라의 경제를 좌지우지할 만큼 명성을 떨친다.

◉ 누군가 사내아이를 데려와 잠시 맡기고 사라지는 꿈은
늦둥이 아들을 낳는다. 조상의 음덕과 집안 식구들의 정성으로 얻게 된 아들이므로 귀한 아이로 모범적이며 영특하여 부모사랑을 듬뿍 받게 되고 효성 또한 지극하다. 그리고 신선 같은 사람이 나타나 아이를 낳게 해주겠다고 하는 꿈 또한 이와 같다.

◉ 떡시루에 담긴 떡을 먹게 되는 꿈은
심성이 곱고 인덕이 많은 사회사업가 또는 종교계의 큰 인물을 낳는 태몽이다. 그 아이는 다방면에 뛰어나 가문의 영예를 떨치게 될 훌륭한 사람으로 성장한다.

◉ 길을 잃어 방황하는데 미소년이 나타나 길을 가리켜주는 꿈은
딸을 낳는다. 꿈에 보이는 미소년은 자신이 바라는 아들과 반대

의 딸이다. 그러나 그 딸로 인하여 부부 금슬이 좋아지고 어렵던 가정형편도 나아지게 되는 행운의 딸아이다.

☯ 맑은 새 울음소리를 듣게 되는 꿈은

딸을 낳는다. 그 딸은 새가 의미하는 것만큼 대중으로부터 인기를 얻는 가수가 되거나 연예인으로 성공하여 이름을 드높인다.

☯ 어린아이가 어려운 책을 앞에 놓고 술술 쉽게 읽거나 이해하고 있는 꿈은

딸을 낳는다. 그 아들은 딸만 있던 집안에 태어나 귀여움을 독차지하며 민속·역사·전통문화 학문에 전진하여 그 분야학자로서 명성을 떨친다.

6. 선조들이 전하는 태몽

▶ 별이 하늘에서 쏟아져 품속으로 들어오는 꿈은 영특한 자식을 얻는다.

▶ 하늘에 밝은 빛이 비쳐들면 부인에게서 귀한 자식을 얻는다.

▶ 해나 달을 삼키는 꿈은 장차 귀하게 될 자식을 얻는다.

▶ 해나 달을 가슴에 안거나 어루만지는 꿈 또한 귀한 자녀를 얻는다.

▶ 손으로 작은 공깃돌이나 수석 등을 만지거나 얻으면 귀한 자식을 얻는다.

▶ 다리 위를 뒷짐지고 거닐거나 사다리를 옆구리에 끼고 다니는 꿈은 부인이 임신한다.

▶ 사찰·사당·교회 등 신성한 곳에 들어가 있는 꿈은 귀여운

자녀를 얻는다.

▶ 신선 또는 선녀와 성관계를 맺는 꿈은 영특하고 비범한 자식을 얻는다.

▶ 글공부하고 있는 것을 보는 꿈은 총명하고 귀여운 자식을 얻는다.

▶ 참외나 오이를 먹는 꿈일 경우 설익은 것은 딸이고 노랗게 잘 익은 것은 아들을 얻는다.

▶ 뱀이 품속으로 들어오는 꿈을 꾸면 귀하게 될 자식을 얻는다.

▶ 참새 등 새가 품속으로 날아들어오는 꿈을 꾸면 재주있고 총명한 자녀를 얻는다.

▶ 큰 잉어를 잡거나 구하는 꿈은 부인이 귀한 자식을 잉태하거나 재물을 얻는 기쁨을 누린다.

▶ 곰이 집안으로 들어오거나 따라오는 꿈 또한 귀하게 될 자식을 잉태하거나 재물을 얻는다.

▶ 금은보화의 장신구나 비녀·가락지 등의 꿈을 꾸었는데 번쩍번쩍 빛나 보이면 귀한 자식을 얻고 재물이 생긴다.

▶ 남으로부터 거울을 선물받거나 구하는 꿈은 귀한 자식을 얻는다.

▶ 익은 고추를 보면 아들이고, 풋고추를 보면 딸이다.

▶ 빨간색을 보면 아들이고, 푸른색을 보면 딸이다.

▶ 해가 보이면 아들을 낳고, 달을 보면 딸을 낳는다.

▶ 해가 품속에 들면 아들을 얻고, 달이면 딸을 얻는다.

▶ 익은 밤을 안으면 아들이요, 풋밤을 안으면 딸이다.

▶ 익은 호박을 보면 아들 낳고, 풋호박을 보면 딸을 낳는다.

▶ 꽃뱀을 보면 딸을 낳고, 흑까마귀를 보면 아들을 낳는다.

▶ 해·달을 보면 뱃속 아이가 커서 성공한다.

▶ 해나 달을 삼키면 아들을 낳는다.

▶ 해·달을 안으면 큰 자식을 낳는다.

▶ 해·달이 합치면 아들 낳는다.

▶ 해를 보면 성공할 아들을 낳는다.

▶ 호랑이를 보면 장군이 탄생한다.

▶ 흑룡을 보면 옥동자 낳는다.

▶ 죽순을 꺾어 집으로 가져오면 자식을 얻는다.

▶ 죽순을 보면 자식이 많아진다.

▶ 활짝 핀 꽃을 보면 태몽이다.

▶ 가지를 먹으면 아들을 낳는다.

▶ 과일을 따서 치마폭에 감추면 큰아들을 낳는다.

▶ 과일을 보면 아들을 낳는다.

▶ 난초가 뜰 앞에 있으면 손자를 낳는다.

▶ 난초꽃이 피면 미인을 낳는다.

▶ 금옥고리를 보면 귀한 자식을 낳는다.

▶ 굵은 뱀을 보면 아들을 낳는다.

▶ 문을 새로 지으면 귀공자를 낳는다.

▶ 칼을 보면 아들을 낳는다.

▶ 뱀을 주우면 아들을 낳는다.

- 제비가 품에 들면 아내가 자식을 낳는다.
- 보름달을 보면 태몽이다.
- 부처나 도승을 보면 아내가 아들을 낳는다.
- 사람이 오얏 보면 득남한다.
- 손을 끌고 다리 위에 오르면 아내에게 태기가 있다.
- 알밤을 얻으면(주우면) 아들이다.
- 암닭을 본다든가, 과일을 따 먹는다든가 하면 딸을 낳는다.
- 조개를 보면 늦게야 자식을 낳는다.
- 용이 승천하면 과거에 급제하고 벼슬을 할 아들을 낳는다.
- 은수저와 오이를 받거나 먹으면 미인을 낳는다.
- 임신한 여자가 고추를 만지면 아들을 낳는다.
- 임신한 여자가 누런 구렁이를 보면 좋다.
- 임신한 여자가 생물을 보면 옥동자를 낳는다.
- 임신한 여자가 용을 보면 큰 인물을 낳는다.
- 임신한 여자가 해를 가슴에 안으면 귀한 아들을 낳는다.
- 임신한 여자가 호랑이를 보면 그 아이의 장래가 좋다.
- 큰 짐승을 보면 아들을 낳고 대성한다.
- 초상집에 가서 조문하면 아들을 낳는다.
- 여자가 관을 쓰고 띠를 두르면 자식을 얻는다.
- 여자가 금을 주우면 아들을 낳는다.
- 여자가 칼을 빼면 자식을 얻는다.
- 새로 벼슬을 하면 귀한 자식을 얻는다.
- 돌을 가지고 장난하면 귀한 아들을 낳는다.
- 학을 만난 다음 아기를 낳으면 성한다.
- 대추를 먹으면 귀한 아들을 낳는다.
- 참외를 먹으면 귀한 아들을 낳는다.
- 오이씨를 먹으면 귀한 자식을 낳는다.

- ▶ 학이 품속에 들어오면 귀한 자식을 얻는다.
- ▶ 하늘이 맑으면 귀한 아들을 얻는다.
- ▶ 잉어를 보면 아내가 자식을 배어 아주 좋다.
- ▶ 아내가 남자옷을 입으면 귀한 아들을 낳는다.
- ▶ 아내가 비단옷을 입으면 귀한 아들을 낳는다.
- ▶ 도장·인(印)을 가지면 아내가 귀한 아들을 낳는다.
- ▶ 아들을 낳으면 실제로 딸을 낳는다.
- ▶ 뱀을 보면 딸을 낳는다.
- ▶ 옥살이를 하면 딸을 낳는다.
- ▶ 오이를 보면 딸을 낳는다.
- ▶ 호박을 따면 딸을 낳는다.
- ▶ 꽃이나 과일을 보면 딸을 낳는다.
- ▶ 달을 보면 딸을 낳는다.
- ▶ 우물을 보면 딸을 낳는다.
- ▶ 감을 줍는 꿈을 꾸면 딸을 낳는다.
- ▶ 조개를 잡으면 딸을 낳는다.
- ▶ 임신한 여자가 숟가락·젓가락을 가지면 딸을 낳는다.

꿈풀이 삶풀이

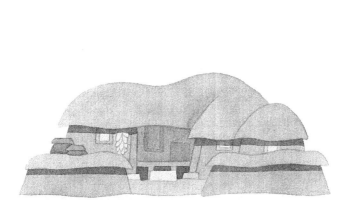

제 3 편

✳ 꿈풀이 삶풀이 ✳

1. 천체와 기상에 관한 꿈

● 하 늘

● 하늘의 문(天門)이 열리는 꿈은
가문이 빛나고 재물이 풍성해져 부귀공명을 떨친다. 국가나 사회
적으로 권력을 쟁취하며 진리 탐구 분야에 있어서도 최고위의 자
리에 오른다. 하늘 문은 등용문이나 최고의 명예직 또는 진리 탐
구의 목표로 사용된다. 그러나 하늘에 이르러 문이 닫혀져 방황
하는 꿈은 큰 낭패를 보거나 재난을 초래하게 된다.

● 하늘의 문이 닫혀지고 교회가 생기는 꿈은
정치적으로나 학문적으로 세상에서 크게 이름을 떨치고 최고의
권위와 명성을 얻어 지낸 후에도 그 업적을 길이 빛내고 세상사
람으로 하여금 영원히 추앙받게 된다.

◑ 하늘의 문으로부터 서광(瑞光)이 비치는 꿈은
자신이 그동안 오매불망 꿈에 그리던 귀인을 만나게 되고 크나
큰 재물을 얻게 되며 지위와 명예가 상승되어 부귀영화를 누리
게 된다.

◑ 하늘로 자신이 높이 솟아오르는 꿈은

평소에 덕을 쌓았으나 인심을 얻은 사람에게는 입신 출세하게 되
며 많은 이권을 얻게 된다. 그러나 정직하지 못하고 불량한 사람
에게는 오히려 재난과 불이익을 당하게 된다.

또한 몸에 날개가 돋혀 하늘을 훨훨 나는 꿈은 자신의 사업이나
학문 또는 전문 직종에 좋은 기회나 계약건이 성사되어 많은 이
권을 얻게 되고 명예가 상승되며 뭇사람들로부터 부러움을 사게
된다.

◑ 하늘이 갈라지거나 무너져내리는 꿈은
자기가 소원하던 일이나 그동안 쌓은 공적이 하루 아침에 분할되
거나 몰락하게 된다. 만약 심신이 두텁거나 덕을 쌓은 사람이 꿈을
꾸었다면 국가나 사회적으로 대변혁 환란이 올 조짐이 예상된다.

◑ 하늘 또는 공중에서 자신을 부르거나 어떤 음성이 들리는 꿈은
  자신에게 어떤 예시를 하는 것으로 주의를 요하기도 하지만 자신
  의 사업과 관련되어 발전 성취감을 얻는다. 또는 자신과 관계하
  는 인물이나 단체로부터 경고·포고령·지시·소식 등을 듣게
  된다. 태몽이라면 태어날 그 아이에게 있어 국가나 사회적인 권
  위자다운 귀한 임무와 명예를 부여해줘 입신 양명하게 된다. 만
  약 병환중에 있는 사람에게 자신을 부르는 소리를 듣게 되면 임
  종이 가까워졌음을 알리는 흉몽이 될 수 있다.

◑ 하늘에 올라 돌아가신 선친이나 조상을 만나는 꿈은
  귀인의 도움으로 정부 고관이 되어 어떤 협조자나 지도자 또는
  상관과 관계하는 것을 예시하는 것으로 명성을 떨치며 많은 이권
  을 얻는다. 그러나 대부분은 큰 재난이나 위험이 닥치든가 죽음
  을 예시하는 경우도 있다.

◑ 하늘에 올라 배필을 구하거나 형제 부모 가까운 친구 등을 찾게
  되는 꿈은
  미혼일 경우에는 천생배필의 짝을 구하게 되고 그렇지 못한 사람
  은 자신이 원하던 귀인을 만나 많은 재물을 얻고 경사로운 일이
  생긴다. 그리고 자신이 하늘에 올라 천신을 만난다거나 은하수를
  건넜다던가, 천마를 타고 달리는 등 여러 체험을 겪게 되는 것은
  현실세계에서 자기가 최고의 목적을 달성하고 어떤 큰 세력을 떨
  치게 된다. 그러므로 그 꿈을 꾸게 된 사람은 앞으로 부귀 영화
  와 입신 출세하여 명성을 떨치게 된다.

◑ 하늘 위를 돌아다니며 별을 주워 모으는 꿈은
  정부 관리나 근로자는 승진 영전하게 되고 사업자는 경영하는 일
  에 히트치거나 성공하여 공명을 떨치고 발전 번창하게 된다.
  혹은 태몽일 경우에는 가문을 빛낼 훌륭한 자식을 얻는다.

☯ 하늘에 소원을 빌면서 바라다보니 푸르고 맑은 하늘이 보이게 되는 경우와 어둡고 캄캄한 하늘이 보이게 되는 꿈은

그 하늘이 한없이 맑고 푸르면 현실에서 바라는 바 소원을 성취시킬 수 있다. 그러나 반대로 하늘이 어둡고 캄캄하면 억울한 사정이나 각박한 처지에서 지극히 답답하고 암담한 일에 부딪치게 된다. 만약 캄캄한 하늘에 빛이 생기는 꿈은 고난이나 장애를 극복하고 안정과 번영을 꾀한다. 그리고 어떤 일을 개척하거나 계몽적인 사업을 성취시킬 수 있다.

☯ 하늘이 어두워지면서 함몰되던가 무너져내리는 꿈은

큰 험난한 일에 봉착하여 낭패를 당하든가 파탄이 생겨 불의의 사고로 병원에 입원하든가 감옥에 갇히는 형국이 된다. 또는 계약 및 혼사 등이 깨지고 부모의 우환이나 관재수가 있어 몹시 애통할 일이 생긴다. 그리고 무너지는 하늘에 기둥을 세워 받쳐 놓을 경우에는 매사 신중을 기해 일처리를 해야 하며 경거망동하다간 파란을 일으켜 악화를 받게 된다.

그러나 무너져내린 하늘을 수리보완하거나 말끔히 전과같이 보수해 놓는 꿈은 전문분야 종사자나 학문에 몰두하는 자는 명성을 떨치고 윗사람을 도와 만사 형통할 출세길이 터진다. 여자가 이 꿈을 꾸었다면 눈물을 흘리며 파탄의 길로 들어서서 남편과 이별하고 재혼하게 되는 흉몽이다.

☯ 하늘의 문이 활짝 열리면서 화려한 궁전이 보이는 꿈은

바라는 바대로 소원 성취하며 합격 · 당선 · 승진 · 영예 · 명성을 함께 얻고 권력을 쥐고 호령하게 된다.

☯ 하늘에서 아름다운 음악 소리가 들리거나 영롱한 옥구슬로 수놓아 있는 꿈은

경제 발전과 나라 부흥이 되는 가운데 부귀 공명하고 입신 출세

하는 기쁜 소식과 명성을 떨치게 된다.

◑ 이른 아침에 푸르고 맑은 하늘을 바라보는 꿈은
윗사람의 도움으로 새로운 경지에 다다르고 소원이 한순간에 다
이루어진다.

◑ 하늘을 우러러 사방을 두루 살펴보는 꿈은
가문이 영예로워지고 소원이 성취되어 번영과 발전을 꾀한다. 그
리고 하늘과 땅이 서로 화합하는 듯한 인상을 받으면 만사 형통
하여 부부 화락하고 가업이 빛나게 된다.

◑ 하늘의 은하수를 건너는 꿈은

남녀간의 결합이나 약속이 이루어지고 계획하던 일은 성사되어
더욱 발전된 양상으로 명성을 떨치게 된다. 그러나 은하수에서
추락하는 경우에는 경영사에 손실·낭패를 보게 되고 질병·장애
등 어려움에 봉착한다.

◑ 하늘에 사다리나 층계를 밟고 오르는 꿈은
지위나 명예가 한발한발 상승하는 가운데 입신양명하여 부귀영화

를 누리게 된다. 그러나 병자나 심약한 사람에게는 죽음을 준비
하라는 암시적 흉몽이다.

◑ 하늘에서 사람이 사라지게 되는 꿈은

흉몽이다. 사람이든 동물이든 하늘에서 그 형체가 사라지지 않고
꿈이 끝나야 좋은 것이다. 만약 그 형체가 사라져버렸다면 일이
오리무중으로 끝나거나 사망 또는 행방 불명이 된다.

만약 병환중에 있는 사람, 노인 등이 훨훨 날거나 유유히 걸어서
사라졌다면 실제의 그 사람, 그 사람과 동일시되는 사람이 행방
불명되거나 사망하기에 이른다.

◑ 하늘에서 요란한 폭발음이 들리는 꿈은

국가 사회적으로 크나큰 변란이 생겨 혼란스러울 때이거나, 계
획·진행중에 있는 일이 세상에 감동을 주거나 위대한 인물이
탄생할 태몽이다.

◑ 하늘에서 돈이 가득 쏟아져 내리는 꿈은

그동안 정체되었던 일이 일시에 풀리게 되고 관운·승진운·횡
재수 등 엄청난 행운이 깃들어 재물이 쌓인다. 만약 동전 몇 개
라든가 지폐 몇 장이 떨어져 있었다면 우환이 발생할 흉몽이니
매사 행동거지를 조심해야 한다.

◑ 맑은 하늘을 자유롭게 날아다닌 꿈은

국가 통치자, 재벌 총수, 단체장 등 최고 권력자가 되어 권력과
금력을 두루 갖추고 모든 사람을 호령하는 가운데 모든 이로부터
추앙받게 된다.

● 해(태양)

● 해를 품에 안거나 꿀꺽 삼켜버린 꿈은

천하를 호령하거나 다스릴 정도의 위엄과 권력을 얻게 될 길몽이
다. 최상의 행운과 지위, 명예, 재물을 얻게 된다. 태몽일 경우에
는 장차 위대하고 큰 인물이 될 자식을 잉태한다. 그러나 삼킨
해를 토하려고 애썼으나 토하지 못한 임산부는 한때 유산하려다
유산시키지 못하고 어렵게 아이를 출산하게 되는데 그 아이는 만
방에 이름을 떨치며 위대한 통치자로서 세상에 미치는 영향이 심
대해질 것이다.

● 해가 바다나 호수 위로 찬란하게 떠오른 꿈은
지위와 명예가 상승, 또는 잃어버린 명예와 권위를 되찾게 되고
만사형통, 경사가 겹칠 길몽이다. 새로운 사업에 착수하거나 새로
운 작품으로 큰 반향을 불러일으켜 공명을 떨치게 된다. 병중에
있는 사람은 완쾌되어 복락을 누린다.

☯ 해가 마당에 떨어져 있는 꿈은
명성과 권위를 대내외에 널리 떨치고 가문 대대로 영예스런 업적을 길이 남겨 후손들에게 그 명예와 영광을 물려 준다. 그런데 해가 땅으로 뚝 떨어져 내리는 것을 보게 되는 꿈은 흉몽으로 부친의 죽음을 예시한다.

☯ 해가 찬란히 비치는 꿈은
해는 볼 수 없지만 자기 몸에 햇빛이 찬란히 비치면 신으로부터 축복받아 입신 양명하고 승진 출세할 것이며 병마와 재앙이 물러간다. 그리고 귀인의 도움을 받게 되고 결혼·계약이 성사되며 시험에 합격, 당선되는 영광을 누린다. 특히 햇빛이 들지 않던 방이나 마루, 구석진 곳에 햇빛이 들면 부귀와 경사가 겹치게 된다. 그리고 자신의 몸이 해 가운데 들어가 있는 꿈은 크게 출세하고 부귀 입신할 길몽이다.
또 수풀이 우거진 사이나 나뭇가지에 햇빛이 찬란히 뻗쳐 있는 꿈은 신비한 학문과 진리를 탐구하게 된다. 작품을 저술하거나 기발난 아이디어로 신상품을 개발하고 합격·승진·당선·성공과 재물, 명성을 떨치고 경사스런 일이 겹쳐 든다.

☯ 해가 희미하고 구름에 가려 있는 꿈은
하고자 하는 포부는 크지만 사정이 여의치 못해 근심 가운데 있으며, 육신의 병이 들거나 명예나 영광된 일에 좌절, 방해받을 일이 생긴다.

☯ 해를 가린 구름이 개이면서 햇빛이 찬란하게 비치는 꿈은
이익이 증가하고 경영사 발전하며 지위·신분이 상승한다. 홀로 된 여인은 남편을 얻고, 무리는 주군을 얻으며, 온갖 구설과 질병이 사라진다.

◉ 일몰, 해가 지는 석양을 바라보는 꿈은
운세가 침체되어 있다는 현상이다. 추진하던 사업이 난관에 부딪치고 질병에도 주의를 요하는 때이다. 그리고 해가 물 속에 잠기는 꿈은 물과 쇠퇴·부진·장애가 따르고 우환이 생기게 된다. 그러나 개인적으로 은밀히 추진하는 일이 있다면 상당한 이득과 효과를 볼 수 있다.

◉ 해를 타고 하늘을 날으는 꿈은
국가 경영의 한 분야를 맡아 다스릴 지도자 역할을 맡게 된다. 욱일 승천하는 복록이 온다.

◉ 해와 달이 결합하는 꿈은
혼담이 오가던 처녀 총각은 결혼할 것이며, 자신의 업체와 또하나의 회사가 결합하여 증설할 일이 생긴다. 두 개의 해가 맞붙어 보이면 두 개의 어떤 큰 사업이 이룩될 것이다. 이를 임산부가 보았다면 훌륭한 인물의 쌍둥이를 낳게 된다.

◉ 해를 머리에 이고 있는 꿈은
위대한 민중의 지도자로서 사회 봉사를 하게 되고 확실한 지위와 신분을 얻어 명성을 떨친다. 합격, 승진, 당선 등 경사스런 일이 있다. 또한 해가 머리 위에 떨어지는 꿈은 존귀한 사람이나 기다리던 귀인을 상봉하게 될 길조이다.

◉ 해가 반으로 갈라지는 꿈은
정부 관료나 정치인이 꾸었다면 나라가 둘러 갈라지거나 당이 붕당되는 일이 생기고, 그 외의 사람에게는 부모간 서로 이별하거나 한 분이 별세하는 경우이다. 즉, 집안에 불화가 생기고 직장 또는 단체는 분열이 일어난다. 태몽에 있어서는 그 아이가 자라서 어떤 사업이나 업적을 반분할 일이 생긴다.

◐ 해를 보고 절을 하는 꿈은

국가기관에 부탁할 일이 생기고 그 부탁은 받아들여져 소원 성취한다. 청탁 관계가 아니라면 어떤 종교적 믿음을 찾거나 신앙심을 두텁게 하는 경우이다. 단, 이런 꿈이 태몽으로 꾸어졌다면 태어나는 아이는 장차 정부 관료나 최고기관의 관직을 얻게 된다.

◐ 해가 이지러지거나 반쪽, 또는 아주 없어져버리는 꿈은
어떤 세력이나 사업체가 쇠퇴하거나 파산될 징조이다. 일식(日蝕)으로 인해서 해가 반쪽되는 것을 보고 국운이 쇠퇴하거나 자기 사업체의 일각이 한때 허물어지겠지만, 일식은 잠시이기 때문에 쇠망하지 않는 경우이다.

◐ 해가 동쪽에서 떠서 서쪽으로 지는 꿈은
사업적으로 동쪽의 해는 일의 시작이고 서쪽으로 지는 해는 일의 결말을 암시한다. 태몽이라면 동천에 떠오르는 해는 초년 운세이고 중천은 청장년기에 해당하며, 서쪽 반공중은 말년, 그리고 서산에 넘어가는 해는 임종을 뜻한다.
그러므로 해가 중천에 떠올라 광채를 발하는 꿈은 기업과 가문이

```
```
제3편 꿈풀이 삶풀이 145

융성하게 빛나고 신분과 명망이 최고도로 향상되며 입신 영달, 부귀 번성할 예시이다.

☯ 해 가운데서 사건이 생기는 꿈은
무수한 사람들이 싸우다 한 사람만 남고 사람들이 죽거나 사라지는 태몽은 수많은 정적 또는 세력간 정치 싸움에서 남은 자(태아)가 승자이다. 그 아이는 태어나 큰 세력과 권세 그리고 명예를 집안에 가져올 것이며 정치가로서 대성할 사람이다.
한편 태양 가운데 단순한 몇몇의 사람이 들어 있는 것을 보는 꿈은 미행·정탐을 당한다든지 간교한 사술에 걸려들어 낭패를 볼 일이 생긴다. 또 해 가운데 글자가 써진 것을 보는 꿈은 그 글자의 뜻과 의미에 따라 길흉이 될 수 있으나, 전문 분야에 종사하는 자나 학문에 연구하는 사람은 하던 사업이 완성되어 크게 공명을 떨치게 된다.

☯ 해를 맞추어 떨어뜨리는 꿈은
활이나 총, 돌로 해를 맞춰 떨어뜨리면 자신으로부터 반하는 국가나 사회적인 세력을 거세하는 것이므로 어떤 소원이든지 이루어진다. 큰 공로나 업적을 달성하는 발전과 이윤, 권리의 증진 및 성공을 뜻한다.
그러나, 반드시 그 해를 맞쳐서 떨어뜨리겠다는 일념으로 **행했을** 때 이런 해석이 가능하다. 해를 맞추겠다고 생각하듯이 어떤 목표에 도달하도록 노력할 일이 생긴다. 해에서 뇌성이 울리는 꿈은 지위와 명예가 오르고 부귀영화를 이룬다.

☯ 해를 받아들고 방(집안)으로 들어가는 꿈은
고생 끝이다. 다소 어려움을 겪거나 평범하게 살아왔는지 모르겠지만 이제부터는 만사형통으로 부귀영화를 누리게 된다.

◑ 해와 달 그리고 별을 삼키는 꿈은
비범한 일로써 최고의 상서로운 일과 관련된다. 해와 달 그리고
별은 하늘에 있는 것이므로 국가나 사회적인 권세와 명예를 얻고
복락을 누린다. 몸가짐에 더욱 조심해야 들어온 복록을 유지할
수 있다.

● 달

◑ 달은 해 다음으로 크게 보이며 햇빛만큼 모든 것을 밝힐 수 없
으나, 어둠 가운데 그 빛이 완연하기가 어떤 빛보다도 뚜렷하다.
달은 계몽적인 사업체나 기관, 권리·일거리·작품·명예 등을
상징하며 사회적인 유명인·권력자·지도자·안내자·여성뿐만
아니라 왕후·어머니·애인·친구 등을 상징한다.

◑ 달이 떨어져 사라지는 꿈은

지도자적인 인물이나 저명인사, 유명한 저술 등이 쇠멸할 것이며,

자기 사업은 그 기반을 잃게 된다. 그런데 달을 쳐다보거나 품에
안는 꿈은 결혼 상대자를 구할 수 있고 큰 명예와 희망을 얻는다.

◉ 달 앞에 별이 가는 것을 보는 꿈은
자기 사업이나 희망적인 일 등이 위대한 지도자나 안내자, 협조
자의 도움으로 성사된다.

◉ 달빛이 창문으로 들어와 대낮같이 밝다든지 문을 여니 달빛이 휘
영청 밝아보이는 꿈은
기다리는 소식이 오든가 심적 고통이 사라지고 집안에 경사가 있
으며 신분이 높아진다.

◉ 으스름한 달밤에 거니는 꿈은
그동안 별로 친하지 않던 사람이 찾아와 여러 이야기를 나누게
된다. 그리고 현실적으로도 그렇게 거닐고 있으면 연인이나 친구
와 사랑 또는 우정을 나눌 수 있다.

◉ 달을 보며 술을 마시는 꿈은
국가적으로나 사회적으로 어떤 책임질 일이 생기거나 학문적으로
큰 연구 성과를 거둔다.

◉ 반달 또는 초승달을 보게 되는 꿈은
소원 계획하던 일이 초보단계가 되어 오랜 기다림을 요하게 되
나, 부분적인 어떤 일을 공개하게 된다.

◉ 달이 물 속에 비쳐보이는 꿈은
유명인사의 기사를 지면을 통해 보게 되고, 미혼자에겐 배우자를
만나게 된다. 그러나 수면 위에 달그림자가 비친 꿈은 혼담이 깨
지거나 계획한 일이 뜻대로 되지 않아 중도에서 그만 두게 된다.

◉ 달 속에서 어떤 일이 일어나는 것을 보게 되는 꿈은
사업적인 일 또는 세력권에서 일어나는 일에 관여하거나 자신의
작품 이미지일 수도 있다.

● 달을 보고 절하는(인사) 꿈은
유명인사나 위대한 인물에게 어떤 청원을 하게 되고 그 청원이
받아들여져 소원 성취하게 된다.

● 달무리(햇무리)를 보는 꿈은
혼담이 이루어지고 그 빛의 농도에 따라 행복도를 측정할 수 있
다. 달무리(햇무리)를 태몽으로 꾼 사람은 명예와 권세를 가진 아
이를 얻게 되고 종교인에게는 세례를 받거나 출가(出家)하는 행
사를 치루게 된다.

● 달나라를 탐험하는 꿈은
최고의 목표를 달성한다. 그리고 새로운 학문이나 연구에 성과를
올리며 외국여행의 기회를 얻는다.

● 동산 위에 보름달이 밝게 떠 있는 꿈은
입학·승진·합격·당선·승리를 쟁취하는 기쁨을 누린다.

● 달이 산 너머로 지거나 땅에 떨어지는 꿈은
부모님이나 남편(아내) 등 가족의 신상에 사망 또는 불행한 일이
일어나는 흉몽이다.

● 달이 여러 개 떠 있는 꿈은
많은 재산이 들어올 것이며, 달을 활(총·돌)로 쏘아 맞춘 꿈은
많은 경쟁자를 물리치고 자신이 승리하게 된다.

● 달을 잡고 하늘에 오르는 꿈은
입학·승진·합격·당선 등 승리감에 도취되어 기쁨을 누린다.
그러나 달이 구름 사이로 반쯤 가려져 있는 꿈은 사업상 또는
부부 사이에 문제가 생겨 사이가 벌어지고 다투게 된다.

🔵 별 · 은하수

별은 해 · 달과 함께 밝은 희망과 절대 권리, 진리 · 명예 · 업적 ·
작품과 사업체, 그리고 위인 · 유명인 · 권력자 · 지도자 · 안내자 ·
친구 등을 상징한다. 성좌는 어떤 단체의 세력이나 업적 등을 가리키
며 수많은 별은 사회 상황이나 여러 사연을 상징한다.

☯ 밤하늘의 별들이 휘황찬란하게 빛나는 꿈은
운세가 대길하고 그 빛이 희미하거나 구름 또는 안개 속에 가리
워져 있으면 불행이 다가온다. 그 중 유별나게 반짝이는 별을 발
견하면 어느 기관의 우두머리 역할을 하거나 작품이 세상에 크게
떨친다.

☯ 샛별(金星)이 빛나는 꿈은
위대한 인물이 탄생하거나 출판 서적 또는 사업적으로 명성을 떨
친다. 또한 그 별이 점점 자라 해만큼 커지는 것을 보게 되면 막
강한 권세와 위대한 업적, 사업이 더욱 확장 발전된다.

◑ 별이 떨어지는 꿈은

사회의 저명인사, 위인, 학자, 권력자가 그 권좌에서 물러남을 뜻한다. 그리고 새로 나타난 별에 의해 기존의 별이 사라지면 새롭고 강력한 인물이 등장함으로써 권좌에 머물던 인물이 몰락하고 새로운 사람이 최고 권력자가 된다.

태몽에 있어서는 별이 떨어지거나 별을 따는 것으로 자손을 얻게 되는데, 별이 떨어져 사라져버리면 그 자손은 일찍 죽게 된다.

◑ 별이 쏟아져 사라지는 꿈은

자기의 권력·권리·사업·명예 등이 추락하며 협조자가 사라져 불행해진다. 그러나 그 별이 쏟아져 자기 앞에 모이는 꿈은 부귀영화를 누린다. 또한 별이 흐르지 않고 벌나비처럼 날아 다니는 꿈은 방탕과 유랑, 남편이나 아내가 바람날 일이 생긴다. 그러나 유성처럼 별이 흐르는 꿈은 신분·지위·명예 등이 새로워지고 이사할 일이 생기거나 어떤 작품으로 세상에 과시할 일이 생긴다.

◑ 북두칠성에 관한 꿈은

북두칠성이 빛나는 꿈은 어떤 업적을 남기거나 소원을 성취시킬 수 있고 도와줄 협조자가 나타난다. 그리고 그 별이 집안으로 들어오면 횡재수가 있으며, 만약 하늘에서 자리 이동이 있으면 국정에도 변화가 생긴다.

◑ 견우성과 직녀성을 함께 보는 꿈은

혼담이 오가거나 결합, 또는 국가간이나 사회단체의 연맹·연합이 이루어지고 연인과의 상봉이 이루어진다.

◑ 북극성과 십자성을 보는 꿈은

새로운 희망과 목표가 생기고 훌륭한 협조자나 조언자가 나타난다. 또는 대조적인 사람이나 단체를 상징하기도 한다.

◑ 은하수에 관한 꿈은

은하수를 건너거나 몸을 씻으면 국가적·사회적인 직위와 신분,
운세와 관련이 있다. 병자나 병약한 사람이 은하수를 동경하며
올려다보는 꿈은 돌아오지 못할 죽음을 상징하나 그 같은 상황이
아니라면 결혼 또는 성공을 암시하는 길몽이다.

◑ 별을 따는 꿈은

하늘에 올라 별을 따먹으면 신분이 귀하게 되고 임신이 되거나 재
물·돈 등 횡재수가 있다. 별을 따서 품속에 넣으면 태몽으로 훌
륭한 아들을 낳는다. 그 아들은 명예를 얻고 대중의 스타가 된다.

◑ 별의 문장이나 기장을 보는 꿈은

자신의 꿈속에 4성장군이 되면 네 가지 빛나는 공로나 사업, 업
적을 이루게 되고, 여러 개의 별을 따먹거나 황금장식을 하면 그
수효만큼의 명예스러운 업적이나 자손, 사업체를 얻을 수 있다.

● 구름과 안개

● 검은 구름으로 하늘이 뒤덮이는 꿈은
맑은 하늘이 갑자기 흐려져 어두컴컴해졌다면 자기의 소원이나
사업의 전망이 난관에 부딪쳤음을 암시하고, 구름에서 비가 오는
꿈은 소원 성취하여 경사가 있다. 구름이 활짝 걷히고 맑은 하늘
을 보게 되면, 한때 불행·불쾌한 일이나 운세가 상쾌·소원 성
취로 행복한 일과 운세를 맞이한다.

● 구름 사이에서 햇빛·번개·불길·꽃송이·용 등이 보이는 꿈은
자기 신분이나 소원의 경향이 경이적인 것으로 세상에 감동을
준다.

● 흰 구름과 검은 구름에 관한 꿈은
흰 구름은 소박하고 후덕하며 건전한 세력권이나 단체·기관을
상징하고 검은 구름은 불길한 징조를 나타내지만, 곧 비가 올듯
한 구름은 완숙함을 의미한다.

● 검은 구름이 지붕 위를 덮는 꿈은
자기집 지붕을 덮으면 집안에 흉사가 생기고, 공공기관의 건물을
덮으면 사회적으로 불길한 사건이 생긴다.

● 구름을 타고 다니는 꿈은
어떤 기관이나 단체, 또는 세력권의 지위가 상승되고 자기의 사
업·운세가 대길하다. 그리고 구름을 타고 내려오는 신령적인 존
재는 세력권·기관·학교·단체·사업체 등의 우두머리를 상징
한다. 태몽일 경우에는 큰 세력권의 은덕을 입어 출세하게 되고
명예와 영광을 함께 지닌다.

● 구름 속으로 해나 달·별 등이 들어가 빛을 잃고 나오지 않는
꿈은

일의 종말과 불행한 운세를 상징한다. 그러나 **용이 구름 속으로** 드는 꿈은 국가나 사회의 최고기관에 몸을 담아 입신 양명하며 명예로운 일이 성취됨을 뜻한다. 또한 **구름 속에서 뇌성 소리가** 난다든지, 번개 또는 불덩이가 뿜어져 나오는 꿈은 장수하면서 큰 업적을 이루어 명성을 떨치게 된다.

◉ 흰 구름이 사방에서 피어오르는 꿈은
사업이 융성하고 여러 단체 등을 관장하는 지위를 얻는다.

◉ 구름 색깔이 변화하는 꿈은
희거나 검은 구름이 붉게 물들면 종교·문학·철학 등의 사상 전파가 이루어지고, 구름이 황금색으로 변하면 영광과 부귀로운 일과 관계하며, 저녁놀을 볼 수 있으면 말년에 큰 업적을 쌓을 사람이 탄생하거나 어떤 사람의 업적을 기리게 된다. 오색구름을 타고 오는 꿈은 사업이나 명예로 인해 감동과 존경받게 된다.

◉ 구름이 걷히는 꿈은
걱정거리와 장애가 해결될 길몽이며, 구름이 햇빛을 가린 꿈은 남의 비방을 듣게 된다.

◕ 안개가 자욱해서 시야가 막히는 꿈은
어떤 사상에 감화되거나 유행성 질병 또는 근심·재난이 발생한
다. 그러나 수풀에 안개가 자욱한 것은 사업이나 운세가 새로워
질 징조다. 그리고 부분적으로 안개가 덮이면 불미스러운 사건이
생기거나 세상에 소문낼 일과 관련이 있다.

◕ 실안개가 산허리를 감도는 꿈은
사업, 성공과정 등이 한동안 장막 속에 가려지거나 세상에 공개하
지 않고 잠깐 행방을 감출 일이 생긴다. 그런데 산 정상에서 그
광경을 살필 수 있다면 참으로 고귀하고 위대해지는 것을 암시한
다. 또한 물에서 잉어·용·뱀 등이 안개를 휘감고 나타나면, 큰
인물이나 위대한 작품으로 세상에 명성을 떨칠 일이 생긴다.

● 비와 눈, 얼음

◕ 비를 맞는 꿈은
비를 온몸에 흠뻑 맞으면 큰 은혜를 입게 되고, 비를 촉촉히 맞
은 기분이라면 자비로운 사랑이나 혜택을 받게 되고, 하나 둘 떨
어지는 빗방울을 맞게 되면 근심 걱정과 슬픈 일을 당한다. 옷을
비에 흠뻑 적시면 신분이 새로워지며 크게 만족할 일이 있다.

◕ 맑은 하늘에 갑자기 소나기가 내리는 꿈은
기쁨과 경사로움, 소원 성취할 일이 생기고 어떤 기관이나 사업
기반으로 정신적·물질적으로 큰 혜택을 입게 된다. 빗소리를 들
으면 세상에 드러날 일이 생기고, 멀리서 빗줄기를 바라보게 되
면 훗날 경사로운 일이 있다.

◑ 지리한 장마가 계속되는 꿈은
환란이 생기고 집안엔 흉한 일이 생긴다. 사업적으로 수습할 수
없게 되어 불쾌한 나날이 계속된다.

◑ 비오는 밤에 우산을 쓰고 걸어가는 사람을 보게 된 꿈은
아는 사람이 사망하게 된다. 자기 우산 속으로 남이 뛰어들어 같
이 쓰고 가면 자기 권리 행사를 반분할 일이 있거나 남으로 인
해 걱정이 생긴다. 그러나 우의를 쓰고 들에 나갔다면 사업상 자
기 신분을 보호할 일이 생긴다.

◑ 방안의 천장에서 빗물이 새어 뚝뚝 떨어지는 꿈은
근심 걱정이 생기고 비밀이 누설되며, 윗사람의 고민을 들어주거
나 자신의 사업 기반이 흔들리게 된다.

◑ 쏟아지는 비를 피하는 꿈은
비를 피해서 집으로 들어오면 사회적인 일로 몸을 숨길 일이 생
기고, 사업가가 비를 피해 남의 집 처마 밑으로 들게 되면 모처
럼의 행운을 얻지 못하고 남에게 의지해 사업의 명맥을 유지하게
된다.

◑ 비가 방안으로 들이치는 꿈은
방안의 물건이 젖는다든가 방바닥에 물이 흥건히 괴인다면 자기
업적이나 사업이 사회적으로 크게 기여하여 가치있는 평가를 받
게 된다.

◑ 비가 와서 논에 물이 차는 꿈은
세력을 크게 떨치고 재물을 얻는다. 비를 맞으며 모내기를 하거
나 경작을 하게 되면 주위에 협조자가 생겨 정신적·물질적으로
많은 도움을 주어 풍족한 자원을 얻게 된다.

◑ 나무나 곡식단 등에 빗방울이 조금씩 떨어지는 꿈은
슬피 울게 되거나 절망상태에 빠진다. 상인에겐 외상값이 누적되

어 받기 어렵다.

🔵 가랑비를 촉촉히 맞는 꿈은

신앙 생활에 몰입한다. 많은 조약돌을 가랑비가 씻어내리는 꿈은
사업적으로 결실을 얻게 되고, 작품의 진가를 평가받게 된다.

🔵 빗물이 고여 저수지가 되는 꿈은
어렵사리 시작한 사업이 큰 대기업으로 성장하여 부(富)를 축적
한다.

🔵 눈을 맞는 꿈은
펑펑 내리는 눈을 맞으면 사회 · 국가적인 혜택을 받거나 법규를
준수할 일이 생긴다. 상대방의 몸에 눈이 덮이는 것을 보면 고소
당하거나 혹은 부모상을 입게 된다. 그러나 자신이 눈을 뒤집어
쓰면 유산 상속을 받아 영화롭게 된다.

🔵 산야(山野)가 백설로 뒤덮인 것을 보는 꿈은
대길할 징조다. 사업이나 정치, 법령 · 학설로 세상을 지휘 감독
할 일이 생긴다.

◉ 눈 덮인 산을 오르는 꿈은
현실로 이루어지는 경우가 있고, 신앙과 수도, 진리 탐구자로서
학문 연구나 일의 난관을 극복하게 된다.

◉ 스키나 썰매를 타는 꿈은
스키나 썰매를 타고 산야를 누비게 되면 난관을 극복하고 소원
성취하게 된다. 정치는 협상에 순조롭고 사업가는 일운이 왕성하
여 학생은 시험·취업 등에 성공한다. 꿈속에서 장애물을 돌파할
수 없을 때는 고통과 좌절을 맛본다.

◉ 산 정상이나 산등성이 부분에 눈이 덮인 꿈은
고상하고 위대하며 관록있고 명예로운 상대방 또는 목적 대상과
관련이 있다. 그러므로 자신의 일을 세상에 내보여 명예와 관록
을 자랑하고 그들로부터 존경받게 된다.

◉ 눈을 쓸어내는 꿈은
자기 영역을 넓혀 세력을 확장하고 사업 기반을 닦거나 미루었던
일들이 해결된다.

◉ 눈이 집안으로 들어와 쌓이는 꿈은
재물이 생겨 자산을 축적한다. 이를 못들어오게 막으면 그 혜택
을 거절한 것이 된다.

◉ 눈이 많이 쌓여 집이 파손되는 꿈은
건물이 파손되는 것은 사회적 영향으로 신분이 새로워지고, 사업
이나 업적·명예·신체 조건 등이 새로워질 일이 생긴다. 그러
나 일부만 파손되는 것은 사업이 파산, 발병·좌절을 겪게 된다.

◉ 잔설로 길이 질퍽대거나 풍경이 아름답지 못하는 꿈은
잔무 처리라든가 시빗거리 또는 소원 등이 지지부진해진다.

◉ 눈싸움 목적으로 눈을 뭉쳐 상대방을 때리고 자신도 맞는 꿈은
경쟁자와 정신적·물질적인 자본을 들여 투쟁할 일이 생긴다. 그

러나 눈사람을 만들거나 눈을 크게 뭉쳤다면 그 뭉친 덩어리만큼
의 사업자금을 만들게 된다.

◉ 눈 속에서 쇠망치를 줍는 꿈은
재물과 횡재수가 있다. 교육 및 출판, 정신적인 노동으로 돈을
벌게 된다.

◉ 우박이 쏟아지는 꿈은
우박이 쏟아지는 소리를 듣게 되면 재난이 생기고, 우박이 자기
집 마당에 수북이 쌓여 녹지 않고 있으면 큰 재물이나 일의 성
과를 얻는다. 그러나 싸락눈이 내리는 것은 소란이 있고 허무한
일이 생긴다.

◉ 눈 비가 함께 오는 꿈은
두 세력이 각축전을 벌이는 가운데 일이 꼬여 성사되기 어려우며
불안과 근심 걱정이 생긴다.

◉ 서리가 내려 온 주위를 하얗게 덮인 꿈은
전염병이 만연할 징조요, 자기 사업은 오래 가지 못하고 사업을
위축시킬 법률이 제정된다.

◉ 이슬방울을 받아 마시는 꿈은
갈증을 느끼는 것처럼 그 신앙이나 진리는 오래 가지 못한다. 그
러나 배불리 마셨다면 장수하고 진리를 깨우치며 지혜로운 아기
를 낳을 태몽으로 꾸어진다.

◉ 얼음을 보는 꿈은
사업이나 소망, 사상 등이 와해되기 힘든 상태에 있거나 동결되
어 있음을 뜻한다. 그리고 얼어붙은 논이나 강을 걸으면 성사시
킬 수 없는 어떤 일을 추진하게 된다.

◉ 빙산에 관한 꿈은
사상이나 이념, 학설·기업체 또는 방해적인 여건 등을 상징한다.

◉ 산과 들이 얼어붙어 햇빛에 반사되는 꿈은
자기 사상의 위력을 과시하거나 경제적인 동결령을 내리게 된다.
산이나 들판, 어느 한 지역이 얼어붙은 것을 보게 되면 기관이나
사업장이 폐쇄되고 언론·출판 등에 금지령이 내린다. 그러나 얼
어붙은 산이나 들판을 가고 있으면 가장 돌파하기 어려운 고비를
극복할 일 — 입학·취업·고시 등에 곤란함을 면치 못한다.

◉ 얼음을 깨고 그 속에 들어가 몸을 씻는데 따뜻하게 느껴지는 꿈은
성사되기 어려운 일이 이루어짐을 뜻한다. 살얼음 진 것을 보는
꿈은 기다려야 소원이 이루어지게 되고 살얼음이 언 강을 무사히
건너는 꿈은 불안하던 주변 여건의 난관을 뚫고 영전되거나 소원
성취함을 뜻한다.

◉ 얼음을 가져오는 꿈은
사업자금이나 재물을 가져와 사용하게 되며, 얼음으로 만든 음식
이나 얼음을 넣은 음식을 먹으면 기꺼운 일거리를 책임지고 맡아
하게 된다.

◉ 스키·스케이트장의 꿈은

승진·입학·취직·경기·경쟁적인 일과 관계한 어떤 기관을 뜻한다. 스키나 스케이팅을 잘하면 합격·성공하고, 스케이팅하다 미끄러져 쓰러지면 한때 잘하다 침체되거나 낙방한다. 오히려 얼음 속에 빠진다면 취직이나 영전된다.

◐ 앞마당에 얼음덩어리가 가득한 꿈은
재물과 식복이 생겨 먹거리가 풍부하며 횡재수로 몫돈을 만지게 된다.

◐ 얼음 구멍을 뚫고 낚시질하는 꿈은
어떤 심오한 학문과 진리를 탐구하게 되며, 특별한 인재를 고르게 된다.

◐ 몸이 얼어붙는 꿈은
폭포수나 수돗물, 우물물에 갑자기 몸이 얼어붙으면 사업이 크게 번창하고 얼마 후 부귀 공명을 누리게 된다.

● 바 람

꿈속에서의 바람은 거센 마음과 정력, 기세·초능력·세력·유행성·파괴력·압력 등을 상징한다.

◐ 폭풍우가 일어나는 꿈은
사회 또는 상부의 압력을 받아 소원이나 일의 진행이 불안하고 난관에 부딪친다.

◐ 바람이 불어 불길이 세차게 거세지는 꿈은
사회적인 협조를 얻어 사업이 더욱 번창한다. 그러나 이 바람이 불(등잔, 촛불)을 꺼버리면 크게 절망감을 가져온다. 이때 바람은 사회적인 압력으로 풀이한다.

☯ 바람이 고목을 쓰러뜨리거나 꺾어버리는 꿈은

훌륭한 인물이나 기업체·재산·신분 등이 몰락하거나 위태로워진다. 그러나 자기편에서 일으킨 바람이 여러 물상을 허물며 날려보내는 것은 자기 권세의 당당함, 운세의 대길함을 뜻한다.

☯ 비바람이 사납게 몰아치는 꿈은

국가 환란이나 개인 신변이 위기에 처해짐을 상징한다.

☯ 바람에 옷, 모자나 기타 소지품 등을 바람에 날리는 꿈은

신상에 해를 입고 정신·물질적인 손실을 입게 된다. 그러나 날려간 물건을 되찾을 수 있으면 쇠퇴한 운세가 호조를 보일 것이다.

☯ 바람에 자기가 날리는 꿈은

사업기반이나 신분·명예 등을 잠시 잃어 불편한 환경에 놓여진다. 그러나 자신이 공중을 날고 싶을 때 바람이 자기를 들어올려 공중을 날으면 진실로 좋은 협조자, 좋은 운세를 만나 성공하게 된다.

☯ 태풍이 불어 해일이 사납고 집·나무·사람이 쓰러지고 날리는 것을 지켜보게 되는 꿈은

큰 소원이 이루어진다. 그러나 자신이 그 소용돌이 속에 휘말려 고통을 당하면, 큰 환란이 닥치고 사업이 파산된다.

☯ 바람을 등지고 가거나 바람 맞은 돛단배를 타고 순조롭게 가는 꿈은

강력한 세력을 등에 업고 사업 진전을 보게 된다. 그러나 바람으로 인해 전진이 불편하면 매사가 순조롭지 못하다.

☯ 미풍이 불어 상쾌한 기분이 드는 꿈은

신상에 있던 크고 작은 근심이 해소되며 환경 또한 좋은 방향으로 개선하게 된다. 또한 유행성 질환에 걸리거나 정신적인 감화

를 서서히 받을 일이 있게 되며 신앙에 몰입하게 된다. 그러나 바람이 티끌을 일으키며 거세게 다가오는 것을 보면 전란이 일어나거나 자신이 그 바람 속에 휘말려 고통을 받으면 일신상이 곤고(困苦)하게 된다.

◎ 부채・선풍기・바람개비・풍차 등 기구를 사용하는 꿈은
상대방에게 정신・물질적인 압력을 넣어 일을 성취시킨다. 공, 타이어에 바람을 넣어 빵빵하게 만들면 사업 기반이 튼튼해진다. 바람개비를 이용해 겨・검불 등을 날리고 알곡만 남기는 꿈은 사업의 취사 선택을 상징한다. 또한, 부채로 더위를 쫓는 행위는 근심 걱정을 해소한다.

◉ 뇌성벽력(천둥 · 번개 · 벼락)

◎ 검은 구름 사이로 천지를 진동할 뇌성이 먼데서 들리는 꿈은
구름이 사방에서 일어나는 것은 사업이 융성하거나 사건이 도처에서 발생하는 것이요, 천지를 진동하는 소리는 사업을 성취하고 사건을 야기시켜 명성과 큰 소문을 세상에 드러내며, 멀리서 들려오는 것은 먼 훗날에 있게 되거나 먼 곳의 소문을 들을 일이 있게 된다.

◎ 천둥소리만 요란하고 번개를 볼 수 없는 꿈은
명성과 경이적인 일이 세상에 전파되며, 여기에 번개가 번쩍이는 것을 보면 사업이나 권세가 명성과 더불어 크게 위세를 떨칠 일이 생긴다. 그리고 캄캄한 밤에 번개가 번쩍 빛나 시야가 한눈에 보이는 꿈은 세상을 계몽할 어떤 교리나 진리 등을 펴고 널리 전파할 일이 생긴다.

◉ 번개가 방안 또는 몸에 비치는 꿈은
번개가 문(창문)에 번쩍하고 대낮같이 환하게 비쳐주는 것은 운세가 호전되고 기다리던 소식이 빨리 온다. 그리고 번개가 자기 얼굴에 부딪혀 올만큼 밝고 화사한 모습의 자신을 볼 수 있는 꿈은 부귀 공명한다.

◉ 벼락이 떨어지는 꿈은

벼락을 맞아 사람이나 동물이 죽는 것을 보면 국가·사회의 최고 권력기관을 통해 사업이 크게 성취한다. 자신이 벼락을 맞아 쓰러지거나 죽으면 소원 성취, 입신 양명으로 명성을 떨치고 영광된 새로운 사업이 이뤄지며 신분 또한 새로워진다. 벼락이 나무에 맞아 그 나무가 불타거나 허물어지는 것을 보게 되면 건강, 사회적인 지위를 잃게 되고 어떤 사람이나 사업기반이 큰 압력으로 망하게 된다. 벼락이 지나가는 길 옆에 떨어지는 것을 목격하는 경우는 시험·사업·소망이 크게 성취하여 뭇사람을 경탄케 하거나 명성을 떨치게 한다.

● 무지개와 서기(瑞氣)

● 무지개가 자기 집이나 우물에 걸리는 꿈은
관계(官界)에 진출하여 입신 양명하고 전쟁에 나가도 무공을 세우게 되며 결혼을 앞둔 사람들에겐 결혼이 성사되어 행복하게 된다.

● 무지개의 중간이 끊어지거나 희미해져 안타까운 심정이 일어나게 되는 꿈은
약속・결혼・결사・결연 등의 일이 중도에서 파탄되며, 소원하던 바가 기대치에 미치지 못하고 수고한 보람이 별무인 관계다.

● 무지개를 타고 선녀가 내려오는 꿈은
아름다운 사람・인기인・귀인・인기작품 등을 과시하게 되어 영광을 누린다. 태몽일 경우에는 부귀 영화를 누릴 사람으로 입신 양명한다.

● 쌍무지개가 선 것을 보는 꿈은
입학・승진・당선・승리 등의 경사가 있고, 두 개의 사업・업적 등 명예로운 일이 생긴다. 또는 반대세력과 맞설 일도 있다. 형제나 부부・연인 사이에서 권리・신용문제로 다투게 된다.

● 무지개 같은 빛이 자신의 앞길을 인도하는 꿈은
위대한 사람의 인도와 협조를 받아 행복해지거나 연인・진리 등에 행운이 깃들게 된다.

● 금은 보석이나 집기 등 물체가 무지개 빛으로 빛나는 것을 보거나 가지는 꿈은
크게 부귀해진다. 진리를 깨닫거나 인기작품 등으로 명성을 얻는다.

● 비가 갠 하늘에 무지개가 드리워진 꿈은
관직으로 나아가 입신 양명하게 되고 인기와 재물을 한몸에 받아

부귀 영화를 누린다. 길몽이다.

◐ 오색찬란한 빛이 자신에게 내려쬐는 꿈은

만인이 우러러볼 높은 자리에 오르거나 타인의 작품에 큰 감동을 받게 된다. 그리고, 동물·나무·꽃 등에서 오색찬란한 서광이 뻗으면 위대함·영리함·부귀로움 등을 나타낸다.

◐ 오색무지개를 타고 하늘로 올라가는 꿈은

승진·합격·당선 등 승리의 기쁨을 누린다. 입신 출세의 명예가 있다.

2. 불과 빛·열, 그리고 색깔에 관한 꿈

● 불·빛(광채)·열

◐ 불에 관한 꿈은

돈·재산·애정·정열·임신·격렬한 정사·죽음·영적인 지혜 그리고 사고·재해·급성 질환·전쟁 등을 상징한다.

◐ 집안에 불이 나거나 지붕 전체가 불에 활활 타오르는 꿈은

사업이 크게 번창하고 재산이 늘어나 행운을 맞이한다. 또한 임신과 성적인 행위, 뜨거운 연정(戀情)을 상징한다.

◐ 불이 다 타고 재만 남아 있는 꿈은

융성하던 사업이 용두사미격으로 끝에 가서 몰락하는 경우이다.

◐ 온몸에 불이 붙어 활활 타는 꿈은

사업이나 일거리, 작품 등이 세력을 얻어 직장에서 승진하고 신

분이 새로워지고 일이 성취되며, 명예를 얻고 이름을 떨친다.

🌀 불덩어리를 치마폭이나 뱃속에 드는 꿈은
큰 사업을 일으킬 아이의 태몽이다. 미혼일 경우에는 훌륭한 배우자를 얻게 된다.

🌀 산불이 나서 훨훨 타는 꿈은
사업이 번창하여 재물과 돈이 들어온다. 새로운 기술 혁신과 신상품으로 해외시장을 진출하여 히트친다.

🌀 아궁이에 불을 지피는 꿈은
불이 활활 잘 타오르거나 연탄불이 잘 타고 있으면 소원 성취하고 사업이 잘되어 많은 재물을 얻는다. 불이 잘 타지 않을 경우에는 일이 성사되지 못하고, 불길이 밖으로 나오는 경우는 청탁건이 반려된다.

🌀 타다 남은 불씨가 되살아나는 꿈은
묻혔던 사실을 새롭게 발견하거나 새로운 아이디어로 번뜩이는 상품을 개발하여 명성을 얻고 복락을 누리게 된다.

◐ 길가 옆에 불을 지르자 잘 퍼져나가는 꿈은

여러 개의 사업체 또는 여러 사업들이 두루 잘 되어 융성해진다. 그리고 논밭에 불이 붙어 활활 타는 꿈은 재물과 돈이 들어오고 전답 같은 부동산을 사들여 이익을 얻는다. 년초에 꾸었다면 한 해 농사를 풍성하게 잘 짓게 된다.

◐ 전기가 합선되어 불이 뻗어나가는 꿈은

하던 사업이 크게 번창, 성취되어 세인의 이목을 집중시킨다. 재물·명예·승진·합격·당선 등이 따르는 행운이 있다.

◐ 용광로 불이 시뻘겋게 달아오르는 꿈은

운수대통으로 집안에 돈과 재물이 쌓인다. 새로운 문명 탄생, 또는 자신이 관여하는 정치·권력·정당·사회단체 등의 발전과 길운이 깃든다.

◐ 불길이 없는 연기에 관한 꿈은

물건은 타는데도 불길은 없고 연기만 나면 구설·헛소문이 난다. 유독 어느 지방, 집에서 연기만 피어오르면 그 지방, 그 집안에 환란이나 우환이 생기고, 자신이 거처하는 방안에 연기가 새어들면 전염병(돌림병)에 감염되거나 억울한 누명을 쓰게 된다.

◐ 산업화(공장) 굴뚝에서 검붉은 불을 뿜어내는 꿈은

창조적인 일이나 제조·판매·수출 등이 대길하고, 어떤 사회 구성원의 대치되는 음과 양이 합일치가 된다.

◐ 난로(가스·석유·연탄·목탄)나 화롯불에 불을 지피는 꿈은

첫출발·탄생·개업·창업·입학·입사 등 첫걸음으로 미래를 약속한다. 난로에 불이 잘 피어오르면 소원 성취, 사업이 잘 추진되고, 불을 쬐게 되면 협조자의 혜택을 받고, 음식을 익혀 먹으면 작은 자본으로 큰 성과를 얻어 복락을 누린다. 그러나 타오르던 불길이 꺼져버리면 소망이 좌절되며, 여럿이 둘러 앉아 있

으면 공연한 시빗거리가 생겨 구설수에 오른다.

◐ 촛불이 밝고 환하게 비치는 꿈은

신앙심이 두터운 한편, 학문과 진리를 탐구하고 새로운 역사를 창출하게 되며, 하는 사업이 일취월장하여 소원 성취한다.

◐ 집안에 불빛이 환하게 켜져 있는 꿈은

집안에 경사가 있고 행운이 깃든다. 큰 불덩어리가 집안으로 굴러들어오는 꿈은 재물과 돈, 복덩어리가 굴러와 신분 상승, 부자가 된다.

◐ 등대가 불을 밝혀 길을 안내하는 꿈은

그동안 침체되었거나 잃었던 길을 되찾고 귀인의 도움으로 장래를 개척한다. 또는 쇠운의 사업에 수출길이 열려 작은 밑천으로 한몫을 단단히 잡는다.

◐ 횃불을 들고 가는 꿈은

어려운 난관에 처했을지라도 무난히 극복하여 일을 성사시킬 수 있다. 그리고 남이 횃불을 들고 있는 것을 보는 꿈은 어떤 사람의 지도나 조언을 받아들여 일을 성사시킨다.

◐ 성화대에 불을 켜놓은 꿈은

이념 창출이나 성공·승리 등 소원 성취한다. 새로운 문화와 문
명을 받아들여 명성을 떨치게 된다. 그리고 운동경기의 첫 주자
가 횃불을 들고 릴레이 하는 꿈은 각종 경기나 경쟁력에서 승리
하거나 신기술 상품개발, 품질을 개선하고 타사를 앞질러 큰 사
업으로 성공하게 된다.

◐ 등잔(램프)·전기불에 관한 꿈은

불빛이 밝으면 소원 성취하고 불이 꺼지면 사업 또한 몰락한다.
그러나 등잔(램프)에 석유(기름)을 붓는 경우는 사업 자금을 충당
할 일이 생긴다.

또한 전기불이 환하게 켜져 있으면 관공서의 일이 순조로워지고
취직 또는 경사가 있다. 환한 가로등 밑에서 일을 하면 협조자를
만나 일이 순조로워지고 갑자기 불이 꺼져버리면 모처럼 기대하
고 부탁한 일이 어그러진다.

◐ 가로등이 밝아 보이는 꿈은

외출·출장·여행갈 일이 생기며, 여행지에서 인연 맺을 사람을
만나게 된다.

◐ 빛을 내는 용품(라이터·헤드라이트·프래쉬·조명기구 등)에 관
한 꿈은

밝고 힘찰수록 자기 소원이나 사업 등의 성공 여부를 예시해 준
다. 만약 남이 자신의 길을 밝혀 준다면 제3의 인물, 협조기관에
의해 소망이 충족된다.

◐ 갈라진 틈 사이로 불빛이 밖으로 새나가는 꿈은

자신도 모르는 사이에 돈과 재물이 나가게 되고, 귀한 정보 내지
는 자신의 비밀이 상대방 또는 세상에 드러나게 된다.

◑ 색 깔

◐ **빨간색과 관련된 꿈은**
흥분·질투·증오 등 가장 정열적인 일과 관계되어 충성심·정
조관념·공격적·부끄러움을 상징한다. 즉 과일이 붉으면 사람
이나 일의 성숙단계를, 꽃이 붉으면 애정·충성심·명예를 상징
한다. 그리고 붉은 동물은 전투적이고 의지적인 사람을, 빨간 옷
은 그 신분이 존귀해지거나 남의 모함에 빠지고 흥분 상태 또는
상해를 입게 된다.

◐ **흰색과 관련된 꿈은**
결백하고 소박하며, 청렴 : 순결·빛·순수함·고귀함·신천지
등을 상징한다. 검은 장막 속에 흰 동물이 뚜렷이 나타내 보이는
꿈은 세상에 감춰진 작품이나 사건이 백일하에 드러나는 것을 뜻
한다. 또한 흰색이 다른 색과 유별나게 구분되어 나타나는 꿈은
내면적인 양면성이나 둘 중 하나의 선택을 예시한다.

◐ **검은색과 관련된 꿈은**
불쾌·불길하고 죽음 같은 나쁜 소식이나 심신의 문제, 비밀·
음탕함·부도덕함·고독·질병·고통·슬픔 등 부정적인 내용
을 상징한다. 캄캄한 것은 답답한 심적 고통을, 희끄무레한 것은
불분명하거나 미지의 세계를, 검고 탁한 물이나 수렁 따위는 질
병·죄악 등과 관련해 있다.

◐ **노란색과 관련된 꿈은**
황금색은 성스러운 것으로 인식되어 있지만, 노란색은 행복·기
쁨·쾌활함으로 부귀·사랑·존경·애정과 애착, 성숙함을 나
타내고 주황빛은 흥분·격렬한 자기 주장이나 광기를 상징한다.
나아가 누른 빛의 동물은 가장 정상적인 사람으로, 누른 빛 과일

은 성숙된 일이나 늙고 오래된 것 또는 수명을 다한 것으로 나타낸다.

◉ 파란색과 관련된 꿈은
파란색(하늘색)은 젊음·원기왕성·방랑을 상징하여 영혼·직관·사고력 등 정신적인 것을 나타내어 소원 충족과 관련이 있다. 색깔의 농도 여하에 따라 상쾌함·맑음·신선미 등을 나타내며 하늘색 꽃이나 푸른색의 짐승을 정신세계를 나타낸다.

◉ 초록색과 관련된 꿈은
시기와 질투, 적개심·나약함·유아(소년·초창)기를 상징한다. 즉 초록색 새싹이 돋아나거나 꽃의 빛깔이 초록이면 일의 시초나 유아기적 또는 탄생을 의미한다.

◉ 보라색과 관련된 꿈은
선동적이고 유혹적이며 수줍음과 겸손, 아늑함과 존경심을 나타낸다. 즉 보라색 커튼은 생활을, 보라색 꽃은 존경심을 나타내고, 보라색 꽃을 받거나 꺾어들면 선정적이고 유혹적인 여인이 접근해 온다.

◑ 분홍색과 관련된 꿈은

연애와 기쁨, 명예와 애착, 부귀와 공로 등을 상징한다. 즉 진달래꽃이 만발한 산을 본 꿈은 신분 상승 또는 영전의 기쁨을 누리게 되고, 분홍 드레스를 입은 여인의 꿈은 그 결혼생활이나 애정생활에 있어 만족하고 행복한 복락을 누리게 된다.

◑ 그외 적·청·황의 점막이 동물이나 공작 같은 화려한 색깔은

미녀·명예·다재다능한 사람이나 인기있는 학과나 직업 등을 상징한다. 여러 색으로 된 꽃송이는 다채로운 작품이나 다각적인 성과 등을 상징하며, 오색 구름·오색무지개는 명예·인기 직업 등을 상징한다. 그리고 회색은 이중성격과 위선, 경멸과 미완성 잔재와 허약성을 상징한다. 회색옷은 죄인이나 병자를 나타내고 회색동물은 이중인격자와 미완성 작품 등을 상징한다.

3. 물과 샘, 강과 바다에 관한 꿈

● 물·우물(수도물)·샘물

◑ 맑은 물이 고여 있는 꿈은

장애의 전망이 밝을 조짐이다. 심신의 컨디션과도 비례한다. 만약 물이 탁한 꿈은 건전치 못한 사고 방식과 문란한 생활, 컨디션 약화 등을 상징한다.

◑ 맑은 물이 몇 갈래로 나뉘어 흘러들어 오는 꿈은

일정하게 받는 봉급 외의 부수입이 생기고, 부업이나 임대료 등

으로 목돈을 저축하게 된다. 그리고 새로 간척한 농토에 맑은 물
이 들어오는 꿈은 첫 사업으로 성공을 거두게 되고 미개척 분야
에서도 명성을 얻게 된다.

☯ 물을 한 동이 또는 한 통을 길어오는 꿈은

재물이 들어온다. 금전의 액수는 물동이의 양과 비례한다. 그리고
길어온 물을 누가 가져가는 꿈은 가져간 물의 양만큼 자기 몫의
돈이 나가게 된다.

☯ 물에 빠지는 꿈은
물에 빠져 허우적대며 그대로 가라앉았다면 심신의 곤란과 진행
하던 사업이 매우 어려운 난관에 처하게 되고, 다행히 빠졌어도
물 위에 떠오를 수 있었다면 하는 사업에서 소원 성취하게 된다.
그리고 물 위를 평지처럼 걸어가는 꿈은 매사 순조롭게 발전하고
소원이 성취될 길몽이다.

☯ 누군가 자기집 빈 독에 물을 떠다 부어주는 꿈은
귀인의 도움으로 많은 재물을 얻게 된다. 계속해서 물을 부어주
어 물이 넘쳐 흐르는 꿈은 재물을 가득 모으고 넘쳐 흐른만큼

소비하게 된다. 그런데 물을 부어주는데도 독의 물이 새나가는 꿈은 아무리 재물을 모아도 저축되지 않으며, 사업기반이 부실해 남는 것없이 허비해 버린다. 또는 기업체의 직원이 축내는 경우도 있다.

☯ 우물물이 마르거나 수돗물이 나오지 않는 꿈은
집안의 재물이 떨어지거나 빚준 돈을 받지 못한다.

☯ 우물물이 넘쳐 흐르는 꿈은
재물이 늘어나 살림이 윤택해지며 조만간 부자가 된다. 그러나 우물물이 혼탁하거나 흙탕물이 넘쳐 흐르면 집안에 우환이나 재난이 생긴다.

☯ 물을 떠오거나 퍼담은 꿈은
그 물의 분량만큼 재물이 생기고 계획한 일이 성취된다.

☯ 수돗물이나 우물물을 누가 받아 주거나 자신이 받아마시는 꿈은
계획하던 일이 성취되고 돈과 관련된 반가운 소식이 오고 재물이 생긴다.

☯ 우물물을 떠서 손발을 씻는 꿈은
고민하던 근심 걱정이나 질병이 사라지고 청탁이나 소원이 성취된다.

☯ 수돗물과 샘물이 동시에 솟아나오는 꿈은
막대한 돈을 벌여들여 부자가 된다.

☯ 물을 떠 마시려는데 물이 흐려져 마시지 못하는 꿈은
소원하던 일이 막혀 곤란을 겪게 되고, 그 물이 다시 맑아져 물을 마실 수 있거나 빨래 등을 할 수 있으면 사업이나 취직이 순조롭고 소원 성취된다.

☯ 물그릇에 빨랫거리를 담가두는 꿈은
취업 등이 성사되어 신분이 새로워지고 새로운 사업을 하게 된다.

◉ 우물속에서 용이나 구렁이·독수리 같은 큰 짐승이 나오는 꿈은
  태몽으로 그 아이는 관공서 또는 대기업에 취직되어 승진을 거듭
  하고 입신 양명하게 된다.

◉ 우물이 집안에 생기는 꿈은
  혼담이나 직장이 마련되고 기업체가 생긴다.

◉ 맑은 우물물이 계속해서 솟구치는 꿈은
  사업이 크게 번창하여 재물이 넘쳐난다. 그러나 흙탕물이 끓어오
  른다면 집안에는 우환이, 사업 운영에는 재난이 생긴다.

◉ 우물에 빠져 나오지 못하는 꿈은
  옥살이를 하거나 억울한 원한을 갚지 못하게 된다.

◉ 그릇에 담긴 물을 엎지르는 꿈은
  재물의 손실이나 소원이 좌절된다. 그릇의 크기에 따라 사건 규
  모가 다르게 나타난다.

◉ 분수가 높이 치솟는 것을 보게 되는 꿈은
  자신의 사업이나 작품 또는 업적을 세상에 과시할 일이 생긴다.

◉ 집안에 맑은 물이 가득 차 있는 꿈은
  집안에 부귀영화를 누리며 잘 살게 된다. 물이 가득하여 헤엄치
  거나 목욕을 하게 되면 질병이 사라지고 유복해져서 행복한 삶을
  이룬다.

◉ 높은 산 밑에서 샘물이 솟아나는 꿈은
  관공서 또는 대기업체에 취업되고 소원 성취한다. 그리고 넓은
  평야에서 샘물이 솟으면 사업 경영이 순조롭게 발전되고 재물이
  쌓인다.

◉ 샘물에 관한 태몽은
  사업가나 작가가 되어 그 샘물의 정도에 따라 부귀와 영예로운

명성을 얻게 된다.

◯ 온천을 찾아가는 꿈은
경영하는 일에 협조자나 협조기관을 얻게 되고, 온천에서 목욕을
하면 협조자나 협조기관의 도움으로 소원이 성취되고, 많은 사람
들과 함께 목욕하면 시험에 합격·취업이 성사되거나 신앙생활
에 열심이게 된다.

● 내·강·호수·바다

물의 흐름은 사상과 사업을, 물길(水路)은 사업기반이나 어떤 기관
을 상징한다. 그리고 괴인 물은 사업이나 정신적·물질적인 재물을,
그 물을 담은 지형의 크기는 사업장이나 사업 기반, 세력권, 사회기
반 등을 상징한다.

◯ 흐르는 냇물을 인상깊게 보는 꿈은
사업 시작이 순조로우며 특히 개척·교화 사업 등이 잘 추진된다.

◯ 개울물이 말라 있는 꿈은
하던 사업이 좌절된다. 그러나 마른 개울에서 물고기가 우글거리
는 것을 잡으면 어떤 사업경기가 좋아지거나 종반에 가서 상당한
재물을 얻게 된다.

◯ 거북이가 바다에서 하구를 거쳐 하천으로 기어오르는 꿈은
국영기업체나 국유지를 불하받아 민영 또는 개인 소유로 하게
된다.

◯ 흐르는 계곡물 가운데 우뚝 서 있는 꿈은

시빗거리나 구설이 따르겠지만 그에 굴하지 않고 세상사람들에게
감명을 주어 명예를 얻는다.

◉ 강물이 맑게 보이는 꿈은
사상이나 사업, 경영사 소원이 성취되어 만족하게 된다. 그러나
강물이 흐리거나 탁한 것은 불만·불쾌·부정·빈곤 등을 상징
한다.

◉ 넓은 바다에서 수영하는 꿈은
국가·사회적 여러 여건의 혜택을 크게 입고 사업 발전 성장된
다. 혹은 외국 여행의 기회가 주어지거나 여행 서적을 흥미롭게
읽게 되는 경우도 있다.

◉ 연못 속의 물건을 보는 꿈은
어떤 비밀에 묻혀진 역사적 사건 또는 고고학적 가치가 있는 물
품을 연구할 일이 있거나 얻게 된다.

◉ 바닷속이나 강물 속에서 헤엄치는 꿈은
베일 속에 감춰진 사건이나 일에 관여하게 되고, 바닷속 용궁에
들게 되면 높은 관공서에 취업되거나 소원 성취, 진리 탐구의 기

회가 주어진다. 바닷속 깊이에서 물고기를 잡을 수 있으면 값진
보물이나 크나큰 명예를 얻는다.

☯ 강변에 서서 파도가 일렁이는 것을 보게 되는 꿈은
사회 변화에 따라 민심이 소란한 가운데 가정은 풍파가 일고 사
업은 위기 의식을 느끼게 되며 마음 또한 근심 걱정으로 심란하
다. 그리고 자신이 탄 배가 파도에 휩쓸리고 좌초되는 꿈은 시비
와 구설수에 말려들고 자신의 경영사업이나 애정·소원 등 모두
가 좌절되어 모두를 잃게 된다. 그런데 바다나 강물을 걸을 수
있는 꿈은 모든 사회적 여건이 자신에게 유리해지면 소원이 충족
된다. 그러나 두려운 마음이 들었다면 다소 불안해질 수도 있다.

☯ 냇물이나 강물이 역류(거슬러 흐름)하는 꿈은
사회적 제반 여건, 사회·국가·종교·학문·사상 등에 반발을
보이게 된다. 단, 물이 거꾸로 흐르다 정상적으로 돌아서면 한동
안 어떤 일의 반대 행위에 관여하다가 정상적인 기존 질서에 순
응해 모든 일이 순조롭게 진행된다. 그리고 물길이 두 갈래로 갈
라지는 꿈은 경영하던 일이 추진하게 되는 경우가 생긴다. 강물
에 손발을 씻으면 소원이 성취되고 손을 씻는데 잘 씻어지지 않
거나 개운치 못하면 큰 성과를 거두지 못하거나 일이 벅차 자신
이 감당치 못할 일이 생긴다.

☯ 물이 가득한 물통인 줄 알고 애써 지고 오다가 빈 물통을 엎어
버린 꿈은
동업하기로 한 약속이 깨어져 사기당하고 실속없는 일에 힘써왔
음이 밝혀져 허무하게 될 경우가 생긴다.

☯ 막막한 사막에서 오아시스를 만나는 꿈은
사업이나 계획하던 일·희망 등이 난관에 부딪쳐 고통·근심 중
에 있던 것이 일시에 사라지고 성공·욕구 충족 등 행복이 찾아

들게 된다.

● 호수나 강물이 얼어붙은 꿈은
어떤 물질적·정신적인 사업이 한동안 정체되어 진전되지 못하는 동결 상태가 이루어진다. 스케이트나 얼음을 타고 건너가 장애물을 만나면 추진되던 일이 난관에 부딪쳐 힘들게 된다.

● 홍수 또는 해일

홍수는 사회적인 세력을 상징하는데 맑은 물이어야 길몽이다.

● 맑은 홍수가 자기에게 밀어닥치거나 자기집 논밭을 휩쓸어버리는 꿈은
큰 세력의 도움으로 자신의 신분이 새로워지고 영화가 따른다. 그런데 그 홍수가 두려워 도망치게 되면 모처럼의 기회를 놓치게 된다. 홍수가 흙탕물일 경우에는 사회적인 재난, 이질적인 사상이 전파되어 자신 또는 사회를 해롭게 한다. 또는 전란·질병이 창궐하여 많은 사람들이 피해를 입는다. 높은 곳에 올라 홍수 피해를 모면한 사람은 구원을 받는다. 혹은 맑은 물일지라도 파도가 거세지면 우환 또는 환란이 생긴다.

● 온 들판에 맑은 물로 뒤덮여 물바다가 되어 있는 꿈은
큰 세력을 얻고 부자가 되거나 정신적으로 세상을 감화시킬 일이 생긴다. 한걸음 더 나아가 산과 들 모두가 물속에 잠겨 있는 꿈은 더 큰 세력을 잡게 되어 군중을 호령하거나 세상을 감동시키는 업적을 쌓아 세인들로부터 추앙받게 되는 존귀한 신분이 된다. 단, 물이 흐리지 않고 맑아야 한다.

◐ 물바다가 된 들판 가운데 자신이 있는데 구렁이에게 휘감겨 있는
꿈은
사회적으로 큰 재산가나 세력가, 사상가와 인연을 맺어 부귀를
얻고 신분이 새로워지는 길몽이다.

◐ 해일이 크게 일어나는 꿈은
국가·사회적으로 환란이 생기거나 거대한 사상의 영향을 받게
되고 자기 사업이 크게 번창한다. 이때 물이 흐리면 재난·관재
수가 생긴다.

◐ 밀려들었던 바닷물이 갑자기 사라지는 꿈은
자기 사업, 사상으로 외세를 물리치고 새로운 사업기반이나 영토
가 생기며, 낡은 사상·풍습·제도 등을 개혁하고 부귀공명과
소원이 충족된다. 그리고 바닷물이 밀려나간 개펄에 물고기·조
개·게 등이 많이 드러나보이면 사업상 많은 이득을 얻는다. 그
러나 물이 다 빠지지 않고 그치면 사업이 중단되거나 부진해진다.
반대로 물이 밀려오는 것을 보게 되면 새로운 사조가 자기 주변
에 밀어닥치거나 사업이 융성해지고 만조가 되면 부자가 된다.

4. 산야와 지리적 위치에 관한 꿈

● 땅, 산과 계곡

● 땅을 파서 금은보화를 얻는 꿈은

재물·명예·이권을 얻게 되고 혹은 남녀 사이의 교화 및 연정
이 맺어질 동기가 이루어진다.

● 산이 열리면서 앞이 트여지는 꿈은
권리와 이익 증대 및 실행 추진사의 발전과 번영이 따른다.

● 산 정상을 향해 오르는 꿈은
소원을 성취하기 위한 노력에 대비한다. 산을 오르는 데 힘이 들
고 정상에도 미치지 못했다면 소원과 계획 추진하던 일이 중도에
서 그치거나 성공하기에는 역부족임을 암시한다.

● 토지(땅)를 얻거나 매입하려는 꿈은
재물과 이권이 증대되거나 신분이 새로워지고 명성을 떨친다 혹

은 묘지 터를 구하게 된다.

◐ 기름지고 광활한 땅을 보게 되는 꿈은
가업이 번창하고 복록이 풍성해지며 안정과 발전이 따르는 길몽
이다.

◐ 땅이 움직이는 꿈은
거주지를 옮기거나 직업 변동수가 있게 되는데 대체로 서남쪽에
이로움이 많고 새로운 계획을 추진하게 된다. 그리고 땅이 갈라
지는 꿈은 경영사 부진하게 되어 안녕치 못하여 이별·장애와
손실이 따른다. 혹은 부친의 질병, 관재 구설로 낭패당하는 경우
도 생긴다. 그러나 땅이 저절로 굴러가는 꿈은 운명적인 변혁기
를 맞이하여 가일층 번성, 발전하게 되며 만사형통된다.

◐ 땅 위에 스스럼없이 편하게 드러눕는 꿈은
안정, 번영의 기쁨이 따르며 남자는 여인을 얻게 되는 한편, 여
자는 자식을 잉태하고 전문직에 종사하는 사람은 시험 합격 등
공명을 얻게 된다.

◐ 대지가 꽁꽁 얼어붙는 꿈은
재물이 보이고 이권이 늘어나며 상업상 발전 및 안정을 누리게
된다. 만약, 겨울철에 꾸었을 경우에는 남녀간 정사가 원만히 이
루어진다.

◐ 땅이 변하는 꿈은
얕은 땅이 높게 되는 경우는 사업이 번창하고 이익과 권리가 풍
성해진다. 땅이 내려앉거나 깊이 패이는 경우는 집안이 기울고
식솔들이 흩어지는 등 재난과 액화가 발생한다. 또는 땅이 울퉁
불퉁하여 높낮이의 기복이 심한 꿈은 위험과 손실, 장애를 겪게
되며 이익이나 권리를 찾기가 힘들게 된다. 그리고 땅을 파서 흙
을 퍼내는 꿈은 거주지나 직업 변동 및 구설이나 모욕 수모 등

낭패를 당하게 된다. 그러나 땅속에 들어가 해가 뜬 것을 것을 보는 꿈은 번영과 발전, 부귀해지며 성공, 승리한다. 혼인이 성사되고 죄수는 풀려난다.

◐ 땅 밑을 흐르는 물줄기나 땅속의 우물, 연못 등을 보는 꿈은
험난한 위기를 맞이하여 낭패당하게 된다. 또는 병자 사망, 죽음을 예시하는 흉몽이다.

◐ 산에 관한 꿈은
산등성이나 산봉우리 등에서 일어나는 일은 희망의 대상, 소원 충족, 목표 달성, 사회 단체나 관공서의 권한, 직위, 절정기 등을 상징하고, 산중턱에서 일어나는 일은 중간 계급, 일의 중도, 중류 신분 등과 관련이 있으며, 산 밑에서 일어나는 일은 사회 계급의 말단부, 국가나 정부의 산하단체의 일과 관련되어진다. 그리고 산모퉁이는 어떤 기관의 세력 일부, 사업의 전환점 등을 상징한다.

◐ 계곡의 물이 유유히 흐르는 꿈은
관공서나 어느 기관에 청원하여 자기 사업을 번창시킬 수 있으며 그 흐르는 물이 거세어 건너지 못해 안타까워하게 되면 전근이나 이전 등이 난관에 부딪쳐 어렵게 된다. 계곡의 건너편 산은 타기관·타국이나 다른 세력권을 상징한다.

◐ 먼 곳에 있는 산을 오르는 꿈은
숙원 사업이 이룩되거나 외국에 나가게 된다.

◐ 산이 저절로 움직여 달아나거나 앞으로 나아가는 꿈은
고난과 위기를 벗어나 큰 이익과 권리 장악 및 부귀 영달하고 죄과의 사면 복권 등 이로움이 따르게 된다.

◐ 산 일대에 꽃이 만발한 꿈은
취직 또는 승진, 영전된다. 태몽으로 꾸었다면 명예롭고 영광스런 인물을 낳게 된다.

◐ 여러 개의 산을 넘게 되는 꿈은
여러 사업이나 직장을 옮겨다니다가 뒤늦게 소원 성취하고 목적을 달성할 수 있다.

◐ 높은 산꼭대기에서 사방을 한눈에 내려다보는 꿈은
대업을 이루고 신분이 상승한다. 그 산꼭대기에서 크게 소리쳤으면 세상에 명성을 떨치고 명예를 얻는다.

◐ 큰 산맥을 그리는 꿈은
학생은 수석 합격하고 사업가는 사업을 크게 번창시킨다.

◐ 산을 통째로 삼켜버리는 꿈은
사회 한 분야의 제일인자가 될 인물의 태몽이거나 크게 대성할 사업가나 정치가의 길몽이다. 그리고 산을 마음대로 움직일 수 있는 꿈은 위대한 권력가를 낳을 태몽이거나 사업을 빛내고 어떤 강력한 세력가나 권력 기관을 마음먹은 대로 요리할 수 있는 길몽이다. 그리고 산을 개간하여 농사짓거나 꽃이 만발해 있으면 국가나 사회단체로부터 큰 세력을 얻게 된다. 의식과 복록이 증대되고 이익 또한 풍성해져 안정을 누리게 된다.

◐ 산에 오르다 떨어지는 꿈은
재물 손실 및 신분이나 직위, 사업이나 권세, 소원 등이 몰락할 운세다. 그러나 산 정상을 날아서 단숨에 오르는 꿈은 갑자기 운세가 호전되어 소원 성취하거나 신분이 상승된다. 그리고 두세 산봉우리를 건너뛰게 도면 전근이나 전직을 자기 소원대로 할 수 있다.

◐ 산꼭대기에서 무서워 떨거나 날씨가 사나워지는 꿈은
신변에 위험이 따르고 사업 등 소망하는 바가 진퇴양난에 빠진다. 산에서 지성으로 신령적인 존재에게 기도드리는 꿈은 원하는 바 큰 소원이 이루어진다.

◐ 산 전체가 와르르 무너지는 꿈은

대길한다. 곧 타인의 사업이 쇠퇴하고 자기는 그로 인해 막대한 소득을 얻게 된다. 그러나 산 중턱이나 그 일부가 무너져내리는 꿈은 자신의 사업기반이 붕괴되고 쓰디쓴 좌절을 맛보게 된다.

◐ 산꼭대기를 오르거나 산등성이를 밟고 서 있는 꿈은

지위 또는 명예가 높아지고 큰 이익이나 권위를 장악하여 만사 형통할 길몽이다. 그리고 높은 산정에 머무는 꿈은 수명이 늘고 명예와 이익을 획득하여 영달을 누릴 수 있다. 또한 산꼭대기가 홀연히 솟아올라 하늘과 맞닿은 꿈은 학자나 전문직종의 사람 또는 관리는 권위가 상승되고 명성을 떨치게 되며 많은 이들로부터 선망의 대상이 된다.

● 논 · 밭 (평야)

◐ 자신이 파종하는 꿈은

재물과 이권이 증대되어 가업이 윤택해지고 안정을 누린다. 기획 추진하던 일이 성사되고 주식합작, 처첩의 임신 등 많은 이로움이 따르게 된다. 타인이 씨앗을 파종하거나 곡식을 가꾸는 꿈 또한 학문 연구가·전문직종·관리에게는 명예가 상승하고 입신양명하며, 일반인에게는 재물이나 권리가 늘어난다.

☯ 황폐한 땅이 기름진 전답으로, 광활한 전답이 되는 꿈은
재물과 이권·자산이 풍성해질 뿐만 아니라 기업이 번창하고 운수가 대통할 길몽이다. 넓은 황무지를 개간하면 어떤 개척사업에 종사하게 된다. 그리고 넓은 들판은 큰 사업·세력·일 등을 상징하고 황금벌판이나 물로 가득찬 들판은 자기 사업이나 세력과 관련이 있다.

☯
논밭은 사업기반이나 세력 판도, 모체 등을 상징한다. 즉 논에 물이 가득차 있으면 주변 여건이 만족함을 나타내고, 사상이 충만함을 뜻한다. 물이 있어야 할 논에 물이 말라 있으면 재정의 결핍이나 사상의 고갈을 상징한다. 비옥한 논밭은 그만큼 사업기반이 중요하고 황폐한 농토는 미개척 분야의 상징이다.

☯ 전답을 사는 꿈은
크게 권리를 얻거나 관리가 되고 승진하며 사업 판도가 확대된다. 그 반대로 전답을 팔게 되면 모든 권리가 상실되거나 사업 밑천을 남에게 대줄 일이 있게 된다.

☯ 논밭에서 추수하는 꿈은
금전적 이득과 가업이 융성하고 유산 상속 등으로 횡재하게 된다. 그리고 이성교제 및 혼담이 성사된다. 또한 밭에서 고구마나 무를 캐는 꿈은 횡재를 하거나 사업적으로 크게 성공을 거두어 많은 이득을 얻게 되거나 태몽일 경우도 있다.

◉ 풍년이 들어 황금들판을 바라보는 꿈은
사업이 번창하고 많은 재물을 얻게 된다. 그리고 논밭을 경작하며 책을 읽은 꿈은 명예를 얻고 이익이 많아 진행사 발전하며 부귀영화를 누린다. 또한 소를 몰아 전답갈이 하는 꿈도 만사 형통으로 번영한다.

◉ 논밭이 가뭄으로 한발을 겪는 꿈은
농산물 관련업종 관계자나 농업 종사자는 풍성한 수확과 이득을 얻게 된다. 그리고 논밭에 단비가 내리는 꿈 또한 경제적인 풍요와 사업 번창을 암시하고, 자손이 크게 이름을 떨쳐 기쁨을 준다. 그런데 봄·가을에 논밭이 큰 물속에 잠겨 있는 꿈은 소원 성취하고 사업 번창 발전될 수 있으나 겨울·여름철의 꿈일 경우에는 장해와 손실 등 재난을 당한다.

◉ 논밭 가운데 우물을 파는 꿈은
사업이 번창하고 재물과 권리가 증대된다.

◉ 길(도로)와 다리

◉ 큰 길을 걷는 꿈은
꿈속에서 탄탄대로 큰 길을 걸으면 일신이 안락하고 일이 잘 성사된다. 특히 길바닥에 기복이 없고 장애물이 없으면 일의 성취가 빠르며 운세가 대길한다.

◉ 좁고 험한 길을 걷는 꿈은
사업이나 자신의 일이 고통 가운데 있으며 일신이 편치 않다. 길이 곧지 않으면 하는 일이 정도(正道)가 아닐 것이며, 길옆에 절벽이나 외나무다리가 있어 그곳을 걷는 것은 일신이 곤궁하고 하는 일이 위태로우며 심적 불안을 체험하게 된다.

◑ 드넓고 평탄한 도로가 훤히 뚫려있는 꿈은

경영하던 일이 발전되고 소원성취하며 기업이 융성하여 재물 이권 등이 생긴다. 그러나 길이 갑자기 끊어져 더 이상 가지 못하고 어려움을 겪게 되는 꿈은 소원하던 바나 계획하던 진행사가 좌절되어 피해 손실 등 많은 불이익을 당하게 된다. 그런데 이 길을 피해 돌아가거나 끊어진 길을 넘을 수 있으면 난관에 부딪쳐 한때 곤란을 겪겠지만 이를 극복할 수 있게 된다. 즉, 잃었던 길을 찾거나 새로운 도로를 발견하는 꿈은 새로운 기회와 여건이 조성되어 이익이 증대되고 안정을 누리게 된다.

◑ 길을 잃어 미로를 헤매거나 방황하게 되는 꿈은

진행사 고민과 번민으로 갈등을 겪게 되거나 난처한 입장이나 곤란한 상황이 일어난다. 그런데 길을 가르쳐 주거나 안내해 주는 사람이 있을 경우에는 귀인의 도움으로 목적을 달성하고 재물과 이권을 얻게 된다.

◑ 남에게 길을 묻는 꿈은

장해와 부진 등속의 곤경을 치르게 된다.

◑ 들길을 걸어가는 꿈은

어떤 사업을 이끌어 가거나 관공서의 일을 하게 된다. 그리고 논두렁을 걷는 꿈은 자기 사업 판도 내에서 하는 노력과 상관되어 있다.

◑ 어둠속에서 길을 찾아 헤매는 꿈은

미개척 분야의 사업에 손을 대게 되어 암담하고 답답한 일이 생긴다. 길을 잃고 방황하는 사람은 일이 좌절되고 몰락한다.

◑ 진흙 길로 발이 빠지고 걷기가 어려워 고통받는 꿈은

질병으로 신음하게 된다. 특히 수렁에 빠져 헤어나기 힘들면 병고

에 시달리거나 또는 범죄를 저지르게 되고 남의 모함에 빠지게
된다.

☯ 바윗길을 밟으며 뛰어간 꿈은
여러 사업에 손을 대거나 여러 직장을 전전하게 되는데 별 소득
을 얻지 못한다. 그리고 바위에 부딪혀 다치게 되는 꿈은 방해,
난관에 부딪쳐 사업 기반이나 협조자를 잃게 된다.

☯ 큰 길을 가다가 작은 길로 접어드는 꿈은
그동안 운세가 대길하여 일이 순조롭다가 점차 어려워진다. 그러
나 들판을 가로질러 산모퉁이로 뻗은 길을 가는 꿈은 소원 성취
되고 취업 또는 사업체를 갖게 된다. 그런데 도망치는 길이 막혀
허둥대거나 논밭고랑, 산길을 방향없이 달아난다면 그동안 일이
제대로 추진되지 않아 극심한 고통을 겪게 된다.

☯ 길을 가다가 값어치되는 물건이나 재물을 얻게 되는 꿈은
왕성한 운세 중에 생긴 결실이라든가 횡재수, 큰 이득을 얻게
된다.

☯ 모퉁잇길이나 숲길, 갈라진 길 등에서 쫓아가던 사람·동물이 갑
자기 사라져 당황하게 되는 꿈은
소망사, 성취할 수 없게 된다. 같이 가던 사람이 사라지고 혼자
남게 된 경우, 동업자와 헤어지거나 독자적으로 할 일이 있게 된
다. 혹은 근심거리가 사라진다.

☯ 네거리(십자로)에서 어디로 갈지 몰라 망설이게 되는 꿈은
결단을 미루게 된다. 그리고 네거리, 육거리가 곧게 뻗어나 있으
면, 자신의 주장이나 이론 등이 사람들을 감동시키고 권세 또한
강대해져 모두가 추앙받게 된다. 또 길을 가는 도중 도로 보수 공
사 현장을 보게 되면 어떤 사업이나 계획이 새로워지고 보완할 일
이 생긴다. 전방에서 사람이 나타나 자기가 걸어온 길과 엇갈리게

도면 자신의 뒷조사를 하는 사람이 생기거나 반대 의사를 표할 사람이 나타난다. 둘이 마주쳐 대화를 나누다 깬 꿈은 의사 충돌을 빚게 되고 물건을 서로 주고받으면 교환관계가 이루어진다. 이정표와 마주치게 되면 자신이 하는 일에 협력하나 확실한 계획이 마련될 것이고 이정표의 지시대로 계속해서 따르는 행위는 목적 달성을 확신할 수 있다. 이정표는 명령 시달자로 대행할 수 있다.

☯ 아스팔트 길이 환하게 뚫려져 있거나 땅에서 하늘 위로 길이 환하게 트인 꿈은

운수대통으로 생각한 바 소원 성취한다. 입학·취업·승진·당선·합격·매매 등 만사형통한다. 그리고 땅속으로 길이 훤히 뚫린 꿈 또한 암울한 과거를 청산하고 새 희망·소원이 이루어진다. 그리고 대궐·관공서·청와길 등이 훤히 보이는 꿈도 마찬가지로 당선·합격·승진 등 신분이 새로워지고 부귀 영달한다.

☯ 다리, 교량에 관한 꿈은

연락처·중계인(기관)·일에 관한 기획·희망·전환점 등을 상징한다. 그리고 다리는 돌이나 나무로 견고히 축조된 것이어야 길하며 비좁거나 주변이 복잡하면 곤란·장해, 소망을 이루지 못한다.

☯ 다리를 건너가는 꿈은

징검다리를 건너가면 여러 경로, 사건을 체험하게 되거나 여러 사람의 협조자 또는 여러 계획을 이용하여 일처리하게 됨을 뜻한다. 그리고 비올 때를 대비해 큰 돌을 가져다 징검다리를 놓게 되면 큰 사업을 위해 협조자(기관)을 물색하고 일을 준비하는 행동표현이다.

외나무다리를 건너면 생활고에 시달리다 다소 숨통이 트이는 경우이다. 사업이나 일에 난관이 있긴 하나 극복하게 된다. 이사·

변동 · 출장 · 여행 등에서는 길조다. 그리고 돌다리를 건너는 꿈
은 매사 튼튼 순조롭게 일이 풀린다. 철교를 건너면서 불안을 느
끼면 분수에 지나친 일을 하게 되어 큰 세력이나 사건에 휘말릴
까 불안을 느끼게 된다. 강을 건너려는데 멀리서 다리가 보이면
지금 당장은 곤란을 겪겠지만 머지않아 일이 순조롭게 된다.

◑ 건너가려는 다리가 끊어지거나 부서지는 꿈은
구설 · 시비 · 투쟁 · 장해가 따르고 경영사 소원이나 사업 · 일 ·
계획 · 권리 등이 좌절된다. 그러나 지진 · 폭발물 등 불가항력에
의해 다리가 저절로 붕괴는 것은 자신을 짓누르던 어떤 불가침의
권세가 몰락하고 소원 성취한다.
그리고 기둥(橋脚)이 부러진 다리 위에 서 있으면 추진하던 일
이 관공서의 하부층의 협조를 얻지 못해 불쾌 · 고민을 하거나
부하 · 수하자를 잃게 되고 자신의 신변 · 신체에 이상이 생긴다.
그러나 다리를 건설하는 공사에 참여하는 꿈은 길몽으로 새로운
일에 뛰어들어 상호왕래, 화합과 번영, 성공을 거두고 소원 성취
하게 된다.

● 다리 위에서 자기를 영접하거나 인도해 주는 사람이 있는 꿈은
협조자의 도움으로 소원 성취하고 명성을 얻으며 사업이 번창하
여 이득을 얻는다. 그리고 다리 아래에 있는데 누가 불러 대답하
거나 그리로 가게 되면 합격·승진되고 소송 사건이나 경쟁에서
귀인의 도움으로 승리하게 된다. 다리 밑을 지나는데 주위가 맑
고 깨끗하며 물이 순조롭게 흐르면 만사 형통, 발전되고 음습하
다든지 소용돌이, 풍파가 일면 난관·장해가 따라 하던 일이 낭
패, 좌절된다.

● 다리 위에 있을 경우의 꿈은
다리 위에 있을 때 다리가 비좁거나 비바람이 사나워 걷기가 힘
들었으면 상부층의 압력, 독점욕 등에 의해서 일이 잘 안 풀리게
된다. 다리 위에서 아래를 보니 맑은 강물에 물고기가 떼지어 노
닐면 사업이 발전, 윤택해지고, 반대로 강물이 혼탁하면 사업체의
하부층이 부패되어 기대할 수 없게 되거나 소원이 충족되지 않는
다. 그러나 걸터앉은 다리 밑으로 큰 하천이나 강물이 힘차게 흐
르는 것은 사업이 크게 발전되고 이득을 많이 내어 부귀 영달하
고 복록이 따르게 된다.
다리 위에 올라 하늘로 승천하게 되는 꿈은 명성이 높아지고 재
물이 쌓이며 좋은 거래처나 동반자를 얻게 되어 부귀영화를 누릴
길몽이 되나, 병자에게나 심약한 사람에게는 죽음을 암시하는 흉
몽이다.

● 강을 건너려는데 배가 없어 난처한 경우에 처한 꿈은
사업기반, 자금 등이 부족해 계획된 일을 추진하지 못해 어려움
에 처하고 중도에 부도, 좌절, 위기의식을 느끼게 된다. 난데없이
많은 이들이 나타나 부교(浮橋)를 놓아주거나 거북이·구렁이 등
짐승의 몸을 타고 건너는 꿈은 정치·사회·문화 등 제반 사회

적·국가적으로 위기에 처한 난관을 어떤 단체·기관·집단·
친지 등이 나타나 자기에게 협조하고 적극 도와주어 소원 성취와
대망을 이룰 수 있는 길몽이다.

🌑 도시(시가지)와 촌락

◉ 서울 장안에 불바다가 되어 활활 타오르는 꿈은
  국가나 사회적으로 권력을 행사하거나 엄청난 부(富)를 획득할
  수 있다. 학문적인 일에 종사하는 사람은 자신의 사상을 세상에
  전파하여 크게 감동을 주게 된다.

◉ 서울 장안이 큰 홍수로 인하여 난리가 난 꿈
  사회적인 큰 변화나 자신으로 인해 문제가 발생하여 사회적인
  일, 직장, 대인관계에서 장애가 발생한다.

◉ 고층 빌딩들이 숲처럼 즐비한 꿈은
  행운이 깃들고 희망찬 복락을 누릴 수 있는 길몽이다.

◉ 번화한 시가지나 불빛이 휘황찬란한 네온사인 등을 보는 꿈은
  사업이 순조롭게 융성하고 신분이 새로워지며 명성을 떨친다. 혼
  기에 접어든 여인에게는 혼담이 생긴다. 그리고 물건을 사고팔기
  위해 사람들이 흥정대는 상점거리를 걷게 되는 꿈은 사업이 날로
  번창하고 지위가 상승되며 재물, 인간관계 등 제반 사회적 여건
  이 호전되고 향상된다. 그러나 상품들과 인파가 한산한 거리일
  경우에는 장애, 곤란 등 손실이 따른다. 즉 상품과 인파가 크게
  붐비고 번화해야만 재물과 권리가 많이 따른다.

◉ 시장의 노점·상가 등에서 음식을 사먹는 꿈은
  사회 사업의 중추적 역할을 담당하게 되고, 기업 운영상 타협·

절충·거래가 활발해진다. 위와 같은 조건 아래서 남에게 음식을 사주게 되는 경우는, 그 받아먹은 사람이 자기의 의도대로 순종하거나 협조하게 된다.

☯ 땅을 파헤쳐 시설 자재 등을 늘여놓고 도로공사를 벌이는 장면을 보게 되는 꿈은
직장인이라면 기구 개편이나 업무 쇄신 등 신분에 변화가 생기며, 일반인은 현재까지 진행중인 사업이거나 계획·소원을 바꿔야 할 일이 생긴다.

☯ 공사 현장에서 일을 하다가 깊은 구덩이에 빠져 허우적거리는 꿈은
새로운 연인이 생기거나 원하던 이성과 성관계를 맺을 일이 생긴다.

☯ 횡단보도를 건너다가 오가는 차량들에 둘러싸여 황당해 하는 꿈은
할 일은 급하지만 사업을 타개할 결론을 못내리거나 주위 사람들의 압력에 의해 자신의 주장을 관철시키지 못한다. 만약 정지 신호에 걸려 머물고 있으면 일의 좌절을 당하게 되며 사람이 차에 치어 죽는 현장을 지켜보았으면 그동안 막혀 있던 일처리가 성취된다.

☯ 고가도로를 건너는 꿈은
앞에 나온 다리 위를 지나는 꿈과 일맥 상통한다. 즉 고가도로 위에서 아래를 내려다보며 걷고 있으면 자기의 신분이 상위에 속하거나 높은 수준에서 사회를 경영하게 된다. 고가도로 위를 지나는 사람과 그 아래 대로를 오가는 사람을 비교해 보게 되면 사업상 상하 단합될 수 없는 문제가 발생한다. 육교를 건너는 꿈 또한 직장이나 금전·지위 등에 관련된 애로 사항이 해결되고 새로운 분야나 신규사업, 미지의 개척 등 변화와 유통이 생긴다.

◉ 지하도나 터널을 통과하게 되는 꿈은
남에게 공개해서는 안될 어떤 일을 은밀히 추진하거나 비밀을 간
직하게 된다. 그리고 일이 지지부진하고 순조롭게 풀리지가 않는
다. 마음이 피곤하여 휴식을 취하고 싶거나 누군가로부터 도움을
받고 싶은 불안과 갈등이 생긴다. 그러나 인적이 없는 사업장소
를 얻게 되어 생활이 안정되고 성공, 발전이 따른다.

◉ 교차로 · 광장 · 운동장에 대한 꿈은
교차로는 행하는 일의 중심점이나 전환점, 또는 사건의 요점을
상징한다. 광장은 관공서나 사회적 단체의 세력을 뜻하고 공설운
동장 등은 시험장 · 사업장 · 학교 등을 상징한다.

◉ 정류장(기차 · 버스 등), 터미널에 관한 꿈은
차를 타고 내리는 것은 관공서나 사회적 단체에의 가입, 탈퇴와
관계되거나 일의 시발점 또는 종착점 역할을 나타낸다. 즉 정류
장에서 차를 오래 기다렸다든가 승차하기 어려웠다면 추진하는
일이 난관에 봉착하여 더디게 됨을 뜻한다.

◉ 탁한 하수구와 하수도의 꿈은
씻을 수 없는 죄과를 입거나 오점 또는 불쾌한 일이나 처지를
당하게 된다. 병과도 관련이 있다. 하수구에 소지품이나 신을 빠
뜨리게 되면 자신의 신분이 몰락하게 된다.

◉ 이삿짐에 관한 꿈은
이웃집 사람이 이사하기 위해 북적대는 것을 보았으면 상대방의
직업이나 사업이 새로워질 것이고, 자신이 이삿짐을 싣고 어디로
이사하는 꿈은 자기 사업이나 일을 타인에게 의탁하는 경우이고,
야반도주하는 경우는 일에 자신이 없거나 초조함을 나타낸 것이
고 이사하기 위해 무언가를 기다리고 있는 행위는 새로운 사업에
서 추진하던 일을 진행시키지 못하고 협조자 · 자금을 구하는 데

나타나지 않는 경우이다.

☯ 새 집이나 공동주택으로 이사가는 꿈은
실제의 상황이 일어나거나 새로운 변화로 암담한 미래를 개척하게 된다. 신규 사업, 이전, 변동, 외출, 여행할 일 등이 생긴다.

☯ 집이 밀집한 시골 동네의 꿈은
직장이나 사회단체 또는 역사적 자료, 문학전집 등을 상징하며 정신적인 연구 분야나 역사적 문학 작품, 동양 역학 등 전문분야에서 일가견을 이루고 명예를 얻는다. 산중턱 시골집이 나란히 있어 보이면 자서전이나 수기, 역사 기록물 등을 쓸 일이 생기고, 멀리 바라보이는 촌락 중 불이 나는 것을 보는 경우는 사업이 크게 융성, 번창하게 된다. 문화주택이 꽉 들어차 있는 거리나 촌락을 답사하는 경우는 문학·문화·공보 활동을 활발히 하게 되고 사업 또는 직장의 일이 순조로워 행복을 느끼게 된다. 초가집을 사는 경우에는 역사·고고학적 연구에 성과를 거두거나 작품을 발표하여 명성을 떨치게 된다.

☯ 산림이 울창한 숲속에 고색창연한 옛집이 보이는 꿈은
베스트셀러가 될 문학작품을 저술하거나 새로운 아이디어로 신상품을 개발하여 부와 명성을 함께 얻는다. 연구, 정신문화 발달, 발명, 발굴, 재수, 횡재 등이 있는 길몽이다.

☯ 옛 고향집이 눈에 선하게 보이는 꿈은
상봉, 희소식으로 부모형제나 옛 친구를 만나게 된다. 구경, 관람, 연구 등에 발전이 있다.

● 지도 · 지구의

◐ 지도나 지구의에 관련된 꿈은

지도는 그간의 생각과 진로, 계획, 사업 기반, 백과 전서 등을 상징하고 권세나 이권 · 행운 등의 일과 관련하여 꾸어진다. 지구의는 세계적인 문제나 사업, 여러 사연과 관계하여 나타내는 표상이다.

◐ 둥글고 큰 지구의를 사서 집으로 가져오는 꿈은

사업상 큰 이권이 생기며 수험생이 꾸었다면 시험에 합격된다. 세계지도나 지구의를 얻는 태몽은 세계적인 인물이나 국가 또는 사회적인 인물을 낳을 수 있다.

◐ 지도를 펼쳐놓고 자세히 검토하게 되는 꿈은

진행하고 있는 사업이나 일, 계획을 다시금 검토해야 문제가 생기지 않는다. 결정치 못했을 경우에는 다시 살펴보고 검토하라는 뜻이다. 그러나 세계지도의 일부의 나라를 체크하며 살펴보는 꿈은 시국과 관련이 없다면 어떤 사업을 영위하는 데 있어 여러 세력을 규합하여 성취시킬 일이 있게 된다. 그러나 지구의를 놓고 어느 한 나라를 살펴보는 꿈은 변화를 상징한다. 지금 살고 있는 생활 환경, 근무지나 사업이나 일, 장사, 대인관계 등 모두 해당된다.

☯ 지도책을 얻거나 선물받는 꿈은
즐거운 여행길에 들어서거나 희망찬 인생의 목표가 나타났음을 상징한다.

☯ 서울 지도를 손에 넣은 꿈은
청탁이나 사무, 계약이 성사되고 사업에서 이권을 얻게 되는데, 그 일은 국가나 사회적인 사업과 관련이 있다. 또한 궁금하던 문제가 풀리고 새로운 사업 진로가 생기게 된다.

☯ 어떤 사람이 약도를 보여주며 설명하거나 건네주는 것을 받는 꿈은
그동안 자신이 고민하던 문제가 해결되고 계약 등을 맺게 된다. 만약 결혼 문제가 생긴 사람이 약도를 받으면 결혼이 성사되고 행복을 약속받게 되어 복락을 누린다.

☯ 신령적인 존재에게서 세계지도나 우리 나라 지도를 받는 꿈은
장차 세계적인 사업이나 국가적인 사업에 관여하고 큰 권리나 명예가 얻어진다. 태몽일 경우에는 국가나 세계적으로 자기 능력을 과시하게 되고 위대한 명예와 권리가 주어질 사람이 된다.

5. 신불(神佛)과 영적(靈的)인 존재에 관한 꿈

● 하느님과 신령적인 존재

꿈속에서 본 행동하는 하느님, 예언이나 계시를 주는 하느님은 자기의 양심이거나 진리, 우주 법칙, 대자연의 섭리 등의 관념적 대상물이다. 또한 군주나 백성 또는 자기에게 직·간접으로 은혜와 구원의 손길을 뻗쳐 줄 수 있는 부모나 은인 또는 제3자 중 누가 될 것인지는 자기 소원의 경향이나 계획한 일과 관련이 있다.

꿈에 보인 신이나 영적인 존재는 대부분의 경우 꿈을 꾼 사람의 성격이나 감정, 마음을 상징하지만, 신적인 힘이나 강한 암시 등으로 해석한다. 곧 신(神 : 하느님, 예수, 성모 마리아, 부처)을 보았다든지, 영적인 존재의 소리를 들었다든지 신의 존재를 의식하는 종류의 꿈은 만족과 번영, 횡재, 승진 등을 가져다준다.

☯ 교인이 하느님께 기도하며 사죄하는 꿈은
교인의 기도는 습관성인 까닭에 실제로 기도하고 반성할 일이 있거나 그렇지 않으면 은혜로운 사람에게 도움을 청하여 자신의 근심 걱정을 말끔히 해소할 경우가 생긴다. 특히 하느님, 그외 신적인 존재를 보거나 그와 얘기하는 꿈은 길몽으로 현재까지 자신을 억누르던 마음의 근심이 해소될 것이다. 그 느낌이 특별했다면 신적인 존재와 나눈 대화 속에서 미래에 대한 암시가 있을 수 있다.

☯ 교회 이미지와 관련된 꿈은

교회 건물이나 교회 지붕의 십자가를 보거나 교회와 관련지어진 꿈은 대체로 길몽이다. 그러나 교회 안으로 들어가게 되었다든지 교회 안에서 성직자 등을 만나는 경우에는 경영사 근심스러운 일이 발생할 조짐이다.

◐ 교회에 많은 돈을 헌금하거나 재물을 헌납하는 꿈은

사회적으로 능력을 크게 인정받게 되며 인덕이 많아 뭇사람들로부터 존경과 추앙받게 된다. 혹은 태몽으로 신앙심이 깊으며 덕이 많고 재물복이 있는 아이를 임신하게 된다.

그리고 교회에서 뭔가를 훔친다든가 물건을 가지고 나오는 꿈은 주변사람들의 도움으로 고민하던 문제가 해결되고 뜻밖에도 후원자를 만나 경제적으로 많은 도움을 받아 안정을 되찾는다.

◐ 하느님이나 부처님의 모습을 본 꿈은

하느님이 보좌에 앉으신 모습을 보았거나 부처님 또는 자기가 신앙하는 고위직 성직자를 보았다면, 국왕이나 대통령을 직접 만나 뵙게 될 정도의 영광을 누린다. 하느님 또는 그 대상에 엎드려 절을 하거나 간구했다면 청원할 일이 있게 되고 그 소원은 성취된다.

◐ 하느님의 계시나 예언 같은 것을 듣게 되는 꿈은

진리를 깨우치고 어떤 예지를 얻게 된다. 그리고 하늘을 향해 천당에 가게 해달라고 간청하는 꿈은 자기 또는 주변 사람이 높은 관직에 오르거나 많은 이들로부터 축하받는 결혼식을 올리거나 그와 비슷한 것을 체험하게 된다.

◐ 예수님께 영세(세례)받는 꿈은

예수님은 어떤 기관의 장인 까닭에 시험을 보거나 청원해서 그 소원이 이루어질 것이며 여러 경쟁 상대를 물리치고 취직·합격·당선·입당·입교하게 된다.

◐ 예수님이 하늘에서 자기에게 내려오는 꿈은

사회나 국가적으로 어떤 명예가 주어지거나 위대한 사람과 관계할 일이 있게 되고, 그가 무엇을 건네주면 그 물건이 의미하는 어떤 일거리, 사업을 훌륭한 사람에게서 받게 되어 일취월장 성공한다.

◐ 성모 마리아상을 보게 되는 꿈은

성모 마리아상 앞에서 기구하였다면 그 동안 열망하던 일이 성취되어 큰 만족을 얻게 되고, 성모 마리아상이 다가와서 어떤 예언을 하거나 안아주면 훌륭한 지도자를 만나 은혜를 입거나 소원이 성취되고 위대한 진리를 깨우치게 된다. 성모 마리아상이 빙그레 미소짓는 것을 보게 되면 그에 상응하는 분으로부터 불쾌감을 얻게 되고 성모 마리아상이 울고 있는 모습을 보았다면 사회적으로 훌륭하고 존경할 만한 사람이 불행에 빠지거나 집안에 환란이 생기고 마음이 흔들리는 어떤 불쾌한 일을 당하게 된다.

◐ 천사가 하느님이 부르신다며 자기를 데려가는 꿈은

높은 관청에 취직·복직 명령이 하달될 것이다. 그러나 병약한 사람이거나 노령인 경우에는 머지않아 죽음을 예고하는 꿈이다.

◐ 하느님으로부터 동물이나 날짐승을 받는 꿈은

집안에 새식구를 맞이하거나 윗사람으로부터 기쁜 선물을 받게 된다. 그리고 하느님으로부터 금은보화를 받는 꿈은 천우신조의 영적인 힘을 받아 소원 성취한다. 정치·경제·문화 등 매우 좋은 길조가 보이고 횡재·재물·입학·당선·승리가 있다.

◐ 부처님(석가모니 또는 불상)을 보는 꿈은

하느님을 보는 것과 같이 은인이나 제3의 권력층으로부터 어떤 협조나 혜택을 입을 수 있게 된다. 금불상을 얻게 되는 꿈은 태몽으로 장차 그 아이가 위대한 정신적 사업체나 업적을 남기게 되며 진리를 전파하는 사람이 된다. 관음보살상을 보는 꿈 또한 미혼 남녀는 훌륭한 배우자를 얻게 되고 기혼 남녀는 태몽으로 그 아이 또한 위와 같으며 특히 작가로서 훌륭한 작품을 발표하여 훌륭한 명성과 학위, 명예를 획득하여 가문을 빛낸다.

☯ 부처·보살·승려·도인·신선·성직자 등이 함께 모여 있는 것을 보게 되는 꿈은

가문에 영화가 깃들고 자손이 입신 영달, 부귀와 신분이 높아지며 경사가 깃들고 영화롭게 복락을 이룬다. 이와 같이 신성한 신령을 보는 꿈은 일상사 모두에 유익하고 번창·발전되며 만사 형통하게 된다. 그러나 그들로부터 책망을 듣거나 혐오·분노를 사게 되든지 험악·불량스런 흉신(凶神)을 만나게 되는 꿈은 하던 사업이 재난과 풍파, 가정에 액화가 끼어 큰 불상사를 겪게 된다.

그리고 위와 같은 신령들이 자신에게 현신 강림하거나 내왕하는 꿈은 모두가 길몽으로 부모님은 강령 장수하고 처자는 건강 무사하며 난관이 해소되고 하는 일마다 순조롭게 진행되어 소망 성취와 목표 달성을 이루게 된다. 귀한 자녀 탄생과 더불어 안팎으로 기쁨과 경사 및 귀인이 도래하고 사업이 번창, 하는 일마다 융성하게 되어 복락을 누린다.

☯ 신불들을 영접하고 반갑게 맞아들이는 꿈은

복록과 부귀가 따르고, 반대로 신불들이 와서 나를 맞이해 같이 가려 할 경우에는 수명이 다하고 재난을 겪게 된다. 또한 신분들을 자기가 전송하는 경우에도 길상과 영화가 감소 퇴락하고 손실과 낭패가 우려되나, 신불들이 와서 나를 전송하는 경우는 유익과 복덕이 증대하며 소원 성취한다.

마찬가지로 신불들에게 무엇을 요청하는 경우에는 이로움과 발전

이 있으나 신불들이 나에게 소환·초빙하는 경우에는 흉험·낭패가 따른다.

☯ 영험하고 신적인 존재가 자신을 부르는 꿈은

입신 출세하고 하는 일마다 행운과 기쁨이 넘쳐난다.

☯ 신불이나 영적·초월적인 존재들과 이야기하는 꿈은
사회적으로 명예가 오르고 재물운이 날로 상승하여 그동안 침체되었던 사업이나 근심 걱정이 사라진다. 또한 그들로부터 어떤 지시나 명령을 받아 자신이 실천한 꿈은 금전적인 행운을 맞이한다. 실행에 옮겼으며 장차 명예가 상승하며 명성을 떨치게 된다.

☯ 신적인 존재로부터 선물 또는 진귀한 물건을 건네받는 꿈은
금전적인 기쁨뿐만 아니라 명예를 널리 떨치며 집안에 귀한 자손이 태어나 가문이 빛난다. 특히 그들로부터 약을 건네받는 꿈은 병중에 있는 사람은 쾌차할 것이며, 그외 건강한 사람일지라도 신분이 높아져 기쁨을 누리게 되며 귀인의 도움으로 소망이 성취되고 실업자나 사업이 부실했던 사람 또한 일자리와 일거리가 생겨 근심이 해소되고 풍족한 생활을 영위하게 된다. 그리고 신령

이 주는 음식을 먹는 꿈도 마찬가지로서 사회적으로 위대하고 존경받는 사람이 맡겨주는 일에 종사할 것이며 길한 태몽일 수도 있다. 그런데 그들이 나타나 자신을 때리거나 자신의 물건을 빼앗아가는 꿈은 흉몽으로서, 부부 사이에는 금이 가고 절친한 친구를 잃게 되며 우환이 겹치게 된다.

☯ 신불이 길을 안내해 주는 꿈은

하고자 하는 일이나 방편이 마련되어 소원을 성취시킬 수 있다. 어떤 경기나 시험·추첨에 당선되거나 자기의 일이 성공할 수 있는 길이 마련되고 결국 성공에 이른다.

☯ 예수님으로부터 성경책을 받는 꿈은

상장·훈장을 받거나 학문과 진리를 연구하게 된다. 기쁨과 선물, 횡재 등의 길몽이다.

☯ 성모 마리아가 집안으로 들어오는 꿈은

먼 데서 귀한 손님 또는 반가운 친인척 등이 방문한다. 행운의 여신으로부터 만복을 받게 된다. 성모 마리아는 사랑·행운·기쁨이 따르고 진리·봉사·평화를 상징한다. 그로부터 비둘기 한 쌍을 받게 되면 횡재, 재물이 생기고 태몽으로 꾸었다면 훌륭한 자식을 낳아 명인으로 키운다.

☯ 부처님이 나타나는 꿈은

부처님의 자비광명으로 집안이 태평무사하게 된다. 그동안 못다 이룬 소원을 이루게 되고 뜻밖에 귀인을 만나 많은 도움으로 행운, 성공, 부귀영화를 누리게 된다. 그리고 대웅전 안에 있는 금불상이 환하게 보이는 꿈은 입학·승진·합격·당선·재물·횡재 등의 길운으로 입신 출세하여 부귀 공명한다. 또한 부처 앞에 절을 하거나 염불을 외우는 꿈은 새로운 마음가짐으로 대업을 성취하고 모든 일이 손조롭게 풀리어 이익과 권리를 얻게 된다.

뿐만 아니라 귀인의 도움으로 소망사 성취한다.

☯ 샤머니즘에서 섬기는 신령적인 존재의 꿈은
사회적으로 지체 높은 사람, 어떤 권위적인 사람, 지도자, 스승, 학자, 은인 등으로 나타나며 정신적인 일이나 진리탐구의 서적을 상징한다.

☯ 신령이 주는 음식을 먹는 꿈은
존경할 만한 사람이 맡겨주는 일에 종사하게 되며, 태몽으로 꾸었다면 건강한 자손을 볼 것이며 그가 주는 약을 먹으면 그 약과 비슷한 약을 얻게 되거나 일·사업을 얻어 병자는 회복하고 건강한 사람은 하는 일마다 소원 성취한다.

☯ 산신령을 만나거나 산신령에게 절을 하는 꿈은
그동안 어렵던 일들이 한 순간에 싹 풀리게 되고 소망사 성취하게 된다. 산길을 걷다가 산신령을 만나는 꿈은 뜻밖의 귀인이나 협조자가 나타나 도움을 주고 희망찬 일들이 순조롭게 풀린다. 그리고 산신령이 길을 가르쳐주는 꿈은 난관에 허덕이던 일이나 사업이 한 순간에 풀리고 합격·승진·횡재 등 소원이 이루어진다. 그리고 산신령이 집이나 사무실에 나타나는 꿈 또한 마찬가지다.

☯ 산신령으로부터 물건을 받는 꿈은
산신령이 의관을 갖춰주는 꿈은 합격·당선·성공 등 입신 출세하고 부귀 공명하며 신분이 존귀해져 훌륭한 사회적 지도자 역할을 하게 된다. 귀한 문서를 받게 되면, 재판 승소, 자격 취득, 합격, 당선, 성공 등 행운의 길조로 승진·영전되고 조직·단체의 장이 되어 명예를 얻고 명성을 떨친다.

☯ 신령이 자기에게 어떤 물건을 전해주는 꿈은
금은보화 등 귀하고 이로운 물건의 종류는 길몽으로 유익과 만사

형통, 부귀 영화를 누리지만 상서롭지 못한 물건은 재난과 액화, 낭패를 당한다.

☯ 산신령이 산삼의 소재를 일러준 꿈은
꿈에서와 같이 현실에서도 이루어진다. 그것은 지극 정성의 일념으로 스스로 영감의 경지를 조성하여 산신령이라는 분신이 인삼의 소재를 투시해 가르쳐준 것이다.

☯ 옥황상제를 보는 꿈은
모든 재난과 액운이 흩어지고 입신 출세하여 신분이 새로워지고 기업이 융성 발전하게 되어 부귀영화를 누린다.

☯ 용왕, 용궁을 보고 칭찬을 듣거나 상을 받는 꿈은
자기 신상에 어떤 불행이 겹친다 하더라도 은혜로운 귀인, 협조자, 세력가에 의해 구제받고 행복해진다. 그로인해 생명이 구조될 수도 있고 사업이 순조로우며 명예 상승, 가업이 윤택해질 수 있다.

☯ 신선에 관한 꿈은
신선은 불로장생의 도를 닦아 초월적인 인격을 말한다. 신선이 꿈에 나타나 보이면, 훌륭한 학자나 권력자, 정부 고위 관료나 기관장, 고승·성직자 등과 동일시하며 희귀한 골동품이나 고고학 서적 등을 상징한다.

☯ 신선이 집안에 들어오는 꿈은
모든 일에 유익하고 소원이 성취되며 하는 일이나 사업마다 발전, 융성하고 집안에는 평안과 복락이 깃들고 우환이나 재액이 사라진다.

☯ 신선과 선녀가 의논하는 것을 보게 되는 꿈은
귀인의 도움으로 가업이 번창하고 소망 성취하여 만사 형통한다. 또한 신선이나 천사가 자기를 인도해 가는 꿈은 귀인 및 세력가의 협력과 이끌림에 힘입어 입신 출세하고 명성을 떨치게 된다.

◐ 선녀와 관련된 꿈은

선녀는 옥황상제나 신선과 가까이서 그들을 섬기는 사람으로 잠재 의식화되어 있다. 그런 연유로 선녀는 국왕이나 대통령을 모시는 최고위급 관리, 비서, 훌륭한 학자와 수제자, 배우, 여류작가 등과 동일시 여기고, 가장 인기 있고 선풍적인 일거리나 작품 등을 상징한다.

◐ 선녀가 하늘에서 내려와 자기에게 아기를 건네주는 꿈은

태몽으로 그 아기는 최고의 학문적 업적을 남기거나 국정에 참여하여 통치자의 최측근으로 큰 역할을 담당하여 가문을 빛내고 명성을 떨치게 된다.

◐ 선녀가 큰 꽃봉오리 속에서 나타나 하늘에 오르는 꿈은

자신의 사업이나 작품이 크게 성공하여 사회적으로 환영받고 명성을 떨칠 일이 있다. 그리고 선녀나 천사가 나타나 자신과 결혼해달라는 꿈은 귀인 상봉의 꿈이다. 자신의 학문이나 작품이 세상사람들을 놀래켜 최고의 영예를 얻거나 막강한 세력·재력가의 후원자의 도움으로 벼락 출세길에 오르고 대망의 꿈을 펼치게

된다.

◑ 신령적인 존재가 나타나 자신에게 절하는 꿈은
대길몽으로 복권 당첨 등 횡재가 따라 큰 이익과 권리를 얻게
되고, 복록을 얻어 정사(政事)에 관여하거나 어떤 사회적 기관이
나 단체의 우두머리가 되어 명예와 권위를 함께 얻는다.

◑ 신에게 오른팔을 얻어맞은 꿈은
「삼국지」에 보면 유현덕(劉玄德)이 서촉(西蜀) 땅을 정벌할 때,
어느 날 밤 꿈에 신령(神靈)이 나타나서 철퇴로 자기의 오른쪽
팔을 내려쳤다. 심히 불길하게 생각하고 있었더니 곧 군사(軍師)
인 방통(龐統)이 낙봉파라는 땅에서 전사했다는 보고가 왔다고
한다. 소설 속의 이야기이지만 기막힌 꿈해몽을 곁들인 대목이다.
즉 오른팔을 자기 세력의 일부라고 간주하고, 신인은 적장이며,
철퇴는 적의 세력이나 전략을 상징하였다고 본다면 이 꿈의 상징
해석은 거의 완벽에 가깝다.

◐ 역사적인 인물(위인)

◑ 위인이나 역사적 인물에 대한 꿈은
현실세계에서 과거 그들의 내력, 업적, 권세나 지위, 명성과 관련
된 상징물이다. 꿈은 그 사람의 인격, 지위, 명예, 업적 등 역사
적으로 남겨진 문제들의 동질성 내지 유사성을 현실의 어떤 사람
또는 일·사업 관련에서 찾아봐야 한다.
그들을 만나 순응(예절, 절)을 하거나 그들의 가르침에 잘 따르면
소원 성취하고 대길하며 그들로부터 충고받거나 꾸지람을 들었다
면 사회적으로 낭패, 조심해야 할 일이 생긴다. 곧 그들과 화기

애애한 분위기 속에서 기분이 좋으면 만사형통하고 불쾌한 일을
당하면 현실에서도 좋지 못한 결과를 얻는다.

신령적인 존재든 위대한 인물에게 존경의 뜻으로 절을 하거나 예
를 갖추는 것은 청원(청탁)을 드리는 것으로 그 청원은 거의 다
소원 성취하게 되어 있다.

☯ 세종대왕이 나타나 보이신 꿈은

평소 존경하던 세종대왕이 나타나 웃으시며 즐거워하시는 꿈을
꾸게 되면 집안에 경사스런 일이 겹쳐 기쁨을 누리게 되며 일이
나 사업이 순차적으로 잘 풀려나가 귀인을 만나거나 승진 · 출
세 · 당선 · 합격의 기쁨을 누린다.

☯ 고승대덕한 대선사가 나타나거나 길을 안내하는 꿈은

난관에 처해 어려움을 겪던 일, 사업이 귀인(기관)을 만나 도움을
받고 대업을 성취하게 된다. 길 안내나 가르침은 일의 방향, 계
획, 자금 등을 가리킨다.

☯ 하늘에서 한 동자가 금빛 찬란한 갑옷을 입고 구름을 타고 내려
와 집안에 들어오는 꿈은

삼국을 통일한 김유신(金庾信)의 어머니 만명(萬明) 부인의 태몽
이다. 금빛 찬란한 갑옷은 김유신이 화랑이 되고 삼국을 통일한
장수의 신분 상승을 나타내보이신 것이고 하늘은 국가, 구름은
통치기관을 상징한다.

☯ 관운장(關羽)이 전신에 더러운 피를 흘리는 것을 보게 된 꿈은

「삼국지」에 관운장의 부하였던 주창(周創)의 꿈에 관운장이 전신
에 더러운 피가 낭자한 채 자기 앞에 와서 선 것을 보고 놀라
깨었더니 곧 관운장의 전사 통보를 받았다고 한다. 이런 경우는
반 사실, 반 상징의 꿈이다. 그것은 오(吳)나라 장군 여몽(呂夢)
의 흉계에 빠져 해를 입었다는 것을 더러운 피가 묻은 것으로

상징 표현했으며 관운장은 투시적인 경향으로서의 실제 인물이었다. 만약 관운장이 칼을 맞아 죽어 시신이 된 것을 보았다면 오히려 길몽이었을 것이다.

◑ 옛 위인이나 성현들과 더불어 이야기 나누는 꿈은

이권과 재물이 풍부해지고 널리 명성을 떨치는 등 영달과 기쁨을 누리게 된다. 거의 모든 성현·위인·귀인 등이 등장하게 되면 기쁨이 찾아들고 일이 순조롭게 되어 번영, 발전된다.

마찬가지로 성현·위인으로부터 물건을 받거나 약물을 받아 복용하는 꿈은 가업의 번성과 신분(직장)이 안정되고 좋은 일거리나 기회 또는 귀인의 도움으로 소망이 달성된다.

◐ 성현·위인에게서 어떤 비법이나 가르침을 받는 꿈은

귀인들의 도움과 협조에 힘입어 재물과 권세를 얻고 크게 소원 성취하고 입신 양명한다. 그리고 귀인이나 성현·위인으로부터 선물을 받게 되는 꿈 또한 입신 출세하여 부귀와 복락을 누리게 된다.

● 조상과 기타 고인의 혼령

◑ 돌아가신 할아버지나 아버지가 말을 타고 집안으로 들어오는 꿈은

기쁜 소식을 듣게 되고, 집안에 경사스런 일이 있으며 행운이 깃든다. 혹은 재수를 불러올 새사람을 맞이하게 된다.

◑ 돌아가신 부모님을 뵙는 꿈은

지난 일을 돌이켜 보며 반성하게 되나 행운 또는 불행, 소식 등이 따른다. 그러나 대개는 길운에 속한다. 특히 부모님이 빙그레 웃고 있거나 화사한 기분이 들면, 일·사업이 순조롭고 행운이

찾아올 좋은 꿈이다. 자신에게 좋은 일이 생기기 때문에 부모님이 기뻐 웃으시는 것으로 해석하면 된다. 그런데 돌아가신 부모님이 살아계실 때와 같이 자신과 아무렇지도 않게 생활하게 되는 꿈은 흉몽이다. 불의의 사고를 당해서 목숨을 잃을 수 있으니 조심을 요한다.

또한 돌아가신 할아버지께서도 같은 상황이거나 자신을 데리고 나들이 하려는 꿈은 불의의 사고나 질병으로 죽게 되거나 그에 상응하는 우환이 찾아든다. 자신을 데려가는 꿈, 특히 다리를 건너가거나 배를 타고 항구를 떠나 바다로 나가는 꿈은 죽음을 예시한다. 만약 죽음이 아니라 하더라도 그에 못지않는 질병·우환에 시달리게 된다. 만약 따라가다가 중도에서 헤어져 되돌아오는 꿈은 극적으로 환난을 피하게 되는 경우이다.

● 조상이 슬퍼하거나 울고 있는 꿈은
자기집 부모나 가정에 불행이 닥친다. 그러나 자기를 정면으로 서 있지 않고 먼 발취에 서 있거나 젯상 앞에서 울고 있는 꿈은 반대로 기쁜 일이 생긴다. 그리고 선조대의 조상이 집안으로 들어오는 꿈은 집안의 가세가 그 선대와 동일한 위치에 놓여지는 운세가 될 것을 예시한다.

☯ 돌아가신 할아버지가 소를 몰고 전답을 갈겠다고 나가는 꿈은
직업을 바꾸게 되거나 이사하게 될 경우이고, 할아버지가 논을 갈고 있는 것은 학문 연구나 작품을 쓰게 되는 경우이고, 그 논에 물이 흥건히 고여 있고 흙색깔이 좋게 느껴지면 사업이 순조롭고 많은 이익을 얻을 수 있다.

☯ 돌아가신 할아버지가 소를 끌어다 매는 꿈은
재물이 쌓이거나 아내·며느리·종업원 등을 맞이하게 되고, 자기집에 있는 소를 내다 파는 경우에는 딸이나 누이가 시집가게 되거나 집이 팔리게 된다.

☯ 선조가 되는 어른이 나타나 자손을 어루만지는 꿈은
그 자손이 병마가 들게 되고, 그 자손을 데리고 밖으로 나가 사라지면 그는 머지않아 죽게 된다. 그리고 죽은 사람과 함께 음식을 맛있게 먹으면 행운이 따르고 반대로 죽은 사람이 음식을 차리고 자신에게 대접한 것이라면 대단히 나쁜 꿈으로 죽음과 질병·우환이 따른다.

☯ 생전에 잘해준 누님이 나타난 꿈은
사업 기반의 동반자 역할을 할 협조자가 나타날 것이나, 그 누님이 울거나 웃는 표정을 지어 마음을 동요시키면 현실에서 난관, 불행한 일에 직면하게 된다. 혹은 생전에 자기에게 잘해주지 않았거나 해를 끼쳤던 누님이 나타났을 경우에는, 자기 일에 관계하는 어떤 사람으로 인하여 곤란을 겪게 된다.

☯ 돌아가신 아버지가 금은보화를 안고 들어오는 꿈은
횡재, 재물이 생겨 운수대통하고 출세·신분 상승 희소식이 있다. 그리고 돌아가신 할머니나 어머니가 쌀독, 쌀가마에 곡식 등

을 잔뜩 부어주시는 꿈은 집안에 풍요로움이 있고 재물·횡재수
가 있어 윤택해진다.

◐ 죽은 애인이 집 밖에서 안으로 소리치는 음성을 듣게 되는 꿈은
어느 누군가 청혼해오거나 사업상 청탁할 일이 생기고, 맨발로
뛰쳐나가 맞이한 경우라면 자신은 아무런 준비도 갖추지 못했음
을 나타내는 것이다. 그리고 한걸음 더 나아가 죽은 아내나 애인
과 키스하거나 성교·애무하는 꿈은 행운과 불행의 중간지점 또
는 불쾌·유쾌 체험을 하거나 만족·불만족을 겪게 된다. 꿈의
사연 여하에 따라 그녀는 병마가 될 수도 있다.

◐ 죽은 아내가 방안에 누워 있는 꿈은
집안의 우환과 질병, 구설·싸움·소송·사고 등이 발생하며 소
복을 하고 방안에 앉아 있으면 집안에 검은 그림자가 들끓게 되
고 인재가 발생, 사업 또한 난관에 봉착한다.

◐ 죽은 어머니가 집안에 벌거벗고 웃으시는 꿈은
평화로운 집안이 갑자기 불행·환난을 겪게 되어 고통이 따른다.
또한 죽은 형제·친척 동생들 또한 마찬가지로 불쾌하고 일마다
그르치며 구설·싸움·소송·사고·질병 등이 발생한다.

◉ 유령(또는 귀신)·도깨비

◐ 유령의 꿈은
어떤 사람으로 인하여 공포감을 체험하게 된다. 유령은 악한이나
벅찬 일거리 또는 병마 등을 상징한다. 그리고 괴물이나 도깨비
꿈은 본능적 욕구, 자신의 내부에 숨겨진 불안감이 반영된 것이
다. 또한 허깨비가 보이는 꿈은 잡념·망상으로 심신이 불안·

초조하고 실패를 거듭한다. 신경쇠약으로 불면증, 사고, 싸움, 구
설, 좌절이 따른다.

◐ 귀신이나 유령과 마주치는 꿈은
필요 이상의 노력과 헛수고로 소득이 별로 없으며 손실과 곤란을
당하게 된다. 그런데 귀신이나 유령과 싸워서 자신이 승리하면
수명이 길어지고 우환·질병·망령된 일이 사라진다. 그러나 자
신이 마귀나 악마로 변하는 꿈은 번거로운 시비·말썽이 생기고
상대방에 대한 감정 기복이 심해져 히스테리칼 해진다.

◐ 귀신이나 도깨비가 나타나 별 요사스런 행위를 하는 꿈은
구설·시비·우환·질병·사고·누명 등 불길한 일이 생기고
물질적·정신적인 손실과 고통이 따르는 흉몽이다. 그러나 도깨
비나 귀신, 유령 등 요사스런 잡귀를 만나더래도 무서움이나 두
려움을 느끼지 않고 여유있게 대처하는 꿈은 길몽으로 생각지 않
은 이득 내지 횡재가 있고 좋은 소식 등을 듣게 된다. 그러나 그
들을 만나 두려움에 떨며 도망간다든가 매맞는 꿈은 운수 사나운
꿈으로 질병·우환·사고·낭패·구설수에 휘말리게 되며 돌발
사고 등으로 인한 재난, 난관에 부딪쳐 어려움을 겪게 되고 하는
일마다 장해가 따른다.

◐ 도깨비가 쌀가마를 지고 오거나 금은보화 등 귀한 물품을 가지고
집안에 들어오는 꿈은
길몽으로 복권 등 일확천금을 만지게 될 뿐만 아니라 집안에 횡
재·재물 등 물질적인 풍요로움이 따르고 행운이 깃들어 복락을
누리게 된다.

6. 생각과 느낌, 희노애락(喜怒哀樂)

🔵 감정 · 감각 · 관념에 관한 꿈

☯ 기쁘고 즐거운 감정의 꿈은

자기의 욕구와 소원을 충족시킨 것으로 생활에서도 유쾌한 일과 만족함이 동시에 생겨 기뻐하고 즐거워할 일이 나타난다. 반대로 상대되는 사람이 자기 앞에서 기뻐하고 즐거워하면, 부러움을 사게 되어 패배·낭패감이 따르고 불쾌·불만족스런 일이 생긴다.

☯ 마음이 상쾌하고 유쾌한 감정의 꿈은

꿈속에서나 현실속에서 똑같은 체험을 하게 되는 길몽으로 소원 성취하고 충족된다. 경쟁자를 물리쳐 승리했다던가, 높은 산에 올라 산야를 관망하는 것 등 상쾌하고 유쾌한 기분이 들었다면 소원 성취하고 뿌듯한 승리감을 누릴 수 있다.

◉ 황홀한 느낌이 드는 꿈은

자신의 업적이나 명예로운 일로 말미암아 영광된 일이 있거나 훌륭한 인물, 배우자를 만나 부귀해질 일이 있게 된다.

즉, 황금덩어리나 보석의 휘황 찬란함, 온 산에 꽃이 만발했다든지, 맑은 시냇물 속에 찬란한 달빛이 무지개처럼 빛나는 등이다.

◉ 승리감에 도취된 꿈은

상대방과 싸워 이겼다든지 산을 정복하여 승리감에 도취되었다면 현실에서도 통쾌하고 만족할 만한 일을 체험하게 된다. 하도 기쁜 나머지 소리 높여 만세까지 불렀다면 크게 명성을 떨치거나 명예로운 일이 있게 된다.

◉ 아주 보기 좋든가 시원스럽다고 느껴지는 꿈은

모두 소원 성취되고 하는 일마다 충족되어 근심 걱정이 해소된다. 가령 시원한 바람을 쏘이거나 갈증에 청량한 음료를 마셨을 경우이다. 또는 높은 산에 올랐을 때, 상쾌한 기분이 들었으면 밀린 일을 마무리지었을 경우이다. 반대로 답답하거나 시원스럽지 못하다고 생각되는 경우는 현실에서도 안타깝고 답답한 체험을 하게 된다.

◉ 밝고 맑은 것을 보는 꿈은

한마디로 욕구 충족의 상태이다. 현실에서 유쾌하고 명랑하여 근심 걱정이 해소된다. 즉 갑자기 햇빛이나 달빛으로 천지가 밝아지면 무지(無知)를 계몽하거나 권세, 명예를 세상을 떨치게 된다. 집안에 불이 환하게 밝혀 있으면 기대하던 일이나 그 동안 고민하던 문제가 해결된다.

강물이 맑으면 사회사업이 공정하게 유지되어 자신에게 이득을 가져오고 맑은 물을 떠오면 재물이 생기며 그 물을 마시면 속시원하게 일이 풀린다. 그리고 맑은 물에서 수영하거나 목욕하면 대길하며, 하늘·호수·거울·유리 등이 투명하고 맑은 것은 각각 현실에서 명랑하고 소원 충족될 일과 결부된다.

◑ 슬퍼하는 꿈은

불쾌나 불만 또는 꿈속의 감정 그대로 슬픈 일에 부딪친다. 꿈속에 가까운 친인척 누군가가 죽어 슬퍼하는 것은 진행사 어떤 일이 비록 성사되었다손 치더라도 그 일이 썩 마음에 안 들어 불만이 누적된다. 또한 상대되는 사람이 슬퍼하게 되는 꿈은 자기 자신과 동일시되어 자신도 불안해진다. 즉, 돌아가신 할아버지가 슬퍼하는 모습을 보이면 그 할아버지는 아버지나 자신과 동일시하므로 불만과 슬픔이 있게 된다.

◑ 근심·걱정하는 꿈은

어떤 일이 제대로 되지 않을 것 같아 괴롭게 애를 쓰며 그 일을 염려하는 마음이다. 초조하고도 안타까운 일을 체험한다.

◑ 기쁜 감정의 발로인 웃는 꿈은

남에게 불쾌를 숨기기 위해 취하는 감정 표현이다. 즉 자신이 홀로 미소짓는 것은 기쁨이나 즐거움이 표면에 나타난 것이므로, 자기의 기쁨을 남들이 알아줄 일이 생긴다. 통쾌하게 웃는 것은 자기의 소원이 극도로 충족되었음을 나타내는 표현이다. 그러므로 어떤 일을 성취하고 매우 만족하거나 남을 복종시킬 일이 있게 된다. 그런데 상대방이 나를 보고 미소짓는 것은 불쾌를 숨기고 있는 위장된 표현이므로 현실에서 불쾌나 의아심을 체험하게 된다. 가령 어떤 여자가 나에게 미소지었다면 실제의 그 여자 또는 어떤 사람이 나에게 불쾌한 말을 하거나 의아심을 자아내어 불쾌해지거나 불안해진다.

◑ 상대방이 통쾌하게 웃는 꿈은

어떤 사람에게 복종하거나 패배하고 불쾌감을 크게 느낀다. 곧 젊은 여자가 깔깔대고 웃는 것을 보면 자기를 비웃거나 교활한 흉계를 은폐하기 위한 행위이므로, 교활한 자의 흉계에 빠져 손해를 보거나 패배의식을 느끼게 되어 정신적 혹은 육체적으로 병들게 된다. 꿈속의 여자는 병마의 상징물일 수 있다. 그리고 상대방과 마주보며 서로 통쾌하게 껄껄 웃으면 대인관계에서 의사소통이 잘되게 된다. 그러나 피차가 서로 보고 빙그레 웃거나 서로 반기는 표정을 짓는 것은 서로가 불쾌를 은폐하고 있으므로 조만간 다투게 되거나 불만을 느낀다. 그리고 사람들이 왁자하게 웃는 꿈은 여러 사람에게 비웃음을 당한다. 만약 그들과 같이 웃는 꼴이 되었으면 남에게 허세를 부리거나 본의 아닌 시비에 말려들어 냉대를 받게 된다.

☯ 우는 꿈은

어떤 소원이 충족되고 근심 걱정이 해소되어 기쁨과 만족을 가져올 것을 암시하는 표현이다. 그리고 꿈속에서 크게 울거나, 통곡하는 꿈은 대길한 꿈이다. 그 울음소리는 남의 감정을 뒤흔들어 놓을 것이므로, 남이 부러워하고 소문날 일이 있게 된다. 대체로 어떤 일이 성취됐을 때 체험되는 만족의 상징이다. 그러나 큰소리를 내지 않고 흑흑 흐느껴 우는 꿈은 어떤 소원이 성취되어 기뻐할 것이지만 세상에 소문이 나지 않기를 바라게 될 것이다. 따라서, 별로 크게 소문나지는 않는다.

☯ 시원하게 울 수 없는 꿈은

슬퍼서 우는데, 그 울음이 시원스럽지 못하고 어떤 억제를 받아 마음대로 되지 않는 경우가 있거나, 울기는 울어도 속으로 우는 것같이 하면서 남이 흉보지나 않을까 걱정하는 경우는, 속시원한 일에 직면하면서도 섭섭한 마음을 갖게 되거나 불쾌한 감정이 뒤따르게 된다. 그러나 오랫동안 만나지 못했던 동기간이나 은사·

애인 등을 만나 기쁜 마음에 어떤 사람이 집에 찾아와 어떤 만족·흥분·신비감을 함께 체험하게 된다. 그러나, 반드시 상대방이 어떤 선동적인 표정이나 행동을 하지 않고 피차간에 악수를 교환한다든지 할 경우에 한한다. 만나기 힘든 누님이 와서 손을 잡고 엉엉 울었다면 은혜로운 어떤 여성이 찾아와서 기쁨과 흥분 또는 신비감을 체험하게 될 것이다.

☯ 우는 것을 보는 꿈은

남이 우는 것을 보면 현실에서 불만·불쾌·의심·불행 등의 체험을 갖게 된다. 젊은 여자가 가련하게 흐느껴 울면, 어떤 불길한 일에 당면하여 그것을 수습할 방도를 찾지 못하게 된다. 그리고 조상의 누군가가 우는 것을 보면 집안에 우환이 생긴다.

☯ 서로 마주보고 울거나 누군가 죽어서 시체 앞에서 타인과 같이 우는 꿈은

불쾌한 일을 당하게 된다. 상대방과 마주보고 울면 시비수가 있고, 시신 앞에서 나란히 우는 것은 유산이나 사업자금을 놓고 상대방이 자기를 돕는 체하면서 어떤 계교나 모함을 꾀하고 있는 것을 예시한다. 그러나 이때, 자기는 통곡하는데 옆사람이 울지 않고 지켜보고 있으면 자신에게 영광된 일이 생긴다. 반대로 상대방이 울고 있는데 자기는 가만히 지켜보고 있으면 그 유산이나 자금은 상대방의 수중으로 들어간다.

☯ 불쾌한 꿈은

꿈속에서 자기 몸에 오물이 묻어 그것을 씻지 못하고 미수에 그치거나 적을 살해하지 못하며, 꿈속의 여자가 말을 들어 주지 않아 애만 태우는 꿈, 상대방이 불쾌한 표정을 짓거나 그것을 은폐하고 있는 것, 상대방이 불쾌한 행동과 말을 해서 기분이 상하는 것, 불만·불안·공포·고통·노여움 등 모두가 불길한 꿈이다.

불쾌한 꿈은 현실에서 그대로 불쾌·미수(未遂)·불안·불만 등을 체험하게 된다.

◐ 애정이나 욕정에 관한 꿈은

꿈속에서 어떤 형태로든지 성욕을 충족시키지 못하면 일처리 미수, 불쾌, 불만을 느끼게 된다. 그리고 꿈속에서 부패, 배설물 등 더럽고 불결한 일을 당하게 되면 현실에서도 동일한 감정을 체험하게 되거나 창피를 당하게 되고 남과 다툴 일이 생기게 된다.

◐ 평안함을 느끼는 꿈은

마음껏 공중을 날거나, 물속에서 헤엄을 치는데도 전혀 두려운 생각이나 고달픔을 느끼지 못한 채 평화와 자유를 만끽하게 되면, 현실에서도 최대한의 자유와 평안이 있으며 소원이 성취된다.

◐ 무서운 공포감을 느끼는 꿈은

사나운 동물을 만난다든지, 유령이 나타나고 우레 같은 말소리가 들려와 공포감으로 자신이 위축되는 꿈은 의외로 강한 심적 자극을 받아 감동하고 감화될 일이 생긴다.

그러나 공중을 날거나, 외나무 다리를 건너거나, 적에게 쫓기거나 자기 죄가 탄로날까봐 근심되거나 불안한 감정이 생기는 꿈은 현실에서도 두려움과 불안을 체험하고, 일신이 위태로워지거나 열등감·패배의식 따위의 고통을 당하게 된다.

◐ 울화가 치밀어 분노하게 되는 꿈은

지극히 속썩일 일, 불만, 불쾌를 체험하게 된다. 그리고 상대방 얼굴에 노기가 차 있는 것을 보면, 현실에서도 그와 맞먹는 어떤 사람과 다툴 일이 생기고 그가 자기에게 해를 끼치게도 된다. 특히 상대방이 크게 화를 내고 자신을 질책하면, 현실에서도 불만, 패배감, 열등감을 체험할 것이며 상대방에게 굴복할 일이 있게도 된다.

◐ 가엾고 측은한 마음이 생각되는 꿈은

불만·초조·불안 등을 체험하게 된다. 만약 너무나 가엾고 불쌍한 마음이 들어 눈물을 흘리거나 슬피 울게 되면, 오히려 기쁘고 통쾌한 일을 체험하게 된다. 그러나 상대방 여자가 살려달라고 애처롭게 호소하는 것을 불쌍한 생각이 들어 살려주면, 꿈속의 여자는 어떤 일거리를 상징하므로 현실에서는 크게 불리한 일에 부딪치거나 재수 없는 일을 당한다.

상대방을 위로하는 꿈 또한 자신의 의지를 꺾고 상대방의 기호에 맞추어서 행동하는 것이기 때문에 현실에서 패배의식을 체험하거나 소원을 성취시키지 못하며 불안·불쾌·미완성 등의 일을 겪게 된다.

◐ 아름답다고 느껴지는 꿈은

곱고 화사한 꽃, 찬란한 무지개 빛, 자연 풍치나 예술 작품에서 느끼는 아름다움 등 시각·청각·촉각으로 아름답다고 느끼는 마음이 생겨나서 기쁘고 만족했다면 현실에서 동일한 체험을 갖게 된다. 그러나 이성(異性)의 육체미 등에서 성욕이 충동되거나 아름다운 여자의 얼굴에서 어떤 색정(色情)을 느껴 이차적인 충동

이 생기면 현실에서 불만이나 불쾌, 일에 대한 미수 등을 체험하
게 된다.

☯ 추악하다고 느껴지는 꿈은

추악하다고 느끼면 꿈속에서 느낀 그대로 추악한 것을 보거나 불
쾌감을 갖게 된다. 간혹, 태몽 같은 것에서 태아를 상징한 표상물
이 몹시 추악한 것으로 나타났지만, 지극히 아름답거나 천재적인
사람이 되었다는 반대물로 바꾸어 해석된다. 눈이 형형하다, 꼬리
가 둘이다, 뒤통수에서 뿔이 났다 등은 그의 천재적인 소질이나
재능이 뛰어남을 암시하고 있는 것이다.

☯ 감탄하게 되는 꿈은

어떤 아름다움이나 장엄한 광경을 보고 황홀한 심정에 도취되어
저절로 탄성이 튀어나오면 현실에서 최대한의 만족을 체험하게
된다. 그것은 크나큰 영광이나 이상적인 욕구 충족을 가져올 수
있을 것이다. 그러나 남이 가지고 있는 물건의 아름다움에서 탄성
을 발하는 것은 부러워서 나타내는 표현이므로 최대한의 불만이
따른다. 현실에서 어떤 불만이나 불평을 표시할 일이 있다.

남이 비참해진 모습이나 이야기를 듣고 측은한 마음 또는 놀라움
에서 탄성이 나오면 불안·두려움·불만스런 심적 고통을 받게
된다.

☯ 답답하고 암담한 일이 생기는 꿈은

꿈속에서 걸음이 잘 걸리지 않아 답답한 심정을 느끼고, 전화 소
리가 잘 들리지 않거나 숨쉬기가 답답하고, 가래를 뱉어야 할 터
인데 잘 뱉아지지 않는다는 등 어떤 답답증을 느끼면 현실에서도
답답하고, 소원이 성취되지 않으며, 초조한 심적 갈등만 체험하게
된다. 또한 날이 저물어서 암흑과 같이 시야가 캄캄하거나, 안개
나 먼지가 일기 때문에 앞이 흐리고 물이 탁해지며 갑자기 불이

꺼지는 등으로 암담한 생각이 나면, 현실에서는 어떤 절망상태에
빠지거나 답답한 일을 당하게 된다.

◐ 시야가 어둡거나 물상(物象)이 흐리게 느껴지는 꿈은
모두가 답답하고 암담하며 불만족이나 불쾌한 일을 체험하게 된
다. 즉 캄캄한 지하실이나 함정 또는 굴속에 들어가면, 일신상에
위험함과 불안감에 휩싸이게 되고 무엇인가 찾고 연구하는 일이
해명되지 않는다. 탁한 물 속에 빠지거나 물이 밀려오면, 일신상
에 병이 들거나 사회적인 재난, 범죄에 휘말리게 된다. 그리고 탁
한 물에서 물고기를 잡으면 부정축재를 하거나 부정한 돈을 얻어
시비에 말려들게 된다.

◐ 만족한 감정을 얻게 되는 꿈은
현실에서도 그대로 만족과 유쾌한 기분을 체험하게 된다. 꿈속에
서는 죄책감을 가져서는 안되고 조금이라도 자기 반성이나 주저
또는 동정 따위로 자기 마음을 흔들리게 해서는 좋지 않다.

◐ 배고프고 목말라하는 꿈은
가난과 불만, 고통, 부족 등의 상태에서 헤어나려고 하지만 헤어
날 수 없다는 것을 암시하며, 입학·취직·사업 기타의 소원이
충족될 수 없음을 나타내는 표현이다.

◐ 사물이 빈약해 보이는 꿈은
가령 꿈속에서 수목이 연약한 새싹으로 아직 성장하지 못한 것을
보면 그의 사업은 초보적인 것에 지나지 않는다. 촛불이나 등잔불
이 꺼져가거나 바람 앞에 휘돌리고 있으면 그의 희망은 소멸 직
전에 있거나 어떤 방해를 받아 위험이 뒤따른다. 상대방이 몹시
늙고 파리해 보이면 꿈속에 동일시한 어떤 사람이 몹시 곤경에
처해 있음을 알게 된다. 꿈속에서 잡은 칼이 휘청휘청해서 언제
부러질지 모르면 자기 권세가 약하거나 자기가 믿고 협조를 요청

한 사람이나 단체가 허약성을 드러낼 것이다. 붙잡은 새가 몹시 연약해 보이면 허약한 여자를 아내나 애인으로 맞게 된다. 자기가 딛고 선 땅이나 받침대가 약하면 자기 신분이 위태로워진다. 또한 자기의 성기가 위축되거나 보잘것 없다고 생각되면 현실에서 자식이나 작품 또는 자기의 긍지나 권위가 남 앞에서 위축돼버리거나 열세에 놓여지고 보잘것 없게 된다.

◐ 새 것 또는 헌 것이라고 느껴지는 꿈은

꿈속에서 새 것과 헌 것이라고 느껴지면 현실에서도 그대로 새 것 또는 헌 것으로 상징되는 사건에 봉착한다. 즉 꿈에 새 신을 신거나 새 옷을 입으면 신분이나 직장·직위 또는 협조자나 새 집 등을 얻게 된다. 헌 옷이나 신던 신, 낡은 집 등을 소유하면 과거와 연결지어진 일, 쇠퇴된 일, 현상 유지 등의 일이 생기게 된다. 꿈속에서 상대방이 늙어 보이면 오래된 일이나 관록 있는 일과 연관이 있다. 상대방이 젊거나 처녀라는 것이 인정되면 이제 시작된 일이나 아직 원숙하지 않은 일 또는 처녀지나 개척사업과 관련이 있게 된다.

◐ 아무런 방해나 억압없이 안이한 생각이 드는 꿈은

마음조릴 일없이 자유롭고 순조로이 일을 처리할 수 있어 수월한 감정을 느끼게 되는 꿈을 꾸면 하는 일마다 만족되고 일이 성취되며 일신이 편하고 자유로움을 체험하게 된다. 그러나 꿈속에서 행동을 멈추고 앉아 쉬거나 누워 쉬게 되면, 기획하던 일의 중지나 어떤 기다림을 암시하는 것이다.

◐ 상대방에게 존경심이 생기는 꿈은

꿈속에서 존경심이 생겨 경의를 표하게 되면 청원을 하는 것이고 그 청원은 소원 성취한다. 반대로 죄수나 포로·거지 등을 보고 무시하는 생각이 들면 현실에서 우월감이나 승자 같은 만족감을 체험하게 된다.

☯ 통증을 느끼게 되는 꿈은

마음의 고통을 당하게 된다. 실제로 현실에서 어떤 질병을 유발하기도 한다. 반대로 꿈속에서 건강을 느끼게 되는 것은 육체적인 건강이 아니라 정신적인 일의 건전함. 즉 어떤 고통스럽거나 벅찬 일거리 등이 사라지고 어떤 일에 읽어서 완전하거나 자신만만, 성공, 좋은 결과를 가져오게 되는 예시이다.

☯ 작은 것이 커다랗게 확대되는 꿈은
현실에서 조그만 일을 시작해서 그 일이 크게 확대되고 지극히 큰 소원이 이루어지며 또한 세력이 확대되고 부귀로워진다는 것을 암시한다. 가령 조그마한 생감 하나를 터뜨려 그 감물이 높은 산 중턱에서 솟는 천연적인 폭포수를 만들고, 오줌을 누어 강물을 이루거나 한 고을을 뒤덮으며, 말채찍이 길게 늘어나 바윗돌을 허무는 등이다. 반대로 꿈속에서 자기가 차지하고 있던 공간이나 물상이 점점 줄어든다, 길은 갈수록 좁아지고 다리 끝이 좁아진다, 처음에 들어갔던 문이 좁아져서 빠져나올 수가 없고, 처음에 큰 짐승이던 것이 여러 번 다른 동물로 변하는 데 따라 점점 작은 동물이 된다는 등의 축소감이나 협소감을 느끼면 현실에서도 큰 기대가 탐탁치 못한 것으로 되거나 절망 상태에 놓여지며, 운세가 점차로 쇠퇴해가는 등 꿈속에서 작아진 그대로 현실에서 불만스러운 일로 적중된다.

그러나 산을 떡 한 조각처럼 집어삼키고, 큰 바윗돌을 손에 놓고 만지니 공깃돌이 됐다는 등의 축소는 오히려 길몽으로 해석되는데, 그것은 자기의 인격·신분·지위·권세의 위력을 비유하는 꿈이다.

◑ 생선·야채·과일 등이 싱싱하다고 생각되는 꿈은

현실에서 건전하고 완벽하며 정력적인 상태를 암시한다. 태몽 같은 것에서 태아의 표상은 항상 이러한 싱싱한 표상물이라야 완전한 것이며 너무 익었거나 늙고 시들며 퇴색한 물상은 좋지 않다. 그와 반대 현상으로 동물이나 식물이 썩었다고 생각되는 것은 꿈속에서도 불쾌감을 느끼고 재료적 가치가 없다고 생각한 그대로 현실에서 일에 대한 실패·불쾌감·창피한 일 등을 체험하게 된다. 그러나 퇴비 같은 것은 썩으면 썩을수록 좋다. 그것은 비료라는 용도가 있기 때문이다. 사람의 송장 썩은 것은 그만큼 현실에서 일의 성숙을 비유하는 것으로 오히려 좋은 현상이다.

◑ 덥고 뜨겁고 따스하게 느껴지는 꿈은

날씨가 더우면 답답하고 괴로움을 느끼므로 현실에서 어떤 심적 고통을 받거나 답답하고 진절머리 나는 일에 종사한다. 이와는 대조적으로 어떤 뜨거운 자극을 느끼는 것은 열렬하고 심각한 문제나 각성을 필요로 하는 정신적인 일 또는 가장 벅차고 충격적인 일에 직면한다. 따스한 느낌을 가지면 남의 사랑이나 동정을 받거나 일신이 유복하며 만족할 만한 처지에 선다.

기온이 내려가서, 찬바람이 세차서, 또는 벌거벗었으므로 추위를 느끼는 것은 거센 세파에 시달리거나 고독해지고 일신이 곤고(困苦)할 것이며, 어떤 두려움에 직면하게도 된다. 그러나, 물이 차거나 수족 또는 온몸이 찬기운을 받아 뻣뻣하게 얼어붙던가 얼음덩이가 몸에 닿아 써늘한 느낌에 놀라 깨는 등의 꿈은 현실에서 갑자기 닥치는 사회적인 세력이나 환경의 영향을 받아 어떤 충격적인 변화에 접어들게 된다. 꿈속에서 춥지도 덥지도 않은 시원한 느낌은 현실에서 소원 충족을 가져오는 꿈이다.

◐ 많은 것과 적은 것으로 판단되는 꿈은
꿈속에서 수적으로나 양적으로 많다고 느끼는 것은 자신의 욕구가 충족되므로, 현실에서도 만족할만한 일이 생기지만 적다고 느껴지는 것은 불만족, 불쾌한 일이 생긴다. 가령 돈이 산더미처럼 쌓여 있으면 큰 부자가 될 꿈이지만 녹슨 동전 몇닢만 보이는 것은 근심 걱정의 상징이다. 즉 교회나 중에게 시주를 많이 하면 그만큼 소원도 크게 이루어지고 큰 강물이 넘쳐나게 도도히 흐르는 것을 보면 정신적인 작품, 사상이나 생활 여건이 풍요로워진다.

◐ 가난하거나 부자라고 생각하는 꿈은
꿈에 자기는 가난하기 때문에 무엇을 할 수 없다. 또는 저 사람은 가난한 사람이라고 생각하는 것은 자기 또는 상대방이 실제로 가난해서가 아니라, 지식 또는 정신적 소지가 튼튼하지 못하거나 욕심이 없고 청렴결백하다는 뜻을 상징적으로 표현하는 것이다. 반대로 부자라고 생각하는 것은 지식·정신적 사업이 풍족하고 야심가이며 욕심꾸러기라고 인정할 일이 생긴다. 자기가 장차 부자가 될 것이라고 생각하는 꿈은 실제로 정신적·물질적인 풍요를 누리게도 된다.

◐ 죽음을 생각하는 꿈은

사람이나 동물·수목에 이르기까지 상대방이 죽었다고 생각하면
일이 성취됐음을 확인하게 될 것이고, 죽을 것이라고 생각하면 장
차 어떤 일이 반드시 성취된다는 예시이다. 죽어야 한다고 생각하
면 그것이 성취되고 새로워져야 한다는 기대를 갖게 될 것이다.
상대방을 죽여야 한다고 생각하면 어떤 일에 관여하여 그 일을
성취시킬 수 있다는 전망이고, 남이 죽었다는 기별을 들으면 어떤
사람의 일이나 자기와 관계된 일이 성취된 소식을 듣게 된다.

☯ 좋거나 싫다고 생각하는 꿈은
어떤 것을 보고, 듣고, 소유하고, 체험하면서 '그 일은 좋다'고 생
각하면 현실에서도 그것이 실제로 좋은 일이거나 정당하고 만족
할 만한 일이라고 판단할 일이 생기고, 반대로 싫다고 생각하면
불쾌·불만·부정·금기 등의 일을 체험한다.

7. 활동 - 동적(動的)인 태도와 자세에
관한 꿈

● 가르치거나 가르침을 받는 꿈

꿈에 자기가 학생들에게 글을 가르치면 현실에서는 아랫사람들에
게 잔소리나 시비할 일이 생기거나 교양지에 자기 의사를 발표할 일
이 생기기도 한다. 또한 사람들에게 어떤 임무를 부여하고 명령에 복
종하기를 강요하게도 된다. 반대로 자기가 선생의 가르침을 받는 꿈
은 윗사람에게서 잔소리나 꾸지람을 들을 것이다. 또는 어떤 명령이
나 부여하는 임무를 충실히 이행해야 할 처지에 놓여지게도 된다.

◎ 학과 담당교사가 수업하는 꿈은

꿈속의 교실은 자기가 재직하고 있는 직장의 상징이다. 때문에 그 교실 안에서 수업을 하면 부하 직원이나 학생들에게 어떤 임무나 명령을 하달할 일이 있을 것이다. 사람들을 어떤 임무 지에 각각 배치할 일을 암시한다. 부하직원들의 행적이나 소청에 관한 심사 또는 성적을 검토할 일이 생긴다.

◎ 현직 교사가 수업하는 꿈은

현직 교사의 교실이 바로 자기 직장이므로 교실에서의 수업 상태는 자주 꿈속에 등장되기가 쉬운 것이다. 이러한 일상 생활의 연장인 듯한 꿈은 훗날 직장에서 꿈 그대로 체험되기도 하고, 전혀 각도가 달라 일과 후에 길거리나 다방 또는 집에 돌아가서 체험하게 된다. 반드시 교실과 연결시켜서 생각할 필요는 없다.

● 감추는 것과 노출시키는 꿈

◎ 답안지를 감추는 꿈은

타인이 자기의 답안지를 보아서 얼른 감추었다면, 어떤 자가 자기 사상을 타진하려는 데 직면하게 되고 그의 요구에 불응하거나 자기 비밀을 간직할 일이 있다.

☯ 피 묻은 옷을 감추려고 하는 꿈은

모처럼의 행운이 수포로 돌아간다. 피 묻은 옷을 감추기보다 세탁을 하면 동업자와의 연관성이 깨끗이 해소되어 자기의 이득을 취하게 된다.

☯ 자기 몸을 숨기는 꿈은

적에게 쫓기거나 사나운 짐승이 쫓아와서 숨어 버렸다면 어떤 일신상의 변화가 신변에 박두해 오려고 하나 그것을 회피·모면할 수 있다. 꿈속의 적은 자기가 추진시키려고 열망하는 일거리의 상징을 수도 있는데, 그 일을 추진시키지 못하거나 어떤 난관에 처해질 것이다. 위험한 사건에서 생명을 건질 수는 있으나 심적 고통은 면치 못한다.

홍수가 밀어닥쳐 무서워 피하면 사회적인 거대한 세력이 자기 운세를 변화시키려 하지만, 그 운세를 피하거나 면하게 되지만 고통과 공포를 체험한다.

☯ 괴한이 숨어 자기를 노려보는 꿈은

괴한 같은 어떤 자가 그 정체를 드러내지 않고 자기 일을 방해하거나 질시 또는 주목할 일이 있게 된다. 또한 병마가 침범할 수도 있다.

☯ 자기의 나체 부위를 감추는 꿈은

이러한 심적 경향은 현실의 도덕적 관념과는 상관없다. 그것은 각각 다른 암시적 행동 표현일 뿐이다. 성기를 내놓고 대로를 활보하는 것은 자기의 실력이나 작품 등을 과시하거나 자기의 신상 문제를 적나라하게 남에게 이야기할 일이 있다. 반대로 부끄러움·주저·당황 등으로 그것을 감추려는 행동은 현실에서 어떤 사건이나 일에 직면해서 의지의 상실·갈등·패배 의식·열등감·불안·무방비 등의 일을 각각 체험하게 될 것이다. 자기 성기를 옷으로 가릴 수 있으면 자기 작품이나 자식에 대한 보호 조처를 취할 수 있고, 프라이버시에 대한 침해를 막을 수 있다. 유방을 감추면 형제간에 서로 보호해 줄 일이 생긴다. 검은 천으로 성기를 가리면 자기의 프라이버시나 긍지에 완전히 손상 받는다.

☯ 습득물을 감추는 꿈은

유리한 조건하에 물건을 얻거나 권리를 얻으며 그 사건으로 마음에 충격을 받을 일을 체험하게 된다. 꿈속에서 확실히 양심에 가책을 받았다면 심적 갈등이나 주저할 일이 있게 된다. 물건을 얻어 감춘다는 것은 자기에게 주어진 분복을 차지한 것뿐이다.

☯ 옷 속에 물건을 감추는 꿈은

꿈에 습득물이나 절취 또는 강탈한 물건을 옷 속에 감추는 것은 그 신체적 부위에 따라 각기 다른 의도성이 부과된다. 과일을 훔쳐 허리춤이나 치마 속에 감추면 친자식이나 친손자를 잉태할 것

이고, 시계를 얻어 항문에 감추면 소실을 두게 된다.

☯ 의상이 단정치 않은 꿈은

꿈속에서는 수영복 차림으로 거리를 활보하고 내의나 잠옷바람으로 여자의 방이나 어른 앞에 나타나면서 조금도 부끄러운 기색 또는 거리낌없었다면, 자기 신상에 완전한 보호 조치가 결여된 상황아래서 어떤 사건에 직면하게 된다. 그것은 불안정한 환경·협조자의 부족·일의 마비 등을 체험할 것이고 심적 갈등을 가져오게도 된다.

☯ 자기 소지품을 공개하는 꿈은

자기가 아끼는 물건 — 골동품이나 애완구·장신구·시계·회화·서적 등을 남에게 공개하고 자랑하면, 자기 재물이나 능력·협조자적 인물들을 남에게 소개하거나 자기 비밀을 공개할 일이 있다.

● 거꾸로 서는 꿈

☯ 사람이 거꾸로 서 보이는 꿈은

자기 창작물이나 사업이 선후가 전도되었거나 상하가 거꾸로 됐다는 것을 암시하는 것으로 사업 계획 등을 면밀히 따져봐야 한다. 또 한편 상대방의 건의나 제안을 거꾸로 이용하는 것을 상징한다.

☯ 배가 거꾸로 떠다니는 꿈은

자기 가정이나 협조기관이 불안정 상태에 놓여지고 걷잡을 수 없는 고통 가운데에 있게 된다. 하지만 다시 제자리로 잡아놓고 운행할 수 있으면 난관에 봉착하거나 좌절됐던 사업이 다시 본궤도에 오른다.

● 걷어차는 꿈

꿈속에서 상대방을 발로 걷어차면 상대편에게 어떤 억압을 주거나 모욕을 줄 일이 있게 된다. 반대로 자기가 걷어 채이면 상대방에게 멸시를 받거나 명예 훼손을 당한다. 따라오는 동물을 걷어차면 태몽에 있어서는 그 태아가 유산된다. 그리고 강아지가 귀찮게 뒤를 졸졸 따라오므로, 발길로 차거나 쫓으면 어떤 병마나 방해적인 일 또는 방해자를 물리치게 된다.

● 걸어가는 꿈

장소의 이동, 직책의 변동, 어떤 일의 진행 과정, 일의 진도에 따르는 시간 관념의 장단, 상대방과 대화의 다채로움 등을 뜻한다.

☯ 걸음을 걷다 멈추는 꿈은
일의 중지 또는 휴식을 취할 것이며, 자연히 일이 중단되거나 답답한 일이 생긴다. 그리고 일의 진전이 안 되거나 한 장소 한 직장에 머무르는 것이 된다. 재출발하면 새 변화에 접어든다던가 하는 것을 뜻한다.

☯ 탄탄대로를 걷는 꿈은
일신이 안락하고 일이 잘 성사된다. 길바닥에 기복이 없고 장애물이 없으면 일의 성취가 수월하고 운세가 대길하다.

◑ 좁고 험한 길을 가는 꿈은

자기가 하는 일이 고통 가운데 있으며 일신이 편치 않음을 암시한다. 길이 곧지 못하면 하는 일이 정도(正道)가 아니고, 길옆에 절벽이나 외나무다리가 있어 그곳을 걷는 것은, 일신이 곤궁하고 하는 일이 위태로우며, 심적 불안을 체험하게 된다.

◑ 산과 들, 지형의 변화 있는 곳을 장시간 걷는 꿈은

자기가 오래도록 종사하는 일에 변화나 기복이 생김을 뜻한다. 또한 상대방과의 대화의 다채로움을 암시한다.

자기가 걸어가는 동안 보고 듣고 느끼는 행동 하나하나가 꿈의 내용을 형성한 것은 현실에서 체험할 사건의 우여곡절이나 이야기의 내용을 묘사한 것이다.

◑ 사무용 책상 사이를 걷는 꿈은

우리가 비록 짧은 거리인 책상과 책상 사이를 몇 발자국 걸었다해도 그것은 직책의 변동, 책임의 전가 등을 암시한다. 좁은 책상에서 넓은 책상으로 옮겨 앉으면 진급되거나 직무 수행이 수월하고 권력이 확대된다.

◎ 먼 곳으로 떠나는 꿈은

먼 곳에 있는 직장으로 가게 되거나 어떤 일이 장시간 걸림을 말해 주고 있지만, 목적 없이 걷는 것은 일의 종결이 언제 있을지 예측할 수 없으며, 처음 출발하는 것만 암시한다. 어떤 장소에 가서 머물렀다면 그 머문 장소는 새 직장 또는 새로운 일에 관계되는 장소와 시간의 경로다. 그런데 고령의 노인이나 중병 환자가 새옷을 입고 기약도 방향도 없이 떠나는 꿈은 그가 불원간에 죽게 된다.

◎ 출발했던 곳으로 되돌아오는 꿈은

계획하고 추진하는 일의 재출발을 암시한다.

아이들에게 달리기를 시켜 시야에서 사라졌다가 다시 돌아오면 기관에 제출했던 문건이 되돌려져 오거나 자기가 보낸 연애 편지가 반송돼 온다. 하지만 애들이 죽어서 관에 담겨져 오면 계획된 문건이나 편지는 소원을 성취한다.

◎ 두 사람이 반대 방향에서 걸어오는 꿈은

두 사람이 각각 다른 일을 진행시킴을 뜻한다. 두 사람이 반대 반향으로 걸어가 원을 그리며 서로 마주치는 꿈은 처음에 순리대로 일을 각자 잘 진행시키다가 어떤 점에서 서로 대립하게 된다.

◎ 상대방이 오는 것을 마중하는 꿈은

쌍방의 의견의 거리를 좁히거나 일에 관하여 연합하게 된다.

정면으로 마주보고 가까이 서 있으면 의견 대립을 가져온다. 하지만 인사 교환과 물건 교환 등을 하면 그 물건의 개수와 일이 주목적이므로 의견 대립이라고 볼 수 없다.

◎ 남이 자기 옆을 지나친 꿈은

지나친 사람이 아무런 상관을 하지 않았다 해도 자기가 하는 일 또는 생각하는 일에 잠깐이라도 관계가 있는 어떤 사람이거나 일거리의 상징이다. 자기와 반대 방향으로 가는 사람은 자기 일과 반대되는 일을 할 사람이 될 수도 있다. 가령 자기는 진급이나 전직이 되는데 상대방은 퇴직이나 감원이 될 수가 있다.

☯ 앞사람을 따라가는 꿈은

길을 걸을 때, 앞사람을 따라가거나 나란히 옆에서 걸으면 일이 잘 진행되거나 주인과 고용인 사이 또는 동료간에 어떤 일을 잘 보조해 줄 것이다. 꿈속에서는 남보다 앞서 가는 것보다 뒤따라 가는 것이 더 좋다. 그것은 앞서가는 사람이 자기에게 등을 보였기 때문인데 그 사람은 뒷사람인 자기가 조종하는 대로 잘 움직여 주고 자기 의사에 복종해 줄 사람이다.

☯ 물건을 가지고 걸어가는 꿈은

가령 지팡이를 짚고 걸으면 협조자와 더불어 일을 잘 진행시킬 것이고, 짐이나 갓난애를 업고 걸으면 하는 일에 고통이 심하다. 또 짐을 지고 산길이나 층계를 오르면 일의 진행 과정에서 매우 고통스런 일이 따른다.

☯ 애인과 산책하는 꿈은

꿈속의 애인이 누구의 동일시라면 그와 더불어 어떤 일이나 행동 또는 대화를 나누게 될 것이다. 일거리의 상징이면 그 일의 여러 가지 성취 과정을 암시해 주고 있다.

☯ 걸음이 잘 걸리지 안는 꿈은

꿈속에서 일이 급해 빨리 걸어야겠는데 도무지 걸음이 걸리지 않고 그래서 갖은 노력을 다하여 겨우 목적지에 도달했다면 어디에 청탁한 일이 잘 진행되지 않아 안타까워할 것이다. 그러나 목적지에 도달했으므로 결국 일은 성취됨을 뜻한다.

☯ 처녀가 결혼식장으로 걸어가는 꿈은

현실에서 다음날 만나는 어떤 남자와 인사를 주고받을 것이며, 꿈에 그와 더불어 여러 변화 있는 곳을 답사하면 현실에서 그만큼 대화 내용이 풍부할 것이다.

● 걸음을 잘 못걷는 사람이 잘 걷게 되는 꿈은
자기 육신의 병과는 무관하게 어떤 일거리의 성취를 암시하고 그 기쁨을 세상사람들에게 과시하게도 될 일이 있게 된다.

● 남이 집에 들어오는 꿈은
방에 있는 나를 남이 대문 밖에서 들여다보면 장차 실제 인물이거나 동일시된 사람이 집에 와서 나에 관한 것을 알려고 하는 징조다. 그 사람이 대문 안에 들어선 것을 보면 좀더 가까운 시일 안에 오며, 방안에 들어와 있으면 수일 내에 오거나 다른 장소에서 그를 만나게 된다. 또는 나에 관한 일을 상대방이 알려고 할 것이다.
애인이 자기 집을 방문하면 자기에 대해 좀더 세밀히 알려 하거나 실제 인물이 오게도 된다. 문제는 자기 방이 자기 집으로 해석될 경우와 직장으로 해석될 경우가 있고, 꿈속의 상대방이 실

제의 인물이 아니라 누구의 동일시이거나 일거리의 상징이 될 수
도 있음에 유의해야 한다.

◉ 남이 집에서 나가는 꿈은

그는 나의 일에 적극 협조해 준다는 행동 표시이다. 그것은 그가
돌아가는 뒷모습을 볼 수 있었기 때문이기도 하고, 지금까지 그
와 대면하므로 마음 속 부담을 느끼고 있었기 때문인데, 그가 사
라짐으로 인하여 부담이 해소되기 때문이다. 그러나, 그가 완전히
시야에서 사라지지 않고 잠을 깨야 한다. 남편(아내)이 냉정한 태
도로 돌아서 가면 그는 나의 의사를 존중해서 잘 협조해줄 것이
다. 조상이 집을 나가면 집안 살림이 궁색해지고(조상은 집으로
들어와야 됨), 근심 걱정이 해소된다. 꿈속의 사람이 일거리의 동
일시라면 그가 사라짐으로써 일의 진행이 잘 되기도 하고 때로는
어떤 손실을 가져오기도 한다. 가축이 나가면 인적·물적 손실이
온다.

◉ 고향 또는 집을 향해 걸어가는 꿈은

고향과 자기 집은 일의 종결·종착점·성공·달성·완성 등의
관념 해석이 가능하므로, 중도에서 꿈이 깨는 것은 그 일의 진도
의 한 시점을 암시하고 있다.

◉ 상대방과 나란히 걸어가는 꿈은

어깨를 나란히 하고 걷는 것은 언제나 동업자·협조자·동지 등
과 더불어 의견 충돌없이 일이 잘 진행됨을 뜻한다. 자기 앞을
걸어가는 사람은 자기 지시대로 잘 움직여 줄 사람이고, 자기 뒤
를 따라오는 사람은 항상 위험한 인물이며 자기가 지도해야 할
사람이 되기도 한다.

◉ 길을 가다 어떤 장애물에 부딪쳐서 돌아가는 꿈은

어떤 사업상 방해를 받아 다른 방법에 의해서 일을 진행시킬 일

이 있게 된다. 돌아가면 목적지까지의 거리가 멀어지므로 더 많은 시일이 걸려 일을 성취하게 된다.

◉ 사람들이 몰려오거나 몰려가는 꿈은
사람들이 몰려오면 자기 일이 벅찬 어려움에 부딪칠 것이며, 사람들이 저쪽으로 몰려가는 것은 자기 일에 고통이 사라지고 자기 지시대로 여러 사람이 잘 복종해 준다.
동물이 몰려오면 어떤 사건 또는 일거리가 그만큼 많거나 재물이 축적되기도 하지만, 동물이 몰려서 사라지면 재물·사건·직업 등이 없어진다.

◉ 동물을 몰거나 끌고 가는 꿈은
동물이 사람 또는 일거리를 상징하고 있을 때, 자기가 동물을 앞세우고 몰고 가면 어떤 사람 또는 일이 자기 뜻대로 조종하는 대로 잘 되어 가지만, 동물을 잡아매고 끌고 가면 상대방을 억지로 따르게 하거나 일을 진행시키기가 어렵게 된다.

◉ 여기저기 다니는 꿈은
여러 방면으로 사업·일거리·연구 등에 관심을 가지고 행할 일이 있다. 꿈속에서 체험되는 일은 자기 일의 진행 도중에 생겨질 사건과 관계되어 있다. 이 때에 아무 것도 찾지 못하면 그의 연구는 성과가 없다.

◉ 왔다갔다하는 꿈은
어떤 일이나 사건·이야기 등이 더 진전을 보지 못하고 정체될 일이 있음을 암시하는 것이다. 그리고 문을 들락날락하면 어떤 기관에 여러 번 청원할 일이 있거나 그 기관과 관계할 일이 여러 번 있게 된다.

◉ 밑으로 내려가는 꿈은

지하실·아래층·땅 속·물 속·계단·아래 등등 현재 위치에서 아래로 내려가는 꿈은 하부층·지하 조직·개척 분야·지위의 하락 따위의 일과 관계된 표현이다. 산을 올라가서 반대쪽으로 내려가면 일의 진도와 사업의 어렵고 쉬운 양상을 묘사하고 있으며, 일의 마지막 단계와 관계련이 있다. 지하실로 내려가는 것은 어떤 연구 기관에 종사할 수도 있다.

● 결혼하는 꿈

결혼의 꿈은 미래의 현실에서 체험할 방문·상봉·계약·결사·연합·탐지·새로운 사업 등을 각각 상징하고 있다. 때로는 사실적·투시적인 경향의 꿈이 될 수도 있다.

◐ 이혼하는 꿈은

꿈속에서의 이혼은 계약 해제·작별·근심 걱정의 해소·청탁한 일의 결말 등의 일을 각각 암시하는 꿈이다. 이 때의 남편 또는 아내는 자기가 애착을 가지고 성취시키려는 일거리거나 계약 당사자의 동일시이다. 이혼 수속을 마치는 것은 어떤 기관 또는 단체와의 계약 사항을 해약하거나 취직·사업 등에서 책임을 모면할 일이 있게 된다.

● 공격하는 꿈

꿈속에서 상대방을 공격하려고 마음먹으면 어떤 일을 성취시키려 노력할 일이 생긴다. 개인이나 단체의 일원이 돼서 적을 무기로 공격하는 것은 어떤 일을 의지적인 노력에 의해서나 권세 또는 좋은 방도를 가지고 진행시킬 일이 있게 된다. 그러나 궁극적 목적은 점령하고 승리하며 상대방을 제압하는 것이므로, 공격 그 자체는 어떤 일의 성과가 될 수 없다.

◉ 꿈속의 공격 꿈은
개인 또는 단체적으로 하게 되는데 공격의 대상자는 개인 또는 집단일 수도 있다. 적으로 등장한 사람은 물론 연약한 여자나 불가침의 신령·사나운 동물·비둘기 같은 애완용 동물일 수도 있다. 이것들을 무자비하고 난폭하며 통쾌하게 공격하는 것만이 승리와 소원 충족, 일의 성사 등과 관계가 있다.

◉ 집단으로 공격하는 꿈은
꿈에 전쟁 또는 그와 방불한 집단적인 전투 행위에서 자기가 지휘관이 되어 적을 공격하면 어떤 사업을 성취시키는 데 있어 많은 협조자나 유리한 방법에 의해 난관을 헤쳐나갈 것이다. 적을 물리칠 수 있거나 전멸시킬 수 있었다면 그 사업은 크게 성취시킬 수 있다.

☯ 개인적으로 하는 꿈은

혼자서 수십 명의 적을 공격하고 승리를 거둘 수가 있고, 거인을 한방에 때려눕힐 수 있으며, 사나운 짐승을 죽창으로 공격한다. 이 때의 상대방은 모두 어려운 일거리의 상징물이다. 꿈에 상대방을 완전 굴복시키거나 전멸시키지 못하면 일의 중단 · 미수 · 불만 · 불안 등의 일에 관계된다.

● 꼼짝하지 못하는 꿈

꿈속에서 부끄럼과 난처함을 느끼고 그 자리에서 피하거나 숨으려고 하지만, 그 때 일종의 이상한 억제를 받아서 움직이지도 못하며 그를 괴롭히는 상황을 변경하는 능력도 갖지 못한다.

그것은 자기의 무능력 · 절망 상태 · 초조와 번민 등을 체험할 것을 암시하는 행위이다.

☯ 나체를 감추려 하나 꼼짝하지 못하는 꿈은

자기 신분이 위험에 빠지고 패배 의식과 절망 상태에서 한동안 벗어나지 못할 것을 예시한 꿈이다.

부끄럼과 난처한 생각을 갖는 것은 꿈속에서 양심에 가책을 받은 것인데, 그것은 현실에서는 마음의 주저나 패배 의식을 갖게 된다. 그런데도 꼼짝 못하는 것은 절망 상태에 놓였다는 것을 암시한다.

◉ 적을 공격하려 하나 꼼짝하지 못하는 꿈은
계획하는 일이나 추진시키는 일이 좌절당한다.

◉ 상대방을 구할 수 없는 꿈은
물에 사람이 빠져 위기에 처했는데도 수족이 말을 안 들어 구할 수가 없다던가, 애인을 붙잡으려 해도 애인은 점점 멀리 사라져 가는데 발버둥쳐도 발이 떨어지지 않는 꿈은, 어떤 사건에 뛰어들려 하지만 그 일에 개입할 힘이 없고, 타의에 의해 억제를 당하며 마음의 초조·불안 등을 체험한다. 그리고 소원이 성취되지 않는다.

◉ 사나운 짐승 앞에서 꼼짝하지 못하는 꿈은
사자·호랑이·뱀 등이 나타나서 두렵고 불안하지만 수족이 말을 안 들어 그 자리를 피하지 못하는 꿈은, 어떤 벅차고 두려운 일에 직면해서 한때 당황하게 된다. 채무자가 채권자에게 시달림을 받거나 어떤 거대한 일이 자기에게 부딪쳐 오지만, 그것을 해결하지 못하고 그 영향을 받아 심적 고통을 받게 된다.

◉ 마음대로 걸을 수 없는 꿈은
꿈속에서 어디를 급히 가야 되는데 다리가 무거워서 잘 걸을 수 없으므로 마음만 조급하게 된다. 뛰려 해도 뛸 수 없고 악을 쓰려 해도 소리가 나오지 않는다. 이것은 추진시킨 어떤 일이나 누구에게 부탁한 일이 지지부진하게 진척되지 않아 안타까워할 일이 생긴다.

🌓 신체적 자극몽에서 꼼짝하지 못하는 꿈은

꿈속에서 깨어 일어나려 해도 일어날 수 없고, 몸을 옆으로 돌리려 해도 움직일 수 없거나 괴한이 가슴을 눌러 악을 써도 소리가 나오지 않아 허덕거리다 잠을 깨는 꿈은, 현실적으로 신체적 불편을 호소하는 경우이기도 하고, 미래의 현실에서 체험될 어떤 일을 예지하고 판단하게 된다.

🌑 나는 꿈

자유·승급·과시·전시·전망 등을 상징한다. 이것은 공중에서 이루어지는 것이므로 국가나 사회적인 일과 관계되며 자기 소원 충족의 경향에서 이뤄지는 꿈이다.

🌓 애인과 더불어 공중을 나는 꿈은

어떤 속박으로부터 풀려서 자유를 구가하며 자기 일을 추진할 수 있다. 그 애인이 실제 인물로 해석되면 애정이나 혼담이 성사된다. 애인이 일거리의 상징이라면 자기의 하는 일은 순조롭게 잘 진행될 것이다.

🌓 공중을 훌쩍 떠서 그 자리를 피하는 꿈은

어떤 난관에 봉착한 그것을 모면할 길이 생기거나 자연적 추세에 의해 그 난관을 회피할 수 있음을 암시해 주는 것이다.

🌓 공중을 날아 달아나는 애인 꿈은

애인을 붙잡으려고 하니 애인이 훌쩍 떠서 달아나므로 자기도 몸을 날려 쫓아 붙잡을 수 있으면 어떤 소원을 달성하거나 일에

착수할 수 있을 것이다. 그러나 그 애인이 점점 멀리 사라지거나 아무리 잡으려해도 잡히지 않으면, 어떤 일을 성취하려고 노력하나 마음의 갈등만 더할 뿐 그 목적을 달성할 수 없을 것이다. 성생활에 불만을 느끼는 사람이 이런 꿈을 꿀 수도 있다.

☯ 공중을 날아 나무에 오르면

꿈에 공중을 날아 나무에 올랐을 때, 나무가 사람의 동일시라면 이성(異性)을 사랑하게 되고, 나무가 관청의 상징이라면 승진하며, 어떤 기관의 상징이면 간부직을 맡는다.

과일 나무에 과일이 많이 열렸는데, 그 중 한 개를 따먹으면 한 계급 승진하거나 한 여인의 육체를 점령할 수가 있다. 나는 꿈은 가장 수월한 방법으로 이뤄진다는 것을 암시한다.

☯ 사람이 의복을 입고 하늘 멀리 날아가는 꿈은

그 사람이 실제 인물로 해석될 때는 멀지 않아 죽는다. 만약 자기 일과 관련된 것이라면 지금까지 근심 걱정하던 일이나 방해적 여건이 해소된다. 돌아가신 어머니가 나타났다가 다시 오겠다며 공중으로 날아가는 걸 가지 말라고 울부짖다가 잠이 깼다면, 자

기에게 귀인이 다녀갈 것이며, 무한한 기쁨과 존경심이 생길 것
이다.

☯ 땅 위에서 얕게 나는 꿈은

일신이 불안한 상태에서 어떤 공포나 근심 걱정을 체험케 되며
자기 사업이 위기에 처해지기도 한다. 땅 위에 논·밭·하천 등
의 자연 풍경을 내려다보며 얕게 수평으로 날고 있으면 부모 처
자 중 누군가 병들어 오래 앓게 된다.

☯ 아래층에서 위층으로 단숨에 훌쩍 날아오르는 꿈은

이삼 층을 단숨에 올라 어떤 사무실이나 방으로 들어가면 공무원
은 하급에서 상급으로 승진되거나 결재 서류가 상부 관서까지 무
난히 통과된다. 학생은 진학이나 성적이 우수해질 것이고, 일반인
은 자기의 계획하는 일이 무난히 성취된다.

☯ 짐승이 나는 꿈은

용·뱀·호랑이·물고기·포복 동물이 공중을 날면 자기의 계
획하는 일이나 소원이 이루어진다. 운명적 추세에서 이끌어온 어
떤 일거리나 사건·재물·권세·명예 등을 상징한다.

☯ 바위가 떠다니는 꿈은

사회적인 어떤 기관의 운영 상태가 불안정함을 뜻한다. 때로는
어떤 기관·사업체·학문적인 업적 등이 사회적으로 두드러지게
나타남을 뜻한다.

☯ 배·기차가 공중을 날아가는 꿈은

배·기차는 가정이나 사회 단체 또는 연합 세력의 상징이므로,
이것들이 정상적인 위치에서 주행치 않고 허공에 떠다닌다는 것
은 현실에서 자유로운 행동을 하고, 사회적으로 공개될 사업의
진행상을 보거나, 세상에 과시할 일이 있다.
꿈에 불안하게 흔들리는 것을 보면 자기의 가정 사정이 흔들리거

나, 자기가 가입한 단체나 세력권이 불안정 상태에 놓여진다.

☯ 건물이 공중에 떠 있거나 나는 꿈은

자기 사업체나 작품이 세상에 공개되고 과시할 일이 있게 된다. 때로는 어떤 불안정 상태에 놓여진 사업체일 수도 있다. 그러나 자기가 공중을 날아 그 집을 손으로 잡거나 그 안으로 들어가면 어떤 권리를 얻게 되고, 문을 닫고 혼자 방에 들어앉았으면 죽음을 상징한다.

☯ 자기가 새가 되어 나는 꿈은

민정 시찰이나 행정 감사 또는 지방 출장·가정 방문·문병 등의 임무를 맡고 그 일에 한동안 종사 하든가 또는 꿈꾼 사람의 신분에 적합한 큰 권리가 부여된다.

● 누워 있는 꿈

꿈속에서 자리 또는 침대에 눕거나, 바닥에 누우면 휴식·기다림·병석에 눕는 것 등을 암시한다. 병원 침대에 눕거나 내외가 동침하는 것 등은 직무와 사업에 관계해서 꾸어진다.

☯ 이불을 덮고 자리에 누워 있는 꿈은

대체로 꿈속에서 이불을 덮고 누우면 사업을 벌이고 있음을 뜻하는데, 때로는 한동안 병석에 눕게도 된다. 그리고 방안에서 이불을 덮지 않고 옷을 입은 채 몸을 기대거나 반듯이 누우면 일신이 피곤하여 휴식하거나 어떤 소식을 기다리게 된다.

만약 이 때 방안이 어둡고 컴컴하면 기다림은 더욱 답답하고 안타까운 상황에 놓여진다.

○ 가족들 여럿이 한방에 누워 있는 꿈은
여러 사람이 기다릴 일, 또는 집안의 어떤 일이 성취될 소식을
기다린다는 암시이다. 여관에서 여러 사람과 더불어 자고 있었다
면 대기소 또는 임시적인 직장에서 다음 직장으로 전근 명령이
나기를 기다리는 태도의 암시이다.

○ 누웠다가 밖으로 나오는 꿈은
어떤 기다림이나 휴식 상태에서 새로운 행동에 접어들게 된다.

○ 자기와 나란히 누워 있는 사람의 꿈은
가족·부부간·친지간·아는 사람·모르는 사람 그 누구라도
상관없이 바로 자기 옆에 나란히 누웠거나 같이 이불을 덮고 누
워 있으면 그는 실제 인물일 수도 있고 동업자·동지일 수도 있
는데, 그와 더불어 동업하여 상당히 오래도록 지속될 일이 있다.
그 사람이 어떤 일거리의 상징이라면 그 일을 성취시킬 기회를
기다리게 된다. 그리고 자기가 누워 있는 머리 위쪽에 상대방 사
람이 머리를 맞대고 거꾸로 누워 있으면 같은 목적을 향해서 분
투하는 사람과 경쟁할 일이 있지만, 그는 결국 패배할 사람이다.

왜냐하면 얼마든지 이쪽에서 그를 해칠 수 있는 좋은 위치에 있기 때문이다.

◐ 자기가 누운 머리 위에 누가 다리를 뻗고 있는 꿈은

같은 목적을 위해 기다리는 사람이 있어 큰 위협이 따르고 상대방이 먼저 소원을 성취시킨다.

◐ 자기 또는 어떤 사람과 누웠는데 발아래 사람이 앉아 있는 꿈은

앉아 있는 사람으로 인하여 자기 또는 두 사람의 소원이 얼른 이루어지지 않아 상당한 시간을 기다려야 한다. 두 사람은 의견이 합치되는데 한 사람은 의견이 달라 일의 성취가 어려워진다.

◐ 자기가 엎어져 누워 있는 꿈은

어떤 기대하는 일에서 패배하거나 상대방 마음대로 하도록 내맡겨진다.

상대방이 엎어져 누운 것을 보면 상대방은 이쪽 의사에 잘 복종해 줄 것인데, 일거리의 상징이라면 가장 쉽고 통쾌하게 이루어질 것이다. 그러나 많은 시간을 기다려야 이루어진다.

◐ 상대방 무릎을 베고 누워 있는 꿈은

윗사람의 무릎에 머리를 얹고 누우면 현실에 모든 것을 완전히 맡기고 마음대로 해 주기를 바랄 일이 있게 된다. 무릎에 사람을 눕히면 어쩔 수 없이 그의 청원을 들어주지 않으면 안 될 것이다. 그 일은 상당히 오래 걸리는 일이 되기도 한다.

● 다투는(시비 · 언쟁 · 충고) 꿈

● 상대방과 시비하는 꿈은
상대방 사람이 잘못한다, 또는 잘못했다고 시비를 한다, 성토하거나 또는 탄핵문을 쓰고, 비평문을 쓰는 등의 행동에 대해서 상대방이 대항하지 않으면 상대방을 제압하고 일의 모순을 타개할 수 있으며, 사업상 어떤 소원을 충족시킬 수 있다.

● 상대방과 언쟁하는 꿈은
언쟁은 피차간 질식된 관념을 배출시키는 행동을 취하지만, 상대방을 침묵시키지 못하는 언쟁은 극도의 불쾌감을 완전히 해소시키지 못하기 때문에 소원 충족이 안 된다. 하지만 욕설을 해도 상대방이 반항하지 않거나 돌아서고 굴복하는 표시가 있으면 처음은 난관에 봉착하더라도 어떤 일이든지 승리할 수 있고 소원 충족을 가져온다.

● 욕하는데도 상대방이 웃는 꿈은
자기는 분해서 마구 욕설을 퍼붓는데 상대방은 아무런 말을 않고 빙그레 웃고 있으면, 자기는 어떤 소원 충족의 일을 하지만, 상대방은 불쾌하게 생각하고 있다는 것을 암시한다.

● 친구가 자기에게 충고하는 꿈은
상대방에게 충고를 받는 것은 양심에 가책 받을 일이 있거나 패배 의식을 체험하게 된다. 꿈속의 친구는 실제의 그 사람 또는 누구의 동일시, 또 하나의 자아·지혜 등을 바꿔놓은 것이다.

◑ 남편이 어떤 여자를 데리고 와 화풀이하는 꿈은
남편이 데리고 온 여자는 실제 인물이 아니라 남편이 관여했던 어떤 일이거나 장차 하고자 하는 일거리의 상징물로서 그 일에 대한 불안감을 해소시키는 행동이다. 이 때 남편이 대들면 그 일이 원만치 않을 것이고, 남편이 잠자코 있거나 용서를 빌면 자신의 득세를 암시하므로 소원이 충족될 것이다. 꿈속에서 화풀이를 완전히 할 수 있으면 모든 의심 또는 불안이 해소된다.

● 대화와 연설하는 꿈

꿈속에서 상대방과 이야기하는 행동 자체는 상대방과 시비 곡절을 따질 일을 뜻한다.

◑ 공중에서 들려오는 말
그 음성의 주인공은 어떤 것이나 자기의 또 하나의 자아를 대신하고 있으며 때로는 사회적인 어떤 사람 또는 소식통을 암시하는 것으로 크고 근엄한 목소리로 천지를 진동시키는 것은 세상에 큰 권세와 명성을 떨칠 것을 암시하는 일과 합성화된 꿈이다.
속삭이는 말은 다만 소식통에 의해서 불분명한 대로 어떤 사건을 알게 된다.

● 덮거나 덮이는 꿈

비밀을 간직하거나 저장, 보존, 사업의 종결, 명예나 신분을 매장시키는 일과 관련이 있다. 자기를 누가 헝겊으로 덮어 쒸우는 꿈은 자유를 구속받고 포로가 되며 죄를 뒤집어쓰는 등 불쾌하고 고통을 체험하게 된다.

◉ 이불을 덮고 눕는 꿈은
사업을 버리고 있는 상황이거나 병석에 눕게 된다.

◉ 시체를 홑이불로 덮는 꿈은
어떤 성취된 일이나 재물을 잘 간직하게 된다. 이미 덮어 씌워져 있는 시체를 보는 것은 어떤 사업이 이룩되어 막대한 재물이 생길 전망이다.

◉ 복면을 한 사람이 나타나는 꿈은
어떤 사람이 신분·성명 등을 비밀로 하여 해를 끼친다.

◉ 사람·동물의 머리를 덮어씌우는 꿈은

상대방의 머리를 천이나 종이로 덮어씌우면 어떤 종교적인 힘이나 사상에 의해서 그의 정신을 감화시키게 된다. 동물의 머리를 덮어씌우면 동물로 상징된 사람 또는 일거리를 정신적 교양을 주거나 유리한 방도에 의해서 새로운 사람 또는 새로운 일로 개조시킬 수 있다.

◐ 검은 천으로 덮는 꿈은

현실에서 사망·상해·범죄·거세 등 여러 가지 불길한 불상사를 암시하는 꿈이다.

◉ 도망치는 꿈

도망친다는 것은 가장 비겁한 일이 되는 것과 같이 꿈속에서도 매우 비겁한 일이다. 어떤 일을 할 수 없다, 관심이 없다, 패배한다, 실패한다, 고통스럽다, 불안하고 초조하다, 두렵다는 어떤 의도성을 상징 표현한 것이다. 그것은 상대방이 두렵고 공격할 수 없으며 체념이 생기고 죄책감·불안·초조·억울함·패배 의식 등으로 질식된 관념을 분비시킬 수 없음을 나타내기 때문이다.

◐ 쫓기는 꿈은

불안하며 고통스러운 일이 목전에 임박해 있는데도 그것을 성취시키거나 승리와 만족을 체험하지 못할 것을 예시하는 꿈이다.
도망치는 경우는 쫓아오는 사람이나 동물이 없더라도 양심에 가책을 받아, 죄를 범하고 또는 누가 쫓아올까봐서, 불이 났기 때문에, 전투에서 패하여 등의 일로 그 사건 현장을 도피하는 것이 보통이다. 쫓긴다는 것은 자기를 잡으려는 자나 가해할 목적으로

쫓아오는 사람 또는 동물이 자기 뒤를 따르기 때문이다. 상대방
의 목을 칼로 쳤지만, 그가 죽지 않고 쫓아와서 쫓기다 잠을 깬
사람은 어떤 사업에 손을 대서 거의 성취 단계에 있지만, 그것을
완성시키기까지 심한 고통이 따른다는 것을 암시한다.

● 적에게 쫓겨 도망치는 꿈은

꿈에 적이 공격해 오므로 급히 도망치면 현실에서 하는 일은 매
사가 수포로 돌아가고, 일신의 안위가 위태로워지며 병에 걸리기
도 한다. 그리고 꿈에 불길이 세게 타오르는 데 겁이 나서 도망
친 사람은 자기가 부유하게 될 기회를 놓쳐 버리게 된다. 또한
꿈에 큰 사자나 호랑이가 덤벼드는데 놀라 도망쳐 숨어 버리면
훌륭한 인재를 잉태함에도 유산되거나 키울 수 없게 될 태몽이
될 수가 있다. 한편, 상대방 동물이 위험하고 방해물의 상징이라
면 그 동물에게서 피하는 것은 안전을 가져올 수도 있다.

● 뒹굴거나 구르는 꿈

사람이 뒹굴고, 공이나 바위가 뒹굴면 그 동기야 어떻든 비상한 수단으로 제자리 변동을 하는 것이므로 장소의 변경이나 직장의 변동이나 신상 변화가 생긴다.

◉ 산꼭대기에서 뒹굴어 떨어지는 꿈은
산꼭대기에서 상대를 발로 차서 아래로 굴러 떨어지게 하면, 어떤 사람을 직권으로 면직시킬 일이 있거나 난관에 부딪쳤던 일이 성취될 것이다. 자기가 남에게 그런 일을 당하면 관리는 파면(면직)되고, 와병중인 사람은 병세에 변화가 생기며, 뒹군 횟수를 헤아릴 수 있으면 그 횟수만큼 여러 번 변화를 가져온다. 평지에서 뒹굴어 자리를 움직여 일어서면 비상한 수단을 써서 사업을 성취시킬 수 있다.

◉ 공이 구르는 꿈은
꿈에 남이 찬 공이 자기에게 굴러오면 상대방의 도전을 받아 어떤 대비책을 강구해야 할 처지에 몰리고, 내가 상대에게 공을 굴려 보내면 상대에게 어떤 책임을 묻게 될 일이 생긴다.

◉ 해나 달이 떨어져 구르는 꿈은
해나 달이 지붕 또는 마당에 떨어져 구르는 것을 보면 그 가문에 멀지 않아 사회적으로 명성을 떨칠 훌륭한 인재가 태어날 것이다. 천체가 구른다는 것은 수단이 능소능대하거나 여러 가지 변화를 부려 세상 사람의 이목을 끌 과업 또는 인재라는 뜻이다.

◉ 때리거나 매맞는 꿈

◉ 몽둥이로 때리는 꿈은
손으로 상대를 때리는 것은 개인이나 형제적인 단체의 힘으로 상대방을 제재하는 것이지만, 몽둥이나 채찍·무기·연장으로 상대방을 때리는 것은 단체나 연합세력 또는 과학적인 방도에 의해서 상대방을 억압·비평, 억제하는 행위이다.

☯ **독충을 손바닥으로 때려잡는 꿈은**
꿈속에서 벌이나 모기, 기타 독충을 손바닥으로 모두 잡으면 내게 해를 끼치려는 악한이나 방해적인 여건을 개인 또는 형제적인 힘의 단결로 모두 소탕시키고 방해를 제거함을 나타내는 행위이다.

☯ **자기가 매맞는 꿈은**
자기가 남에게 매를 맞는 데는 두 가지 경향이 있다. 그 하나는 남에게 매를 맞아 분을 참을 길 없을 때와 또 하나는 남에게 매를 맞았는데도 아무렇지도 않거나 오히려 속이 후련한 경우다. 전자의 경우는 남에게 시비·공격·비판 등을 받아 불만이 생길 일이 있고, 후자의 경우는 오히려 만족할 만한 남의 비평을 받을 일이 생긴다. 그리고 남에게 매맞은 자리가 멍들고, 피가 맺혔거나 허물이 벗겨지고 부르트며 살이 터지고 뼈가 부러진다, 또한 피가 낭자하다는 등 어떤 상해된 흔적을 발견할 수 있으면 자기의 정신적 사업은 남의 비판을 받고 세상의 공인된 업적을 가져온다. 하지만 피가 나는 것은 정신적 또는 물질적인 손상을 받게 되면 뼈가 부러지거나 수족이 잘리면 지나친 비판으로 자기 사업에 수정과 보완을 요할 일이 생긴다.

☯ **남을 때리고 자기도 매맞는 꿈은**
꿈에 상대방과 치고받고 때렸다 하는 것은 남을 자기가 공격하고 자기도 공격받는다는 것의 바꿔놓기가 될 수 있는데, 이것은 피장파장이란 결과를 가져온다. 그러므로 어떤 사건은 야기되겠지만, 피차의 울분이 상쇄되어 버렸기 때문에 아무 일도 없이 돼 버린다. 가령 어떤 시빗거리가 생기지만, 그것은 피차가 만족할 만한 것으로 해결되고 만다.

☯ 서로 싸우려고 대립하는 꿈은

상대방과 어떤 시빗거리가 생겨 두 사람이 마주서서 격투할 태세를 갖춘 데서 꿈이 끝나면 결국 피차 상대방을 비난하는 욕설과 언쟁을 하게 된다. 왜냐하면 꿈속에서 질식된 관념을 해소시키지 못한 채 일이 끝났기 때문에 그것은 현실에서 불만과 불쾌를 체험하게 될 것이기 때문이다.

● 떨어지는(추락) 꿈

오르는 것이나 나는 것의 반대 현상으로 공중이나 산·벼랑, 또는 나무·지붕에서 떨어지는 꿈은 타의에 의해서 이루어지는 신상 변화·의지 상실 등의 현실 사건을 암시한다.

☯ 절벽에서 거꾸로 떨어지는 꿈은

계곡의 절벽을 기어오르다가 실족이나 손잡이가 약해 천야만야한 낭떠러지로 거꾸로 떨어진다. 그 때 추락 중도에서 잠이 깬 사람은 애정의 상실, 처녀성의 상실, 세상사람들에게서 멸시당하고, 절망 상태에 놓여지게 되며 때로는 자동차 사고 등도 겪는다. 그리고 우리는 거꾸로 쏜살같이 땅에 떨어져 머리가 부서지는 꿈을 꾸기도 한다. 그래서 잠을 깬 사람은 자기 생사 여부를 한동안 의심하는데 이런 꿈을 꾼 사람은 죽음의 꿈과 동일한 해석이 가능하다. 그는 지금까지의 계획이나 노력의 경향을 버리고 새로운 신념과 계획을 가지고 노력을 경주할 일이 생긴다. 하지만 그는 정신적 사업에서 이런 일을 겪을 것이다.

● 떨어져 죽은 자기 시체를 보는 꿈은

높은 데서 자기가 떨어지는 광경이나 떨어져 죽은 시체를 또 하
나의 자아가 덤덤이 지켜보기도 한다. 이 꿈은 자기 또는 형제간
의 사업이 용이한 방법에 의하여 이뤄지고 새로운 사업에 착수하
거나 과거를 결연히 청산하고 새 사람으로 출발하게 될 일이 있
다. 만약 이때 떨어진 자기가 죽지 않고 살아 있다면 자기 사업
은 일시적으로 몰락할 것이고 과거는 청산되지 않은 채 심한 고
통 가운데에 있게 된다.

● 나무에서 떨어져 수족이 부러지는 꿈은
나무에 올랐다가 떨어지는 바람에 수족이 부상당하거나, 부러져
아픔을 체험하면 직위가 떨어지고 자기 세력이 꺾이거나 자기 이
력에 치명적인 과오를 범하게 된다. 누군가 나무를 흔들거나 손
으로 밀쳐내 떨어지면 지금까지의 지위가 불안해지거나 추락하게
된다.

● 떨어지다가 중간에 나무에 걸리거나 뿌리를 잡고 내려오는 꿈은
현실에서 신분이 몰락 직전에 있다가 구원자를 만나 오히려 일신

이 편안하고 안전함을 뜻하는 것으로 전화위복이 될 수 있다.

◉ 고층 빌딩에서 뛰어내려 구조되는 꿈은
자살을 기도하거나 화재가 났으므로 고층 빌딩에서 뛰어내렸는데, 여러 사람이 그물을 치고 자기 몸을 받아 구조되는 꿈을 체험하면 그는 당분간 실직 상태에 있겠지만, 결국 여러 사람의 도움을 받아 복직하게 된다. 자살을 기도한 사람은 여러 사람의 권유로 머물게 된다. 꿈속에서 구조 받는 것은 그대로 현실에서 구조받을 일이 있게 된다.

◉ 떠다미는 꿈

◉ 여자를 밀쳐 뒤로 넘어지게 하는 꿈은
꿈속에서 자기 뒤를 따라오는 어떤 여자를 밀쳐 뒤로 넘어지게 하면 어떤 교활한 친구를 설득시켜 내 주장에 동조시키게 된다. 만약 그 여자의 몸에서 피가 흐르면 그 친구로 하여금 돈을 쓰게 할 일이 생긴다. 때로는 공술을 얻어먹을 수 있다던가 찬조금을 받기도 한다.

◉ 큰 바위를 밀어서 옮기는 꿈은
큰 바위를 꿈속에서 두 팔로 밀어 옮기면 어떤 사회단체나 기관을 움직여 변화를 가져오게 할 것이다. 만약 높은 산에서 큰 바위를 밀어 아래로 내려 굴리면 자기에게 어떤 단체나 기관을 해산 또는 소멸시키는 권력이 부여되거나 자기 일에 대한 방해적인 여건이 해소되고 큰 소원을 성취시킬 수 있다.

◉ 넘어지는 꿈은
상대방이 넘어지는 것을 보면 자기에게 이로운 일이 있지만, 자기가 넘어지는 것은 자기의 신분·지위·사업체 등이 몰락함을 뜻한다. 그러나 넘어진 다음에 오는 변화가 중요하므로, 이 때의 넘어지는 것은 새로운 변화로 이끌어가는 과정에 불과하다. 자기가 올라가 있는 나무가 넘어지면 의지하는 기관·인물·사업체가 쓰러진다. 그리고 쓰러진 사람을 일으켜 세우면 모처럼 좋은 일을 했지만, 오히려 상대방에게서 방해를 받을 일이 있게 된다. 그것이 일거리의 상징이라면 정상적인 궤도에 올려놓는 것이 된다. 물건이나 나무 같은 것이 쓰러진 것을 일으키면 지금까지 침체되고 몰락 상태에 있었던 사업·사람 등을 재기할 수 있도록 도와준다.

● 뛰어가는 꿈

뛴다는 것은 보통 걸음이 빨라지거나 제자리 변동이 비상한 힘의 작용을 받아 이루어지는 현상으로서 급하다, 편리하다, 초조하다, 고통스럽다는 등의 느낌이 따르는 일과 공간의 변화를 가져오는 일을 암시한다.

◐ 경주에서 일등을 하는 꿈은

자기가 어떤 경주에서 일등을 하여 승리감·쾌감·희열 등의 감정을 체험하면 소원 성취하고 기쁨을 체험한다. 때로는 경주에서 실제로 일등을 하게도 된다. 일등을 해서 어떤 상장이나 상금을 받으면 직장이나 일에서 손을 떼고 전근·전직 등을 하게 되며, 상금의 많고 적고는 그 후에 종사하게 될 연수(年數)나 월수(月數)를 암시한다. 경주에서 자기 뒤에 많은 사람이 따르면 현실에서 다급하고 벅찬 일에 직면하게 된다.

◑ 누구에게 쫓기는 꿈은
어떤 일을 행함에 있어 불안·초조·패배 의식·일의 좌절 등
을 맛보게 된다.

◑ 높이 뛰는 꿈은
만약 꿈속에서 단숨에 껑충 뛰어 몇 층을 오르거나 수평대를 뛰
어넘으면 소원이 성취되거나 승급이 이뤄진다.
만약 제자리로 내려앉으면 그 소원을 성취하지 못한다. 제자리에
서 몇 번 껑충껑충 뛰면 그 횟수만큼 직장에서 제자리 변동이
생긴다. 그리고 꿈속에서의 넓이 뛰기는 제자리 변동이 확실히
이뤄졌으므로, 직책 변동이나 거처의 변동 — 지방에서 도시로 온
다든가 하는 것으로 적중된다.

◑ 연인과 손잡고 뛰는 꿈은

가령 꿈속에서 연인과 같이 손잡고 어떤 길을 뛰었다면, 퍽 유쾌
한 꿈이라 하겠지만, 사실은 다르다. 어쨌든 꿈속에서 뛴다는 것
은 다급히 일이 추진된다는 것을 암시하고 있으므로, 이 꿈은 두
사람이 연합하고 협동해서 분주히 일을 처리하거나 두려운 일을

각각 체험하게 된다.

꿈속의 연인이 실제 인물이라면 그들은 다급히 결혼을 추진시키지만 불안해질 것이며, 일거리와 동일시라면 동업자와의 일이 황급히 추진되기는 하나 역시 불안한 상태이다. 그러나 연인과 어깨동무하고 뛰는 꿈은 연인과 어깨동무를 하고 뛰면 손을 맞잡고 뛰는 것과 다르다. 어깨는 서로의 세력권을 상징하므로 그 세력권을 서로 짓누르고 매달려 자유를 억압하고 있으니 서로의 책임 전가에 급급하여 불안과 고통을 상징한다.

● 그네를 뛰는 꿈은

소원 충족, 직장이나 일의 변동, 자기 기능이나 재주의 과시 등을 상징한다. 자기 마음껏 높이 뛴 사람은 크게 소원 성취를 이루고 세상에 과시할 일이 있게 된다.

● 장애물을 뛰어넘는 꿈은

집·담장·나무·줄넘기 기타 장애물을 단숨에 몸을 솟구쳐 뛰어넘는 꿈은 방해적인 여건이나 목적물을 무난히 넘을 수 있다는 소원 충족이 이뤄졌으므로, 어떤 목적 달성이나 고통스럽고 방해적인 일에 직면해서 용이하게 성사시키며 또는 처리할 수 있음을 암시한다.

● 산봉우리 또는 강물을 뛰어넘는 꿈은

높은 산봉우리와 봉우리, 섬과 섬 그리고 넓은 강을 날지 않고 단숨에 뛰어 자리를 옮기거나 넘어가면 외국에 가는 일·직장 변동·권리 행사 등의 어떤 일이나 소원이 단숨에 이뤄질 것을 예시하는 꿈이다.

◐ 물고 물리는 꿈

◑ 사람이 상대방을 무는 꿈은

자기가 이빨로 상대방 사람을 문다는 것은 상대방에게 권세나 사상 따위의 영향을 주어 완전히 자기편으로 만들 일이 있음을 암시한다. 반대로 자기가 남에게 물리면 상대방이 가진 권세나 사상 따위를 동등하게 가지게 되며, 상대방 단체의 일원이 될 수가 있다. 때로는 상대방 동물을 무는 경우가 생기는데, 그 동물은 사람·권세·일거리 등을 각각 상징할 수 있으므로 개인 또는 단체나 직권을 이용해서 상대방에게 감화를 주거나 일거리를 감정(鑑定)하고 병세를 진단할 일 등이 있게 된다. 어떤 경우는 자기가 독수리가 되어 닭을 물거나, 뱀이 되어 사람을 무는 경우도 생기는데, 동물로 변한 자기는 자기의 권력을 상징하고, 그 권력에 의해서 상대방을 굴복시키며 점령할 수 있음을 암시한다.

◑ 동물이 사람을 무는 꿈은

뱀이 자기의 손가락을 물어 피가 난다든지, 호랑이나 돼지에게 물리고, 기타 어떤 동물이든지 자기를 무는 것은 그 동물이 사람과 동일시면 그 사람의 권리나 사상 따위를 이양받을 일이 있다. 그것이 권세나 명예의 상징이면 그것을 자기 것으로 할 수 있으며 그것이 일거리의 상징이면 그 일을 맡거나 계약하게 된다. 자기 몸에서 피가 나면 정신적·물질적인 손실이 있다. 동물이 한번 물고 사라져버리면 한 번쯤 혜택을 입을 것이다. 동물이 물고 늘어져 놓지 않는 데서 꿈을 깨면 오래도록 명예와 권세·일의 계약 등이 지속된다.

◑ 동물이 다른 동물을 문 것을 보는 꿈은

동물이 다른 동물을 문 것을 보면 두 개의 단체, 두 개의 세력이

연합하고 계약하며, 합동할 일이 있게 된다. 이런 일은 물린 편에 아무 이상 없을 때의 일이고, 그렇지 않고 물린 편이 죽어가거나 피를 흘리고 비명을 지르는 것을 보면 한 쪽의 권세가 몰락하고 쇠퇴함을 보게 될 것이다.

🔵 바라보는 꿈

☯ 멀리 또는 가까이 보는 꿈은

멀리 바라보거나 보이는 것은 먼 훗날에 있을 일, 또는 먼 곳의 일, 외국과 관계되는 일, 직접적인 영향을 받지 않는 일 등과 관계가 있고 가까이 보이거나 보는 것은 그 반대 해석을 가져오는 경우를 뜻한다. 그리고 집안·창고 안·성 안·물 속·산 속·상자·병 속·기계 속·기타 안이나 속을 들여다 보는 꿈은 각각 표상물이 암시하는 일을 한동안 연구·주시·관여할 것을 뜻한다.

◒ 상대방이 자기를 보는 꿈은

상대방이 자기를 보는 것은 자기를 알려고 하거나 자기에 관한 신분·사업·지식·마음 기타를 조사·관심·주시·관여할 일 등이 있음을 뜻한다. 자세히 보면 더 세밀히 오래도록, 흘깃 보면 잠깐 형식적으로 이쪽을 알려는 행위다. 그런데 햇빛이 찬란하고 불빛이 지나치게 휘황하여 눈이 부시며 잘 볼 수 없으면 현실에서 상대방의 정력·총명·세력·능력 등에 압도당하게 된다. 그러나 자기보다 큰 사람·큰 물건·하늘 등을 쳐다보는 것은 현실에서 상부(上部)와 관계된 일을 연구하고 관리하며 관심을 가지고 무엇인가 윗사람에게 갈망할 일이 있게 된다.

◒ 사람·동물·기타 물상의 일체가 시야에서 사라져가는 꿈은

자기 관심 밖으로 사라지거나 근심 걱정이 해소되는 것도 되고 일의 상실을 뜻하기도 한다.

◒ 남이 일하는 것을 지켜보는 꿈은

자기 일, 자기와 관계된 사건 등을 남이 대리하고 있거나 남과 관계된 일에 관심을 가질 일 등의 두 가지 경향이 있다. 직접 자기가 가담하지 않았더라도 자기가 관리하는 일, 체험할 일 등이 될 수도 있다.

● 부딪치는(충돌) 꿈

앞에서 오는 사람과 또는 사람과 차, 차와 차, 배와 배, 비행기의 충돌, 폭탄의 폭발, 전기 합선 따위 쌍방간에 서로 부딪치는 것은 어느 시기에 갑자기 정신적 또는 물질적인 일이 쌍방간에 아니면 일방적으로 합의되고 전이(轉移)되며 성사되고 영향을 받게 될 것을 암시한다.

☯ 상대방과 머리를 부딪치는 꿈은

정신적 사업의 방도나 이론상 합의 · 감동 · 준수 등의 일이 각각
이뤄진다는 것을 암시한다.

☯ 차나 배가 충돌하는 꿈은

자기가 현재 근무하고 있는 직장 · 기관 · 가정에 큰 변화가 오고
오히려 자기 입장이 유리해질 것을 예시하는 것이다. 이 때 충돌
직전에 두려운 생각이 나서 공포에 떨었다면 현실에서도 동일한
공포를 느낀다. 하지만 만약 쌍방간에 차체가 완전 파괴되었거나
어느 쪽이 더 많이 파괴되어 쓸모없이 되었다고 의식한 꿈은 자
기 사업이 성취됨과 동시에 합자 형식으로 새로운 사업이 이뤄질
것이다.

☯ 비행기가 부딪치는 것을 보는 꿈은

비행기가 공중을 날다가 지상이나 산에 부딪쳐 기체가 화염에 싸
이고 산산조각이 나는 것을 보면, 자기의 근심 · 걱정이 완전히
사라지고, 사업이 새로워지며 어떤 업적으로 말미암아 통쾌한 기
분을 체험할 것이다. 두통 환자는 통증이 가시고, 어떤 연대 책

임을 진 사람은 그 책임에서 해방된다.

◑ 자동차에 부딪치는 꿈은
지나가는 자동차에 자기가 부딪치면 어떤 큰 기관에 청탁한 일이
성취될 수 있고, 자기 주장에 동조해 줄 사람이 생긴다. 꿈속의
자기는 자신이 아니라 자기의 사업·작품·업적 등을 대리하고
있는 것이다.

● 빠지거나 미끄러지는 꿈

꿈에 수렁에 빠지면 현실에서 일신이 곤고해지고 범죄 또는 죄악
시되는 일을 겪게 된다. 함정에 빠지면 모함과 모략에 빠지고, 물에
빠지면 자기 신분이 위태로워지며 어떤 사상·종교 등에 몰두할 일
이 있게도 된다. 그러나 물에 일부러 뛰어드는 것은 다르다. 꿈속에
서 미끄러진다는 것은 자기가 서있는 위치의 입지 조건이 미끄러울
때, 가령 빙판이나 타일 바닥 또는 기름이 바닥에 묻었을 경우다. 이
입지 조건의 불안전한 상태는 곧 자신의 처지가 불안전한 것을 뜻하
며, 직위가 떨어지거나 신분의 몰락과 병고 등을 상징하며, 시험에
낙방하거나 연애에 실패하는 등 미래의 현실에서 체험될 불운한 사
건을 상징한다.

◑ 자기 다리가 수렁에 빠지는 꿈은
탁류나 수렁에 빠져들어 구원을 청하다가 꿈을 깨면 불원간 불치
의 병이 들거나 죄악에 빠지게 된다. 또한 명예와 가산의 몰락
등을 상징하기도 한다. 수렁논에 오른발이 빠지면, 정직한 자기
행위가 남의 모함에 빠져 누명을 쓰게 된다.

☯ 소가 수렁에 빠지는 꿈은
꿈에 자기 집 황소가 수렁논에 빠져 점점 가라앉으면 자기 집 호주 또는 동격인 사람이 병에 걸리거나 신분이 몰락 상태에 해진다.

☯ 함정에 빠지는 꿈은

어떤 자의 모함에서 빠진다는 것을 상징하는 것으로 만약 길에 함정이 파여 있어 그 곳에 빠지면 자기 사업은 어떤 모함에 빠져 재기 불능 상태에 봉착할 것이다. 가령 차를 타고 가다가 함정에 빠질 뻔하다 건너뛰면 일이 난관에 처해지거나 누가 모함하려는 것을 인식하면서도 무사히 자기 일을 수행할 수 있을 것이다.

☯ 천정이 무너져 아래로 빠지는 꿈은
꿈에 자기가 서 있는 지붕 또는 이층의 천장이 무너져 자기 몸이 아래로 빠지면 자기나 근친간의 누군가 골절상 또는 타박상을 입을 것이고, 우환이 있거나 사업이 쇠퇴할 운세에 놓여진다. 자기가 앉아 있는 머리 위의 천정이 허물어져 뒤집어쓰면 타의에 의해서나 자연적인 추세에 의해 윗사람으로부터 박해가 가해진다.

◑ 물에 빠지는 꿈은

실수로 인해서나 배에서 떨어져 흐르는 강물이나, 바닷물에 빠져 사지를 허우적거리면 생명이 위태로운 지경에 이르거나 어떤 사상적인 세뇌에서 헤어나지 못하고 신앙 생활에 몰두하게 된다.

● 사고파는(물건) 꿈

꿈에 돈을 지불하고 어떤 물건을 사는 것은 상대방에게 물건으로 상징되는 어떤 일거리나 재물을 얻기 위해 꿈속에서 지불한 돈의 액수로 암시하는 시일을 노력할 일이 있게 된다. 물건을 샀다고만 생각하고 돈을 확실히 지불하지 않을 경우에는 그 물건을 얻는다는 상징의의만 암시한 것이다. 돈을 받고 물건을 내준 사람은 상대방을 고용하거나 재물에 손실이 있고 받은 돈의 액수만큼의 기간 동안 고통이 따르게 된다.

◑ 가게에서 물건을 파는 꿈은

자기가 점원인데 고객이 와서 어떤 물건을 흥정하고 돈을 지불한 다음에 그 물건을 가져가면 어떤 사람에게 자기 일거리를 부탁하고 그 성과 여부에 대해서 돈의 액수만큼의 시일이 경과한다. 물건값을 받았는지 확실치 않으면서 손님에게 물건을 팔았다고 생각되는 꿈은 그 물건으로 상징되는 어떤 도움을 손님으로 동일시되는 현실의 누구에게 베풀 일이 있다. 옷을 팔면 신분을 보장할 일을, 음식을 팔면 일거리를, 꽃을 팔면 애정을, 보석을 팔면 명예나 정조를 바쳐서 도울 일이 있다.

● 성교하는 꿈

　꿈속에서 성교하는 것은 다음 날 또는 미래의 현실에서 일·사건·계약·점유·탐지 기타 소원의 경향 등의 성사 여부를 가름한다. 꿈에 상대자의 육체를 완전히 점령할 수 있으면 계획하는 일이나 뜻밖의 일이 성취되어 기쁨과 만족감을 체험할 수 있다. 성교의 좌절 또는 미수는 일의 미수·불만·불쾌 등을 체험한다.

◑ 많은 사람 앞에서 성교하는 꿈은
　다수인이 지켜보는 가운데서 부끄러움없이 어떤 여자와 성교하면 자기 일을 여러 사람이 관심을 가지거나 지켜보는 가운데서 성취시킬 일이 있을 것이다.
　여러 사람이 방안에 누워 있는데 어떤 여자와 성교를 끝내면 다수인이 기다리는 일거리를 성사시킬 수 있다.
◑ 강간하는 꿈은
　상대방 여자가 싫어하는 것을 강간해서 성교를 끝내면 어떤 일을 강압적으로 성취시키는데 약간 고통이 따른다. 여자가 반항이 심해 뜻을 이루지 못하면 남의 시비나 도전, 일의 어려움 등으로 그 일이 좌절되고 불쾌를 체험하게 된다.

◐ 유부녀와 간통하는 꿈은
유부녀는 남의 일거리의 상징이다. 간통한다는 생각을 하면서 성교를 끝내면 남의 일에 간섭하여 그 일이 자기에게 이롭게 종결된다. 자기 집 식구의 누구를 간통하는 것을 보면 어떤 자가 자기 사업이나 일거리에 손을 뻗어 비밀을 캐내는 것을 밝혀낼 수 있다.

◐ 성교시 어떤 자가 침입하는 꿈은
성교시 불의의 침입자가 있어 성교를 중단하는 꿈은 어떤 사건 또는 방해자로 말미암아 자기 일이 단절되고 불쾌를 체험하게 된다. 가령, 집을 사거나 매매 계약을 하려는데 이런 꿈을 꾸면 그 계약은 어떤 사정으로 인해 성립되지 않는다. 꿈속에서 남이 볼까봐 두려운 생각을 가지면서 성교를 끝내면 그 일이 성사는 되겠지만, 두려움과 불안 가운데서 일을 성취시키게 된다.

◐ 남의 남자와 성교하는 꿈은
꿈을 꾸는 여자가 알지 못하는 어떤 남자와 성교하는 꿈은 남편이 계획하는 일이나 자식의 일이 성취되어 기쁨을 체험할 것을 예시한 것이다. 결혼 전 애인과 다시 만나 성교하는 꿈은 어떤 협조자를 만나 협력할 일이 있거나 오래 끌어온 일이 성취된다. 그러나, 꿈속에서 죄의식을 가지고 성교하면 일은 성취돼도 떳떳하지 못하고 약간의 불쾌를 체험케 된다.

◐ 남편 또는 아내와 성교하는 꿈은
부부간에 성교하는 꿈은 집안의 계획하는 일이나 뜻밖의 일이 성취되어 기쁨을 맛보게 된다. 또한 자기가 애착을 가지는 일거리가 어떤 기관에서 성취될 수도 있다. 그리고 오래 키스를 한 다음에 성교를 짧게 끝내는 꿈은 어떤 일을 오래도록 연구하거나, 그 일에 관한 소식이 오랜만에 답지된다. 기다리거나 계획하는 일은 비교적 빨리 성취된다.

◑ 변태적으로 성교하는 꿈은

꿈은 현실의 여러 가지 사연을 암시하려 하기 때문에 정상 위치에서 성교하는 것보다 때때로 변태적 성교의 양상을 띤다. 가령 여자의 뒤로부터 성교하는 꿈은 어떤 사람의 이면상을 알아낼 일이 있고, 누구를 만나러 갔는데 그가 부재중이어서 그 집 식구의 누구에게 어떤 청탁을 하고 온다는 식이다.

여자를 위에 있게 하면(여성 상위의 성교 체위) 일에 관해서 상대방 사람에게 억제를 받으며 자기가 수동적인 위치에 놓이게 된다. 상대방이 완전히 옷을 입고 있는데 성교하면 상대방이 자기 위신에 대해 조금도 손상받지 않으려는 태도를 취한다. 때로는 자기를 완전히 밝히지 않을 것이다. 그것이 일거리의 상징이라면 거의 완성된 것임을 나타내고, 여자를 이불 속으로 끌어들여 성교하면 자기 사업에 협조해 줄 사람이 생긴다.

◑ 성기가 두드러지게 돋보이는 꿈은

상대자의 성기가 꿈속에서 두드러지게 돋보여 만족하고 통쾌한 성교를 끝내면, 자기 일의 독특한 점이 세상에 알려지고 통쾌한 기분을 체험할 수 있게 된다. 반대로 성기가 빈약하고 성교 자세가 불편하면 심한 고통을 겪은 다음에 그 일이 이루어진다.

◑ 한 여자를 윤간하는 꿈은

어떤 여자 하나를 놓고 여러 사람이 윤간한다고 생각되는 꿈은 훗날 어떤 사람이 술과 안주를 가져와서 같이 먹고 마시며 주석에서 즐거운 일이 생긴다. 확실한 성교를 끝내면 한 가지 중대한 타협이 이뤄지고 좋은 성과를 얻을 수 있다.

☯ 늙은 여자나 처녀와 관계하는 꿈은
늙은 여자와 관계하면 오래된 일거리를 성취시킬 것이다. 처녀와
의 관계는 처녀지를 개척할 수 있다는 것을 암시한다.

☯ 헤어진 여자와 성교하는 꿈은
생이별 또는 사별한 여자 또는 헤어진 애인을 꿈속에서 만나 서
로 성교하고 만족해하면 현실에서 자기가 잊었던 일이나 보류했
던 일이지만 단념하지 못하여 애착을 가지고 성사시키려던 일거리
를 다시 착수해서 성공시키게 된다.

☯ 성욕을 해소시키지 못하는 꿈은
여자의 완전 나체·반라, 그리고 성적 충동이 일어나는 부위를
보고 성욕이 발동하였으나 그 성욕을 충족시키지 못한 것은 가장
불쾌한 꿈이다. 그것은 일에 대한 미수·좌절·욕구 불만·감정
의 불쾌 등 다각도로 현실에서 체험된다.

☯ 두 처녀와 성교하는 꿈은
두·사람(또는 그 이상)의 처녀를 순서대로 한 장소에서 성교를
끝내는 것은 현실의 두 개 이상의 처녀 작품이나 일거리가 한
장소·한 기관에서 차례로 성취시킬 일이 있게 된다.

☯ 신령적인 존재와 성교하는 꿈은
꿈에는 불가능이 없는 듯 다양한 체험을 한다. 가령, 꿈속에서
인자한 여신이나 남신, 조상의 누구거나 죽은 사람과도 관계하기
도 한다. 그들은 실존이 아니라 어떤 인물의 동일시거나 관념적
인 일의 상징물이다. 신령적인 존재와 성교할 수 있으면 어떤 신
앙적인 일에 몰두하고 희열을 느낄 수 있을 것이다. 조상벌이 되
는 사람과 관계하면 집안에 경사가 있고 죽은 사람과(생전에 애
정을 가졌던 고인) 성교할 수 있으면 청혼한 상대로부터 결혼을

승낙받을 일이 있거나 자기의 계획하는 일이 성취된다. 하지만 성교를 중단하거나 충족시키지 못하면 현실에서 불쾌한 체험을 하거나 제3자에게서 모욕을 당하게도 된다.

☯ 근친 상간의 꿈은

가장 죄악시되고 누구에게도 말할 수 없는 근친 상간의 꿈 — 가령 모자·남매·기타 혈족·친족간에 관계하는 꿈이 사람에 따라서 꿔질 것이다. '프로이트'는 이런 꿈은 근친 상간의 욕구를 의미하지 않으며 그 근친을 통하여 자기의 이성관을 나타내려는 소원의 경향에서 이뤄진다고 말했지만 사실은 전혀 다르다. 꿈속에서 상대가 된 근친은 실제의 근친이 아니라, 직장이나 사업 관계로 알게 된 어떤 사람의 동일시이고 그 사람에게 기울인 존경·사랑·성의와 맞먹는, 그리고 애착을 가지고 성사시키려는 어떤 일거리를 상징하고 있다. 성교는 그 일의 성사 여부를 가름하는 상징 표현이므로 조금도 놀라고 부끄러워할 필요가 없다.

☯ 동물이 교미하는 것을 보는 꿈은

꿈속의 동물이 어떤 사람의 동일시라면 실제 인물들이 단체를 조직하거나 실제 성교 장면을 목격할 수 있을 것이다. 그 동물이 재물의 상징이라면 합자 형식을 취하거나 재산이 증가되는 광경을 목격할 수 있다. 가령 자기 집 암퇘지가 있는 곳에 남의 집 수퇘지가 와서 교미를 끝내면 자기 집 재산에 부가되어 세 합자 형식의 사업이 마련된다.

☯ 성교의 꿈을 꾸고 실제로 몽정을 하는 꿈은

우리가 꿈속에서 울었더니 그대로 잠을 깨고도 내쳐 울었다 하는 것이나, 상대방을 때렸는데 손이 움직여 옆사람을 실제로 때렸다는 경우와 같은 것으로, 꿈속에서 오르가즘에 도달한 쾌감이 강렬하여 그대로 사정까지 이르는 것이다. 이는 성욕을 오랫동안 해소시키지 못했던 사람이나 신체상 어떤 허약성을 가진 자가 자주 그런 일을 체험할 것이다. 그러나 꿈의 의도성은 이 사정이란 현실적인 체험과는 관계없이 그대로 해소되지 않고 지속되어 있는 것이다.

● 동물과 성교하는 꿈은

꿈속에서 남성이 어떤 동물을 붙잡고 능동적으로 성교를 하거나 여성이 호랑이나 뱀 같은 동물에게 피동적으로 성교를 당하는 꿈은 심심치 않게 들을 수 있는 이야기이다.

가령, 한 여인의 꿈에 호랑이가 덤벼서 만족할 만한 성교를 했다면 호랑이는 명예와 권세의 상징물이고 성교는 항상 일의 성취 여부를 가름하는 것이므로, 이 여인은 장차 보람있는 일을 성취하고 명예와 권세가 주어질 것이다.

● 정신 수도자가 꾸는 성교의 꿈은

도덕 수준이 높고 지조 있는 사람 그리고 정신수도자(승려·성직자)가 꿈속에 나타난 천하 일색 미녀 또는 미남과 만족할 만한 성교를 하였다 하여 수행(修行)이 허물어졌다고 통탄할 필요는

없다. 오히려 그것은 도통하거나 진리를 깨우칠 징조일 것이라고
해석해야 된다.

그러나 꿈속에서 상대방과 만족할 만한 성교를 끝내지 못한 채
심적 갈등(가령 성욕만 충동되거나 그를 물리치지 못하는)만 가
져왔던 사람은 그 상대방은 마귀·사탄·악·유혹·시험이며
일의 미수나 불완전한 상태라고 인식해야 된다.

🌑 시험보는 꿈

☯ 입학 시험을 치르는 꿈은

학교 입학을 앞두고 학생은 자기가 시험보는 꿈을 꾸기도 하지
만, 대체로 시험에 합격이 될 것이냐 아니냐의 결과를 내다보는
꿈을 더 많이 꾼다.

대체로 상징적인 꿈을 꾸기 때문에 해석해보지 않고는 알 수 없
지만, 시험과 관계된 꿈이라는 것을 확실히 인식할 수 있는 꿈도
꾸게 마련이다. 꿈속에서 시험 시간에 지각한 사람은 시험 점수
가 미달되며, 답안지를 쓰려는데 연필이 없었던 사람은 방도가
없으니 합격되기 어렵다. 시험관이 일러주어 쓴 사람은 어려운
문제를 해결할 수 있고, 컨닝을 한 사람은 방도가 생겼으므로 어
디에 응시하여도 좋은 성적을 올린다. 합격자 명단에 자기의 이
름이나 번호가 확실히 있는 것을 확인한 사람은 틀림없이 합격된
다. 그 이름이 첫머리에 있거나 따로 나있으면 수석 합격이나 2
차 시험에 합격된다.

☯ 낙방해서 부모에게 매맞은 꿈은

입학 시험에 낙방을 했다고 부모님이 때려서 엉엉 울었다는 꿈은

오히려 합격됨을 예시한 것이다. 그것은 매맞은 것이 당국의 검토와 승낙을 받은 것이 되고 엉엉 울었으니 질식된 관념의 분비로 기쁨을 체험할 것이기 때문이다.

☯ 불합격되어 집으로 돌아오면서 우는 꿈은

불합격이란 관념은 대열에서 이탈, 즉 월등하거나 낙오인데 집으로 오고 있으니, 집은 목적 달성을 뜻하고 학교의 바꿔놓기이니 입학을 암시하고 있다. 또한 엉엉 울었기 때문에 질식된 관념의 최대한 분비, 곧 크게 만족함을 뜻한다는 세 가지 조건이 수석 합격을 암시하고 있는 것이다.

이 사람이 불합격될 것이었다면 교정에서 떠나지도 않았을 것이고, 울어도 속으로 울었을 것이다.

☯ 답안지에 관한 꿈은

답안지는 시험 문제를 풀어서 답하는 문서다. 이것은 상대방의 질문에 답하는 것과 문제를 푸는 것, 그리고 자기 사상을 상대방에게 피력하는 일과 관계하고 있다. 시험관 앞에서 어떤 답안을 쓰고 있는 것은 상대방에게 어떤 사상 검토를 당하거나 취직 · 전직 등의 일을 당국에 소청할 일이 있게 된다.

다 쓴 답안지를 제출하면 직장에서 자기의 근무 성적을 상관에게 평가받을 일이 있으며, 시험관이 잘됐다고 하는 말을 들으면 수료 · 종료의 뜻이 있으므로, 그 직장 또는 직책에서 물러날 것이고, 잘못됐다고 하면 더 노력하라는 뜻이니, 그 직장이나 직위에서 더 머무르게 된다.

☯ O X 중 어떤 표시가 맞는가 하는 꿈은

어떤 사람의 꿈에 답안지를 써서 시험관에게 제출하고 밖으로 나왔다. 그리고 여러 사람에게 '맞는 것에 O표를 해야 하느냐 틀린 것에 X표를 해야 하느냐'고 물었더니, 다른 사람들이 아무 대꾸도 않고 사라지고 있었다. 이 꿈은 이 사람이 장차 어떤 기관에 어떤 청탁을 하고 당국이 그것을 채택해 줄 것인가, 즉 'OK'할 것인가 'NO'할 것인가, 한동안 애태울 일이 있게 된다.

◯ 구술 시험의 꿈은

구술 시험은 시험관과 대립해 서서 구두로 상대방 물음에 상대하는 시험이다. 그것은 시험이란 관념만 상기시키지 않는다면 대화 또는 논쟁·설전의 상태이다. 상대방 물음에 정연하게 답하는 것은 상대방 질문을 종식시키기에 충분한 것이고, 언쟁에서 이쪽이 상대방을 압도할 수 있으면 승리와 쾌감·만족감 등을 가져올 수 있으므로, 상대방을 제압할 수 있고 통쾌와 만족감을 체험할 것이다. 그것은 시험과는 관계없이 자기 소원이나 계획하는 일에 적응된다. 꿈속에서 '시험'이란 관념이 생기는 것은 다만 그 일이 어렵고 정복해야만 할 일이라는 암시일 뿐이다. 질문에 답할 수 없어 안타까워하거나 시험관이 잘했다고 칭찬하는 것은 불쾌·불만·미수 등의 일과 관계된다.

● 쓰다듬는 꿈

꿈속에서 쓰다듬는 것은 애무하거나 매만지는 것과 더불어 애정·
동정의 표시인 동시에 자위의 행동이다. 이런 행위는 남에게 베푸는
경우와 남이 내게 가하는 행위 또는 자신의 육신을 쓰다듬는 경우가
다르다. 하지만 대체로 자위·과시·불만·불쾌·거세·불안을 상
징한다.

☯ 동물을 쓰다듬는 꿈은
새·강아지 등의 귀여운 동물을 손에 들거나 가까이 가서 쓰다
듬는 행위는(일종의 동정심의 발로) 욕구적 경향을 완전히 충족
시키지 못하고 자기 마음을 동요시켰으므로, 불쾌·불만의 일이
생긴다. 가령 꿈에 새를 쓰다듬고 결혼한 남자는 결국 그 여자와
별거하거나 헤어지고 그 여자로 인하여 속썩일 일이 있게 된다.

☯ 갓난애를 쓰다듬는 꿈은
발가벗은 갓난애를 쓰다듬는 것은 자기 성기를 자애하는 행위로
서 재수없고 불쾌한 일에 직면할 것이다. 소년의 머리를 귀여워
쓰다듬으면 실제의 소년이나 일거리로 인하여 불쾌나 속 썩이는
일이 생긴다.

☯ 여자를 애무하는 꿈은
여자의 육체를 애무하는 것은 가장 심각하게 욕정을 충동시키는
것이나 그 육체를 완전 점령하는 것이 궁극 목적이므로 성교 미
수는 불만·불쾌의 상징 표현이다.
꿈속의 여자가 실제 인물일 경우엔 그 여자와의 일이 불쾌하게
끝날 것이다. 만약 그 여자가 일의 동일시라면 실패로 끝난다.
그리고 꿈속에서 남자가 자기를 애무하는 것은 자기 비밀의 내용
을 남이 탐지하게 되므로 불쾌가 따른다.

◑ 상대방이 자기 수염을 쓰다듬는 꿈은

상대방 사람이 길게 늘어뜨린 자기 수염을 쓰다듬는 것을 보면 자기의 타고난 천품에 대해 만족하거나 자기의 장기를 과시할 일이 있을 것이다. 그 사람에게 어떤 청원을 했다면 쓰다듬은 횟수만큼 청탁을 드린 다음 이뤄짐을 암시하는 징조다. 만약 그 사람의 수염을 잡아당길 수 있으면 그의 의기를 꺾을 일이 있게 된다.

◑ 조상이 자기를 쓰다듬는 꿈은

꿈속에서 조상의 누구거나 죽은 부모가 자기 몸이나 머리를 쓰다듬으며 불쌍하다고 울면 그는 가장 불행한 사건에 봉착된다. 꿈속의 조상·부모는 실존이 아니라 집안의 호주·가문의 상징물이다. 자기 아이를 귀엽다고 쓰다듬으면 그 아이가 병에 걸리게 된다.

◉ 악수하는 꿈

악수하는 꿈은 개인과 개인, 단체와 단체 사이의 결연·결합·협력·합심·결혼 등을 상징하는 것이다.

◑ 악수한 손을 흔드는 꿈은

꿈속에서 상대방과 악수하면서 맞잡은 손을 흔들면 상대방과의 결연이나 연합 관계에 우여곡절이 생겨 몇 번인가 동요하는 일이 생길 것이다. 그리고 상대방 손의 촉감이 차게 느껴지면 현실에서 그 사람에게 냉대를 당할 것이고, 따뜻이 느껴지면 호의를 느낄 것이며, 상대방이 강하게 잡아 압박감을 느끼면 상대편에게 압도당할 일이 있을 것이다.

◐ 상대방 손을 포개 잡는 꿈은

꿈속에서 상대방 손을 손안으로 포개 잡으면 의형제나, 제자 또는 사랑스러운 여인이나 협조자와 인연을 맺게 된다. 친구 · 연인 · 웃어른 · 아이들과 각각 손잡고 걷는 꿈은 서로 연합하거나 결혼 · 협조 · 취직 등의 일과 관계해서 꾸어진다. 상대방 사람이 누구의 동일시이거나 일거리의 상징이라면 그이 또는 그 일과 관계를 한동안 계속할 것을 뜻한다. 또한 상대방이 위험한 지경에 빠진 것을 구출하기 위하여 손을 잡아 끌어올리면 어떤 일 또는 어떤 사람을 구해내겠지만, 그 사람의 어떤 과오에 대해서 연대 책임질 일이 생긴다.

안에 있는 사람의 손을 잡아 이끌어 내면 강제적으로 그에게 연대 책임을 지게하고, 그를 끌어낸 다음에 자기가 그 자리에 들어가면 남의 권리를 박탈하고 대신 자기가 소유하게 된다.

● 앉아 있거나 서 있는 꿈

◐ 의자에 앉아 있는 꿈은

꿈에 의자에 앉으면 어떤 책임 부서나 취직 · 입학 등이 결정되고 그 의자를 찾지 못하거나 방해를 받아 앉지 못하면 자기 직책에서 면직되거나 입시에서 낙방함을 뜻한다. 미혼자가 폭신한 안락의자에 앉으면 좋은 배우자를 만나고, 유부녀는 남편의 신분이 높아져 부귀를 누리며 남자는 승진이나 좋은 후원자가 생긴다.

여대생의 꿈에 자기가 여왕이 되고 용상에 앉을 수 있으면 가장 좋은 배우자를 만나 신분이 고귀해지거나 학교에서 수석 또는 어떤 써클의 책임자가 된다.

◉ 길가에 앉아 쉬는 꿈은
꿈속에서 어떤 고장을 걷다 길가에서 앉아 쉬면 일을 진행시키는
도중 쉬거나 일의 중단·기다림 등으로 어떤 일자리에 한동안
머무르게 된다.
그러나 그 머무는 동안이 얼마나 오랜 시일인가는 예측키 어려운
데, 잠깐 쉬었다고 느끼면 시일이 오래 걸리지 않는다.

◉ 상대방과 마주앉았거나 서 있는 꿈은
테이블을 사이에 두고 마주앉았거나 서면 두 사람 사이에 대립 상
태를 가져온다. 윗사람과 마주앉으면 반항의 뜻이 있고, 아랫사람
과 마주앉아 있으면 꾸지람과 잔소리할 일이 생긴다. 겸상을 하
고 마주앉아 음식을 먹으면 의견 대립이 생긴다.

◉ 같은 방향으로 앉아 있거나 서 있는 꿈은
꿈속에서 의자를 나란히 해서 두 사람이 같은 방향으로 앉아 대
화를 나누면 의견일치를 보게 되고, 나란히 서서 걸어가면 일의
협조가 잘 이뤄진다. 그러나 상대방이 다리를 굽혀 일어날 듯 앉
을 듯 엉거주춤 서 있어 보이면, 이러지도 저러지도 못하는 진퇴

양난에 빠져 있을 것을 뜻한다. 상대방이 자기 앞에 머물러 서 있으면 그 사람 또는 그와 동일시되는 사람이 곧 나타날 뿐 아니라, 그와의 일이 곧 해결된다.

● 약탈 · 약취 · 절도하는 꿈

☯ 남의 물건을 빼앗는 꿈은
어떤 목적을 달성하게 된다. 꿈속에서는 모쪼록 남의 물건을 강탈하는 것이 상책이다. 그것은 심적 갈등을 가져오지 않은 채 자기의 욕구를 충족시킬 수 있음을 나타내는 표현이기 때문이다. 현실에서는 어떤 소원이나 사업이 성취될 것을 암시한다.

☯ 절도하는 꿈은
남의 물건을 훔치거나 빼앗는 것은 다만 그 물건을 소유할 수 있다는 욕구 충족이며 어떤 소원이나 일의 성취를 암시한다.

☯ 남의 여자를 탈취하는 꿈은

남편과 함께 걸어가는 여인을 유혹하거나 강제로 탈취해 오는 꿈
은 현실에서 남의 사업이나 작품 그리고 권리 등을 가로채거나
인계받아서 차지할 것을 뜻한다.

☯ 남의 물건을 훔치거나 탈취하는 꿈은

남의 가축을 빼앗거나 훔치면 재산·사람·일거리 등을 소유할
수 있다. 남의 과일이나 곡식을 빼앗거나 훔치면 재물을 얻는다.
이 꿈은 좋은 태몽이 될 수 있고, 배우자를 만나게 될 수도 있다.

☯ 도둑질하면서 양심에 가책을 받는 꿈은

꿈에 물건을 훔치면서 양심에 가책을 받으면 어떤 일을 성취하더
라도 패배의식을 체험하거나 주저할 일이 있다. 물건을 훔치며
두려운 생각이 나면 일을 성취하더라도 불안이 뒤따른다. 그리고
훔친 물건을 남에게 넘겨주면서 모처럼 노력해서 얻은 어떤 일의
성과가 가치 없는 것으로 돼버린다.

☯ 물건을 누가 훔쳐간 꿈은

꿈에 자기의 옷을 담은 가방을 누가 훔쳐갔다면 자기의 신분이
몰락한 것이다.
자기의 신을 누가 훔쳐가면 직장이나 의지할 사람 또는 집이나
작품 등을 상실하고 외로움을 체험할 것이다. 자기 주머니나 가
방에서 돈을 잃으면 오히려 근심·걱정이 해소된다.

🔵 얻거나 잃는 꿈

꿈은 극단적으로 이기주의적이라는 것을 설명한 바 있다. 무엇
이든 바라보거나 무관심하지 않고 얻거나 뺏고 도둑질 또는 주는
것을 받는 데 있어 주저치 말아야 길몽이 된다. 반대로 자기 주변

이나 몸 또는 손에서 잃는 것은 좋지 않다. 물건의 득실은 대체로 그 사람의 신분이나 세력·의지·노력의 경향에서 가감 내지 득실이 있게 된다.

◕ 새로운 것을 얻는 꿈은

새롭고 화려한 의상이나 소지품, 꽃이나 금은 보화, 찬란한 빛의 물건 등을 얻으면, 자기 신분이 명예로워지고 새로워지며 돋보이게 된다.

음식류는 되도록 싱싱하고 맛있는 것이라야 좋고, 질기거나 깨어진 것 등은 대체로 좋지 않다

◕ 부패하고 죽은 것을 얻게 되는 꿈은

꿈에 송장이나 썩은 송장에서 악취가 나는 것은 좋지만, 썩은 과일·물고기·육류 등을 얻으면, 창피한 일 또는 시빗거리가 생긴다. 죽은 물고기·돼지 등을 얻는 것은 좋지 않지만, 통조림한 것은 나쁘지 않다.

◕ 녹슬거나 헌 것을 얻게 되는 꿈은

꿈에 녹슨 식기나 자물쇠 등을 얻고 자식을 두면 그 자식의 초년 운세는 고생이 심하나 나중에는 좋다. 녹슨 동전을 줍는 꿈을 꾸면 머지않아 자기 부하나 아랫사람이 사고를 일으키거나 자살 등을 해서 고난에 직면한다.

헌 것을 얻으면 남의 일을 도와줄 일이 있거나 동정 또는 근심 걱정을 하게 된다.

◕ 금화·지폐를 얻는 꿈은

소원이 최대한 충족된다. 전문직에 종사하는 자는 연구 업적이 보배롭고 가치 있으며 그외 사람에게는 사업, 재물, 명예 등을 얻게 되고 복락을 누린다.

◐ 갓난애를 잃어버리는 꿈은

지금까지 자기가 희롱하며 귀엽다고 애무하던 갓난애가 없어지면 근심이나 고통거리가 해소된다. 자기의 어린 자식·동생을 잃으면 자기가 애착을 가지고 성취시키려는 일거리나 작품이 없어져 버린다.

● 엎어놓거나 엎어지는 꿈

꿈속에서 밑바닥이 위로 향하도록 놓여졌거나 상하가 뒤집혀지고, 자기가 엎드리거나 남을 엎어누르기도 한다. 물이 엎질러질 때나 싸움에서 엎치락뒤치락하는 행동을 우리는 여러 모로 체험하게 된다. 이런 일은 위아래, 표면과 이면이-거꾸로 된 현상이고 정상적인 것이 아닌 현상이기도 하다. 따라서 엎어지는 것은 신분의 몰락·복종·완전 패배나 중지된 일과 관계된 꿈이다. 상대방을 엎어누르면 크게 승리할 것이며, 상대방이 엎드려 누우면 자기에게 잘 복종해 줄 것이다.

그릇이나 기타 물건을 엎어놓는 것은 반대의 뜻이나 일의 좌절을 뜻하고, 손을 엎어 보이면 이면을 공개하는 태도이다.

◐ 엎드린 사람을 젖혀 눕힌 꿈은

이 꿈은 어떤 명예로운 일이 가장 손쉽게 성취될 처지에 놓인 것을 잘못해서 한때 난관에 부딪치게 될 일이 있겠지만, 결국 처음 계획한 대로 그 일은 성취시키기 유리한 조건을 갖추고 기다릴 일이 있다. 대체적으로 꿈속에서 엎어진 사람을 바로잡아놓는 것은 좋지 못한 현상이다.

◐ 엎어진 보트를 바로잡은 꿈은

엎어져 있는 보트를 바로잡아 놓고 타고 강을 저어가는 꿈은 지

금까지 어디에 부탁했던 일이 절망적이었다가 다시 호전되는 것
으로 그 일이 잘 운행되어감을 보게 될 것이다.

☯ 그릇을 엎어놓는 꿈은
사업을 중지하거나 한 번쯤 일이 뒤엎어지며, 혼인·취직·입학
등이 좌절된다.
태몽의 경우는 장차 한 번쯤 사업에 실패하거나 결혼에 실패한
다. 그릇 두 개를 겹쳐 엎어놓은 태몽으로 태어난 여인은 두 번
시집을 가거나 남의 후처 부인이 된다.

⬤ 여닫는 꿈

대체로 여는 것은 새로운 변화에 접하거나 몸을 움직여 들어가고
어떤 물건을 집어넣거나 간직하기 위함인데, 이러한 꿈은 신상의 변
화, 운명의 개척, 방편의 강구 등을 체험하게 된다. 닫는 것은 한정
된 공간이나 기한을 암시하며 일에 대한 좌절·절망·운세의 정체,
방편이 없는 것 등을 암시한다.

☯ 길이 열리는 꿈은

꿈속에서는 자주 앞길이 막혀 전진도 후퇴도 할 수 없는 상황 아래 놓여지게 된다. 그러나, 자기가 어떤 행동을 취하거나, 저절로 지금까지 가로막혔던 산·바위·흙더미·강물 등 기타 방해물이 제거되고 길이 환히 열리기도 한다. 이 꿈은 처음엔 절망 상태에 놓여지기도 하나 그 기간이 지나면 자력 또는 타력에 의해서 좋은 운세나 방도를 얻게 된다.

☯ 자기 집 대문을 열고 들어가는 꿈은

기관·관청·학교 등에 들어가게 되고 직장에 채용되거나 어떤 사건에 관여하게 된다.

☯ 문을 열고 이 방 저 방 살피는 꿈은

꿈에 새집 문을 열고 이 방 저 방 들어가 살피는 꿈은 훗날, 처음 만나는 여인의 인물됨이나 신상을 살피며 얘기하거나 어떤 관청 여러 부처에 청탁할 일이 생기기도 한다.

☯ 기다리는 사람이 문을 열고 들여다보는 꿈은

객지에 나간 가족의 한 사람이 방문을 열고 들여다보면, 가까운 시일 안에 그 사람 또는 동일시되는 어떤 사람이 집에 온다.

☯ 조상이 대문으로 들어오는 꿈은

꿈에 자기 집을 이롭게 했던 몇 대조 조상이 대문 안으로 들어오면 가문이 트이거나 재물 또는 집·토지가 생긴다. 물론 꿈의 조상은 실존이 아니라, 호주의 동일시인데 그 호주의 운세가 꿈속의 조상 생존시만큼의 운세에 놓여진다는 것을 암시하고 있다. 반대로 대문 밖으로 성급히 사라지면 집안이 몰락한다.

☯ 남이 애기를 안고 들여다보는 꿈은

꿈에 남녀 중 누구라도 상관없이 어떤 애기를 안고 방을 들여다보면, 실제의 그 사람이나 동일시되는 어떤 사람으로 인하여 집안 일에 관해서 불쾌를 체험한다.

● 방안의 동물을 보고 문을 닫는 꿈은

태몽으로 방안에 동물을 가두어두고 문을 닫으면 그 아이는 죽어버릴 것이다. 닫았던 문을 열고 다시 확인할 수 있으면 한동안 그 자식과 생이별할 것이지만 재회할 수 있다.

● 애인이 창문을 열어주는 꿈은

창문은 그 사람의 마음을 상징한다. 애인이 창문을 열고 내다보면 그 애인이 실제 인물로 해석될 때는 자기 애정을 표시하는 것이며, 좀 시일은 거리나(창문과의 거리 관계로) 애정을 주고받을 수 있다. 그렇지 않고 그가 일거리나 명예의 상징이라면, 창문을 여는 것은 등룡문이나 소원이 활짝 열려지는 것이므로 소원이 성취된다.

● 열쇠로 자물쇠를 여는 꿈은

열쇠로 자물쇠를 열면 계획했던 일의 유리한 방도나 재물 또는 벼슬을 얻게 된다. 열쇠로 자물쇠를 잠그면 방도나 소원이 좌절된다.

☯ 그릇의 뚜껑이나 병마개를 막는 꿈은
꿈에 그릇이나 상자의 뚜껑을 닫거나 병마개를 꼭 막으면 그 기물의 내부에 담겨진 물질과 관계해서 그 일의 종결이나 보호하는 목적과 관계된 일이 이뤄진다.
만약 술초롱에서 술을 병에 따르고 마개를 했다면 어떤 방도나 기량(技倆)이 더 이상 늘지 않게 된다.

● 여행하는 꿈

여행은 어떤 목적이 있어서 가는 것이다. 여행 도중에 체험하는 우여곡절은 현실에서 자기의 소원을 성취시키거나 계획하는 일의 진행 과정과 성취 여부를 암시하는 것이다.
교통 수단을 이용하는 것은 단체의 일원으로, 도보로 가는 것은 개인 또는 협조자와 더불어 일을 진행시킴을 뜻한다.

☯ 기차나 자동차를 타고 여행하는 꿈은
추진하는 일이나 소원이 성취된다. 작품으로 명성을 떨치게 되고 자신의 직장생활에 전망이 밝다. 그러나 도중 하차하는 꿈은 하는 일이 중단되거나 목적 달성을 할 수 없다.

☯ 짐을 가지고 여행하는 꿈은
여행 가방이나 짐, 또는 어린애를 업고 여행하면 그 짐의 무게와 거추장스런 마음의 거리낌의 비중에 따라 현실에서는 일에 대한 고통이나 근심 걱정이 따른다.
지팡이를 짚고 걸으면 협조자와 더불어 일의 진행이 수월하게 된다.

☯ 순찰이나 산책하는 꿈은

꿈에 자기가 야경원 또는 군인이나 경관이 되어 어떤 지역을 순
찰하는 것은, 어떤 생소한 지방으로 근무처를 바꾸거나 외근직에
종사하게 된다.

해가 저문 거리를 산책하면 어떤 처음 보는 사람의 신상에 관해
서 알게 된다. 환하게 밝아 있거나 한 번 왔던 기억이 있는 고장
을 걸으면 속이 시원한 일이나 잘 알려진 사실을 다시 체험하게
된다.

☯ 수학 여행을 하는 꿈은

교사의 인솔하에 대열을 정비해서 수학 여행을 하면 어떤 기관원
이나 단체의 일원으로 어떤 일에 종사할 일이 있게 되고, 또한
자기의 일거리나 작품이 심사 대상에 오르게 된다. 도중에 자기
가 낙오되어 대열에서 탈락되면 면제·면직·낙선·낙제·제대
등의 일이 생긴다. 현재 학생의 신분으로 수학 여행을 하는 꿈은
학교에서 학업 관계 일과 관계될 수 있다.

☯ 외국 여행을 떠나는 꿈은

외국 여행을 떠나면 미개척 분야의 일을 착수하게 된다. 외국의
어느 수도라고 생각되어 소원했던 관광물을 보면 그 관광물의 상
징 의의에 따르는 어떤 소원이 성취되거나 자기가 연구하는 어떤
목적을 외부 기관에서 달성할 일이 있게 된다.

☯ 여행길에 관한 꿈은

만약 여행 도중 배·기차가 고장나거나, 폭풍 기타 천재 지변이
생기거나 사막을 걷거나 깊은 산속을 헤매거나 생명에 위협을 받
는 사건에 직면해서 갖은 고통 가운데서 허덕이는 꿈을 꾸었다면
현실에서도 고통과 좌절이 따를 것이다. 때로는 장차 수년·수
십년의 자기 운세를 내다보는 꿈이기도 하다. 여행 도중의 사건
과 장면의 변화는 한 직장에서나 일평생의 굴곡 많은 운세를 예

시하기도 한다. 한 사건이나 한 장소에서 머무는 동안은 수개
월·수년간의 기간을 헤아릴 수 있다.

● 오르는 꿈

오르는 행동에는 걸어오르다, 기어오르다, 뛰어오르다, 날아오르다
등 여러 형태가 있을 것이다. 대체로 얕은 곳에서 높은 곳으로 오르
는 것은 현실의 신분이나 지위의 고귀·승급·위치 변동·소원 성
취·타인에게 의지 등 여러 가지 목적에 상당하는 표현이다.

☯ 장대나 기둥에 기어오르는 꿈은

권력층 사람에게 매달려 도움을 청할 일이 있게 된다. 하지만 그
장대 끝에 올라가 더 이상 오르지도 내려올 수도 없으면 그에
의지해서 목적을 성취시키려고 하지만 불가능하게 된다. 만약 급
히 쫓기다가 여러 장대 가운데 한 개에 올라 장대가 쓸어질까봐

전전긍긍하게 그는 어떤 권력층의 사람을 믿은 것이 잘못이라고
깨닫게 될 일이 생긴다. 처녀가 집 기둥에 기어오르면 건실한 배
우자를 만나 시집가게 된다.

◉ 산에 오르는 꿈은

산의 기슭에서 높은 곳으로 걸어 오르는 꿈은 진급이나 자기 사
업의 진도를 가름하는 것으로, 그 역경의 고달픔을 암시한다. 정
상에 올라 사방을 두루 살펴보게 되는 꿈은 소원 성취하고 부귀
공명을 누리게 된다.

◉ 나무에 오르는 꿈은

학생은 성적이 오르고 관직에 있는 사람은 승진하며 일반은 입신
양명하거나 권력자에게 의지해서 일이 성취된다. 이런 꿈을 태몽
으로 한 사람은 힘있는 권력가가 될 인재를 낳는다.

◉ 어깨에 오르는 꿈은

상대방의 어깨에 올라서는 꿈을 꾸면, 어깨는 세력권이므로 상대
방의 세력을 억압하고 자기 의지나 명령대로 상대방을 조종할 수
있게 된다.

◉ 절벽을 기어오르는 꿈은

나무·풀·돌뿌리를 휘어잡고 기어오르는데 잘못하면 천길 만길
로 떨어질 듯했지만 용케 기어오를 수 있으면, 죽음 직전에서 구
출되거나 자기 사업이 난관에 봉착해 천신만고 끝에 성취할 것을
암시한다.

◉ 지붕 위에 오르는 꿈은

꿈에 지붕마루에 오르거나 옥상에 홀로 오르면 머지않아 은퇴하
거나 외로운 처지에 직면한다. 여러 사람이 함께 올라 앉아 쉬면
허망한 기다림이 길어지거나(혹은 진행사에 있어) 고위층 사람과
합류하게 된다.

◐ 사다리를 기어오르는 꿈은

사다리의 끝이 몇 단인지 헤아릴 수 없이 많은 것을 올라가고 있으면 승진·발전·진급은 그칠 줄 모르고, 만약 공중에 무한히 뻗어져 있으면 그는 치명적인 병세로 고생하거나 허무한 종말을 가져온다.

◐ 댓돌 위에 오르는 꿈은

댓돌이나 한 단 높은 곳에 올라 무엇을 하는 꿈은 지금까지의 자기 신분보다는 고귀해진 상태에서 부과된 임무를 수행하거나 믿을 만한 사람의 추천 또는 협조를 얻어 손쉬운 일을 하게 된다. 신을 벗고 어떤 집 마루에 오르면 좀더 좋은 신분이 된다. 처녀의 경우는 시집갈 것이고, 전문직에 종사하는 사람은 연구 실적이 발전되고 계약이 만족스럽게 이뤄진다.

● 읽고 쓰는 꿈

◐ 소리내어 책을 읽는 꿈은

대중 앞에서 연설하거나 남의 이야기를 딴 사람에게 전해 줄 일이 있게 되고 남을 감화시키게 된다. 교실에서 교과서를 유창하게 낭독하면 남의 마음을 흔들어 놓을 것이므로, 나의 동조자를 구하는 행동을 취할 일이 있을 것이다. 대중 앞에서 연설문을 낭독하면 대중으로 하여금 나의 의사에 따르게 할 수 있다. 또한 애인에게 시를 낭독해 주면 그녀에게 사랑을 호소하게 된다.

◐ 소리내지 않고 책을 읽는 꿈은

책은 선생의 상징 또는 어떤 사람의 사상이 담겨진 것이므로, 선생의 가르침을 따르거나 상관의 지시에 복종할 것을 맹세할 일이 있을 것이다. 우리가 꿈속에서 읽는 책의 글귀 하나하나는 자기 소원의 경향에 해답을 주거나 미래의 사건을 암시한다. 때로는 현실에서 어떤 사람과의 대화 내용을 대신할 수 있다. 장차 받을 편지 또는 신문 잡지의 내용을 바꿔놓는 경우도 생긴다. 비록 우리가 과거에 읽었던 책의 어느 구절을 꿈속에서 다시 읽었다 해도 그 글귀는 과거를 재현한 것이 아니라, 미래의 현실을 상징적으로 암시하고 있다는 것을 알아야 한다.

● 자유를 속박하는 꿈

● 경찰관에게 수갑을 채이는 꿈은

자기가 죄를 지었다고 해서 또는 이유도 모르는 채 경찰관이 자기 손에 수갑을 채우거나 오라를 묶인 채 끌려가면, 자유를 구속 속당할 일이 있거나 죽음에 다다라 있는 경우이다. 남이 그렇게 끌려가는 것을 보면 그 사람 또는 그와 동일시되는 사람이 자유

를 구속당하거나 죽을 것이다. 그러나 자기의 또 하나의 자아 또는 자기 자손의 누군가 그런 일을 당한 꿈은 자기가 애착을 가지고 성취시키려는 일거리를 상징하는 것으로 자기의 사업 또는 작품이 성취될 수 있다.

☯ **독사가 사람의 몸을 칭칭 감고 있는 꿈은**
뱀이 몸을 감는 것은 이성과 육체 관계 또는 결혼하거나, 자식을 잉태할 꿈이다. 그러나 독사라고 생각되는 뱀이 전신을 감고 턱밑에 머리를 치켜들어 자기를 노려보고 있어서 불쾌하고 두려운 생각에 떨면 이 때의 독사는 자기의 자유를 속박하는 존재 또는 두려운 일의 상징이다. 이런 꿈을 꾸고 결혼한 사람은 자유를 구속받고 가정 불화가 계속되며 만사가 불행해질 징조다.

☯ **남을 결박해서 끌어오는 꿈은**
남의 자유를 빼앗는 것이니, 그는 나의 수하가 되거나 내가 마음대로 할 수 있는 사람 또는 일거리의 상징이다. 꿈에 범죄인을 묶어서 끌어오는 것은 어떤 일에 가부를 결정할 일이 생기거나 상품 따위를 소유할 수 있으며, 어떤 심사를 맡을 일이 생기게도 된다.

☯ **도적 또는 간첩을 포박하는 꿈은**
중간 거래를 요하는 상품이나 일거리를 접수하고 매도나 인계처를 물색할 일이 있게 된다. 그를 확실히 관가에 넘겨 줄 수 있으면 상품이나 일거리를 어떤 기관에 넘겨 준 것이 된다.

☯ **포로를 결박해 꿇리는 꿈은**
성취하기가 용이한 많은 일거리를 책임질 일이 생긴다. 자기가 포로 대열에 끼어 속박당한 채 사형을 기다리고 있으면 자기 작품이 어떤 기관에서 선발된 작품 가운데에 있고 최후의 당선 여부를 기다리게 된다. 이 때 자기가 확실히 사형에 처해지면 자기 작품은 당선된다.

◉ 쇠고삐를 이끌어 잡아매는 꿈은
소와 동일시되는 ― 머슴 · 며느리 · 식모 등을 들이게 된다. 그것
이 재물을 상징한다면 그 재물을 계약에 의해 소유하게 된다.

◉ 교수형에 처해진 시체를 보는 꿈은
어떤 과제나 추진하던 일이 어떤 기관에서 성취됨을 볼 것이다.
또는 남이 소원 성취한 일을 보게도 된다.

◉ 절(인사)하는 꿈

상대에게 절을 하면 상대에게 어떤 청원을 하여 보답을 받기도 한
다. 반대로 상대에게서 절을 받으면 자기가 어떤 보답을 해야 할 입
장에 놓여진다.

◉ 상대가 답례하는 꿈은
꿈속에서는 보통 존경의 대상에겐 자신이 허리 굽혀 절하거나 목
례 · 거수 경례 · 큰절 등 경의 표시도 하지만, 보통은 상대가 답
례하는 행동을 취하기는 드물다. 그러나 꿈속에서는 상대가 답례
를 안하는 것이 좋고, 정중한 답례를 받았다면 그 사람에게 청
탁 · 청원한 일 등은 수포로 돌아간다. 그것은 이미 꿈속에서 보
답을 받았기 때문에 기대할 것이 별로 없고 반대 의사를 표시하
는 것이기 때문이다.

◉ 상대자가 빙그레 웃거나 외면하는 꿈은
꿈속에서 상대자에게 절하는데 상대방이 빙그레 웃으면, 그 사람
이나 그와 동일시되는 직장 상사 또는 존경의 대상자에게 어떤

청탁을 하거나 보상받을 일에 있어 약간 불쾌한 기분을 체험하게
된다. 만약 상대가 자기에게 절을 하는데 외면해 버리면 자기가
부탁한 일, 소원한 일이 난관에 봉착한다.

◐ 상대자가 자기에게 절을 하는 꿈은
절을 받으면 상대방에게 혜택을 주거나 보답을 해야 할 입장에
선다.

◐ 목례를 하는 꿈은
목례는 가장 가벼운 경의 표시이므로 그 만큼의 보상을 상대와
서로 나누게 된다. 국기에 대한 경례는 비록 목례라 하여도 그것
은 국가에 대한 경의 표시인 까닭에 자기가 국가에 충성할 일이
생기거나 국가로부터 어떤 신임·명령·직위를 받을 것을 암시
한다. 때로는 최고의 명예를 받을 기회가 생길 수가 있다.

◐ 거수경례를 하는 꿈은
꿈속에서 하는 거수경례는 개인적으로 경의를 표했다 해도 그것
은 단체·기관의 일원으로서의 행동 표시다. 만약 꿈에 대통령께
거수경례를 했다면 정부에 기대하거나 청원할 일이 있을 것이다.
국기에 대한 거수 경례를 하면 국가에 대한 충성을 맹세하거나
어떤 기대를 거는 일이 있게 된다.
장교·경찰 간부 또는 교장 등에게 거수경례를 하면 자기 직장
의 장이나 상관에게 동료 직원과 더불어 어떤 기대 또는 청원할
일이 있게 된다.

◐ 큰절을 하는 꿈은
꿈에 큰절을 하는 것은 자기 일신상에 크나큰 변화가 있기를 바
라거나 상대방에게 어떤 청원할 일이 있을 것이며, 결국 상대로
부터 크게 혜택을 입게 된다. 자기가 큰절을 받으면 상대에게 은
혜를 베풀어줘야 할 처지에 서거나 일신이 곤고해 진다. 그리고

꿈에 큰절을 하는 것은 자기 일신상에 크나큰 변화가 있기를 바라거나 상대방에게 어떤 청원할 일이 있을 것이며, 결국 상대로부터 크게 혜택을 입게 된다. 자기가 큰절을 받으면 상대에게 은혜를 베풀어줘야 할 처지에 서거나 일신이 곤고해 진다. 그리고 현재 중한 병에 걸려 있는 사람이 꿈속에서 큰절을 받으면 병이 더욱 악화되거나 오래지 않아 죽기도 한다. 그러나 꿈속에서 조상의 누구에게 큰절을 하면 집안에서 어떤 상속받을 일 또는 웃어른에게 소청할 일이 있고, 그 소원은 이루어진다.

◑ 신이나 우상 앞에 절하는 꿈은

꿈속에서 신·우상에게 절하면 그들은 위대한 지도자나 권력층 사람의 동일시이므로 그 권력층 사람에게 어떤 청원을 하고 그 소원은 오래지 않아 이뤄질 것이다. 그리고 꿈에 할아버지가 돌아가셨다고 그 시신 앞에 절하면 조상 대대의 유산을 상속받거나 자기가 성취시키려는 일거리가 크게 성공하여 그 대가로 막대한 재물을 소유할 수 있다. 만약 그 시체가, 절을 거듭할수록 불어나 방안에 가득 찼다면 큰 부자가 된다. 또한 제사 때 제상 뒤 교의에 사진과 지방을 놓고 재물이 그득 차려진 앞에서 절하는 꿈은, 어떤 기관이나 집안의 웃어른 또는 사진과 지방에 명시된 그 사람이나 그와 동일시되는 사람에게 가치 있고 좋은 일거리를 부탁해 어떤 소원을 성취할 수 있게 된다.

● 신랑 신부가 맞절을 하는 꿈은
꿈속에서 자기가 신랑이 되고 신부와 맞절을 하거나 그것을 보면 자기 작품 또는 어떤 기관에서 일의 성사를 꾀하기 어렵다. 하지만 신부측 또는 상대방이 절을 안하면 그 일은 성취된다. 그리고 꿈속에서 자기가 신랑·신부가 되어 어떤 사람에게 큰절을 하면, 자기의 일거리나 새로운 작품이 어떤 기관에서 성취될 것이다. 만약 신부인 자기를 누가 뒤에서 큰절을 시켜주고 있으면 어떤 후원자의 힘을 입어 자기 작품이나 계획을 여러 사람에게 선보이게 되거나 협조·칭찬을 받을 것이다.

● 죽음에 대한 꿈

● 살인을 하고 양심의 가책을 받는 꿈은
현실에서 사람을 죽이는 일은 극악의 범죄이지만 꿈에서는 최고로 길한 일을 암시하고 있다. 그것은 상대방이 실제 인물이 아니고 일거리나 사건을 상징하고 있다. 그가 살아 있음으로 해서 큰 방해가 될 뿐 아니라, 그에게 쓰여지는 마음의 흔들림은 일의 미수·불완전·패배 의식·불안 등을 가져다줄 것을 상징 표현하고 있기 때문이다. 죽인다는 것은 매우 하기 어려운 일을 해치워 윤리 도덕 따위의 구속력을 팽개쳤으며 질식된 관념을 최대한 분비시킬 수 있는 행동이기 때문에 이러한 꿈의 의도성은 미래의 현실에서 큰 소원이 이뤄짐을 암시하는 상징 표현이다.

그런데 사람 또는 동물을 죽이고 양심에 가책을 받아 두려워하거나 도망치는 것은 어떤 일을 성취하더라도 뒤처리를 할 수 없거나 불안해 할 일이 있을 것이다.

◉ 적을 죽이는 꿈은

꿈에 자기를 해치려는 적을 무기나 연장을 가지고 죽일 수 있으면, 어떤 협조자나 이로운 방도에 의해 자기에게 방해물 또는 수행하기 벅찬 일을 무난히 처리하고 성취시킬 수 있다.

◉ 무고한 사람을 죽이는 꿈은

자기에게 해를 끼치지도 않는 데 무고한 사람을 죽이는 꿈은 미래의 현실에서 심리적 갈등이나 방해도 받지 않고 자연적 추세로서 일거리가 성취된다는 것을 암시한다. 나아가 가장 사랑하는 애인 또는 아내가 애처롭게 구원을 호소하는 것을 무자비하게 죽여 버렸다면, 그는 현실에서 가장 마음에 고통을 느끼는 또한 애착을 가진 일거리를 결단성 있게 해결하고 성취시킬 수 있다.

◉ 해충을 죽이는 꿈은

벌·파리·모기·이·기타 자기를 귀찮게 하는 해충을 죽이면 근심·걱정이 해소된다. 집단으로 많은 해충이 자기를 괴롭히는 것을 죽이면 사회적인 범죄 집단이나 개인 또는 방해물이 되는 외세를 소탕할 일이 있다. 천정에 붙은 파리 떼를 모두 죽일 수 있으면 부모의 병이 완쾌된다. 손으로 파리 떼를 때려 잡는 것은 형제나 단체에 의해서 어려운 사건을 처리할 수 있게 된다.

◉ 큰 동물을 쳐죽이는 꿈은

자기에게 사나운 기세로 달려드는 용·호랑이·뱀·산돼지 같은 큰 동물을 쳐죽이면 아름찬 과제나 어떤 사건 등을 통쾌하게 현실에서 성취시킬 수 있다. 그것은 어떤 단체 세력일 수도 있고,

작품 또는 사업일 수도 있다. 동물이 태아의 표상일 때는 유산되거나, 낳더라도 중도에서 요절할 것이다. 그 동물이 태아를 상징하지 않고 태아가 장차 장성해서 이룩할 사업이나 일거리라면 크게 성공할 것이다.

☯ 남이 살인하는 것을 보는 꿈은
어떤 사람이 누구를 돌로 치거나 칼 또는 주먹으로 쳐죽이는 것을 지켜보면, 어떤 사람이 어떤 일을 성취함을 제3자의 입장에서 보게 된다. 죽은 사람이 자기의 일거리라면 자기 일을 어떤 기관 또는 사업장에서 성취됨을 알게 된다. 가령, 문학 작품 같은 것이 심사를 거쳐 지상에 발표되는 것과 같다.

☯ 살인범을 찾아다니는 꿈은
집안 식구의 누구를 죽였다고 생각되는 살인범을 찾아다니는 꿈은 집안에 관계되거나 자기 일을 성취시켜 준 협조 기관을 방문할 일이 있게 된다. 때로는 그 성취된 일의 사후 처리에 분명하게 된다.

☯ 살인하고 정당 방위를 주장하는 꿈은

적병과 싸워서 그를 죽였지만 법정에서 왜 사람을 죽였느냐고 질문하는 데 대해서 적이 자기를 죽이려고 했기 때문에 죽였다. 그러므로 정당 방위였다고 증언한 꿈을 꾸었다면 어떤 일을 성취시키거나 어떤 목적을 달성한 다음에 그 일에 협조해 준 사람이 사례금을 요구해 오거나 공로를 치하받으려고 할 것이다. 그러나 그 일은 자기 혼자서 이룬 일이라고 주장하던가 당국의 협조나 혜택이 효과를 거두지 못했다고 자인할 일이 있게 된다.

● 사형수가 되어 도망치는 꿈은
자기가 사람을 죽였다고 해서 사형수가 됐는데 경찰이 붙잡으러 다니므로 이러저리 피했다면 자기가 어떤 일을 성취시키고 권세나 명예가 주어졌지만, 그것을 기반으로 어떤 사업을 이루려고 하나 일이 잘 되지 않는다는 체험을 가져오게 된다. 사형수라는 것은 어떤 사건의 주모자로 그 후의 일이 벅차고 고통스러움을 나타내는 상징일 수도 있다.

● 사형수를 죽이는 꿈은
사형수는 사회적으로 공인된 과업이나 합격품, 심사를 필한 작품 등을 상징할 수 있다. 사형수를 죽이면 현실에서 이차적으로 어떤 최후 결단을 내리거나 사업성과를 크고 완벽하게 거둘 일이 있게 된다.

● 죽였는데도 죽지 않고 도망치는 꿈은
상대방을 칼로 목을 쳐죽였는데 피도 흘리지 않은 채 도망쳤다면 어떤 벅찬 일을 성취시켰다고 생각하지만, 그 일이 완전히 성사되지 않아 불안과 초조함으로 상당한 시일 동안 고통을 받게 된다.

● 자기가 탄 차가 사람을 치어 죽이는 꿈은
자가용 · 버스 · 택시 등을 꿈속에서 타고 가는 도중에 어떤 사람을 차 밑에 깔아 죽여서 선혈이 낭자한 것을 보면 자기가 몸담아 있는 기관이나 협조적인 세력 또는 과학적이고 편리한 방도에 의해서 어떤 공적인 일이 성취되고 많은 재물이 생기게 된다. 그러나 이 꿈은 두려움과 죄의식을 갖게 되는 꿈이기 때문에 투시적인 꿈이 되기 쉬우므로 현실에서 실제 체험하게도 된다. 남이 깔려 죽는 것을 보면 어떤 기관에서 자기와 관계되는 일이 성취된다.

● 춤추는 꿈

● 무기를 들고 춤추는 꿈은
  꿈속에서 장대 · 칼 · 총 · 기타의 무기를 들고 춤추면 여러 협조자 또는 단체의 힘을 빌리거나 과학의 힘을 이용해 상대를 공격할 일이 있게 된다.

● 나체춤(스트립쇼)를 보는 꿈은
  어떤 사람이 자기의 죄상을 드러내고 누구와 싸우거나 공박하는

것을 보게 된다. 그것을 보고 성적충동을 느꼈다면 어떤 사람이
자기에게 죄를 뒤집어씌우는 바람에 크게 싸우게 된다.

◑ 춤을 추듯 손발짓을 하는 꿈은
자기의 소중한 물건이나 문서를 보고 춤을 추듯 손발짓을 하는
자를 보면, 자기의 신분·사업에 관한 것이나 작품에 관한 것을
비난하고 방해하는 자가 나타난다. 그가 누구인지 자세히 알 수
없으면 제3자이고, 복면을 하거나 검은 의상을 하면 치명적인 손
해를 끼치는 사람이다.

◑ 단체 무용을 보고 매혹당하는 꿈은
꿈속에서 수많은 사람들의 맨손체조·율동 무용을 자기가 구령
붙여 지휘할 수 있으면 현실에서 어떤 단체나 사업의 지배권을
잡는다. 또한 다각적인 외교로써 선전 효과를 얻게 된다. 논문을
발표해서 많은 사람을 자기 학설에 동조시킨다는 일을 상징 표현
하기도 한다.

◐ 키스하는 꿈

◑ 유명한 사람과 키스하는 꿈은
유명한 배우·가수·운동 선수·학자 등과 키스하는 꿈을 꾸었
을 때 꿈속의 유명인이 실제 인물일 경우이면 그 사람에게 관한
소식을 듣는다. 그러나 그가 누구의 동일시일 때는 그런 유명한
사람에 관해서 어떤 것을 알게 된다.
만약 꿈속의 유명인이 자기가 획득하려는 명예·명성이 따르는
어떤 일거리의 상징이라면 머지않아 최고의 명예나 명성과 관계
된 소식이 답지한다.

☯ 애인과 만족스런 키스를 하는 꿈은

성교를 전제로 하지 않는 꿈속에서 애인이 실제 인물로 해석될 때 상대편에게서 기쁜 소식이나 자백 등을 들을 수 있을 것이므로, 결혼 승낙을 얻기 원했던 사람은 그 소원이 이루어진다. 하지만 상대의 애인이 누구의 동일시라면 그 사람에게서 자기 일에 관한 허락이나 반가운 소식을 듣게 된다.

☯ 키스를 오래 하는 꿈은
꿈에 상대자와 오래 키스하면 상대방에게서 많은 사연을 알게 되거나 오랫동안 접촉하게 되고, 어떤 일을 깊이 알게 될 일이 생긴다. 열렬한 키스를 하는 것은 그만큼 현실에서 만족할 만한 일에 접하지만, 키스를 짧게 끝내면 상대방에게서 알아낼 일이 많지 않고 순간적으로 끝날 일을 암시한다. 이 때의 상대방 여자는 남자의 동일시가 되는 것이 보통인데, 어떤 일거리의 상징이 될 수도 있다.

☯ 키스하는데 여자가 입을 열지 않는 꿈은
꿈에 상대편 여자가 입을 안 열거나, 조금 열었다 해도 안의 것을 주지 않아 불쾌·불만이 생기면 현실에서 상대자의 자백이나 용서를 받으려고 노력하나 성과는 없다. 또한 궁금한 일에 대한 소식을 들으려 해도 기분 좋은 소식을 듣지 못한다.

◐ 여자가 입을 벌리고 있는 꿈은
여자와 키스하려는데 그 여자가 고의로 입을 벌리고 닫지 않아 불쾌와 욕구 불만이 생기면 현실에서 어떤 교활한 인간에게 거짓 증언을 듣거나 모함에 빠져 불쾌함을 체험케 된다.

◐ 키스할 때 성기가 팽창하는 꿈은
어떤 여자와 키스하려는데 그 여자가 입을 열지 않고 성욕만 극도로 자극해 자기 성기가 팽창하는 것에 신경이 쓰이면 현실에서 자기 자식이나 아랫사람의 자백을 강요하지만, 뜻을 이루지 못하고 불쾌를 체험한다. 그리고 단순히 꿈속에서 상대방의 이마나 손등에 키스하는 것은 현실에서 상대방을 사랑하고 존경하는 뜻의 어떤 암시가 아니라, 상대방에게 어떤 맹서나 굴복적인 동의 형식을 취할 일이 있게 된다. 그러나 애무 형식의 키스는 욕정을 해소시키는 행동이 아니라, 그 욕정을 더욱 충동할 뿐 궁극적 목적인 성교를 할 수 없는 채 그치게 되므로, 현실에서는 일의 미수·불만·불쾌 등의 사건을 체험하게 된다. 대체로 사건 진상의 탐지·상대방의 비밀을 캐내려는 사건과 관계가 있다.

● 포옹하는 꿈

남녀간의 포옹은 욕정을 해소시키기 적합한 행위이고, 동성간의 인사 형식의 포옹은 반가움이나 기쁜 감정의 표현이다. 하지만 남녀간의 포옹은 성욕을 완전히 해소시키지 못하므로, 현실에서는 아름찬

일을 맡지만 성취시키지 못함을 뜻한다. 동성간의 포옹은 의견 대립
이나 책임의 전가 등의 갈등이 없는 연합 형식을 가져오는 꿈이다.
여자가 남자에게 안기는 것은 현실에서 구애할 일이 있다. 존경하는
사람이나 웃어른께 안기는 것은 존경의 대상에게 자비를 구할 일이
있으며, 남자가 여자를 안으면 벅찬 일에 직면한다. 또한 갓난아기를
안으면 벅찬 일거리에 직면하여 고통을 받는다.

☯ 태몽에서 아름찬 물건이나 동물을 안는 꿈은
　자기 분수에 넘칠 만큼의 큰일이나 권세 · 명예 · 재산 등을 소유
　하는 자식을 낳는다.

● 헤엄치는 꿈

☯ 유쾌한 수영을 하는 꿈은
　수면이 잔잔하고 아무런 방해도 없이 알몸으로 수영을 멋지게 하
　는 것은 어떤 기관 · 가정 · 사업장 등에서 자기의 일과 소원이
　최대한 충족될 것을 암시한다. 직장 생활 · 결혼 생활 · 신앙 생
　활 등이 원만하고, 때로는 일신이 부귀로워지거나 사상적 감동을
　크게 받을 일이 있게도 된다. 아무리 헤엄을 쳐도 앞으로 나가지
　않는 것은 사업 · 진급 · 소원 등이 정체 상태에서 허덕일 것임을
　나타낸다. 이런 꿈은 필사적인 노력을 해도 섹스의 강한 요구를
　충족시키지 못할 일을 예시하기도 한다.

☯ 길을 가다가 수영을 하는 꿈은
　길을 가다가 바다 · 강 · 호수 · 기타 어떤 곳에서 수영을 하면
　현실에서 일시적으로 한 직장 또는 사업장에서 일하게 된다. 어

떤 이성과 같이 수영을 하였다면 그 사람 또는 그 사람과 동일
시된 어떤 사람과 동업하거나 동거 생활을 하게 된다. 이때 수영
을 끝내고 벗어놓는 옷을 찾지 못하면 위험에 직면하거나 고독해
진다.

☯ 탁류에서 헤엄치는 꿈은

수영은 물이 맑고 깨끗하며 잔잔해야 좋다. 반대로 탁한 물이나
구정물에서 헤엄치면 현실에서 심한 열병에 걸리거나 남의 꾐에
빠지고 죄악의 구렁텅이로 빠지게도 된다. 그리고 강물에서 헤엄
을 치는데 물결이 세어 자기 몸이 떠내려가면, 신분이 어떤 강대
한 세력에 의해서 몰락할 것이다. 하수도 같은 곳이면 떠내려간
시간만큼 병을 앓게 된다.

☯ 헤엄쳐서 구조선에 구조되는 꿈은
자기가 탄 배가 전복되거나 파선되어 물에 빠져서 바다 위를 헤
엄치는데 구조선이 나타나서 옮겨 탈 수 있었다면 현실에서 결혼
에 실패했던 사람은 새로 결혼할 것이며, 파산 직전에 있는 사람
은 상태가 호전될 것이고, 면직된 공무원은 복직될 것이다.

☯ 물에 빠진 자를 옆에 끼고 뭍을 향해 헤엄치는 꿈은
어떤 일을 성취시키거나 소원 충족을 하려고 하나 심한 고통과 벅찬 마음의 갈등만 가져올 뿐 모든 것이 좌절된다. 다행히 구조한 사람을 강변에 이끌어 올렸다해도 자기 일에 방해나 불쾌한 일을 체험케 된다. 하지만 구해낸 사람이 죽으면 일은 성취된다.

☯ 땅속을 헤엄치는 꿈은
역시 물속에서 헤엄치는 것과 동일한 이치지만, 어떤 기관에 영향력을 발휘하여 어려운 고비를 용이하게 극복하고 성공할 것을 암시한다. 때로는 지하 신문이나 지하 조직의 일원으로 활동할 일이 있게도 된다.

☯ 헤엄쳐서 강을 건너는 꿈은
맑고 깨끗한 강물에서 헤엄쳐 건너서 둑 위에 올라서면, 진급·입학·전직·당선 등이 이루어진다. 많은 경쟁자들을 물리치고 혼자 도착할 수 있으면 큰 영예가 주어진다.

☯ 옷을 입은 채 물에서 헤엄치는 꿈은
자기의 직권·의지·습관 등을 고집한 채 어떤 기관에서 사업·근무·신앙 등의 일에 관여함을 뜻한다.

☯ 동물이 헤엄치는 꿈은
호랑이·뱀·물고기 등이 강이나 바다에서 헤엄치는 것을 보면 현실에서 자기의 일거리가 어떤 기관에서 잘 운영되어감을 볼 것이다. 동물이 자기에게로 헤엄쳐오거나 자기 몸에 감기면 어떤 권리나 명예를 큰 기관을 통해 얻고 때로는 벅찬 일에 부딪치며 어떤 사람과 인연을 맺을 수도 있다.

● 협조하는 꿈

꿈속에서 남이 자기를 도와주고 거들어주면 현실에서 남의 은혜와 도움을 받는다. 자기가 남을 도와주면 현실에서도 남을 도와줄 일이 있거나 남의 지시에 따르고 복종할 일이 생긴다. 상대방이 어떤 일거리의 상징이라면 그 일에 대해서 고통과 정신적인 수고가 되는 일이 있다.

☯ 간호받는 꿈은
자기가 병석에 있는데 간호원이 와서 자기 몸을 부축해 일으키거나 자기를 들것에 태워 병원에 내려놓으면, 현실에서 자기가 골몰하고 있는 일을 어떤 사람의 도움을 받아 잘 추진시킬 수 있다. 취직이나 전근을 희망하는 사람은 협조자가 생긴다.

☯ 은인이 나타나 도와주는 꿈은
꿈에 자기 부모형제나(생시에 손해를 끼치지 않은 인물) 은사·은인이 나타나 자기를 도와주면 현실에서 크게 도움을 입는다. 그러나, 꿈에 등장한 사람은 현실적인 실제 인물일 수도 있고 누구의 동일시가 될 경우도 있다.

☯ 남이 차를 태워주는 꿈은
꿈에 길에서 어떤 사람이 자기 차를 멈추고 태워주면 현실에서 어떤 협조자나 협조 기관의 도움을 받아 소원 충족과 좋은 방편이 생긴다.

8. 죽음(시체), 제사와 장례에 관한 꿈

● 죽는 꿈

☯ 자기가 죽었다고 생각하는 꿈은

마른 가지에 새싹이 돋고 지지부진하고 막혔던 일에 물꼬가 트이는 상황으로 희망적이나 정신적으로는 깊은 성찰이 있어야 할 때이다.

☯ 부모형제 가까운 친척이 죽어 상복을 입는 꿈은
그 동안 가로막혔던 장애와 곤란이 풀리고, 하는 일이나 계획이 순조로워지며 소원 성취하고 안정을 되찾게 된다.

☯ 조용히 눈을 감고 편안히 죽음을 맞이하는 꿈은
근심 걱정이 사라지며 안정을 되찾아 휴식, 휴가 등 여유로운 시간을 가질 수 있다.

☯ 누군가의 죽음을 슬퍼하는 꿈은

행운과 기쁨을 맞이할 때가 되었으며 건강과 사업, 진행하는 일에 자신감이 생긴다.

☯ 자살하는 꿈은

꿈에 자살하는 것은 미래의 현실에서 새로운 신분·새로운 직장·새로운 집 등을 소유할 수 있고 어떤 일을 성취시킬 수 있음을 상징한다. 자기가 죽어 그 시체를 내려다볼 수 있으면 지금까지 자기가 성취시키려는 일이 확실히 달성됨을 확인하게 된다.

☯ 부모가 돌아가신 꿈은

미래의 현실에서 체험될 어떤 사건이나 일거리 또는 소원의 경향이 성취됐을 때 체험할 쾌·불쾌, 만족과 불만족 등 감정의 경향을 암시하는 표현이다. 부모가 죽는다는 것은 어떤 유산 상속과 관계된 일, 집안 살림이 유복해질 일, 정신적 노력에 의한 작품의 성취, 사업 성취 또는 집이 팔리고 새로운 집을 사들이게 되거나 결혼·신분에 관계되는 일 등이 성취될 것을 예시하는 꿈이다.

☯ 타살당하는 꿈은

자살이 아닌 타살, 즉 총탄·칼·몽둥이·주먹 등에 의해서, 또는 사형장에서 교수형에 처해지거나 자객에 의하여 암살당하는 등 남의 힘에 의해서 죽으면 현실에서 직접 또는 간접적인 남의 힘에 의해서 자기 신분이 새로워지거나 자기의 일거리가 성취될 것이다.

☯ 죽은 사람이 또 죽는 꿈은

이미 고인이 된 할아버지가 꿈속에 나타나서 또 돌아가시는 꿈을 꾸기도 한다. 이 때의 고인이라는 관념이 생기는 조상 또는 기타의 사람들은 현실에서 한 번 이루어졌던 일거리이며, 그 일을 다시 착수해서 또 성취시킬 일을 두 번 죽는 것으로 암시하고 있는 것이다. 가령 새로 산 집을 팔고 또 다른 집을 사거나 과거에 하던 장사를 다시 시작해서 성공한다는 경우와 같다.

☯ 죽었다가 되살아나는 꿈은

일반인에게 있어 보통은 길몽으로 만사 형통하게 되나 일의 특성에 따라 행과 불행이 교차한다. 즉 죽은 송장이 살아나면 시빗수와 명예가 훼손되고 재난 등 불길하고 자신이 죽었다가 살아나면 기사회상으로 소원 성취하며 그동안 하고자 했던 소망을 이룬다.

☯ 남이 죽었다고 생각하는 꿈은

이들은 모두가 자기에게 직접 또는 간접으로 영향을 미치는 어떤 일거리의 상징이며, 꿈속에서 가졌던 존대·하대·애착·애정·회비 애락 또는 소중하게 생각했던 심적 경향과 맞먹는 어떤 일이 성취될 것을 예시하는 것이다.

☯ 불에 타죽는 꿈은

소원 성취할 뿐만 아니라 신분이 높아져 입신 양명한다. 대단히 좋은 길몽으로 가문을 빛내고 명성을 떨친다.

☯ 죽으면서도 자식을 걱정하는 꿈은

경영하는 일에 장애가 따르고 집안에 우환과 근심이 따른다.

☯ 맑은물에 빠져 죽는 꿈은

기분 전환되는 기회, 새로운 변화를 맞이하며 기쁨이 따르고 좋은 일이 있게 된다.

☯ 수술받다 죽는 꿈은

몹시 불쾌하여 어쩌면 정말 그런 일이 일어나지나 않을까 염려하여 마음에 병이 될지도 모른다. 하지만 이것은 대길한 꿈이다. 그것은 자기 작품이나 일거리가 여러 사람의 힘으로 성취되어 자기를 여러 사람이 존경하게 될 것이며, 자신의 신분이 고귀해질

것을 예시한 꿈이다. 누구는 자기 집이 팔려 더 좋은 집을 살 수
도 있을 것이며, 누구는 결혼이 성립될 것이고 또 누구는 자기
사업이 성취되어 상당한 재물을 얻게도 될 것이다.

◑ **애인이나 어린 자식이 죽는 꿈은**
꿈에 죽었다는 일체의 사람이 다 그렇듯 애인이나 자식은 그에게
주었던 애정이나 사랑이 깊었던 만큼 정성과 애착을 가지고 성취
시키려는 어떤 일거리를 상징하게 되는데, 그것이 죽으므로해서
일이 성취됨을 확인하게 된다.

◑ **저절로 죽었다고 생각하는 꿈은**
죽음에는 자살·타살 또는 자연사·역사(轢死)·병사 등 여러
가지가 있는데, 이것들은 현실에서 어떤 일의 성취 과정과 수단
방편을 각각 암시한다. 저절로 죽었다고 생각되는 꿈은 현실에서
어떤 환경의 변화나 운세의 변화에 따라 어떤 일이 자기의 직접
적인 노력을 필요로 하지 않고 성취될 것을 암시한다.

◑ **사실적으로 죽게 되는 꿈은**
남이 흐느껴 우는 소리를 들으면 대단히 불길하다. 죽음이 임박
한 노인의 꿈에 자기의 자손들이 상장(喪杖)을 짚고 굴건제복을
했으며 집 안팎에 사람들이 우굴거리는 꿈 또한 사실로 나타나게
된다.
그러나 현재 자손들 또는 그 중 어떤 사람이 큰 사업이나 일을
성취시키려 한다면 그 사업이 크게 성취되고 어떤 유산을 상속받
게 된다.
중병 환자의 꿈에 그가 현실에서 아무런 소원도 계획하는 일도
없는 데 자기의 수하자나 아는 사람이 와서 큰절을 하는 것을
받거나 딴 사람의 꿈에 그가 새 옷을 입고 멀리 사라져가는 것
을 본다는 경우는 틀림없이 죽는다.

◐ 관 속에서 살겠다 생각하는 꿈은

자기가 들고 있거나 손으로 잡은 관을 보고 내가 죽으면 이 관으로 들어가서 살아야겠다, 나도 이 관 속으로 들어가겠지, 또는 여러 개의 관이 있는 중에서 하나를 택하고 이것은 내 관이라 하는 생각을 가진 처녀는 머지않아 시집가게 된다. 그 관은 결혼이나 시집의 상징이고, 자기가 '산다', '죽는다'는 말은 '시집간다', '신분이 새로워진다'는 말의 바꿔놓기다. 일반인의 경우는 자기 신분이나 직장이 새로워진다.

◐ 부고를 받는 꿈은

꿈에 어디서 부고가 와서 그것을 읽을 수 있으면 자기가 어디에 부탁한 일이 성취되거나 입학 통지서 또는 합격 통지서가 오게 될 것이다. 이런 꿈은 투시적인 경향의 꿈이 될 경우도 있다.

◐ 독극물을 마시고 죽는 꿈은

전염성 질환이나 위장 장애를 일으켜 병원에 입원하게 된다. 의외로 사고를 당할 수도 있다.

◐ 땅속이나 구덩이에 갇혀 죽는 꿈은

경영하던 일의 중단, 실패를 당하거나 감금, 사고, 낙방 등의 불운이 닥치고 하는 일마다 짜증, 답답함을 느끼게 된다.

◐ 저승길을 가다가 잠이 깨는 꿈은

못다 갚은 저승빚을 선행과 봉사로 값을 치르라는 뜻으로 해석해야 한다. 제2의 생(生)을 살라는 천명이다.

◐ 차에 치었다가 살아나는 꿈은

구사일생, 죽음을 뿌리친 재생의 길을 걸어야 한다.

🔵 송장(시체)과 해골에 관한 꿈

어떤 일의 결과를 나타내는 표상이다. 죽음 그 자체는 어떤 일이 성취됨을 뜻하므로, 이 시체는 성취된 일에 대한 결과와 관계된 상징 표상이다. 송장은 그 형태 · 취급 과정, 그것을 보는 상념이나 정동의 환기 여하에 따라 각각 달리 해석되지만, 대체로 성취된 일거리 · 작품 · 재물 · 돈 · 유산 · 사건 진상 · 비밀스런 일 · 거추장스런 일 · 증거물 등을 상징한다.

☯ 송장을 등에 지고 오거나 누구와 맞들고 오는 꿈은

어떤 일을 성취시켜 얻어진 돈을 가져오거나 성사된 일거리를 가져오게 된다. 횡재하거나 재물, 목돈, 행운이 깃들고 사업으로 성공하고 많은 돈을 벌어들여 부자가 된다.
누구와 마주 들게 되면 두 사람에 관계되는 어떤 소원의 경향이나 일이 성사된다. 둘이서 거드는 일은 자기 혼자만의 재물이나 일의 성과가 아닌 공동의 재산이다.

☯ 송장을 버리거나 묻는 꿈은

송장을 집으로 들여오는 것에 반하여 밖으로 내다버리면 현실에서 모처럼 얻어진 재물을 상실하게 된다. 선산에 장사지내면 저축할 일이 있을 것이며, 공동 묘지에 묻으면 사회 사업에 투자할 일이 있게 된다. 자기가 죽인 시체를 땅을 파고 묻는 것은 어떤 사건을 깨끗이 처리하거나 비밀에 붙일 일이 있다.

☯ 관 뚜껑을 열고 시체를 넣는 꿈은

새로운 아이디어로 신상품을 개발하여 생산에 들어간다.

☯ 시체를 공동묘지에 묻는 꿈은

공동으로 투자하여 주식회사를 설립하게 된다.
봉사하거나 할당된 지분을 받게 된다.

☯ 관과 송장이 산더미같이 쌓여 있는 꿈은

뜻밖에 횡재하거나 거금, 운수대통하게 되고 일확천금을 얻어 갑부가 된다.

☯ 송장을 안고 있는 꿈은

유산을 상속받거나 몫돈이 생겨 한 밑천 톡톡히 잡게 된다. 은행 대출 또는 곗돈 등을 건네받는다.

☯ 다른 사람이 시체를 처리하는 꿈은

다른 사람이 이 시체를 처리하거나 운반해가는 것을 보면 현실에서 남이 돈을 벌거나 일이 성취됨을 보게 될 것이다. 그가 송장을 매장하는 것을 보면 어떤 비밀스런 일을 덮어 감추는 것을 보게 될 것이다. 송장이 무서워서 도망치면 모처럼 돈이 생겼어도 제것이 되지 않거나 일 또는 소원이 성취되지 않는다.

☯ 자기가 죽인 시체의 꿈은

똑같은 송장이라도 자기가 죽인 시체는 돈이나 재물의 상징은 되지 않는다. 그것은 다만 일의 결말·성취와 관계되는 꿈이다. 꿈속에서 적을 사살하고 그 시체를 보면 훗날 현실에서 어떤 어려운 일을 성취시킬 수 있다. 그 시체에서 어떤 소지품 — 시계나 만년필·옷·무기 등을 빼앗았으면 그가 어떤 사업을 성취하더라도 그 시체와 관련된 물적 증거를 가지고 있으므로 오히려 근심거리를 갖게 되거나 그 일로 인해서 어떤 소득이 생긴다.

◐ 무수한 시체를 보게 되는 꿈은
전장에서 쓰러진 무수한 시체를 보거나 차에 치인 여러 구의 시체를 보는 꿈은 어떤 단체나 기관에서 성취시킨 일의 혜택을 자기가 받게 된다. 자기가 총을 쏴서 여러 사람을 처치한 시체를 보면 자기가 성취한 일의 여러 경과를 볼 수 있을 것이다.

◐ 시체가 불어나는 꿈은
방안에 놓아둔 시체가 갑자기 몇 배 몇 십 배로 불어나서 방안에 가득 찼다는 꿈, 이 꿈은 현실에서 자기 사업이나 어떤 일거리가 성취되어 처음에 상당한 재물을 얻을 것인데 그것이 어떤 계기에 의해서 크게 증가되고 막대한 재물 또는 돈이 생기게 된다. 가령 이 때 그 시체에 절을 두 번쯤 한 다음에 이런 현상이 나타났다면 어떤 권력자나 주무 당국에 의해서 자기 사업이 성취되는데 두어 번쯤 어떤 방편이나 청원이 받아들여진 다음에 이루어진다는 것을 예시한다.

◐ 길가에 송장이 즐비한 꿈은
출장길이나 외출에서 횡재를 하게 된다. 또는 운수업이나 무역업에 투자하여 엄청난 떼돈을 벌어들인다. 재물, 돈, 식복, 먹거리 등이 생긴다.

◐ 시체가 불에 활활 타는 꿈은
경사스런 일이 있고 횡재, 소원 성취, 성공 등의 길운이다.

◐ 송장을 손으로 만지는 꿈은

복권 당첨, 뜻밖의 횡재로 엄청난 재물을 얻게 된다. 기쁨이 넘치고 경사가 있다. 대 성공의 길운이다.

◕ 송장을 안고 잠을 자는 꿈은

횡재하여 많은 재물과 돈, 이권을 거머쥐게 된다. 또한 즐거운 만남이 있겠다.

◕ 시체를 보고 통곡하는 꿈은

할아버지나 아버지 같은 웃어른이 작고하여 그 시신 앞에서 크게 통곡하는 꿈을 꾸면 장차 재산이 불어나 크게 기뻐할 것이다. 만약 그 시신을 보고 슬퍼하지만 울음이 나오지 않으면 그 재산으로 인해서 어떤 불만이 생긴다.

자기의 웃어른이 죽었는데도 슬프지도 기쁘지도 않으며 다만 담담히 그것을 무표정하게 지켜보고 있으면, 현실에서 어떤 소원이 성취되거나 돈·재물이 생기지만, 당연한 것으로 생각하게 될 것이다.

◕ 자식이나 조카의 시체를 보는 꿈은

자기의 사랑하는 자식이나 어린 조카가 죽어서 그 시신을 내려다 보고 슬피 울었다면 자기가 현실에서 애착과 열성을 가지고 성사시키려는 사업이나 작품이 완성되어 그것이 세상에 알려짐으로써 크게 기뻐할 일이 있을 것이다. 만약 그 애들이 차에 깔려 죽는 것을 보면 어떤 큰 기관에 의해서 그 일이 성취됐음을 볼 수 있을 것이다. 그 시체를 관이나 어떤 그릇에 담아온 것을 보면 자기 작품이 어떤 유인물에 실린 것을 보게 된다.

◕ 해골의 꿈은

해골은 송장의 잔해이지만 직접적인 재물의 상징이 아니며 간접적인 재물(돈·증서 같은 것)·상장·업적·증거물·작품의 골자 등을 상징한다. 해골은 송장이 썩어서 오랜 시일 묻혀져 있던

것이 그 잔해만 남아 노출된 상태이므로, 때로는 비밀의 노출과
거추장스런 물건의 상징일 수도 있다.

대청마루 밑에서 해골을 파내면 현실에서 학생은 졸업 증서를 얻
고, 일반인은 특허권을 얻거나 어떤 기관에서 상장을 받는다. 어
떤 사람이 해골을 가져다 주어 그것을 받으면 돈 증서를 받거나
차용 증서 등을 받게 되며, 길바닥에 쌓여 있는 해골 무더기를
보면 어떤 사업을 이뤄 많은 업적을 남길 것이다. 밭을 갈다 해
골이 나와 그것을 가지면 작품에 관하여는 사람은 작품의 성과를
얻고, 일반인은 사업 도중 어떤 비밀스런 일이 발견된다.

● 자신이 죽어 장사지내는 꿈은
자기 작품이나 일거리가 여러 사람의 힘으로 성취되어 존경받게
되고 신분이 고귀해진다.

● 시체 묻는 것을 보는 꿈은

남이 출처를 알 수 없는 시체를 가지고 와서 땅에 묻거나 자기
가 누구를 죽여서 땅에 묻으면, 미래의 현실에서 어떤 사람의 재
물이나 돈을 저축하거나 어떤 일을 성취시키고 그것을 세상사람

들이 알지 못하도록 감추거나 보류하게 될 일이 있게 된다.

◑ 물에 떠내려온 송장을 건지는 꿈은

사람이 강물에 빠져죽었으므로 여러 사람들이 그 죽은 시체를 건
져 놓고 보았다는 꿈은 현실의 어떤 일거리가 큰 기관을 통하여
성취되고 그 일이 세상사람들에게 공개되거나 자기의 작품이 성
취되어 많은 사람들이 연구하게 된다.

◑ 시체 썩는 냄새를 맡는 꿈은

만약 방안에 시체가 있고 그 썩는 냄새가 방 안팎까지 가득 찼
으면 현실의 자기 사업이 성취되어 그 결과 세상사람들의 흠모의
대상이 되고 가업은 번창할 것이다. 그러나 그 시체를 확인하지
못하고 냄새만 맡았다면 남의 사업이 잘 되는 것을 시기하거나
남몰래 어떤 사업에 손을 내뻗지만 실속은 없다.

◑ 시체를 태워버리는 꿈은

시체를 관에 넣어 태우거나 시체 그대로를 장작더미 위에 놓고
불을 지르는데 화광이 충천하면 자기 사업 자금을 투자해서 더
큰 사업이 성취된다. 그러나 그 시체가 다 타고 재만 남는 것은
한때 융성했던 사업이 파산 지경에 이른 것이다.

◑ 시체에 구더기가 우글거리는 꿈은

만약 물에 빠져죽은 시체에 구더기가 생겨나서 우글거리는 꿈을
꾸면 막대한 돈을 벌어 큰 재벌이 될 징조라고 예로부터 전해져
내려온다.

그 상징 형성의 이치는 합당한 것으로서 물은 사회적인 기반이고
문화적 배경에서 형성된 것이며, 거기 빠져 죽은 시체는 그 기반에
서 성취된 사업이요, 그 사업에서 새로운 생명체가 그 시체가 없어
질 때까지 번식할 것이므로 돈의 증가와 맞먹는 유사성이 있다.

◑ 관 속에 송장이 없는 꿈은

꿈에 관을 열어보거나 빈 관이라고 생각되는 것을 누구와 맞들고 있으면 현실에서 어떤 소원의 경향이나 계획하는 일이 성사되지 않고 수포로 돌아간다. 또한 누구에게 사기당하거나 어떤 결혼이나 결사가 허무한 것이 돼버리고 만다.

◉ 송장이 되살아나는 꿈은
송장이 되살아나면 현실의 자기가 성취시킨 일이 원상 복귀할 일이 있고, 자기 사업은 원점으로 되돌아가거나 이차적인 일에 관계할 것이다. 그 송장이 반쯤 살아 있으면 사업의 미수·미완결 등을 뜻한다.

◉ 관 속의 송장이 썩어 흐르는 꿈은
관 속의 송장 썩은 물이 개울을 이루면 현실에서 어떤 사업이 크게 성취되어 막대한 재물이 생기거나 그 사업으로 인해서 세상 사람들이 크게 감화를 받게 된다. 다만 송장이 썩어 관 전체에 구정물이 질퍽이거나 버섯 따위가 돋아나 있는 것을 보면 일신이 부귀로워지고 어떤 업적을 남기게도 된다. 약혼 전에 이런 꿈을 꾼 처녀는 훌륭한 가문으로 시집가서 부귀를 누릴 것이다.

◉ 송장의 피가 그득하게 고여 있는 꿈은
어떤 창고 안에 송장이 누워 있는데 그 송장에서 피가 흘러 물받이에 가득찬 것을 들여다보았다면 머지않아 자기가 제출한 논문이나 특허 출원이 채택되고 세상사람들에게 큰 감화를 주거나 막대한 돈이 생긴다.
군인이나 공무원이라면 어떤 큰 권세를 잡게 되거나 어떤 골몰하던 일이 성취되어 크게 선풍을 일으키게 된다.

◉ 바위에 깔려 죽은 시체를 보는 꿈은
가령 자기의 양친 중 누군가 큰 바위나 돌에 깔려 죽고 살이나 뼈가 으스러져 선혈이 낭자한 것을 보고 크게 울었다면 현실의 강력한 권력층에 의해서 자기 또는 자기 집 사업이 크게 성취돼 많은 재물을 얻고 기뻐할 수 있을 것이다.

◉ 정신병자와 행려자의 시체를 보는 꿈은

어떤 사람이 송장을 져다 놓는데 그 송장은 정신병자의 것이라고 했다면 현실에서 어떤 정신적 유산, 즉 사상이나 문학적 작품을 세상에 발표하고 상당한 고료나 인세를 받을 것을 암시한다.

◉ 조부의 시신 앞에 굴건제복을 하는 꿈은

웃사람이 작고하여 그 시신 앞에서 굴건제복으로 곡하는 것을 보거나 자기가 행하는 꿈은 조상의 유산을 상속받거나 관직을 얻고, 자기 사업이 성취되어 많은 정신적 또는 물질적인 유산을 받을 수 있게 된다.

때로는 부모된 자신이 죽어 자손이 상복 입을 것을 예지하거나 집안의 누군가 상복 입을 것을 예시한다.

◉ 유골을 가져오는 꿈은

집안 식구의 누군가 전시해서 그 유골 상자를 가져오는 것을 보면 현실에서 집안 사람의 누군가 어떤 작품을 출판해서 그 출판된 책을 가져올 일이 있거나 상장·상금 등을 받기도 한다. 또한 입학 증서·합격증·장학금 등이 생기기도 한다. 그 유골을 묻고 무덤이 생긴 곳에 엎디어 크게 울면 재산이 축적되거나 어떤 학교·회사 등에 입학 또는 취직이 되어 기뻐할 일이 있게 된다.

● 제사와 장례에 관한 꿈

◐ 남이 제사지내는 것을 보는 꿈은

어떤 집에서 제상이 잘 차려져 있고 많은 사람들이 제사를 지낸
다고 웅성거리는 것을 볼 수 있으면, 현실에서 친지가 어떤 기관
에 청탁한 일이 있어 당국이 그 일을 취급해줄 것을 보게 된다.
때로는 자기가 어떤 기관에 부탁한 일이 성사 단계에 있다는 것
을 예시하기도 한다. 이 때에 제물이 잘 차려졌다고 생각하면 그
부탁한 일은 알차고 가치있는 일거리가 될 것이다. 거기에 촛불
이나 전등불이 환하게 밝혀져 있으면 그 일은 조금도 미진한 점
이 업서나 빠른 시일 안에 성사됐음을 기별 받게 된다.

◐ 헌작 · 첨작 · 퇴주하는 꿈은

제사를 지내는데 술을 부어 제상에 올리면 현실에서 당국에 자기
일을 부탁하는데 어떤 계교와 수단 방편을 현명한 것으로 제시할
것이며 당국은 반드시 그 일을 받아들여 줄 것이다.

◐ 축문 · 염불 · 찬송하는 꿈은

제상을 차려놓고 축문을 읽거나 염불 · 찬송 등을 하여 사람들의
심금을 울려주는 꿈을 꾸면, 현실의 자기가 권력층 사람에게 부
탁한 일이 성취되어 크게 세상사람들에게 감동을 주게 된다. 때
로는 중대 선언 하거나, 여러 사람의 소원을 이루어 주게도 된다.

◐ 차례나 기제 등에 관한 꿈은

차례는 정월 초하루나 팔월 보름과 같은 명절에 지내는 제사인
까닭에 정기적인 일을 어떤 사람 또는 어떤 기관에 요청할 일이
있으며, 기제는 어떤 특정한 일에 관한 소청이 있고, 묘제 즉 성
묘하는 것은 은인이나 협조자에게 어떤 소청할 일이 있어 그 소
원이 이루어진다.

◐ 자기집에 초상이 나는 꿈은

자기집 조부모나 부모 · 형제 · 자매 기타 집안 식구의 누군가 죽어 초상이 났다고 곡성이 나고 사람들이 안팎으로 들락거리며 장의차나 상여가 마련되어 있는 것을 바라보는 꿈은 이 꿈이 사실적인 꿈이라면 현실에서 실제로 그런 일이 있기 쉽다. 이것이 상징되어 있다면 크게 사업 또는 소원의 경향이 성취되어 세상에 소문날 만한 일이 있게 된다. 곡성이 크게 밖으로 들려오면 크게 소문이 나거나 집안에 명성을 떨칠 일이 생긴다. 이런 일이 자기 집안에서 이루어지지 않고 자기와 관계된 직장이나 관청에서 자기에 관한 일이 크게 성취됨을 뜻하게도 된다.

◐ 남의 집에 초상이 난 것을 보는 꿈은

이런 꿈을 꾸면 미래의 현실에서 실제로 그 집 또는 어느 딴 집에서 초상이 난다. 이것이 상징됐을 때는 그 집 또는 그 집과 동일시되는 어떤 집이나 사회 단체에 경사가 있어 의식을 행하는 일, 명예가 주어지는 일 등을 보게 될 것이다.

◐ 맏상제가 되어 장사지내는 꿈은

자기가 맏상제가 되어 장례 행렬을 따라가고 제사를 지내는 꿈을 꾸거나 집안 식구나 남들의 꿈에 자기가 상제가 되어 굴건제복하고 상장을 짚고 있는 것을 보았다면, 현실에서 자기가 크게 성공하여 정신적 유산이나 물질적 유산을 상속받을 일이 있게 된다.

◐ 남이 상복과 굴건제복을 하는 꿈은

현실에서 그 사람들이 어떤 유산 상속(정신적 또는 물질적인)을 받거나 신분이 고귀해지는 것을 보게 될 것인데, 여자가 상복을 입으면 처녀는 결혼하게 되고 유부녀는 남편의 직위가 높아지거나 사업이 쇄신될 것이다. 그 여자가 실제의 인물이 아니라 누구의 동일시라면 그 사람이 신분이 고귀해지거나 상속받을 일이 있

다. 그 여자가 어떤 남자의 동일시라면 그 남자는 어떤 웃사람의
세력을 이양받거나 유산을 상속받게 된다.

◐ 상제에게 절하는 꿈은

굴건제복한 상제에게 조위를 하고 절하면 이 때의 상제는 현실의
어떤 유산 상속자인데, 이 사람의 권리를 나누어 달라고 소원해
서 그 권리를 어느 정도 이양받게 된다. 정치인은 중진급 인사가
될 것이요, 관리는 승진하고, 어떤 사람은 재산 상속을 받거나
누구의 수제자가 된다. 그러나 이 때 상제가 맞절하면 그 소원은
이루어지지 않는다.

◐ 상여와 만장과 장의행렬의 꿈은

수많은 만장이 휘날리고 상여 뒤에는 긴 조객의 행렬이 뒤따르며
상여 소리가 널리 퍼지는데 자기가 그 뒤를 따라가거나 다만 보
고 있었다면 진실로 대길몽이다. 상여는 부귀 영화의 상징이고,
그 속엔 관이 들어 있는데 관은 정신적 유산이나 물질적 유산이
다. 수많은 만장은 그만큼 명성을 떨친다는 뜻이며, 수많은 조객
은 그만큼 그의 업적을 기리고 숭상하는 사람들이다. 따라서 상

여 소리가 널리 퍼지면 그만큼 그의 업적이 세상사람들에게 감동을 줄 일이 있게 된다. 성인이 이런 꿈을 꾸면 미래의 현실에서 반드시 사회적으로나 국가적으로 큰 업적을 이룩하고 부귀 영화를 누릴 수 있다는 암시다. 이런 태몽으로 태어난 사람은 장성해서 그의 전성기에 크게 성공하고 명예와 영광을 가질 것이며 그의 가르침이나 업적을 숭상하는 사람이 헤아릴 수 없이 많을 것이다.

☯ 곡성이나 장송곡을 듣게 되는 꿈은

이 때에 곡성을 듣는 것은 상대방이 현실에서 크게 만족감을 체험하고 세상에 소문날 일을 성취시키려 하거나 성취시켰기 때문에 표현된 행동이다. 자기가 직접 곡성을 내고 크게 울면 대길한 꿈이다.

여러 사람들이 무리져서 곡하는데, 자기는 조금도 슬프지 않았다면 현실에서 남들이 어떤 소문을 크게 내지만 자기와는 하등 관계가 없다고 생각한다. 이 때 그들이 우는 것이 측은하게 생각돼서 마음이 언짢으면 지극히 불쾌한 일에 직면한다. 시신 앞에서나 제상 아래서 자기와 또 어떤 사람이 같이 곡하면 그 한 사람은 자기의 권리·명예·재산을 빼앗으려 하거나 자기에게 해를 끼치려는 사람이다.

영구차가 나가거나 장례식장에서 장엄한 장송곡이 장내에 울려퍼지는 소리를 들으면 결혼식장에서 웨딩마치를 연주하는 장면을 체험하거나 여러 사람과 더불어 어떤 일을 성취시켜 국내외에 소문날 일이 있게 된다. 상여 소리가 산야에 울려퍼지면 그만큼 자기 명성이 세상에 떨칠 것이다.

☯ 영구차가 문전에 있는 꿈은

장의차가 머리를 밖으로 향하고 정지해 있는데 사람의 그림자도 없었다면 틀림없이 초상이 난다. 그러나, 그 장의차에 운전사가 있거나 송장이 들었다고 생각하거나 주위에 사람이 있으면 머지 않아 집안에 큰 사업이 성취될 것이다. 장의차가 대문 안으로 들어와 있으면 어떤 기관에서 재정상 상의해 올 일이 있으며, 장의차가 거리를 달리는 것을 보면 자기 사업이 순조롭게 잘 진행되거나 남이 어떤 사업체를 이동해서 이사가는 것을 보게도 된다. 장의차에서 시체나 관을 내려 화장터로 운반하는 것을 보면 이차적인 사업을 벌이거나 공익 사업에 투자할 일이 생긴다.

◑ 조위금을 내는 꿈은

초상집에 가서 자기가 얼마간의 조위금을 봉투에 넣어 호상하는 사람에게 주거나 상제에게 주어 그가 그것을 받으면 현실에서 자기가 소원하는 어떤 일이 주무 당국에 의해서 받아들여지고 그 돈의 액수, 가령 오만 원을 넣었다면 5자의 머리숫자가 붙은 가까운 시일내에 자기 일이 성취된다는 것을 예시하는 꿈이다.

◑ 국장을 지내는 것을 보는 꿈은

국가적인 일이나 최고 최대의 명예와 관계되는 큰일을 성취시켜 만인이 우러러보는 신분이 될 것이다. 때로는 자기가 숭배하는 위대한 지도자가 영귀해짐을 보거나 막대한 유산을 상속받게 되고 높은 관직에 오르거나 횡재할 일이 있게 된다.

● 무덤에 관한 꿈

◑ 무덤(산소)을 보는 꿈은

뜻밖의 경사가 있고 확실한 길운이다. 부귀 공명하게 되고 세상에 이름을 떨치게 된다. 무덤은 은인·협조자·협조기관을 상징한다.

◉ 능을 파헤치거나 참배하는 꿈은

능을 파헤치는 꿈은 새로운 직업을 얻거나 학문적인 새로운 이론을 개발한다. 그리고 능에 절하는 꿈은 국가나 사회적으로 고위층 사람에게 어떤 일을 청탁하여 그 소원이 이루어진다. 산소에서 노는 꿈은 머지않아 위대한 협조자가 나타나 자기가 하는 일이 잘 이루어진다.

◉ 무덤에서 오래된 미라와 송장을 발굴하는 꿈은

희귀한 유물이나 보물을 발견하여 역사적 가치로 햇빛을 보게 된다. 횡재, 재물, 돈이 풍성해지고 합격, 당선, 진급 등 기쁨과 경사가 겹치게 된다.

◉ 명당을 찾았다고 생각하는 꿈은

자기 세력을 떨칠 만한 기반이 생긴다. 때로는 꿈에 본 그 장소에서 복된 일이 발견된다.

◉ 무덤에서 물건을 꺼내는 꿈은

어떤 비밀스런 일을 세상에 공개하고 재물 또는 학문적인 이론 등을 개발해낼 수 있을 것이며 그 속에서 금은 보화가 쏟아져 나오면 자기가 지금까지 노력해서 얻어진 재물이나 학문적인 연구 실적이 풍성하고, 또 남의 정신적 또는 물질적 유산을 상속받아 신분이 고귀해진다.

◉ 자기집 산소가 커다랗게 보이는 꿈은

꿈속에 공동묘지 같은 산소가 나타나고 그 중에서 자기집 조상의 무덤이라고 생각되는 산소가 월등히 두드러지게 그 분상이 크거나 산소 자리가 넓은 것을 보면, 현실에서 여러 동료를 제쳐놓고 자기가 소원하는 직장으로 전근할 수 있다. 반대로 남의 집 것보다 자기집 것이 작거나 분상이 보잘것 없으면 후원의 배경이 튼튼치 못하고, 그 많은 산소 중에 자기집 산소를 찾지 못하면 자기가 근무하는 직장이나 장차 근무할 직장에서 자기를 도와줄 고위층 사람이 아무도 없다.

☯ 무덤에 햇빛이 내리비치는 꿈은

자기집 산소 또는 남의 묘에 햇빛이나 어떤 오색 찬란한 서기가 내리비치면 직위가 높아지고 큰 사업을 성취해서 영귀해진다.

햇빛이 아니라 무덤 자체에서 빛이 발산되어 주위가 황홀해진다면 크게 명성을 떨치거나 신분이 고귀해지고 많은 재물을 축적할 수 있을 것이다.

☯ 공동묘지를 보는 꿈은

꿈에 즐비하게 매장된 공동묘지를 바라볼 수 있으면 현실에서 자기의 일을 도와줄 어떤 사람이나 기관이 많이 있다. 어떤 집회장에서 선출되어 공동묘지 쪽으로 차에 실려가면 그 차에 탄 사람들은 모두가 취직이나 진급이 된다.

☯ 무덤에 불이 나는 꿈은

불은 대체로 사업의 융성함을 뜻하는데, 집안이 크게 융성하거나 협조 기관에서의 자기 사업이 크게 성취되며, 자손의 신분이 존귀해질 것이다.

☯ 묘가 높아 구름이 걸친 꿈은
부귀 영화를 누릴 자손이 태어난다. 그는 어떤 부귀로운 사람의 협조로 높은 벼슬이나 명성을 떨치는 사람이 되어 모든 사람의 추앙을 받을 수 있을 것이다.
묘의 분상이 크고 높은 위치에 보이지만 그 묘 앞이 좁거나 그 앞이 갑자기 낭떠러지가 된 것을 보면 자기의 권세가 쇠퇴할 날이 멀지 않았다.

☯ 분상의 둘레가 넓고 길게 뻗어 있는 꿈은
자기의 배후의 세력이 당당하다는 것을 암시해 주고 있다. 그 둘레가 길게 뻗어 산에서 동리까지 미쳤다면 자기집안에 위대한 권력자가 태어난다. 산소 옆이나 분상 둘레 안에 상여나 정자각이 세워져 있으면 집안에 크나큰 업적을 남기는 훌륭한 인물이 태어나서 명예와 영광을 세상에 과시하게 된다.

☯ 무덤이 갈라지는 꿈은
자기가 지켜보는 가운데 무덤이 갈라지거나 무덤 문이 스스로 열리는 것을 보면 만사 형통의 꿈이다. 학자는 연구 성과를 거두고, 수도자는 도를 깨우치며, 학생은 시험에 합격한다.

☯ 흙더미에 시체를 묻는 꿈은
사람을 죽여서, 또는 시체를 이끌어다 흙더미 속에 묻으면 현실의 어떤 성사된 일거리를 감추는 것이거나 일시적으로 보관 되는 비밀을 간직하는 행위이다. 만약 흙구덩이를 파면서, 이것은 자기 부모 또는 아들을 묻을 구덩이라고 생각하는 꿈을 꾸었다면 부모 또는 아들을 중히 여기는 것만큼 현실에서 애착을 가지는 일에 종사한다.

- 무덤에 큰 나무가 서 있고 꽃이 만발한 꿈은
  자기집안이나 직장의 상징일 수 있고 나무가 우뚝 서 있으면 집
  안에 위대한 인물이 태어난다는 것을 암시한다. 또한 집안이나
  자기 직장에서 어떤 큰 사업이 성취됨을 보게도 된다. 산소 일대
  가 화려한 꽃이 만발한 것은 집안이나 사업상에 영광된 일이 생
  기고 크게 명예로워짐을 상징하고 있다.

- 하관하는 것을 보는 꿈은
  사람들이 무덤을 파고 관을 묻으려고 하거나 여럿이서 하관하는
  것을 보면, 현실에서 갑자기 생긴 막대한 재물을 저축하거나 어
  떤 값진 물품을 창고에 쌓아두게 된다.

- 아버지나 삼촌 등 산소의 꿈은
  아버지 산소는 현실에서 자기를 직접적으로 도와줄 현 직장의 장
  이고, 삼촌은 간접적인 협조자인 이웃 회사의 사장이며, 외삼촌은
  좀더 거리가 먼 협조자 또는 거래처 장쯤되는 사람의 상징이다.
  즉 자기의 진급·사업 등에 협조해 줄 사람들이 나타난다.

- 무덤 앞에 서 있는 비석에서 비문을 읽을 수 있은 꿈은
  어떤 사람의 업적을 찬양할 일이 있거나 어떤 사람에게 청원할
  일이 있어 그 소원이 이루어진다.

- 무덤에 구멍이 뚫려 있는 꿈은
  질병·우환 등 평안하던 집안에 평지풍파가 생기고 재물 등이
  파손된다.

9. 사람의 몸에 관한 꿈

● 가 슴

● 큰 거목을 가슴으로 안고 있는 꿈은
횡재수와 재물, 명예를 얻는다. 세력가나 실력자를 만나 도움과
이권을 얻고 입신 출세한다.

● 여자의 유방이 뚜렷하게 노출된 것을 보는 꿈은
형제간의 신변이 위험함을 알게 될 것이다. 그 노출시킨 부위에
서 성욕이 발동하면 불쾌에 직면한다. 그 노출시킨 부위에서 성
욕이 발동하면 불쾌에 직면한다. 상대방 여자가 노출시켰던 유방
을 감싸는 것을 보면 형제간에 보호해 줄 일이 생긴다.

● 상대방의 가슴을 때리는 꿈은
그 사람의 고약한 행위에 제재를 가하거나 경고할 일이 생긴다.
상대방이 나의 가슴을 치면 상대방에게서 어떤 억제를 당하거나
양심에 가책받을 일이 생긴다.

● 자기에게 달려드는 괴한 또는 가슴을 찌르는 꿈은
어떤 일거리의 중앙부나 생명선에 치명적인 타격을 주어 성취시
킴을 암시한다. 무기는 곧 어떤 협조자나 과학적인 방도를 상징
하는 것이므로, 가령 대창을 들어 찌르면 거대한 단체적인 힘의
집단으로 성취시킴을 암시한다. 괴한이나 괴물이 어떤 단체적인
세력을 상징할 경우 그 가슴을 찌르는 것은 그 단체의 기획부나
수뇌부를 먼저 교란시킨다는 뜻이다.

● 자기의 가슴을 칼로 찔리는 꿈은
중한 병에 걸린다.

◑ 자기가 정장을 하고 가슴에 훈장을 단 꿈은
남에게 자기의 명예와 공적을 과시할 일이 있을 것이다. 자기의 사진에 그렇게 된 것을 보면 자기의 업적이 세상에 알려져 칭찬받거나 동기간 또는 자손의 누군가 그렇게 영광스런 공을 세워 명예를 얻을 것이다.

◑ 아는 남자의 가슴에 억센 털이 흉하게 나 있는 것을 보는 꿈은
그 남자가 야성적이거나 음흉한 마음을 가졌다는 것이 탄로날 것이다. 만약 여자의 가슴에 털이 났다 해도 동일한 해석이 가능한데 그 여자는 실제의 인물이 아니면 어떤 남자의 동일시일 수가 있다.

🌑 귀

◑ 귀가 부처님 귀처럼 귓밥이 두툼하고 잘 생긴 꿈은
승진, 명예가 따르고 부귀공명하게 입신양명하여 가문을 드높인다.

◑ 귀에 검고 흰털이 길게 난 꿈은
오랫동안 병석에 있던 사람은 자리에서 일어나게 되고 수명 장수하며 복락을 누리게 된다. 많은 사람에게 자랑할 일이 있거나 기다리는 소식을 듣게 된다. 만약 잘라진 머리카락이 귓구멍에 들어 있는 것을 떨쳐버리는 꿈은 근심걱정이 해소되고 기쁨을 누린다.

◑ 귀가 검고 푸르게 보이는 꿈은
질병과 우환이 겹치며 실패, 관재에 시달려 재난이 닥친다.

◑ 귀가 잘 들리지 않는 꿈은
어떤 기다리는 소식이 답지하지 않으므로 답답한 일에 직면하거나 어떤 수신기에 고장이 생겨서 답답한 체험을 갖게 된다.

◉ 귀에 물건이 들어가서 막히는 꿈은

귀에 낟알·벌레 등이 들어가서 막히면 현실에서 소식·언론·명령 계통 등에 어떤 장애가 생기고 답답한 일에 직면하게 된다. 귀는 곧 자기 신체의 일부이기는 하지만 자기 사업과 관계되는 어떤 주무 당국을 암시하기도 한다. 만약 누구에게 청탁한 일이 있는 사람은 그 일에 어떤 수정을 가해서 바로잡아 놓지 않는 한 그 일은 성취되기 어렵다.

◉ 귀가 크고 아름답게 보이는 꿈은

상대방의 귀가 당나귀 귀만큼 유난히 크고 아름다워 보이면 부귀로운 사람을 만나게 되고 그 사람은 자기의 말에 잘 순종해 주기도 한다. 자기 귀가 크고 아름다워 보이면 현실에서 장차 좋은 운세가 도래한다. 꿈에 상대방의 귓밥이 두꺼운 것을 보면 어떤 사람이 자기 일을 도와줄 재력이 충분히 있음을 예시한 것이다. 자기 또는 상대방의 귓바퀴가 잘려지는 것을 보면 남에게 사기 당하거나 남과 다툴 일이 있다. 남의 귀가 동물의 귀로 보이면 남의 모함에 빠지고, 귀가 여러 개로 보이면 많은 부하를 거느리거나 사업상 많은 산하 단체를 가질 수 있다. 자기가 남의 귀를 잘라주면 어떤 사람과의 인연이 끊어지고 그의 신분이 비천하게 된다.

◉ 귀지를 파내는 꿈은

귀는 어떤 통신 기관·소식통 등을 상징하고 있으므로 귀지를 파내는 것은 현실에서 사업상 방해가 되고 고질화된 어떤 요소를 제거하고 소원을 충족시킬 일이 있게 된다. 파낸 귀지 덩어리가 크면 클수록 자기의 업적은 크다.

자기 숙청을 하거나 언론이나 명령 계통의 일대 수술을 가할 일이 각각 있게 된다.

🌑 나 체

🔰 방안에서 나체가 되는 꿈은

어떤 사람 앞에서 자기의 신상 문제를 적나라하게 털어 놓을 일이 있게된다. 만약 선 채로 대소변이나 기타를 배설했는데 더러운 느낌이 없었다면 자기의 숨겼던 과거를 상대방에게 깨끗이 털어놓거나 새로운 희망을 갖게 될 것이다.

🔰 전라가 되어 자기 육체의 아름다움이나 어떤 부분에 스스로 매혹되고 또는 자랑스럽게 생각하는 꿈은

자기 신분이 돋보이게 되거나 남편이나 자식·형제 등에 의해서 귀히 된다. 유방이 탐스럽다고 생각되면 형제나 자식들에 복록이 오고, 성기 부위가 자랑스러우면 자기 소망이 성취될 것이요, 각선미에 현혹되면 남편이나 자식들의 가호가 미칠 것이다.

🔰 나체가 되어 맑은 물에서 헤엄치는 꿈은

길운으로 뜻한 바대로 소원 성취한다. 지금까지 막혔던 일들이 한순간에 확 풀리고 희망찬 행운이 활짝 열리게 된다. 그러나 알몸으로 시궁창에 빠지게 되는 꿈은 흉몽으로 꾐에 빠져 범죄 소굴에 들어가거나 한순간 잘못으로 죄와 누명을 뒤집어쓰게 된다.

🔰 옷을 벗는 꿈은

꿈에 의상을 단정히 입고 있는 것은 신분·직위·처세 등의 일이 완벽하고 신분 보장이 되어 있음을 뜻하지만, 옷의 일부를 벗거나 헤쳐서 알몸의 일부를 드러내면 상대방에게 비밀을 노출시키거나 어떤 일을 공개 또는 과시하고 상대방을 유혹할 일을 암시한다. 또 한편, 협조자나 혜택의 결여와 사업상 의지할 곳이 없어질 때 완전 나체 또는 반나체의 모습을 드러내기도 한다. 자기가 상반신을 벗고 일하면 현실에서 윗사람의 협조를 얻지 못하

고, 하반신을 벗고 있으면 아랫사람의 협력을 얻지 못하거나 치
부를 세상에 드러내게도 된다. 또는 집·직장 등을 잃게도 된다.
내의 바람이나 팬티만 입고 행동하면 고독하고 불안한 가운데서
행동하게 된다.

☯ 대중 앞에서나 이성 또는 자기 혼자서 전라가 되어 서 있으면서
도 옷을 벗었다는 데 대해 무관심하거나 무표정 또는 전혀 부끄
럽게 생각하지 않는 꿈은
자기의 신상 문제와 신분에 관한 일, 작품 등을 대중 또는 상대
방 사람에게 적나라하게 공개하고 상의할 일이 있을 것을 암시하
는 것이다.

☯ 나체를 부끄럽게 생각한 꿈은
꿈속에서 부끄럽지 않던 것과는 반대로 자기의 신상 문제나 자기
의 비밀이 남에게 탄로되지 않기를 바라서인데, 이미 자기의 나
체를 남이 보았다고 생각되면 현실에서 자기의 비밀이 남에게 알
려져서 부끄럽게 생각되는 것이다. 이 때의 부끄러움은 비밀의
탄로와 아울러 패배 의식이나 창피를 당하게 될 일을 예시한 것
이다.

☯ 거울 앞에서 완전 나체가 되어 화장을 한 여인의 꿈은
머지않아 반가운 사람이 찾아와 자기 신분이 돋보이게 될 것이다.

☯ 화가 앞에서 나체의 모델로 서 있는 꿈은
어떤 심리학자나 예언자 또는 관상가에게 자기의 신상 문제나 심
리적 경향 또는 운세·분복에 관해서 상의할 일이 있게 된다.

☯ 반나체가 되어 있는 꿈은
자기에게 좋은 여건이나 협조자가 없으므로 외로운 처지에 있음
을 암시하는 것이고, 옷을 입으려고 한다면 자신을 보호해야겠다
고 생각할 일이 있게 된다. 자기 성기가 의복 밖으로 노출되어

있는 채 잠이 깨이면 자기 사업이나 자식이 방치된 채 있게 된다.

☯ 옥외 즉 마당이나 야외 등에서 나체가 되는 꿈은

자기 신분이 위태로운 경지에 놓여질 것을 암시하는 것이며, 때로는 보호자나 협조자 등을 잃어 당분간 외로움을 체험하게 된다. 만약 나체인 채로 뜰을 이리저리 거닐고 있었다면 어떤 일을 도모하는 데 있어 자기 신분에 보장도 보호도 받지 못한 채 좋은 방도를 찾아 당분간 헤매게 될 것이고, 자기가 제출한 작품(문학 작품이나 논문 등)이 심사 당국에 의해서 채택이 안되어서 애태울 것을 암시한다.

☯ 성교시에 벌거숭이가 된 꿈은

성교는 어떤 일이나 소원을 성취시킬 것을 꾀하는 현실에서의 행위를 상징하고 있으므로 머지않아 자기의 소원이나 계획하는 일이 성취 단계에 놓여지게 된다. 남편을 기다리는 여인의 꿈에 완전 나체가 되어 침대에 걸터앉았는데 방안이 휘영청 밝았다면 남편은 곧 돌아오게 된다. 하지만 침대에 걸터앉은 동안이 얼마나 오랜 시일을 암시하는지는 기약할 수 없다.

☯ 자기의 나체를 감추려 하지만 의상이나 가릴 데가 없어 쩔쩔매거나 이상한 억제를 받아서 꼼짝도 못하고 당황하는 꿈은

자기 신분이나 사업 또는 작품의 성패의 갈림길에서 자기를 돕는 협조자도 방도도 없이 불가항력으로 닥쳐온 불운으로 말미암아 조급하고 불안하며 마음의 갈등만 체험하게 될 것을 암시하는 것이다.

☯ 여자의 전라 또는 반라의 모습에서 욕정을 느끼는 꿈은

재수없고 불쾌한 일에 직면하게 된다. 꿈속에서는 상대방 이성을 완전히 점령할 수 있는 것이라야 대길한데 욕정만 고도로 자극시키고 질식시키거나 자기 마음을 흔들리게 하는 것은 소원이 충족

되지 않고 심적 갈등만 남기는 것이므로 미수·불만·불쾌 등을 체험하게 된다.

☯ 목욕과 해수욕을 위한 나체 꿈은
꿈속에서 목욕이나 해수욕을 하기 위해서 완전 나체가 되는 것은 몸을 씻는다, 수영을 한다는 의도에서 행위하는 것이므로 이 때의 노출을 현실에서 조금도 불안이나 해로운 일로는 적중되지 않는다.

☯ 길바닥에 발가벗고 누워 있는 꿈은
망신살, 실패, 재난, 구설수가 생기고 많은 사람들로부터 창피와 망신을 당하게 된다. 근신해야 한다.

● 눈

☯ 눈병을 앓거나 눈알이 빠지는 꿈은
운세가 막혀 탄식하게 되어 하던 일도 좌절되고 난관에 부딪친다. 질병, 우환, 곤고함을 당한다.

☯ 사랑하는 사람의 눈이 크고 시원한데 그 눈이 하도 사랑스러워 열렬한 키스를 하는 꿈은
실제의 애인에게서 속시원한 고백이나 결혼의 확답을 들을 것이다. 애인이 아니라, 딴 사람의 동일시라면 그 사람에게서 동이란 해답을 들을 것이다.
알지 못하는 처녀였다면 새로 사온 책의 내용이 자기 마음이 후련하도록 잘 씌어져 있을 것이다.

☯ 상대방 사람의 눈길이 지극히 평화롭고 인자해 보이는 꿈은
상대방에게서 많은 것을 배우게 된다. 동물의 눈길이 인자하고 빛

나면 어떤 서적이나 작품 등에서 많은 지혜와 진리를 얻게 된다. 반대로 상대방의 눈길이 무섭고 차디차게 보이는 것은 현실에서 느끼는 바와 마찬가지로 위험과 냉정·냉철·냉혹함 등을 표현하는 행위다.

◑ 안광이 형형한 꿈은

그와 동일시되는, 기상이 늠름하고 통찰력이 있으며 실력을 갖춘 사람을 만나게 될 것이다. 직접 사람을 만나지 않으면 그 사람의 작품이나 업적이 뛰어났음을 인정하게 될 것이다. 때로는 상대방 사람은 자기의 일거리의 상징물이 될 수도 있다.

만약 꿈속에서 자기의 형제나 윗사람의 눈이 희미하고 빛이 없으면 식견이 좁고 도량이 좁다는 것을 느끼게 되고 그의 정력 또한 약하고 그들이 진행하는 일 또한 별볼일 없게 된다.

◑ 자기가 키운 동물의 눈이 광채가 있고 형형한데, 그 두상의 윤곽이 뚜렷하지 않은 것을 보는 꿈은

자기 작품의 이미지는 새롭고 두드러져 만인간에 감명을 줄 수 있는 내용을 가졌으나 그 작품의 서역은 애매한 데가 있을 것이다.

◑ 소경이 되었다가 갑자기 눈을 뜰 수 있는 꿈은

잠에서 깨어나는 것같이 지금까지 암담하고 절망적인 일에서 벗어나며 운세가 크게 열린다.

소경이 눈을 뜨는 것을 보면 지금까지 자기 마음대로 부려먹던 사람이 무엇인가 자기 고집을 내세울 것이다. 상대방이 어떤 일거리의 상징이라면 그 일에 대한 진리가 깨우쳐진다.

◑ 소경을 인도하거나 길가에서 마주치는 꿈은

재수가 있거나 반대로 아주 없을 수도 있다. 그것은 소경이 자기 일에 간섭하지 않으려는 사람의 동일시이거나 일거리의 상징이 가능할 때, 소경을 자기 마음대로 처치할 수 있기 때문에 재수가

있다는 것이다. 재수가 없다는 것은 소경을 보는 답답한 심정과 동정심이 발동하였을 때인데 그것은 자기 마음을 흔들리게 하고 고통을 안겨주기 때문이다.

◑ 자기가 눈이 안 보이거나 소경이 되는 꿈은
절망 상태에 빠지거나 지극히 답답한 일에 부딪칠 것을 암시한다. 안개가 끼거나 먼지가 일어 전방을 잘 볼 수 없게 되는 꿈도 마찬가지 해석이 가능하다. 자기가 소경이 되면 성적 능력의 상실 또는 윤리 도덕에 어긋나는 죄악을 저지르고 자학하거나 회개하는 일이 있게 된다.

◑ 애꾸눈과 상종하는 꿈은
어떤 의견이 편협된 사람과 상대할 것이다. 또는 어떤 일거리가 균형 잡히지 않았거나 작품이 편견에 치우쳐 있음을 알게 된다.

● 다 리(발)

◑ 발로 큰 돌을 밟고 서 있는 꿈은
가난과 고통, 어려움을 딛고 일어서서 희망찬 행운을 맞이한다. 그리고 의족을 하고 걸어다니는 꿈은 협조자를 만나 도움을 받는다. 길운이 아닐 경우, 교통사고를 당하거나 불행이 닥친다.

◑ 다리로 상대방을 차는 꿈은
상대방을 배척하거나 제재를 가하는 행동이다. 그것은 개인적인 행위일 수도 있지만 부하를 출동시키거나 통솔자로서의 권세를 가지고 행위하는 것이기도 하다. 만약 다리에 감긴 구렁이를 흔들어 떨쳐 차 버리는 꿈을 꾸면 잉태한 자식이 유산된다.

◑ 다리가 무거워서 잘 걷지 못하는 꿈은

자녀에 대한 부모의 꿈이라면 현실에서 자기의 자녀가 생활난에 빠지거나 병들게 되고, 자식과 관계되지 않는 경우는 자기 부하나 사업이 고통 가운데에 있게 될 것을 예시한 것이다.

◉ 상대방의 총탄을 맞는 꿈은
상대방의 세력이나 계책이 자기 권리나 자유를 침해하게 된다. 맞는 상태로 꿈이 깨었다면 상대방이나 제3자에게 복종하고 부득이 굴복하겠지만 만약 그 탄환을 빼낼 수 있으면 상대방의 노력은 수포로 돌아간다. 처녀의 허벅지에 총탄을 맞으면 상대방 사람과 결혼할 것이며, 유부녀가 맞으면 잉태할 것이며 남자가 맞으면 권력자에게 복종하게 된다.

◉ 다리가 아프거나 수술할 목적으로 외과병원으로 진찰 받으러 가는 꿈은
직장에서 자기의 근무 성적을 상부 기관으로부터 검토받을 일이 있거나 다른 직책 즉 외근 관계 사무에 종사할 일이 있게 된다.

◉ 자기 발바닥에서 피가 흐르는 꿈은
조카뻘되는 사람에 의해서 재물의 손실을 가져오는데, 일가의 조카가 결혼을 해서 축하금을 보내기도 한다. 다만 발에 피가 흠뻑 묻어 그것을 붕대로 감싸주어야겠다고 생각하면 조카가 크게 재물을 얻는 것을 보게 될 것이다.

◉ 한 쪽 다리에 상해를 입은 꿈은
오른쪽 다리에 상해를 입어 통증을 느끼면 친자식이나 친손자의 누군가 병들거나 해를 입어 마음에 고통을 받을 일이 있을 것이고 왼쪽 다리가 그러하면 외손자나 친척 또는 부하나 단체가 해를 입어 마음의 고통을 받게 된다. 만약 전쟁 발발을 예시하는 대로 감겨 있으면 상대방 적군이나 아군의 일부가 심한 타격을 입었음이 분명하다는 예시다.

☯ 맑은 물로 발을 깨끗이 씻는 꿈은

그동안 어지러이 헤매며 살던 사람이 열심히 일도 하게 되고 어두운 과거를 청산하고 바른 길로 들어서게 된다.

☯ 가벼운 발걸음으로 산을 정복하는 꿈은

승리, 소원성취, 합격, 승진, 영전되고 어려움을 딛고 일어나 희망찬 목적을 달성한다.

● 둔 두(항문)

☯ 아름다움 엉덩이가 보이는 꿈은

신상품을 개발하여 히트치게 됨을 암시하며 혹은 상품전시장 등에서 미적 감상할 일이 생긴다. 반대로 항문 주위가 지저분하게 보이는 꿈은 불쾌, 질병 등 더럽고 골치 아픈 일이 발생한다.

☯ 치한이 엉덩이를 만져 기분 나쁜 꿈은

망신살이 끼거나 모욕을 당하고 도둑이 들게 된다.

☯ 항문에다 물건을 감추면

금은 보석같은 물건을 훔쳐 항문에 끼고 감추는 꿈은 첩이나 정부를 두고 딴 살림을 차리게 된다. 그런 상태로 앉았거나 거닐어도 빠져나오지 않는다면 그 제2호의 여인은 오랜 세월을 변함없이 보호를 받을 것이지만, 만약 그것이 떨어져 나오면 오래 가지 않는다. 입을 집의 정문으로 가정할 때 항문은 뒷문이요 암거래를 하는 장소다.

☯ 여자의 노출된 둔부를 본 꿈은

꿈속에서 여자가 둔부를 노출시키는 것을 보고 어떤 성적 충동을 느꼈다면 현실에서 재수없는 일에 봉착한다. 하는 일마다 장애가 따르고 골탕을 먹게 된다.

◉ 여성의 배후에서 성교한 꿈은

어떤 나체 여인의 배후에서 성교하면 현실에서 어떤 사람에게 청탁하려 갔다가 본인이 부재중이거나 만날 수 없어 그의 아내나 측근의 누구에게 자기의 청원을 전해줄 것을 부탁하게 된다. 만약 성교가 이뤄지면 일이 성취될 것이지만 그것을 이루지 못하면 현실에서 소원을 성취하지 못한다.

◉ 항문에서 황금덩어리가 쏟아지는 꿈은

생산업종에 투자하여 획기적인 사업성과를 올리고 많은 재물과 돈을 벌게 된다. 그리고 항문 속에서 작은 벌레 등이 나와 사라지는 꿈은 오랫동안 병석에 있거나 질병에 고통받던 일이 말끔히 사라진다.

● 등

◉ 상대방의 등에 업히는 꿈은

그 상대방 사람은 나의 수족과 같이 되어 나의 일을 잘 처리해준다. 그의 등에서 내리지 않고 잠을 깨면 계속해서 그 일을 보살펴준다는 꿈의 약속이다. 자전거 뒤에 타거나 말안장 뒷자리에 타면 그 앞사람의 인도와 안내를 받아 일이 잘 진행될 것이다.

◉ 자기에게 뒷모습을 보이는 꿈은

자기 일이나 의사에 반대하지 않고 순순히 따라줄 사람임을 암시한다.

◉ 상대방에게 등을 돌리는 꿈은

상대방에게 약점을 노출시키는 이치와 같은 것이데, 그렇게 되면

상대방이 시키는 대로 일에 복종해야 된다. 정면으로 맞서 있다
가 갑자기 등을 돌리면 상대방과 의견 대립을 벌이다가 갑자기
복종이나 순종하게 된다.

◍ 상대방 사람의 뒤를 때릴 수 있는 꿈은
그의 이면상이나 백그라운드의 소행이 나쁘다고 제재를 가하거나
경고할 일이 있게 된다.

◍ 등에 쌀섬이나 금덩어리를 지고 집안으로 들어오는 꿈은
횡재수가 있고 사업이 번창한다. 돈과 재물이 넉넉해지며 집안이
풍요로워 진다.

◉ 머 리

◍ 머리에 뿔이 나거나 혹이 생기는 꿈은
남의 우두머리가 되거나 남의 이목을 집중시키는 일을 성취할 수
있다. 자기 또는 남의 머리가 두 개 이상 한데 붙거나 동물의 머
리가 두 개 이상 여러 개가 한 동체에 난 것을 보면 현실의 어
떤 일거리가 두 가지 이상의 특성을 가지고 생산되거나 두 가지
이상의 권리를 가질 수 있다. 또한 한 단체의 우두머리가 둘 이
상 난립해 있음을 보게도 된다.

◍ 적장을 죽이고 그 시체에서 잘라 온 머리를 볼 수 있는 꿈은
정치가나 장군은 적국의 수장이나 수부를 항복받고 함락시킬 수
있을 것이며 정치적인 승리를 가져오기도 한다. 일반인에 있어서
는 자기가 성사시킨 일의 노른자위가 되는 부분을 자기 것으로
차지할 수 있다는 암시적인 꿈이다.

◍ 잘라진 적장의 목에서 피가 줄줄 흐르거나 그 피가 냇물 또는

강물이 되어 흐르는 꿈은
사업의 성취로 인해서 막대한 재산을 얻게 된다.

◉ 상대방의 뒤통수를 볼 수 있는 꿈은
상대방이 자기 의사대로 순종함을 암시하는 태도이다. 만약 자기
가 상대방 뒤통수를 때린다면 상대방이 자기에게 배반해서 그와
관련된 배후 인물들의 사건을 들춰내어 어떤 제재를 가할 일이
생긴다. 자기의 뒤통수를 볼 수 있으면 자기의 후원자가 누가 되
었는가, 조사해 볼 일이 있는데, 뒤통수의 머리가 잘 다듬어지고
면도가 잘됐으면 아무런 후환이나 거리낌도 없다는 것을 뜻한다.

◉ 동물의 머리를 얻게 되는 꿈은
역시 어떤 일거리의 노란자위 부분을 얻는다. 태몽이라면 명예·
권세 등과 관계있는 상징 표상으로 태아가 장차 어떤 단체와 기관
의 우두머리가 되거나 사업의 고급에 속하는 일을 취득하게 된다.

◉ 자기 머리에 잘 어울리는 모자나 관을 쓰는 꿈은
관직을 얻거나 자기의 신분증이 새로 만들어진다.
건(巾)을 쓰면 유산을 상속받을 일이 있다. 자기가 금관을 쓰고
왕위에 앉으면 학생이라면 수석이나 반장이 되고, 처녀는 훌륭한
좋은 가문의 유능한 남자에게 시집을 간다. 정치가는 정당 당수
가 된다.

◉ 머리 위에 무엇을 얹고 있는 꿈은
부귀공명과 입신양명, 출세길이 활짝 열린다. 즉 찬란한 금관을
쓰고 있으면 한나라의 최고의 영예, 최고의 지도자가 된다. 그리
고 머리에 삿갓을 쓰고 있는 꿈 또한 입신출세하게 되는 길몽이
다. 특히 해를 얹고 있었다면 일종의 통치자 혹은 영웅호걸로 세
상을 지배하고 만천하에 이름을 떨치는 광운이다.

● 목

● 목에 묻은 때를 씻어내는 꿈은
목구멍을 통해서 음식을 먹는다는 것은 현실에서 어떤 일거리나
재물을 처리하는 것을 상징할 수 있다. 그러므로 그 외표면에 때
가 묻었다면 부정한 재물, 즉 뇌물을 먹었다고 남이 의심하게 된
다. 때를 씻어 버렸으니 결국 누명을 벗게 된다.

● 목구멍에 무엇이 걸렸는데 아무리 뱉아도 뱉아지지 않는 꿈은
뇌물을 먹거나 그와 유사한 어떤 책임을 지고 그것을 되돌려 줄
수도 없거니와 가질 수도 없어 진퇴양난에 빠지고 양심에 가책을
받을 일이 생긴다. 또 한편, 어떤 관서에 청탁한 일거리가 중간
에서 정체된 채 추진도 반환도 되지 않아 애태울 것을 예시하는
꿈이다.

● 목구멍에 걸쳐 있는 가래 덩어리를 토해낼 수 있는 꿈은
오랫동안의 숙원이 해결되어 상쾌한 기분을 체험할 것이다.

● 상대방의 목 언저리를 손으로 때린 꿈은
그 사람의 목구멍은 관청 출납구의 상징이 가능하므로 현실에서
뇌물 먹은 죄과를 묻게 될 일이 있을 것이다.

● 목을 졸리는 꿈은
목을 졸리면 자기의 일이 방해를 받아 중지되고, 가슴을 타고 앉
아 괴로웠으면 어떤 병에 걸리거나 남편 또는 형제간에 불행이
박두해 온다.

● 노래를 부르거나 악을 쓰고 말하려는데 목소리가 나오지 않는 꿈은
언론·광고·명령 하달 등의 일이 뜻대로 되지 않아 고통을 받
게 된다. 때로는 누구와 말다툼을 하거나 시비할 일이 생겨서 분
노를 풀 수 없게도 된다는 암시다.

◐ 목을 쳐서 죽이는 꿈은

어떤 일의 수뇌부나 생명선 또는 보급로에 어떤 강력한 억제나 억압을 가하여 성취시킬 일이 있게 된다. 가령 자기가 관청에 제출한 어떤 문서를 결재 받기를 원하는 사람이 이런 꿈을 꾸었다면 그 관청의 상부 기관에 어떤 영향력을 발휘하여 그 일이 성사될 것을 예시하는 것이다.

어떤 일을 오랜 시일이 걸려서 협조자나 어떤 방도에 의해 성취시키고 명예로워질 일이 생긴다.

◐ 동물의 목을 잡는 꿈은

입학 시험이나 어떤 고시에 응시하려는 학생이 산에서 노루를 잡아 그 모가지를 옆에 끼고 오는 꿈을 꾸면 그 시험에서 수석으로 합격하게 된다. 또한 거북의 목이 쑥 나와 있는 것을 잡으면 자기가 하고자 하는 일이 무난히 성취된다.

◐ 상대방에게 목덜미를 잡히는 꿈은

현실에서 자기의 죄를 사직 당국에서 신문하게 되거나 자유가 구속된다. 그리고 남이 목말을 타면 한동안 어떤 사람의 억압 또는 지배를 받아 책임이 과중함을 절감하고 고통을 겪게 된다.

● 배(腹)

◐ 포만감과 기갈든 꿈은

꿈속에서의 포만감은 현실에서의 만족감 또는 포화 상태를 뜻한다. 기갈은 어떤 일에 대한 불만을 표시하거나 부족함을 느껴 소원을 충족시키지 못한다는 것을 암시한다.

◐ 배가 부른 임부를 보거나 자기가 아기를 가졌다고 생각될 만큼

배가 부른 꿈은
새로운 아이디어를 창조해낼 일이 있거나 반대로 어떤 고민 거리를 안고 있음이 명백하다.

◐ 상대방의 배가 불러 보이는 꿈은
그가 어떤 수단에 의해서든지 부유해진다는 것을 암시한다. 어떤 사람의 배가 부른 것을 주먹으로 때리면 그 사람이 뇌물을 먹어 축재했음을 질책할 일이 있게 된다.

◐ 배에 병이 생긴 꿈은
자기 배가 아파 쩔쩔매는 꿈은 자기 사업이 성취 단계에 있지만 그 일을 심사 당국에 보여야 할 일이 있게 되거나 남의 뇌물을 먹었으므로 양심에 가책받을 일이 있게 된다. 남이 배아파하는 것을 보면 자기 또는 남의 일거리에 장애가 생기거나 어떤 일을 다그쳐서 추진시켜야 할 일이 생긴다. 복막염·맹장염·신장염 등의 병명이 확실한 병을 의사에게 진단·치료받으면 어떤 사업 상 지장이 생긴 일을 갱신하고 보완해 주기를 관계 당국에 의뢰하거나 심사받고 수정을 받을 일이 생긴다.
배에 병이 있다고 판단, 의사가 수술하려고 하는 것은 현실의 자기 작품·사업·사망·태도를 갱신하고 변경해야 할 일이 있다.

● 성 기(性器)

◐ 이성의 성기를 보는 꿈은
남성 또는 여성이 상대방의 성기를 바라보는데도 욕정이 생기지 않으면 현실에서 남에게 유혹당하거나 불만이 생겨 재수 없고 불쾌한 사건을 체험한다.

꿈속의 이성이 고의로 성기를 노출시켜 과시하는 것을 보면 어떤 사람이 자기 작품이나 자식 또는 실력을 과시하는 것을 보면 어떤 사람이 자기 작품이나 자식 또는 실력을 과시하는 일에 직면할 것이고, 상대방이 자기 사업체나 사업에 대해 관심을 갖도록 유혹할 일이 있게 된다. 여성이 성기를 노출시켜 소변을 누는 것을 바라볼 수 있으면 어떤 사람이 어떤 소원을 충족시킴을 보고 불쾌하거나 패배감을 체험할 일이 생긴다. 꿈속의 여성은 보통 남성의 꿈에서는 어떤 교활한 남자의 동일시나 일거리를 상징한다.

☯ 자기 성기가 훌륭하다고 느껴지는 꿈은

만약 꿈에 성교시나 소변을 볼 경우가 아닌데 어떤 연유에서 자기 페니스를 노출시켜 이것에 대한 애착이나 황홀감에 사로잡혀 바라보고 흐뭇해지면 현실에서 자기 작품(창작물이나 수예품 기타) 또는 자식이 훌륭하다고 생각하게 될 일이 있다.

☯ 자기 페니스를 남이 칭찬해 주는 꿈은

어떤 사람이 자기 작품에 대해서 감동할 일이 있게 된다.

☯ 상대방 성기가 돋보이는 꿈은

꿈속에서 성교시 상대방 성기가 유난히 돋보이거나 두드러져 보였고 만족할 만한 성교를 끝내면 현실에서 자기가 성취시킨 일이 독특한 점이 있어 사람들의 찬사를 받고 만족하게 된다.

☯ 성기가 팽창하는 꿈은

꿈속에서 욕정이 발생하여 성기가 발기되고 팽창하였지만, 여체를 점령하지 못하고 욕정만 고도로 충동되면 훗날 현실에서 자식의 반항에 부딪칠 일이 있게 된다.

☯ 아무리 안간힘을 써도 성기가 발기되지 않는 꿈은

상대방으로 인하여 패배 의식을 체험하게 되거나 일에 대한 의욕이 상실된다.

만약 어떤 사람이 자기의 페니스를 쭉 뽑아 버리거나 잘라 버리는 꿈의 표현에 부딪치면 거세당하거나 절망 상태, 즉 자식을 잃거나 공들여 쌓아 올리고 다듬은 일이 허사가 된다.

☯ 자기의 페니스가 남의 것보다 몇 배나 더 크거나 훌륭하다고 생각하는 꿈은

자기 자식이 남의 집 자식보다 몇 배 더 훌륭하다고 생각되거나 자기 작품이 남의 작품보다 더 뛰어났다고 평가해 볼 일이 있게 된다.

☯ 자신있는 성기의 꿈은

성기는 자기 작품의 상징이거나 자식의 상징이다. 꿈속에서 태연하면 할수록 자신만만하고 남에게 자기 일을 과시하게 된다. 반대로 남이 볼까봐 감추거나 부끄럽게 생각하는 것은 현실에서 자기의 일이나 작품 내용이 남에게 알려질까 겁나거나 자신이 없어서 위축될 것을 암시하는 표현이다.

☯ 이성의 성기를 만지는 꿈은

이성간에 서로의 성기를 만지는 것은 두 사람 사이에 어떤 일을 동업하면 적합할 것인가 상대방을 피차 잘 알려고 노력하는 행위인데 그것으로 끝나고 성교를 하지 않으면 그 일은 성사되지 않는다.

☯ 남의 페니스가 모조품이라는 꿈은

어떤 자가 자기의 주장이나 작품에 대해서 도전해오나 그의 주장 또는 작품이 보잘것 없는 과장과 허세였음이 밝혀지게 될 것이다.

☯ 남자가 여성기를 달고 있는 꿈은

어떤 남자가 나체인 채 엎드려 있는데 그의 성기는 여성기여서 그와 성교를 했다. 지금까지 형으로 행사하던 상대방이 누워 있는 아랫도리를 보니 여성기를 달고 있었다. 이러한 꿈은 모두가

현실에서 상대방이 믿음직하고 훌륭한 사람이라고 인정할 만한 때와 남성적인 벅찬 일거리의 상징이 가능할 때 그와 그 일에 대해 유혹당하거나 어떤 계약(성교)을 맺을 일이 있고 무엇인가 성취시켜야 할 처지에 놓였을 때 나타내는 표현 수단이다.

● 어 깨

● 친구 또는 애인끼리 서로 상대방의 어깨에 팔을 얹고 어깨동무하면서 걷거나 뛰는 꿈은
상호 신뢰하는 것을 상징 표현한 것이 아니라, 상대방의 기세를 꺾기 위한 수단이고, 각자의 책임은 무거워질 것이며 상대를 거추장스런 존재로 생각하게 될 것을 암시한다.

● 자기 어깨에 짐을 지거나 무엇을 올려 놓는 꿈은
그의 책임은 그 짐의 무게에 정비례해서 중한 것을 느끼거나 고통이 따른다. 갓난아기를 업고 길을 걸으면 심한 고통이 뒤따르게 된다.

● 양어깨에 어떤 견장이 빛나고 있는 꿈은
자기 권세의 과시를 뜻하므로 그 견장의 상징 의의에 따르는 어떤 영광을 획득한다. 가령 자기가 무관이 돼서 장교의 정장을 하여 견장이 빛나 만족하면 어떤 기관에서 상을 받거나 진급되고 여러 사람의 추앙을 받는다.

● 얼 굴

● 사람의 얼굴이 바뀌는 꿈은
아는 사람의 얼굴이 다른 사람의 얼굴로 바뀌거나 동물의 얼굴로
바뀌는 것을 현실의 어떤 일거리·사업체 등의 표제·간판·성
격 등이 바뀜을 뜻한다.

● 얼굴을 거울에 비쳐보는 꿈은
거울에 제 얼굴을 비쳐보면 반가운 사람이나 미운 사람을 각각
훗날 현실에서 만나보거나 어떤 소식을 듣게 된다.

● 얼굴을 손으로 씻는 꿈은
얼굴에 때가 묻거나 무엇인가 거추장스런 것이 있으면서도 씻지
못하면 현실에서 답답한 일이 생기고, 이것을 씻어 내고 제거해
버리면 근심·걱정이 사라진다. 얼굴이 더럽혀져 있는 것을 느끼
지 못했는데도 대야에 물을 떠서 씻거나 개울이나 강에서 물을
떠서 씻으면 자기의 신분이 새로워진다.

● 얼굴을 수술 받는 꿈은
자기의 신원이나 사업을 신문 기자 또는 수사관에게 심문받으며
조사나 문의 등을 당할 것이다. 만약 코를 수술하는데 짜릿한 감
촉이 생기면 자존심이 손상당할 일이 있다. 두뇌 부분을 칼로 도
리는 느낌을 가지면 사상 검토를 받는다
양볼을 주사기 같은 것으로 찔러서 고쳤다면 집안 일이나 관청
일이 개선된다. 좌우간 수술을 안면에 받는 것은 재생·갱신의
뜻이 있다.

● 부상당한 얼굴을 붕대로 감는 꿈은
어떤 협조자의 힘을 얻어 자기 신분이 보호받게 된다. 남이 얼굴
전체를 붕대로 감은 것을 보면 어떤 사람의 사기에 걸리거나 자

동차 사고같은 것을 일으켜 보상해 줄 일이 생긴다.

◑ 얼굴에 종기나 반점이 생기는 꿈은
남의 이목에 오르내리게 된다. 또는 자기가 어떤 업적을 남기거
나 시비거리를 세상에 제기한다. 마마가 나듯이 붉은 종기가 얼
굴에 가득 차 있으면 그의 사업은 남의 관심을 크게 끌 것이다.
그것이 곪아터지면 어떤 좋지 못한 소문이나 창피당할 일이 있다.

◑ 거울에 비친 자기 얼굴이나 남의 얼굴이 갑자기 검게 보이는 꿈은
현실에서 몹시 탐탁하지 않은 사람과 상관하게 된다. 애인이나 남
편의 얼굴이 검으면 그에게 배반당하거나 속썩일 일이 잇다. 얼굴
이 검은 아이를 데리고 다니면 어떤 일이 몹시 고통스러워진다.

◐ 무서운 사람의 얼굴을 보는 꿈은
어떤 사람의 얼굴을 보는 순간 온몸에 소름이 끼치고 무서워서
떨게 되는 꿈은 실제로 무서운 사람을 만나거나 크게 놀랄 사건
이 벌어진다.

● 유 방(乳房)

◑ 어떤 여인의 젖을 꼬집거나 비비고 주무르는 꿈은
여기에는 성욕이 수반되므로 형제간에 싸울 일이 있거나 부모에
게 욕되게 하는 일로 인해서 불쾌를 체험하게 된다.

◑ 여자의 유방을 다칠까봐 조심하게 되는 꿈은
형제같은 어떤 사람의 협조를 받으며 그 사람의 또 다른 형제
적인 사람에게 누를 끼치지 않으려고 각별히 조심할 일이 있게
된다.

◐ 어머니의 젖을 빨아 먹는 꿈은

형제 자매의 재산을 횡령하거나 나눠 받으며 살아가는 것으로 적중된다. 또 모체가 어떤 사업체나 일거리의 상징이라면 그것에서 정신적·물질적인 자원을 얻게 된다. 태몽에서 아기에게 젖을 먹이는 꿈은 자기가 태아를 대신하고 있고 꿈속의 아기는 어떤 일거리를 상징하므로 그 일에 정신적·물질적인 자본을 투자해서 더욱 완전한 것으로 만들 사람이 될 아기를 낳는다.

☯ 여인의 유방을 덮어 감춰 주는 꿈은
형제간에 보호해 줄 일이 있고, 옷을 헤쳐 유방을 내놓는 것을 보면 형제간에 위험이 박두해 있음을 알 것이다. 성적 충동이 생기지 않은 채 유방이 커 보이면 형제간에 소식이 있거나 만나보게 된다.

☯ 조각품이나 그림에서 유방이 유난히 두드러져 인상적인 꿈은
멀리 떨어진 형제 자매의 소식이 답지한다. 그러나 그 그림에서 성적 충동이 생기지 않았을 경우에 한한다. 성적 충동이 생기면 불쾌한 소식이다.

◯ 이 빨(齒)

☯ 이나 충치를 가지고 있는 사람에 있어서 이를 뽑는 꿈은
그 고통에서 해방하려는 소원의 경향에서라고 말한다.
꿈속에서 소원을 충족시키는 것은 현실에서 않던 이를 뽑아 버린 것만큼이나 상쾌한 체험을 갖는다는 암시적인 표현이다. 이를 뽑아 버린 데 대한 서운한 감정은 현실에서 병으로 오래 앓던 사람이 죽어 버려 섭섭하기는 하겠지만, 근심 걱정은 한꺼번에 사라질 것이니 시원섭섭하다는 비유가 적당하다.

앓던 이를 뽑는다는 것은 죽음과 상관되는 상징만이 아니다. 자기 일이 성취되어 근심 걱정이 해소될 수 있으며, 결혼 일자가 예정되어 있는 처녀는 모든 준비가 순조로워 상쾌한 기분을 체험하게 될 것이다.

◑ 이빨이 흔들리는 꿈은

이빨이 빠지지는 않고 흔들려서 빠질까 겁이 나거나 불안해하면 현실에서 가족의 누군가 신원이 위태롭거나 병들게 되어 근심 걱정을 하게 된다. 그 이가 어금니라면 친척의 한 사람에 해당된다. 또 한편 직장에서 자기가 면직될까 불안해 질 것이다.

◑ 이를 뽑게 되는 꿈은

자기의 동기나 친척간의 한 사람이 거세(생이별하거나 죽는다)될 것을 암시하는 꿈이다. 윗니가 빠지면 자기의 윗사람이 죽을 것이고 또는 아랫니는 아랫사람, 어금니는 먼 친척이며 앞니는 존속 또는 비속에 해당된다. 덧니는 사위쯤 되는 사람일 것이고 충치는 현재 앓고 있던 사람이며, 의치는 양부모나 양자 또는 의형제가 될 것이다.

◑ 이가 저절로 빠져버리는 꿈은

자연적인 추세에 의해서 불행을 체험하게 되는데 직장에서 면직되거나 성능력이 쇠퇴된다. 천재적인 예술가·과학자의 죽음이나 누군가 노쇠해서 죽었다는 소식을 듣게 된다. 만약 이가 온통 우수수 쏟아지는 꿈을 체험하면 어떤 단체가 와해되거나 집안의 운세가 쇠퇴할 것이며, 단체나 기관의 찍을 재정비하게 된다.

◑ 이 빠진 곳에 새로 이가 나는 꿈은

새로 식구가 생기고, 직장에선 인적 자원이 충원된다. 또는 지금까지 열망하던 일이 성취된다. 갑자기 자기가 덧니가 생긴 것을 거울에 비춰보면 남자는 첩을 얻고, 여자는 간부를 두게 된다.

◐ 이 빠진 자리에서 피가 나는 꿈은

이가 빠지는데 피가 나는 것을 볼 수 없는 것이 보통이지만, 때
로는 피가 약간 흐르거나 콸콸 쏟아질 수 있는데 이렇게 되면
현실의 누가 죽음과 동시에 많은 재물이 탕진된다. 남의 이를 뽑
아주는 데 이런 일을 당하면 딴 사람이 죽은 덕분에 오히려 재
물이 생긴다.

◐ 아래쪽 덧니 어금니가 빠진 꿈은

아래쪽은 아랫사람, 어금니는 먼 일가, 덧니는 사위쯤 되니까 현
실에서 자기의 사위가 죽었다는 소식을 듣게 된다. 만약 이가 빠
지는 것이 길게 지속되는 감각으로 빠져 버렸다면 죽은 지 오랜
만에 소식을 듣거나 오랫동안 앓다 죽은 자이다.

◐ 성한 아래쪽 앞니가 부러지는 꿈은

자기의 자식 또는 손자의 누군가 신분이 하락되거나 몸을 상하거
나 또는 병들 것을 예시한 꿈이다. 때로는 일이 중절되기도 할
것이다.

◐ 의치를 해서 빠진 이를 막는 꿈은

의치는 양자나 의형제를 상징하므로 그런 사람을 자기 가문에 불
러들여 식구가 더하게 되거나 어떤 일군을 두게 된다. 의치가 빛
나면 현실에서 훌륭한 협조자나 며느리 또는 아내 등을 얻게 된
다. 자기 이빨이 검거나 누렇게 때묻어 있는 것을 보면 집안에
근심 걱정과 불길한 일이 생긴다. 뽑아진 잇새가 마음에 걸려 허
전함을 느끼면 고독해진다.

● 입(口)

● 상대방과 키스하는 꿈은
그 상대방이 사람의 동일시인 경우 그의 비밀을 탐지해 내거나 상대방의 고백을 듣게 된다. 만약 그 상대방이 일의 상징이라면 어떤 성취된 일에 관한 소식을 듣게된다. 키스는 제2의 성교 수단이고 성욕을 해소시키는 행위일 뿐 아니라, 입(집안 또는 관청의 상징물)의 내용을 음미하고 두 개의 이질적인 감정이 ㄷㅇ화 또는 승화됐기 때문이다.

● 입은 여성기의 상징적인 꿈인가
입은 그 구멍·입술·혀·이 등으로 구성된 것이 마치 여성기와 흡사하며 생리학적 경향에서 성욕을 충족시킬 수 있는 제2의 성감대이고 음식을 먹는다는 것은 성욕을 충족시킴을 상징하기 때문에 어디로 보나 여성기를 상징한다. 그러나 입에 수저를 넣는 것이 성교를 상징할 수 있다는 것은 여성의 꿈에서는 그럴 듯하나 남성의 경우는 성교와 상관이 없고, 다만 음식을 먹는다는 말의 개념만이 성욕을 충족시킨다는 동일성을 가져올 수 있을 것이다.

● 음식물을 먹는 꿈은
음식을 먹는다는 것은 어떤 일거리를 책임진다는 상징 표현이다. 그러므로 남이 주는 음식을 먹으면 현실에서 그 사람이 지시하는 일을 수행할 의무를 지게 된다.

● 자기에게 달려드는 호랑이를 입을 딱 벌리고 삼켜버린 꿈은
훌륭한 인재를 낳은 어떤 사람의 태몽이었다. 일을 벌린다는 것은 문을 연다는 뜻인데, 이 때의 입은 가문·집안 등의 상징이 된다.

◑ 입안에서 벌레가 기어 나와 그것을 뱉아 버리는 꿈은
머리칼을 뽑아내는 것과 마찬가지로 집안의 거추장스런 해충적인
존재가 제거되는 것이므로 재난이 없어지고 행복해짐을 암시한
다. 음식을 먹고 토하면 무엇을 갱신할 일이 있게 된다.

◑ 혀를 상징하는 꿈은
혀를 길게 내미는 사람을 보면 현실의 어떤 사람의 감언이설에
속아 넘어가게 된다. 자기의 혀가 잘려지는 꿈을 꾸면 현실에서
집안 또는 기관에서 주도권을 상실한다. 여성의 음부 속에서 혀
가 나왔다 들어간 것을 본 꿈은 어떤 일을 어떤 생산 기관(여성
기)에 청탁하려고 한 것을 과장해서 설명했으나 나중엔 그것을
철회할 것을 예시한 꿈이다.

⬤ 코(鼻)

◑ 자기 코가 갑자기 코끼리 코처럼 길게 늘어나는 꿈은
어떤 기관의 감독관이 되어 십분 자기 권리를 행사하고 여러 사
람의 존경을 받게 된다. 자기가 코끼리가 되면 크게 부귀롭고 권
리를 가지는 사람이 된다.

◑ 상대방의 코가 유난히 커 보이거나 높아 보이는 꿈은
지적 수준이 높거나 의지력 또는 자존심이 강한 사람과 상대할
것이며 자기는 패배 의식을 체험하게 된다. 코가 큰 사람을 대하
면 부귀한 사람을 대할 것이고, 코가 얕거나 비뚤어진 사람을 보
면 품위가 없고 긍지가 없는 사람을 상대하게 된다. 때로는 인격
이 고매하지 못하고 만사에 훼방을 잘하는 사람을 만나게도 된다.

◑ 상대방의 콧등에 상처가 났거나 종기가 나서 곪아 있는 꿈은

상대방의 죄상을 고백받거나 그 사람의 자존심이 꺾이는 것을 목
격할 수 있을 것이다. 만약 자기 코에 상처가 났으면 남에게 시비
를 받거나 어떤 모략 또는 음해가 미칠 것이고, 종기가 곪아 터
지면 자기 죄나 과거를 남에게 고백하게 된다. 자기 콧등에 터지
지 않은 종기나 붉은 점이 생겼으면 자기의 자존심이나 인기가 갑
자기 높아지므로 남의 이목에 오르내려 인사받을 일이 있게 된다.

◑ 콧물이 쉴새없이 흐르는데 그것을 휴지에 자꾸 푸는 꿈은
   의사 또는 신문 기자·수사관 앞에서 자기 주장을 피력하거나
   어떤 소신을 펴게 된다.

⚫ 털(毛)

◑ 흰머리가 검은머리로 되는 꿈은
   조만간 부귀가 찾아오거나 자기가 하는 일이 수월하게 진행되고
   일신이 편안해진다. 머리털이 빠졌다가 다시 나오면 명이 길거나
   새로운 사업이 융성해질 것이다. 또한 병자는 쾌유된다.

◑ 머리가 하얗게 �썬 꿈은
   멀리 가 있는 자기의 동기중 누구 또는 아는 사람이 몹시 곤경
   에 빠진 채 머지않아 찾아오게 된다. 자기 머리가 반백이 아니라
   완전히 희어져 있으면 나이 많은 사람, 학식이 높은 사람 등을
   만나고 자기의 일이 고통 가운데 빠지게도 된다. 상대방의 머리
   가 하얗게 세어 있으면 그 사람 또는 그 사람과 동일시되는 어
   떤 직무에 퍽 고통을 느끼고 있는 직원들을 상징한다.

◑ 눈썹이나 수염을 자기가 깎거나 남이 깎아 버리는 꿈은
   부모자식간이나 상사 또는 부하나 협조자를 상실하고 자기 신분

이나 체면에 손상을 받는다. 그러나, 수염이 길어 늘 거추장스럽게 생각하는 사람이 꿈속에서 면도할 수 있으면 근심 걱정이 해소된다.

☯ 머리를 빗거나 감는 꿈은
퍽 반가운 손님이 먼데서 오거나 어떤 소원이 성취되고 근심 걱정이 해소된다. 머리를 빗어 비듬같은 것이 우수수 쏟아지는 것을 체험하면 오랫동안 고민하던 일이 성취된다. 상대방 여자가 머리를 빗고 감는 것을 보면 그 여자나 그 여자와 동일시되는 어떤 여자 또는 남자가 자기를 배척하거나 자기에게 고통을 던져주고 좋아하는 꼴을 볼 수 있을 것이다.

☯ 이발과 면도를 하는 꿈은
무엇인가 만족스럽고 속시원한 체험을 갖는다. 반대로 장발족이나 옛사람들에 있어서는 그 머리를 깎는다는 것이 소원에 위배되므로 불만이나 불쾌를 체험하게 된다.

☯ 자기보다 먼저 이발한 사람을 보게되는 꿈은
자기보다 먼저 어떤 소원이나 답답한 감정을 해소시킨 사람이 있음을 보게될 것이다. 또한 동료나 친지 중에 진급이 빨리 된 사람이 있거나 전근 희망이 빨리 이뤄진 사람이 있게 될 것이다.

☯ 머리를 깎다 멈추는 꿈은
자기나 자기의 부모 형제의 누군가 어떤 일을 누구에게 청탁하지만 그 일의 성과를 얻지 못할 것이다.

☯ 자기 몸에 검고 억센 털이 빽빽이 난 꿈은
입신 양명 한다. 또한 많은 부하를 거느리거나 재주가 뛰어나기도 한다. 남이 온몸에 털이 난 것을 보면 현실의 어떤 사람이 자기의 신분을 위장하거나 진실을 말하지 않으며 그와 더불어 시비할 일이 있게 된다. 상대방의 눈 언저리가 털로 가득차 있는 것

을 보면 현실의 어떤 사람이 자기 인격이나 업적에 관해서 호언
장담하지만 그의 정체를 확인할 수 없게 된다. 상대방의 가슴에
털이 억센 것을 보면 어떤 사람이 음흉한 마음을 먹고 있음을
알게 된다. 상대방의 손등이나 종아리에 털이 억센 것을 보면 어
떤 사람의 수단이 능소능대함을 알게 되지만 그 사람과의 일은
실패로 끝난다.

◉ 여자가 머리를 빡빡 깎는 꿈은
자기가 의지하는 사람을 잃어 고독하게 될 것이다. 빡빡 깎지는
않고 긴 머리끝을 누가 자르면 남편이나 자식에게 해가 미친다.
치장을 위해서 이발하면 기쁜 소식이나 소원이 성취된다.

◉ 떠꺼머리 총각이나 치렁거리는 머리를 땋고 댕기를 한 처녀가 자
기 일을 도와주는 꿈은
어떤 고집이 세고 정력적이며 패기만만한 젊은 사람의 협조를 얻
을 수 있을 것이다. 꿈속의 여자는 다만 여성적인 남자라는 비유
가 되기도 한다. 또한 풀어진 머리채를 땋거나 틀어올리면 일의
결실 또는 인연을 맺는다.

◉ 수염이 길게 자란 꿈은
수염이 잘난 사람은 자기 인격이나 신분·권세 등을 과시하는 것
이다. 콧수염·턱수염 또는 구레나룻이 잘난 사람을 보면 현실에
서 존경할 만한 사람, 권세 있는 사람, 뛰어난 재주가 있는 사람
등과 상관하게 된다. 흰 수염이 길게 늘어진 사람은 고관 대작의
인물의 동일시이고 여러 사람의 존경과 신앙을 가져올 만한 일거
리의 상징일 수 있다. 앉은 사람의 키가 하늘에 죽 닿고 그의 수
염이 땅에 길게 드리워 늘어진 것을 봤다면 국가나 사회적으로
위대한 업적을 남기거나 권세를 행사하는 어떤 일과 관계된 꿈이
다. 수염이란 말의 유사성에서 수명이 긴 것을 암시하기도 한다.

◑ 상투를 튼 영감을 대하게 되는 꿈은

자기와 상종할 어떤 사람이 몹시 완고하고 고집이 세며, 좀처럼 자기의 견에 동조해주지 않을 것이다. 때로는 어떤 보수적인 경향의 사람·일거리 등의 상징일 수 있다.

◑ 머리가 자라 얼굴을 뒤덮는 꿈은

머리가 얼굴을 덮는 것은 자기 신분이나 간판을 덮는 것이 되고 산만한 표적이기 때문에 불쾌의 상징이다. 남이 그런 것을 보면 자기에게 이롭다.

● 팔(손)

◑ 왼팔과 오른팔에 관한 꿈은

대체로 왼팔을 사용하는 것은 현실에서 좌익 세력이나 불의한 행위와 관계하고 오른팔을 사용하면 우익 세력이나 정의로운 일과 관련된다. 그러나 때로는 신체적 자극, 즉 잠의 자세가 한쪽 팔을 몸으로 억압하고 있을 때는 꿈속에서 다른 쪽 팔을 사용하게 되는데 사용이 불가능한 팔은 꿈속에서도 억제되어 있고, 잠의 자세와는 전혀 다른 어떤 공사에 끼이게 된다.

◑ 상대방과 악수하는 꿈은

현실에서 개인과 개인, 단체와 단체 사이의 결연·연합·합의·결혼 등을 상징하는 것인데 손을 흔든다면 그 결연이나 연합 현상이 한동안 우여 곡절이 생겨 공고하지 못함을 암시하는 것이다. 꿈속의 악수는 되도록 흔들지 말아야 좋다.

◑ 무기나 몽둥이로 남을 치는 꿈은

좀더 강력한 협력자의 힘을 빌거나 좋은 방도를 가지고 상대방을 공박할 일이 있다. 주먹을 불끈 쥐거나 다섯 손가락을 펴서 상대방을 치면 형제간 또는 단체적인 사람이 협심하여 상대방을 공박할 일이 생긴다.

◐ 팔에 이상이 생기는 꿈은

꿈에 팔이 부러지면 현실에서 자기의 능력이나 원조 세력이 상실되고, 남의 팔을 부러뜨리면 남의 세력의 일부를 꺾을 수 있다. 팔이 굽은 사람들을 보면 경쟁자들을 물리치고 시험이나 경기에 우승하며, 자기 팔에 털이 억세게 나면 재수가 있거나 어떤 능력이 생긴다.

◐ 그 정체는 밝혀지지 않은 채 손만 나타나서 자기의 의복이나 소지품 기타의 물건을 훔쳐가는 것을 보는 꿈은

정체를 알 수 없는 일당에게 모함을 받아 자기의 처지가 위태로워지거나 실제로 어떤 물건 또는 재산을 도난당하게 된다.

◐ 두 개의 손가락이 잘려져 나가는 꿈은

자기의 형제 가운데 두 사람이 요절하거나 자기의 세력 일부가 손상될 것이다.

◐ 자기가 늘 앉는 의자에 어떤 사람의 손이 닿는 것을 보는 꿈은

자기 지위를 노리는 자가 생겨날 것이고, 빈 용상에 손이 뻗어 있는 것을 보면 국가 원수에게 반역하는 자가 생겨날 것이다. 반대로 자기의 손이 용상이나 국가 고위 관리의 의자에 손을 대고 있으면 머지않아 승진이나 그 의자의 주인공과 맞먹는 권리가 주어질 것이다. 미혼일 경우는 결혼하게 된다.

◐ 검은 손이 나타나 자기의 문패나 남의 문패를 떼어가는 것을 보는 꿈은

그 문패의 주인공은 죽는다. 만약 검은 손은 아닌데 자기의 문패를 떼어가면 어떤 음모의 일당에 의해서 자기의 신분이 현재 위

치에서 몰락될 것이다.

● **두 손을 사용해서 실감개에 감긴 연줄을 풀고 감으며 연을 날리는 꿈은**
가장 통쾌한 일이다. 그것은 자기의 작품(사업) 발표(성공)를 계속해서 할 수 있다는 암시인데, 신문 잡지에 연재물을 발표할 수 있는 것과 같다. 하지만 그 일은 비록 자기 작품(연)을 공개한다 해도 자기 혼자만의 힘으로 된 것이 아니라, 그 일이 성취되기까지에는 여러 사람과 단체적인 힘이 개재해 있다. 그것은 실감개를 돌리기 위해서는 두 손의 열 손가락이 다 협력했기 때문이다.

● **자기나 상대방이 부상을 당해 붕대를 감은 꿈은**
자기의 직속 부하나 예하 세력(인력·자원·자본)이 크게 손상됐음을 체험하게 된다. 만약 적군의 한 사람이 그런 모습을 하면 적의 세력은 크게 소낭을 받고 쇠퇴해졌음을 암시한다. 양팔이 다 붕대가 감겨 있는 것을 보면 적은 재기 불능에 빠진다는 것을 암시하고 있다.

● **자기에게 가해하기 위해서 나 자기의 소중한 물건을 훔치려고 뻗은 손을 칼로 싹둑 잘라 버리는 꿈은**
자기를 해치려는 어떤 세력을 꺾고 승리하게 된다. 만약 손목을 잘라 그 손목이 공중에서 떨어져가는 것을 보면 어떤 단체에 가입했다가 그 단체가 몰락하거나 해체되나 오히려 자기는 이롭게 된다. 가령 계원의 한 사람이었던 부인의 꿈이 그렇다면 그 계는 깨지고 자기는 그런대로 유리해진다.

10. 동물과 물고기 · 곤충류에 관한 꿈

● 개(犬)

◉ 자기집 개가 짖어대는 것을 듣고 보는 꿈은
집안 식구나 고용인으로 인하여 풍파가 생기고 널리 소문날 일이
생긴다. 먼 곳에서 개 짖는 소리가 들리면 먼 훗날 집안에 관계
되는 사건이 외부에서 생긴다는 것을 예시한다.

◉ 자기집 개에게 물려서 피가 나는 꿈은
심복이나 고용인에게 배반당하고 재산상 손실이 생긴다. 남의 집
대문에 매어 있는 개에게 물리면 그 집은 어떤 기관의 상징이고,
개는 그 집의 책임있는 사람의 동일시로서 자기의 소청한 일이나
작품 등이 그 기관에서 성취될 일이 있게 된다. 개가 손을 물고
놓지 않으면 자기 능력을 심사 기관에서 테스트할 일이 생긴다.

◉ 자기집 개를 귀엽다고 쓰다듬은 꿈은

집안의 며느리나 고용인이 속 썩일 일이 있어 그를 미워하게 될 것이다. 알지 못하는 개가 따라와서 쓰다듬으면 한동안 병마에 시달리거나 어떤 사람으로 인하여 속썩을 일이 생긴다.

◉ 어떤 집엘 들어가려는데 개가 사납고 무서워서 못 들어가는 꿈은
훗날 어떤 관청의 경비원에게 출입을 저지당하거나 어떤 여자를 방문하려는데 그 집 주인 또는 남편이 있어 방문하기가 난처했다는 것으로 적중된다.

◉ 개가 물려고 덤비는 꿈은
신변에 위험을 느끼는 벅찬 일에 직면해서 그 해결을 못 보고 만다. 만약 그 개들을 발길로 차서 물리칠 수 있으면 어려운 일에 직면했더라도 무난히 해결된다.

◉ 자기집 개를 이끌고 다니는 꿈은
고용인이나 호위병과 더불어 행동할 일이 있는데, 그 개가 갑자기 줄을 끊고 달아나려 하여 힘에 벅찼다면 고용인이 말을 안 들어 일이 순조롭게 진행되지 않을 것을 암시한다. 때로는 노력을 요하는 일·학업 등의 상징일 수 있다.

◉ 자기집 개가 남의 집 개들과 어울려 노는 꿈은
자기집 식구의 누군가 어떤 단체에 가입하거나 어떤 일을 무뢰한들과 공모할 일이 있게 된다. 자기집 개에게 남의 집 개가 가까이 오려고 하면 개로 동일시된 어떤 사람이 간통하려 하거나 정보를 얻으려는 염탐꾼이 나타나게 된다.

◉ 개가 서로 싸우는 것을 보는 꿈은
어떤 사람이 서로 헐뜯고 비난하는 와중에 말려들거나 전염병이 만연되어 그 영향을 받게 된다.

◉ 개가 자기를 귀찮게 하여 칼 또는 낫으로 죽이고 주인이 찾아올까봐 그 자리를 피해 숨는 꿈은

자기에게 방해가 되는 일을 물리치고 그 일을 처리한 데 대한 후환이 남아 약간의 심적 고통을 받게 된다. 연장을 손에 쥐고 그것을 처치한 것은 자기의 협조자나 유리한 방법에 의하여 그 일을 처리한다는 암시이다.

- 들개나 천박하게 생긴 개가 자기를 따라오거나 집으로 오는 꿈은 유행성 전염병에 걸릴 염려가 있다. 또한 방랑자·무의탁자 등을 만나게 된다.

- 해질 무렵이나 인적이 드문 곳에서 개가 어디론가 달려가는 모습을 보는 꿈은
비밀스럽거나 급한 일을 쫓는다고 생각되는 어떤 스파이나 탐정, 아니면 취재기자의 활동상을 보게 될 것이다.

- 자기집 개의 성기가 팽창한 꿈은
자기집 식모나 머슴 또는 집안 식구 중 누구가 자기에게 반항할 일이 생긴다.

- 개가 교미하는 것을 보는 꿈은
현실에서 어떤 천박하다고 생각되는 사람들이 연합할 일이 있을 것이다. 교미하는 모습에서 성욕을 느끼면 남의 일에 간섭했다가 크게 불쾌감만 체험하게 된다.

- 개를 죽이고 끓여 먹으려고 하는 꿈은
어떤 사업이나 사업 자금이 생겨 이것을 사업에 투자하거나 일을 착수하게 될 일이 있게 된다.

- 개가 두 다리로 서서 춤추는 것을 보는 꿈은
고용인이나 어떤 자가 비상한 기교를 부리고, 자기에게 인신 공격을 하거나 실제로 자기를 구타할 일에 직면하게 된다.

● 고양이 · 원숭이

● 자기집에서 키우는 고양이가 자취를 감추어 그것을 찾지 못하거
나 달아나는 것을 쫓지 못하는 꿈은
자기집 고용인이나 경비원을 해고하거나 자기가 애지중지하는 물
건을 분실하여 찾지 못하게 될 일이 있을 것이다.

● 자기집 고양이를 안고 희롱하거나 남의 집 고양이를 어루만지는
꿈은
어떤 여자나 어린아이를 품에 안을 일이 있거나 벅차고 고달픈
일거리에 개입하게 된다.

● 산고양이가 자기를 보고 달아나는 것을 보는 꿈은
어떤 비밀스런 사건을 밝히려 하지만 그 일이 미궁에 빠지거나
외로움을 체험하게 된다. 그 고양이가 자기집 음식을 물고 달아
나는 것을 보면 집안에 도둑맞을 일이 있거나 어떤 사람으로 인
하여 일에 방해를 받게 된다.

● 고양이가 자기를 할퀴는 꿈은
부인에 의해서 명예를 훼손당할 일이 있다. 고양이는 병마를 상
징하므로 우연히 병이 들게도 된다. 알지 못하는 고양이에게 물
리면 어떤 권리를 얻거나 벼슬을 얻게 된다.

● 고양이를 잡아 죽이는 꿈은
자기 마음을 괴롭히고 일을 방해하는 어떤 사람이나 사건을 제거
할 수 있을 것이다. 그리고, 자기의 일은 무난히 성취된다.

● 고양이가 말을 하는 꿈은
그 고양이가 현실의 어떤 사람의 동일시가 될 수 있기 때문인데,
그 고양이가 어떤 말을 했는지를 기억할 수 있으면 그 고양이가
누구의 동일시라는 것을 알게 된다.

◉ 개와 고양이가 싸우는 것을 보는 꿈은
두 사람이 서로 권리 다툼을 하는 것을 목격하거나 자기가 그
중 한 동물로 동일시되어 상대방과 싸울 일이 있게 된다.

◉ 고양이 눈빛이 유난히 빛나 감동받는 꿈은
어떤 사람의 문학 작품이나 자기의 창작물이 계몽적이고 여러
사람들이 감동할 만한 뚜렷한 이미지가 살아 있는 작품이라고
인정하게 된다.

◉ 닭장 옆에 웅크리고 앉아 있는 고양이 꿈은
닭장 속의 닭은 재물의 상징이되므로, 현실에서 자기집 재물을
축내려는 사람이 있거나 감시하고 보호해 줄 고용인이 있음을 암
시한다.

◉ 오이를 감고 있는 구렁이를 지켜보는 고양이 꿈은
자기가 머지않아 한 여자와 상관할 수 있을 것인데, 이 간통 사
실을 자기 아내가 알고 시비할 일이 있을 것을 예시한 것이다.
꿈속의 큰 오이는 남근(男根)을 상징하고 있으며, 구렁이는 정부,
고양이는 아내의 상징이다.

◉ 호랑이가 변하여 고양이가 된 꿈은
처음에 계획은 크게 세웠으나 결국 일의 성과는 보잘 것 없는
것이 돼 버린다는 것을 암시하는 꿈이다. 또한 집안으로 들어온
호랑이를 보고 문을 닫았는데, 다시 열고보니 그 곳엔 고양이가
웅크리고 앉아 있었다는 꿈은 어떤 위대하다고 생각했던 사람이
나 작품이 후일 다시 보니 그는 보잘것 없는 인간이나 작품에
지나지 않았다는 체험을 갖게 된다.

◉ 원숭이가 기둥이나 나무에 잘 오르는 것을 보는 꿈은
가까운 장래에 자기의 신분이 새로워지고 직위가 높아진다.

◉ 검은 고양이가 울며 쫓아오는 꿈은

두렵고 답답하며 불길한 사건을 체험하게 된다. 그 울음 소리가
주위에 메아리치면 불길한 소문이 퍼질 징조이다.

☯ 원숭이와 정면으로 마주치는 꿈은
어떤 교활한 사람이 자기 권리를 침해하려 하고 서로 다투게 되
며 시기나 모욕당할 일이 있게 된다.

☯ 원숭이가 서로 싸우는 것을 보는 꿈은
연극 배우나 요술사가 연기하는 것을 볼 수 있거나 자기가 하는
일을 어떤 자가 모방하므로 그 비행을 책망할 일이 있게 된다.

☯ 정글에서 원숭이 무리에게 조롱당하는 꿈은
어떤 사업이나 단체에 가입하여 많은 라이벌이나 방해자로 인하
여 일시적으로 고통을 당한다는 것을 암시하는 것이다. 만약 자
기가 총이라도 쏘아 이것들을 물리칠 수 있으면 그 고통스런 일
은 일시에 사라지고 사업은 잘 진행될 것이다.

● 돼 지(豚)

◉ 돼지를 가져오는 꿈은

머지않아 집안에 재물 또는 돈이 생긴다. 꿈속에서 본 돼지의 크기나 수효가 많은 것에 정비례하여 현실에서도 다수의 재물이 생기는데, 모두 노력의 결과로 얻어진 재물이다.

◉ 돼지가 방안으로 들어오는 꿈은

큰 돼지 한 마리가 방안으로 들어오려는 것을 내쫓으면 현실에서 부유층의 사람이 자기를 도우려고 올 것이지만, 그 도움을 거절할 일이 있을 것이다. 그러나 그 돼지가 완전히 사라지지 않고 마루에 웅크리고 앉아 있으면 어느 시기엔가는 그 재산가의 도움을 받게 된다.

◉ 돼지고기를 들여오는 꿈은

꿈에 돼지고기를 반짝 또는 굵직굵직하게 잘라서 집으로 들여오거나 그것을 울타리 같은 곳에 말리는 것을 보면 현실에서 많은 재물이 생긴다.

◉ 돼지를 팔러가는 꿈은

자기집 재물을 누군가에게 바치고 그것을 받은 사람이 맡겨주는 일에 종사하게 된다. 그러나 확실히 팔았다고 인식하거나 돈을 받았을 때에 한하고, 돼지를 팔러가다 중도에서 잠이 깨었다면 갑자기 돈 쓸 일이 생겨 재물의 손실을 가져오게 된다.

◉ 돼지가 집 밖으로 나가는 꿈은

자기집 재산이 줄어들 것을 암시한다. 그러나 천신만고 끝에 그 돼지를 다시 우리로 몰아넣는 꿈을 꾸었다면 그는 자기집 재산의 일부가 손실당할 것을 막을 수 있게 된다.

◉ 자기집 식구가 돼지를 물고 오는 것을 보는 꿈은

꿈속의 그 사람이나 그 사람과 맞먹는 집안 식구 중 누군가 수
개월 후 또는 수년 후가 지난 다음에 정말 돈을 벌어가지고 올
것이다. 만약 이미 집에 당도해 있었다면 가까운 시일 안에 돈을
벌어온다.

☯ 돼지를 우리에 넣지 않고 대문이나 현관에 묶어두는 꿈은
갑자기 사용할 재물을 마련하게 되거나 어떤 식모 같은 여자를
데려올 것을 예시한 꿈이다. 그 식모는 그 생김새나 먹세가 돼지
같다고 생각하게도 될 것이며, 때로는 그 식모가 집에 옴으로써
우연히 그집 재산이 증가할 운이 터질 수도 있을 것이다. 여하간
에 돼지로 동일시된 사람은 복이 있는 사람이다.

☯ 우리 속에 넣은 돼지가 여러 마리의 돼지로 변하여 우리가 꽉
차 있거나 무수한 새끼를 낳아서 어미를 따르고 있는 꿈은
곗돈이 불어나거나 남편의 사업이 번창하여 많은 재산을 소유할
것이다. 과학자는 새로운 아이디어로서 발명·발견을 할 수 있을
것이다.

☯ 꿈에 많은 돼지새끼를 실어다 돼지우리나 집안이 아닌 마당에 풀
어놓은 꿈은
처음에 큰 사업을 벌이거나 재물을 얻을 일이 있겠지만, 하나 둘
그 재물이 손실되어 실패하게 된다. 그것은 돼지에게 자유를 준
것이기 때문에 결국 관리할 수 없다는 것을 암시한다.

☯ 자기집 울안에 있던 어미돼지가 새끼 여덟 마리를 낳고 어느 새
어미돼지만큼 큰 것을 보는 꿈은
처음에 어떤 자본을 들여서 처음 투자한 자금이 8배로 불어난다.
그러나 반드시 자기집 돼지우리에 있는 것이라야 좋고, 들판이나
남의 집에 있으면 남의 사업이나 돈과 관계될 뿐이다. 길을 가다
길 옆에 큰 돼지와 새끼돼지가 울안에 있는 것을 보면 자기 사

업이 호전될 것이다.

☯ 큰 돼지가 어디서 나타났는지 자기 뒤를 졸졸 따르는 꿈은

유력한 재산가가 자기의 뒤를 보살펴 줄 것이다. 그러나 그 보살펴 준 대가는 반드시 치르게 된다. 그것은 돼지의 앞에 서서 매사에 조심하며 행동을 하기 때문인데, 만약 그 돼지가 자기 옆이나 앞에서 따르고 있다면 그 사람의 협조를 받아도 마음에 아무런 부담을 가질 필요는 없다. 중돼지나 새끼돼지가 자기를 따르고 있다면 태아의 상징일 수 있고, 재물이 따를 수도 있다.

☯ 새끼 돼지를 쓰다듬는 꿈은

태몽으로 태어난 아이는 잘 자라고 의식주에 걱정이 없는 부유한 사람이 될 것이다. 한편, 생각이 깊지 못하고 센스가 빠르지 못한 아둔하고 속썩힐 사람이 될지 모른다. 꿈에 동물을 쓰다듬는 것은 현실에서 그와 동일시 되는 사람으로 인하여 속 썩는 일에 직면하기 때문이다. 만약 꿈속에서 쓰다듬지 않았다면 이와 같은 결점은 없을 것이다.

☯ 큰 돼지가 무는 것을 죽인 꿈은

이 꿈에서의 큰 돼지는 부귀와 권세의 상징물이며, 자기의 발을 문다는 것은 그 권세가 자기에게 미침을 뜻하고, 크게 노하여 칼로 베어 죽였다면 큰 일이 성취되어 크게 만족한다.

☯ 누런 돼지가 검은 새끼를 낳은 꿈은

어미와 새끼가 색깔이 다르다는 것은 항상 이별을 면치 못한다. 만약 누런 돼지가 검은 새끼를 낳거나 검은 돼지가 흰 새끼를 낳은 것 중에서 한 마리를 가져온 꿈을 꾸고 아기가 있으면 현실에서 그 아기가 부모와 생이별하게 된다.

☯ 산돼지를 보거나 접촉하는 꿈은

만약 산돼지가 사나운 기세로 달려들거나 그 산돼지에 물리던가

하는 꿈을 꾸고 태기가 있으면, 현실에서 그 산돼지의 성격 그대로 야성적인 자식을 출산하게 되며 그는 장성해서 씩씩하고 용맹스런 사람이 될 것이다. 그러나 세상사람들과 타협하지 않는 고집도 갖게 된다.

◎ 자기가 돼지가 되는 꿈은

자기가 돼지가 되어 네 발로 걷거나 돼지 행세를 하였다면 장차 부자가 되거나 좋은 집을 사서 살게 된다. 이 꿈이 태몽이라면 그 태아는 장차 장성해서 부자가 될 것이다.

◎ 돼지가 교미하는 것을 보는 꿈은

남과 더불어 합자 형식의 사업을 시작할 것이다. 교미가 이루어지지 않는 것을 보고 잠을 깨면 그 합자는 이루어지지 않고 불쾌한 기분만 체험하게 된다. 여러 마리의 돼지가 문밖에서 교미하는 것을 보면 주식회사가 설립되거나 결혼식에서 신부와 신랑 양측에서 선물과 축하금이 쇄도하는 것을 볼 수 있게 된다.

◎ 잔치에 돼지를 잡으려고 자빠뜨려 놓은 꿈은

자기가 계획하는 큰 일이 성취될 것을 암시하는 표현이다. 잔치는 일의 성취를 뜻하며 자빠진 돼지는 그 돼지가 맥을 쓰지 못하게 되므로 최대의 행운을 암시하고, 네 개의 다리가 인상적인 것은 4개월 후 또는 네 가지 일이 차례로 성취된다는 것을 암시한다.

◎ 돼지를 잡아 통째로 구워서 그 고기를 칼로 조각조각 잘라먹는 것을 보는 꿈은

어떤 사람의 일거리나 논문 또는 문학 작품 등을 부분적으로 처리하거나 작품의 진가를 따지는 심사 과정을 볼 것이다. 그 돼지가 자기가 키우던 돼지라고 생각되면 자기의 일거리에 관계되는 일을 남이 와서 그 내용을 하나하나 알려고 할 것이다.

◉ 죽은 돼지를 짊어지고 오는 꿈은

재물이 되지 않고 오히려 화근이 된다. 그것은 더 자라고 키울 성질의 것도 아니고, 이것은 성가신 일의 상징으로서 남의 부채를 걸머지거나 노력은 해도 실속이 없다.

◉ 산돼지를 죽이는 꿈은

많은 전과를 올릴 수 있거나 전세와 관계 없으면 자기와 관계되는 일거리를 무난히 성취시킨다.

◉ 돼지새끼를 쳐죽이는 꿈은

어떤 큰 사업을 성취한 사람이 나머지 일을 성취시키려는데 그 사업체가 분산되어 존속하느냐 멸망하느냐의 절박한 때에 놓여진 것을 이 사람의 조력으로 잘 수습하고, 그 일을 완전히 성취시킬 수 있다는 것을 예시한 것이다.

◉ 사나운 돼지 목을 조르며 싸우다 깬 꿈은

사나운 큰 돼지가 방안에 들어와서 발광을 하므로 그 돼지를 죽여야겠다고 생각하며 힘껏 목을 누르고 있다가 잠이 깨었다면, 큰 재물이나 사업체를 소유하거나 성취시켜야 할 일이 있다. 그

것이 빨리 이루어지지 않고 몇 번인가 주저나 실패의 고배를 마시지만, 결국 성취될 것이라는 암시다. 만약 승부를 가름하는 일이나 재판 같은 것을 하면 일승 일패를 거듭하던 끝에 상대방을 눌러놓을 것이지만, 언제 또다시 고개를 들고 일어날지 모른다는 암시이다.

● 제물이 차려진 젯상에 돼지머리나 돼지다리를 올려놓고 제사를 드리는 꿈은
어떤 권력가에게 일거리를 부탁해서 그 소원이 성취된다. 이 때의 돼지머리는 제3자에게 바치는 뇌물이나 수고료가 될 수 있다.

● 돼지고기를 생으로 씹어먹거나 구워서 토막친 것을 씹어 먹는 꿈은
답답하고 따분한 일거리에 종사하게 된다. 국물이 있는 고깃국을 먹고 마시면 유행성 감기에 걸리게도 된다.

● 돼지가 외양간 말뚝 위에 눕는 꿈은
머지않아 부인이 돼지로 상징되는 자식을 출산하는 광경을 목격하게 된다. 돼지는 태아, 언덕은 여체의 하반부, 외양간은 모체, 말뚝은 태아 출생시에 있는 구정물들의 상징이다.

● 말(馬)

● 백마를 타는 꿈은
백마는 고결하다, 순백하다, 부귀롭다 등의 뜻과 합성화해서 가치 있고 충성스럽고 의리있는 아름다운 사람이나 세력·작품 등의 상징이다. 그것은 어여쁜 아내, 가치 있는 작품, 충성스러운 부하임을 암시하고 있으므로 백마를 타고 활보하면 신분이 고귀해진다.

◎ 말을 타는 꿈은
어떤 세력을 얻거나 기세를 떨치고 귀한 협조자 또는 물건을 획
득할 수 있다는 것을 암시한다.

◎ 목장에 방목한 무수한 말들을 보는 꿈은
어떤 집단, 가령 학생이나 군인을 상징하거나 재물의 상징 또는
자기 권세의 확대된 모습이다. 그 말들을 인도해서 집으로 오는
꿈을 꾸었다면 자기 세력이 크게 확대되거나 많은 재물을 소유할
수 있을 것이다. 말들이 놀라 뿔뿔이 흩어져 달아나면, 재산이
흩어지고 사업이 실패할 것을 예시한 것이다.

◎ 말을 타고 산에 오르는 꿈은
이 꿈에서 산은 국가나 사회계급을 상징하므로, 말, 즉 국민이나
사회 단체의 추대를 받아 득세할 것이며 계급이 높아질 것이다.
그 말을 몰아 산 정상에 오르고 사방을 굽어볼 수 있으면 현실
에서 그의 정치적 권세는 크게 떨칠 것이다.

◎ 말을 타고 산과 들을 활보하는 꿈은
정치인이 이런 꿈을 꾸면 어떤 정책을 수행할 수 있고 어떤 영
역을 관장하는 신분이 될 수도 있다. 처녀나 총각의 꿈에 말을
타고 산책을 하면 현실에서 머지않아 말과 동일시되는 배우자를
택하여 결혼하게 되는데, 이 때에 산야의 기복이 심하거나 평탄
한 곳을 걷거나 달렸다면 장차의 결혼 생활에 우여 곡절을 암시
받은 것이 된다.

◎ 말을 타고 대중 앞을 지나는 꿈은
어떤 집단의 우두머리가 되어 모든 사람이 자기가 지휘하는 대로
잘 움직여 줄 것이다.

◎ 용마를 타고 공중을 나는 꿈은
유력한 협조자를 얻어 관직에 오르거나 운세가 크게 호전될 것이

다. 그러나 지향없이 먼 곳을 간다고 생각하면 최대의 자유, 즉 죽음을 상징하는 꿈이 될 수도 있다. 말이 지상에서 발을 구르고 울음 소리를 내면 어떤 소문날 일이 시작될 것이다.

● 백마가 공중을 날다 지상에 내려오는 꿈은
백마는 작품의 상징으로 자기 작품은 크게 세상에 감동을 주고 영광을 얻는다. 그러나, 공중을 얕게 휘적휘적 나는 것은 불안전한 상태이다.
만약 그 백마가 땅에 내려 어디가 아프거나 해서 주저앉은 것을 주인이 안고 병원으로 가는 것을 보면 세무 사찰이나 상부의 감사를 받게 된다. 백마는 큰 사업의 상징이기도 하다.

● 말을 타고 장가가는 꿈은
이런 꿈은 아무나 꿀 수 있는 것이 아니라 운세가 호전된 사람에 한해서 꾸어진다. 그가 관직에 있는 사람이면 더 좋은 관직을 얻어 신분이 고귀해질 것이고, 실업가는 새로운 사업을 성취할 것이며, 국회의원 출마자는 당선이 확실하다.

● 말을 타고 달리는 마적단을 보는 꿈은
어떤 정당이 정치에서 승리함을 보거나 자기의 권세가 크게 확대되고 사업이 잘 이루어진다. 이 태몽으로 태어난 사람은 장차 정치가나 정부 관리가 되어 국정에 임하는 신분이 될 것이다. 이때 여러 사람 가운데 두목은 태아의 동일시이다.

● 말이 전진하다가 지쳐 쓰러지는 꿈은
자기 정당이나 단체가 해산되고 권세가 몰락할 것이다. 말이 적탄에 맞아 쓰러져 죽으면 자기의 세력이나 협조자를 잃게 된다.

● 쌍두마차를 타는 꿈은
이 꿈에서 말은 두 사람, 또는 네 사람의 협조자나 협조 세력이고, 마차는 어떤 기관이나 운세이다. 자기가 귀족이 된 것은 신

분이 고귀해진다는 등의 합성화된 상징 표상이므로 어떤 거대한
세력을 잡고 신분이 고귀해질 것을 예시한 것이다.
처녀가 이런 꿈을 꾸면 훌륭한 남편을 얻어 행복하고 귀하게 될
것이고 어떤 유산을 상속받아 복락을 누리게 된다.

◑ 푸른 잔디밭에 매인 말을 보는 꿈은
태몽이면 그 자식은 장차 의식주가 풍족하고 자유로우며 부모에
게 효도할 사람이 된다.

◑ 말을 타고 길을 가다 말이 도리질을 치거나 급히 솟구쳐 낙마하
는 꿈은

국민이나 자기 정당에게 배신당해 총재직에서 물러나고 재기 불
능에 빠질 것이며, 자기 정책을 시기적으로 적절히 수행하지 못
해 실패할 것이다. 일반인의 꿈에서는 협조자의 배신을 당하거나
남녀간에 배신을 당하게 된다.

◑ 조상 또는 집안 식구 중 누군가 말을 이끌어다 안마당 또는 마
굿간에 붙잡아 매는 꿈은
소와 마찬가지로 집안에 며느리나 머슴을 얻게 된다. 꿈속의 말

이 우아하게 잘 생겼으면 잘 생길수록 좋은 사람과 동일시이다. 때로는 출세와 관계된 꿈일 수도 있다.

☯ 말에게 물리는 꿈은

말은 보통 득세와 상관이 깊은 까닭에 그 말에 물린다는 것은 현실의 어떤 세력이 자기에게 설득을 펴서 자기 편으로 이끌어들인다는 상징 표현이다. 그래서 장차 어떤 세력을 잡거나 관계(官界)에서의 입신 양명도 가능하다. 말에게 물리는 꿈을 꾸고 잉태하면 그 아기는 장차 관계에 진출할 사람이 될 것이다.

☯ 자기가 탄 말이 길을 가던 도중 크게 울어 산아에 메아리치는 꿈은

자기의 명성을 크게 날릴 것이지만, 그 말을 타지 않고 매어져 있는 것이 울었다면 어떤 경고, 신분이 위험하거나 일을 시작하라는 등의 각성을 촉구할 일이 있게 된다. 만약 말이 소리없이 눈물을 흘리는 것을 보면 불길한 일에 직면한다.

☯ 말이 춤추는 꿈은

말은 사람의 동일시가 가능하므로 그 말이 앞다리를 들고 서서 춤추었다면 현실에서 주인에게 반역하거나 어떤 자가 자기를 공박하고 구타할 일이 생겨 가장 불쾌한 체험을 한 것을 암시한 꿈이다.

☯ 굴레 벗은 망아지가 이리저리 날뛰는 태몽은

그 자식은 자라서 주색잡기에 빠지거나 부모의 속을 많이 썩인다.

☯ 말에다 짐을 싣거나 마차에 메고 길을 떠나려는 꿈은

자기집 식구 중 어떤 사람이 고달픈 운세에 놓이거나 이사할 일이 있게 된다. 말이 짐을 실어다 집에 내려놓는 것은 재물이 생기고 반대로 짐을 싣고 밖으로 나가는 것을 보면 재물의 손실이 있게 되거나 직업을 전환하기도 한다.

◉ 말안장을 얹는 것을 보는 꿈은
장차 그 사람이 출세할 수 있는 기틀을 잡을 일이 있을 것이며,
오랜 일이나 먼 길을 갈 준비를 하게 될 것이다. 자기가 그 일을
거들면 상대방 사람에 관한 꿈이 아니라, 자기가 할 일이 있게
되는데 상대방은 자기 일을 돕게 된다.

◉ 말과 사람이 진퇴양난에 빠지는 꿈은
사업가는 경영상 문제가 생겨 막대한 손실, 좌절 등 진퇴양난에
빠질 것이며, 정치인은 자기 정책을 수행하는 데 있어 난관에 봉
착할 것을 예시한 것이다. 이 때의 말은 국민이나 자기 정당을
상징하는 것이고, 전진도 후퇴도 할 수 없는 것은 절망 상태에
놓여질 것이며, 말에서 내릴 수 없다함은 하야(下野)할 수도 없
다는 것을 비유한 것이다.

◉ 말이 성기를 내놓고 팽창해 있는 것이 인상 깊었던 꿈은
남편이나 아내 또는 자식과 고용인 중 누군가 자기에게 반항할
것이다. 그것이 수그러지는 것까지 확인할 수 있었던 꿈은 결국
자기에게 순응해 주는 것을 암시한 것이다.

◉ 경마에 일등하는 꿈은
경마를 구경하면 현실에서 어떤 추첨하는 일에 참가할 것인데,
자기가 탄 말이나 자기가 지적한 말이 일등에 당선되면 그 추첨
에 당첨되거나 어떤 승부를 건 일에서 우승한다.
그러나, 경마는 승마 자세가 가장 불안하고 날쌔고 빠른 반면
조급하고 말을 때려 몰기도 하는 까닭에, 현실에서 다급하고 안
타까우며 불안하면서도 크게 만족을 가져오는 일에 종사하게도
된다.

🔵 뱀(蛇)

뱀 빛깔이 암시하는 상징적 의의

보통 꿈속에 등장하는 뱀의 빛깔은 황색이다. 황색 구렁이는 부유한 사람·미운 사람·악한 정부 등 다양하게 동일시할 수 있으며 명예·권세·지혜·작품·기업체 기타 일거리도 상징할 수 있다. 밤색이나 다색 뱀은 탐탁하지 않고 음흉한 사람의 동일시이고, 붉은 뱀은 정열적이고 전투적인 일, 군인과 동일시된다. 청색 구렁이는 인기인이나 인기 직업과 관계하고 검은색 뱀은 학문, 연주나 특허품·학자 등을 상징하며 흰 뱀은 고상하고 청렴한 일, 유산 상속자와 관계한 꿈이다. 점박이 뱀은 어떤 것이나 인기인·인기 작품·인기 과목·유복자 등과 관계해서 등장한다.

☯ 맑은 연못 속을 들여다보니, 누런 구렁이들이 수없이 있는 꿈은
박물관이나 고분 속에 간직한 역사적인 수많은 골동품이나 금은보화를 볼 수 있을 것이다. 연못의 맑은 물은 사상이나 돈의 상징이고 물속에 잠긴 구렁이들은 각각 내력있고 가치있는 귀중한 물건의 상징이다.

☯ 들판 길을 걷거나 산을 오르는데 길 옆에 수없이 많은 작은 뱀이 득실거리는 꿈은
임신하면 현실에서 그 아이는 장차 남의 우두머리나 지도자가 된다. 그 수효가 수백 수천을 헤아릴 수 없을 때는 수많은 부하를 감독하거나 사업을 전개시킬 것이다.

☯ 큰 구렁이 또는 작은 뱀이 대문턱을 넘어 들어오는 꿈은
집안 식구가 늘어난다. 또한 며느리를 얻든가 데릴사위나 양자가 생긴다. 이것이 태몽이면 자식을 얻게 된다. 만약 뱀이 문턱에

걸쳐 있는 것을 보고 잠이 깨면 뱀으로 동일시된 사람은 그 집 안 식구와 더불어 영원히 한 가족이 될 것인가 아닌가 알 수 없다는 행동 표시이다. 그 뱀이 대문에서 들어오려고 하거나 그 이상 들어오지 않는 것을 보고 잠이 깨면 어떤 사람이 청혼해오거나 어떤 일을 청탁해올 일이 있게 된다.

◉ 문틈으로 여러 마리의 뱀이 들어오는 꿈은
여성의 꿈에 있어서는 여러 남자들을 만날 수 있을 것이며, 남자의 꿈에서는 할 일이 많거나 자기 신변에 어떤 위험이 다가온다는 것을 예시하는 꿈이다.

◉ 뱀이 용마루로 들어가는 꿈은
태몽으로는 그 아이가 장차 성공해서 여러 사람의 우두머리가 되거나 어떤 권리나 명예를 얻어 한 기관을 주름잡을 사람이 될 것이다. 때로는 외국에서 유명해질 수도 있다.

◉ 구멍을 쑤셔 그 곳에서 큰 구렁이가 튀어나오는 것을 보는 꿈은
학생은 시험에 합격하고 성인은 취직이 된다. 그 뱀이 들어가면 성과를 얻지 못한다.

◉ 구렁이가 구멍으로 들어가는 꿈은
큰 구렁이가 쥐구멍으로 들어가 없어지는 꿈을 꾸고 임신하면 현실에서 그 태아가 성공하더라도 권세나 명예가 오래가지 못한다. 부엌에 큰 구멍이 뚫리고 그 곳으로 큰 구렁이가 들어가 없어지는 것을 본 꿈은 그 집 호주가 극히 가까운 시일 안에 사망할 것을 예시한 것이었다.

◉ 큰 구렁이 옆에 많은 잔뱀을 보는 꿈은
태몽으로 그 태아는 장차 권세를 잡는 국가나 사회 단체의 지도자가 된다.

◉ 뱀이 자기 몸을 감은 꿈은

뱀이 자기 몸을 둘둘 감는 꿈의 내용은 미래에 체험할 이성과의 성교, 태몽에 있어서는 장차 태아가 획득할 명예·권세·지혜 등을 상징적으로 암시한 표현이다.

◉ 뱀이 몸을 감고 턱밑에서 노려보는 꿈은
결혼해서 자유를 구속받고 불화의 계속으로 가정 파탄을 면치 못하게 된다. 이 때 이 뱀을 떼어버릴 수 있으면 강제로 이혼할 것이고, 그 뱀을 죽여버리면 그 여자가 개과천선해서 새 사람이 될 것이다. 사라지지 않은 채 잠을 깨면 별거 생활은 해도 영원히 헤어질 수는 없다.

◉ 구렁이가 자기를 무는 꿈은
태몽으로 큰 인물이 될 아기를 낳을 것이다. 일반적인 꿈으로 해석될 때는 훌륭한 배우자나 협조자를 만날 것이다. 그 뱀이 자기를 물고 사라져버리면 대인 관계에 있어서는 마음의 상처를 남길 뿐이고, 어떤 일거리로 간주되면 어떤 기관을 통하여 정신적·물질적인 재물을 한 번쯤 얻게 되며, 몸에 독이 배면 권세나 명예가 주어진다.

◉ 큰 구렁이가 다리에 감기는 꿈은
큰 구렁이가 다리에 감긴 것을 보고 태기가 있으면 현실에서 그 태아가 장성해서 큰 인물이 된다. 그러나 그것을 떨쳐버리면 유산되고 만다.

◉ 여자의 몸에 구렁이가 감기는 꿈은
꿈을 꾼 여자가 처녀라면 장차 훌륭한 배우자를 얻을 것이요, 유부녀라면 외간 남자와 성교할 일이 생기거나 아기를 잉태할 태몽일 수 있다. 늙은 여자가 그런 꿈을 꾸었다면 자손의 꿈을 대신 꾼 것이다.

☯ 뱀이 치마 속으로 들어오는 꿈은

틀림 없는 태몽이다. 만약 친구나 아는 여자의 치마 속으로 새빨간 뱀이 들어가는 것을 보면 실제의 그 친구거나 그 친구와 동일시되는 어떤 여자가 잉태한다. 새빨간 것은 정열을 상징하므로 장차 용감한 사나이를 출산할 것을 예시한 것이다. 자기의 치마 속으로 누런 뱀이 들어왔는데 다시 찾을 수 없었다면 현실에서 자기가 잉태하고 자식을 낳을 것이지만, 그 태아는 장차 장성하더라도, 중도에 요절하거나 실종될 것이다. 이런 꿈은 자기가 그 뱀을 다시 찾아낼 수 있어야 한다.

☯ 뱀 꿈을 꾸고 여아를 낳으면

대체로 큰 구렁이와 관계된 꿈을 꾸고 여아가 태어나면 그 여아가 재주가 뛰어나고 권리를 가지며, 여류작가·정치가·사업가 등 훌륭한 인물이 될 것이다.

☯ 뱀과 성교하는 꿈은

뱀이 어떤 이성의 누구를 동일시 할 수 있을 것이고, 그와 어떤 계약을 맺을 일이 있을 것이다. 뱀이 권세나 명예의 상징물이면 그 권세와 명예를 얻게 된다. 이것이 태몽이라면 장차 태어날 아기는 어떤 권세와 명예·지혜 등을 가지는 사람이 될 것이다.

🌑 **유부녀의 꿈에 남편의 알몸에 구렁이가 감겨 있는 꿈은**
남편이나 남편과 동일시 되는 사람이 위기에 직면에서 고통을 받고 있거나 어떤 여자와 간통한 사실을 알게 될 것이다.

🌑 **뱀을 죽이는 꿈은**
큰 구렁이가 자기의 발을 물었으므로 이것을 밟아 죽인 태몽은 모처럼 자식을 잉태하겠으나 유산되고 말 것이며, 그 구렁이를 치마 같은 것으로 싸서 죽였다면 현재 있는 자식의 누군가 불의의 사고로 급사함을 보게하게도 된다.
엄청나게 큰 구렁이를 죽여서 그 몸에서 피가 나는 것을 보거나 짓이겨 버려 형체를 분간할 수 없게 만들면 어떤 방해적인 사람을 패배시키거나 일거리를 성취시켜 그것으로 인해서 금전이 생긴다는 것을 암시하는 꿈이다.

🌑 **뱀을 썰어서 그 고기를 먹는 꿈은**
어떤 벅차고 거추장스런 일거리를 처리할 수 있고 남의 작품에서 새로운 학설을 이끌어다 자기 것으로 소화시킬 수 있을 것이다.

🌑 **큰 구렁이와 많은 지네를 본 꿈은**
태몽으로 태어난 사람은 장차 사회 사업가가 되며 치부할 사람이 된다. 지네들은 산하 단체나 세력권을 상징하고 돈의 상징일 수도 있다.

🌑 **뱀이 나무 줄기 모양으로 위장하고 늘어져 있는 것을 보는 꿈은**
어떤 음흉한 사람이 자기를 속일 일이 있을 것이다. 뱀이 머리만 들고 자기를 향하여 달려오고 있는데 그 동체나 꼬리가 보이지 않으면 어떤 적대 행위를 하는 단체의 우두머리가 정면으로 대항해 올 것이다.

뱀이 동체를 서리서리 감고 앉아 혓바닥을 널름거리고 있는 모습을 보고 두려운 생각이 나면 머지않아 어떤 흉악한 간계를 가진 남자나 여자가 자기에게 해를 끼칠 일을 계획할 것이다.

☯ 구렁이가 허물을 벗는 것을 보는 꿈은

미혼 남녀가 이런 꿈을 꾸고 배우자를 얻으면 현실에서 그 배우자가 과거의 일을 노출시키거나 죄과를 청산하고 새로운 신분이 될 것을 예시한 것이다. 만약, 그 구렁이가 자기집 문턱에 허물을 벗고 밖으로 사라지는 것을 보면 기혼녀는 결혼 생활 몇 년 만에 이별할 것이다. 그러나 그는 재산이나 자식이나 어떤 내력을 남긴다.

☯ 밤색으로 윤기 흐르는 구렁이가 자기 앞에 쭉 뻗고 있다가 사라지는 꿈은

그 구렁이와 동일시되는 어떤 사람을 만날 것인데, 그는 다루기 힘들거나 탐탁하지 못해 불쾌감을 남기고 사라질 사람일 것이다.

☯ 점박이 독사가 엄지 발가락을 물고 수풀 사이로 사라졌는데, 그 물린 자리를 눌러 짜니 그 속에서 뱀과 같은 물질이 자꾸 (짜는 대로) 쏟아져 나오는 꿈은

어떤 교화 사업이나 계몽 사업을 하는 사회 단체가 주는 감화를 크게 받아 위대해질 것이다. 또한 복권에 당첨되어 상당한 복록을 타게 되거나 정신적 교양을 주는 큰 사업을 성취시킬 수 있다.

☯ 큰 뱀이 쫓아오다가 사람으로 변한 꿈은

어떤 어렵고 거창한 일을 회피하려 하지만 결국 그 일을 그만둘 수 없게 된다는 암시이다. 혼담이 있거나 짝사랑하는 상대방이 집요하게 결혼해 줄 것을 강요하지만 그가 싫어서 응락을 않고 회피하였으나 어쩔 수 없는 환경에서 그에게 굴복하거나 좋아진다는 암시이다.

☯ 큰 구렁이가 호랑이와 싸우는 것을 보는 꿈은
어떤 이질적인 단체나 개인의 강대한 세력이 서로 공격하고 비난하는 것을 볼 수 있을 것이며, 뱀이 호랑이를 잡아먹거나 반대로 호랑이가 제 몸에 감긴 구렁이를 큰 바위에 북북 문질러 싹독싹독 잘라버리는 것을 보면 ─ 승자는 자기편을 암시하고 있으므로 ─ 현실에서 어떤 큰 세력을 꺾거나 거대한 사업을 단독으로 또는 어떤 협조자의 도움을 받거나 계교로써 성취시킨다.

☯ 높은 산을 의지한 청색 구렁이 꿈은
태몽으로 태어난 아이는 장차 국가 최고기관이나 사회단체의 장과 맞먹는 권력자가 될 것이다.

⚫ 소(牛)

☯ 누런 소가 짐을 풀거나 쌀섬을 싣고 집마당에 들어서는 꿈은
집안에 쌀과 곡식, 돈과 재물이 생기고 경사가 겹친다. 그야말로 집안이 윤택해지고 복락을 누리며 풍년이 든다. 그러나 길들인 집소를 잃어버리는 꿈은 실물·도둑·실패 등 순조롭던 일이 꼬이고 재난·우환이 따른다.

☯ 소가 밭갈이 하는 꿈은
계획하던 일이 손조롭게 풀려 주문 생산이 늘어나고 이권을 얻어 활발한 활동이 이루어진다. 머지않아 재물, 돈을 축적하고 능력을 인정받게 된다.

☯ 황소가 큰 바위를 뿔로 받아 굴리는 꿈은
운수가 대통하고 대업을 성취한다. 큰 복락이 굴러들어와 경사가 겹치고 기쁨 중에 부귀영화를 누린다.

◑ 소등에 타고 길을 걷는 꿈은
　　집안 식구 중 누군가가 충성스런 사람의 협조를 얻어 어떤 권세
　　를 얻거나, 일을 순리대로 잘 진행시키게 된다. 소는 어떤 단체
　　적인 세력일 수도 있고, 사업체·권리 등을 상징하며 입신 양명
　　하고 출세하여 신분을 높인다.

◑ 소에다 쟁기를 매고 논밭을 갈고 있는 꿈은
　　그 사람이나 그 사람과 맞먹는 사람이 자기에게 충성스런 사람을
　　시켜 어떤 개척 사업을 추진시킨다.

◑ 조상이 소를 몰고 밭갈러 가는 꿈은
　　머지않아 간 방향으로 이사가게 되거나 사업을 이룩한다는 것을
　　암시한다. 경우에 따라서는 꿈속의 조상은 지금까지 자기를 도와
　　주던 은인을 동일시할 수도 있는데, 그가 새로운 사업에 착수하
　　기 위하여 자기 주변을 떠날 것을 예시한 꿈일 수도 있다.

◑ 누런 암소를 끌어오는 꿈은
　　그 집엔 머지않아 현모양처형의 건강하고 잘 생긴 며느리를 얻게
　　된다. 그러나, 그 소를 외양간이나 마당에 매었다면 객지에서 살
　　림할 며느리거나 집에 올 식모 또는 머슴과 동일시된다.

◑ 소를 놓치거나 무엇에 놀라 뛰어가는 것을 붙잡지 못한 꿈은
　　집안 식구 중 누구가 도망가거나 재산의 손실을 가져온다. 그 고
　　삐를 길게 잡고 이끌어올 수 있으면 상당한 시간이 경고한 다음
　　그가 돌아오거나 그와의 인연이 오래도록 지속됨을 암시하고 있다.

◑ 소를 끌고 산속으로 사라지는 꿈은
　　중병에 걸려 있는 사람이 꿈속에서 소를 끌고 산속으로 사라지는
　　것을 보면 그 사람이 머지않아 죽는다. 이 때의 산속은 산소이며,
　　소는 자기 복록의 전부를 상징하는데, 그 사람이 죽음으로써 그
　　집안의 재산이나 식구 하나가 줄게 될 것이다.

◐ 소를 끌고 산에 오르는 꿈은
장차 자기 신분이 귀하게 되거나 부자가 된다. 산의 높이가 높을
수록 좋고, 그 산의 어느 위치에서 꿈이 끝났는지에 따라 국가나
사회적 계급의 어느 정도의 신분과 재산의 소유자라는 것을 예지
할 수 있다. 이 때의 소는 자기의 반려자나 재산 또는 권세의 상
징물일 수도 있다.

◐ 쇠말뚝에 붙잡아 맨 쇠고삐가 풀어져 있는 것을 보는 꿈은
머지않아 자기집 재산의 일부가 딴 곳으로 옮겨지거나 손실될 위
험성이 있을 것이다. 그렇지 않으면 자기집 고용인의 누군가 자
기집을 나갈 채비를 하고 있을 것이다.

◐ 검은 소가 들판이나 외딴 곳에 매어져 있는 꿈은
며느리를 얻으면 그 며느리는 시어머니와 정이 들지 않거나 탐탁
하지 않으며, 경우에 따라서는 언젠가 자식과 별거하게 된다.

◐ 목장의 초원에 흩어져 있는 수많은 소가 자기의 것이라고 인식하
는 꿈은
장차 재산이 불어나거나 많은 고용인을 둘 것이다. 그 소들을 목
동이 인도해서 장소를 옮기는 것을 보면 어떤 사람이 한 집단의
인원이나 병력을 지휘하는 것을 보게 될 것이다.

◐ 소가 수렁에 빠지는 것을 구한 꿈은
자기집 호주나 집안 식구 또는 고용인 중 누구가 중병이 걸리거
나, 몰락하려는 사업을 거대한 협조 기관의 힘을 빌리던가 과학
적인 방법을 강구하여 구해낼 수 있을 것이다. 그것은 또한 집
또는 가산을 상징할 수도 있다.

◐ 소등에 짐을 싣고 집으로 오는 꿈은
꿈속에 소를 몰고 온 사람과 직접적인 관계가 있는 사람이 많은
재물을 가져올 것이다. 그 짐이 천이나 솜뭉치라면 사업 자금이

나 토지 또는 권세가 생긴다. 반대로 집안에서 물건을 실어내가면 재물의 손실이 생긴다.

◉ 소가 짐을 싣고 지쳐 있는 꿈은
자기집 호주나 집안 식구 중 한사람이 절망 상태에 빠지거나 일이 고달플 것이며 어떤 과중한 책임을 면치 못하게 된다.

◉ 자기집 소를 팔고 다른 소를 사는 꿈은
그 집 며느리나 식모를 바꾸게 된다. 또는 집이나 재물을 새로 마련하게 된다.

◉ 소가 자기를 보고 빙그레 웃는 꿈은

윗사람이나 지손 중 하나가 자기를 못마땅하게 생각할 일이 있게 되므로 서로 다투거나 심적 불쾌를 체험할 일에 직면한다.

◉ 소의 털이 점박이거나 잡색인 꿈은
그 인품이나 믿음성 등 여러 모로 탐탁하지 못하고 풍파가 자심할 며느리거나 식모 등의 동일시이다. 이것이 일거리나 재물의 상징이면 결함이 많은 일이 될 것이다.

○ 외양간에 맨 소가 머리를 밖으로 내놓고 있는 꿈은
불안간 그 집 며느리나 식모가 들어올 것이지만, 결국 오래 있지
못하고 가버릴 것이다. 소 고삐가 풀려져 있으면 더욱 그렇다.

○ 소가 똥오줌을 누는 꿈은
소는 사업체를 상징할 수 있기 때문에 — 그 사업체에 의해서 어
떤 일이 결실을 보게 된다. 이 때 그 똥오줌이 불결하다고 느껴
불쾌한 기분이 생기면 어떤 일을 성취시킨 데 대해서 불쾌한 기
분을 체험하게 된다. 소가 똥을 많이 싼 것을 보면 재물이 생긴다.

○ 소가 말을 하는 꿈은
그 소는 어떤 사람의 동일시이다. 소가 말한 이야기를 기억할 수
있으면 그 말을 해석함으로써 앞 일을 예지할 수 있다.

○ 누런 암소가 검은 송아지를 낳는 꿈
며느리가 잉태하면 그 며느리가 낳은 자식은 어떤 점에서 탐탁하
지 못하다고 생각할 것이며, 모자 이별할 운명에 놓여진다. 이러
한 이별수는 흰 송아지나 얼룩 송아지를 낳아도 마찬가지다.

○ 쇠뿔에서 피가 흐르는 꿈은
뿔에서 피가 나면 혈(血), 즉 재산이나 사상의 흐름을 나타내는
것으로 높은 관직에 오른다. 따라서, 뿔이 좋게 난 황소라야 할
것이다. 소는 상대편 사람의 동일시거나 이 꿈에서는 권세 있고
당당한 일거리가 어떤 사상적 감화를 주거나 상대편 사람의 세력
이 꺾이는 것을 볼 수 있게 된다.

○ 죽은 소를 이끌어다 묻어야겠다고 생각하는 꿈은
집안에 화근이나 근심 걱정이 생기고, 자기가 소를 죽이는 꿈을
꾸면 자기의 어떤 사업이 성취된다. 만약 여러 사람이 소를 잡아
고기를 자르는 것을 보면 자기와 관계되는 어떤 일이 잘 추진된다.

● 양(羊)

● 신(神)에게 양을 제물로 바치는 꿈은
국가나 사회적으로 크게 기여하는 사업을 이룩하고 세상에 이름
을 드날리게 되거나 혹은 국가·사회적인 위대한 인물을 옆에서
돕게 되어 입신 양명한다.

● 양떼를 모는 꿈은
장차 교회 목사·교육자 등이 되어 신자나 제자를 양성할 사람
이 된다. 때로는 양은 재물을 상징하는 까닭에 큰 부자가 된다.

● 양떼들이 무리를 지어 몰려 오거나 목동이 양떼 몰이를 하는 꿈은
소원 성취, 부귀 공명하고 대업을 성취하여 일확천금을 얻는다.
횡재, 재물, 행운이 있으며 단체, 조직, 기관의 장이 되어 신분을
높인다.

● 큰 양 한 마리를 끌고 집안으로 들어오는 꿈은
경사스런 잔치나 제례의식을 치루게 되어 먼 데서 친인척이 찾
아들고 재물과 돈, 음식이 풍성하게 들어온다.

● 양이 풀밭에 있는 꿈은
양이 풀밭에서 풀을 뜯는 것을 보고 아이가 있으면 효성스런 자
식을 낳게 되며, 그 자식은 장차 의식주가 풍부해진다.

● 양을 끌어다 집안에 매는 꿈은
머지않아 어질고 착한 며느리나 일꾼을 얻는다. 또한 재물이 생
길 수도 있다.

● 양젖을 짜거나 마시는 꿈은
양젖을 짜는 것을 보면 어떤 사업 또는 재물로 인해서 부수적인
수입이 생길 일과 관계된다. 그 양젖을 마시면 원금에 대한 이자
를 집에 들여오거나 어떤 사람의 가르침을 받는다. 또는 책 같은

것을 읽어 진리를 터득할 일 등이 있게 된다.

☯ 새까만 염소를 보게 되는 꿈은
어떤 사람이 보기엔 탐탁하지 않으나 보기와는 달리 그 마음씨나 행동이 바르고 착한 사람임에 틀림없다고 인정하게 될 것이다. 염소도 재물의 상징이 된다.

🌑 여우 · 너구리 · 사슴 · 노루

☯ 여우를 붙잡은 꿈은
잡기 힘든 동물을 붙잡았다는 점에서 어떤 기관(학교나 관청)에서 명예 · 권세 등이 주어질 것이다. 여우나 너구리와 관계된 태몽으로 태어난 아기는 장차 관리가 적성에 맞는다.

☯ 여우가 닭을 물어 가는 꿈은
어떤 교활한 인간에게 자기 일거리나 작품을 사기당한다.

☯ 여우를 죽일 수 있는 꿈은
생각지 않은 큰 재물을 얻을 수 있다. 여우는 산짐승이므로 얻기 힘들고, 상대방 동물을 죽인다는 것은 어떤 일을 성취시킬 수 있음을 암시하고 있다.

☯ 여우나 너구리가 지나가는 것을 보는 꿈은
어떤 교활하고 음흉한 사람이 자기 일에 방해하려 하지만, 결국 상대방의 정체가 탄로나서 자기의 죄상을 감추려고 노력하게 된다. 으스름한 달밤이나 어두컴컴한 곳에서 그것들이 나타나 놀라는 꿈은 어떤 사람을 사기꾼이거니 단정은 하면서도 그 정체를 밝혀낼 수 없게 된다.

☯ 밤중에 여우나 너구리가 우는 꿈은

불길한 소식이나 천재지변이 닥쳐올 것을 예고하는 것이다.

◉ 사슴 뿔을 얻는 꿈은
사슴 뿔, 즉 녹용은 약재 중에서 가장 값비싼 것이므로 이것을 약재상에서 사오거나 사슴을 죽여서 얻을 수 있으면 큰 재물이 생기거나 훌륭한 계획을 실천하게 되고 학위·우등상 등을 탄다.

◉ 사슴을 사냥하는 꿈은
많은 몰이꾼을 데리고 포위 작전을 펴거나 말탄 군인들이 활을 당겨 사슴을 잡는다. 이 때의 수많은 몰이꾼이나 사냥꾼들은 모두가 경쟁자들이다. 이 가운데서 단체적인 경기·선거·시험 등에서 명예와 권세를 얻고 우승·당선·합격한다.

◉ 깊은 산속에서 사슴들이 뛰노는 꿈은
깊은 산속에서 무수한 사슴떼가 뒤덮고 뛰노는 것은, 태몽으로 아이를 잉태하면 그 아기는 자라서 국정(國政)에 참여하고 크게 부귀로워지거나 사회적으로 어떤 업적을 성취시켜 크게 명성을 떨치는 인물이 된다.

◉ 사슴과 노루의 상징
사슴과 노루는 산짐승이다. 그 생김새가 품위있고 고상해 보이며 연약하고 선량한 동물이다. 그 뿔이나 고기는 값진 것이기 때문에 그것을 잡는다는 것은 횡재하는 것과 다름이 없다. 선량한 사람·여자·명예나 영광의 표적·재물의 상징물 등으로 해석된다.

◉ 사슴이나 노루가 집으로 들어오는 꿈은
귀한 여인을 만나거나 벼슬을 하게 된다. 동물원 철창 속에 갇힌 사슴을 보는 것은 훗날 기생집에서 놀거나 이룰 수 없는 짝사랑에 빠지게 된다.

◉ 산속에서 사슴이나 노루를 잡는 꿈은

국가 고시나 임용 시험에 우등생으로 합격된다. 이 때에 나타난 사슴 또는 노루는 영광의 대상물이고, 산은 국가나 사회 계급을 상징한다.

◐ 사슴이나 노루를 죽이는 꿈은
관직에서 승진되거나 보람찬 것으로 생각하는 자기 사업이 성공할 것을 암시한다.

◐ 사슴이나 노루고기를 먹는 꿈은
자기가 성취한 사업을 확장시킬 일에 종사하게 된다. 그 일은 순리대로 잘 진행될 것이며, 학문적인 연구에 성과를 얻는다.

◐ 꿈에 노루를 잡아 죽이고 그 피를 마시는 꿈은
크게 소원을 성취시킬 수 있다. 또한 사업이나 작품 등에서 성과를 거두게 된다.

◯ 용(龍)

꿈속에서 등장되는 용은 사회적 또는 국가적으로 권세있고 유명한 사람의 동일시, 효용·명예·득세나 성공 여부와 관계된 표상물이며, 거대하고 벅찬 일거리·사건·사업체·단체 세력·작품 등의 상징으로 선과 악을 나타내는 표상이다.

사람들은 꿈에 용만 보면 덮어놓고 길몽이라고 믿어 버린다. 그러나 용이 큰 인물의 동일시·영예의 과업(권세·명예·업적) 등을 상징하고 있기는 하나, 그 용의 행동이나 정황 여하에서 그것이 부정적인 것으로 해석될 수도 있다.

◐ 용을 타고 하늘을 나는 꿈은

대길몽으로 높은 관직에 올라 만인을 호령할 입신 양명의 꿈이다. 곧 국민이나 귀족의 추대를 받아 정치에 참여하거나 자기의 자손으로 인하여 부귀로워질 것이며, 학생은 장차 박사학위나 고시 합격으로 영귀해진다. 여자의 꿈이면 훌륭한 남편을 맞이하거나 남편이 높은 벼슬을 하게 된다.

● 두 마리의 용이 뒤엉켜 하늘을 오르는 꿈은
동업 관계, 천생 연분의 상징으로 부귀영화와 입신 양명, 대성공한다. 두 사람이 함께 동업으로 사업, 장사 모두 대길운이 된다. 용의 색깔이 적룡과 흑룡이었다면 결혼할 배우자와는 천생 연분으로 복락을 누린다.

● 두 마리의 용이 뒤틀며 오르는 꿈은
옛부터 청룡·황룡, 또는 적룡·흑룡이 서로 뒤틀며 하늘로 오르는 꿈을 꾸면 위대한 인물이 탄생되거나 정권을 잡는 일과 결부시켜 해석했다.
첫째, 두 마리의 용은 두 사람의 권력자가 두 개의 단체 세력, 남녀 한쌍의 훌륭한 인물 등을 동일시할 수 있다. 또한, 두 마리의 용은 한 사람에 관한 두 가지의 큰 과업·작품·권세·명예·사업체 등을 상징할 수 있을 것이다.

그러나 두 마리의 용이 서로 반대편에서 마주보고 접근하는 것은 두 개의 세력가·단체 세력이 반목 상태에 있음을 암시하는 것이다.

◑ 바다에서 오르는 용을 보는 꿈은

용이 하늘에 오르는 것을 본다는 꿈의 상징적 의도성은 마찬가지이나 다만 그 출신 성분이 다를 뿐이다. 육지는 그 출세의 기반이 한정되고 우여 곡절이 심하여 상당한 노력과 고통이 따르나 바다에서 오르는 것은 넓은 사회적인 기반에서 무난히 출세한다는 것을 암시한다. 그러나 그 용이 자기 앞으로 달려오다가 하늘로 오르는 것은 현실에서 일찍 성공할 것이며, 먼 곳에서 바라보는 것은 남에 관한 꿈 또는 일가의 누구와 관계되거나 오랜 세월을 뜻하기도 한다.

◑ 용이 대문으로 들어오는 꿈은

이것이 태몽이라면 그 태아는 어떤 크나큰 관청의 녹을 먹을 것이지만, 태몽이 아닌 경우에는 귀인이 자기집을 찾아오거나 장차 귀하게 될 훌륭한 사위 또는 며느리를 얻게 된다. 집안이 부귀로워질 것이다.

◑ 하늘을 날던 용이 지상으로 떨어지는 것을 보는 꿈은

자기의 지위나 권세·명성 따위가 몰락하거나 남이 그런 일을 당하는 것을 보게 된다. 어떤 경우에는 그 용이 자기에게 영향을 주는 큰 일거리의 상징이어서 그것이 죽었으므로 큰 사업이 성취될 수도 있다.

◑ 자기가 용이 되는 꿈은

좀더 확실하게 자기가 세력을 잡거나 출세할 수 있다는 것을 예

시한 꿈이다. 때로는 자기 자식이 그렇게 되기도 할 것인데, 그 명성이 천하에 떨치게 된다. 그 용이 자기가 아니라 자기 작품이어서 그것이 크게 성취되기도 한다.

☯ 용이 우물에 들어가는 꿈은
그 우물이 대궐·기관·감옥 등을 상징하고, 용은 사람을 상징할 때 ─ 현실에서 말년에 큰 벼슬을 하지만 옥에 갇히며, 큰 일거리가 처리되어 국가 기관에서 채택해 줄 일이 있게도 된다.

☯ 용을 타고 산으로 들어가는 꿈은
꿈에 용을 타고 산으로 들어가면 득세하거나 국가 고시에 합격되어 벼슬길에 확실히 오르게 될 것이다. 또는 어떤 공로에 의해서 운세가 대길하거나 학업·사업 등으로 출세한다.

☯ 용이 날아 시야에서 사라지는 꿈은
용이 하늘로 올라가는 것을 지켜보는 것은 득세할 꿈이지만, 구름속으로 들어가거나 올라가는 것만 보고 잠이 깨는 것으로 표현되어야 좋다. 만약 그 용이 저 멀리 자취를 감추는 것까지 지켜볼 수 있으면 현실에서 자기의 협조자·세력·권세·명예·일거리 등이 훗날에 자기에게서 사라져간다.

☯ 개천에서 용의 머리를 캐는 꿈은
자식을 잉태한 사람은 장차 세인의 우두머리가 될 자식을 낳는다. 용의 머리는 우두머리라는 것과 권세의 상징이다.

☯ 호수나 바다같은 물속에 용 한 마리가 잠자고 있거나 죽어 있다고 생각되는 꿈은
어떤 큰 일거리가 성취 직전의 대기 상태에 있거나 어떤 큰 기관에서 보류되고 있는 상태. 그것이 확실히 죽었다고 생각되면 그 일은 조만간 틀림없이 성취된다. 어떤 연못 속에 여러 마리의 용이 잠겨 있는 것을 보면 세상에 희귀한 금은보화가 어떤 장소

에 묻혀 있던 것이 조만간 세상에 나타날 것이다.

☯ 땅에 있는 용을 보는 꿈은
태몽의 경우는 현실에서 그 태아가 장차 득세할 만한 자질을 타
고 났으나 끝내 포부를 펴지 못하고 평생을 마칠 것이다. 현재
집권하고 있는 사람은 그 권좌에서 몰락할 것이다. 또한 벅찬 일
거리의 상징일 수도 있다.

☯ 방안에서 헤매는 용꿈은
갑자기 천장이 무너지고 무너진 구멍으로 용이 방안에 들어와 이
리저리 헤매는 것을 본 꿈은 태몽으로 태어난 사람은 초년에 크
게 발전하겠지만, 큰 뜻을 펴보지 못하고 일찍 죽는다. 용이 방
안을 헤매는 것은 집안 식구의 근심 걱정을 더해줄 징조다.

☯ 용이 나자빠져 있는 꿈은
자식을 잉태하면 현실에서 패륜아 또는 요절할 아기를 출산하게
된다. 사업 경영에도 좌절과 실패를 거듭한다.

☯ 용의 머리라고 생각되는 것이 새까만 구름장에서 눈알을 부라리
고 빗방울을 뚝뚝 떨어뜨리는 꿈은
임산부과 꾸었다면 태아가 유산되거나 자기집 호주가 불행해져
슬픔에 잠길 일이 있다.

☯ 용이 사람을 물어 죽이는 꿈은
용이 자기가 아는 어떤 사람을 물어 죽이는 것을 보면 현실에서
꿈속의 그 사람이나 그와 동일시되는 어떤 사람이 강대한 세력에
의해서 파산되거나 신분이 몰락하게 된다. 그 용이 어떤 과제의
상징이라면 그 과제가 큰 권세나 기관을 통하여 성취될 것이다.
자기가 물려 죽으면 자기 일거리나 사업이 크게 성취된다.

☯ 용이 자기를 습격해오므로 맞붙어 싸우다 잠이 깬 꿈은
자기 성장을 위해 노력하거나 가까운 장래에 벅찬 과업을 성취시

키려고 분투 노력하게 된다. 이 때 그 용을 헤치거나 꼼짝도 못하게 붙잡으면 용의 권세를 자기 것으로 할 것이지만, 사라져버리면 지금까지 도전하던 모든 권리는 수포로 돌아가고 만다. 그러나 용의 뒷모습을 지켜보다 잠이 깨면 득세와 성공할 일이 있게 된다.

◑ 용을 죽이는 꿈은

용이 자기에게 덤벼드는 것을 칼로 베거나 총으로 쏴 죽이면 대업(大業)을 성취할 수 있을 것인데, 이 때의 용은 강대한 세력가나 크고 벅찬 일의 상징이다.

만약 자기가 정치가라면 정권을 잡을 수 있을 것이며, 사업가라면 크나큰 일을 성취할 수 있을 것이다. 태몽의 경우는 그 태아가 장차 득세하고 입신 양명할 것이다.

◑ 용 꼬리를 놓치는 꿈은

넓은 바다 한복판에서 용이 하늘로 올라가려는 것을 꼬리를 붙잡고 못 올라가게 했으나 기어이 손을 뿌리치고 하늘로 오르고 마는 것을 태몽으로 하여 태어난 사람은 타인의 저해나 다른 방해

적인 여건이 그의 출세를 일단 방해하겠지만 결국 소원 성취를
하고 만다는 꿈의 예시다.

이 꿈은 사업과 관계있는 일이 될 수도 있다.

☯ 용을 어떤 연유에서든 껴안는 꿈은

벅찬 일 또는 권리를 가지게 되거나 훌륭한 사람과 결합하게 된
다. 용이 자기로 변하거나, 때로는 뱀이나 호랑이로 변하다가 결
국 용으로 둔갑한 것을 꽉 움켜잡고 꿈을 깬 사람은 어떤 큰 권
리 또는 명예를 얻거나 큰 사업을 성취하려는데, 자기 마음과 노
력을 흔들리게 하고 어려운 고비를 여러 번 겪은 다음에야 비로
소 그 일이 성취될 것을 예시한 것이다. 정권을 잡으려는 사람,
고시에 합격을 꾀하는 사람들에게는 최고의 꿈이다.

☯ 어떤 물건이 용으로 변하는 꿈은

모두 자기 또는 어떤 사람의 운세의 변화를 암시하는 것이다. 그
는 장차 점차로 크게 될 운세에 놓여 있거나 사업이 크게 성취
될 것이다.

반대로 용이 쪼그라들든가, 움직이지 않는 것으로 변하면 이는 운
세의 몰락이나 자기 사업 또는 작품이 무가치한 것으로 돼버린다.

☯ 잉어가 구렁이와 용으로 변한 꿈은

사업이 점차로 크게 성취되어 마침내 세상을 놀라게 하고 큰 감
화를 주게 되고 크나큰 업적을 세상에 남기게 되는 길몽이다.

⚫ 코끼리 · 곰 · 낙타 · 기린

☯ 코끼리를 타는 꿈은

덕망과 부귀의 상징이다. 코끼리를 타는 꿈은 부귀로운 사람으로

출세한다. 그러나 코끼리의 코에 매달리거나 그 코에 휘감겨 있는 꿈은 어떤 유력자에게 시달림을 받게 된다. 사업이 순조롭게 성공하며 합격 · 승진 · 당선되고 신분이 상승된다. 여자가 코끼리를 타면 부귀로운 남편을 얻는다.

◑ 상아나 상아 제품을 얻는 꿈은

꿈에 상아를 얻으면 값진 재물을 얻는다. 또는 새하얗고 긴 상아와 비슷한 어떤 물건을 얻게 될 것인데, 진귀한 물건을 꿈이 제대로 투시할 수 없을 때는 상아 따위로 바꿔놓기도 한다. 꿈에 상아로 만든 제품이라고 생각하여 값진 물품이라고 여겨지면 역시 현실에서도 그와 맞먹는 물품을 대하게 된다.

◑ 곰이 상징하는 꿈은

곰은 기운이 세고 몸이 강건하며, 기어다니거나 일어서기도 하고 헤엄이나 나무 오르기에 능하다. 이런 특성들은 출세하여 세력을 가진 어떤 사람의 동일시, 거대하고 어려운 일거리 · 권세 · 단체 · 세력 · 재물 등의 상징이다.

◑ 곰이 나무를 기어오르거나 헤엄을 치는 꿈은

자기 또는 집안의 누군가 출세하고 진급하며 권리를 행사할 일이 있게 된다.

이것이 태몽일 때는 크게 출세할 인물이 탄생된다. 때로는 다른 사람에 관한 꿈이 될 수도 있다.

◑ 곰이 날아 들어온 꿈은

주(周)나라 문왕(文王)의 꿈에 곰이 날아 들어왔다고 한다. 해몽가에게 물은즉, '왕사(王師)가 될 어진 신하를 얻게 될 것이다'라고 해석했다. 후일 물가에서 낚시질하는 강태공 망(姜太公 望)이라는 사람을 만나 스승으로 모시고 천하 통일의 위업을 이루게 하였다고 한다.

◉ 곰을 죽여 웅담을 얻는 꿈은
현실에서 큰 사업을 성취하고 그 결과가 세상사람들의 주목거리
와 흠모의 대상이 될 것이다. 작가는 그 작품이 성공하여 선풍적
인 인기를 얻을 것이며, 학생은 국가 고시에 합격되어 장학금을
얻게도 된다.

◉ 낙타를 타고 사막을 걷는 꿈은
끝없는 사막 한복판에서 낙타를 몰고 목적지를 향하는데 고달파
하는 것은 현실에서 자기가 계획하는 일이나 소원을 성취시키려
는 경향이 난관에 봉착하여 한동안 심신이 피로해 있을 것을 예
시한 꿈이다. 이 때의 낙타는 어떤 협조자이거나 협력 단체의 상
징이며, 사막 한복판에 있음은 일의 진도가 어느 정도 진척됐을
때의 경우를 암시한다. 중도에서 그는 그 일을 진행시키기가 무
척 어렵게 될 것이다.

◉ 낙타를 이끌어 오는 꿈은
현실에서 낙타를 이끌고 집으로 온다는 것은 상상하기조차 어려
운 일이지만, 꿈에서는 가능한 것이다. 그러나 그것은 현실에서
소나 말 같은 지극히 온순한 동물을 사오게 될 때, 어떤 특징이
낙타와 닮았다고 인식하게 되거나 그것이 아니면 자기집에 데려
온 며느리나 식모가 낙타로 동일시되는 경우가 있고, 진귀한 재
물을 들여올 일이 생기게도 된다.

◉ 낙타 등의 육봉이 인상적이고, 그 가운데 올라탄 것이 편하다고
느끼는 꿈은
두 가지 두드러진 특징이 있는 사업을 성취할 것이다.

◉ 기린이 상징하는 꿈은
성인(聖人)이 탄생할 길조로서 재주와 지혜가 뛰어난 사람, 부귀
하고 계급이 높은 사람과 동일시하며 어떤 사건이나 작품을 상징

한다.

◐ 기린이 나무의 싹을 먹는 꿈은

장차 자기가 귀히 되거나 시험에 합격할 수 있으며, 미모의 여인을 아내로 맞이할 수 있다는 꿈의 암시이다.

◐ 기린의 무리가 도망치는 꿈은

계획하는 사업이 수포로 돌아가고 명예나 영광을 쟁취하지 못할 것이다.

◐ 기린의 목을 잘라 죽이는 꿈은

만약 기린의 목을 잘라 죽이는 꿈을 꿀 수 있으면 크게 명예로운 일을 성취시킬 수 있을 것이다. 그러나 기린의 목이 축 늘어지는 것을 보면 기력을 잃거나 성욕이 감퇴되기도 한다.

● 토끼 · 쥐

◐ 무수한 토끼가 산에서 노는 꿈은

꿈에 산 정상에 올랐는데 그 주변에 무수한 토끼가 들락날락하는 것을 보고 아이를 배면 그 자식은 장차 능소 능대한 정치가가 된다. 산 정상은 최고 계급을 상징하고 무수한 토끼는 정객들을 동일시하며 자기는 그들을 지배하거나 협동하는 위치에 선다.

☯ 산토끼가 도망치는 꿈은
산길을 걸을 때 갑자기 토끼가 나타났다가 숲속이나 바위속으로 숨어 버리는 것을 보면 현실에서 어떤 일을 수행하는 도중에 뜻하지 않은 횡재수가 생기려다 말 것을 암시한다. 만약 꿈속에서 그것을 잡으려고 노력했는데 놓치고 말았다면 어떤 목적이 뚜렷한 일에 착수하나 그 일을 성취하지 못할 것이다.

☯ 토끼가 번식하는 꿈은
꿈에 토끼가 새끼를 치거나 한두 마리의 토끼가 수십 수백 마리의 토끼로 변해 있는 것을 보면 현실에서 크게 재산이 증가된다.

☯ 토끼장에서 토끼가 나오려고 하는 꿈은
현재 식모를 데리고 있거나 첩을 거느린 사람의 꿈에 토끼장에서 토끼가 나오려고 하는 것을 못 나오게 했다면 현실에서 고용인 또는 첩이 자유의 몸이 되려고 노력할 것이지만 그것을 허용하지 않을 것이다. 토끼장에 얌전히 도사리고 있는 꿈은 일단 화근은 없으며 자기에게 잘 순종해 줄 것이다.

☯ 고양이가 쥐를 잡은 것을 보는 꿈은
달아나는 쥐를 쫓아 고양이가 덥석 물어 죽였거나 발로 누르고 있는 것을 보면, 현실에서 경찰이 도적을 잡아주거나 방해적인 일거리를 자기 측근의 어떤 사람이 대신 처리해 줄 것을 암시하는 꿈이다. 또한 집안 식구가 재물을 얻기도 한다.

☯ 자기가 지나가는 길가 구멍속에서 쥐가 머리를 내밀고 바라보고 있는 꿈은

자기 사업에 관심을 가지는 사람이 생긴다. 산등성이를 오르는데 사방에 구멍이 생기고 쥐들이 그 속에서 자기를 바라보면 현실의 자기 일거리가 여러 기관에서 센세이션(Sentation)을 일으키게 된다. 시험용 흰 쥐를 우리에 넣어둔 것을 보면 정신적·물질적인 자본이 생긴다. 쫓던 쥐가 구멍속으로 사라지면 목적한 일이 성사되지 않는다.

◉ 방안에 든 쥐를 잡으려고 하는 꿈은
꿈에 방안에 든 쥐를 밖으로 나가지 못하게 막고 잡으려고 하였다면 현실의 어떤 직장에서 재물을 축내려는 자를 밝혀내는 소임을 맡을 일이 있을 것이다.

◉ 쥐가 음식을 먹어치우는 꿈은
꿈에 쥐가 접시에 놓아둔 음식을 먹는 것을 보거나 먹어치웠다고 생각해서 빈 접시만 있는 것을 보면 현실에서 어떤 사람이 자기 일을 대신해 주거나 간섭할 일이 있게 된다.

◉ 자기가 벗어 놓은 옷이나 가방 같은 것을 쥐가 물어뜯는 것을 보는 꿈은
'쥐새끼 같은 놈', 다시 말해서 도적이나 천박한 인간으로 인하여 자기 신분이나 집안 식구의 누구 또는 협조자가 얻어맞거나 피해 당할 일이 있게 된다.

◉ 쥐를 때려 죽이는 꿈은
꿈에 달아나는 쥐를 돌을 던져 죽이거나 막대기로 쳐서 죽이면 현실에서 좀처럼 얻기 힘든 희귀한 물건을 얻을 수 있거나 횡재수가 있으며, 까다로운 절차를 요하는 어떤 기관에 일을 청탁해서 성공할 일이 생긴다. 그 쥐에서 피가 나면 상당한 돈이 생긴다.

◉ 쥐가 발가락을 물고 놓지 않는 꿈은
현실에서 자기 사업에 뜻하지 않은 협력자가 생겨 크게 번영하거

나 신변에 변화가 생겨 운세가 좋아진다. 이 꿈이 태몽이라면 그
자식은 큰 뜻을 품고 사회에 이바지하는 일에 종사할 것이다.

◐ 쥐떼가 많은 곡식을 먹어치우는 꿈은

창고에 쌓아둔 많은 곡식을 수많은 쥐떼가 몰려와 먹어치우면 현
실에서 집안에 큰일이 생겨 많은 사람을 고용할 것이며, 큰 사업
이 이루어진다. 이 때에는 곡식이 하나도 남지 않는 것이 더욱
좋다. 그것은 부과된 일거리가 속시원하게 처리되는 것을 상징하
고 있으며, 많은 사람에게 곡식을 분배해 줄 수 있으니 그들은
제각기 먹은 곡식에 대한 대가를 치뤄야 할 처지에 몰리기 때문
에 이 꿈은 대길할 꿈이다.

그러나 들판에 널려 있는 익은 곡식이나 익지 않은 곡식을 남김
없이 모조리 까먹는 쥐떼를 보면 흉년이나 천재지변 같은 흉액을
당한다. 또는 자기 사업이 기초부터 허물어질 운세에 놓여 있거
나 뜻하지 않은 사회적인 환란을 겪게도 된다.

◐ 족제비를 붙잡는 꿈은

족제비를 붙잡거나 자기 앞으로 부딪쳐 오는 꿈을 꾸고 자식을
잉태하면 현실에서 그 자식이 퍽 영리하고 현명한 사람이 될 것
이다. 이것이 태몽이 되지 않으면 뜻하지 않은 재물을 얻거나 실
력을 겨루는 시험장에서 합격될 것을 암시한다.

◐ 박쥐가 덤벼드는 꿈은

꿈에 박쥐가 덤벼들면 현실에서 원인을 알 수 없는 병에 걸리거
나 정체불명의 괴한에게 습격당할 일이 있게 된다. 박쥐에게 물
리면 어떤 권리나 명예가 주어진다.

◐ 다람쥐가 쳇바퀴를 돌리는 꿈은

현실에서 따분하고 고달픈 일에 종사하게 된다.

● 호랑이 · 사자 · 표범

권세와 명예를 가진 인물, 거대한 사업체와 일거리, 벅찬 일, 사건, 단체 그리고 승리 · 득세 · 권리 · 성공 등을 상징한다.

● 멀리서 으르렁대는 호랑이를 보는 꿈은

꿈에 자기 위치와 멀리 떨어진 자리에 머물러 서서 자기를 노려 보고 으르렁대는 사자나 호랑이를 보면 현실에서 상당한 시간이 경과한 다음에 길한 소식이나 환란이 부딪쳐 온다.

만약 정체는 확인할 수 없는데, 사자나 호랑이가 울며 산과 들에 메아리치는 꿈을 체험하면 사회에 크게 선풍을 일으킬 일이 생길 것이다.

● 호랑이가 방안으로 들어오는 것을 보는 꿈은

첫째로 훌륭한 인재를 낳을 태몽의 표상이 될 수 있고, 훗날 귀 인이 방문할 일이 있거나, 훌륭한 작품 또는 일거리를 소유하게 된다. 문 밖에 웅크리고 앉은 호랑이를 문을 열고 보는 것은 예술가가 훌륭한 작품을 만드는 데 성공할 것을 예시한 꿈이기도 하다.

● 호랑이나 사자에게 물리는 꿈은

호랑이나 사자는 산중의 왕이기 때문에 큰 인물 · 큰 일거리 · 거 대한 세력 · 명예 등의 상징이다. 꿈에 그 동물이 공격해 와서 자기를 문다는 것은 곧 호랑이의 기상이 전하여져서 자기가 호랑 이와 맞먹는 기상과 명예 · 세력 등을 가지게 된다. 진급 해당자 는 진급될 것이다. 태몽의 경우는 어떤 기업 · 작품 등을 성취시 키고 큰 권리를 행사할 훌륭한 인재를 낳는다.

● 호랑이와 성교한 꿈은

자기 또는 남편의 사업이나 작품이 어떤 기관을 통하여 심사를 거치고 당선되어 권리와 명예가 주어지고 계약이 성립될 것이다.

☯ 사자나 호랑이를 타고 산야를 달리는 꿈은
위대한 사람의 도움을 받아 귀하게 되거나 강력한 정당의 총재가 될 것이다.
태몽의 경우는(꿈에 호랑이를 탄 사람이 태아를 대신한다) 입신 양명할 자식을 낳을 것이고, 처녀가 이런 꿈을 꾸면 장차 훌륭한 배우자를 만나게 된다.

☯ 사자나 호랑이를 잡아 죽이는 꿈은
사자나 호랑이가 자기를 잡아 먹으려고 덤비는 것을 주먹·연장·무기 등으로 치고 찌르며 쏘아 죽일 수 있으면 벅차고 어려운 일을 성취할 수 있다.
또한 큰 사업이 이루어지고, 반대당을 물리칠 수 있으며, 국가 고시 같은 어려운 시험에 합격되기도 한다.

☯ 사자나 호랑이에게 쫓기는 꿈은

꿈에 사자나 호랑이가 쫓아오므로 무서워서 도망치거나 몸을 숨

기면 현실에서 훌륭한 애인을 놓치거나 벼슬길·작품 기타 일거리와 관계해서 소원을 성취시키지 못하게 된다. 태몽에 있어서는 모처럼 잉태한 태아가 유산되고 만다.

◉ 사자나 호랑이와 싸워 이기는 꿈은

사자나 호랑이와 싸워서 그 짐승들이 피해 도망치거나 무릎을 꿇고 살려달라고 했다면 보람찬 큰 사업을 성취할 수 있고, 권력층 사람을 굴복시킬 수 있다. 때로는 어떤 권리를 쟁취하려다 실패하기도 한다.

◉ 사자나 호랑이 가죽을 얻는 꿈은

호피 코트 또는 장식용 털가죽·털옷 등을 얻거나 사오면 현실에서 훌륭한 원조자를 만난다.

◉ 호랑이 꿈을 꾸고 여아를 낳으면

이런 꿈을 꾸고 태어난 여자는 반드시 크게 성공하거나 훌륭한 남편을 얻는다. 그런데 항간에는 여아의 태몽이 큰 동물(용·호랑이·사자·구렁이 등)로 표현되면 팔자가 사납다고 전해오기도 한다.

◉ 호랑이나 사자 문장을 보는 꿈은

우리는 현실에서 단기나 군기 또는 신표·식기 등속과 칼집·장식품 등에 사자나 호랑이 문장을 그려넣는다. 이것은 위대하다, 용맹스럽다, 득세한다 등의 관념을 상기시키는 것인데, 꿈속에서 이런 것들을 보는 것은 현실과 동일한 관념 해석이 가능하다.

◉ 표범이 사람이나 가축을 물어가는 꿈은

표범이 갓난아기를 물어가면 현실에서 어떤 근심거리를 제3자가 해소시켜 주거나, 실제로 자기집 아이의 누구라면 죽음을 당할 일이 될 수도 있다. 가축을 물어가면 재물을 도난당하거나 손실되는 일이 생긴다.

◑ 돼지를 해치려는 표범을 죽인 꿈은
돼지가 외양간에 누웠는데 이것을 잡아 먹으려고 사자 한 마리가
벽을 뚫고 머리를 들이미는 것을 때려 죽이고, 다음에 표범이 마
당가에 어슬렁거리고 오는 것을 때려잡았다는 꿈은 현실에서 태
아 출산을 목도할 것을 예시한 것이었다. 돼지는 태아를 상징하
고, 사자가 벽을 부순 것은 태아의 위험성을 의미하며, 표범을
죽인 것은 한동안 있다가 배출될 태를 상징한 것이다. 사자와 표
범은 다 같이 출산의 어려움을 암시하고 있는데, 이것들을 때려
죽였으니, 아기는 아무런 어려움없이 세상에 태어난다.

⬤ 새(鳥)·날짐승

◑ 날으는 새를 보고 자식을 낳는 꿈은
작은 새는 대체로 여아를 상징하며, 독수리·매·수탉은 남아의
상징이다. 역시 나는 새는 그 아이가 장성해서 꿈꾼 사람과 생이
별 또는 사이가 벌어지기 쉽다. 이 새가 일거리나 기타의 상징물
로 해석될 때는 상관없다.

◑ 새장의 새가 도망가는 꿈은
아내나 애인은 자기 옆을 떠나 갈 것이고, 자기의 일거리나 작품
은 분실되거나 어떤 다른 곳에 위탁해서 한동안 자기를 떠나 있
게 된다.

◑ 무수한 새, 즉 닭이나 비둘기 같은 새에게 모이를 주는 꿈은
수많은 학생이나 문하생을 양성하거나, 여러 사업에 투자할 일이
생기게도 된다.

◑ 새장에 갇힌 새의 꿈은

자기가 사랑하는 사람의 자유를 구속하고 있거나 어떤 통제를 가할 일이 있을 것이다. 새장속의 한 쌍의 새를 보면 자기의 부부생활을 그 새에다 바꿔 놓고 관찰하는 것이기도 하다.

◐ 독수리가 자기를 물거나 접촉해 오는 꿈은
대체로 남성에 해당되며 권세나 큰 일거리의 상징이기도 하다. 그런 새가 자기에게 접촉해오거나 자기 손을 물면 야심가는 권세를 잡고, 학생은 수석이 되며, 처녀는 씩씩하고 용감한 남편을 얻는다. 유부녀는 장차 권세 있고 용감하며 야심이 만만한 인물이 될 아기를 낳을 태몽이다.

◐ 자기가 독수리가 되어 새를 잡는 꿈은
최대의 자유와 권력을 가지고 상대방 사람이나 일을 무난히 자기 것으로 할 수 있을 것이다.
만약 새나 짐승을 잡아죽일 수 있으면 군인이나 정객은 자기가 도모하는 일이 무난히 성사될 것이며, 많은 닭을 물어 죽일 수 있으면 적을 멸망시킬 수 있거나 항복을 받게 된다.

◐ 독수리를 타고 하늘을 날으는 데 독수리가 지쳐서 내려앉으려는

것을 채찍을 가해 다시 치솟게 하는 일을 거듭한 꿈은
어떤 큰 사업체를 이끌어나가는데 그것이 순조롭게 운영되지 않고 흥망 성쇠가 거듭된다. 처녀가 이런 꿈을 꾸면 장차 자기 사업이 그렇게 되거나 결혼 후의 남편의 사업이 불연속전으로 흥망 성쇠를 거듭할 것이므로 부인의 내조가 절실히 요망된다.

☯ 독수리가 자기를 해치려 하는 꿈은
어떤 악한이 자기를 억제하거나 겁탈하려 할 일이 있으며, 질병이 자기 몸에 침투해서 당분간 고통을 받게 된다. 때로는 적의 공격을 받게도 된다. 그러나 그 독수리가 자기를 물거나 껴안으면 크게 존귀해지거나 큰일을 성취시킨다. 처녀의 경우는 훌륭한 남자에게 시집가게 된다.

☯ 매가 자기집 닭을 물어가는 꿈은
자기 세력이나 재물의 일부를 어떤 강력한 자에게 강탈당하거나 자기 수하자가 사망할 것을 예시한 꿈이다.

☯ 매 또는 독수리가 푸른 하늘을 빙빙 돌고 있는 꿈은
자기 지위가 높아지거나 사업이 번창해진다.

☯ 자기가 훈련시킨 매를 놓아 꿩이나 산새를 잡아오는 꿈은
힘센 심복 부하를 시켜 여인을 데려오거나 재물을 얻는다. 때로는 자기가 국가 고시 같은 시험에 합격하고 명예를 획득하게 된다.

☯ 공작새를 소유한 꿈은
이상적인 배우자를 얻을 수 있을 것이며, 이런 꿈이 태몽이라면 장차 부귀 영화를 누릴 훌륭한 사람을 낳을 것이다. 야심이 만만한 사람은 자기가 머지않아 부귀해지고 명예와 영광을 과시할 것이다. 학생은 수석이 되고 학위를 받는다.

☯ 공작이나 봉황새를 보는 꿈은
귀인을 만나 출세하거나 권세나 명예를 가까운 시일 안에 얻게

된다.

◐ 공작새가 자기 주변이나 머리 위를 나는 것을 보는 꿈은
어떤 문학이나 예술 작품을 성취하고 명예와 영광을 얻어 명성이
크게 떨치게 된다.

◐ 공작새가 빛을 발산하는 꿈은
조만간 어떤 이상적인 여인의 사랑을 받거나 희귀한 작품을 성취
하여 영귀해질 것이며, 세상에 명성을 떨칠 것이다.

◐ 공작이 날개를 편 것이 화려하게 보이는 꿈은
부귀 영화를 누리거나 권리가 신장되어 모든 사람이 우러러보게
된다. 학자나 예술가는 크게 세상사람들을 감동시킬 위대한 작품
을 써낼 수 있다.

◐ 봉황을 접촉하는 꿈은
꿈에 봉황새를 보거나 접촉 또는 소유할 수 있는 꿈은 미혼 남
녀는 결혼해서 백년의 부귀 영화를 누릴 것이며, 관직에 있는 사
람은 위대한 사람의 협조를 얻어 부귀로워질 것이다. 봉황새는
상상적인 새이기는 하나, 상서로움을 상징하는 새로서 봉은 수컷,
황은 암컷을 뜻한다. 그 새의 특징은 닭의 머리·뱀의 목·거북
의 등·제비의 턱·물고기의 꼬리 모양을 하였고, 오색(五色)
빛에 오음(五音)의 소리를 낸다고 한다.
봉과 황 두 마리의 새를 얻고 잉태하면 천재적인 인재를 낳는다.
어쩌면 천재적인 형제나 남매를 낳거나 문무겸전(文武兼全)한 자
식을 생산할지도 모른다.

◐ 원앙새를 보는 꿈은
상서로움을 상징하는 새이다. 원앙새 한쌍이 함께 있는 것을 보
면 현실에서 헤어졌던 부부가 다시 결합되고, 자식의 혼사는 대
길하다는 것을 암시한다. 원앙 금침이나 원앙을 새긴 문장 또는

그림을 보면 동업자와의 사업이 번창할 것을 예시하는 꿈이다. 하지만 원앙을 새긴 상이 갈라 있을 땐 결연이나 사업이 파탄될 것이다. 원앙이 각각 날아다니면 부부 이별을 면치 못한다.

◑ 학을 타고 하늘을 날으는 꿈은
귀인을 만나 높은 관직에 오른다. 학이 자기 주변에 날아와 앉으면 고귀한 사람을 만나게 된다.

◑ 학이 품안에 들거나 자기 어깨 또는 주변에서 놀고 있는 것을 보는 꿈은
장차 훌륭한 자식을 낳을 것이다. 때로는 훌륭한 여인의 상징일 수 있으며, 학자가 될 수도 있다.

◑ 동자가 학을 타고 내려와 자기 앞에 서는 꿈은
태몽으로, 장차 높은 벼슬을 하거나 성스러운 직장의 우두머리가 될 아기를 낳는다. 백발노인이 학을 타고 내려와 꽃이나 금은보화 또는 책 같은 것을 주면 신분이 영귀해지거나 좋은 묘책이 생긴다.

◑ 학이 하늘을 날으며 울음소리를 내는 꿈은
자기가 계획하는 일이나 집안 운세가 좋아져 남들이 부러워하게 된다. 때로는 자기의 지위나 명성이 높아질 것이며, 작가는 훌륭한 작품을 세상에 발표할 수 있을 것이다.

◑ 학이 무리져서 노는 꿈은
학이 들이나 숲에 무리져서 노는 것을 보고 아기가 있으면 높은 관직의 우두머리가 되거나 큰 사업을 관장할 사람을 낳는다. 또한 학자가 되어 많은 후배를 양성할 수도 있다.

◑ 백조나 백로가 무리져서 자기집 논에 앉아 먹이를 주워먹는 것을 보는 꿈은
장차 자기의 의식주가 풍부해져 여러 손님과 더불어 잔치를 베풀

일이 있거나 자기 세력권 안에 종사하는 상인들과 상거래를 할 일이 있게 된다. 백조나 백로 한두 마리가 자기와 접촉해오면 귀한 자식을 낳는다.

◑ 백로·백조·황새에 관한 꿈
백조나 백로는 그 털이 순백색이니 사람의 마음이 순결함을 나타내기에 족하고, 황새 다리가 길다는 것은 출세나 일의 진도가 빠르다는 암시가 가능하다.

◑ 황새가 소나무에 많이 앉은 것을 보는 꿈은
관공서나 기업체에서 기관을 관리하고 감독할 임무가 맡겨지며 좋은 직권을 얻어 부귀로워질 것이다.

◑ 기러기떼가 날아가는 꿈은
기러기떼가 V자형으로 날아가는 것을 보면 자기의 사업이나 국가 또는 사회적인 일이 승리함을 암시한다.

◑ 기러기떼가 자기집 논이나 호수에 앉아 노는 꿈은
먼 데서 손님이 찾아오거나 반가운 소식을 듣게 된다. 또한 의식주가 풍부해질 전조이기도 하다.

◑ 제비가 집을 짓고 새끼를 치는 꿈은
기쁜 소식이 답지할 것이며, 그 제비가 자기집 처마 밑에 집을 지으면 먼 데 사람이 와서 사업을 시작할 것이고, 그 집이 완성되어 새끼를 치면 가업이 번창한다.

◑ 제비 한 마리를 가까이 하는 꿈은
태몽으로 제비 한 마리가 자기 품에 들거나 어깨 또는 손바닥에 앉은 것을 보고 아기가 있으면 현실에서 미모의 자식을 낳을 것이다. 그러나 장성해서 멀리 부모 슬하를 떠나 살게 된다. 제비 한 마리가 자기 방에 들어와 잠깐 앉았다 날아가는 꿈은 예쁜 여인이 찾아오거나 한동안 동거하다 사라질 것이다.

◑ 자기집 마당에서 노는 많은 비둘기들에게 모이를 주는 꿈은
　선량한 무리들을 양육할 일이 있을 것이다. 여학교 선생이 되거
　나 수녀·신부·교회 목사 등의 직위에 오르게도 된다.

◑ 자기집 비둘기 집에 비둘기들이 들고 나는 것이 퍽 평화스럽다고
　느끼는 꿈은
　현재 진행중인 사업과 관련이 있다. 자기집은 어떤 사업장이나
　기관으로 바꿔놓을 수 있으므로 자기의 일거리나 작품이 잘 성
　취될 전망이다.

◑ 비둘기에 관한 태몽

　비둘기가 태아의 상징일 때는 그 사람은 여아이고 성품이 어질고
　착하며 사회 봉사에서 선봉에 설 사람으로 간호사·여선생·여
　의사 등으로 활약할 수 있다.

◑ 자기 어깨에 비둘기가 앉은 꿈은
　사랑하는 여인이 찾아온다.

◑ 거위와 오리가 함께 노는 것을 보는 꿈은
　자기 또는 집안 식구 누군가 처첩을 거느리거나 어떤 단체의 우

두머리가 된다. 경우에 따라서는 두 가지의 작품·재물 등의 상
징물일 수도 있다.

◐ 까마귀떼가 날으는 꿈은

시국이 위태로워지거나 친척간에 불화가 생기거나, 불길한 소식
또는 자기 일에 협조하던 사람들이 분산해서 떠날 일이 생길 징
조다.

◐ 까치가 나무 위에서 우는 꿈은

먼 곳에서 반가운 소식이 오거나 손님이 찾아올 것을 암시하는
것이다. 그러나 까치가 지붕마루에서 울면 집안에 우환이 생긴다.

◐ 까치나 황새 또는 산새들이 나무 줄기나 가지에 집을 짓는 것을
보는 꿈은

자기집이나 자기 세력권 안에 뜨내기 같은 사람이 찾아와서 도와
주게 된다. 또는 장차 사업의 기반이 마련될 수도 있다.

◐ 까마귀와 까치가 송장을 파먹는 것을 보는 꿈은

사업이 번창하여 수많은 사람을 쓰거나 집안에 큰 잔치를 벌여
많은 손님을 접대하게 된다.

◐ 화려한 누각 주변에서 새가 우는 꿈은

조만간 죽을 것을 예시한 것이다. 누각은 상여이고, 주변에서 우
는 새 소리는 자기를 울며 보내주는 가족의 통곡 소리이다. 그러
나 누각에 사람이나 동물, 어떤 것이든 같이 있으면 오히려 신분
이 고귀해져 뭇사람의 칭송을 듣는다.

◐ 꾀꼬리가 나뭇가지에서 우는 꿈은

머지않아 애인이 생긴다. 그 꾀꼬리가 품에 날아들거나 손에 잡
을 수 있으면 가장 아름다운 여자나 명예를 얻고, 부인은 예쁜
여아나 가수가 될 자녀를 낳게 된다.

◐ 배를 타고 바다를 항해하는데 물새 한 마리가 배 위를 빙빙 도

는 꿈은

집안이나 사업상에 도와줄 사람이 나타나고, 그 새가 배 위에 앉으면 운세가 대길하며 일의 전망이 좋다. 망망대해에서 갈매기 날으는 것을 보면 잃었던 의욕이 되살아나고 절망속에서 희망이 솟아난다. 이 때의 갈매기는 앞일을 안내하는 지도자나 안내자와 동일시될 수도 있다.

☯ 물새가 무리져서 우는 꿈은

이 꿈을 꾸고 잉태하면 그 아기는 자라서 입신 양명했을 때, 자신의 부귀 영화를 흠모하거나 탐내는 사람이 수없이 많을 것이며, 자기와 더불어 희노애락을 같이 해줄 사람들의 동일시이다.

☯ 부엉이가 우는 꿈은

부엉이가 집 앞에 와 있으면 머지않아 자기집 가사에 간섭하려는 어떤 사람이 나타나거나 도적의 칩입이 우려된다. 부엉이가 밤에 울면 동네에 재난이 생긴다.

☯ 뻐꾸기와 두견새에 관한 꿈

꿈속에서 이들 새를 보면 먼 곳의 손님이 찾아오게 된다. 그 새의 울음소리를 들으면 어떤 사람의 비참한 운명을 동정할 일이 있게도 되며, 친지나 애인 등으로 해서 슬퍼할 일이 생기게도 된다. 뻐꾸기나 두견새 알을 얻을 수 있으면 뜻하지 않은 희귀한 물건을 얻거나 권리·재물 등이 생긴다.

☯ 참새 수십 수백 마리가 무리져서 날으는 꿈은

자기의 지휘를 받는 무리가 잘 움직여 줄 것이다. 참새떼가 와서 널어놓은 곡식을 먹거나 자기집의 전답 곡식을 먹는 것을 보면 수많은 고용인을 쓸 것이다. 참새떼가 창밖에서 우는 것을 보면 많은 사람에게 찬반의 시비를 받게 된다. 참새떼가 창밖에서 지저귀는데, 그 중 한 마리가 방으로 들어와서 붙잡은 꿈을 꾸고

잉태한 아이는 장차 음악인이나 기타 인기 직업을 갖고 많은 후
배를 양성하게 될 것이다. 그러나 참새 몇 마리가 창밖에서 시끄
럽게 조잘거리는 것을 보면 어떤 사람들과 시빗거리가 생긴다.
전선에 앉은 참새는 어떤 기관에 제출한 소청의 상징일 수 있다.

◐ 날으던 새가 방으로 들어오는 꿈은
크고 작은 새가 떼지어 날다가 그 중 큰 새가 방안에 들어온 것
을 붙잡은 태몽은, 유명한 운동 선수나 인기인으로 으뜸가는 사
람을 낳는다.

◐ 참새구이집에 들어가 군 참새를 안주 삼아 술을 마신 꿈은
힘든 일거리나 아무런 소득도 없은 일을 강요받아 그것으로 한때
고통받을 일이 있을 것이다. 참새고기를 한입 물고 잠이 깬 사람
은 훗날 재수없는 일에 부딪쳐 답답한 심사를 달랠 길 없을 것
이다.

◐ 포수가 꿩을 잡는 꿈은
포수가 꿩을 잡는다고 총질을 하여 그 소리가 들려오는 것은, 현
실에서 어떤 매파나 중개인을 통해 어떤 여인을 물색하거나 일거
리를 구하는 데 한 동리가 떠들썩하게 소문이 나던가, 일이 이뤄
졌다는 기별이 자기에게 답지될 일이 있게 된다. 포수가 꿩을 잡
아서 허리에 찬 것을 보면 귀한 재물을 얻게 된다.

◐ 꿈에 수탉이나 수꿩이 우는 소리를 듣거나 나무에 앉은 것을 본
꿈은
자기 관직이나 신분이 높아질 것이다. 따라서 세상에 명성을 떨
치게도 된다.

◐ 닭 우는 소리를 들은 꿈은
사회적인 계몽 사업을 해서 명성을 떨치거나 가운이 융성하고,
집안에 큰 경사가 생겨 널리 소문난다.

◑ 닭이 나무 위에 오르는 꿈은
취직이 되거나 단체의 지도자가 된다.
그러나 닭이 지붕 위에 오른 것을 보면 출세하게 되지만, 그 곳
에서 울면 우환이 생기거나 어떤 사람의 억압을 받게 된다.

◑ 닭이 알을 낳거나 알을 품고 있는 것을 보는 꿈은
어떤 좋은 아이디어 또는 창작물·사업 자본·일거리 등이 생산
될 수 있으며, 그 일은 장구한 시일을 요해서 이루어지게 된다.

◑ 산속에서 달걀을 얻는 꿈은
숲이 우거진 앞뒷 동산에서 닭이 알을 낳은 것을 집어들면, 어떤
기관에서 자기의 참신한 아이디어를 채택해 준다. 만약 이 때 그
알을 생으로 마실 수 있으면 매우 건설적인 창안이라는 평가를
받을 수 있을 것이다.

◑ 달걀을 여러 개 얻은 꿈은
받은 수효만큼 병석에 눕게 된다. 그러나 그 수효가 얼마인지 알
수 없을만큼 다량을 얻으면 자기의 사업이나 계획하는 일이 크게
이루어져서 막대한 돈을 벌 수 있을 것이다. 달걀이 썩은 것이면
사업은 실패로 돌아간다.

◑ 닭장의 많은 닭을 보는 꿈은
닭장에 키우는 많은 닭은 현실의 학교·군대·어떤 양성소의 학
생·군인·양성원 등의 동일시이다. 닭에게 모이를 주는 것은
자기가 교육자가 되거나 지도자 입장에서 교도하고 감화를 주는
일의 바꿔놓기이다. 그 닭들은 재물의 상징이 되기도 하는데, 닭
의 수효만큼 재물이 생기고 관리하며 증산할 수도 있다.

● 물고기(魚)

● 그물을 던져서 물고기를 많이 잡는 꿈은
큰 재물을 편리한 방법에 의해서 한꺼번에 소유하는 행위이다.
배를 타고 그물을 던져 많은 물고기를 잡아올리면 어떤 단체나
협조 기관 또는 과학의 힘을 빌어 많은 돈을 얻을 수 있을 것인
데, 사업가는 일확천금의 꿈이 실현된다. 적은 그물이나 반두를
사용해서 고기를 잡는 것은 적은 재물을 획득하는 행위 또는 어
떤 재물을 여러 번에 나누어 획득하게 된다.

● 낚시질을 해서 물고기를 잡는 꿈은
지혜나 계교로써 돈을 벌거나 사람 또는 일거리를 얻는 행위이
다. 낚시줄이 길면 길수록 그 소득은 일을 착수한 지 오랜만에
성취될 것이다. 낚시에 미끼를 꿰어 던진 수법이 인상적이면 자
기의 계교가 적중된다. 낚시에 싱싱한 물고기가 걸려나온 꿈을
꾼 사람은 자기의 노력과 계교가 실효를 거두어, 사업가는 사업
이, 문필가는 저술이, 연애에 실패할 기미가 보인 사람은 그 연
애가 각각 결실을 가져온다.

● 꿈에 장어나 메기 또는 가물치 같은 길고 매끄러운 물고기를 잡
는 꿈은
놓치기 쉬운 까닭에 어떤 일을 성사시키기가 어려움을 나타낸다.
시험에 응시하는 사람, 취직을 원하는 사람, 돈을 벌려는 사람
등은 그 물고기를 손쉽게 잡은 꿈이라야 그 소원이 이루어지고,
연애 중에 있는 남녀는 상대방을 손에 넣기가 무난할 것이다. 이
와는 반대로 꿈속에서 그 물고기를 놓치거나 잡지 못하면 그는
뜻을 이룰 수가 없게 된다.

● 개천이나 논바닥 등에서 물고기를 손으로 더듬어 잡는 꿈은

자신 또는 형제의 일에 관계되는 재물 또는 어떤 작품이나 사람·명예·권리 등을 얻게 되며 또한 게나 조개를 끄집어내면 그 재물 또는 작품이 많은 어려움 끝에 이루어지고, 상당한 노력 끝에 일이 성취됨을 뜻한다.

☯ 저수지나 논바닥에 많은 물고기가 있는 꿈은
논바닥 한 모퉁이에 저수지가 있고 그 저수지에 크고 작은 물고기가 서로 겹칠 정도로 많이 우글거리는데, 그것을 보면서도 잡지 못하면 현실에서 어떤 사업가나 경영자가 막대한 자금을 취급하면서도 그것이 공금인 까닭에 감히 손대지 못할 것을 예시한 꿈이다. 만약 그 많은 물고기를 자기가 반두질해서 자꾸 잡아낼 수 있었다면 그는 막대한 돈을 벌 수 있을 것이다.

☯ 논바닥에 노는 많은 물고기가 보는 꿈은
논을 갈고 있는데, 논바닥에 맑은 물이 흥건히 고여 있고 그 속에 무수한 물고기가 헤엄치고 있는 것을 보았다면 그가 추진하는 사업의 성과에 대해 큰 기대를 걸 것이며, 물고기를 잡을 수 있으면 그 소원은 이루어진다.

논바닥 물은 문장과 사상의 상징이고, 쟁기로 논을 가는 것은 집 필하는 행위이다.

☯ 강물이 맑고 깊으며 그 속에 굉장히 많은 물고기가 노는 것을 보는 꿈은
자기가 독창적인 사업에서 크게 성공할 것을 예시한 꿈이다. 강 물은 사업체이고, 많은 물고기는 창작물이며, 많은 물은 마음에 불쾌한 찌꺼기를 남기지 않는, 즉 소원 충족을 뜻하거나 자기 사 상이 흐리지 않고 어떤 깊이와 통찰의 힘을 발휘할 수 있음을 암시하기도 한다.

☯ 붕어 한 마리를 손으로 잡아 두 팔로 껴안고 집에 온 꿈은
두 가지로 해석된다. 그 하나는 큰 인물을 낳을 태몽이고, 또 한 경우는 사회적인 재물을 한몫 크게 얻을 것을 예시한 것이다. 태 몽으로 간주되는 것은 붕어를 강물에서 잡았으니 사회적 활동성 이 있는 사람이 될 것이고, 두 팔로 껴안은 것은 품에 안은 겪이 니, 장차 자기에게 벅찬 일거리가 주어질 것인데, 이는 꿈 꾼 사 람이 태아를 대신했을 때의 경우다. 재물로 해석되는 것은 강물 의 무진장 많은 물고기 가운데서 얻었으니, 사회적인 재원에서 얻은 것이 되고, 물고기는 음식의 재료가 되므로 그것은 재물의 상징이 가능하다.

☯ 연못에 큰 물고기가 떼죽음을 당한 꿈은
전쟁이나 국난·유행병 같은 것으로 많은 인명이 죽거나 어떤 회사가 몰락 상태에 있음을 예시한다.

☯ 썩은 생선을 남에게서 받은 꿈은
식모 같은 아랫사람으로부터 모욕을 받아 창피한 일에 직면하거 나 남에게서 받은 재물이 하나도 쓸 수 없는 경우이다.

☯ 상인에게서 물고기를 사는 꿈은

어떤 고용주에게서 임금을 지불받거나 노동의 대가 또는 돈을 융자받을 것이다. 생선을 많이 사면 많이 살수록 그 재물은 많은 액수가 된다. 생선 장수가 큰 물고기를 칼로 잘라 두 토막을 낸 것을 사오면 지금까지 사업을 같이 하던 전주가 자기에게 할당할 금액을 두 군데 또는 두 가지 방법에 의해서 마련해 줄 것을 예시한 꿈이다.

◑ 용의 새끼를 치마폭에 받은 꿈은
장차 국정을 좌우하여 명성을 떨칠 인재를 낳을 태몽이다. 만약 그 물고기가 하늘에서 내려오는 것을 받으면 국가적 사회적인 인물이 될 아기를 낳거나 국가 · 사회적인 대임을 맡게 된다.

◑ 잉어에 관한 꿈
태몽의 표상으로 잉어의 꿈은 현실에서 대체로 재주 있고 처세 잘하는 사람을 동일시하거나 태아가 장차 성공했을 때, 명예를 얻거나 치부할 일과 관계해서 꾸어진다. 잉어를 붙잡아 오거나 그릇 물에 넣은 사람은 문학 작품으로 명예를 얻게 된다. 잉어를 붙잡아 우물이나 연못에 넣으면 크게 출세할 것이다. 많은 잉어를 붙잡아온 사람은 상당히 많은 재물이나 작품으로 부귀로워질 것이다. 태몽과 관계없을 경우, 잉어는 예술 작품 · 재물 · 명예 · 인기 직업 · 출세 · 승급 등의 일과 관계된다.

◑ 큰 잉어가 맑은 호수에서 놀다가 폭포 위로 뛰어오르는 것을 본 태몽은
이 태몽으로 태어난 아기는 장차 유능한 사람이 되어 득세할 것이다. 예술가는 자기 작품이 성공하여 세상사람들을 감동시킬 일이 있게 된다.

◑ 큰 잉어가 자기 앞으로 오다 사라지는 꿈은
태몽으로 태어난 사람은 큰 인물이 될 소질을 타고났으나 유산되

고 만다.

◑ 복어를 잡은 꿈은

이 꿈에서 복어는 복권과 유사성이 있기 때문에 복권을 사서 1
등 아니면 2등에 당첨되거나 어떤 사업체에 투자한 재물에 대한
이득이 얻어질 것이다.

◑ 조개의 상징적인 꿈

조개는 그 종류나 형태가 각양각색이나 공통된 점은 개펄에서 산
다는 점이다. 두 개의 껍데기가 다물어졌을 때나 그것을 벌렸을
때 내용물이 보이는 것은 여성기와 비슷하다. 그러나 조개의 껍
데기는 조개의 집이고, 그 내용은 생명체인 동시에 사람에겐 음
식 재료가 된다. 조개속에서 진주가 발견되기도 하는데 사람들이
조개 꿈을 많이 꾸는 이유는 그것을 많이 잡았을 때에 음식 재
료가 되므로 재물을 상징할 수 있다. 또한 하나하나의 완성된 작
품을 상징할 수 있으며 진주를 양식할 수 있으므로, 진리의 모체
로도 본다. 또한 조개를 여성기로 비유해서 말하는 까닭에 그대
로 여성기와 관계해서 상징적인 꿈을 만들어 내기도 한다.

◑ 조개를 잡은 태몽

조개 한두 개는 여아가 되기 쉬우나, 그것을 많이 얻는 것은 성
별에 관계없이 태아가 장차 장성해서 재물을 많이 소유하거나 작
품 같은 것을 많이 생산해낼 것을 예시하는 꿈이다. 조개 속에서
진주 알을 얻는 꿈을 꾸면 태아가 장차 어떤 기관에서 다년간
연구하여 큰 성과를 얻거나 명예와 권세가 주어질 것이다.

◑ 해변에서 조개를 잡는 꿈은

유부녀의 꿈에 해변에서 조개를 잡으면 자식을 잉태할 것이며, 처
녀가 조개를 잡으면 시집갈 것이다. 예술가나 작가가 이런 꿈을
꾸면 많은 창작물을 발표하게 된다. 많은 조개 가운데서 자기 발

가락이나 손가락이 조개에 물리면 어떤 큰일에 착수할 수도 있다.

◎ 조개 껍질이 자갈 더미가 된 꿈
상인은 자기 사업이 본 궤도에 올라 크게 성공할 것이다. 때로는 복권을 사서 당첨되기도 한다. 복권 관계의 꿈은 소량의 조개 껍질이 수십 수백 배의 자갈더미로 변하는 것이 좋다.

◎ 어항에서 노는 금붕어를 바라보는 꿈은
이 꿈이 태몽일 경우는 그 태아가 장차 성공해서 예술 작품을 많이 창작하고 세상에 과시할 일이 있다. 또한 공장 같은 곳의 여러 여직공을 감독하는 직업인이 될 수도 있다. 금붕어 한 마리를 얻으면 인기인이 될 자식을 낳는다. 어항이 깨어지고 물이 마르면 부부간의 행복은 깨지고, 아내 또는 자녀간에 죽음이 임박할 수도 있다. 이 때 만약 다른 곳으로 옮겨 놓았다면 2차적인 사업에 돌입하고 신분이 새로워질 것이다.

◎ 생선을 소금에 절이는 꿈은
생선을 독에 넣고 소금을 뿌려 절이는 꿈은 집안 사람 중 누군가 병들게 된다. 그러나 선원이나 상인이 수많은 생선을 조림하는 것을 보면 상당한 재물을 축적할 수 있다.

◎ 논 게를 잡은 꿈은
그 잡은 수효만큼의 돈이 생긴다.

◎ 강변에 구멍을 뚫고 사는 무수한 잔게가 나와 있다 사라지는 꿈은
어떤 사업을 크게 벌이나 실속없는 것이 되어 버리고 만다. 바다에 사는 꽃게를 잡아오면 어떤 횡재를 하거나 보화와 같은 작품을 생산해낼 수 있을 것이다.

◎ 물고기가 새끼를 치는 꿈은
연못에 넣어둔 물고기가 어느새 새끼를 낳아서 그 수효가 무수하였다. 또는 어미 물고기만큼 모두가 자라서 움직이고 있는 꿈은

돼지새끼가 증가되는 꿈의 이치와 동일하여 어떤 작품이나 재물 또는 돈이 증가됨을 암시한 꿈일 수 있다. 태몽인 경우는 후일 단체를 리드하는 권력자가 될 것이다.

◯ 어떤 물고기가 갑판에 뛰어올라 붙잡은 꿈을 꾸면
집안에 횡재수가 있다. 태몽이면 장차 대기업체를 운영할 인물이 될 것이다.

◯ 모처럼 잡은 물고기를 놓아주는 꿈은
모처럼 돈이 생기거나 자식을 잉태하였어도 그것이 자기 복에 없는 것이 된다. 그러나 강에서 잡은 물고기를 자기집 연못에다 옮겨 넣는 꿈은 자기 직장이나 사업이 새로운 환경에 놓여질 것이고, 외부에서 얻어온 재물을 어떤 사업에 투자할 것을 예시한 것이다. 어디서 가져왔다는 출처는 분명치 않은데 큰 물고기를 우물에다 넣어 기르면 높은 관직에 오르게 된다.

🔵 바닷물고기 · 기타 동물

고래가 상징하는 꿈

고래가 꿈속에서 자기에게 달려오는 것만 보아도 대길한 길몽이다. 이 꿈은 훌륭하고 강대한 세력을 가질 수 있는 아기를 낳을 태몽이 가능하다. 고래를 타고 바다를 다닐 수 있었다면 큰 정당을 이끌 수 있는 권력자가 될 것이다. 여자가 이런 꿈을 꾸면 부자가 되거나 훌륭한 남편을 얻게 될 것이다.

◯ 고래가 길을 인도하는 꿈은
뱃길을 인도한다면 위대한 협조자를 만나 일이 잘 진행될 것이다. 고래가 옆에 따라와도 좋다. 그러나 고래가 뒤에 쫓아오면 큰 위협에 직면하고, 고래떼가 몰려와서 배를 뒤엎을 것 같으면 사업이 위태롭게 된다.

☯ 고래 뱃속으로 빨려들어가는 꿈은

고래가 나타나서 그 뱃속으로 빨려들어가다 잠을 깨었다면 큰 벼슬을 하거나 거대한 저택을 소유한다.

☯ 상어에 관한 꿈

어떤 일거리를 상징할 때는 가장 자극적이고 센세이션을 일으킬 작품 등을 상징할 수 있으며, 방해적인 일거리로 상징되기도 한다. 그리고 바다에서 일어나는 일은 사회적인 일과 관계해서 표현된다. 상어떼가 노는 것을 보면 현실에서 자기 사업이 잘 추진될 것이며, 상어떼가 몰려오는 것을 보면 악당들이 자기 사업을 침해하려 하거나 어려운 일에 부딪치게 된다. 꿈에 상어에게 다리 한 쪽을 먹혔다면 그는 자손이나 부하를 상실하고, 믿고 의지했던 사람이 간악한 자에게 피해를 입게 됨을 볼 것이다.

그러나 이 사납고 용감한 상어가 태몽일 경우는 높은 관직에 오를 태아를 낳을 것이며, 그것을 잡는 꿈은 재물이 생긴다.

◉ 거북이 상징하는 꿈은

거북은 길조를 상징하는 동물로, 대체로 부귀한 사람·권력자·협조자·협조 기관이나 단체의 동일시이며, 길운·승리·큰 재물 등의 상징이다.

◉ 거북을 타고 잔잔한 바다를 항해하는 꿈은

국가나 사회 단체의 우두머리가 되거나 권력자가 된다.

◉ 거북을 붙잡지 못하고 깨는 꿈은

어떤 큰일을 도모하지만 그것이 성사될 수 없다. 결혼을 하려는 남녀는 결혼이 성립되지 않으며, 정권을 잡거나 시험에 합격되려는 학생, 취직 희망자도 그 뜻이 이루어지지 않는다.

◉ 거북이 상륙해서 우물이나 집에 들어가는 것을 보는 꿈은

자기 신분이 부귀로워진다. 기어다니는 거북을 얼싸안으면 소원을 성취하거나 태몽에 해당된다. 자라가 거북으로 변해서 옆에 있으면 소자본을 들여 큰 돈을 벌거나 막대한 재산이 생기고, 직위가 높아진다.

◉ 거북을 상해하는 꿈은

거북의 목을 쳐서 피가 흐르는 것을 보면 어떤 큰 사업이 성취되어 돈이 생기거나 큰 기관의 장이 자기에게 돈을 지불할 일이 있게 된다. 거북의 목을 잡으면 어떤 세력가를 누르고 주도권을 잡을 것이고, 거북이 목을 움츠려 감추면 어떤 기관에 청탁한 일이 좀처럼 성사되지 않는다. 거북을 아주 죽여버리면 큰 일이 성취된다.

◉ 물개를 잡는 꿈은

꿈에 물개를 잡을 수 있으면 막대한 돈이 생기고, 물개가 자기에게 가까이 오면 무난히 취직이 되거나 복스러운 여자를 얻는다.

◉ 문어 · 낙지 · 오징어 등에 몸이 감기는 꿈은
누군가에게 구속되고 고용당하거나 취직 · 입학 등이 이루어진다.
물고기의 발이 많다는 것은 재주가 많거나 권력 의지가 강하고,
부하 세력이나 산하 단체를 많이 가지고 있는 어떤 사람 또는
기관이나 단체를 상징할 수 있다.
이러한 물고기를 잡을 수 있으면 정신적 · 물질적인 재물이 생긴다.

◉ 악어떼가 물려고 덤비는 꿈은
악어떼가 쫓아와 도망쳤다면 일이 크게 난관에 부딪치고 악당들
에게 시달림을 받거나 일신이 위험에 직면할 것을 예시한 것이
다. 악어떼를 하나하나 죽일 수 있으면 크게 사업이 성취되고 많
은 재물을 얻을 것이다.

◉ 물고기를 생으로 먹는 꿈은
어떤 사람의 학설이나 소설을 읽고 그것을 자기 것으로 소화시키
거나 이성을 만나 성교를 하게도 된다. 물고기를 통째로 삼켜버
리면 태몽이 될 수 있고 재물이 생길 수도 있다. 물고기를 끓여
서 먹거나 구워 먹고 요리하는 것 따위는 어떤 자본을 들여 새
로운 일에 착수하거나 사업을 경영할 것을 뜻한다. 국물이 많은
생선을 먹으면 유행성 감기에 걸리거나 남의 설득에 말려들게도
된다.

◉ 도마뱀을 잡는 꿈은
꿈에 도마뱀이 자기를 무는 꿈이 태몽일 경우는 벼슬할 아이를
낳고, 일반적인 꿈에서는 남녀가 결혼하게 되거나 취직이 될 것
이다. 도마뱀이 사람만큼 큰 것을 보면 크게 출세하거나 소망이
성취된다.

◉ 많은 도마뱀을 보는 꿈은
자기가 직장의 장이 되어 많은 직원을 감독하거나 많은 작품을

써서 지상에 발표할 일이 있게도 된다.

많은 도마뱀이 한곳으로 모이는 것을 보면 사람을 모집할 일이 있거나 학자는 여러 가지 연구 자료를 수집해서 새로운 이론을 정립할 수 있다.

☯ 논둑을 걸어가는데 개구리가 사방에서 와글와글 울고 있는 꿈은 어떤 사업을 추진시키는 데 많은 사람들의 시빗거리가 될 것을 암시하는 것이다.

● 곤충류

☯ 나무에 벌집이 매달리고 수많은 벌들이 드나드는 것을 보는 꿈은 큰 사업체를 경영하며 많은 사람들을 쓰게 될 것이다. 이런 꿈을 꾸고 잉태된 그 아기는 장차 부자나 권력자가 되어 많은 재물을 얻게 되고 신분이 귀하게 될 것이다. 꿈에 벌에게 쏘이면 병에 걸리거나 근심 걱정이 생기고, 여인은 잉태하며, 작가는 자기 작품이 평론가들로부터 우수하다고 평가받는다. 벌떼가 자기에게 덤벼들면 악당에게 시달림을 받거나 고통거리가 생긴다. 벌떼가 공중을 난무하거나 떼지어 날아가는 것을 보면 자기 선전이나 사상의 전파가 잘 된다.

큰 말벌을 손으로 떼려잡으면 사업 계약이 성립되며, 꽃에 벌이 모여드는 것을 보면 경사가 있어 많은 손님이 오거나 자기가 만든 예술 작품을 호평해 줄 사람이 많게 된다. 꿀벌 통에 꿀이 많은 것을 보면 막대한 사업자금이 생기고 그 곳으로 꿀벌들이 모여들면 많은 사람을 고용해서 사업이 융성해진다. 꿀벌이 모두 달아나버리면 자기 세력권이나 기업은 와해되고 만다.

◑ 나비에 관한 꿈은

나비를 본 태몽은 여아를 낳고, 새빨간 나비가 산이나 계곡에서 날아다니는 것을 보면 나비로 비유된 사람은 관록을 얻는다. 나비가 여러 마리 모여서 유희하는 것을 보면 경사가 있고, 꽃에 나비가 앉아 있는 것을 보면 연애가 성립된다. 때로는 반가운 사람을 만날 수 있다.

호랑나비가 손등에 알을 낳는 꿈을 꾸고 결혼한 남자는 자식을 낳고 아내와 이별한다. 호랑나비로 비유된 사람은 난봉꾼이거나, 여자는 팔자가 사나운 사람이다.

◑ 잠자리에 관한 꿈은

잠자리도 여자의 상징일 수 있다. 날으는 곤충을 태몽으로 한 여아는 단명하거나 생이별한다. 저녁 무렵 고추잠자리가 무리져서 나는 것을 보면 귀한 여인들을 만날 것이고, 자기 머리 위에서 날으면 두통거리가 생긴다.

◑ 거미에 관한 꿈은

꿈에 거미줄에 거미가 매달린 것을 보면 어떤 사람이 계교를 부리고 있음을 간파할 수 있을 것이며, 거미가 먹이를 둘둘 감고 있는 보면 재물이 생기거나 자기 심복이 나타날 것이다. 건물 구석이나 천정에 거미줄이 사방에 얽힌 것을 보면 두통거리가 생기거나 불운을 헤쳐나갈 길이 막연하다. 거미줄이 몸에 묻으면 질병에 걸리거나 거추장스런 일이 생기고, 거미줄에 걸린 곤충을 떼어줄 수 있으면 곤경에 처한 사람을 구할 수 있다.

◉ 누에에 관한 꿈

누에가 많이 있는 것을 보면 자본금이 생기고, 누에가 집을 짓는 것이 인상적이면 결혼이나 결연·조직·건설 등의 일과 관련된다. 누에고치가 많이 형성된 것을 보면 일의 결실이나 성과를 뜻하고, 누에고치에서 실을 뽑아내는 것을 보면 사업이 융성한다. 누에고치가 방안에 가득 차면 부자가 된다. 누에를 보고 아기를 낳으면 그 아기가 말년에 부자가 되거나 사업이 반드시 번창한다.

◉ 파리와 모기에 관한 꿈은

파리가 자기에게 날아와 귀찮게 하는 꿈은 현실에서 악한이나 방해적인 일이 닥치고, 천정에 붙은 파리떼를 때려잡는 것은 형제나 단체에 의해서 어려운 사건을 처리할 수 있게 되며, 약으로 한꺼번에 잡아버리면 자본을 들이거나 합리적인 방법에 의해서 어려운 사건을 처리할 수 있다. 왕파리떼가 길바닥에 무수히 붙어있는 것을 보면 유인물이나 책자가 널리 전파된다. 음식상에 수없이 많은 파리가 앉은 것을 보면 자기 일에 관여할 사람이 많게 된다.

◉ 지네에 관한 꿈은

지네가 벽으로 기어오르거나 나무에 오르는 것을 보면 현실에서 진급이 가능하고 큰 구렁이 옆에 지네가 우글거리는 것을 태몽으로 한 사람은 장차 성공해서 재산가가 되거나 산하 단체의 많은 회사나 지점을 갖는 기업가가 된다. 지네에게 물리면 큰 회사로 부터 상당한 돈을 융자받을 수 있다. 말린 지네(蜈蚣)를 많이 가질 수 있으면 상당한 재물을 얻는다.

◉ 달팽이에 관한 꿈은
자기 사업이 지지부진하여 얼른 성취되지 않는다. 식용 달팽이를 많이 잡을 수 있으면 상당한 돈이 생긴다.

◉ 송충이에 관한 꿈은
꿈에 송충이가 자기 몸에 붙으면 현실에서 화를 면치 못하고, 송충이가 솔나무를 다 갉아먹은 것을 보면 기근이나 재해가 닥친다. 송충이를 잡으면 어떤 방해적인 일 또는 사람을 제거할 일이 있게 된다.

◉ 개미가 큰 벌레를 여럿이서 개미집으로 나르는 것을 보는 꿈은
머지않아 여러 사람이 자기 사업을 도와줄 일이 있을 것이며, 개미집을 헐어버리면 집안이 화목하지 못하고 제각각 흩어지게 된다. 개미가 장사진을 치고 무리져서 이사하는 것을 보면 근심 걱정이 해소된다.

◉ 반딧불이에 관한 꿈은
반딧불이의 불빛을 캄캄한 밤에 보면 현실에서 어떤 일이 될 듯하면서도 되지 않아 안타까워할 일이 있을 것이다. 반딧불이를 많이 잡아 호롱불을 만들고 그 아래서 글씨를 보면 끈기 있게 노력을 경주하여 결국 성공한다는 암시이다.

◉ 논에서 자기 다리에 거머리가 달라붙는 꿈은
어떤 고약한 사람이 자기 재산을 축내거나 자기를 못살게 굴고 금전상에 손해를 끼친다. 때로는 옴 같은 피부병이 전염되어 크게 고통을 받게도 된다. 그러나 거머리가 다리 전체에 새까맣게 들러붙으면 장차 큰 사업을 이룩해서 수많은 고용인을 두게 된

다. 그것을 모두 떼어버리면 한때 사업이 흥하다 망할 징조다.

◐ 이에 관한 꿈은

꿈에 자기가 벗어놓은 옷에 이가 우글거리면 그 옷이 웃옷일 때는 부모가, 아래옷이면 형제나 처자에게 병이나 어떤 근심히 생겨 오랫동안 고통을 받게 된다. 이 한두 마리가 옷 속으로 들어갔는데, 잡을 수 없으면 어떤 근심 걱정이 생긴다. 이를 약을 뿌려 잡을 수 있으면 병은 약으로 고치고, 방해적인 일은 어떤 과학적인 방법이나 현명한 수단에 의해서 제거할 수 있다는 암시다.

11. 식물과 곡물, 농사에 관한 꿈

● 숲 · 삼림(森林)

◐ 숲이 상징하는 꿈은

숲은 천연 자원의 풍부한 보고라는 이미지를 따서 관청 · 기업체 · 공장 · 백화점 · 병영(兵營) 따위를 상징할 수 있고, 그 속에서 목재 기타 여러 가지 자원을 이끌어내는 것은 큰 인물의 탄생, 재물의 획득 등을 암시한다.

◐ 멀리서 바라본 산에 숲이 우거져 보이는 꿈은

국가 또는 작전 지역의 방어 태세가 완벽함을 암시한다. 그곳에 나무가 듬성듬성 있어 보이면 방어 태세가 허술함을 뜻한다. 숲 속에 들어가 나무가 듬성듬성 있는 것을 보면 사업성과가 완벽하지 못함을 예시한 꿈이고, 숲이 우거진 곳을 걸으면 사업이 번성하고 어떤 기관에서 연구하거나 종사할 일과 연관된 꿈이다.

☯ 숲 속을 걷거나 헤매는 꿈은

학문 연구에 몰두하거나 문학 전집 따위를 읽을 수 있다. 근로자는 자기 직장에서 직무에 충실하거나 새로 찾는 어떤 직장을 견학할 일이 있게도 된다. 이 때 길을 잃어 헤매는 것은 일에 지나치게 열중하거나 완전한 진리를 깨우치지 못할 일이 있게 될 꿈이다.

☯ 울창한 수풀의 나무를 베어내고 그곳을 개간하는 꿈은

학자라면 현실의 구태의연한 학설을 폐기하고 새로운 학설을 발표할 일이 생기며, 위정자라면 새로운 정책을 펴게 된다.

그 개간된 땅 한복판을 큰 하천이 도도히 흐르는 것을 볼 수 있으면 그의 학설이나 정책은 뭇 사람들로부터 환영받을 것이며, 자원 또한 풍성하게 생기게 된다.

☯ 수풀 속에서 과실이나 버섯을 따는 꿈은

학생은 학업 성적이 우수해지거나 논문 제목을 얻을 수 있고, 부인의 경우는 장차 귀하게 될 아기를 낳는다. 나무에 매달린 새빨간 과일을 하나 따 먹은 남자는 현실에서 어떤 여인의 마음을 사로잡을 수 있다. 버섯이나 산나물·산열매 등을 치마폭에 많이 따온 여인은 부귀로운 자손을 낳을 태몽이다.

☯ 깊은 숲속에서 꽃을 꺾는 꿈은

학교나 직장 또는 어떤 기관에서 주는 명예나 상을 받을 일이 있고, 태아의 경우는 태아가 장성해서 학문 연구로 학교 또는 연구 기관에서 명성을 떨칠 사람이 될 수 있다. 승부를 다투는 학생이나 체육인 또는 예술인은 우승의 영예를 획득할 수 있다.

☯ 숲속으로 유령이 잡아끄는 꿈은

어떤 사람이 취직·입학·연구·사업 등을 소개해 줄 일이 있지만, 그를 믿을 수 없어 거절하게 된다. 이 때 선생이나 부모 또는

아는 사람이 이끄는 대로 숲속으로 들어갈 수 있으면 계획된 일이
무난히 성취된다. 연애 중의 남녀는 그 연애가 성립될 것이다.

● 숲속에서 절이나 별장 등을 발견하고 그리로 가거나 문안으로 들
어가는 꿈은

학교에 입학하거나 회사에 취직이 가능해진다. 어떤 토막집 또는
토굴 같은 곳으로 쑥 들어가버린 꿈은 죽음이 임박해 있고, 오막살
이에 노인이 혼자 살며 들락날락하는 것을 보면 그 노인이 죽을
것이다.

● 숲속에 냇물이 흐르는 꿈은

경영하는 사업이 융성하거나 학문 연구가 순조롭게 이루어질 것이
고, 그 물이 하천이나 폭포가 되어 흐르면 학문 연구나 문학 작품
등으로 대성할 것이다. 그 속의 물고기를 잡으면 재물이나 명예를
얻는다. 군인의 경우는 작전상의 성과를 거둔다.

● 정글 속을 헤매는 꿈은

학문 연구나 자기 사업에 고통이 심하고, 어떤 사람은 병마에 시달
려 고통을 받게 된다.

● 숲속으로 용이 들어가는 꿈은

들 또는 집에서 나온 용이 숲속으로 들어가는 것을 보면 전망이
좋은 자기의 사업이 여러 가지 난관과 애로에 부딪칠 것이며 세무
사찰을 받게도 된다.

● 숲속에서 노루나 토끼 기타 산짐승을 잡는 꿈은

좋은 학교에 입학이 될 것이다. 그것을 놓쳐 버리면 합격은 됐어도
입학할 수 없다. 사업가는 숲속에서 동물을 잡으면 어떤 사업을 성
취할 수 있다.

● 숲속에서 큰 나무를 골라 베어 넘기는 것을 본 꿈은

국회 의원 선출 같은 것을 암시하는데, 이 때 산허리에 눕힌 재목

수가 산 아래쪽에 놓인 재목보다 수효가 많다면(때로는 좌우로 구분할 수도 있는데) 여당 의원이 더 많이 선출된다.

숲속에서 벤 큰 재목을 집으로 운반할 수 있으면 훌륭한 자손을 얻을 태몽이거나 상당한 재물을 얻게 된다.

◑ 숲속에서 앉거나 누워 있는 꿈은

앉고 눕는 것은 항상 기다림이란 상징적인 해석이 가능함을 잊어서는 안 된다. 이런 경우는 병원에 오래 입원하거나 어떤 사업이 성취됨을 기다리는 상태이다.

◑ 숲이 불타고 있는 것을 보는 꿈은

어떤 사회 단체의 사업이 융성함을 보거나 자기 사업이 크게 번창한다. 상인의 경우는 크게 이득을 얻어 치부할 수 있다. 또한 반투시적인 꿈일 때는 어떤 회사가 불탈 경우도 생긴다.

◉ 나무와 재목

◑ 나무에 오르는 꿈은

현재 관직에 있는 사람은 진급되고, 학생은 성적이 오르며, 일반인은 입신양명하거나 권력자에게 의지해서 일이 성취된다. 이런 꿈을 태몽으로 꾼 사람은 어떤 권력 기관에서 벼슬이 높아질 인재를 낳는다.

여러 개의 나무가 나란히 서 있는데 그 곳에 오르려고 하니까 남들이 저마다 먼저 올라가 있어 오를 수 없었다면 진급할 수 없거나, 자기 계획이나 작품을 여러 기관에 제출해 보지만 채택되는 곳이 없다는 꿈의 암시이다.

◑ 건축용 자재나 땔감 등을 산에서 베어 운반해오는 꿈은

막대한 재물이 생긴다. 큰 재목은 큰 인물의 상징일 수가 있으므로 이것을 어깨에 메고 운반하는 것을 보면 훌륭한 인재를 채용할 수 있다. 여러 개를 마차나 트럭으로 운반하면 인재들을 모아 사회적인 집단을 형성할 수 있다. 정치가의 꿈이면 자기 주도하에 정당을 조직할 수 있다. 이것이 재물의 상징이면 정치 자금이 마련된다. 큰 재목을 산으로 이끌어 올리면 정부 요인이 될 것이고, 집에 가져다 일으켜 세우면 어떤 사업을 시작할 수 있다.

◑ 오래된 큰 소나무가 뿌리째 쓰러져 있는 것을 보는 꿈은
어떤 위대한 인물의 세력이 꺾이어 하야하거나 어떤 시기를 기다리는 표현이다. 그것이 어떤 기관이나 사업체의 상징이면 사업이 쓰러질 위기에 놓여 있다. 이 나무를 자기집 마당에 가져다 심어야겠다고 생각하면 머지않아 훌륭한 인재의 보필을 받게 되거나 큰 사업체·정치 세력 등의 주도권을 잡게 된다.

◑ 큰 나무가 길 가에 섰는데 자기가 지나가려니까 굵은 가지가 자기 앞으로 뻗어오거나 나무 전체가 기울어 쓰러져(아주 쓰러지지 않고) 오는 꿈은
훌륭한 사람이 자기를 도와주거나 큰 사업체가 자기 관리하에서 움직이게 된다. 이것을 태몽으로 꾼 임산부는 장차 사업가 또는 사업가의 아내가 될 아이를 낳는다.

◑ 자기가 큰 고목나무 위를 평지같이 걷거나 가지에 매달려 이 가지 저 가지로 뛸 수 있는 꿈은
큰 기업을 경영하는 사람이 되거나 한 기업 또는 동일한 성격의 여러 사업체와 기업체를 의지해서 자기의 재주와 능력을 마음껏 발휘할 수 있게 된다. 남이 이런 일을 하는 것을 보면 그가 출세하거나 무엇인가 분투함을 볼 것이다.

◑ 자기가 나뭇가지를 잡고 강을 건너거나 높은 곳을 오르면

남이나 어떤 기관을 의지해서 출세하거나 난관을 모면할 수 있다. 벼랑을 오르거나 내리는데 나뭇가지 또는 나무 뿌리나 풀뿌리를 잡고 행동하면 어떤 사람이나 기관에 의지해서 일을 추진시킬 수 있다. 이 때 가지가 꺾이거나 뿌리가 뽑아져 매달릴 수 없으면 의지할 사람이 자기에게서 떠난다.

● 싱싱한 나무 사이에 어떤 나무가 말라서 완전히 죽어 있는 것을 보는 꿈은

땔감으로의 상징이 가능하므로, 송장을 보는 것과 마찬가지여서 재수있는 꿈이다. 그러나 나무에 상해를 가해서 시들어 버렸거나 일부는 죽고 일부는 살아 있는 모습을 보면 어떤 사람이 병들거나 상해를 받고 죄악의 나락에 빠지며 사업이 쇠퇴한다. 푸른 나무가 서리를 맞거나 어떤 재난을 당하여 시들고 푸른 잎이 떨어져 쌓이며 바람에 날리는 것을 보면 전란이나 천재 지변으로 많은 생명이 죽게 된다. 낙엽수가 제철을 맞아 단풍들어 떨어지는 것은 죽음의 상징이 아니다.

● 확실히 죽었다고 생각되는 나무가 전과 똑같은 형태로 잎이 싱싱하게 되살아난 것을 보는 꿈은

어떤 쇠진됐던 일이나 정지했던 일이 되살아난다. 잎 떨어진 고목에서 순이 나거나 꽃이 피는 것을 보면 생명이 다시 사는 이치일 뿐 아니라, 부귀 영화를 상징할 수 있으므로 지금껏 침체됐던 사업이 호전되거나, 병자는 병이 낫고, 작품은 호평을 받게 되며, 늙은 홀아비는 장가를 가게 된다.

● 낙엽이 떨어지는 꿈은

단풍잎이 한두 잎 떨어져 뒹굴면 슬픔의 상징이지만 수풀 사이에 낙엽이 우수수 쏟아져 쌓인 것을 보면 일이 성취되어 막대한 돈을 벌 수 있다. 수북이 쌓인 낙엽을 밟고 걸으면 크게 재물을 얻

고, 그 낙엽을 긁어 짊어져 오면 막대한 자금이 생긴다.

◉ 낙엽 한 짐의 꿈은

만약 자기가 높은 산이나 뒷동산에서 낙엽을 한 짐 잔뜩 긁어서 지고 집으로 오면 막대한 돈이 생긴다. 그것은 개인의 소원의 경향이나 신분에 적합하게 꾸어지므로 돈의 액수는 각 개인마다 달라진다. 사업 자금으로 십만 원이 필요했던 사람은 그 한 짐이 십만 원 정도이고, 백만 원이 필요했던 사람에겐 그것이 백만 원의 상징물이다. 어떤 사람이 낙엽을 한 짐 잔뜩 지고 자기집으로 왔다면 누가 상당한 사업 자금을 대어줄 것이다.

◉ 오래된 나무가 부러지는 것을 보는 꿈은

위대한 지도자가 사망하거나 역사 깊은 사업체가 파산한다. 보통 나무가 꺾어지면 자기 일신이 상하거나 집안 호주가 건강을 해친다. 자기가 매달린 나뭇가지가 부러지면 부모가 죽거나 의지하는 기관에서 떨어져나간다. 자기가 딛고 있던 나뭇가지가 부러지면 사업 기반 등이 몰락한다. 좋은 나뭇가지를 꺾어온 부인은 아들을 낳는다.

◉ V자형의 나무를 보는 꿈은

V자형 나무에 올라가 앉으면 소원하던 일의 성취를 가져온다. V자형 나무 사이로 적의 가슴을 뚫은 장대를 잡고 있으면 적에게 치명적인 타격을 주고 승리한다는 암시다. V자는 Victory(승리)의 머리 글자이기 때문이다.

큰 기둥을 세우고 있는데 상층부가 갈라져 있으면 V자형이 완연하므로 역시 사업에 성공함을 암시하는 꿈이다.

◉ 큰 나무 밑에 서 있거나 앉아 있는 꿈은

거대한 기관, 위대한 사람의 협조나 지도를 받아 신분이 고귀해지며 명예 또한 새로워진다.

◐ 자기집 마당이나 정원에 어떤 큰 나무를 옮겨다 심은 꿈은
자기 권세하에 어떤 훌륭한 사람을 이끌어 들이거나 사업체를 옮겨다 경영하고 크게 재미를 본다. 그것이 소나무나 대나무라면 더욱 좋다.

◐ 나무가 지붕이나 방안에 나는 꿈은
지붕은 사람 육체로 따지면 두상 부위이고, 관청 계급으로 치면 최고급이다. 따라서 지붕 위에 뿌리를 박고 자란 나무나 곡식은 어떤 업적을 과시하는 표시인 까닭에 명예를 과시할 일이 있게 된다. 하지만 불완전하게 놓여지거나 흔들리고 있는 것은 좋은 현상이 아니다.
방안은 집안이나 권력·판도 등을 상징하므로, 그 곳에 나무가 있거나 나무를 심고 저절로 나무가 자라는 꿈은 사람·사업체·사업 기반·작품 등이 어떤 기관·집안 등에서 이루어지고 융성함을 뜻한다.

◐ 강을 건너려는데 그 중간 지점에 나무가 서 있는 꿈은
어떤 일을 성취시키려는데 중개인·협조자·협조 기관이 상대방과의 교량적 역할을 해줄 일이 있게 된다. 자기의 업적이나 사업이 어떤 기관에서 이루어져 소원 성취한다.

◐ 꽃이 만발하고 향기로운 큰 아카시아 나무가 길 양쪽에서 자라 나무가 서로 엉키어 터널을 이룬 밑을 걸어가는 꿈은
아기가 있는 사람은 그 아기가 점차로 훌륭히 되고 부귀 영화를 누리며, 부모께도 효성이 지극할 것이다. 아카시아나무의 특징은 생장력이 강하고 어떤 땅에서도 잘 자라며, 몸에 가시가 돋치고 꽃대에 꽃꼭지가 있는 여러 개의 꽃이 어긋나게 붙어 밑에서부터 피기 시작하여 끝까지 피며, 꽃 냄새는 매우 향기롭다. 이 꿈을 꾼 사람은 태아의 대신이고 꿈은 태아 자신이 장차 체험할 일이다.

☯ 심은 나무가 갑자기 자라는 꿈은

묘목을 가져다 심으면 현실에서 어떤 사업을 시작할 일이 있을
것이며, 만약 그 묘목이 갑자기 크게 자라서 꽃이 피거나 과일이
주렁주렁 열리고 잎이 싱싱했다면 자기가 시작한 사업이 조속한
시일내에 성과를 얻어 집안엔 재물을, 사회적으로는 크게 명성을
떨치거나 많은 업적을 남긴다.

☯ 소나무에 관한 꿈은

소나무는 상록수이며 잎이 바늘같이 생기고 매우 튼튼하다. 노송
은 풍치가 아름답고 기품이 있어 보여 우리는 소나무를 비유해서
한 인간의 지조라든가 인품을 상징하고 어떤 사업 기반을 비유하
며, 그 줄기 · 잎 · 꽃 · 솔방울 · 솔뿌리 · 솔가지 등 각각의 형태
와 용도에서 꿈은 어떤 재물의 상징이나 일거리를 비유할 수 있
다. 노송 밑에 동물이 있는 것을 태몽으로 태어난 사람은 현실에
서 장차 큰 기관의 관리가 되거나 지조있고 충의로운 사람이 될
것이다.

소나무 위에 새가 앉으면 결혼이 성립되거나 훌륭한 자손을 낳는
다. 노송을 스케치하면 한 위대한 사람을 만나볼 수 있다.

솔가리를 한 짐 긁어오거나 솔가지를 한 트럭 정도 실어오면 막
대한 재물이 생긴다. 큰 소나무를 마당에 옮겨 심으면 훌륭한 인
물이나 사업 기반을 얻는다.

☯ 소나무에 꽃이 피는 꿈은

일의 결실이나 부귀 영화를 상징한다. 그런데 솔꽃이 아니라 어
떤 이질적인 식물의 꽃, 가령 무궁화꽃이나 백합꽃 따위가 한 송
이 또는 여러 송이가 활짝 핀 것을 보게되 된다. 이런 경우 소나
무는 의연하고 충절 있는 남자, 무궁화는 끈기 있고 소박하며 품
위 있는 여자의 상징으로 이 두 남녀의 애정 · 결혼 등을 상징하

고 있다.

그러나 그 결합은 꽃의 수명이 소나무만큼 길지 못하니 여자의 사랑이 먼저 식을지도 모른다. 이 이질적인 결합은 비합법성을 암시하기도 하므로 아내가 있는 남자를 사랑하거나 유부녀를 사랑할지도 모른다. 꽃이 만발한 것은 부귀 영화의 상징이다.

☯ 단풍나무에 관한 꿈은

단풍나무를 정원에 옮겨 심으면 재물이 생기고 지붕 위에 심으면 소망이 성취된다.

활엽수가 단풍이 들어 풍치가 아름다우면 일의 성숙기가 가까이 왔음을 암시하고 단풍잎이 떨어져 구르는 것을 보면 슬픈 일이 찾아온다. 그러나, 그 단풍잎이 떨어져 쌓인 것을 보면 막대한 재물이 생긴다.

☯ 백양나무와 버드나무에 관한 꿈은

백양나무·능수버들·버들 등은 습지대나 개울가에 자란다. 이것들은 그 풍치나 용도에서 어떤 것을 상징할 수 있다.

☯ 백양목이 빽빽이 들어찬 곳을 지나면

사업이 융성하고 국방 태세가 완벽함을 알 것이고, 백양목을 잘라 맞어오면 큰 인재를 얻거나 재물이 생긴다. 능수버들이 휘늘어진 것을 스케치하면 외롭고 쓸쓸해 보이는 여자와 만나게 된다. 대체로 능수버들은 고독의 상징이다. 여자가 꿈에 버들가지를 꺾어 들면 풍류 남성을 사귀거나 아들을 낳는다. 버드나무 밑에서 놀면 인기인이 된다.

☯ 계수나무에 관한 꿈은

계수나무는 중구 남방과 동인도에 나는 나무로 그 껍데기는 계피라 하여 약재로 쓰인다. 꿈의 상징 표상으로 여자를 상징하고 있다. 또한, 어떤 성취된 작품의 상징일 수도 있다. 꿈에 계수나무

가 활달하고 잎이 싱싱하며 서기가 어린 나무 아래 섰다면 현실
에서 훌륭한 아내를 얻을 것이고 그 밑에서 꽃을 꺾었다면 여아
를 낳는다. 계피를 많이 얻을 수 있으면 사업 자금을 얻게 된다.

◐ 대나무에 관한 꿈은

대나무는 곧고 탄력이 있어 절개와 충절있는 사람으로 비유해 왔
는데, 소나무와 마찬가지로 지조있고 충의로운 사람·작품·재
물·사업의 전망 등을 상징한다.

◐ 대숲이 울창한 것을 꿈에 보면

현실에서 국방 태세가 완벽하고, 사업이 융성함을 뜻한다. 대숲에
서 헤매는 꿈은 사업에 골몰하거나 심리 상태가 정리되지 못했음
을 시사한다. 대나무가 바람에 흔들리어 소리가 나면 세상 인심
이 흉흉하거나 시빗거리가 생긴다. 대나무를 뜰안에 옮겨 심으면
큰 인물을 얻거나 사업 기반이생기고, 죽순이 별안간 자라서 대
나무가 되면 큰 사업을 성취하거나 큰 소망이 이루어진다. 죽순
을 꺾어오면 태몽에 있어서는 아들을 낳고 장차 인물됨이 훌륭한
사람이 될 것이다. 대나무에 꽃이 핀 것을 보면 부귀 영화를 가
져온다.

◐ 대로 만든 가공품에 관한 꿈은

꿈에 대로 만든 그릇을 얻으면 사업 기반이 마련된다. 대바구
니·대소쿠리 등의 그릇은 여자의 상징이다. 대자리를 펴면 귀한
손님이 오거나 취직이 가능하고, 대지팡이를 짚으면 정직한 협조
자를 얻거나 부모상을 당하고, 대피리를 불면 논쟁을 벌이게 된
다. 대로 울타리를 하거나 창문 또는 사다리를 만들면 자기 세력
이 공고해지고 정직한 사람들을 거느리거나 도움을 받게 된다.
밭에다 대울타리를 치면 역사적 기록을 쓸 수 있다.

⬤ 과일나무와 과실

◉ 큰 과일나무에 올라 잘 익은 과일을 딴 꿈은
학생은 입학 시험에 합격되고, 실직자는 취직이 된다. 태몽으로
꾸어지면 장차 부귀 공명할 아기를 낳는다.

◉ 방안에 과일나무가 저절로 자라거나 밖에서 옮겨 심거나 화분에 심
은 것을 보는 꿈은
어떤 사업체나 일거리가 가까운 장래에 자기 것으로 되고 2차적
인 사업에 돌입하여 그 일이 순조롭게 진행된다. 또한 혼담이나
상거래가 원만하게 진행된다.
손수 심고 가꾸어 자란 나무에 과일이 주렁주렁 매달린 것을 보
면 자기의 소망이나 사업이 후원자의 힘을 빌어 잘 성취된다.

◉ 꽃이 지고 과일이 열린 꿈은
꽃이 사라지고 붉고 탐스러운 과일이 주렁주렁 열린 꿈은 남녀간
의 연애나 결혼이 성립될 수 있다. 이것이 태몽이라면 장차 세인
에게 사랑과 존경받을 일을 해서 어떤 전환기에 접어들어 수많은
업적을 남기고 부귀로워질 아기를 낳거나 예술가가 될 아기를 낳
게 된다.
야외에 있는 과일나무가 꽃이 지고 과일이 주렁주렁 열린 꿈은
사업이나 창작물이 크게 성공함을 암시하는 것이다. 그러나 과일
이 열리지 않은 채 꽃만 분분히 떨어져 추한 양상을 보는 것은
하던 사업이 몰락한다.

◉ 과수원에 관한 꿈은
과일이 주렁주렁 열린 과수원을 보거나 거닐면 사업을 경영하거
나 창작 사업에서 성공할 것이며 어떤 회사에서 재물을 얻을 일
이 있다. 결실은 하지 않고 꽃이 만발한 과수원을 보거나 그 속

을 다니는 것은 부귀 영화를 누리고 명예로워질 징조다.

◉ 과일을 따먹는 꿈은

과일을 먹으면 어떤 일을 영위할 수 있게 된다. 과일나무는 사업주나 사업 기반이고, 과일은 일거리인데 그것을 먹었으니 어떤 일을 책임지고 하게 된다. 그 과일이 잘 익은 것이면 그 일이 하기가 수월하고, 덜 익은 것이면 어떤 일을 초보적인 단계에서 그치고, 이것을 뱉아 내면 그 일을 하다 말게 된다.

높은 산 속에서 나무에 달린 한 개뿐인 붉은 과일을 따먹은 남자는 자존심이 강한 여자를 굴복시킬 수 있다.

◉ 과일을 가지째 꺾어오는 꿈은

태몽이다. 가령 배・감・사과・복숭아 등을 가지째 꺾은 꿈. — 나무의 가지는 부계(父系), 잎은 모계(母系)를 상징하므로 어머니가 먼저 돌아갈 것이며(잎이 없을 때) 한 아이가 여러 개의 사업・작품 등을 갖고 성공하기도 한다. 또한, 과일이 여러 개 달린 가지를 꺾으면 계속해서 동성의 여러 형제를 낳거나 장차 어떤 사업 성과를 뜻하기도 한다.

◉ 상한 과일과 깨어진 과일 꿈은

태몽에서 깨진 과일을 얻으면 그 아이는 장차 불구자가 되거나 신체 일부가 상하게 된다. 상한 과일을 얻으면 태아가 유산되거나 중도에서 요절한다. 과일나무 밑에 떨어진 과일이 상해 있거나 무른 것을 주워 먹으면 창녀와 관계하게 된다.

◉ 과일을 많이 소유한 꿈은

꿈에 과일을 많이 따오거나 사오면 그만큼 할 일이 많고 성과가 크며 재물이 생긴다. 때로는 그것은 씨앗이 될 수도 있으므로 사업 밑천이 그만큼 많다는 것이 된다. 태몽에서 많은 과일을 가져오는 것은 그 태아가 장차 큰 업적을 이루거나 큰 사업을 해서 부귀로워질 것을 예시한다. 또한 많은 부하를 거느리게도 된다.

☯ 감나무에 오르거나 올라가서 감을 따먹는 꿈은

벼슬이 높아진다. 주렁주렁 매달린 감나무에 날아올라가 그 중 한 개를 따먹은 군인은 진급될 것인데, 세 개를 따먹으면 대령 (또는 대위)까지 오르게 된다. 수없이 많은 감을 따 내렸다면 그의 계급은 점점 높이될 것인데, 일반인이라면 큰 사업을 해서 부자가 된다.

☯ 연시를 따먹는 꿈은

나무에서 붉게 익은 연시를 따먹거나 가게에서 사먹으면 현실의 어떤 관청이나 회사에서 주는 일이 하기 수월하고 이득이 많을 것이다. 때로는 어떤 여인과의 새로운 교제가 있게 된다. 떨어진 붉은 감을 주워 먹으면 소년의 경우는 훗날 창피 당할 일이 있고, 소녀는 곧 초경을 치르게 된다.

☯ 곶감을 먹는 꿈은

꿈에 곶감을 꼬치에서 한 개 한 개 뽑아 먹다 잠이 깨면 어떤 오래된 일거리나 거의 완성된 일을 마무리하게 된다.

남이 곶감을 선사하는 것을 받으면 상을 타게 되거나 곶감의 수 효만큼의 재물이 생긴다.

☯ 밤에 관한 꿈은

밤나무의 밤송이가 누렇게 알찬 것을 보면 머지않아 결혼하게 되거나 성교할 일이 있게 될 것을 상징하기도 한다.

일반적인 꿈에서는 결실, 곧 일의 성취됨을 암시하고, 떨어진 밤송이에서 밤알을 비집어 까서 가지면 집안 식구가 늘거나 입학·계약 등이 이루어진다. 떨어진 밤알을 한두 개 주워먹거나 호주머니에 넣으면 훗날 남과 다툴 일이 있다. 밤알을 운반하기 벅찰 정도로 많이 담아온 부인은 장차 부귀로워질 자식을 낳는다. 때로는 막대한 자본금이 생길 수도 있다. 빈 밤송이가 밤나무 밑에 뒹굴면 식구 중 누군가 여행을 떠나게 된다. 밤꽃이나 새순이 돋아난 것은 일의 시초나 기쁨의 상징이다.

☯ 도토리에 관한 꿈은

도토리를 많이 주워오는 것은 재물의 상징이다. 이런 꿈을 태몽으로 하면 장차 사업가가 될 아기를 낳는다. 상수리나무를 돌이나 메로 울려서 도토리가 우수수 쏟아지는 것을 보면 명성을 크게 떨친다.

☯ 뽕나무에 관한 꿈은

뽕나무를 심거나 뽕나무밭이 무성하면 현실에서 사업을 시작하거나 사업이 번창한다. 뽕잎이 저절로 떨어지면 큰 손해를 보고, 누에 먹이로 쓰기 위해 바구니에 따오면 어떤 자본금을 마련할 수 있다. 뽕나무 열매(오디)를 따먹으면 자손을 낳거나 성교할 일이 있다.

☯ 배나무에 관한 꿈은

배꽃이 만발한 것을 보면 어떤 명예로운 일이 생긴다. 배나무에 배가 주렁주렁 열린 것을 보면 사업이 크게 융성한다. 그 배를 따먹을 수 있으면 속시원한 일이나 어떤 즐거운 일이 생긴다. 배를 치마폭에 따오면 속이 탁트인 아들을 낳고, 많이 따오면 그 아기가 장차 부귀로운 사람이 된다.

☯ 사과에 관한 꿈은

붉게 익은 사과는 처녀성을 상징하는 까닭에, 그것을 따먹은 남자는 여인에게서 사랑을 받거나 그녀의 육체를 점령할 수 있다. 또한, 어떤 새롭고 흥미로운 일에 착수할 수도 있다.

사과를 나무에서 많이 따왔다면 태어날 아기가 장성해서 할 일이 많고 복록이 많은 사람이 될 것이며, 많은 인재를 양성한다. 사과를 한 상자 또는 한 트럭 정도 가져온 꿈을 꾸면 막대한 사업 자금이 생긴다.

◉ 복숭아나무에 관한 꿈은

처녀 총각은 잘 익은 복숭아를 따먹거나 가지면 연애에 성공한 다. 학생은 학과 성적이 우수해지고, 작가는 자기 작품이 인기를 얻는다. 복숭아는 태몽으로 자주 꾸어지는데, 대체로 덜 익은 싱 싱한 복숭아를 따는 것이 좋다. 잘 익은 복숭아는 그 아기의 수 명이 짧을 수도 있다. 많은 복숭아를 따오는 것은 재물의 상징, 작품의 다량 생산, 많은 부하 등을 뜻한다. 복숭아꽃이나 살구꽃 이 만발한 곳을 거닐면 자기 신분이 명예로워지거나 정사(情事) 를 갖게 된다.

◉ 자두 · 살구 · 앵두에 관한 꿈은

앵두과에 속하는 자두 · 살구 · 앵두 기타 작은 열매를 먹는 꿈은 현실에서 어떤 소식이 답지하거나 이성과의 키스 · 성교 등을 할 일이 있다. 그 과일들을 많이 따거나 가져오면 재물의 상징으로 훗날 사업 자금이 생겨서 크게 번창한다. 태몽으로서는 남녀구별 없이 사업가가 될 꿈의 예시다.

◉ 딸기에 관한 꿈은

딸기는 연애 · 경도 등의 상징일 수도 있는데, 태몽인 경우 그 아이는 후일 국가 공무원이 된다. 밭에 덩굴진 딸기를 따는 것은 어떤 사업상 이득을 얻을 것이며, 배가 부르도록 먹으면 어떤 소 원을 성취할 일이 있게 된다. 잘익은 딸기를 누가 한두 개 주는 것을 받아 먹으면 이성과 성교하고, 임부는 여아를 낳거나 유산 될 염려가 있다.

◉ 포도나무에 관한 꿈은

태몽은 그 포도송이를 통째 삼키거나 먹지 않고 그대로 가져야 태아가 온전하다. 큰 나무에 휘감긴 포도 덩굴에서 잘 익은 포도를 한두 알 따먹으면 이성과 성교할 일이 있고, 한 송이를 따오거나 주렁주렁 달린 포도송이를 쳐다본 사람은 어떤 학문 연구에 종사하며, 그 많은 포도송이를 다 따온 사람은 정신적 또는 물질적인 재산을 풍족하게 얻을 수 있다.

◑ 은행나무에 관한 꿈은

훌륭한 인재·기관·사업 기반 등을 상징하고, 황금색 은행나무 잎이 많이 쌓인 것을 보면 현실에서 상당한 돈이 생기기도 한다. 은행나무에 오르면 회사에 취직되고, 열매를 따면 사업 자금이 생길 수도 있고, 많은 작품을 써서 성과를 얻게도 된다.

◑ 대추나무에 관한 꿈은

꿈에 푸른 대추를 많이 따면 부자가 될 아기의 태몽이고, 붉은 대추를 많이 따오면 사업 자금이 풍부해지기도 한다. 대추나무에 꽃이 핀 것을 보면 결혼이나 혼담이 성립된다.

● 꽃나무와 꽃

◑ 꽃이 상징하는 꿈은

기쁨·경사·영광·명예·여인·작품·애정·성공·과시 등 여러 가지 일을 상징한다.

◑ 꽃이 만발한 나무 밑을 걷거나 옆에서 바라보며 즐거운 마음이 생기는 꿈은

어떤 사업을 성취해서 명예로워지거나 남이 말하는 재미있는 이야기를 듣거나 독서 삼매경에 들 것을 예시한다. 태몽에 있어서는 태아가 장차 부귀 영화를 누릴 사람이 태어난다.

◑ 벚나무 같은 큰 꽃나무에 올라가 꽃 한 가지를 꺾은 학생의 꿈은
우수한 성적을 얻는다. 만약 그 꽃을 나무 아래있는 사람에게 주
면 자기의 영광을 남에게 양보한다. 태몽에 있어서는 명예로운
일의 성취나 인기 직업을 가질 아기가 탄생되며, 조그마한 꽃가
지나 꽃송이를 꺾으면 여아가 탄생된다.

◑ 꽃이 만발한 것을 보는 꿈은
국가나 사회적인 경사와 명예로운 업적을 남길 것이다. 산에 꽃
이 만발한 것을 보면 취직·전근·출판 등으로 영광스런 일이
있게 된다. 과수원의 꽃이 만발했다면 어떤 일이 성취되어 명예
로워질 것이고, 정원이나 마당에 꽃이 만발하면 관청이나 집안에
경사로운 일이 생긴다. 꽃이 만발한 들길을 걷거나 산길을 걸어
가는 것은 모두가 자기 사업에 영광된 일을 암시한다.

◑ 꽃 한 송이를 꺾는 꿈은
소원 충족을 의미할 뿐 아니라 그 꽃송이나 꽃가지는 어떤 일의
성과를 상징한다.
임산부의 꿈에 꽃을 꺾으면 여아를 잉태했다고 판단하기 쉬우나
남아일 수도 있는 것이다. 그것은 꿈을 꾼 본인이 태아를 대신했
을 때는 그 태아가 장차 장성해서 명예나 어떤 성과를 얻는다는
것을 암시하기 때문이다.

◑ 고목에서 꺾은 큰 꽃송이 꿈은
태몽이라면 그 아기가 자라서 두 사람의 학자가 연구해서 이룩한
학문 중의 한가지 연구 과정을 이 사람이 완성시켜 크게 명예를
획득할 것을 예시한 것이다.

◑ 신령적인 존재가 꽃을 주는 꿈은
그 신령적인 존재들은 현실에서는 은혜롭고 존경할 만한 사람의
동일시이고, 구름을 탄 것은 사회 단체의 장이나 권력자임을 암

시하고 있다. 그가 가져다 주는 꽃을 받으면 처녀 총각은 오래지 않아 결혼하게 되고, 유부녀는 귀한 자식을 낳아 그 아이가 부귀로워진다.

일반인은 어떤 단체나 기관에서 명예를 얻어 크게 만족과 기쁨을 체험할 것이다.

◉ 꽃 향기를 맡은 꿈은

자기 신분이 고귀해지거나 연애가 무르익으며 그리운 사람을 만나게 된다. 또는 어떤 상을 받을 일이 있게도 된다.

◉ 꽃을 먹는 꿈은

자기 또는 집안에 즐거운 일이 있게 된다. 이성과 깊이 사귈 수 있고, 아름다운 일이 있게 된다. 이성과 깊이 사귈 수 있고, 아름다운 이야기나 글을 듣고 읽게 되며 결혼이 성립되기도 한다.

◉ 꽃 속에서 요정이 나오는 꿈은

자기의 작품이나 사회적인 어떤 사람의 작품이 크게 성취되고 세상에 공개될 것이며, 그 작품의 이미지가 세상사람들을 심취시키게 될 것이다. 따라서 선녀가 하늘로 오르는 것과 동일한 이치로 국가나 사회가 그 작품에 명예와 명성을 가져다줄 일이 있게도 된다.

◉ 꽃 속에 들어 앉은 꿈은

소설가의 경우는 세인의 호평을 받을 것이고, 처녀의 꿈이라면 좋은 배우자를 만나 크게 부귀 영화를 누린다. 태몽이라면 장차 인기 직업에 종사해서 뭇사람들의 총애와 인기를 얻는 사람을 낳을 것이다.

◉ 조화(造花)에 관한 꿈은

결혼식장이나 장례식에 화환이 장식된 것을 보면 명예로운 일이 성사되고, 자기가 그런 꽃을 남에게 증정하면 자기 업적을 남에게 과시해서 남이 부러워할 것이다. 그러나 그 꽃을 식장이나 건물 앞에 장식한 것을 보았을 때에만 그런 뜻을 갖는다. 증정한 화환을 남이 가지고 사라지면 자기 권세나 명예를 남에게 빼앗기게 된다.

☯ 꽃을 그리는 꿈은

벚꽃이 활짝 핀 것을 스케치하면 지금 막 활짝 핀 꽃과 같은 발랄한 미혼녀 또는 살림 형편이 나아지고 행복하게 사는 어떤 여자가 와서 다정한 이야기를 주고 받을 일이 있게 된다. 탐스러운 꽃봉오리를 그리거나 피어나는 꽃을 그리면 어떤 사랑스런 처녀를 만나보게 된다. 꽃밭을 그리면 기쁜 소식이 오고, 화분의 꽃을 그리면 임을 만날 수 있다.

● 채소 · 청과류 · 풀 · 약초

밭은 사업 기반이고, 작황은 사업성과를 상징한다. 그 각각의 작물의 특성은 어떤 사업의 성격을 비유할 수 있다. 채소와 청과류는 대체로 재물 · 돈 · 작품 · 일거리 기타 일의 성공 여부를 상징한다.

☯ 밭에 채소가 파릇파릇 막 돋아나는 것을 보는 꿈은

자기 사업이 어떤 기관이나 사업장에서 진행되고 있음을 뜻한다. 죽순이 나오거나 꽃순이 흙을 비집고 나오는 것을 보면 어떤 창작물이 나올 일을 암시하거나 사업의 시초임을 뜻하기도 한다. 나뭇잎이 파릇파릇 돋아나거나 나무 뿌리에 순이 트는 것을 보면 지금까지 침체됐던 사업이 호전될 것을 암시하는 표상이다. 만약 흙에서 막 솟은 새싹이 촘촘히 자라고, 그것이 어떤 동물로 변해

증식되는 꿈을 꾸면 어떤 사업 또는 작품이 급속도로 진전되고
그것이 여러 갈래로 확대됨을 볼 수 있을 것이다.

- ☯ 밭에 채소가 무성하게 자란 것을 보는 꿈은
  자기가 하고자 하는 일이나 관심거리가 성취 단계에 있음을 뜻하
  므로 사업에 자신을 가져도 좋다. 어떤 혼담이나 계약사항이 결
  실을 가져올 징조이기도 하다.

- ☯ 배추밭 옆에 파밭이나 무밭이 인접해 있는 것을 보는 꿈은
  남녀간의 혼담은 결실을 가져온다. 배추는 여성이고, 무나 파같은
  길쭉한 채소는 남성과 관계된 일거리 또는 이야기 거리의 상징이
  가능하다. 그 어느 한 쪽이 아직 자라지 못했거나 시들어 있으면
  쌍방간에 균형이 맞지 않는다.

- ☯ 배추나 무를 좋은 것으로 골라 밭에서 뽑은 꿈은
  학생은 학교 성적이 우수해지고, 학자는 좋은 학설을 세우게 될
  것이며, 기타 사람의 경우는 재물이 생긴다.
  뽑은 채소를 손수레나 트럭으로 실어오면 막대한 재물이나 일의
  성과를 가져온다.

- ☯ 배추를 씻거나 절이는 꿈은
  자기 일거리 또는 작품 등을 손질하고 정리할 일이 있을 것이지
  만, 개울에 떠내려오는 배추 포기가 축 늘어져 있는 것을 건지면
  병이 들거나 부고를 받게 된다. 배추를 소금에 절이면 역시 가족
  이 병이 들거나 우환이 생길 수 있다.

- ☯ 배추나 무꽃이 핀 꿈은
  기쁜 소식이 오거나 명예스런 일이 생긴다. 그 밖의 채소가 꽃이
  피는 것은 일반적인 꽃과 동일한 해석이 가능하다.

- ☯ 채소를 많이 소유하는 꿈은
  만족할 만한 일이 생기고, 그것이 음식 재료라는 점에서 상당한

금전이 생기게 된다. 태몽에 있어서는 그 아이가 자라서 전성기에 사업이 번창하거나 할 일이 많고 치부할 수 있음을 나타내는 꿈이다. 반대로 한두 개의 채소는 태아의 상징으로 보통 사람에 해당된다.

☯ 덩굴진 청과류에 관한 꿈은
한 덩굴에 매달린 호박을 모조리 따면 현실에서 일련의 작품을 따로따로 몇 묶음으로 해놓은 것을 비유할 수 있고, 그 덩굴 끝 부분의 것만 따면 일의 종말에 가서 얻어진 성과이다. 태몽 같은 것에서는 시초에 열린 호박이 형이고, 그 끝에 열린 호박은 아우가 되는 경우와 같은 것으로 인식하면 된다.

☯ 양념이 되는 채소에 관한 꿈은
파·마늘·고추·부추·양파 등의 양념이 되는 채소의 꿈은 태몽일 경우는 장차 어떤 특기나 재능이 있고 유명인이 되기 쉬우며, 남을 위하여 봉사하는 정신도 강한 사람이 될 것이다. 태몽이 아닌 일반 꿈에 있어서는 사업 자금의 상징이다. 마늘이나 고추 따위 매운 것을 먹으면 그것이 자극성이 심하고 상당한 고통도 줄 것이므로 집안에 우환이 생기거나 어떤 시비 거리에 말려 들게 된다.

☯ 고추에 관한 꿈은
소년 소녀의 꿈에 고추를 넣어 놓은 것을 보면 훗날 싸움을 하거나 창피당할 일이 있고 소녀는 초경이 가까워졌음을 예시하기도 한다. 성인의 꿈에 마당에 고추를 많이 늘어 놓은 것을 보면 어떤 사업을 시작할 일이 있고, 고추를 따오는 꿈은 태몽에 해당되기도 한다. 고목에 고추가 주렁주렁 열리는 꿈은 어떤 합자 형식의 사업을 전개할 수 있을 것이다.

☯ 오이에 관한 꿈은

오이 또는 참외가 주렁주렁 열린 것을 그 중 한두 개를 따먹으면 추진하는 일이 성취된다. 오이는 남성근과 흡사하므로 그 오이를 아작아작 깨물어 먹은 사람은 훗날 성교할 일이 있거나 자위 행위를 할 것이다. 식욕을 충족시키는 것이나 성욕을 충족시키는 것이 비슷하기 때문이다.

큰 오이를 뱀이 감고 있는 것을 보면 정부(情婦)와 간통하게 된다. 오이는 남성근, 뱀은 정부의 상징으로 정부쪽에서 남자를 유혹한다. 늙은 오이나 꼬부라진 것을 따온 꿈은 나이 어려서 요절할 사람의 태몽이다. 그 애는 애늙은이라고 할 만큼 어른스럽게 행동하는 까닭에 수명이 짧다.

◉ 호박에 관한 꿈은

한 덩굴에 여러 개가 매달릴 수 있으므로 여러 형제를 둘 태몽에 자주 묘사된다.

◉ 감자나 고구마에 관한 꿈은

학생은 학교 성적이 우수해질 것이고 갖고 싶은 것을 소유하게 된다. 양이 많은 감자나 고구마는 상당한 재물의 상징이고, 감자나 고구마를 입에 물고 잠이 깬 사람은 몹시 답답한 일에 직면하게 된다.

◉ 풀이 상징하는 꿈은

초원은 어떤 사업 기반·세력권·학문의 전당을 상징하고, 풀섶은 어떤 기관·회사·집·군중 기타 형제나 동지적인 뜻을 가지며, 풀밭은 사업장·미개척 분야·악인의 세력 판도 등의 일을 상징한다. 잡초는 쓸모없는 일거리나 사람 등의 상징이고, 덩굴은 이리저리 뒤얽힌 일이나 길고 확대되며 발전하는 과정을 상징한다. 야생초의 꽃은 사회적인 명예와 관계가 있고, 나물은 음식 재료인 까닭에 재물의 상징이며, 가축 사료나 풀나무(연료)는 역시 재물이나 자본의 상징물이다. 풀을 베는 일은 사업의 정리나 재물을 얻는 행위와 관계된다. 밭에 풀을 뽑는 것은 사업 정리 · 원고 정리 · 인사 쇄신 등의 일과 관계된다. 퇴비를 만들거나 잘 썩은 퇴비가리를 보면 자본을 축적할 일과 관계해서 상징적으로 표현한다.

◑ 갈대를 꺾는 꿈은
  태몽에서 남아의 상징으로 표현되며, 갈대 하나를 꺾어 쥐면 아들 하나를, 세 개를 쥐면 아들 삼형제를 암시한다. 억새를 많이 베어오는 것은 풀나무에 해당되고, 연한 것은 소의 먹이가 되므로 재물의 상징이다.

◑ 풀을 베어지고 오거나 트럭에 실어오는 꿈은
  막대한 재물을 얻게 된다.

◑ 무성한 풀이 때아닌 서리를 맞거나 어떤 변화에 의해서 시들거나 말라 죽은 것을 보는 꿈은
  머지않아 천재지변이나 유행성 병이 만연돼서 많은 사람이 피해를 입을 일이 생긴다.

◑ 밭의 풀을 뽑는 꿈은
  사업상 방해가 되거나 쓸모없는 사람을 색출해서 제거하거나 자기 작품을 정리하고 교정하는 이는 성과를 거두게 된다.
  넓은 밭에 잡초만이 우거진 것을 뽑아 버려야겠다고 생각하는 것은 군사 작전이나 사업의 계획에 병력 또는 인력을 투입해서 작전할 일이 생기게 될 것이다.

◑ 정원에 잔디가 잘 다듬어진 것을 보는 꿈은
  사업이 기반이 튼튼하고 영화로운 일이 있다. 잔디밭은 대체로

학원·교회 기타 기관이나 사업장을 상징한다. 잔디밭에 누워 하늘을 우러러보면 일신이 평안한 가운데서 사람을 기다릴 일이 있게 된다. 잔디밭에 소나 개가 매어져 있는 것을 보면 장차 행복해질 자손을 낳는다.

무덤에 잔디를 덮는, 즉 사초를 입히는 꿈은 자기의 협조자가 세력을 굳건히 다짐을 뜻한다. 무덤이 금잔디로 잘 다듬어진 것을 보면 불원간 자기를 크게 도와 줄 사람이 생긴다.

☯ 바다에서 김·미역·파래 따위를 건져 오는 꿈은

모두 재물과 관계가 있다. 때로는 미역이 검고 질기며 짜다는 것과 시험에 떨어지는 것을 미역국을 먹는다고 비유하는 말의 잠재의식에서, 꿈에 미역국을 먹으면 소원하는 일이 잘되지 않을 것을 암시한다. 일이 오래 걸려야 성사되고, 어떤 시험에 낙방하며 청탁이 무효로 돌아가기 쉽다.

☯ 약초라고 생각되는 풀을 밭에 심은 꿈은

장차 사회에 공헌할 어떤 사업을 시작할 일이 있고, 학자는 흥미롭고 새로운 이론을 정립해낼 수 있다.

☯ 인삼에 관한 꿈은

태몽으로 인삼을 얻고 낳은 아기는 사회적인 명사가 되고 공익사업에 헌신하며, 명예와 존경을 받는다. 따라서 수삼이나 건삼을 막론하고 많이 얻거나 사오면 상당한 재물이 생기고, 어떤 방도나 가치있는 작품이 생산된다.

◉ 곡식과 농사

☯ 곡식을 상징하는 꿈은

재물의 상징인 동시에 일이나 작품과 관계해서 표현되는 상징물
이다. 따라서 그 곡식의 양의 다과는 소원의 경향에서 만족과 불
만족의 일과 관계가 있고, 그것이 씨앗으로 간주될 때는 자본금
과 인적 자원·정신적 자원 등으로서의 상징 의의가 있다.

◯ 쟁기나 가래·삽 등으로 논을 가는 꿈은
어떤 사업을 시작하는 행위이거나, 원고지에 글을 쓰는 행위의
상징일 수도 있다. 이 때의 농기구는 사업 방도라든지 펜대를 상
징한다. 물이 흥건이 고인 논을 반쯤 간 것을 보면 어떤 사람의
원고를 반쯤 읽었거나 옮겨 쓸 일을 예시하거나 사업이 반쯤 추
진됐었음을 암시하기도 한다.

◯ 밭을 가는 꿈은
황무지를 개간하면 미개척 분야의 사업을 시작하거나 전혀 새로
운 사업의 기틀을 마련할 수 있게 된다. 밭을 갈면 역시 어떤 사
업을 시작하게 되고, 밭이랑을 만들면 몇 단계 또는 몇 부분으로
사업을 추진하게 된다. 씨를 뿌리도록 밭을 잘 정리하거나 밑거
름을 주기 위해 구덩이나 둔덕을 밭이랑에 만들면 여러 분야의
사업이나 학문 연구의 방도가 마련된다. 여러 사람을 시켜 논밭
을 갈면 여러 사람을 고용하거나 협조를 얻어 사업을 시작한다.
남들이 그들의 논밭을 가는 것을 보면 그들이 자기 사업을 돕거
나 학문 연구를 하는 것을 볼 수 있을 것이다.

◯ 밑거름을 주는 꿈은
논밭을 잘 정리하고 씨 뿌릴 준비를 하기 위해 오이나 호박 구
덩이를 파고 인분이나 퇴비 또는 금비 등을 주는 것은 현실의
어떤 사업에 투자할 일을 상징적으로 표현한다. 학문 연구를 하
는 사람에게 있어서는 정신적 투자를 상징한다. 남이 시비한 밑
거름, 그 중에도 화학 비료를 몰래 훔쳐오는 것은 남이 연구한

학문적인 이론을 표절하는 행위이다.

◉ 씨앗을 뿌리는 꿈은

씨앗이라고 생각되는 것은 무엇이든지 사업 자금·정신적 재산·사건의 근원을 상징한다. 못자리를 다듬고 볍씨를 뿌리면 현실에서 장차 널리 확대시킬 사업 자금을 투자하는 것으로서 정지 작업에 이어 본 궤도에 오르게 된 사업이다. 볍씨를 몇 말 또는 한 가마 정도를 취급하면 상당한 자본금이 생긴다. 조나 수수 같은 것을 씨앗으로 취급하면 상당히 큰 사업을 벌일 징조이다.

◉ 볏모·수수모 등을 이식하는 꿈은

자기가 애써 가꾸고 연구했으며 어느 정도 성과를 가져온 일을 확장해서 추진시킬 일이 있게 된다.

◉ 논두렁을 걷는 꿈은

자기 사업 판도나 직장과 관계되어 있다. 논두렁이 터져 남의 집 논으로 물이 흐르면 재물의 손실이 있다. 논두렁에 꽃이 핀 것을 보고 임신하면 고급 관리가 될 아기를 낳아 존귀해진다. 논두렁 밑에 붕어나 뱀 등이 우글거리는 것을 보고 아기가 있으면 살림이 유복해지고 한 단체를 이끌어나갈 만한 능력을 가질 아기를 낳는다.

남의 논은 남의 세력 판도이다. 남의 논물이 흘러 들어오면 재물이 생긴다.

◉ 전답을 사는 꿈은

논이나 밭을 사면 권리를 얻는 것이고 사업장을 마련하는 것이므로 크게 권리를 얻거나 관리가 되고 진급 되며, 사업 판도가 확대된다.

반대로 이것을 팔면 모든 권리가 상실되거나 사업 밑천을 남에게 대줄 일이 있게도 된다.

☯ 숲의 나무를 베고 개간을 하는 꿈은

남의 세력권내에 자기 세력을 부식하거나 자기 작품이나 아이디어 같은 것이 어떤 기관을 통해서 발표될 소지를 마련할 수 있다. 또는 자기 자신이 사업을 시작하게도 된다. 황무지를 개간하면 개척 사업에 종사할 것이고, 개간지 중간을 냇물이 유유히 흐르고 있으면 정신적 사업이나 물질적인 사업이 융성함을 암시한다.

☯ 벼가 잘 자라 무성한 것을 보거나 벼이삭이 나오는 꿈은

4단계 사업의 진척 상황을 예시한 꿈인데, 때로는 일의 성취나 부귀 영화가 가까워졌음을 암시하기도 한다. 벼나 보리가 패는 것을 보면 재물을 얻거나 혼담이 무르익어 간다.

☯ 벼가 누렇게 고개 숙여 있는 들판을 보거나 걷는 꿈은

일의 결실·성취·성공·부귀·인생의 중년 이후 등을 상징하고 있다. 태몽에 벼가 누렇게 익은 황금 벌판을 걸었다면 그 아기는 중년 이후에 부귀로워질 것이다. 그 황금 벌판은 광활하면 광활할수록 더 좋다. 벼가 아직 덜 익어 꼿꼿해 있으면 좀더 시간과 세월의 경과를 치러야 하겠지만 성공은 약속받은 것이나 다름 없다.

다 익은 곡식을 한두 마리의 새가 앉아 쪼아먹고 있으면 자기 사업에 방해자가 나타날 것이고, 무수한 새 떼가 그것을 쪼아먹고 있으면 큰 사업을 벌여 많은 사람을 고용할 수 있다.

☯ 추수하는 꿈은

막대한 재물이 생긴다. 학생은 성적이 우수해지고, 일반인은 논문이 당국에 채택되어 작품이 빛을 본다. 자기집 마당에 볏가리가 높이 쌓여져 있는 것을 보면 부자가 된다. 자기집 식구가 그 볏가리를 쌓는 것을 보아도 막대한 돈이 생긴다.

☯ 거둬들인 벼나 보리, 기타의 곡식을 털어 모으는 꿈은

자본금을 마련하는 행동이거나 돈을 버는 행동의 비유다. 그 떨어진 벼의 열매가 마당에 높게 쌓인 것을 보면 크게 성공하고 막대한 재물이 생긴다. 알곡과 쭉정이를 불어내면 어떤 정리 작업을 하게 되는데, 회사에서 감원 선풍이 일어나기도 한다.

☯ 볏섬에 관한 꿈은

볏섬을 집으로 들여오면 재물이 그 들여온 수효만큼 생기고, 밖으로 실어내면 재물의 손실이 있거나 가족이 줄어들 일이 생긴다. 볏섬이 곳간에 꽉 차 있는 것을 보면 부자가 되거나 입신 양명할 수 있다. 자기가 벌여들였다고 생각하는 볏섬이나 쌀섬의 일부를 도적이 와서 가져가면 그 가져간 수효만큼의 재물의 액수를 남에게 줄 일이 생긴다. 또는 세금을 내야 할 일이 생기기도 한다. 볏섬이나 쌀가마를 쥐가 파먹으면 곡식을 도난당하거나 재물의 손실이 있고, 곡식을 마당에다 멍석을 펴고 널어 말리면 어떤 사업을 시작하게 된다.

☯ 쌀에 관한 꿈은

쌀이 몇 십 몇 백 가마가 자기집에 쌓이면 현실에서 부자가 된다. 하늘에서 쌀이 눈오듯 내려와 쌓이면 막대한 돈을 횡재한다. 그것은 천복(天福)이라는 뜻도 있겠지만, 공중(空中) 즉 공중적(空中的)인 돈이다. 쌀 한 가마를 사오면 사업 자금이 생기고, 쌀 한 됫박 정도 남에게서 얻으면 근심 걱정이 생긴다. 대통령이나 부처님께 드리려고 쌀밥을 짓는 사람은 고시에 합격하거나 문예 작품 현상에 당선되고, 보리밥이나 잡곡밥을 지으면 시험이나 현상 작품에 당선되지 못한다. 쌀을 입에 물면 집안에 근심이 있고, 쌀을 조금 남에게 주면 근심 걱정이 사라진다. 쌀밥을 먹으면 좋은 일거리에 종사할 수 있고, 잡곡밥을 먹으면 맡겨진 일이 하기 힘들거나 마땅치가 않다.

◑ 보리에 관한 꿈은

보리밭에 보리가 파랗게 나 있으면 어떤 사업이 시작된다. 보리 이삭이 패면 일의 성숙기에 접어들 것이며, 보리타작을 하거나 보리를 베어 묶으면 일의 결실을 가져온다. 겉보리는 씨앗의 상 징적 의의가 있고, 알보리는 재물의 상징이다.

◑ 콩과 팥에 관한 꿈은

콩이 다량으로 있는 것은 현실에서 그만큼의 재물의 상징이고, 소량일 경우는 훗날 싸움을 하거나 신체상에 종기나 두드러기가 생기기도 한다. 콩이 밭에서 자라거나 꽃이 피고 열매를 맺는 것 모두가 벼의 성장 과정과 동일한 사업의 진도를 상징하고 있다. 콩깍지를 많이 쌓아 두면 소먹이가 되므로 일꾼을 고용할 일이 있고, 삶은 콩 또는 콩깍지 여물을 소에게 먹이면 집안 식구중 누구에게 해가 미친다. 팥도 동일한 해석이 가능하다. 땅콩·강 남콩·완두 등, 특수한 콩을 많이 소유하면 재물이 생기고, 그것 들을 밥에 넣어 먹으면 명예롭고 수월한 일에 종사하게 된다.

◑ 밀과 메밀에 관한 꿈은

메밀꽃이 온 밭에 활짝 피어 있는 것을 보면 현실에서 진급이 되거나 사업이 융성해진다. 메밀은 모가 나 있고 메밀대가 연약 하다는 특성은 어떤 일의 시비거리나 튼튼치 못한 기반 위에 이 루어지는 것을 암시할 수도 있다.

◑ 수수·조·옥수수에 관한 꿈은

토박한 땅에도 잘 자라며 키가 크고 낱알이 밀집해서 많이 달린 다는 특성은 어떤 작품이나 사업 자금을 상징하기에 족하다. 여 러 곡식이 심어진 밭에 수수 이삭이 여물어 가는 것이 인상적이 면 현실에서 자기가 제출한 문학 작품이 어떤 지상에 실려 두드 러지게 흥미거리가 될 것이다. 누가 씨앗으로 하라고 옥수수나

조 이삭을 주면 상당히 많은 사업 자금이나 정신적 자본을 투자
해서 많은 성과를 얻게 된다.

◉ 특수 작물에 관한 꿈은
형태·용도·성장 과정이나 관찰 대상 등에서 여러 가지 암시가
있으며, 대체로 재물·성과·일·작품·사건·태몽 등과 관계
해서 상징적으로 표현된다.

◉ 목화꽃이나 목화송이가 탐스럽게 피어난 밭둑을 걷는 꿈은
장차 사업이 융성하고 부귀로워 진다. 목화는 면사를 뽑고 천을
짜낼 수 있는 자본인 까닭이다.

◉ 벼가 누렇게 익은 들판에 세워놓은 허수아비를 흔드는 꿈은
자기 사업이나 소망이 성취되어 그 성과를 여러 번 세상에 과시
하게 된다.

12. 배설물과 분비물에 관한 꿈

◉ 대 변(인분)

◉ 인분을 손으로 만지는 꿈은
꿈속에서 대변을 만지면서 불쾌감을 갖거나 색깔이 탁하고 묽으
며 극히 소량을 만지는 것은 소원 충족이 아니므로 현실에서 불
쾌·불만을 체험하게 된다. 어린아이가 눈 똥을 상인이 만지면
다음날 매상이 올라 돈을 만질 수 있고, 많이 쌓인 대변을 계속
주므르고 있었다면 막대한 돈을 만질 수 있을 것이다.

◉ 자기집 방안이나 마당·변소·비료통에 높게 쌓여진 인분더미를 보거나 뒤적이고 있는 꿈은

자기 사업에 자금이 될 재물이 생긴다. 이것을 누가 어디론지 가져가는 것을 보면 재물이 생기더라도 탕진할 것이다. 자기가 배설한 인분이 산더미 같으면 물질적 재산이나 정신적인 재산이 크게 이루어져 기쁜 일이 있게 된다.

◉ 인분을 구덩이에 묻는 꿈은

자기집 밭에 파놓은 구덩이에 인분을 자꾸 져다 묻으면 현실에서 그 지어온 비료통의 횟수와 수량만큼의 사업 투자를 할 것이다. 때로는 저축과도 관련이 있다.

◉ 인분이 옷이나 발에 묻는 꿈은

자기가 배설한 인분이나 남의 것을 옷이나 발에 약간 묻히면 현실에서 자기 신상이나 자손 또는 웃사람에게 체면을 손상시키는 일이 있어 불쾌함을 면치 못할 것이다. 만약 갓난아기의 대변이 손에 조금 묻으면 자기나 형제간에 명예를 훼손하는 창피한 일이 닥친다.

◉ 인분이나 오줌 벼락을 맞는 꿈은

꿈의 표현이 적어도 폭포가 쏟아지는 듯한 거대한 대변이나 소변을 뒤집어쓰거나 깊은 인분 구덩이 속에 들어가 몸이 잠기면 현실에서 큰 횡재수가 생긴다. 물론 꿈속에서도 악취를 느끼지 않아야 좋고 불쾌한 기분이 생기지 않아야 된다.

◉ 남의 배설물에서 방안에 가득 찬 구린내를 맡게 되는 꿈은

자기와 관계되는 일을 누구와 더불어 성사시키는데 그 소문이 널리 퍼지고 여러 사람의 관심거리가 된다.

◉ 대변을 시원스럽게 배설할 수 없는 꿈은

어떤 소원의 경향이나 계획하는 일이 이루어지기 힘들다. 즉 입

학·취직·결혼·사업 등 모든 면에서 일의 성공을 거둘 수 없다.

● 소 변

● 변소에서 소변을 시원스럽게 누는 꿈은
자기가 계획하는 일과 소원이 성취되어 근심 걱정이 해소된다.
그 변소가 큰 건물 안에 있는 변소라면 어떤 관청에서 하는 일
이고, 자기집 변소라면 자기집안 일이나 때로는 직장과 관계된
일이 성취될 것이다. 그러나 반드시 소변을 시원스럽게 눌 수 있
어야 좋다.

● 크고 넓은 변소나 구덩이에 분뇨가 가득찬 데서 오줌을 누는 꿈은
문필가는 자기가 수집하고 작성한 작품 위에 새로운 창작을 덧붙
일 수 있고 사업가는 재물을 더 축적할 수 있게 된다.

● 소변을 보는데 자기의 성기가 유난히 커보이거나 오줌 줄기가 세
차게 쏟아지며 '쏴'하고 소리가 나서 기분이 상쾌한 꿈은
자기 소원이 성취되고 남에게 감동을 주거나 소문낼 일이 있다.
문학 작품을 쓰는 사람은 자기 작품이 세상사람들에게 크게 감동
을 줄 수 있다고 믿어도 좋다.

● 소변을 보는데 어떤 연유에서든지 소변이 잘 나오지 않아 쩔쩔
매는 꿈은
자기의 계획하는 일이나 희망이 좌절되기 쉽고 근심 걱정이 해소
되지 않아 고통을 받게 될 것이다.

● 성교 후에 소변을 보는 꿈은
성교를 끝내는 것은 어떤 일이나 소원의 성취를 상징하는 것이므
로 그 이후에 소변을 보는 것은 현실에서 어떤 일의 성취와 관

련하여 2차적으로 정신적·물질적인 소원 충족을 암시하는 표현
이다.

☯ 거름으로 쓰기 위해서 남의 집 분뇨를 가져다가 자기집 분뇨통에
부은 꿈은
그 부은 수량만큼의 재물이 증가된다. 또한 변소치는 사람이 자
기집 변소를 쳐가면 재물의 손실이 있다.

☯ 오줌으로 서라벌(경주)을 덮은 꿈은
신라 문무왕 때, 김유신(金庾信)의 누이동생 보희(寶姬)의 꿈으로
서형산(西兄山) 꼭대기에 올라 앉아 오줌을 누었더니 경주(당시
신라의 도읍지)가 그 오줌에 잠겨 버렸다. 이 꿈은 언니 보희가
아우 문희(文姬)가 왕후가 될 것을 예시한 것이었다. 좀더 정확
히 말하면 보희가 이 꿈을 꾸고 아우에게 꿈얘기를 했더니, 아우
는 '그 꿈을 팔라' 했고, 언니는 비단치마를 받고서 '꿈을 팔았
다'고 말했으며, 아우는 확실히 '언니의 꿈을 샀다'고 다짐했다.
그후 장차 태종 무열왕이 될 김춘추(金春秋)가 김유신의 집에 와
서 공을 차다 떨어진 옷고름을 보희에게 달아들이라고 했으나 보
희가 나오지 못하고 아우 문희가 대신 나와 옷고름을 달아올렸
다. 이때 처음으로 문희의 아리따운 용모에 반한 춘추공이 청혼
해서 결국 꿈은 언니가 꾸었지만 아우가 왕비가 됐다는 얘기다.
어쨌든 수도 서울을 덮을 만큼의 배설 현상은 만인간의 웃사람이
될 것을 상징한다.

☯ 소변을 보아 큰 냇물을 만드는 꿈은
장차 베스트셀러 작가가 되어 뭇사람들에게 감명을 주게 된다.
또는 크나큰 사회사업가로 알려져 명성을 떨친다.

☯ 소변이 옷에 묻거나 방에 쏟아지는 꿈은
불쾌한 감정이 생기고, 남의 것이라면 재수없고 불쾌한 감정이

생기고, 불쾌한 일에 직면하게 된다. 또는 어떤 계약을 맺을 일이 있게도 된다.

● 정 액

● 정액이 분비된 것에 불쾌한 기분이 생겨 이것을 씻어버리거나 처리하기 곤란함을 느끼는 꿈은
어떤 사람과 만나 교제비조로 돈을 낭비하게 된다. 그것이 아니면 다른 사람으로 인하여 정신적 피로를 가져오게 된다.

● 정액이 많이 나와 쌓이는 꿈은
어떤 사람과 교제하거나 자기의 정신적 사업에 의해서 많은 정신적·물질적인 소득을 얻게 된다. 이것을 말끔히 치워버리면 모처럼의 소득이 수포로 돌아간다.

● 정액이 옷에 묻은 꿈은
성욕을 해소시킨 연후에 어떤 연유에서든지 정액이 몸에 묻으면 현실에서 그가 어떤 소원을 성취할지라도 그 일에 대한 어떤 시빗거리가 남아 재수없거나 불쾌한 체험을 갖게 될 것이다.

● 몽정을 수반하는 꿈은
사람들은 꿈속에서 성교를 하다 쾌감이 너무나 강렬하므로 외적 감각기를 자극하여 몽정을 하게도 될 것인데 그것은 오줌을 싸는 것과 같은 이치다. 하지만 비록 몽정을 했다해도 꿈속에서의 사건은 미래의 현실을 상징하고 암시하는 데 있다.

● 월경 · 침(가래) · 콧물

◑ 소녀가 초경을 치르는 꿈은

가까운 장래에 초경을 체험하게 될 것이다. 만약 그것이 상징되어 있다면 현실에서 생전 처음 당하는 일로 일신상에 변화를 주는 기쁜 일이나 두려운 감정이 수반되는 일을 체험하게 된다.

◑ 입에 침이 말라 말을 할 수 없고 음식을 먹을 수 없는 꿈은

정신적 · 물질적인 자본이 고갈되거나 방도가 없어 고통당할 일이 있게 된다.

◑ 상대방 얼굴에 침을 뱉은 꿈은

정신적 또는 물질적으로 상대방을 공박하고 치명적인 마음의 상처를 줄 일이 있게 된다. 자기는 울분을 폭발시켰으므로 근심 걱정이 해소되겠지만 상대방에게 어떤 물적 증거를 잡히게 된다.

◑ 가래를 시원스럽게 뱉은 꿈은

실로 오랫동안의 숙원이 달성되고, 피라도 섞여나왔다면 지지부진하던 일거리가 진통 끝에 성취된다. 오랜 궁금증을 풀거나 일의 결말을 보는데 그 일은 장시간 또는 오랜 시일이 경과된 일이다.

● 눈물 · 땀 · 젖

◑ 꿈속에서 하염없이 눈물이 흘러 옷깃을 적실 정도로 울고 있는 꿈은

은근한 기쁨이 오래도록 지속되는 것이고, 그 기쁨은 웃사람이나 남편과 같이 나눌 수 있는 기쁨이다.

◑ 소리내어 울면서 눈물이 떨어지는 꿈은

어떤 소원이 크게 성취되어 기뻐할 일이 생기고 그 기쁨은 널리 소문나고 여러 사람에게 감명을 주게 된다.

◑ 상대방이 눈물 흘리는 것을 보면
그 상대방으로 인하여 패배 의식이나 불만 또는 불쾌를 체험할 일이 있다는 암시이다.

◑ 땀이 상징하는 꿈은
땀의 분비는 피를 흘리는 것과 비슷한 의미가 있는 것으로서 정력이나 기력의 소모, 재력의 쇠퇴를 상징한다. 때로는 피 흘리는 것의 바꿔 놓기가 될 수도 있다.

◑ 땀을 흘리는 꿈은
어떤 사업에 의욕을 잃고 정력과 기력이 쇠진되어 부모에게 걱정 근심을 끼치게 된다. 또한 더위로 인해서 땀이 흘렀다면 현실에서 재해를 당하고 병질환 등으로 인해서 일신이 곤고해질 것이다. 공포로 인해서 식은땀이 흐르는 것은 역시 어떤 병에 걸리거

나 심신이 피로하고, 금전을 탕진하는 등으로 부모에게 걱정을
끼치게 된다.

☯ 흐르는 땀을 말끔히 닦아내거나 땀에 젖은 옷을 물에 헹구어내는
꿈은
일신이 편안하고 기력과 재력을 회복시킬 일이 있다.

☯ 젖소에서 우유를 짜내는 꿈은
그 짜낸 분량만큼의 가산이 증가될 것을 암시한다. 우유는 물과
동일한 음료수이고 영양물인 까닭에 재물 또는 돈을 상징하고,
젖소는 사업체나 집안이란 관념적 대행물로서의 해석이 가능하다.

⬤ 피(血)

☯ 몸에서 피가 나는 꿈은
자기 몸에서 피가 나거나 상해를 입어서 피가 나는 꿈은 그 동
기야 어떻든 출혈 즉 정신적·물질적인 손실이 있고, 남이 피
흘리는 것을 보면 남의 정신적(사상·진리)·물질적인 손실 또는
의견의 피력함을 보게 된다.

☯ 남의 몸에 선혈이 낭자한 것을 보고 공포를 느껴 도망치는 꿈은
많은 재물을 얻을 좋은 기회를 얻었으면서도 그 재물을 소유하지
못하게 된다. 꿈속의 공포감은 죄의식을 암시하기도 한다.

☯ 꿈속에서 상대방을 제 손으로 죽이고 그 몸에서 쏟아지는 피를
보고 만족해하는 꿈은
그는 자기가 성취시킨 일로 인해서 큰 돈이 생기고 기뻐할 것이
며 세상에 소문이 날 것이다. 동물을 죽여 피를 보는 것도 동일
한 해석이 가능하다. 자기가 가해하지 않았는데 상대방이 피가

나면 자기의 노력과는 직접적인 관련이 없어도 어떤 혜택이나 돈이 생긴다.

☯ 사람이 죽어 선혈이 낭자한 꿈은
사회적으로나 집안 일로 인해서 생겨진 막대한 돈을 볼 수 있을 것이다. 길 가에서 어떤 집 어린이가 차에 치어 죽고 그 몸에서 선혈이 낭자한 것을 볼 수 있으면 남이 어떤 큰 기관에 의해서 어떤 일거리나 사업이 성사되고 돈이나 어떤 감화를 주는 일이 생길 것을 보게 된다.

☯ 자기 코피가 터져 흐르는 것을 체험하는 꿈은
정신적 유산이나 재물을 남에게 공개할 일이 있거나 손실을 가져온다. 코피가 땅에 떨어지면 남들이 자기 주장을 받아들여 주거나 따를 일이 있게 된다. 남이 코피가 난 것을 보면 그 사람이 실제 인물로 해석될 때는 그 사람에게서 상당한 재물을 얻는다. 그 사람이 어떤 일거리의 상징이라면 좋은 결과를 가져온다.

☯ 동물의 목을 잘라 피가 솟은 꿈은
자기가 꾀하는 어떤 일거리나 작품이 성취되어 재물이 생기거나 남에게 감동을 줄 일이 있게 된다. 이 때 머리와 동체를 따로 떼었다는 것은 그 일거리가 상하 두 개의 부분으로 나뉘어지는 일이 될 것이기 때문이다.

☯ 피를 마시는 꿈은
재물의 상징이고, 집안이나 기관을 상징하므로, 피를 마신다는 것은 재물을 집안으로 이끌어들이거나 정신적 재물을 자기 것으로 완전히 소화시킨다는 상징적 표현이기 때문에 조금도 불쾌하게 생각할 필요는 없다.

☯ 신이나 성인의 피를 마시는 꿈은
훌륭한 지도자의 가르침을 받아 어떤 진리를 깨우치게 된다. 피

는 진리 · 교리 · 참된 지식이나 사상을 상징할 수 있고, 신인이
나 성인은 존경할 만하고 훌륭하며 진리를 터득한 사람의 동일시
가 될 수 있기 때문이다.

☯ 가래에 피가 섞여 나오는 꿈은
어떤 고질화되고 병폐적인 숙제 · 숙원 등이 해소될 것이며, 약간
의 정신적 물질적인 손실도 당한다는 것을 암시한다.

13. 신분(직업)에 관한 꿈

● 갓난아기

☯ 선녀가 아기를 가져다 준 꿈은
1536년, 이율곡(李栗谷) 선생의 어머니 사임당 신(申)씨가 강원
도 북평에 있을 때, 어느 봄날에 동해 바닷가에 가니 바다에서
살결이 흰 옥동자를 웬 선녀가 안고 나와서 안겨주고 사라졌다.
이 꿈이 있은 지 얼마 후에 아들 이이(李珥)를 낳았는데, 그가
바로 율곡 선생이다. 이 꿈에서 바다는 국가나 사회적인 기반이
고, 옥동자는 율곡이 장차 성취시켜야 할 학문적 업적이며, 선녀
는 나라 대신의 한 사람의 동일시이다. 따라서 사임당 신씨 자신
은 율곡을 대신했는데, 이 꿈의 예시대로 후일 율곡 선생은 국가
의 중신이 되고 후학을 위하여 크나큰 학문의 업적을 남겼다.

☯ 갓난아기를 안아주는 꿈은
어떤 일거리로 인해서 한때 고민할 일이 생긴다. 어떤 작품을 제

작하는 사람은 그 작품과 관계있는 일을 하게 되며, 그 밖의 사
람은 어떤 근심·걱정이 생기게 된다.

◐ 남이 갓난아기를 안은 것을 보는 꿈은
어떤 여자가 갓난아기를 안고 방안을 들여다보면 훗날 어떤 교활
하고 음흉한 남자 또는 여자가 집안 일에 관계되는 어떤 문제를
가지고 불쾌한 말이나 행동을 하게 된다. 어떤 여자가 갓난아기를
안거나 업고 자기를 따라오면 현실에서 누가 시비거리를 안고 자
기 일에 방해할 것이다. 자기 옆에 있던 어떤 사람이 갓난아기를
안거나 업고 그 곳에서 사라져 버리면 지금까지의 근심·걱정이
사라진다.

◐ 남자가 갓난아기의 알몸을 쓰다듬는 꿈은
자기 성애나 자위 행위를 상징한 것으로, 훗날 재수없는 일에 봉착
한다. 여자가 갓난아기를 안고 있는데 접근해서 귀엽다고 쓰다듬
거나 갓난아기를 희롱하는 꿈은 훗날 속상하고 불쾌하며 재수없는
일을 체험한다.

◐ 갓난아기가 똥오줌을 싼 것을 손 또는 옷·몸에 묻히는 꿈은
남에게 구설을 듣거나 창피를 당한다. 손에 묻으면 자기의 수족같
은 사람에게서, 옷에 묻으면 자기 직업에 관계되는 일로 해서 각각
불쾌와 재수없는 일에 부딪친다. 갓난아기가 대변을 보아 지저분
한 것을 보고도 치우지 못하면 훗날 누구와 언쟁을 하거나 창피를
당하고 그 뒷 수습을 할 수 없는 채 불쾌함을 가질 것이다. 그러나
갓난아기의 똥을 손으로 주무르고 있으면서 조금도 불쾌한 기분이
생기지 않는 것은 어떤 일로 인해서 돈이 생긴다.

◐ 갓난아기가 우는 것을 달래 주는 꿈은
어떤 고민거리가 생기고 마음이 초조해진다. 어쨌든 꿈속에 나타
난 갓난아기로 말미암아 어떤 동정이나 사랑 또는 연민의 정이 생

겨 자기의 감정이 흔들리게 되는 것은 해로운 일에 속한다.

◐ 갓난아기를 업은 꿈은

꿈속의 갓난아기는 거추장스러운 존재이다. 갓난아기를 업어 주면 그것은 짐이 된다. 짐은 근심과 고통의 상징인 까닭에 현실에서 어떤 곤경에 처해진다. 비록 자기가 아기를 업지 않고 딴 사람 — 아내나 누이동생이 업었다 하더라도 그 아내나 누이동생은 일과 관계가 있거나 누구의 동일시 또는 자기의 또 하나의 자아를 대신할 수도 있기 때문에 그것도 고통의 상징이다.

◐ 갓난아기를 업고 먼 곳을 가거나 산책하는 꿈은

어떤 일의 진행 과정이 몹시 고통스럽다는 것을 암시하고 있다. 갓난아기를 업은 채 차를 타고 여행하면 자기 사업이나 회사의 경영이 고통 가운데서 진행된다. 기차를 타고 가다가 아기가 울어서 중간역에 내리는 꿈을 꾼 아내는 남편의 사업이나 진급에 관계되는 소원이 어떤 방해로 인해서 몹시 고통을 받다가 끝내 중단될 것을 예시한 것이다. 돌아가신 할아버지나 할머니가 갓난아기를 업고 걸어가는 것을 보면 그 집 호주나 부모의 누군가 병들거나 사업상 고통 가운데에 놓여지게 된다.

◑ 죽은 갓난아기를 보는 꿈은

갓난아기를 제 손으로 죽였든 남이 죽였든 저절로 죽었건 간에 그 시체를 보면 일이 성사되고 근심·걱정이 사라질 것이다. 만약 꿈속에서 그 시체를 관속에 담은 것을 보고 불쌍하다고 통곡했다면 그는 일이나 작품이 성사되어 크게 기뻐할 수 있을 것이다.

◐ 갓난아기가 많이 나타나는 꿈은

처녀가 꿈속에서 갓난아기를 희롱하는 것은 자기 성애거나 남성기를 동경하는 표현이다. 만약 다듬잇돌에 빨래한 것을 두드리는데 방망이로 때리니까 갓난아기가 수없이 많이 그 다듬잇돌에서 나타났다 하는 꿈의 공상 같은 것은 자기 성욕을 컨트롤할 수 없는 마음의 갈등을 표시할 일이 생긴다. 그러나, 그 기분의 경향은 현실에서 심히 혼란스럽고 불쾌한 체험을 겪게 된다. 때로는 많이 생산되는 갓난아기는 자기 일거리거나 작품의 상징일 수도 있다.

◉ 임산부를 보는 꿈은

꿈속의 임산부가 어떤 일거리의 상징이라면 그 일은 이차적인 과제를 간직하고 있음을 나타내는 표현이다. 자기 아내나 집안 식구의 누군가가 임신한 것을 보면 자기 사업에 도움이 될 어떤 경사로운 일이 생기게 된다.

◉ 남자가 임신하고 산월이 가까워졌다는 꿈은

자기 자신을 사업체로 간주하기 때문이고, 그 사업으로 인해서 이차적인 사업이 이루어질 전망을 하고 있는 것이다. 가령 어떤 사업자금에 의해서 이자가 생기거나 그 사업이 이차적인 새로운 사업으로 면모를 쇄신할 전망에서 형성된 꿈이다.

◉ 어린아이(아동)에 관한 꿈은

어린아이를 데리고 다니거나 돌봐주고 귀여워하며 때리는 것은 어떤 일거리나 작품 등에 관해서 심로(心勞)가 생기거나 고통받을 일의 상징이다. 가장 애착이 가고 심로가 생기며 기대를 거는 일거리나 작품을 자기의 친자식으로 동일시하기를 잘하며, 그 자식을 죽이는 일을 꿈속에서는 서슴없이 하는데, 그것은 자기 일이 성취됨을 암시하는 것이다.

◉ 청소년에 관한 꿈은

꿈꾼 사람이 현재 청소년일 때는 꿈속의 청소년으로 나온 상대방은 동료나 친구의 동일시가 가능하다. 어린아이의 꿈에서는 자기의 윗사람의 동일시이고, 노인의 꿈에 있어서는 힘세고 억세면 발랄하고 민첩한 것과 연관있는 일거리이거나, 아직 연구가 자기만큼 깊지 못하다고 생각되는 사람의 동일시가 된다.

☯ 노인에 관한 꿈은

꿈속에서 어떤 할아버지가 길을 일러 주었다던가 어떤 할머니가 옆에 있었다고 말을 하는데, 이 알지 못하는 노인은 현실에서 존경할 만한 어떤 사람, 학식이 많은 사람, 윗사람 즉, 제삼자로서 자기 일에 간섭할 어떤 사람들의 동일시이다. 이 노인도 역시 어떤 일거리의 상징이 가능한데 그것은 오래된 일, 노후하고 쓸모 없는 일 또는 많은 지식과 정신적 노력이 경주되어야 할 일 등을 상징하고 있다. 수염이 길고 백발이 성성한 노인이 나타나는 것은 그만큼 존경할 만하고 관록이 있으며 고귀한 인격의 소유자인 어떤 사람의 동일시이다.

☯ 가족(친지 · 애인)

☯ 아버지에 관한 꿈은

꿈속의 아버지는 실제의 아버지 또는 아버지에 준하는 존대의 사람, 가령 선생이나 백부 · 삼촌이나 친구의 아버지의 동일시가 될 경우도 있다. 아버지와 식탁에 마주앉거나 책상을 사이에 놓고 마주앉기도 한다. 이럴 때는 아버지와 의견 충돌이나 반항, 또는 꾸지람을 듣게 될 일이 생긴다. 꿈속의 아버지는 실제의 아버지가 아니라, 아버지에 준하는 윗사람, 즉 선생이나 사장 · 상관일 경우 그들과 의사 충돌이 생기기도 한다.

☯ 어머니에 관한 꿈은

어머니는 대지(大地) · 고향 · 위대한 사업 등을 상징한다. 그것은 어머니에 대한 존경심과 모성애 그리고 어머니에게 잉태되고 어머니께서 낳았으며 어머니 젖을 먹고 어머니 품에 안겨 자라온 여러 가지 동일성이 상징 의의가 될 만하기 때문이다. 그 중에도 '고향'이라고 해석하는 것은 가장 적합하다.

◐ 조상과 고인이 된 부모의 꿈은
꿈속에서 돌아가신 할아버지가 나타나서 빙그레 웃으면 훗날 부모에게서 꾸지람을 듣거나 불쾌한 일이 생긴다. 할아버지가 눈물을 흘리며 슬퍼하는 것을 보면 가운이 쇠락해지거나 호주인 아버지나 형 또는 큰아들의 신상에 불행한 일이 닥친다.

◐ 여러 세대(世代)가 한자리에 모인 꿈은
객지에 있는 사람의 꿈에 집안 식구가 다 보이는 것은 집안에 걱정이 생겼기 때문이라고 해석하기 전에 자기 직장에 어떤 사건이 생기고 자기에게 어떤 영향이 돌아오지 않나를 먼저 생각해 보아야 한다.

◐ 형과 오빠의 꿈은
꿈속의 형이나 오빠는 실제의 형이나 오빠일 수 있으나, 그들이 동일시 되어 있으면 아버지·애인·직장·상사·일가 되는 형·오빠 또는 친구의 형이나 오빠일 수도 있다. 형이 자기집 호주거나 가장이면 그 형의 행동이나 표정에서 다만 집안 형편이란 관념적 대행물로서 행불행을 암시하는 데 등장시키기도 한다.

◐ 죽은 누님이 나타나는 꿈은
생전에 자기에게 잘해준 누님이 집에 와서 기쁜 생각에 손을 맞잡고 크게 울었다면 현실에서 자기를 도와줄 여성이 나타나서 반가워할 것이다. 그 여성이 연상이든 연하이든 상관없다. 생전에 싫어하고 미워하던 그 누님이 웃고 울거나 노한 얼굴을 하고 있으면 현실에서 불쾌한 감정이나 불행한 일, 감정이 상하는 일에 봉착한다. 그는 남성 또는 여성 누구에게나 해당되고 동일시된다.

◑ 삼촌집에서 친구의 집으로 가는 꿈은

같은 계통의 딴 직장으로 옮기는 꿈이다. 삼촌 집은 지금까지 자기가 근무하던 직장이며, 친구의 집은 현직장과 결연이 있거나 인접해 있는 직장이다. 그 집 사이의 거리가 많이 떨어져 있어 꿈속에서 오래도록 걸었다면 그 전속되는 절차나 시간이 상당히 오래 걸린다는 것을 알 수 있다.

◑ 친정집 식구에 관한 꿈은

출가한 여자들은 현재 자기집에서 일어나는 일보다 친정집에서 일어나는 일을 더 많이 꿈에 본다. 친정아버지 · 어머니 · 오빠 · 올케 그리고 동생들과 여전히 함께 해동하고 한자리에 있게도 되는데, 그런 경우 친정집에 무슨 일이 있지나 않을까 하고 걱정할 필요는 없다. 사실적 · 투시적으로 표현된 꿈에서는 그런 일도 있을 수 있지만, 상징된 꿈에서는 현재 시집 식구의 동일시거나 남편 또는 자기 직장 동료들의 동일시이다.

◑ 남편 · 아내 · 애인에 관한 꿈은

사실적이며 투시적인 꿈에서는 실제의 인물 그대로이다. 상징적인 꿈에서는 다른 사람의 동일시이거나 일거리의 상징이다. 다른 사람의 동일시로는 남편은 부모나 선생, 자식 그리고 또 하나의 자아 등으로 나타날 수 있다. 아내나 애인은 누님이나 누이동생, 친한 여자 등으로 동일시 될 수 있다. 일거리의 상징물로는 현실에서 가장 애착을 가지고 성의를 다하여 심로가 생기는 일거리로 바꿔 놓는다. 대체로 꿈속에서는 이성간의 성적 대상물로 등장해서 쾌 · 불쾌, 만족과 불만족의 경향을 묘사하기 위함이고, 그에 대한 쾌 · 불쾌, 만족과 불만족의 경향을 상징적으로 암시하는 데 있다.

◑ 아내와의 이별 꿈은

아내와 이별하게 되면 투시적인 꿈에서 아내는 애착을 가지는 일
거리이므로 그 일거리를 상실하거나 그 일에서 손을 뗀다. 때로
는 집이나 직장을 잃게도 될 것이고 근심 걱정이 사라질 수도
있다. 아내가 헤어져 가는 것이 몹시 서러워 크게 울었다면 근심
걱정이 사라지고 전화위복으로 대길한 꿈이 된다. 아내가 딴 남
자에게로 시집을 간다고 하면 지금까지 자기가 맡아하던 일이 다
른 사람에게 넘겨줄 일이 생긴다.

☯ 남편이나 아내가 죽는 꿈은

투시적인 꿈에서는 사실 그대로 죽음을 예시하는 꿈이다. 하지만
대체로 상징되어 있으므로, 이 꿈은 대길한 꿈이다. 역시 애착을
가지고 성사시키려는 일거리의 상징이므로 꿈속에서 그가 죽음으
로써 현실에서는 일을 성취할 수 있는 것이다.

☯ 아내가 간통하는 것을 보는 꿈은

아내가 간통하는 장면을 보고 몹시 분개하여 죽이고 싶어지면 자
기 일에 대한 극도의 불만이 있다. 그 분개를 말이나 행동으로
표현해 버리면 그 일은 잘 될 전망이 있으며, 그들을 즉석에서
죽여 버리면 그 일은 크게 성취된다.

☯ 남편이 외도하여 아기를 낳는 꿈은

가령 남편이 어떤 여자와 동거하여 아기를 낳아서 그들을 데리고
왔다거나 어떤 집엘 가보았더니 거기에 남편과 동거하는 여자와
아이까지 있었다. 그래서 욕설을 퍼부었지만 그들은 아무 대꾸도
없었다. 이 꿈속의 남편은 그대로 남편인데, 그 여자는 남편의
일거리고, 그 아이는 그 일거리로 인해서 생산된 부차적인 생산
품 또는 소득이다. 이 때 욕을 퍼붓고 분을 푼 것은 질식된 관념
을 배출시켰기 때문에 그 일에 대해서 처음에는 불만이 있었으나
나중에는 크게 만족할 일이 있게 된다. 그러나 상대방이 대항 또

는 싱글싱글 웃거나 어떤 행동을 취하면 좋은 일로는 체험되지 않는다.

● 꿈속의 애인 꿈은

연애하는 남녀의 꿈은 서로 상대방의 모습을 꿈에 보기에 바쁘다. 애인과 낮동안에 못다한 사면을 꿈속에서 계속한다. 낮동안에 다 할 수 없었던 말을 하고 행동을 한다. 짝사랑하던 그녀가 자기 품에 안기고, 삼각 연애에 빠졌던 애인이 자기편으로 따라온다. 그런가 하면 그 애인이 자기에게서 멀어져가거나 자기와 싸우고 헤어지면 눈물을 흘리거나 악한에게 납치당해서 분하고 원통하여 운다. 아니면 애인을 뺏으려고 대활약을 한다. 그것은 모두가 상징되어 있으며 그 애인은 누구의 동일시이거나 가장 애착을 가지고 성취시키려는 일거리의 상징이 되는 것이다. 꿈속의 그는 새로 사귀는 여자·아내·친구의 동일시일 수 있고, 사업체·일거리·작품·책, 그리고 음악가는 자기가 사랑하는 악기의 상징물이고, 미술가는 자기가 제작하고 있는 미술 작품의 상징일 수 있다.

● 형수와 계수의 꿈은

꿈속에 나타나는 형수 또는 계수가 실제 인물로 해석되지 않으면 그는 자기 사업 또는 직장에서 자기와 상관할 어떤 사람의 동일시다. 평상시 자기에게 잘해주는 형수 또는 계수라면 그와 맞먹는 협조적인 사람의 동일시이지만, 항상 미워하고 못마땅하게 생각하는 형수 또는 계수라면 현실에서 자기에게 이롭지 않은 주무당국의 제2인자의 동일시다.

● 친척 · 친구 · 기타

● 친구의 부모에게 인사하는 꿈은
현실에서 자기에게 자애를 베푸는 어떤 상관(윗사람)에게 청원할
일이 있을 것이며, 그 상관은 자기 소원을 들어주게 될 것이다.

● 친구의 모습이 변한 꿈은
꿈속에 등장된 친구가 실제 인물로 해석되더라도 어린 시절의 그
모습대로 나타나거나 때로는 친구 얼굴은 그대로인데 백발이 성
성해 있으며, 반대로 실제보다 훨씬 젊어 보이는 경우도 종종 있
게 된다. 상대방이 실제보다 더 늙어 보이는 것은 그가 학식이
보잘 것 없거나 현재 직업에 몹시 고통을 받고 있거나 병들어
있을 것이다. 그가 의복이 남루한 것을 보면 현재 직업이 없고
고독함을 암시한다.

● 통치자 · 정치가 · 고급 관리

● 대통령을 만나는 꿈은
대통령은 정부 · 정부기관 · 기관장이나 자기 직책의 가장 윗사람
(사장 따위), 은사나 훌륭한 지도자, 기타 존경의 대상이 되는 사
람(아버지나 남편 따위)의 동일시이고, 최고 · 최대의 일거리나
명예와 영광의 관념적 상징물이다.

● 대통령이나 국가 원수가 의관이 정제하지 못하고 흐트러져 있는
것을 보는 꿈은
정부 기강이나 회사의 질서가 문란해졌다고 생각할 것이며, 아버
지나 아버지와 맞먹는 존대의 대상은 그 인격이나 신분에 이상이

생긴다.

○ 일국의 왕·황제·대통령·수상 등 통치자의 죽음을 보거나 죽었다는 소식을 들으며 국장 행렬을 보는 꿈은

이것이 사실적·투시적으로 표현됐을 경우는 현실 그대로지만 대개의 경우 상징된 꿈이다. 어쨌든 죽는다는 것은 지금까지 있었던 일이 변하여 새로워지며 또한 일이 성취됨을 뜻하므로, 통치자가 사망하면 새로운 정당이 집권하거나 국권이 회복되고, 개헌을 할 일과 관계된다. 사사로이는 가장 어렵고 명예로운 자기의 일이 성취되고, 지금까지 부당하게 계류되어 있던 어떤 기관에서의 일이 무난히 해결되며, 혼사를 반대하던 부모가 그 결혼을 승낙할 일이 있게도 된다. 국장 행렬을 보면 자기의 사업이 크게 성취되어 국가와 사회적인 명예를 얻고 많은 사람들이 자기 일에 찬사와 협조를 보내게 된다.

○ 대통령께 경례하거나 어떤 경의를 표하는 꿈은

국가에 충성을 맹세하고 국가가 자기 신변을 보호해 줄 것이며, 고귀한 사람이나 아버지(또는 아버지와 맞먹는 사람)에게서 어떤 원조에 대한 약속을 받을 수 있을 것이다.

대통령과 한 책상에 마주앉으면 상관에게 반항하거나 시비를 벌인다. 꿈속의 대통령이 아버지의 동일시라면 아버지의 꾸지람을 듣거나 항의할 일이 있을 것이다.

○ 대통령 내외분의 꿈은

꿈에 자기집 방안에 대통령 내외분이 앉아 있는 것을 보면 자기의 아버지나 어머니와 어떤 중대한 의론을 할 일이 있고 회사 사장과 부사장이 자기에 관해서 어떤 의견을 제시할 일이 있게 된다. 대통령 부인은 항상 대통령을 보필하는 가장 친근한 사람이므로, 시집의 부모나 존경하는 사람의 형제격이다. 정부의 장차

관 또는 학교의 교장과 교감·목사와 전도사 등의 동일시가 가능하다.

◑ 대통령이 자기집에 수행원를 데리고 왔다 가는 꿈은
현실의 정부나 직장에서 자기에게 어떤 중대한 책임을 맡겨준다. 다만, 그들이 돌아가는 것까지 보아야 그 일이 무난히 성취된다. 대통령이 자기집에 오는 것을 길가에서 본 사람은 좀 시일이 걸리겠지만, 자기의 최대의 명예가 약속될 것이다. 대통령의 뒤를 따라 대통령방으로 들어갈 수 있으면 진급되거나 자기 일이 성취되어 명예와 영광을 얻는다. 군중 사이에 끼어 대통령을 환영하면 국가 시책에 호응해서 좋은 일이 생기고, 대통령과 악수하면 정부 기관이나 존경의 대상인 사람과 어떤 계약이 성립된다.

◑ 외국 대통령을 만나는 꿈은
가까운 장래에 자기 회사와 버금가는 회사의 사장이 발탁해서 그곳으로 영전될 것이다. 외국 대통령과 악수하면 자기 회사와 자매 결연을 맺은 어떤 회사와 어떤 계약이 성립된다.

◑ 여러 관리나 군중이 모인 가운데서 자기 이름이 불려지고 대통령 표창을 받는 꿈은
명예와 권리가 주어진다. 그 장소가 어디인지 모르는 채 대통령이 주는 상장을 받으면 명예로운 어떤 상을 받거나 직장에서 영전할 일이 있게 된다. 대통령이 주는 명함을 받은 사람은 복권에 일등으로 당첨되기도 하였다.

◑ 대통령과 함께 나란히 걸어가는 꿈은
자기가 가장 존경할 만한 사람과 일할 일이 있게 된다. 대통령이 자기가 성취하기를 꾀하는 사업의 상징물이라면 그 사업을 성취하기 위해 노력할 일이 있고, 그 일은 조만간 성취될 것이다. 대통령께 정치에 관한 이야기를 해주면 현실에서 자기의 계획하는

일이나 자기 주장을 윗사람에게 납득시킬 수 있다.

☯ 대통령께 음식을 대접해서 그가 먹는 것을 보는 꿈은
자기의 소원이 직장 상사나 윗사람 또는 관청의 윗사람을 통하여
이루어진다. 대통령께 술을 대접하면 어떤 정신적 사업으로 최고
의 명예가 주어지거나 직장의 윗사람에 의해서 취직·진급 등이
가능해진다.

☯ 자기가 대통령이 되는 꿈은
어떤 명예나 권세가 주어지고 어떤 기관의 장이 되거나 단체의
지도자가 될 수 있다. 대통령이 선거에 출마하면 어떤 명예로운
일을 쟁취하기 위해서 남들과 자웅을 다툴 일이 있고, 대통령에
당선되면 그 소원이 이루어진다. 대통령에 당선되지 못하면 자기
가 쟁취하려는 사업에 실패할 것이다.

☯ 부통령이나 국무총리가 되는 꿈은
최고의 권좌, 최고의 명예, 최고의 실력에 다음 가는 지위·권
리·명예가 주어진다. 직장에서는 둘째 외 가작으로 당선될 경우
도 생긴다.

☯ 황제가 베푼 만찬회에 초대되는 꿈은
가령, 황제가 베푼 진수 성찬을 먹거나 그 자리에서 연설하였다
면 이 때의 황제는 가장 독재적인 권리를 가지면 최고의 명예와
관계된 어떤 사람의 동일시이다. 만찬회는 그가 벌여 놓은 어떤
사업인데, 그 사업은 사상이나 이념적인 문제와 관련이 있을 것
이다. 또는 어떤 연구 사업일 수도 있다. 초대된다는 것은 청함
을 받거나 관심이 있어서 그 곳을 가게 되는데 음식이 진수 성
찬으로 호화롭다면 황제로 동일시된 사람의 사업에 크게 호기심
이 생기며 깊이 관여하게 된다.
이 때에 그 음식을 먹지 않으면 그 일에 직접 개입하지는 않겠

지만 그것을 먹는다면 그 음식을 먹은 만큼 어떤 일을 책임지거나 그 일에 관여할 것이고, 그 자리에서 자기가 연설이라도 할 수 있으면 그 사업에 대한 평가를 내리거나 건의하고 비평할 일이 생긴다.

☯ 자기가 왕이나 왕비가 되는 꿈은

그 최고 최대의 어떤 소원을 충족시키고 명예롭거나 영광을 획득할 일을 예시하는 꿈이다. 정치가가 이런 꿈을 꾸면 당수 자리에 앉게 되고 분과 위원장이 될 수도 있다. 학생이 이런 꿈을 꾸면 수석이 되거나 학생회장 또는 부회장이 된다. 여대생은 퀸으로 뽑히거나 훌륭한 배우자를 만나게 될 것이다. 용상에 앉을 수 있으면 더욱 확실하다. 일반인은 어떤 단체의 지도자나 제2인자 노릇을 할 수 있을 것이다. 아내가 여왕이 돼서 왕을 따라가면 남편에 대한 내조의 힘이 크다. 사업가는 그 사업체의 둘째가는 자리를 획득할 수 있다.

☯ 꿈에 자기가 왕자가 되거나 공주가 되는 꿈은

권리·명예·지위 등으로 먼저 있던 사람의 대를 잇게 된다. 또는 장차 유산 상속을 받거나 수제자·대리인·서리 등의 직책을 맡을 것이며 어떤 기업체를 인수받아 권리 행사를 할 수도 있다. 왕자나 공주와 동행하거나 결혼하면 장차 큰 권리나 명예를 가질 사람과 동업 또는 계약할 일이 있다. 왕자와 공주가 어떤 명예와 관계되는 일거리의 상징이라면 그 일을 성취시킬 수 있다.

☯ 자기가 국무 총리가 되어 내각을 조직하는 꿈은

어떤 기관이나 관서의 장이 되어 인사 행정에 관여할 일이 있지 않으면 작품 심사관이 되어 여러 작품 중에 우수한 작품을 선정하는 책임을 지거나 기획의 책임자에 임명될 수 있다. 자기가 국무총리 비서가 되면 자기 작품이 문예 작품 현상 모집에 당선

후보작으로 뽑힐 수 있다. 아니면 권력층의 참모격인 사람이 될 것이다.

☯ **재판장의 언도를 받는 꿈은**
살인범으로서 사형을 언도 받으면 현실에서 대길한 일이 생긴다. 꿈속에서 사람을 죽이면 자기의 일거리가 완성되거나 소원이 성취되는 것이며, 살인자는 승자인데 자기가 사형에 처해진다는 것은 살해되는 것, 즉 과거가 깨끗이 사라지고 새로운 사람이 될 것을 전제로 하기 때문이다. 이 때의 재판관은 자기의 또 하나의 자아거나 현실에서의 누구의 동일시로 권위적인 사람이다. 이 때 만약 자기는 사람을 죽였지만 정당 방위였다고 상고하거나 이의를 신청하면 살인의 효과는 감소된다. 그런 까닭에 현실 사건은 미해결로 남게 된다. 만약 자기 병을 고치려고 약을 먹는 환자의 꿈이 그렇다면 의사가 베푸는 치료의 효과를 보지 못한다.

⚫ 군인 · 경관 · 신문기자 · 기타

☯ **군인이 아닌데 군복을 입고 완전 무장을 한 꿈은**
어떤 협조자나 방도 또는 권리가 생겼음을 뜻한다. 그러므로 어떤 기관 또는 단체의 일원이 되어 일을 잘 처리해 나갈 수 있음을 암시한다. 때로는 자기 작품이나 업적이 공모된 작품 가운데 끼이게도 된다.

☯ **군인이 행진하는 꿈은**
계획하는 일이 잘 진행될 것이다. 군대가 적진을 향하여 군기를 들고 전진하는 것을 꿈에 본 장군이나 정치가는 자기 전략이나 정책이 관철되고 채택되어 승리함을 암시한다. 만약 자기쪽으로 행진해 오면 자기에게 반항의 뜻이 있고, 전면에 정렬하여 앞으로 전진할 태세를 갖추고 있는 것을 보면 자기 정책이나 방도가 성공을 가져왔음을 암시한다.

◉ 적과 총격전을 벌이는 꿈은

관청 일이나 계획하는 일이 모두 잘 처리되어 소원을 성취할 것이다. 만약 그들 중에 어떤 한 사람의 적군이라도 남아서 자기에게 대항하는데 그것을 소탕 못하면 여러 가지 안건 중에 단 한 가지 안건만은 미결로 남을 것이다. 적이 쏘는 탄환이 자기 몸에 관통되면 현실에서 일의 중단이나 근심·걱정 또는 패배 의식을 체험하게 된다. 때로는 상대방의 명령이나 청원을 부득이 들어줄 일이 생길 수도 있다.

◉ 적의 보초병이나 추적병에 의해서 천신만고 도망치는 꿈은

유행성 병에 걸리거나 어떤 일에 매듭을 못 짓고 고통을 받을 것이다. 만약 적의 총탄을 받아 자기가 죽은 시체를 바라 볼 수 있으면 자기는 새로운 일에 착수하거나 남의 조력에 의해서 자기 일이 성취된다.

◉ 군모나 무기를 잃어버리는 꿈은

군모를 잃어버리면 직위가 강등되거나, 직장을 상실할 것이다. 무기를 잃어버리면 자기의 협조자나 방도를 상실하게 된다. 군인의 꿈에 새로운 군복으로 갈아 입고 대로를 활보하면 새로운 직책을 얻을 것이며, 직장인도 새로운 직책을 얻어 자유로워질 것이다.

◉ 군인이 상벌을 받는 꿈은

사령관이나 장교에게서 훈장을 받으면 영광된 일이 있을 것이다. 반대로 장교나 하사관에게서 기합을 받으면 현실의 직장 상사나 선생에게서 문책을 당하거나 중대한 책임이 주어진다. 현역 군인이 꿈에 장교에게 구타당하면 어떤 명령 또는 책임 부서가 주어

진다.

☯ 큰 무기로 적에게 대항하는 꿈은

꿈에 대포·탱크·비행기·군함 등을 이끌고 적과 싸우면 그는 현실에서 큰 협조자나 협조 기관을 움직여 일을 처리할 수 있다. 현재 병을 앓고 있는 사람은 자선적인 의료 기관의 혜택을 받아 그 병을 치료할 것이며, 기업가는 슬기로운 지혜와 계책이 마련될 것이다.

☯ 현역 군인이 군복을 벗은 꿈은

그 사람은 머지않아 휴가를 얻어 집에 오거나 제대할 것이다. 집에 오기로 된 군인이 꿈속에서 군복을 입고 활동하는 모습을 볼 수 있으면 그 군인은 좀처럼 집에 오기 힘들다.

☯ 장교가 정장으로 훈장을 다는 꿈은

그 사람의 명예와 지위 능력 또는 배경이 확장된다는 것을 과시하는 암시이다.

장교가 권총이나 군도를 빼들고 걸어가는 것을 보면 어떤 사람이 권리 행사를 하는 것을 볼 수 있고, 자기가 그렇게 하면 그는 자유로운 권리 행사를 협조자의 힘을 빌어 할 수 있을 것이다.

☯ 경찰관에게 연행되는 꿈은

곤경에 처해진다. 자기 손에 수갑을 채워서 끌어가면 자유의 완전 구속이므로 병에 걸리며, 현재 병을 앓고 있는 사람은 죽음을 예시하는 꿈이다. 꿈속의 어떤 사람을 포승이나 수갑을 채워 연행하는 것을 보면 그 어떤 사람이 실제 인물일 경우 그는 머지않아 죽거나 병든다.

그러나 현재 어떤 문예 작품을 쓰거나 특허를 내려는 사람의 꿈에 경찰관에게 자기가 연행되거나, 수갑을 채이거나, 포승으로 묶여가는 것은 자기 작품이 심사관에게 채택되어 어떤 판정을 받을 일이 있음을 예시한 것이다.

경찰관이 자기에게 총을 겨누어 무서워 떨면 현실에서 벅차고 고통스런 일에 직면하고 그 총에 맞거나 맞아 죽으면 자기 사업은 성취된다.

● 경찰관이 자기의 도장을 문서에 받아가는 꿈은

자기 대신 집안의 누군가 죽는다. 경찰관이 호출장이나 영장을 보내 주면 좀 오랜 시일이 경과하겠지만, 자기나 자기집안의 누군가 병들거나 구속 받을 일이 있고, 작품 당선 통지서가 오게 되며, 군대나 감옥 또는 병원에 갈 일이 생긴다. 대체로 경찰관 (정복 착용)은 군인의 동일시가 가능한데, 현역 군인의 꿈은 헌병의 동일시가 될 수 있다.

● 형사가 집안을 수색하는 꿈은

자기의 내력이나 신분 관계를 신문기자가 와서 질문할 것이다. 형사가 직접 신문하면 인터뷰를 할 일이 생긴다. 때에 따라서는 형사는 시험관이나 심사관의 동일시 일 때도 있다.

● 신문 기자가 찾아오는 꿈은

자기 비밀이 탄로날까 두려운 생각을 갖는 체험과, 실제로 자기 신원을 조사하러 오는 어떤 사람이 나타날 일이 있다. 자기집으로 찾아오면 자기 가문과 자기 신상에 변화가 생길 일이 있으며, 집이 어떤 관청의 상징이라면 자기 직책에 관계되는 어떤 심사 과정을 거칠 일이 있다. 신문기자가 자기와 인터뷰를 하면 직장 상사에게 근무 성적을 체크 당한다.

● 신문기자가 자기의 사진을 찍거나 말을 녹음해 가는 꿈은

어떤 사람에게 자유를 일시적으로 구속 받는다. 그것은 확실하게 자기 신원의 중요한 사항을 증거물로 잡혔기 때문인데, 당분간 그에게 여러 면으로 지배 받게 될 것이다.

☯ 신문기자에게 뇌물을 주는 꿈은

한때 난처했던 일이 있더라도 점차로 근심 걱정이 사라져 갈 것
이며, 그에게 음식을 먹이면 그는 오히려 자기 일에 순종해 줄 것
이다. 꿈속에서 '뇌물'이란 관념이 생기는 물품을 남에게 주면 꿈
속에서 술을 먹이는 만큼이나 상대방이 나의 의사에 따르게 된다.

● 기 타

☯ 과거의 은사가 나타나는 꿈은

자기에게 은혜를 베푸어줄 협조자가 나타난다. 그 협조자는 자기
일과 관련해서 자기 일을 잘 보살펴주고 도와줄 것인데, 그에게
꿈속에서 절하면 그 은인 또는 협조자는 자기의 소원을 충족시켜
줄 것이다. 은사가 거리나 들판길을 오고 있는 것을 보면 그 협
조자를 조만간 반드시 상봉하게 된다.

☯ 사랑 받지 못했거나 존경할 수 없었던 선생의 꿈은

손윗사람으로부터 불쾌한 일을 당한다. 비록 은사라 하더라도 그
가 꿈속에서 빙그레 웃거나 그와 책상을 마주하고 앉아 있으면
윗사람에게 책망을 듣게 되고 항의할 일이 생기게 된다.

☯ 자기 부하라고 생각되는 어느 한 사람이 적에게 총을 맞았거나
상해를 입은 꿈은

자기가 의지하고 신임하는 어떤 심복이나 손아랫사람의 과오가
두드러지게 드러나고, 남의 간계에 빠지며 자기 육신의 일부인
수족 중 팔이나 다리 하나가 병들거나 상처를 받게 된다. 드물게
는 자기의 자가용차가 고장이 날 수도 있다.

☯ 자기가 선생이 되어 많은 학생들 앞에서 가르친 꿈은

그 학생들은 청중 또는 자기의 일을 주시하는 사람들로서 자기 생각이나 사상을 그들에게 공개하게 된다. 그 학생 가운데 한 사람이 일어서서 질문하면 어떤 사람이 자기 의사에 반발할 일이 생기고, 학생들을 호령하여 단체로 움직이게 하면 자기 생각이나 정책에 여러 사람이 찬의와 순종의 뜻을 표해줄 것을 뜻한다.

☯ 여러 학생들이 일렬로 늘어선 앞을 지나가는 꿈은
어떤 심사 당국에 제출한 자기 작품이 다른 여러 사람의 작품을 물리치고 당선될 것이다. 만약 어떤 교실이나 홀에 빽빽이 있는 많은 학생이나 군중을 뚫고 전면에 나설 수 없으면 자기의 취직은 성공하지 못한다.

☯ 의사가 병이 없다고 진단하는 꿈은
자기의 직장 상사가 자기의 근무 성적이 양호하다는 평가를 내릴 것이다. 병이 있다고 진단하면 자기의 근무 성적이 불충실하거나, 어떤 과오를 범하여 상관에게 문책 당할 일을 체험하게 된다. 의사가 엑스레이를 한 번 찍어 보자고 하면 자기의 근무 성적이나 경력 등을 재검토해 보아야겠다고 직장 상사가 말할 일이 있게 된다.

☯ 의사에게 치료를 받는 꿈은
심사관·기자 등의 사람에게 자기 비밀을 털어 놓아야 할 일이 생긴다. 의사가 메스를 가하여 곪아터진 자리를 수술하면 자기 작품의 잘못된 곳이 발견되고 자기 죄상이 백일하에 드러난다. 의사가 자기의 코를 도려내겠다고 덤비면 신문 기자나 형사에게 자존심을 손상당할 일이 있기가 쉽고, 의사가 메스를 가하여 머리 부분을 수술하는데 뻐근한 감각을 느끼면 그들에게 자기의 사상이나 지식을 검토 당할 일이 생긴다.

☯ 간호사의 간호를 받는 꿈은

간호사가 자기를 들것에 담아 나르거나 부축해서 병원 또는 병실에 이르면 부하·동료 또는 어떤 사람의 협조를 얻어 새로운 근무처에 취직될 수 있다.

간호사가 자기 팔에 상처난 곳을 붕대로 감아주면 어떤 협조적인 사람이 자기 또는 자기 부하의 비밀을 보장해 준다.

☯ 목수가 집을 건축하는 것을 보는 꿈은

그는 정치인·법관·법률가·교수·저술가·예술가 등을 동일시할 수 있으므로, 그들이 자기 연구 사업을 이룩함을 볼 것이며, 꿈꾼 사람 자신이 어떤 창작 활동을 하게도 된다.

☯ 조각가나 석공이 되어 사람의 동상을 조각하는 꿈은

훌륭한 인재를 양성해 내거나 이상적이고 완전한 창작을 해서 자기 이념을 세상에 공개할 수 있을 것이다. 석공이 비석을 새기는 것을 보면 자기 소망이 성취될 것이며 자기 업적이 길이 세상에 남는다.

☯ 유명한 영화 배우와 동행하는 꿈은

장차 인기 작품·인기 직업과 관계된 일을 하게 될 것이다.

☯ 배우나 가수가 노래 불러 자기의 감정을 흔들리게 하는 꿈은

서글픈 일, 현혹당할 일, 속상한 일 등에 직면하고 자기 자신이 남의 동정을 사게 된다.

☯ 배우가 무대에서 춤을 추는 꿈은

현실에서 어떤 사람에게 공박을 받거나 불쾌한 일을 당한다. 배우가 나체 춤을 추고 있으면 그와 동일시되는 어떤 사람이 자기 신분이나 죄상을 적나라하게 드러내면서 자기에게 시비를 걸어올 일이 있고, 여러 사람이 춤추는 것을 보면 어떤 문학 작품을 읽게 된다. 좌우간 배우에게서 성적 충동을 느끼면 불쾌한 일에 직면한다.

● 목사·전도사·신부의 꿈은

목사가 설교하는 것을 들으면 선생의 강의를 듣거나 존경할만한 사람에게 꾸지람들을 일이 있게 된다. 신부 앞에서의 고해 성사는 법관 앞에서 자기의 억울한 점을 고소하거나 선악을 분별해야 할 일이 생긴다. 전도사는 외무원·외판원·선전원 등의 동일시이다. 전도사들이 집에 찾아와서 전도하는 경우는 서적 판매원이 와서 서적을 사라고 하거나 청부업자들 또는 중매자와 어떤 일을 의논할 일이 생기기도 한다.

● 중에게 시주하는 꿈은

반드시 어떤 소원이 현실에서 이루어진다. 자기집 문전에 와서 목탁이나 꽹과리를 두드리는 소리를 들으면 집안에 사회적으로 명성을 떨칠 일이 생긴다. 이 중에게 시주한 꿈을 꾸고 태기가 있으면 사회에 명성을 떨칠 훌륭한 자식을 낳는다. 태몽과 관계없는 경우 중에게 시주하는 것은 현실에서 어떤 일을 제삼자에게 부탁할 일이 있을 때 중매자를 거치거나 자기 일을 주무 당국에 검토해 주기를 바라는 행위가 있게 된다.

만약 시주를 쌀이 아닌 잡곡으로 한 사람은 잡곡밥으로 부처님께 공양하는 것이 되므로, 성의가 부족함을 나타내는 것이니 소망은 성사되지 않는다.

● 길거리에서 중이나 수녀를 보는 꿈은

어떤 고독한 사람이나 중개인을 만날 것이고, 중이 자기에게 무엇을 청해서 그 청한 물건을 줄 수 있으면 어떤 소원을 성취시킬 수 있다. 꿈에 중이나 수녀가 되면 중개업자·학생·회사원 등이 될 수 있다. 사찰·법당·수녀원·마리아상 앞에 앉아 기구하면 자기의 불안이나 고통·외로움 등에 관해서 어떤 훌륭한 지도자의 가르침을 받게 된다. 또한 자기가 학업에 충실할 수 있음을 암시하기도 한다. 알지 못하는 남이 그렇게 하는 것을 보는 것은 그가 자기를 대신하고 있다고 해석해도 상관 없다. 또한 전연 다른 사람에 관한 일일 수도 있다.

☯ 감옥에 들어가 형벌을 받는 꿈은

옛사람들의 체험에 의하면 감옥에 들어가 형벌을 받거나 옥중에서 죽고 매를 맞으며 사형 선고를 받는 등의 꿈은 영화롭고 부귀하며 의식주가 생기고 크게 운세가 열린다고 해석했다. 이러한 상징 해석의 요령은 정당한 것이기는 하나 그것은 반대 해석을 했기 때문이 아니다. 감옥은 어떤 관청이나 기관의 상징이고, 죄수인 자기는 자기가 아니라, 자기가 성취시키려는 일거리·작품 등의 상징이기 때문이다. 그 일거리가 당국에 의해서 심사되고 검토되며 어떤 판정을 받고 소문날 일이 있게 될 것을 상징하는 까닭이다.

☯ 자기가 죄수복을 입은 꿈은

병원에 입원하여 환자복을 입을 일이 있고, 자기 작품이 심사 대상이 될 수가 있다. 어떤 사람이 감옥에 들어가고 옥문이 굳게 닫혀지는 것을 보면 그 사람이 장기간 병 치료를 받거나 죽음이 임박해 있기도 하다.

감옥에서 죄수복을 벗어 버리고 옥문을 나오면 과거를 청산하고 새로운 출발을 할 일과 관계된 꿈이다.

☯ 어떤 사람이 물이 가득한 넓은 논을 쟁기나 가래로 반쯤 갈아놓은 것을 보는 꿈은

어떤 사람이 어떤 문학 작품을 반만큼 수정한 것을 볼 수 있을 것이다. 일반인의 꿈은 자기 사업이 반쯤 추진됨을 뜻한다.

☯ 농부가 논밭의 김을 매고 있는 꿈은

자기 작품이나 사업에 불필요한 것을 제거하는 행동이다. 곡식을

걷어 들이는 것은 일의 성취가 가까워졌음을 암시한다. 여러 사람이 협력하여 가래질하고 있으면 여러 사람이 어떤 개척 사업을 협동해서 할 수 있을 것이다.

여러 사람이 논에 모를 내고 있으면 초보적인 사업을 이단계로 추진시킬 수 있다. 모내기하는 일꾼 10명이 집에 왔다면 자기 사업을 10여 명의 협조자가 도와줄 것이다.

농부가 밭에 퇴비를 주면 어떤 사업 자금을 투자하는 것이고, 금비를 주면 정신적인 투자, 즉 어떤 일에 관한 연구를 시작할 수 있다.

☯ 어부가 바다에 그물을 던져 고기를 잡는 꿈은

바다는 무진장하게 많은 고기를 양육하고 있으므로 국가나 사회적인 재원의 출처를 상징한다. 그 곳에 그물을 던져 한꺼번에 많은 고기를 잡아내는 것은 사업가가 어떤 자본을 투자하여 이득을 올릴 수 있다는 것을 암시한다.

☯ 낚시를 던져 고기를 하나하나 잡아 올리는 꿈은

계교로써 재물을 획득하는 수단이다.

물고기 떼는 적군의 무리를 상징하기도 하는데, 낚시질해서 잡아내는 것은 수색 작전으로 적군을 섬멸하는 것과 맞먹는다. 어부가 많은 낚시를 던져 고기를 낚는 것은 군사 작전을 지휘하는 작전관의 동일시이다.

☯ 공부가 괭이로 광석을 파는 꿈은

광석은 땅속에서 채굴해낸 유용한 물건인 까닭에 재물을 얻거나 재물과 맞먹는 정신적 자원을 개발하는 행위를 상징하는 것이다. 연장, 즉 괭이나 기계 등을 이용하여 캐내는 것은 어떤 협조자와 더불어 사업을 하거나 과학의 힘을 빌어 일을 성취 또는 창조하는 행위이다. 이것은 문필가가 어떤 창작 활동을 하는 것을 암시할 수도 있다. 금이나 다이아몬드가 채굴되면 그는 참으로 새롭게 훌륭한 창작물(사업)을 개발할 수 있을 것이다.

◑ 차에 운전사나 사람이 없는 꿈은
사람이 타지 않은 차에 홀로 타고 어디론지 가고 있으면 현실에서 자기의 직장이나 일이 불안하고 일신이 곤고해진다. 더욱이 검은 색깔의 차가 문간에 와 있는데 운전사는 물론 사람의 그림자조차 얼씬거리지 않는 것을 보면 집안에 초상이 난다. 만약 검은 색의 자동차라도 운전사가 타고 있으면 오히려 좋은 협조 기관이나 협조자가 나타남을 뜻한다.

◑ 자기가 뱃사공이 되어 사람을 태우고 노를 저어 항해하거나, 선장이나 기관사가 되어 기선을 타고 가는 꿈은
중책을 지고 가정이나 기관 또는 어떤 단체를 이끌어 나갈 사람이 된다.

◑ 안내원이 밀폐된 방으로 안내하는 꿈은
가령 어떤 안내자의 뒤를 따라 새로 지은 밀폐된 집이나 방으로 들어가서 그 안내원이 사라지고 자기는 나오지 못한 채 꿈이 깼었다면 현실에서 누구의 모함에 빠지거나 구속당하든지 죽음이 임박해 있음을 체험할 것이다.

◑ 거지가 자기에게 구걸할 때 동냥(먹을 것이나 돈)을 주는 꿈은
어떤 근심·걱정이 사라진다. 반대로 거지에게 돈을 줄 수 없으면 어떤 근심·걱정이나 병마에 시달리게 된다. 거지가 자기 시야에서 사라지는 것을 확인하면 동냥을 주는 것만큼 근심·걱정이 해소된다.

◑ 아는 사람이 거지옷을 입고 있은 것을 보는 꿈은
그 사람이 실제 인물일 때, 그는 현실에서 머지않아 신분이 몰락되거나 고립무원의 불행에 닥쳐 있음을 보게 될 것이다.

◉ 자기가 남앞에 거지꼴로 나타나는 꿈은

자기가 꿈속에서 거지꼴로 남의 앞에 나섰다면 현실에서 남의 동
정을 살 일이 있거나 자기 신분이 몰락할 것이다. 자기의 협조자
나 일가 친척으로부터 고립되고 때로는 자기의 정든 집을 팔아야
할 경우도 생긴다.

자기가 남에게 구걸하면 상대방에게 청탁할 일이 생기고, 상대방에
게서 돈 몇 푼을 얻으면 그 청탁한 일은 근심·걱정으로 화한다.

◉ 어떤 거지와 같이 동행하는 꿈은

외로운 사람과 협력하거나 어떤 일거리를 진행시킬 일이 생긴다.
연인이 갑자기 거지로 변하여 실제 인물로 해석될 때, 그는 자기
처지가 외롭고 의지할 곳이 없음을 하소연할 것이다. 거지가 일
거리의 상징이라면 그 일은 무난히 성취된다.

◉ 홍등가에서 창녀를 따라가는 꿈은

주당들이 한자리에 모여 술을 마시는 것을 묘사하는 것이다. 만
약 자기를 따라오는 창녀를 넘어뜨려 그 몸에서 피가 나는 것을
보면 훗날 상대방에게 공술을 얻어먹거나 자기 주장이 관철될 것
이다.

◉ 악한에게 쫓기는 꿈은

사람들은 꿈속에서 흔히 악한이나 괴한이 겁나서 도망치거나 숨
어 버리기를 잘한다. 때로는 심한 공포감에 잠꼬대를 하던가 잠을
깨게도 되는데, 이런 꿈을 꾸면 현실에서 자기가 계획하는 일이나
모처럼 좋은 기회를 만났어도 그 사건을 처리할 수 없게 되고 실
패·자책감·미련 등을 체험하게 된다. 악한을 만나 도망치는 처
녀의 꿈은 어떤 남자가 자기에게 호의를 보여주기를 바라지만, 그
뜻을 이룰 수 없어 실망에 빠지는 것으로 적중되기도 한다.

◉ 악한을 처치하는 꿈은

꿈속의 악한 또는 괴한이 무기를 들고 자기를 해치려 하거나 못 살게 굴고 두려움을 가져다 주는 것을 멋지게 죽여 버리는 꿈은 현실에서 가장 급하고 벅차며 곤란한 문제가 해결되거나 일이 성취됨을 암시한다. 꿈속에서 공포감을 주는 괴한은 자기 일에 비판을 가하려는 사람을 상징할 수 있는데, 그를 죽이거나 무기를 뺏고 포로로 만들 수 있으면 자기 일에 악평을 가할 사람은 없어지게 된다. 그리고 당당히 자기 주장을 관철할 수 있다.

◑ 괴한에게 살려달라고 애걸하는 꿈은

괴한이 총을 겨누고 자기를 죽이려고 한다, 칼을 들어 내리치려 한다, 천길 낭떠러지에 떠밀려고 한다, 그리하여 괴한에게 살려달라고 애걸하거나 어떤 사람이 와서 구해주기를 바라고 날 살려달라고 소리쳤다면 현실에서 자기의 하는 일이 진퇴양난에 빠지고 중절되며, 명마에 걸려 신음하거나 자동차 사고 등을 당한다. 그래서 때로는 친지에게 구원을 요청하고 소문이 나기도 한다.

◑ 도둑과 관련된 꿈은

도적이 무기를 들고 방안에 들어와 돈을 내라고 협박하므로 그를 쳐다보며 와들와들 떨었다면 현실에서 자기에게 반대 의사를 가진 사람이 나타나거나 벅차고 고통스런 일이 생겨 불안과 고통을 체험하고, 병에 걸리게도 된다. 이 때 도둑에게 돈을 주어 돌려보내면 근심 걱정이 사라질 것이고, 귀중한 물건을 가지고 도망치면 자기의 소중한 것을 잃어 버린다. 만약 도둑을 죽일 수 있으면 크게 성공할 일이 있고, 도둑을 포박해 놓으면 어떤 일거리를 책임지게 된다

◑ 미친 사람의 꿈은

꿈속의 미친 사람은 현실에서 정신적 충격을 받은 사람, 정신적 감화를 받은 사람, 믿을 수 없는 사람 등의 동일시이며, 병마·

재난(화재·가스 중독 등)·사상적으로 감명을 주는 일거리(책·논문 같은 것)의 상징이다.

◉ 장례 행렬에서 무수한 만장을 들고 행진하는 것을 보는 꿈은
자기의 명성을 떨치게 된다. 그 상여 뒤를 따르는 행렬이 길면 길수록 그의 공적을 기리는 사람이 많음을 뜻한다.

14. 집과 건물, 관공서에 관한 꿈

● 집(자기집과 남의 집)

◉ 집짓는 것을 보는 꿈은
집터를 닦으면 사업 판도나 세력권을 형성할 일이 있고, 집을 그 자리에 건축하면 정신적 사업이나 물질적인 사업을 시작하게 된다. 남이 집을 짓는 것을 보면 자기가 관심을 갖는 일 또는 자기 일이 성취될 것이다.

◉ 자기집을 이사 또는 새로 지으려고 허무는 꿈은
계획하는 일이나 사업·소망을 갱신할 일이 있고, 어떤 기관에 청탁한 일을 취소하거나 거처를 옮길 일이 생긴다.
남(자기와 친밀한 사람들)이 와서 자기집을 허무는 것을 보면, 자기의 변경될 일을 도와줄 것이지만 그렇지 않은 사람들일 때는 자기 사업을 망쳐 놓을 것이다.

◉ 집이 저절로 허물어지거나 비·바람·눈·폭력 등의 압력을 받아서 허물어지는 꿈은

사회적인 세력에 의해서 사업이나 신체상의 변고를 가져온다. 이
때에 집이 완전히 무너져 버리면 새로운 사업, 새로운 신분, 새
로운 직장, 새로운 일을 하게 될 것이며 병이 완쾌되는 등, 대길
한 꿈이지만, 집의 일부가 부서지면 사업·신분·명예 등이 몰
락하고 병이 들게 된다.

☯ 집을 새로 짓거나 사서 이사한 직후의 꿈에 그 집이 폭삭 무너
진 것을 보는 꿈은
크게 행운이 찾아오고, 일부가 무너진 것을 보면 불길한 징조이
다. 그 집을 이사하거나 집이 완성돼 있지 않으면 실제로 또 이
사하게 되거나 사업이 번창한다.

☯ 이사를 간다고 짐을 밖으로 내놓거나 트럭 또는 달구지에 싣는 꿈은
새로운 환경을 조성하려고 준비하거나 어떤 곳에 부탁했던 일을
딴 곳으로 옮길 일이 생기고, 사업을 전환할 일이 있게도 된다.
새집으로 가서 이삿짐을 들여 놓고 있으면 불원간 사업이 융성하
고 청탁한 일은 조만간 이루어진다. 다만 새집으로 이사가야겠다
고 계획하거나 새로운 직장, 새로운 배우자를 얻으려고 할 것이
다. 이삿짐이 많으면 사업 밑천이 많을 것이고, 이삿짐이 몇 개
의 보따리 정도라면 근심 걱정이 계속된다.

☯ 무엇이든 자기집으로 물건을 들여오는 꿈은
재물·사업 밑천·사건 등을 끌어 들인다는 뜻이고, 물건을 집
밖으로 내가는 것은 재물의 손실, 사업의 위탁, 근심 걱정의 해
소 등과 관계해서 꾸어진다. 소나 트럭 등에 재물의 상징이 되는
물질을 실어오면 재산이 증가될 것이다.

☯ 집을 사고 파는 꿈은
집을 사면 사업 기반·직장·배우자를 얻을 일이 생기고, 집을
팔면 자기가 의지할 곳을 잃는 것이니, 사업·신분·직장·배우

자 등을 상실하게 되거나 새것으로 바꾸게 된다.

◐ 집을 증축하거나 수리하는 꿈은

집을 증축하는 꿈은 사업을 확장하는 일이다. 본체에 새로 이어 지은 건물을 보면 본래 있던 사업에 또 하나의 사업을 확대시킬 일이 있음을 보게 되고, 이사하기 전에 있었던 꿈이면 마련한 집 값에 상당한 액수를 덧붙여서 그 집을 구하게 된다. 집을 이층으로 올리거나 집 외곽에 벽을 쌓고 고층 건물을 짓는 꿈은 모두 이중성을 띤 사업체의 확대를 의미한다. 집을 수리하는 것은 기존 사업을 더욱 완벽하게 하거나 투자한 사업, 청탁한 일에 자본을 더 투자하거나 일이 잘 되도록 어떤 수단과 방편을 강구하게 된다.

◐ 자기집에 어떤 잔치가 있거나 제사 또는 일을 하기 때문에 사람들이 많이 모이는 꿈은

자기 사업・과제・시비거리 등이 여러 사람과 관계해서 이루어짐을 암시하고 있다. 아무런 이유도 없이 안팎에 사람이 웅성거림을 보면 집에 초상이 나거나 그 밖의 어떤 큰일이 생겨 여러 사람이 관여할 일이 생긴다.

때로는 자기 일과 관계되는 어떤 기관에서 물의를 일으키기도 한다.

● 건물의 구조물(방・부엌 등)

◐ 안방과 건넌방의 꿈은

안방은 웃어른이나 호주가 거처하는 방으로 이 방에서 일어나는 일은 집안・관청 내부・기관의 중심부서의 장소적 의의와 연결된다. 안방이나 자기 방에서 있었던 일은 자기 사업장이나 직장

또는 자기 일과 관계되는 어떤 기관의 한 부서가 될 수 있다.

◉ 새로운 집의 여러 방문을 열어보는 꿈은

새색시 또는 처음 만나는 여자의 이모저모를 살펴볼 일이 있고 어떤 기관의 여러 부서에 볼일이 생긴다. 문장의 문맥의 연결성이나 대화의 다양성을 나타낸 것일 수도 있다.

◉ 응접실

응접실은 외교·의무·외근 관계 직책·직권·사무실 등의 바뀌놓기이다. 손님이 자기집 응접실에 와서 기다리고 있으면 상당한 시일이 경과한 다음, 실제 그 사람 또는 그와 동일시되는 어떤 사람과 상의할 일이 생긴다.

◉ 침 실

침실은 현실에서 바로 자기의 사업장이다. 연애·결혼 생활·사업·병원·입원실·교실·시험장, 기타 자기 방이라는 관념과 더불어 상징 표현이 가능하다. 남녀간의 이성을 대할 경우에 연결성을 가지고 표현되기도 한다.

◉ 골 방

병원·입원실·첩·식모·일꾼 등의 상징 부위이고, 남의 집 골방에서 잠을 자는 것은 어떤 기관의 한 부속 기관에 위탁한 일이 환경적 여건이나 어떤 사정에 의해서 오랫동안 지체될 것을 암시한다.

◉ 긴 방과 넓은 방

방이 길거나 넓으면 자기 사업장은 넓고 위탁한 기관의 세력이 강대하며, 오래도록 지속할 일이거나 신문·잡지에 자기 작품(사업)이 큰 지면을 차지해서 세상에 발표될 (광고할)일이 생긴다. 방이 옹색하면 자기의 사업(또는 생업)은 마음껏 펼 수 없다는 암시이다.

◐ 윗목과 아랫목

아랫목에 손님을 모시면 손윗사람을 잘 모시고 보호할 일이 생기며 존경하게 된다. 방안에서 세간 집물을 윗목에서 아랫목으로 옮기면 같은 사업장 또는 기관에서 좀더 고위층으로 어떤 사건 처리를 옮길 일이 생긴다.

◐ 마루와 툇마루

큰 저택의 대청마루에 오르면 국가 관리가 되고, 알지 못하는 집 마루에 오르면 신분이 고귀해진다. 또한 자기 사업의 후원자가 나서기도 한다. 태몽에서 마루에 오르는 것은 신분이 고귀해지고 권세를 갖는 사람이 된다.

◐ 기다리는 사람이 부엌에 와 서 있는 꿈은

가까운 시일 안에 그 사람이 집에 온다.

현실의 계획하는 일거리를 부엌으로 옮겨 놓으면 가까운 장래에 처리될 것이다. 물·연료·기타 음식 재료를 가져다 놓으면 돈과 재물이 생긴다.

◐ 아궁이에 불을 때는 꿈은

사업의 성취 여부를 가름하게 될 일이 있다. 불이 활활 잘 붙으면 그 사업은 융성할 거이고, 불이 붙지 않으면 사업은 시초부터 곤경에 처해진다. 아궁이와 관계된 태몽으로 출생한 사람은 청년기부터 성공한다.

◐ 변소에 들어가는 꿈은

꿈에 대소변을 눌 수 있으면 현실에서 어떤 소원이 충족된다. 대소변을 누지 못하고 나오면 소원을 충족시키지 못할 일이 생긴다. 이 때의 변소는 어떤 기관의 자기 일과 관계되는 한 사무 부서이거나 사업장의 바꿔놓기이다. 변소에 사람이 숨으면 부정을 저지르려는 사람이 나타난다.

☯ 식당에서 음식을 먹고 그 옆에 변소로 들어 가는 꿈은
매춘부와 상관하러 가는 것이다.
그 변소문이 열려 있으면 어떤 음탕한 여자를 만날 수 있을 것
이다. 남녀가 같이 변소로 들어가는 것을 보면 어떤 사람이 간통
을 하거나 남의 이익을 가로채려는 음모를 꾸민다.

☯ 화장실(변소)에서 손과 얼굴을 씻거나 여자가 화장을 고치는 따
위의 꿈은
어떤 소원이 충족될 일이 있거나 근심 걱정이 사라지고 신분이
새로워진다. 이런 일이 변을 본 다음에 있었던 일이면 더욱 좋다.
자기가 연극 배우가 되어 화장실에 들어가 좋은 의상으로 갈아입
는 꿈은 신분이 고귀해지고 남에게 명예를 과시할 일이 생긴다.

☯ 변소에 자기 몸이 몽땅 빠져 허우적거리는 꿈은
신분·명예 등이 몰락하고 남의 간계에 빠지며, 병이 생기기도
한다. 한 쪽 발이 빠지면 자손에게 해로운 일이 생기고, 귀중품
을 빠뜨리면 명예·재물·일거리 등을 잃는다.
변소가 아닌 야외에 있는 비료받이에 몸이 빠졌는데 옷에 분뇨가
묻은 것을 모르고 또 더러운 줄도 몰랐다면 막대한 재물을 소유
할 일이 생긴다. 그것을 손으로 주물러도 좋다.

☯ 기타 변소에 관한 꿈은
뒤가 마려워 변소를 찾으나 마땅한 곳이 없어 이집저집 찾아 다
녔다면 현실에서 자기의 소원을 성취시킬 어떤 사업장을 물색하
나 그런 곳이 발견되지 않는다.
변을 야외에서 누고 있는데 사람이 있어 못다 배설한 변을 변소
에서 누었다면 부적당한 곳에 자기 사상을 심어 놓으려 하나 방
해에 부딪쳐 본격적인 사업장이나 어떤 집, 기관 등에서 못다한
소원을 충족시킬 일이 있게 된다. 변소를 다시 지어야겠다고 생

각하면 사업장을 새로 마련하거나 물색할 일이 생길 것이고, 변소가 허물어지면 사업체가 기울어진다.

변소에 들어갔더니 사방에 변이 넘쳐 대소변을 누지 못하거나 찾아간 변소에 남이 먼저 들어가 나오지 않아 다급하면 소원 충족이 불가능해지고 사정이 다급해진다.

☯ 목욕을 하려고 생각하는 꿈은

목욕을 하려고 생각하는 것은 어떤 소원을 성취시키려고 계획하는 일이다. 자기집 욕실을 사용하는 것은 자기 사업이나 소원과 관계 있는 어떤 기관과 관계된다.

공동 목욕탕을 사용하는 것은 사회적인 일, 공동적인 일, 여러 사람과의 경쟁 또는 주시하는 가운데서 생겨질 일을 상징하고 있다.

☯ 탕 안에 들어가는 꿈은

처음에 욕실문을 열고 들어가는 것은 어떤 소원을 충족시키려는 행동이다. 어떤 사업장이나 기관에 부탁할 일이 있거나 이성과 교제할 일, 근심 걱정을 해소시킬 일이나 개과천선하고 신분이 새로워지려는 어떤 행동에 옮길 일이 있다. 탕물에 몸을 담그거나 씻으면 그런 경향의 각각의 일이 성취된다.

☯ 탕 안의 물이 깨끗하고 넘칠 정도로 많아 즐거운 기분이 생기는 꿈은

자기 사업이나 소원의 경향에 흡족할 만한 정신적 또는 물질적인 자원이 풍족하게 생기고, 아무런 근심 걱정이 따르지 않은 채 소원을 성취시킬 수 있다. 이와는 반대로 물이 더럽거나 점점 말라들어 목욕을 할 수 없으면 사업이나 소원을 성취시키기가 불가능한 환경적 여건이 조성된다.

☯ 상쾌한 기분을 위해서 물이나 탕 안의 물을 떠서 끼얹는 꿈은

현실에서 어떤 소원을 충족시키기 위해 신앙 생활에 몰두하거나

재물을 들여 자기 일 또는 사업을 추진케 된다. 만약 이 때 몸에서 땟물이 흐르는 것을 보면 근심 걱정이 사라지고 신분이 새로워질 것이다.

◐ 샤워를 하는 꿈은

어떤 관청이나 기업체에서 정신적 또는 물질적인 혜택을 받아 어떤 소원을 충족시킬 일이 있게 된다. 이 때에 물을 뽑으려고 핸들을 돌려도 물이 나오지 않으면 어떤 소원이든 충족시킬 수 없게 된다.

◐ 수없이 많은 돌계단을 오르는 꿈은

자기 사업과 관계가 있다. 그 계단을 완전히 정상까지 오른 사람은 사업에 성공할 것이다. 그 계단 하층부를 오르다 잠이 깬 사람은 사업의 시초를 암시하고 있으며, 중간쯤에 있는 사람은 사업 중반기에 접어든 사람이다. 따라서, 자기가 걸어 올라간 계단 수는 자기가 쌓아올린 업적과 이력이다.

◐ 계단에서 내려오는 꿈은

일의 중반에서부터 종반까지의 역정(歷程)을 암시하거나 일의 진행 과정의 하강 상태 또는 일의 편법 등을 상징한다. 따라서, 상부와 하부층 기관과의 일과 관계된다. 태몽의 경우는 인생의 후반기를 상징하는 것이다.

◐ 사다리를 놓고 고층 건물의 창문을 들어가는 꿈은

어떤 협조자나 협조 기관 또는 편리한 방법이 생겨나서 그것에 의지하여 신분이 새로워지고 소원이 충족될 것이다. 지붕 위에 오를 수 있으면 벼슬이 높아지며, 내려오려고 하는데 그 사다리를 누가 치워 버려 내려올 수 없으면 어려운 경우에 처해진다.

◐ 계단을 오르기가 몹시 힘들거나 기어서 오르는 꿈은

상부에 청탁할 일이나 진급 등이 매우 힘들고 어렵다. 그러나,

그 기어오르는 것을 단념하고 공중을 날아 오른 사람은 좋은 방도와 운세가 닥쳐와서 그 소원을 조금도 고생하지 않고 빠르게 성취시킬 수 있다.

◉ 지하실에 관한 꿈은
지하실을 들여다보면 어떤 사람의 이면상을 탐지하거나 그 사업에 관심을 가지거나 학문 연구에 임하는 행동이고, 지하실에 들어가 무엇을 보고 행동하면 세상에 숨겨진 사업에 종사하거나 학문 연구·사업 등에 본격적으로 착수할 일이 있게 된다. 지하실에 들어갔다가 불이 없고 몹시 캄캄해서 여기저기 헤매다 깨는 경우는 어떤 밝혀야 할 일이 미궁에 빠져 몹시 고통을 받고 애태울 일이 생기며, 범죄인으로 몰려 고통 받을 일이 있게도 된다. 지하실이 환히 밝아 있으면 무엇인가 해명할 일이 있고, 지하실에 많은 물건이 쌓여 있음을 보면 사업 자금이 크게 마련된다. 지하실에 물이 가득 차면 막대한 재물이 생기고, 지하실이 얼어 붙으면 자금이 동결된다.

◉ 지하도를 차를 타고 달리거나 도보로 걷는 꿈은
세상에 공개하기를 꺼리는 비밀스런 일을 하거나 지하 운동 또는 학문 연구나 사건 탐색 등과 관계해서 꾸어진다.

◉ 현관에 관한 꿈은
주택 또는 큰 건물의 현관은 취직의 관문이고 사업 청탁의 접수부를 상징한다. 어떤 관청의 현관 앞에 섰으면 그 관청에 청탁할 일이 있고, 현관 안에 들어서면 벌써 그 기관이나 단체의 일원이 된다. 현관 안으로 물건이나 동물을 들여 놓으면 재물이 생기고, 현관 밖으로 내어가면 일의 시작·손실·이전 등의 일과 관계해 있다.

◉ 벽이 막히는 꿈은

꿈속에서 어떤 방엘 들어갔더니 문이 닫혀지며 4면이 벽으로 둘러쳐져 나갈 구멍조차 없다. 그래서 탈출구를 찾으러 애쓰다 잠이 깨었다면 현실에서 어떤 절망 상태를 체험하게 되고 외세의 압력이 박두해 온다. 길을 가다가 암벽이나 장벽에 부딪혀 전진을 못하면 방해적인 세력에 부딪쳐 절망 상태에 빠진다. 우리는 평상시 일을 더 추진시킬 길이 막혔을 때 '벽에 부딪쳤다'고 비유해서 말한다.

◉ 집의 기둥과 지붕은 완전한데, 벽이 없는 창고·정자 등에 들어가거나 바라보는 꿈은

자기 사업이나 업적이 사통오달로 막히는 데가 없음을 뜻한다.

◉ 정원 또는 마당 둘레를 쌓은 담벽이 무너져 밖이 크게 내다보이는 꿈은

머지않아 사업이 융성하고 운세가 대길해진다. 도둑이 와서 담을 뚫었다고 생각하면 자기 사업이나 연구에 협조할 사람이 나타날 것이고, 차에 부딪쳐 담이 무너지면 어떤 유력자가 나서서 자기 사업에 활로를 마련해 준다.

◉ 담 위에 올라 이웃 집 내부를 바라보거나 외계를 전망하는 꿈은

남의 세력권을 자기 권세하에 둘 일이 있거나 남의 일에 간섭하고 검토할 일이 있게 된다. 남이 자기집 담 위에서 내려다보면 어떤 사람이 사생활을 간섭하거나 자기 신상 문제를 알려고 하거나 청원·청혼 등을 해 올 일이 있게 된다.

◉ 어떤 집 정원 안에 있는 과일 나무에 손을 뻗어 그 나무의 과일을 따거나 꽃을 꺾는 꿈은

어떤 관청(또는 일반 직장)의 외근을 하게 된다. 담장 안에서 주인이 과일을 따주는 것을 받으면 어떤 관청이나 회사의 경영자가 자기를 그 기관에 채용해 준다. 그러나, 담장이 가로 막혀 있으

므로 어떤 방해와 상당한 시일이 경과해야 소원을 충족시킬 수 있다.

◉ 자기집 울타리에 꽃이 만발한 것을 보는 꿈은
자기의 정신적 또는 물질적인 사업이 어떤 협조 기관을 통해서 크게 성취되고 명예로워질 것이다. 남의 집 울타리에 꽃이 만발한 가운데서 꽃가지를 꺾어오면 아기를 임신하거나 혼담이 꽃 필 것이다.

◉ 넓은 목장에 나무로 울타리를 하고 그 안에 수많은 가축을 키우는 꿈은
자기의 세력 판도내에 어떤 재산을 증가시키거나 인재를 양성하는 것이다. 그 가축들이 울타리 밖으로 나오면 재산상의 변동이 생기거나 대외적인 사업에 돌입함을 뜻한다. 많은 소·말·돼지·닭·양들을 울타리 안으로 몰아 넣으면 자기 사업과 재물은 크게 융성할 것이며, 많은 인적 자원을 확보하게 된다.

◉ 울타리 밑으로 뱀이 들어오는 것을 보고 임신하는 꿈은
그 자녀는 관청의 관리가 될 것이고, 들어왔던 뱀이 그 울타리를 통하여 나가 버리면 그 아이는 장차 장성해서 관리 생활 중도에 요절하고 만다.

◉ 축대에 관한 꿈은
축대를 쌓는 것을 보면 현실에서 건설적인 사업 즉 정당 및 사회 단체를 조직하거나 영리적인 사업 기반을 구축할 일이 있고, 쌓여진 축대가 무너지면 사업의 와해를 뜻한다.
그러나 축대가 완전히 무너지면 새로운 사업이 시작된다.

◉ 천장이 무너지는 꿈은
부모나 기타 윗사람이 죽게 되고, 천장을 허물고 방안에 들어온 동물이 어지럽게 방안을 헤매는 꿈을 꾸고 임신하면 그 태어난

아기는 영리하기는 하겠지만 요절한다. 천장이 무너진 구멍으로 새가 날아가면 인명이 재해로 희생될 것이다. 천장이 완전이 무너져 볕을 볼 수 있으면 부진한 일이 크게 성취된다.

◑ 천장에 그려진 그림의 꿈은

어떤 집 방 천장에 청룡 황룡이 얽혀져 나는 그림을 보았다면 현실에서 평소 자기가 존경하는 사람이 출세하거나 큰 업적을 남기는 것을 보게 된다.

천장에 연화무늬가 아로새겨져 있으면 행운이 다가온다. 천장이 낡아 도표를 확인할 수 없으면 윗사람의 가르침을 명심할 수 없고, 자기가 그린 도표가 천장에 붙으면 크게 소원을 성취시킬 수 있다.

◑ 나무가 천장을 뚫고 자라는 꿈은

화분에 심은 나무 또는 그대로 방바닥에 뿌리를 뻗은 나무가 천장을 뚫고 하늘을 향하여 치솟는 것을 태몽으로 잉태된 사람은 장성해서 큰 기관에 우두머리가 되거나 큰 사업체를 가지게 된다. 일반적인 꿈에서는 자기 사업이 크게 융성함을 뜻한다. 미혼녀라면 관리와 결혼하게 된다.

◑ 천장에 불이 붙어 번지며 천장과 밑바닥이 활활 타는 것을 보는 꿈은

이중으로 벌인 사업이 모두 크게 성취된다.

◑ 지붕에 사람이나 동물이 오르는 꿈은

자기가 지붕에 오르는 것은 옥상에 오르는 이치와 같아 신분이 고귀해지지만, 남이 새옷을 입고 지붕에 오른 것을 보면 그 사람이 직장을 은퇴하거나 죽는 일이 생기기도 한다.

지붕에 사람들이 빽빽이 서 있으면 집안 또는 어떤 기관에 어려운 일이 생긴다. 호랑이·고양이 등이 올라가 내려다보면 어떤

권력가가 자기 신상에 해를 끼치고 억압을 가할 일이 생긴다.

닭이 지붕마루에 올라 크게 울면 고관이 되고, 큰 구렁이가 지붕마루에 오른 것을 보고 잉태하면 어떤 기업의 경영자가 될 아기를 낳을 것이다.

◉ 지붕에 나무나 풀이 나는 꿈은

지붕에 소나무·대나무·꽃나무 등, 나무가 나는 꿈을 꾸고 임신하면 기관의 우두머리가 될 아기를 낳는다.

사업가의 꿈이라면 사업이 융성하고 세상에 과시할 만한 업적을 남긴다. 왜냐하면 지붕은 기관의 고위층이고, 나무는 어떤 인물이나 업적을 상징할 수 있기 때문이다.

◉ 초가지붕과 기와지붕의 꿈

초가 지붕은 시골 풍경에 어울리게 표현되기도 하지만 오래된 사업체, 고전적인 일거리, 사업의 흥망 성쇠와 관계해서 꾸어진다. 지붕에 기와나 이엉을 잇는 것을 보면 사업의 마지막 손질을 할 일이 있고, 기와나 이엉을 벗겨내면 사업체의 명칭을 고치거나 사업의 일부가 갱신될 것이다.

기와지붕이 청색·홍색·흑색 등으로 섞여 이어져 있는 것은 사업체나 기관의 특성을 분별하기 위함이고, 기와를 다시 잇거나 보충 수리를 하면 사업을 완벽하게 보완할 일이 있다.

◉ 지붕이 무너지고 파괴되는 꿈은

신분의 몰락이나 사업의 쇠퇴 및 단체 또는 조직의 와해를 가져온다.

◉ 추녀에 관한 꿈은

추녀는 인체의 일부의 상징으로서 낙숫물이 떨어지는 것을 여성의 경도 주기를 바꿔 놓을 수 있다. 추녀 밑에 들어가 비를 피하면 어떤 기관 또는 세력가에 의지해서 사업 경영을 하게 된다.

추녀 끝이 이웃 집 담을 덮거나 남의 집 지경까지 그늘지게 하면 세력의 팽창을 가져온다.

☯ **굴뚝에서 연기가 잘 나가는 꿈은**

세상에 크게 소문낼 일이 있고, 질식된 관념의 분비 즉 어떤 사업으로 소원 충족을 가져온다.

☯ **방문을 여는 꿈은**

닫혀진 방문을 열고 안을 들여다보면 어떤 일의 연구, 사건 진상의 규명, 상대방이나 당국에 청원할 일 등이 있게 된다.

문을 열고 방안에 들어가면 본격적으로 일에 관여(또는 착수)하게 된다. 남이 방문을 열고 들여다보면 자기에게 청원·방문·거래 등을 할 일이 있게 된다.

현실에서 기다리는 사람이 문을 열고 문밖에서 들여다 보면 약간 시일이 경과한 다음에 올 것이고, 그가 방안에 들어와 있으면 곧 집에 오게 된다.

☯ **방문을 닫는 꿈은**

찾아갔던 어떤 집 방문을 닫고 밖으로 나오면 현실에서 어떤 집, 어떤 기관에서의 일은 그것으로 끝난다. 아무도 없는 방에 방문을 닫고 들어가 있으면 외부 세계와 단절된 상태나 질병·고립·중지·정체·죽음 등을 뜻한다.

태몽에서 방안에 있는 동물을 문을 열고 보았다가 닫으면 그 아이와 이별할 운명에 놓이거나 그 아이가 장차 어떤 사업에서 손을 뗄 시기를 암시한 것이다. 방문을 다시 열고 들여다보면 그 아이가 장성해서 다시 만날 것이며, 사업은 다시 시작된다.

☯ **대문을 들고 나는 꿈은**

대문은 가문·등용문(합격)·진리 탐구의 관문 등, 여러 가지 상징 의의가 있으므로 대문 안으로 들어가거나 들어오면 현실에서 그 가문·집·기관·관청·학교 등에 들어가게 되고 채용되며 사건에 관여하게 된다. 대문 밖으로 나가면 대외적인 일에 관여하지 않으면 퇴장·퇴직·작별·이수·절연 등, 여러 가지 상징적인 일을 체험한다.

호랑이를 타고 대궐문을 들어가면 위대한 협조자를 만나 정부 기관에 큰 벼슬을 하게 된다. 처녀가 자기집 대문을 나서 산을 향하여 가거나 무덤을 향하여 걸어가고 있으면 결혼하거나 취직하게 된다.

☯ 문이 크고 높은 꿈은

교문이나 저택·대궐문 등 육중하고 높은 문은 크면 클수록 현실에서 관계하는 기관이 크고 고급이다. 그것을 통과하면 운세가 대길하고, 높은 기관(회사)에 취직을 하거나 학문을 닦게 된다.

☯ 문이 저절로 열리는 꿈은

자기가 들어가려는 문이 저절로 열리는 것은 현실에서 자기가 애써 노력하지 않더라도 당국에서 잘 협조해주어 일이 무난히 성취됨을 암시한다. 반대로 저절로 닫혀지는 것은 자기의 의사를 무시하고 당국에 의해서나 자연 추세에 의해서 운세가 막힘을 나타낸 꿈이다.

안에서 누가 열어주면 안내자·지도자·협조자가 자기 일을 도와주게 된다.

☯ 문 앞에 큰길이 전개되어 있는 꿈은

가운·관운·사업운이 각각 크게 열리게 되고, 그 길가에 나무가 무성하거나 꽃이 만발하면 부자가 되거나 큰 업적을 이룩할 수 있다. 문 앞에 도랑이나 구멍 등이 있어 길이 험하면 어떤 곤란한 처지에 직면하게 된다.

☯ 밖이 어두운데 어떤 집 창문이 환히 밝은 것을 보는 꿈은

반가운 소식이 답지한다. 취직·결혼·사업 등의 일도 희망적이다. 켜졌던 불이 꺼져 버리면 모든 것이 절망 상태에 놓이게 된다.

◉ 새로 이사간 집에 자기의 성명과 주소가 씌어진 문패를 붙이는 꿈은
어떤 기관의 우두머리가 될 수 있다.

집집이 문패를 달아 주거나 어떤 표지를 대문에 붙여 주면 자기의 권한이나 사상적 전파가 여러 사람에게 미치고, 여러 집 문에 어떤 표지를 해 주면 자기 업적을 찬양하는 사람이 여럿 생길 것이다. 그런데 자기집 문패를 자기가 떼거나 어떤 사람이 떼어 버리면 현실에서 직권·명성·인기 등이 몰락할 것이고 때로는 호주나 기관장이 사망하는 경우도 생긴다.

◉ 창고가 상징하는 꿈은
창고에 물건이 가득차면 의식주가 풍족하고 할 일이 많으며, 생활 방도가 얼마든지 생긴다.

꿈은 이러한 용도에 의해서 현실을 상징하는데, 창고 속의 물건은 정신적·물질적인 자산으로 그 물건을 비축하는 창고 자체는 학원·연구원·권력자·봉급을 분배하는 기관, 아이디어를 생산하는 지혜의 보고 등으로 해석을 요구한다.

창고 안을 문 앞에서 들여다보면 어떤 기관이나 권력자에게 청원을 하고 무엇인가 연구할 일이 생긴다. 창고 안에서 생기는 일 또는 물건을 보면 그 사건과 물건이 곧 자기의 연구 대상·관심사·이익·소득 등이 된다. 창고 안에 송장이 있다든지 송장을 염습하는 사람이 있으면 자기의 정신적 또는 물질적인 사업이 어떤 학원이나 기관에서 성취된다. 곡식이 그득 쌓여 있으면 머지 않아 부자가 된다.

◉ 창고 문을 여닫는 꿈은

창고 문을 여는 것은 어떤 연구나 학문·사업 방도가 열리는 것
이고, 창고 문을 닫고 잠가 버리면 어떤 직장을 떠나거나 일의
매듭을 짓게 된다.

곡식을 쌓아 넣고 닫으면 지식과 재물을 비축하거나 보관해서 당
분간 쓰지 않게 된다.

◉ 창고를 새로 만들거나 헐게 되는 꿈은

창고를 새로 만들면 어떤 큰 사업이 시작되고 협조 기관을 얻으
며, 창고를 헐면 지금까지 있었던 사업체나 협조 기관을 변경시
킬 일이 있게 된다. 창고에 불이나면 크게 사업이 융성한다. 창
고가 반파되면 사업이 기울어지고, 창고 안에 아무 것도 없으면
어떤 기관에서나 사업에서 소득이 없다.

◉ 마당에 물건을 쌓거나 놓아두는 꿈은

집안으로 들여가지 않고 마당에 놓아두거나 쌓는 물건은 완전무
결한 자기의 소유가 못되기도 한다. 그것은 자기의 사업장에서
있을 일이거나 어떤 기관에 청탁할 일 또는 자기의 권리에 속하
기는 하지만, 당장은 남과 공유하는 재산·일거리·사업 등을
암시하는 꿈이다.

◉ 마당에 차나 상여가 놓여지는 꿈은

보통 가옥에 전혀 사람이 없는데 차나 상여만 와서 있으면 집안
에 불행이 닥친다. 사람이나 동물이 주변이나 차내에 있는데 마
당에 와 있으면 큰 세력이 미치거나 협조자가 생기고 명예로운
일이 있게 된다.

◉ 마당이 큰길에 연접되어 훤히 내다보이는 꿈은

집안 운세나 사업 또는 관운 등이 크게 열리게 된다. 마당 앞이
바로 바다여서 배가 들어오거나 바닷물이 넘어들어 오며 거북이
나 고래 등이 기어오른다는 꿈을 꾸면 크게 부귀로워진다. 마당

에서부터 온 들판이 물로 덮이면 큰 부자가 되거나 세상에 크게
감화를 줄 일이 있게 된다.

◑ 집 마당에 사람이 많이 웅성거리고 큰 잔치가 벌어지거나 초상이
났다고 하는 꿈은
여러 사람과 관계되는 일 또는 사업을 어떤 기관의 도움으로 성
취하거나 재판과 시비거리의 사건이 생기기도 한다.

◑ 마당을 쓸어내는 꿈은
가랑잎·솔가리 등이 바람에 날려와 마당에 쌓이면 사회적인 재
물이 생기고, 마당 쓰레기를 모아 불을 놓으면 근심 걱정을 해소
시킬 일이 생긴다. 종이 조각 등의 쓰레기를 모아 두 무더기를
만들고 각각 불질러 태웠더니, 재가 바람에 날려 없어져 버렸다
면 두 가지의 질병(또는 근심거리)이 고쳐질(해소될) 것이다. 누가
마당을 쓰는 것을 보면 어떤 기관에서 사업이 성취될 소식이 오
게 된다.
눈이 쌓인 마당을 쓸면 동결된 사업이나 마음의 해방을 가져온다.

◑ 마당에 물이 흐르는 꿈은
마당에 맑은 냇물이 흐르거나 물줄기가 들어오면 정신적 또는 물
질적인 재물이 끊임없이 생길 것이다. 마당에 우물·연못 등이
있으면 재원(財源)이 자기 사업 판도 내에 생기고, 마당에 무덤
이 있으면 협조 기관이나 협조자가 자기 세력권에 형성된다.

◑ 정원에 관한 꿈은
어떤 집 정원이 매우 넓고 정원수가 잘 심어져 있다든지 꽃이
만발하고 정원사가 일하며 정원을 산책한다는 등은 호운을 암시
한다. 정원의 크기는 어떤 관청 내부나 기관·사업·운세가 발
전적임을 뜻한다.
정원을 잘 손질하고 화려하게 꾸미는 것은 이상적인 일의 성취를

뜻한다. 마당이 좁고 넓은 것은 항상 자기나 기관의 세력권이 넓고 좁음을 나타내는 비유적인 표현이다.

● 관공서 · 기타 기관

◑ **학교를 상징하는 꿈은**
학교에 입학하는 것은 취직 · 취업하는 것이고, 퇴학하는 것은 퇴직 · 휴가 등을 말하며, 지각을 하면 직책 서열에 끼지 못한다. 자기의 걸상에 앉지 못하거나 찾지 못하는 것, 다른 학교로 전학하는 등 모두가 직장에서 있을 일에 대한 상징적 표현이다. 군인은 자기 부대 내에서, 관리는 관청에서, 회사원은 회사에서 이루어질 일이고, 자기 작품을 어떤 기관에 제출해서 심사를 거치는 등, 여러 방면의 암시일 수도 있다.

◑ **하늘문이 열리고 교회가 생겨난 꿈은**
하늘문에 드는 것은 국가나 사회의 최고 권위자 또는 큰 목적을 달성했다는 것을 암시하는데, 그가 정치적 생명이나 사회 활동이 끝난 다음에도, 그의 업적은 길이 세상에 남아 모든 사람에게 감동과 존경을 불러 일으킬 것을 뜻하는 꿈이다.

◑ **성당으로 성경책을 가지고 들어가는 꿈은**
입학 또는 입대하거나 어떤 직장에 협조자나 추천장(성경책)의 힘을 빌어 취직하게 될 것이다. 여러 사람이 앉은 틈에 끼어 예배를 보면 선생의 가르침을 받을 일이 있거나 단체의 일원으로 어떤 일을 주시할 일이 있으며, 목사가 설교하는 것을 들으면 윗사람에게 꾸중들을 일이 생긴다. 때로는 자기 반성을 하기도 한다. 엎디어 하느님께 기도 드리면 소원이 충족되고, 찬송가를 부르면 기쁜 일이 생겨 세상에 널리 소문나거나 호소할 일이 생긴다.
목사의 안수를 받으면 윗사람에게서 억제당할 일이 있고, 세례를
받으면 윗사람이 부여하는 책임을 완수할 일이 있다. 자기가 성
경을 봉독할 수 있으면 모든 사람이 자기 주장에 따라줄 것이다.
헌금을 내면 근심 걱정이 해소된다.

● 십자가를 불 태워 흔적을 남기지 아니했던 꿈은
어떤 병폐적이고 구태의연한 악법을 제거함을 뜻하고, 십자가를
받거나 목에 걸면 자비·진리·명예 또는 권세가 주어진다.

● 교회당 종소리가 은은히 들려오는 꿈은
사상의 전파, 기쁜 소식 등과 관계된다. 또는 자기가 하는 일과
작품 등이 크게 성공되어 명성을 떨칠 일이 있게 된다. 종을 치
면 크게 인기와 명성을 얻고, 두 번 종소리가 나면 두 번 크게
소문나거나 두 시기를 알리는 신호이기도 하다.

● 절에 들어가 절간을 구경하는 꿈은
학문 연구나 탐구할 일이 있게 된다. 법당에 들어가 부처에게 절
하면 자기의 소원이 성취되고, 부처님이나 스님이 주는 물건을
가지면 그 받은 물건의 상징 의의와 더불어 자기 신분이 고귀해
진다. 때로는 학문 연구를 할 사람이나 고급 관리가 될 사람을
낳을 태몽일 수가 있다.

● 절간에서 물을 마시거나 목욕하는 꿈은
절에서 물을 얻어 마시면 직장에서 진급하게 되고, 절 경내 시냇
물에 목욕하면 취직·승급·전근 등으로 크게 소원이 성취되어
신분·지위가 고귀해 진다.

● 법당에 관한 꿈은
중이 불상 앞에 앉아 염불하는 것을 보면 어떤 사람이 학문을
연구하는 것을 볼 것이며, 어떤 친지가 자기를 대신해 윗사람이

나 상부 기관에 어떤 청원을 할 일이 생긴다.

목탁 소리가 법당 밖에 울려퍼지면 자기의 사업이 크게 세상에 감동을 주게 될 것이고, 부처님께 공양을 드리면 현실에서 윗사람의 도움을 받게 된다.

부처님이나 스님에게 불경책을 얻으면 진리 탐구의 방도가 생기고 크게 명성을 떨칠 사람이 된다. 불단에 자기집 식구의 위패가 모셔져 성명 삼자가 뚜렷한 것을 보면 가족 중의 누군가 입신양명한다.

법당문을 여니까 사천왕이 눈을 부릅뜨고 쫓아나와 두려웠다면 어떤 기관이나 회사에 취직하기가 약간 힘들다. 그러나, 이것이 태몽이라면 군인이나 경찰관으로 출세할 아기를 낳는다.

☯ 절간의 종소리가 멀리 울려 퍼지는 소리를 들은 꿈은

세상에 소문날 일이 있고, 종을 얻고 아기가 있으면 세상에 명성을 떨칠 자손을 낳는다. 여아인 경우 자기가 장성해서 명성을 떨치지 못하면 배우자가 그렇게 되거나 유산 상속자가 된다.

☯ 죄수복을 벗고 교도소를 나오거나 탈출하는 꿈은

어떤 견제자 또는 병으로부터 해방됨을 암시한다.

☯ 교도소가 무너지거나 교도소 문이 열리고 절벽에 만든 돌문이 열린 꿈은

특사를 받거나 무죄 방면될 것이다.

☯ 체형을 받는 꿈은

자기가 포승으로 묶이면 병에 걸리거나 죽게 된다. 곤장을 맞거나 단근질·전기 체형 등을 받으면 자기 작품이 심사 당국에 의해서 크게 수정을 받거나 당선될 전망이 있게도 된다.

감옥에서 체형을 받고 죽으면 현실에서 자기 일이 크게 성취되고, 죄수의 꿈이면 소송 사건에 승리하고 석방된다.

⚫ 호텔과 여관을 상징하는 꿈은
대체로 임시적인 근무처의 바꿔 놓기가 된다. 호텔에서 음식을 먹으면 틀림없이 그 기관의 어떤 부서 일을 하게 되고, 침대나 이불에 누우면 병원에 입원하거나 휴직 상태에 들어갈 것이다. 여인을 데리고 들어가 정교를 하면 그 기관과 관련된 소망이 성취된다.

⚫ 청과물을 장바구니에 담아 가지고 오는 꿈은
채소·과일 등을 진열한 가게에서 무·배추·마늘·파 등을 장바구니에 담아 가지고 오면 큰 기관에서 나누어 주는 일을 하게 되고, 태몽 표상으로 장차 태아가 출생하여 장성해서 어떤 기관에 봉직할 수 있게 된다. 감 한 개를 사 먹으면 어떤 일을 청탁받아 하게 된다. 과일을 상자째 사 오면 상당한 재물이나 일거리가 생긴다.

⚫ 생선가게에서 생선을 사오는 꿈은
돈 많은 사람에게서 돈을 얻어오거나 어떤 봉급을 타 오는 일과 관계된다. 또한 큰 기관에서 출세할 사람의 사업 내용을 예시한 태몽이 될 수도 있다.

⚫ 금은 보석을 사고 파는 꿈은
가장 값진 물건을 소유한 상점이기 때문에 상급 관청·연구 기관·회사 등을 상징한다. 그 곳에서 금은붙이나 고가의 보석을 사들였다면 신분이 고귀해지고 명예로워지며, 훌륭한 배우자를 만나거나 훌륭히 될 아기를 낳을 것을 예시한다.
자기가 갖고 있던 보물을 그 곳에서 팔려고 하면 부부간 또는 부자간 이별할 경우도 생기고, 자기의 권리나 사업을 남에게 빼앗기거나 위임하게도 된다. 딸을 좋은 가문에 시집 보낼 수도 있다.

⚫ 포목상이나 지물포를 경영하는 꿈은

넓은 땅을 소유할 수 있고, 그 포목상에서 옷감을 떠오면 취직·결혼·사업 등이 성취된다.

◐ 음식점에서 음식을 먹는 꿈은

어떤 기관에서 일에 종사함을 뜻하고, 음식점을 드나드는 것은 취직 또는 퇴직·집무·해직 등의 일과 관계해서 꾸어진다.

◐ 높은 성루에 오르거나 성벽을 기어오르며 성문을 열고 들어서는 꿈은

출세·득세·성공 등의 일과 관계해서 꾸어진다. 성벽을 기어올라 성안을 두루 살피면 어떤 과부나 정조 관념이 강한 여자를 점령할 수 있고, 성안 누각에서 백발노인을 만난 사람은 탁월한 학자에게 사사할 일이 생긴다. 성문이 저절로 크게 열리면 운세가 대길하고 학문과 진리 탐구에 소원이 성취된다.

◐ 무덤 사이에 정자가 있었던 꿈은

조상 무덤과 무덤 사이에 기와지붕이 신비할 만큼 빛나고 사각 기둥이 은백색이며, 그 추녀 밑이 단청색으로 아름다운 것을 보고 감탄하였다면 현실에서 장차 집안의 어떤 사람이 사회적인 큰 업적을 남겨 만인이 우러러보게 될 것을 예시한 것이다.

◐ 정자 속에서 혼자 누워 있는 꿈은

새로 지은 정자 속에 누웠는데 주위에서 이름 모를 새들이 지저귀고 있고, 주위는 안개가 자욱했다면 현실에서 상여를 타고 무덤 속으로 들어갈 시한이 박두해 있음을 암시한다. 정자는 상여이고, 새들의 지저귐은 상가(喪家)의 곡성을 뜻하며, 외로이 정자 속에 누웠으니 죽음이 임박해온다.

◐ 사당과 종묘를 참배하는 꿈은

미래의 현실에서 어떤 권력층 사람이나 기관에 청원할 일이 있고 그 소원은 반드시 이루어지게 된다.

여기에 제물을 바치고 제사 지내면 집단적인 소망이 성취되고,
불경·축문 등을 외우는 소리를 들으면 크게 소문날 일이 있다.

♡
♡
♡
♡
♡
♡
♡
♡
♡
♡

최고의 결혼상대자와 부부
미래운을 알 수 있는 궁합법

최고의 결혼 상대자와 부부 미래운을 알 수 있는 궁합법

♥ 결혼 부부궁합

나이별 최고의 결혼 상대자와 최악의 결혼 상대자, 이미 결혼한 부부들의 미래운, 띠별로 찾아보는 결혼 시기에 좋은 나이, 태어난 달로 풀이한 궁합이 좋지 않은 경우, 띠별로 풀이한 결혼에 좋지 않은 달, 띠별로 풀이한 궁합에 좋은 삼합법 등을 소개한다.

◙ 납음 오행법(納音 五行法)

오행(五行)이란 우주간에 운행하는 금(金), 목(木), 수(水), 화(火), 토(土)의 다섯 가지 원기(元氣)를 뜻한다. 이 오행은 서로 화합이 이뤄지는 오행상생(五行相生)이 있는가 하면 서로 화합이 이뤄지지 않는 오행상극(五行相剋)의 두 가지 이치가 상존한다.

이 두 이치는 전우주 만물을 지배하며 남녀간의 결혼(궁합)에도 영향을 미쳐, 상생이 만나면 길하고 좋으나 상극이 만나면 불화의 연속이나 파국, 고난 등 좋지 않은 일이 생긴다.

납음은 60갑자(甲子)를 5음(五音)에 분배하여 오행으로 나타낸 것

이다. 같은 물이라도 태어난 해에 따라서 자기의 사주(四柱)를 나타
내는 오행납음은 달라진다.

오행으로 풀이하는 상생(相生)오행과 상극(相剋)오행

▶ 상생오행

- 금(金)은 물(水)을 강하고 깨끗하게 하면서 살리므로 상생한다.
- 물(水)은 나무(木)를 자라게 하면서 살리므로 상생(相生)한다.
- 불(火)은 흙(土)을 뜨겁게 하면서 지열(地熱)을 일으키므로 상생
  한다.
- 흙(土)은 금(金)을 오랫동안 보존하면서 강하게 만들므로 상생으
  로 풀이한다.

▶ 상극오행

- 금(金)은 나무(木)를 자라지 못하게 하므로 상극이다.
- 나무(木)는 흙(土)의 영양을 먹고 황폐화시키므로 상극이다.
- 흙(土)은 물(水)을 먹고 마르게 하면서 이기므로 상극이다.
- 물(水)은 불(火)을 피어나지 못하게 하고 이기므로 상극이다.
- 불(火)은 금(金)을 녹여서 이기므로 상극으로 풀이한다.

그러나 여름(火)에도 시원한 물이 꼭 필요하며 추운 겨울에도 따스
한 불(火)이 필요하듯 오행상극 중에도 오히려 상생(相生), 상합(相
合)을 유발하는 오행법이 있다.

예를 들면 사중금(砂中金)은 불(火)을 만나므로 상합(相合), 상생
(相生)하며, 산하화(山下火)는 물(水)을 얻어야 오히려 살아나면서 상
생(相生)한다. 평지목(平地木)은 금(金)을 만나야 비로소 활기를 찾아
상생하고, 천하수(天下水)는 육지나 흙을 만나야 생기를 찾게 되니
상생하며 대역토(大驛土)는 나무가 없이는 구실을 못하고 생기를 잃

게 되므로 나무를 상생으로 풀이한다.

조견표(1)로 자기 나이(띠)에 속한 납음오행을 알아볼 수 있으며,
조견표(2)로 자기와 상생되는 납음오행과 상극되는 납음오행을 찾아
볼 수 있다.

나이별(띠별) 납음오행

나 이	띠	출생년 (年柱)	납음오행	뜻 풀 이
1971 31세 1970 32세	돼지 개	(辛亥生) 신해생 (庚戌生) 경술생	(釵釧金) 차천금	부인용 비녀, 팔지, 귀고리, 장식용 금
1969 33세 1968 34세	닭 원숭이	(己酉生) 기유생 (戊申生) 무신생	(大驛土) 대역토	정류장, 말이 쉬는 넓고 큰 터의 땅
1967 35세 1966 36세	양 말	(丁未生) 정미생 (丙午生) 병오생	(天下水) 천하수	하늘의 은하수, 대천의 물
1965 37세 1964 38세	뱀 용	(乙巳生) 을사생 (甲辰生) 갑진생	(覆燈火) 복등화	꺼진불을 다시 밝히는 등잔불 큰 놀이터, 땅
1963 39세 1962 40세	토끼 범	(癸卯生) 계묘생 (壬寅生) 임인생	(金箔金) 금박금	옷이나 물건에 금박입히는 금
1961 41세 1960 42세	소 쥐	(辛丑生) 신축생 (庚子生) 경자생	(壁上土) 벽상토	집짓는 흙, 담이나 벽에 바르는 흙
1959 43세 1958 44세	돼지 개	(乙亥生) 을해생 (戊戌生) 무술생	(平地木) 평지목	굴절없는 평탄하고 고른 땅에 심은 나무

1957 45세 1956 46세	닭 원숭이	(丁酉生) 정유생 (丙申生) 병신생	(山下火) 산하화	산 아래 있는 불, 논두렁 의 불
1955 47세 1954 48세	양 말	(乙未生) 을미생 (甲午生) 갑오생	(砂中金) 사중금	강이나 냇물의 모래속에 있는 금
1953 49세 1952 50세	뱀 용	(癸巳生) 계사생 (壬辰生) 임진생	(長流水) 장류수	쉼없이 항시 흘러가는 물, 긴 강
1951 51세 1950 52세	토끼 범	(辛卯生) 신묘생 (庚寅生) 경인생	(松柏木) 송백목	절개있는 소나무와 잣나무
1949 53세 1948 54세	소 쥐	(己丑生) 기축생 (戊子生) 무자생	(霹靂化) 벽력화	우주의 불, 하늘의 벼락 의 불
1947 55세 1946 56세	돼지 개	(丁亥生) 정해생 (丙戌生) 병술생	(屋上土) 옥상토	천장이나 지붕의 흙
1945 57세 1944 58세	닭 원숭이	(乙酉生) 을유생 (甲申生) 갑신생	(泉中水) 천중수	샘속에서 솟아나는 흐르 지 않는 샘속의 물

◎ 차천금(釵釧金)에 속한 신해생(1971)과 경술생(1970) 여성

대역토[기유생(1969), 무신생(1968)], 천하수[정미생(1967), 병오생
(1966)]의 배우자를 만날 경우 결혼 초기부터 성공을 향해 전진하는
승승장구의, 40대 초반까지는 쉼없는 발전이 예상되는 좋은 궁합이

다. 기술자나 사업가의 경우 젖과 꿀이 흐르는 가나안 낙원의 주인처
럼, 실패나 좌절없이 뻗어난다, 시종일관 고난이나 파란이 없는 행운
의 연속이 보장될 듯. 관직계통에 종사하는 배우자는 40대 후반이면
일인지하, 만인지상의 격조 높은 지위까지 승승장구의 출세가도를 달
리게 될 듯. 귀부인의 운세도 보장되는 다이아몬드 궁합.

벽상토의 신축생(1961)과 경자생(1960)의 남성의 경우도 결혼 초기
부터 10년간 한 장 벽돌을 쌓아 만리장성을 쌓듯 행복의 성을 쌓아
올리는 노력만 수반된다면 대기만성의 행운을 갖게 될 듯. 자식의 다
복함이 특징이나, 일확천금이나 벼락출세는 금물. 오히려 후유증이나
부작용이 따를까 걱정. 은행나무가 마주보면서 열매 맺듯 부부간에
성격이나 성관계, 불만은 전혀없는 이상형 궁합.

금박금의 계묘생(1963)과 임인생(1962)의 남성과의 결혼은 납음오
행은 금(金)과 금(金)의 상충이나 삼합(三合法)이 좋아서 권하고 싶
은 궁합이며, 고난이나 파란없이 크게 풍족치는 못하나 부족함없는
사랑이 함께 하는 A급 궁합.

복등화의 을사생(1965)이나 갑진생(1964)의 남성은 선도 보지말고
연애 중일 때는 일생의 안전을 위하여 단호하게 절교나 절연하고, 친
구로서의(이성간) 사귐도 조심이 요구되는 극흉의 궁합. 사별, 이별,
별리, 파란 등 오직 천명을 기다리는 입장으로 살아가게 될 듯. 결혼
초기부터(혹은 5년 이후) 불어닥치는 폭풍 속에서 크게 방황하는 결
혼만은 피해야 되는 저질 궁합.

◎ 대역토(大驛土)에 속한 기유생(1969)과 무신생(1968) 여성

복등화[을사생(1965), 갑진생(1964)]의 남성이나 벽상토[신축생(19
61), 경자생(1960)]의 배우자를 만나면 결혼 초기부터 땅속의 금이

솟아나듯 묻혀있던 가치 발견으로 축재운이 좋으며, 풀잎 위의 아침 이슬 햇빛에 반짝이듯 고결하고 지성적인 매력을 만끽하는 부부금실 유지될 듯. 관직계 종사자는 내조의 힘입어 욱일승천 빠른 출세가도 달릴 전망있고, 귀자 출산 암시 있으므로 일찍 출산함이 좋을 듯. 말년까지 부침(浮沈)없이 평온 유지할 듯.

산하화[정유생(1957), 병신생(1956)] 나 평지목[기해생(1959), 무술생(1958)] 의 남성과는 결혼 초기에는 모든 것이 슬로우 템포이나 30대 후반 이후 명성과 실리를 함께 할 궁합. 아이는 일찍 갖는 게 유익하며 별거나 이별을 실감 못하는 잉꼬형 부부. 아쉬운 게 있다면 직업상 가끔 공방이 있는 게 흠. 형제가 많거나 꼭 부모를 모시게 되는 가정은 피하는 게 좋을 듯.

나이로 찾아보는 궁합에 좋고 나쁜 납음 오행법

출생년 (年柱)	띠	나이	납음 오행	相生 相合 상생 상합 大吉 납음오행 대길	半吉 半凶 반길 반흉 平凡 납음오행 평범	相冲 相剋 상충 상극 不合 납음오행
(乙卯生) 을묘생 (甲寅生) 갑인생	토끼 범	1975 1974	(大溪水) 대계수	釵釧金 차천금 桑子木 상자목	平地木 평지목 大驛土 대역토	山下火 산하화 覆燈火 복등화
(癸丑生) 계축생 (壬子生) 임자생	소 쥐	1973 1972	(桑子木) 상자목	長流水 장류수 天下水 천하수	大驛土 대역토 屋上土 옥상토	砂中金 사중금 海中金 해중금
(辛亥生) 신해생 (庚戌生) 경술생	돼지 개	1971 1970	(釵釧金) 차천금	大驛土 天河水 대역토 천하수 壁上土 벽상토	金箔金 砂中金 금박금 사중금	覆燈火 平地木 복등화 평지목
(己酉生) 기유생 (戊申生) 무신생	닭 원숭이	1969 1968	(大驛土) 대역토	覆燈火 壁上土 복등화 벽상토 山下火 平地木 산하화 평지목	金箔金 금박금	天河水 천하수

생	띠	연도	납음			
(丁未生) 정미생 (丙午生) 병오생	양 말	1967 1966	(天河水) 천하수	金箔金 금박금　平地木 평지목 大驛土 대역토	大驛土 대역토　砂中金 사중금	覆燈火 복등화　山下火 산하화
(乙巳生) 을사생 (甲辰生) 갑진생	뱀 용	1965 1964	(覆燈火) 복등화	壁上土 벽상토　大驛土 대역토	平地木 평지목　山下火 산하화	天河水 천하수　金箔金 금박금 砂中金 사중금
(癸卯生) 계묘생 (壬寅生) 임인생	토끼 범	1963 1962	(金箔金) 금박금	長流水 장류수　壁上土 벽상토	平地木 평지목　砂中金 사중금	覆燈火 복등화　山下火 산하화
(辛丑生) 신축생 (庚子生) 경자생	소 쥐	1961 1960	(壁上土) 벽상토	覆燈火 복등화　山下火 산하화	金箔金 금박금　砂中金 사중금 長流水 장류수	平地木 평지목　松柏木 송백목
(乙亥生) 을해생 (戊戌生) 무술생	돼지 개	1959 1958	(平地木) 평지목	山下火 산하화　金箔金 금박금 松柏木　霹靂化 송백목　벽력화	砂中金 사중금　長流水 장류수	壁上土 벽상토
(丁酉生) 정유생 (丙申生) 병신생	닭 원숭이	1957 1956	(山下火) 산하화	平地木 평지목　屋上土 옥상토 壁上土　長流水 벽상토　장류수	松柏木 송백목　霹靂化 벽력화	砂中金 사중금
(乙未生) 을미생 (甲午生) 갑오생	양 말	1955 1954	(砂中金) 사중금	屋上土 옥상토　泉中水 천중수 長流水　霹靂化 장류수　벽력화	平地木 평지목　松柏木 송백목	山下水 산하수
(癸巳生) 계사생 (壬辰生) 임진생	뱀 용	1953 1952	(長流水) 장류수	松柏木 송백목　泉中水 천중수	霹靂化 벽력화	砂中金 사중금　屋上土 옥상토
(辛卯生) 신묘생 (庚寅生) 경인생	토끼 범	1951 1950	(松柏木) 송백목	霹靂化 벽력화　長流水 장류수	屋上土 옥상토　泉中水 천중수	白蠟金 백랍금
(己丑生) 기축생 (戊子生) 무자생	소 쥐	1949 1948	(霹靂化) 벽력화	松柏木 송백목　屋上土 옥상토	泉中水 천중수	澗下水 간하수

(丁亥生) 정해생 (丙戌生) 병술생	돼지 개	1947 1946	(屋上土) 옥상토	山下火 산하화	長流木 장류목	白蠟金 백랍금	泉中水 천중수	澗下水 간하수
(乙酉生) 을유생 (甲申生) 갑신생	닭 원숭이	1945 1944	(泉中水) 천중수	長流木 장류목	澗下水 간하수		霹靂火 벽력화 城頭土 성두토	屋上土 옥상토 山頭火 산두화

금박금[계묘생(1963), 임인생(1962)]의 남성과는 극히 사랑하는 사이가 아니면 결혼을 피하는 게 좋을 듯. 서로의 사랑에는 변함이 없으며 건강이나 자식운도 극히 좋으나 주위환경으로 인한(시가집, 형제 등) 갈등으로 결혼 후 5년 사이에 심한 후유증이 따를 암시. '네가 스스로 변하라. 그러면 운명도 변할 것이다'라는 말을 명심하면 무난히 고비넘길 듯.

천하수[정미생(1967), 병오생(1966)]의 남성과는 선도 보지 않는게 현명하며, 만약 결혼이 성사되면 3년~5년 사이에 별거 혹은 이별의 암시 있으므로 인내로 참는 게 상책. 사별은 없으나, 아들을 갖지 못할 경우도 있으며 말년에는 고독도 예견된다. 재운은 발전없는 답보상태에 맴돌게 될 듯. 항시 미묘한 성격대립으로 가정은 불꺼진 항구.

◎ 천하수(天河水)에 속한 정미생(1967)과 병오생(1966) 여성

금박금[계묘생(1963), 임인생(1962)], 평지목[기해생(1959), 무술생(1958)]의 남성과 결혼하면 대기만성의 궁합으로 소나무 뒤에 무지개 보듯 늦게야 발전할 운세이다. 전문직업인(의사, 과학자, 엔지니어 등)을 만나면 실리와 명성과 명예를 함께 갖게 될 최고의 커플이 될 듯. 해외여행 만끽할 징조도 엿보이고, 무에서 유를 창조할 발전과 결실이 늦게까지 따를 듯하다. 혹 결혼 초기에 발전과 미래의 성공을 위한 공방이나 이별 아닌 별거의 기회가 있을 듯하다. 시가집 운이 좋은 게 특이하며 슬하에 자녀도 다복하게 두게 될 듯하다. 결혼 초기 5~8년 사이에는 인내가 필요하고, 기다림에 지치면 만사 휴의한다.

대역토[기유생(1969), 무신생(1958)] 나 사중금[을미생(1955), 갑오생(1954)] 의 남성을 만나게 되면 결혼성사까지의 과정에서 약간의 잡음이나 차질이 속출하겠고, 부모들의 유산이나 형제친척의 도움도 많겠다. 결혼 초기에 성격이나 성적불만이 예견되나 말년까지 충만한 재력으로 불편없이 살 수 있는 좋은 궁합이다. 슬하에 자녀가 흔치 않는 게 흠이다. 타성에 빠지지 않고 시야만 넓혀나가면 백년해로하며 풍족하게 살아갈 듯하다.

복등하[을사생(1956), 갑진생(1964)], 산하화[정유생(1957), 병신생(1956)] 의 남성과는 결혼 후 3년만 지나면 배우자 서로가 권태로움에 지쳐 가출이 예견되는 극히 상극 중 상극의 궁합. 출세의 지연으로 갈등 생기며 금전고난의 연속으로 항시 불만 불평의 악순환 되풀이될 듯하다. 40대 후반에 이별이나 혹은 사별의 암시도 있으며, 술 도박, 여난 등 가정파탄의 삼대요소가 고루 내포되어 있는 극히 피해야 될 나쁜 궁합의 포본이다. 50대 이후 고독이 최고 결정을 이루어 정신질환, 자실 등의 암시도 내포하는 극히 피해야 할 궁합이다.

◎ 복등화(覆燈火)에 속한 을사생(1965)과 갑진생(1964) 여성

벽상토[신축생(1961), 경자생(1960)] 와 대역토[기유생(1969), 무신생(1968)] 의 배우자를 만나면 안성마춤의 표본적 케이스 서로 상부상조가 원활하며 관직종사자(법관, 군인, 정치인)나 대학교수, 문인, 언론인을 만나면 명성과 명예를 함께 얻는 귀부인의 품위가 유지된다. 사업가를 만나면 40대 후반에는 기름진 땅에 오곡자라듯 갑부의 경지까지 이를 듯하다. 슬하에 자녀가 다복하고 고속도로를 달리는 무스탕처럼 막힘없이 뻗어날 럭키운세이다. 가끔 성격상 갈등 예상되나, 인격과 재력으로 커버되는 백년해로의 궁합이다.

평지목[기해생(1959), 무술생(1958)], 산하화[정유생(1957), 병신생(19 56)]의 남성과는 결혼 후 5년까지는 매우 좋으나 그 후부터는 허망한 세월이 다가올 듯하다. '인내심이 없으면 그만큼 삶을 잃게 된다'는 사실을 명심하고 40대 초반까지 열심히 뛰어야 인생의 승리는 당신들의 것이 될 듯하다. 사별이나 이별 등 극한 상황발생은 없으나 가끔의 좌절로 힘겨운 고비가 많을 듯하다. 50대부터는 재력이나 부부애정에 이상적 화합이 이뤄질 궁합이나, 부부 공히 일복 많고 항시 주위를 도와야 될 환경으로 부담스러워질 운세이다. 말년에는 우레의 신이 힘을 발휘하듯 건강과 장수를 함께 누리게 될 듯하다.

천하수[정미생(1967), 병오생(1966)], 금박금[계묘생(1963), 임인생(19 62)], 사중금[을미생(1955), 갑오생(1954)]의 남성과는 현재 교제 중일 때는 결혼만은 재고함이 좋을 듯하나 부득이 사랑으로 결혼할 때는 외동아들이나 장남은 피함이 현명할 듯하다. 근면함과 노력으로 의식주에 큰 걱정은 없으나 언제나 풍족함은 없이 힘겹게 살아가는 집시처럼 쉼없는 노력의 연속이 삶의 주춧돌 구실할 듯하다. 닭의 머리가 되려하지 말고 소의 꼬리로 만족해야 될 운세이다.

◎ 금박금(金箔金)에 속한 계묘생(1963)과 임인생(1962) 여성

벽상토[신축생(1961), 경자생(1960)], 장류수[계사생(1953), 임진생(1952)]의 남성과 결혼할 땐 연애나 교제, 약혼기간을 오래두는 것은 절대금물이다. 마음의 결정이 되면 속전속결로서 결혼하고, 빨리 애기를 낳아야 이별이나 별거의 고비 면할 듯하다. 오행은 상생(相生)하나 뿌리가 약한 게 흠이므로 결혼이나 자식으로 뿌리삼아야 후환 없을 듯하다. 결혼전 정조 잃으면 크게 낭패당할 일이 속출할 암시있으며, 결혼 후 5년만 지나면 고달프고 초조했던 고난의 수렁을 벗어나 행복의 보금자리로 들어서는 궁합이다. 재운과 자녀운세에 서광비치며 말년에는 건강 + 재력 + 자녀의 삼위일체를 함께 만끽하는 대기만성의 궁합이다.

평지목[기해생(1959), 무술생(1958)]이나 사중금[을미생(1955), 갑오생(1954)]에 속한 남성과의 결합은 일생동안 무미건조하게 큰 영광이나 큰 환란 없이 평탄하나 늦게까지 쉼없은 활동으로 고달픈 나날의 연속이 예상되는 궁합이다. 성직자나 교육자를 만나면 무난할 듯하다. 화려한 성격의 소유자나 욕심이나 의욕이 강한 여성은 결혼하면 큰 후회가 생기고, 슬하에 자식이 귀한 게 흠이며, 부부의 금실은 개가 소보듯할 듯하다. 사업가나 기술자를 만나면 일생동안 부침(浮沈) 없는 평탄한 가정을 이룰 듯하다.

복등화[을사생(1965), 갑진생(1964)]나 산하화[정유생(1957), 병신생(1956)]의 남성과는 결혼 초야부터 헤어지는 날까지 계속되는 불화(不和)로 정신질환을 유발할 암시 있으며, 성격과 성적인 심한 불만으로 배우자 서로간에 부정이 예견된다. 사회활동이나 재산관계에 부침(浮沈)이 심하며 안정된 가정을 유지하기 힘들 듯하다. 결혼 후 9년~11년 넘기가 힘들며, 가정파탄, 재산탕진의 이중창이 될 극히 나쁜 궁합이다. 약혼이나 결혼 즉시 파혼이나 이혼이 예견되는 궁합 운세이다.

◘ 벽상토(壁上土)에 속한 신축생(1961)과 경자생(1960) 여성

산하화[정유생(1957), 병신생(1956)]의 남성과 결합하면 고기가 물을 만나고 용이 여의주를 얻는 특별한 행운이 안겨지는 해피한 궁합이다. 명예＋출세가 앙상블을 이루며 일생 금전에 구애받지 않는 성공의 연속이다. 춘향이 이도령을 만나듯 사랑의 황홀함을 만끽한다. 슬하가 번창하고 특히 자식궁에 큰 경사가 예상되며 말년에는 행복의 씨앗을 옥토에 뿌릴 듯하다. 현재 교제 중이거나 혼담이 오가는 처지라면 외아들이든 장남이든 구애받지 말고 행복의 성에 입성함이 행운잡는 지름길이다. 단, 키가 크거나 몸에 비대하면 신액에 약하고 혹 장수하지 못하는 암시가 있는 게 흠이다.

금박금[계묘생(1963), 임인생(1962)], 사중금[을미생(1955), 갑오생(19 54)], 장류수[계사생(1953), 임진생(1952)]의 남성의 경우 결혼성사 전부터 스케줄의 차질과 혼수나 지참금 등 문제로 신부의 속을 상하게 한다. 종갓집이나 맏이, 외동아들은 피하는 것이 좋고, 여성도 배우자와 같이 직장이나 사업에 종사할 마음의 준비가 필요할 듯하다. 40대 초반까지는 애로가 많으며, 일복이 많은 것이 특징이라고 할 수 있다.

평지목[기해생(1959), 무술생(1958)]이나 송백목[신묘생(1951), 경인생(1950)]의 남성과 결합할 경우, 슬하에 자식을 두지 못할 수도 있어 양자나 양녀 입양도 예견된다. 죽순자라 대나무되듯 착실하고 알뜰하게 살아가면 의식주 걱정없이 차츰 발전 예견되나 축재운의 약함이 흠이다.

송백목[신묘생(1951), 경인생(1950)] 남성의 경우 의처증이나 술, 도박 등으로 속썩일 암시 있으며, 구타나 행패 등으로 부인의 가출도 예견되는 상충, 상극의 궁합이다. 30대 초반에 별거나 이혼 등은 그래도 좋으나, 40대 후반에서의 별거나 이혼 등의 암시가 강하게 작용하는 궁합이기 때문에 절대 불가이다.

◘ 평지목(平地木)에 속한 기해생(1959)과 무술생(1958) 여성

산하화[정유생(1957), 병신생(1956)]나 송백목[신묘생(1951), 경인생(1950)]에 속한 배우자는 특A. 벽력화[기축생(1949), 무자생(1948)]의 남성은 A. 결혼 후 일생동안 이별이나 별거, 공방 등의 단어는 잊고 살아갈 애정 부부이다. 행운을 몰고 오는 별들이 머리 위를 지나면서 사랑과 돈에 축복을 뿌려줄 운세이므로 가화만사성의 표본적 궁합이다. 가정과 자손이 번창하며 특히 송백목[신묘생(1951), 경인생(1950)]의 남성을 만나는 경우, 공직 종사자는 일인지하 만인지상의 귀부인 영광 누리겠고, 사업가나 기술자를 만나면 40대 초반에 재벌 경지에 들 수 있는 돈과 명예를 함께 갖는 궁합이다.

사중금[을미생(1955), 갑오생(1954)]에 속한 남성을 택할 경우는 늦게야 성취되는 만성대기형이나 무난한 결혼생활과 모나지 않는 애정, 부족함 없는 재력으로 평탄할 결혼생활 유지할 듯하다. 그러나 장류수[계사생(1953), 임진생(1952)]에 속한 남성의 경우, 오행은 상생하나, 말년에 부부나 자식관계로 고난이나 갈등이 예견된다. 심한 부부갈등으로 집안에 우환이 가끔 찾아들 듯하다. 사업가의 배우자라면 결혼해 봄직할 듯하고, 예술인이나 정신노동자는 피하는 게 상책이다.

옥상토[정해생(1947), 병술생(1946)]에 속한 남성의 경우 납음오행으로는 불합이나 상생작용이 따르는 궁합으로 건강만 확실하면 배우자감으로는 손색없는 편. 비만형이나 혈압이 높은 상대는 하지 않는 것이 좋다. 사회에서나 가정에서는 모범적인 존경받는 가장형이다.

◎ 산하화(山下火)에 속한 정유생(1957)과 병신생(1956) 여성

장류수[계사생(1953), 임진생(1952)]에 속한 배우자감은 특A. 옥상토[정해생(1947), 병술생(1946)]와 평지목[기해생(1959), 무술생(1958)]에 속한 신랑감은 A급. 특히 장류수[계사생(1953), 임진생(1952)]에 속한 배우자는 오행상 화(火) 수(水)는 상극이나 상극(相剋) 중 상생법(相生法)으로 금빛 찬란한 황금동산의 새로운 낙원을 찾아 순풍에 돛을 올려 항구를 떠나는 배와 같은 운세이다.

띠별로 풀이한 결혼에 좋지 않은 달

띠별	쥐	소	범	토끼	용	뱀	말	양	원숭이	닭	개	돼지
불길	1월	4월	7월	12월	4월	5월	8월	6월	6월	8월	12월	7월
반길	2월	2월	9월	11월	10월	1월	12월	7월	7월	1월	4월	8월

나이(띠)별로 풀이한 궁합의 좋은 띠, 나쁜 띠

나이	띠(출생년)	궁합에 좋은 띠	궁합에 나쁜 띠
31세	돼지	토끼, 양	쥐, 뱀, 용
32세	개	말, 뱀	용, 원숭이, 뱀
33세	닭	뱀, 소	범, 원숭이, 토끼
34세	원숭이	용, 쥐, 뱀	닭, 범, 토끼
35세	양	토끼, 돼지	원숭이, 쥐, 소, 닭
36세	말	개, 범	쥐, 용
37세	뱀	용, 소, 닭	돼지, 개, 범
38세	용	쥐, 원숭이, 뱀	범, 개, 돼지
39세	토끼	돼지, 개, 양	원숭이, 닭
40세	범	개, 말, 양	닭, 원숭이
41세	소	닭, 개, 뱀	토끼, 양, 말

42세	쥐	원숭이, 용	양, 돼지, 말
43세	돼지	개, 양, 토끼, 범	뱀, 용
44세	개	말, 범, 소, 토끼	용, 뱀
45세	닭	소, 뱀, 용, 쥐	토끼, 범
46세	원숭이	쥐, 용	범, 토끼
47세	양	돼지, 개, 토끼	쥐, 소
48세	말	범, 양, 개	소, 용, 쥐
49세	뱀	소, 닭	개, 돼지
50세	용	용, 원숭이, 쥐	말, 개, 돼지
51세	토끼	돼지, 양	쥐, 원숭이, 닭
52세	범	돼지, 개, 양, 말	뱀, 토끼, 닭, 원숭이
53세	소	뱀, 닭, 쥐, 개	말, 양
54세	쥐	소, 쥐, 원숭이, 용	토끼, 양, 돼지, 말
55세	돼지	토끼, 돼지, 양	뱀, 용
56세	개	말, 돼지, 토끼, 범	원숭이, 용, 뱀
57세	닭	소, 뱀	원숭이, 토끼
58세	원숭이	뱀, 원숭이, 용, 쥐	범, 원숭이, 닭, 토끼
59세	양	돼지, 개, 토끼, 양	말, 쥐, 소

띠별로 풀이한 궁합에 좋지 않은 살 가리는 법

띠 / 살	쥐 (子)	소 (丑)	범 (寅)	토끼 (卯)	용 (辰)	뱀 (巳)	말 (牛)	양 (未)	원숭이 (申)	닭 (酉)	개 (戌)	돼지 (亥)
원진살	양	말	닭	원숭이	돼지	개	소	쥐	토끼	범	뱀	용띠
상충살	말	소	원숭이	닭	개		쥐	소	범	토끼	용	뱀
삼형살			뱀	쥐	말	범						
흉 살	돼지 토끼	토끼		소		돼지	용		닭	원숭이		쥐

※ 궁합에서는 결혼을 금하는 경우가 있다. 특히 살이 들었을 때는 제일 나쁜 궁합으로 풀이한다. 살의 종류는 원진살, 상충살, 삼형살, 자형살(흉살) 등 4가지로 구분한다.

옥상토나 평지목의 남성과 결합할 경우도 자손번창이나 재산축적
에 기본운세가 유지되며, 관직계통에 종사하는 배우자 만날 때는 30
대 초반기에 사모님 호칭 듣고 40대 후반에는 귀부인 칭호를 듣게
될 징조이며 독창성과 개척성 있는 업종의 종사자는 중단없는 발전
과 명성을 함께 얻게 될 최고의 배우자감이다.

벽력화[기축생(1949), 무자생(1948)]에 속한 남성은 오행상은 화
(火), 화(火) 상극이나 납음상 특이한 상생작용으로 부부화합과 자손
번창으로 부부 의기투합, 손발이 척척 맞아들어 순탄하게 말년까지
뻗어날 좋은 배우자감으로 손색이 없다.

띠별(출생년)로 풀이한 궁합에 좋은 삼합법(三合法)

합별(合別) \ 띠별	쥐(子)	소(丑)	범(寅)	토끼(卯)	용(辰)	뱀(巳)	말(牛)	양(未)	원숭이(申)	닭(酉)	개(戌)	돼지(亥)
가장 좋은 궁합(相生相合)	용	뱀	말	돼지	원숭이	닭	범	돼지	쥐	뱀	범	토끼
좋은 궁합(相生相吉)	원숭이	닭	개	양	쥐	소	개	토끼	용	소	말	양
보통 궁합(相合)	소	쥐	돼지	개	닭	원숭이	양	개(말)	뱀	용	토끼	범

※ 걸궁합(나이, 띠)으로 풀이한 궁합에 좋은 띠 세가지(相生相合, 相生相
吉, 相合), 출생한 달이나 해(년주, 납음오행)따라 나쁠 수도 있다.

사중금[을미생(1955), 갑오생(1954)]의 남성을 배우자로 선택할 경
우 항시 가정의 질병과 금전고통의 후유증으로 성격불화 등 가정생
활을 영위함에 장애요소가 무덤에까지 따를 듯하다. 태풍에 심한 망
망한 바다에서 표류하는 선정처럼 인내심으로 극복하면 50대 후분에
는 약간의 호전 예상되나 결혼만은 피해야 될 상대이다.

◎ 사중금(砂中金)에 속한 을미생(1955)과 갑오생(1954) 여성

여성 자체가 유연하면서도 강한 성격을 내포하고 있으므로 이해심이 깊으며 염치를 알고 결백성이 있는 남성이 배우자감으로는 적격이다.

옥상토[정해생(1947), 병술생(1946)], 천중수[을유생(1945), 갑신생(1944)], 장류수[계사생(1953), 임진생(1952)]에 속한 남성과의 결합은 극히 이상적이며, 빨간 장미꽃처럼 정열이 넘치는 부부사랑에 검은 구름 헤치고 눈부신 태양이 떠오르듯 빛나는 명성과 재운이 쉼없이 찾아드는 해피와 럭키를 함께 만끽할 최고의 한 쌍이 될 듯하다. 특히 성적이나 정서적으로 만족한 생활의 연속이 예견되며 말년까지 부부사랑 만끽할 특A급 메가톤 궁합이다.

벽력화[기축생(1949), 무자생(1948)], 송백목[신묘생(1951), 경인생(1950)]의 배우자도 특별한 출세나 과욕을 부리지 않는 여성이라면 남편감으로서는 손색없는 일생의 동반자가 될 듯하다. 사별이나 별거, 남편의 바람기 등으로 신경쓸 일 없으며 사업가는 부침없는 평탄한 발전이 예상되고 공직자의 남성일 경우, 특별한 위치에는 못미치나 좌절없이 무난한 공직생활에 몰입하게 될 듯하다. 말년이 풍족하나 슬하에 자식을 빨리 갖지 않으면 혹 고독이 수반됨을 암시한다.

산하화[정유생(1957), 병신생(1956)]의 남성과의 결혼에는 처음부터 배우자의 가정환경이나 성장과정, 지병 등 상세한 부분까지 세밀한 조사과정 거쳐야 큰 낭패나 불행막는 지름길 될 듯하다. 교직이나 의사, 약사 등 안정직 종사자 이외의 남성과 결혼은 피해야 행운을 잡는 첩경. 40대 후반에 이혼이나, 50대 초반에 사별 등이 예견되며, 사업가는 계속되는 실패와 후유증으로 항시 불만과 불평의 연속이 계속될 상극, 상충의 궁합이다.

◎ 장류수(長流水)에 속한 계사생(1953)과 임진생(1952) 여성

송백목[신묘생(1951), 경인생(1950)] 이나 천중수[을유생(1945), 갑신생(1944)] 의 남성을 배우자로 맞을 경우, 일생동안 정년없이 말년까지 행복과 행운과 사랑이 함께 할 최고의 결혼상대. 생명과 사랑의 여신이 당신에게 무한한 축복을 주는 최고의 궁합이라 사랑과 금전면에서 최고의 행복을 맛볼 듯하다. 출발부터 치열한 경쟁에서 승리 예견되며 결혼 전후 전혀 부작용이나 후유증은 없을 듯하다. 상대의 현재를 보지 말고 미래지향을 신조로 삼고 외동이든, 장남이든, 가난하든… 현재의 악조건 물분에 붙이고 일단은 밀어붙여 결혼할 것이다. 결혼 후 5년부터 자기의 현명성에 만족하게 될 듯하다.

벽력화[기축생(1949), 무자생(1948)] 의 남성이라도 저축심이 있어 보이고 절약근검하며, 끈기와 인내심이 있는 남성이라면 일단은 합격권에 들 듯하다. 결혼 초기부터 생활의 풍요로움이 아쉬우며, 40대 후반에 혹 실직이나, 실패가 예견되므로 사전준비가 완벽할 때는 무난한 궁합으로 풀이된다. 사별, 별거, 이혼 등은 없으며 부부애정이나 건강면에서도 부족함은 없다. 말년이 융성하고 사랑이 함께 하는 궁합이다.

옥상토[정해생(1947), 병술생(1946)] 와 사중금[을미생(1955), 갑오생(1954)] 에 속한 남성은 배우자감으로는 일단은 유보하심이 상책일 듯하다. 슬하에 자녀운세가 빈곤하고 성격이나 성적 불만으로 항시 트러블이 끊이지 않고 연속되며 배우자 서로간의 불신으로 말년까지 진실한 사랑이나 애정결핍 환자가 되기 십상, 기왕 사랑하는 사이라면 '지혜가 깊을수록 그 모가 드러나지 않는다'는 격언 명심하고 인내와 지혜와 신앙심으로 위기극복함이 좋을 듯하다.

◎ 송백목(松柏木)에 속한 신묘생(1951)과 경인생(1950) 여성

벽력화[기축생(1949)과 무자생(1948)]의 남성이나, 장류수의 한두 살 연하의 계사생(1953), 무자생(1948)의 남성을 배우자로 선택할 경우, 중매일 때는 중매한 분에게 감사드리고, 연애 결혼일 때는 우선 배우자 선택에 안목이 높은 신부에게 경의를 표해도 무방할 특A급 신랑감이다. '불가능이란 내 사전에서 찾아볼 수 없다'는 말을 실감할 정도로 결혼 초기부터 금혼식(金婚式) 지나면서까지 부부해로에 수면 장수, 슬하다복에 명성과 재운의 쌍두마차를 쉼없이 타고 가는 승승장구의 궁합이다.

옥상토의 정해생(1947)이나 병술생(1946) 남성이나 천중수의 을유생(1945), 갑신생(1944) 남성을 배우자로 선택할 경우 오행은 상생이나 납음상 반길(半吉)이라 욕심이나 분에 넘치는 탐욕버리고 '자기자신을 이겨내는 것보다 유쾌한 일 없다'는 말을 명심하면서 30대 고비만 넘기면 고진감래 맛보는 시기가 오는 운세이다. 벽돌 쌓듯 착실한 바탕이 행운을 몰고 올 궁합이므로 결혼초부터 10년간만 열심히 인내하고 살게 되면 흔들림없는 안전기반 구축되고 말년까지 이별이나 별거없이 부부사랑 변치않을 듯하다. 인내 + 10년을 결혼 초부터 좌우명으로 삼는다면 행운이 보장되는 궁합이다.

◎ 벽력화(霹靂火)에 속한 기축생(1949) 무자생(1948) 여성

송백목의 신묘생(1951)이나 경인생(1950) 남성이나 옥상토의 정해생(1947), 병술생(1946) 남성을 배우자로 선택할 경우는 우선 결혼 전 배우자 될 남성의 건강 체크, 신상파악, 가정환경 조사 등만 철저를 기한다면 결혼 초기부터 무덤에 이를 때까지 후회나 갈등이 전혀 없는 이상형 궁합이다. 40대 후반에 건강관리 소홀로 활동이나 성관계의 불만이 예견되는 게 흠이나, 사전(결혼전) 조사로 해결되며, 결혼 초부터 자녀생산에 신경을 쓰면 1남 1녀의 다복가정 이룰 듯하다. 재력이나 사회진출은 만족한 단계에 이르겠으나 주위환경(시가집)으로 가끔 본의 아닌 다툼도 예상되는 궁합이다.

띠별로 찾아보는 결혼식이 좋은 나이(開婚一覽)

쥐, 말, 토끼, 닭			범, 원숭이, 뱀, 돼지			용, 개, 소, 양		
좋은나이	보통나이	나쁜나이	좋은나이	보통나이	나쁜나이	좋은나이	보통나이	나쁜나이
(開婚)	(半開)	(閉婚)	(開婚)	(半開)	(閉婚)	(開婚)	(半開)	(閉婚)
20	21	22	19	20	21	18	19	20
23	24	25	22	23	24	21	22	23
26	27	28	25	26	27	24	25	26
29	30	31	28	29	30	27	28	29
32	33	34	31	32	33	30	31	32

풀 이

▶ 개혼(開婚·좋은 나이) : 결혼 3년 내에 대체적으로 아들 순산과 결혼 후 5년 내에 배우자의 승진, 합격, 자격취득 등 경사 속출하고, 사업기반 구축으로 재수대통함. 결혼 5년 내로는 결혼 후유증이나 부작용이 없으며 시댁과의 불화없는 건강과 행운이 함께하는 결혼의 적기이다.

▶ 반개(半開·보통 나이) : 결혼 직전이나 결혼 초기에 가끔의 차질이 생길 암시있으며 결혼 7년까지는 부부생활에 가끔의 불만이나 의견대립이 예상된다. 배우자의 사회활동에는 발전이나 성사는 이루어지나 힘겨운 역경이 예견되며 2년~4년 내로 대체적으로 첫딸 순산이 많고 약간의 산고도 따를 듯하다.

▶ 폐혼(閉婚·나쁜 나이) : 결혼 초부터 구설이 부분하며 서로간의 계산착오로 시가나 주위와의 불화도 예상된다. 자녀생산에 애로가 따르겠고, 때론 이혼이나 별거의 암시도 있다. 결혼 6년 내로는 부부사이

의 불화나 시가집과의 불편관계가 속출하며 심한 경우 3년 내 이혼
이나 별거하는 예가 허다할 듯싶다.

태어난 달로 풀이한 궁합이 좋지 않은 경우

여자의 출생달	남자의 출생달	특징 풀이
1월생	9월, 6월, 12월생	슬하 고독, 공방
2월생	8월생	재산 탕진, 별거, 이혼
3월생	5월생	고독, 불화, 이혼, 별거
4월생	6월생	불화, 여난, 고난
5월생	1월생	의견 대립, 불만
6월생	12월, 6월, 1월생	애정 결핍, 고독
7월생	3월생	정서 불안, 성불만
8월생	10월, 2월생	슬하고독, 금전고난
9월생	4월생	가정 파괴, 이혼
10월생	11월생	불만, 고난, 별거
11월생	2월생	별거, 사별, 이혼
12월생	7월, 1월, 6월생	성격 불화, 인간 고역

　천중수의 을유생(1945)이나 갑신생(1944) 남성을 배우자로 할 경우,
납음오행은 상생이나 상충으로 궁합상 좋은 배우자감으로는 약간의
하자 있고, 양류목의 계미생(1943)과 임오생(1942)의 남성의 경우도,
서로의 사랑이 확실하고 양가 축복의 보장만 있다면 평범하면서도
큰 애로 없는 중산층의 표본적 궁합이 될 듯하다. 불의의 만남이나
양가의 축복없는 결혼은 궁합의 반길 · 반흉으로 백년해로나 행복한
가정생활 지속에는 먹구름 일듯하다.
　간하수의 정축생(1937)이나 병자생(1936) 남성을 배우자로 선택할
경우는 연령차이도 장애요소가 되겠으나 초혼, 재혼 막론하고 결혼은
피해야 일생 고난에서 헤어날 듯하다. 재력의 안전이나 외형상 사회

기반 구축 등에는 별 하자 없으나 성격, 환경의 불만 누적으로 행복한 결혼생활 보장은 전무 상태, 큰 사랑으로 맺는 경우를 제외하고는 결혼 금기의 궁합이다.

◎ 옥상토(屋上土)의 정해생(1947)과 병술생(1946) 여성

성두토의 기묘생(1939)과 무임생(1938)의 남성과 결혼할 경우 결혼 직전이나, 결혼 직후의 잡음만 해소된다면 일생을 부침없이 행운과 함께 백년해로 보장되며, 자녀생산의 부족함에 신경쓰면 애로나 고난 없이 관직이나 기업에 종사하는 배우자는 공히 막힘없는 출세 보장되는 궁합이다.

양류목의 계미생(1943)이나 임오생(1940) 역시 납음오행에는 상충이나, 삼합, 년주에 극히 합(合)이 있어 상생함으로 일생파란이나 단절없는 애정생활에 행운잡게 될 듯하다.

백납금의 신사생(1941)과 경진생(1940) 남성이나 간하수의 정축생(1937)과 병자생(1936)의 배우자인 경우 열애 중일 때를 제외하곤 결혼에는 하자가 많은 궁합이므로 결혼에는 신중을 기함이 좋을 듯하다. 밖으로는 가끔의 실패와 단절, 안으로는 재력의 빈곤과 성격불만 등 항시 일비일고(一非一苦)의 연속이 예상되는 실증과 권태가 연이어 끊임없이 괴롭히는 악연의 궁합이다.

◎ 천중수(泉中水)에 속한 을유생(1945)과 갑신생(1944) 여성

양류목의 계미생(1943)과 임오생(1942) 백납금의 신사생(1941)과 경진생(1940) 간하수의 정축생(1937)과 병자생(1936)의 남성 공히 궁합

으로 본 배우자감으로서는 손색없는 1등 신랑감. 사회출세의 지속성
운세로 관계종사자나 사업가, 기술업계 종사자나 학계, 문인(예술인)
공히 좌절없는 출세로서 재력과 명성의 쌍두마차를 끌게 될 듯하다.
뒤를 돌아보지 말고, 묻지도 말고, 망설임 없이 곧장 골인하라. 그러
면 당신은 무덤에 이르기까지 사랑과 행운이 떠나지 않으리라.

　성두토의 기묘생(1939)과 무인생(1938) 산두화의 을해생(1935)과 갑
술생(1934)의 경우는 결혼 성사조차 힘들며, 결혼까지 숱한 인내심이
필요하고 결혼 후도 참고 인내하는 것으로 끝나버리는 허무형 궁합
이다. 좌절 · 불만 · 별거 · 이혼 · 사별 등의 암시도 강하게 작용하는
최악의 궁합이다. 특별한 인연으로 결혼이 성사될 경우 종교에 귀의
하거나 사랑과 믿음으로서만 50대를 맞이해야 된다.

◙ 원진살(元眞煞)

　결혼 초기부터 부부가 결합하기 힘든 게 특징이다. 별거나 이별했
던 부부가 재결합해도 힘들다. 재결합 후에도 성격상 불화나 배우자
간의 불신과 부정이 뒤따를 수이다. 남성의 경우 여난이 따르며, 여
성의 경우 간혹 가정을 버리고 비정상적인 애정에 탐닉, 가출하는 경
우도 허다하다.

　한 마디로 축재와는 거리가 먼 파란과 고난의 연속이 예견되는 극
히 피해야 될 살이다. 30대～40대는 이혼율이 극히 높으며, 출세에
장애요소가 많다. 심약하거나 결벽증세가 있는 여성은 남성으로부터
의 애정 결핍으로 신경질환에 걸릴 수도 있다. 납음오행조차 좋지 않
을 때는 자식을 두되, 슬하와도 이별이 예견되는 궁합에 극히 나쁜
살이다.

◎ 상충살(相沖煞)

부부가 결혼 초기부터 화합이 이뤄지지 않는 불화의 연속이 예상된다. 특시 성(性)적 결합이나 성격상 불화로 30대 후반에는 별거할 암시도 강하게 작용하는 살이다. 인내심과 각별한 내조없이 가정생활의 지속이 힘들 듯하다. 공직자는 출세가 늦고 재산이 풍족하지 못하니 말년에 대한 대미를 결혼 초부터 해야만 할 듯하다.

배우자의 따스한 사랑이나 행복과는 거리가 먼 악순환의 연속이 예상되는 피해야 될 살이다.

◎ 삼형살(三形煞)

이 살이 들어있는 부부가 결혼하면 신혼 초만 지나서부터 마치 평생을 형벌치루듯 애로와 고난 속에서 후회와 갈등으로 지내야 되는 궁합이다.

항상 주위에 고역과 구설이 따라다니며, 힘겨운 생활이 계속된다. 또한 주벽이나 의처증, 폭행 등의 형벌을 받게 될 암시도 내포하고 있는 살이다.

50대 초반까지 의견 충돌과 대립으로 가화만사성(家和萬事成)과는 거리가 먼 가정생활이 지속될 듯하다. 특이한 점은 혹 별거는 예상되나 사별이나 이혼 등의 이별은 없이 고생과 짜증 속에서 일생을 마치게 되는 살이므로 극히 피해야 될 듯하다.

◈ 자형살(自形煞)

흉(凶)살이라고도 한다. 행복의 먹구름이 오락가락하니 때론 행복하나 때론 불행한 변덕스러운 살이다. 언제 닥쳐올지 모르는 불행의 그림자가 주변을 맴돌고 있어, 불안, 초조한 감정에 사로잡혀 살게 된다.

한 때의 출세나 성공도 오래가지 못하며, 가끔 큰 재산도 모으게 되나, 오래 유지하기는 힘들다.

부부간의 애틋한 정이나 가정의 평파를 지속하기는 힘드나 별거, 이혼 등 이별이 없는 게 특이하며, 마음 고생은 심하나 재물의 부족함도 없을 듯하다, 말년에는 안정권에 들어선다.

※ 위의 네 가지 살을 통털어서 궁합에서는 상극(相剋)살로 풀이한다.

〈 끝 〉

판 권
소 유

꿈풀이삶풀이 대백과

초판인쇄 / 2003. 12. 5
중판인쇄 / 2014. 11.15

지은이 / 정 현 우
펴낸이 / 소광호
펴낸곳 / 관음출판사

서울시 동대문구 용두동 751-14 광성 B/D
전화 / 921-8434
팩스 / 929-3470
등록 / 1993. 4. 8 제1-1504호

ⓒ 관음출판사 2001
잘못 만들어진 책은 언제든지 바꾸어 드립니다.

값 20.000원